KB114864

초코라떼

초 코 라 떼

초판 1쇄 찍은 날 ｜ 2014년 03월 11일
초판 2쇄 펴낸 날 ｜ 2014년 04월 30일

지은이 ｜ 차해성
펴낸이 ｜ 서경석

편 집 장 ｜ 권태완
편집책임 ｜ 손수화
편    집 ｜ 장미연
디 자 인 ｜ 신현아

펴낸곳 ｜ 도서출판 청어람
등록번호 ｜ 제387-1999-000006호
등록일자 ｜ 1999. 5. 31
어람번호 ｜ 제5-0365호

주소 ｜ 경기도 부천시 원미구 부일로 483번길 40 서경B/D 3F (우) 420-822
전화 ｜ 032-656-4452 팩스 ｜ 032-656-4453
http://www.chungeoram.com
E-mail ｜ chungeorambook@daum.net

ⓒ 차해성, 2014

ISBN 979-11-5681-918-9 03810

Chungeoram romance novel

# 초코라떼

ChocolateLatte

차해성 장편 소설

도서출판 청어람

# CONTENTS

Prologue

우연

명사

1. 아무런 인과 관계가 없이 뜻하지 아니하게 일어난 일.

[비슷한 말] 우이(偶爾).

2. 〈철학〉 [같은 말] 우연성(2. 어떤 사물이 인과율에 근거하지 아니하는 성질).

단지 '아무런 인과 관계가 없이 뜻하지 아니하게 일어난 일'이라고 정의하기에 '우연'은, 때론 믿을 수 없을 만큼의 결과를 가져오는 경우가 있다. 사람들은 우연히 일어난 일에 법칙을 끌어다 붙이고, 확률을 끌어다 붙여 설명하고 해석해 낸다. 그리고 세림 역시 생각한다. 우연이란 조각처럼 흩어진 수많은 필연의 한 덩어리일 것이라고. 바로 지금 이 순간, 그것을 여실히 체감한다. 그렇지 않다면 오늘의 일들을, 지금을 어떻게 설명할 수 있을 것인가. 만약 이랬다면, 만약 저랬다면, 하고 그려보는 후회스러운 찰나. 하루 종일 정신없고 이상한 일의 연속이던 순간들. 그 모든 것은 이런 만남을 예고한 전조들이었을까.

하필이면 왜 유독 눈에 띄었던 걸까. 초록색 파라솔의 테이블이 부신 햇살에 담겨 나무 테라스에 자리하고 있던 모습이. 어느 봄날 보았던 환영과 흡사한 영상. 꿈처럼 아늑하고, 신기루처럼 묘연했던 순간. 눈길을 뗄 수 없는 이끌림. 지금처럼 빛으로 번져 있던 그 거리는 다른 세계와 이어진 통로 같았고, 그 공간에서 튀어나온 것만 같았던 너.

그 순간 나에게도, 그 장소에서도 완벽한 이방인이었던, 너.

늘어진 오후의 햇살에 베이는 듯 홍채가 아찔하게 시렸다. 눈이 절로 가늘어지고 만다. 늦가을의 해는 짧고, 늘어짐은 길다. 특유의 말간 햇살은 영글어 버린 노랑빛이었다. 숨을 들이쉴 때마다 가슴에 스며드는 신선한 공기. 불어오는 미풍은 양모를 두른 듯, 봄바람인 양 선선하였다. 가을 날씨가 이렇게 따뜻할 수도 있는 것인가 의문이 들 정도로. 바람이 얼굴에 닿을 때마다 느껴지는 부드러움. 할 수만 있다면 커피숍에 들어가 김이 모락모락 피어오르는 라떼를 한 잔 주문하고 싶다. 달콤한 향과 함께, 손으로 감싸 쥐기만 해도 온기가 전해지는 라떼를 마시며 바라보는 늦가을은 좀 더 따뜻할 수 있겠지.

하지만, 그를 눈앞에 두고 있는 지금

발은 땅에 붙은 듯 움직일 수 없었고,

시간은 영겁처럼 흐르는 것 같았다.

햇살을 담은 강물처럼 깊은 그의 눈동자는 여전히 변함없었다. 그도 세림처럼 놀랐던 것 같지만, 세림처럼 당혹스러워하는 것 같지는 않았다. 그의 눈꼬리가 엷게, 천천히 휘어졌다.

터무니없이 눈가가 뜨거워졌다.

어쩌면 울상을 지어버렸을지도 모르겠다.

떨쳐 버릴 수 없는 지금의 만남은

우연일까,

인연일까,

인력일까,

아니면 운명일까.

그 어떤 단어로도 설명해 낼 수 없는 너와의 재회(再會).

너는 왜…… 또다시 내 앞에 나타난 거니.

바람, 그대. 성시경

*그대가 그리워 다시 가을인 걸 알았네.*

격자무늬 유리창이 난 커피숍 나무문이 밀리며 빨강색 탐스 슈 즈가 먼저 모습을 드러냈다. 늦은 10월의 이른 오후, 흘러들 듯 부 는 서늘한 바람에 그림자가 옅어져 갔다. 세림은 학교 근처 카페 골목에서부터 정문, 사회과학대학까지 이어지는 길을 천천히 올랐 다. 왼손에 트레이가 들려 있고, 발길에는 햇살이 밟힌다. 사회과 학대학에 가까워질수록 둘셋씩 짝 맞춰 내려오는 아이들이 반갑게 아는 체 해왔다. 발랄한 아이들의 인사가 청명한 가을 공기와 맞닿 아 무척 상쾌하다. 세림도 웃으며 인사에 답한다.

사회과학대학 건물의 잘 깎아놓은 아스팔트 색 계단을 오를 때 마다 세림의 그림자가 물결쳤다. 그녀는 1층 바로 오른편에 보이는 과사무실로 향하였다.

"따뜻한 커피 배달 왔습니다."

문을 열고 선 세림은 트레이를 머리 높이까지 들어 올려 보이며
웃었다. 날씨만큼 산뜻한 목소리였다. 과사무실은 정면 너른 창에
서 쏟아져 내리는 연노란 햇살이 눈부실 만큼 빈틈없이 채워져 있
었다. 각자 책상에 앉아 업무를 보던 안나와 상훈이 와, 반기며 자
리에서 일어났다. 세림이 사무실 한쪽에 자리한 넓은 테이블에 트
레이와 간식이 담긴 크라프트 종이봉투를 내려놓는다.

"역시 세림 언니 최고! 날씨 많이 춥지?"

안나가 테이블로 다가와 트레이에서 커피를 꺼내었다. 캡 뚜껑
을 여니 뭉개진 생크림 위에 잔뜩 뿌려진 벌꿀색의 카라멜시럽과
다디단 마끼아또의 향이 짙게 풍긴다. 안나는 행복한 표정으로 커
피를 음미하며 의자에 앉았다. 세림도 스카프를 벗으며 자신의 초
코라떼를 집어 든다.

"응, 그러게. 제법 차가워졌는데."

"누나 덕분에 매일 입이 호강이다."

상훈도 자리에 앉아 세림이 찢어놓은 종이봉투 안의 피칸 파이
하나를 베어 문다. 세림은 나직이 웃었다.

"교수님 덕분이지. 매일 일 맡기는 거 미안하다고 용돈 주시니
까. 난 기분 내서 좋고."

"어쨌든 기분 내는 언니 덕분이지. 사실 용돈이 뭐야, 최소한 알
바비는 주셔야지. 만날 연구에 논문에 보고서 가이드라인까지 혼
자 하고. 그뿐이야? 프로젝트며 세미나 때도 일 맡기시고. 완전 무
임금, 착취 노동."

"안나야…… 나 감동받아서 슬퍼지려고 해."

세림이 으허헝, 하며 우는 시늉을 한다. 세 사람이 동시에 웃었다.

"이놈의 조교 생활이 눈물겹다."

"그래도 누난 송 교수님 방 애제자잖아. 교수님이 포닥*도 추천했다며. 그거 완전 좋은 거 아니야? 능력자셔."

"상훈이 또 오버한다. 능력자는 무슨. 너도 논문 몇 개 써. 그럼 교수님이 추천해 주실 거야."

"헐, 지금 자기 잘났다고 자랑질하는 거? 말이 좋아 논문 몇 개지, 그걸 어떻게 쓰냐? 교수님이랑 같이 논문 써, 통계분석 다 해내는 누나니까 가능한 거지."

"상훈아, 너 오늘 맛있는 거 먹고 싶구나? 뭐가 먹고 싶어서 이렇게 썰을 푸시는 걸까, 응?"

장난스러운 세림의 말에 상훈은 흐뭇하게 웃으며 손가락으로 브이를 만들었다.

"근데 언니, 정말 포닥 안 해? 기숙사에 학비, 장학금, 재단에서 다 지원해 준다며. 거기서 연구원으로 있으면 SSCI* 논문 등재도 쉬워지고."

"말이 좋아 포닥이고, SSCI 논문 등재지. 아무리 내가 서머리를

---

* 포스트 닥터(Post Doctor):박사 후 과정. 국내에서 박사학위를 받은 사람들이 해외 연구소나 유관기관에 연구원으로 들어가 주어진 기간 안에 연구 혹은 연구 성과를 내는 것을 말한다.

* SSCI(Social Sciences Citation Index):미국의 Thomson Reuter사에서는 출판 규정, 저널내용, 국제성, 인용 분석 면에 있어서 각 학문 분야별로 가장 국제적이고 영향력 있는 저널들을 선정하여 학술DB인 Web of Science(WOC)에 수록, 학술 논문과 인용 정보를 제공하고 있다.

잘해서 번역하는 사람들한테 넘겨준다고 해도 그렇게 쓰는 논문 쉽지도 않고. 한평생 살아보지 못한 외국 생활은 또 어떻게 하며, 일정 기간 안에 연구 성과 내야 하는데 할 수 있느냐 문제도 있고……. 난 그냥 정출연*에 취직할 수 있으면 그걸로 감사하겠다."

"받고, 나는 가온기획, Creative I, RS애드. 광고사 하면 여기 세 개가 최고지. 방송국 정책 지원 쪽도 괜찮고."

셋 다 꿈이 현실과 비현실을 넘나든다며 웃는다. 영양가 없는 수다가 이어지는 와중, 과사무실에 노크 소리가 울리고 문이 열렸다. 세림과 안나, 상훈의 시선이 문 쪽으로 향했다. 낯선 남자애였다. 아니, 남자라고 하기엔 아직 조금 앳된 소년의 모습이 남아 있는 청년이었다.

어머, 세상에. 이 훈남이는 누구니, 소리가 절로 나올 뻔했다. 처음 보는 얼굴이었다. 언론홍보학과 학생은 아닌 듯싶었다. 하얀 피부에 단정한 인상, 동그란 눈이 순한. 딱 보기에도 훈남, 아니, 그것보다 예쁘장하다라는 말이 잘 어울릴 만큼 생김생김도 옷 스타일도 눈길을 끌었다.

"누구……? 무슨 일로……."

안나가 말끝을 흐리며 의아히 물었다. 청년의 눈동자가 세림에게 닿았다. 두 사람의 눈길이 공중에서 맞았다. 남자애가 이내 눈꼬리를 휘어트린다.

"은세림, 선생님?"

세림은 눈을 빠르게 깜박였다.

---

* 정부출연 기관 : 정부가 출연금 예산으로 운영비와 사업비를 지원하는 연구 기관을 말한다.

"나? 날 알아요?"

귀여운 훈남이가 또다시 살갑게 웃었다. 예쁘게 웃기까지 하니 스물일곱 살 누나 가슴이 두근거린다. 가만, 수업에서 봤나? 많이 본 얼굴 같기는 한데.

"저 기억 못하세요? 도윤이요, 신도윤."

"신도윤?"

세림은 그의 이름을 되묻듯 중얼거리며 청년이 누군지 분명치 못한 기억을 떠올리기 위해 작게 인상 썼다. 그리고는 곧 반색하며 손뼉을 마주친다.

"그래, 기억나, 도윤이! 교대 보습학원 다니던! 세상에, 너 진짜 많이 컸다. 못 알아보겠어."

"그래요? 난 단번에 알아보겠던데."

도윤은 빙글거리며 웃다가 무언가 생각난 듯 오른손을 들어 올렸다. 세림의 눈동자가 의아함에 커졌다. 그의 손에 들려진 지갑, 세림의 것과 똑같았다. 그녀가 숄 카디건의 주머니를 더듬더듬 만져 보았지만 주머니에 있어야 할 지갑이 없다.

"혹시…… 그거 내 지갑이니?"

"네, 은 쌤 것 같은데요. 은 쌤 이름이랑 사진 박힌 학생증 있는 거 보면."

"언니, 어쩔. 진짜 만날 덤벙거린다니까."

"세상에. 나 지갑 잃어버린 것도 모르고 있었던 거야……?"

세림은 귀신에 홀린 듯한 표정으로 도윤의 손에 들린 지갑을 돌려받으려 자리에서 일어섰다. 도윤은 무슨 장난에선지 지갑을 들고 있는 손을 자신의 등 뒤로 감췄다. 세림이 어리둥절하게 눈동자를 굴려 도윤을 보니, 그가 빙글빙글 귀엽게 웃고 있다.

어머, 너 왜 그렇게 웃니, 하고 홀려 물어볼 뻔한 걸 또다시 간신히 삼킨다.

"밥은 시간이 없어서 못 얻어먹을 것 같고, 저 커피 한잔 사줘요. 친구가 사준 커피 얻어먹지도 못하고 그냥 뛰어왔네."

예쁘게 휘어진 도윤의 눈가에 장난기가 걸려 있다. 학원 다닐 땐 말 못할 정도로 앙칼지고 심술 맞던 애였는데 이렇게 사근사근해지다니. 몇 년 만에 만난 제자인데다 지갑까지 찾아줬는데 그깟 커피가 대술까. 못 사줄 것도 없었다.


선선하고 맑은 날씨였다. 햇살도 제법 따뜻하고. 하지만 그와 반대로 불어오는 바람에 찬 기운이 서려 있었다. 아까 사회과학대까지 뛰어오를 땐 몰랐는데. 땀이 났던 이마며, 목덜미가 서늘하게 말라갔다. 살짝 소름이 돋는다.

"남자애들은 한꺼번에 자란다더니. 정말인가 봐. 한참 못 알아봤잖아."

세림이 숄 카디건을 단단히 여미며 웃음 지었다. 남방 깃을 세우던 도윤도 그런 세림을 바라보다 따라 웃었다.

새삼 신기하다. 이렇게 보고 있노라면 기억 속 저와 같은 나이대의 세림과 하나도 변함이 없는 것처럼 보이는데, 그때보다 조금 더 여자가 된 은 선생이 눈앞에 있다. 여자라는 단어가 이렇게 매력적이었나 싶은 생각이 들 정도로 예뻐지고, 성숙해진 은세림 선생.

"그래요? 이제 옆에 서니까 잘 어울리는 것 같죠?"

"그러게. 이렇게 같이 다니면 남들이 엄청 부러워할 것 같은데."

바람이 불어와 세림의 잔머리를 날렸다. 그녀가 손을 들어 머리카락을 귀 뒤로 넘긴다. 도윤의 시선이 기다란 그녀의 손가락으로, 연약해 보일 만큼 가느다란 손목과 목선을 향하였다. 그가 큼, 헛기침하며 시선을 돌렸다.

바람에 세림의 살내가 실려 있다

"그렇게 좋은 지갑 잃어버리고 다니는 거 보면 덜렁대는 성격은 여전하신가 봐요."

"내가 하는 말이다. 어쩜 시간이 가도 이 성격은 고쳐지지도 않는가 모르겠어. 정말 오늘 같은 날은 두 배로 창피해. 그런데 그걸 어떻게 네가 주웠지? 다른 사람도 아닌 딱 네가. 신기하네."

"저는 반가웠어요. 지갑을 주웠는데 알고 보니까 6년 전 다녔던 학원의 선생님. 신발이 인도해 줬나? 나랑 오늘 커플 신발이네요."

세림이 눈길을 떨어뜨렸다. 그의 말대로 두 사람은 같은 빨강색 신을 신고 있었다. 세림은 빨강색 탐스, 도윤은 깨끗한 흰색 끈의 빨강색 예쁜 스니커즈. 그녀가 다시 슬쩍 도윤을 살핀다. 화이트 진에 남방을 받쳐 입은 분홍색 니트 차림, 그리고 신발과 색깔 맞춤을 한 듯한 빨강색 백팩. 피부가 하얘서인지 여자애들에게나 어울릴 법한 색상들이 하나같이 조화를 잘 이루었다.

"정말, 예나 지금이나 하나도 변하질 않았네요. 키 작은 것도 그대로."

"야, 내 키는 이미 열여덟 살 때 멈췄거든? 네가 자란 거지. 그리고 벌써 6년이나 지났는데 하나도 변하질 않았다니 실례다. 그동안 나이도 좀 더 먹고, 좀 더 뻔뻔해지고, 못 먹던 커피도 먹을 수 있게 됐고. 나름 어른 돼가고 있다."

세림의 장난스러운 말에 도윤이 하하하, 크게 웃었다. 학교 정문 앞 큰 커피숍이 보인다.

"그래요, 참 기특한 어른 돼가고 있네요. 전보다…… 더 예뻐졌구요."

횡단보도 불이 파랑으로 바뀌자 도윤이 성큼 먼저 걸음을 옮겼다. 세림은 눈을 동그랗게 뜨며 그의 뒷모습을 보다 웃어버리고 만다.

"나 쌤 생각하면서 태종대학교에 왔어요. 것도 의예과. 그랬더니 정말 선생님을 만났어."

"그래? 내가 그렇게까지 학구열을 불타게 했나?"

세림이 눈썹을 반갑게 들어 올리며 대견해하였다. 당장 콧노래라도 부를 것 같은 표정이다. 그녀의 투명한 홍채가 커피숍 유리창 너머 거리로 향했다. 전면이 유리창인 커피숍에 오후 햇살이 잔뜩 들이쳤다. 창에 하얀색 보드마카로 그려진 그림들이 커피숍 바닥에 그림자를 드리웠다.

"남자친구 있어요?"

"그럼. 너는?"

세림은 조금의 망설임도 없이 대답했다. 도윤은 미간을 좁혔다. 기분이 뾰로통해졌다. 어쩜 눈앞에 귀엽고 잘생긴 애를 두고 내숭 하나 없이 바로 대답할 수 있을까. 아메리카노가 담긴 컵을 들어 입가에 대었다.

"전 아직."

"캠퍼스 생활 시작했으니까 예쁜 여자친구 사귀어. 미팅, 소개팅 많이 하면서."

"네, 그러려구요. 쌤처럼 예쁜. 아니면 은 쌤이어도 좋은데. 내가 학원 다닐 때 좋아했었잖아요. 막 소문도 났었고."

세림의 눈이 토끼처럼 동그래지다 이내 예쁘게 휘어졌다. 도윤이 눈길을 돌리며 커피를 넘겼다.

아, 정말. 눈 좀 가만 놔두라고……. 귀여워 죽겠네.

"너 그때 누가 그런 소문냈냐고 엄청 싫어했었잖아. 그날부터 선생님 말도 안 듣고, 심술부리기 시작하고."

열다섯 사춘기 여름, 때아닌 봄처럼 첫사랑이 찾아왔다. 첫눈에 반했던 건 아니었다. 또래와는 달리 민감하고 까다로운 도윤은 이성에게만 무디고, 무관심한 성격이었다. 성장기 남학생이라고 하기엔 아담한 체구와 세련된 옷차림, 두부처럼 뽀얀 피부로 인해 여자애들 사이에서 자신이 얼마나 주목받고 있는지도 모를 만큼, 이성에 관한 관심도, 호기심도 없는 아이였다. 그런 도윤에게 세림역시 선생님이란 평범한 명사 중 하나였다. 다른 선생님들보다 좀더 예쁘고, 좀 더 어릴 뿐인.

그런데 어느 날부터 세림이 눈에 자꾸 들어왔다. 진도를 못 따라가 나머지 수업에 남은 학생을 참을성 있게 돌봐주던 그녀. 무슨 고민이 그렇게 많은지 또래 여자애들의 상담 상대가 되어주던 그녀. 최대한 아이들 하나하나를 살뜰하게 돌보려고 노력하며 말 한마디를 해도 다정하고 사려 깊게 하던 그녀. 봄 같은 사람이라고 생각했다. 몰랐는데, 돌아보면 따뜻해지고, 돌아보면 꽃이 만개한…… 봄처럼 말랑하고 따뜻한 생기들이 모인 듯한 분위기를 가진, 가벼운 순면 이불에 감싸 안긴 것처럼 편안함과 안정감을 주는.

그렇게 어느 순간부터 자신을 설레게 했던 사람.

언젠가 세림을 좋아한단 사실을 친구한테 들켜 버리고 말았다. 동시에 불길 번지듯 학원 전체에 소문이 파다하게 났다. 불쾌했다. 누군가를 좋아한다는 일로 주목받는다는 것이. 친구는 그 뒤로 없는 사람이 되었고, 세림에겐 괜히 짜증을 부렸다. 게다가 그 당시 은세림 선생은 멋있다고 소문 자자한 남친을 두고 있어서 분함은 더 가시지 않았다. 어렸기에 그런 상황들을 어떻게 대처해야 하는 건지 몰랐던 탓이었다.

"그땐 그랬죠."

"지금은? 나이 많은 선생님이 뭐가 좋다고."

"여섯 살 차이가 뭐가 많이 나는 거예요. 남들은 한 바퀴도 도는구만."

"얘, 소름 돋는 소리 하지 마. 그리고 나 남자친구 있다니까?"

세림이 테이크아웃 컵을 두 손으로 감싸며 허브티를 넘겼다.

이 여자가 진짜, 안 되겠네. '어머, 그렇게 말해줘서 고마워. 말뿐이라도 기분 좋네'라고 해도 모자랄 판에. 아…… 틈이라곤 없는 철벽녀 같으니라고.

도윤은 그런 세림을 빤히 쳐다보다 자리에서 일어나 몸을 굽혀 그녀에게 얼굴을 들이밀었다. 세림이 놀란 듯 몸을 뒤로 뺐다.

"골키퍼 있어도 골은 잘 들어가요. 제가 남자로서 매력이 없어요? 나 지금 농담하는 거 아닌데."

눈앞의 세림이 미간을 모아 웃으며 부러 여유를 보였다. 예전부터 그랬지만, 표정 관리가 하나도 되지 않는 사람이다. 지금쯤 속으로 경악하고 있겠지. 그나저나 무슨 향수를 쓰기에 향이 이렇게 부드러운 거야.

도윤은 숨을 들이켜고는 다시 자리에 앉았다.

"애가, 아주 앞뒤도 없이 자신만만하네. 뭘 믿고?"

"일단 제가 쌤 남친보다 어릴 거고, 잘생겼고, 똑똑하고. 무엇보다 쌤 예전부터 쭉 좋아했으니까. 문제될 거 있어요?"

"말은 잘한다. 까불지 마. 그리고 네가 남자니? 신생님 세사시.

"아니, 학교 담임이었어요? 그냥 잠깐 학원에서 나 가르쳐 준 사람이었지? 그리고 그쪽도 학원 그만뒀잖아요. 학원 로맨스를 찍고 싶었으면 임용을 봤었어야지."

"이게, 그런 뜻이 아니잖아! 어려도 한참 어린 너를 어떻게 남자로 보니!"

"뭐야, 결국은 나이 때문인 거야? 이래서 여자들이 문제라니까. 아주 전 과목 다 보려고 해요. 나이 어리고 똑똑하고 잘생겼고, 자기만 좋아해 주면 됐지, 부족한 건 사랑으로 채우자고요. 아무튼 커피 잘 마셨어요."

그가 가방을 메며 자리에서 일어나 테이크아웃 컵을 들었다. 그러고는 바지주머니에서 무언가를 꺼내 세림에게 보인다. 세림의 눈이 또다시 동그랗게 떠지더니 험악한 눈길로 도윤을 올려다보았다.

"이 학생증은 제가 가져갈게요. 매일 만나기 위한 구실."

세림이 황당해 허, 하고는 돌아서려는 도윤의 팔을 붙잡아 손에 들린 학생증을 앙칼지게 빼앗았다. 그러고는 도윤이 놀라 쳐다보기도 전에 손등에 튀어나온 뼈로 그의 머리를 툭 쳤다. 도윤이 아! 하며 머리를 감싼다.

"꼬맹아, 선생님 너랑 말장난할 시간 없거든요? 까불지 마!"

"아, 은세림!"

"은세림? 이게 한 대 더 맞으려고."

그녀가 한 대 더 때릴 기세로 손을 들자 도윤이 그 작은 손을 덥석, 잡았다. 이제 어린애 취급 받는 건 이쪽에서 사양이다. 세림이 당황한 눈길로 쳐다봤다.

"나 지금 장난하는 거 아니거든? 나 참, 같이 늙어가는 처지에 웬 어른 행세? 여섯 살 차이가 뭐라고. 세림아, 앞으로 자주 만나면서 정 좀 붙이자?"

말을 마친 도윤은 마치 으름장 놓듯 두 눈을 부릅떴다. 그가 붙잡은 세림의 작은 손을 뿌리치고 커피숍을 빠져나갔다. 세림은 그의 뒷모습을 황당히 쳐다볼 뿐이었다.

❖   ❖   ❖

세계의 젊은 사회저명인사들의 모임

'Young−Man's of the International Prime, YMIP' 경매 현장.

10월 24일, 르네상스 천재 거장들의 영혼과 숨결이 담긴 이탈리아 피렌체 우피치 미술관. 연 평균 관람객 규모 약 1백 65만 명이 넘는 이곳이 세계의 젊은 사회저명인사들의 모임인 'Young−Man's of the International Prime(이하 YMIP) 정기 자선경매로 특별 휴관일을 맞았다.

경매에는 카타르의 왕자 셰이크 루이드 빈 하마드 알 타니, 벨루티 사장 앙투완 아르노, 지방시 수석 디자이너 리카르도 티시, HSBC 북미 CEO 마이클 베어만, 한남자동차 해외법인 신차 제작 팀장 SJ−Lee(이시준) 등이 참석, 소장 작품들을 기증하였다.

〈취재 알렉스 브라운 기자, 사진 크리스티앙 아케, 우피치 미술관 번역 RS〉

오후 4시 50분, 바자리 회랑. 회랑에는 경매를 위해 많은 회원들이 착석해 있었다. 회원들은 이름 그대로 세계적으로 이름난 젊은 사회 저명인사들로, 총 307명 회원 중 131명이 참석하였다. 참석자들은 이날 경매에 출품될 총 59점의 예술작품과 의류, 가방, 액세서리 등에 대한 내용이 설명된 도록을 확인하였다. 경매의 수익금 전액은 세계난민보건기구에 기증할 예정이라고 한다.

(중략)

낙찰 경쟁이 치열했던 작품은 경매번호 31번, 장 글레르 프라고나르의 '회전목마'였다. 이 작품은 환상의 유니콘을 닮은 백마와 영문들로 페인팅되고 희귀 보석들로 치장된 흑마, 자연 그대로의 적토마들을 조각해 구성한 오르골이었다. 유년 시절을 추억하게 하는 '회전목마(31)'와는 차이가 있었지만, 태엽을 감으면 흐르는 감미로운 음악들로 인해 예술성이 높이 평가되었다. 또한 첫 경매에 출품되었을 때부터 몸값을 톡톡히 올려 놓은 바 있는 작품이었다.

이 작품은 HSBC 북미 CEO 마이클 베어만의 기증품으로 시작가 3만 5천 달러에서 출발하였다. 추정가는 5만 2천 달러에서 5만 3천 달러였지만, 어느새 5만 달러를 훌쩍 넘어섰다. 애딩턴 항공사의 본부장 제라드 애딩턴과 한남 자동차 해외 법인 신차 제작 팀장 SJ—Lee(이시준)가 가장 마지막까지 병합을 벌였다. 결국 작품은 예상가보다 두 배가 넘어선 7만 4천 달러에 한남 자동차 해외 법인 신차 제작 팀장 SJ—Lee에게 낙찰되었다.

경매 현장의 분위기가 무르익을 즈음 르누아르의 [부지발의 춤]이 경매 물품으로 나왔다. 르누아르만큼 자신이 살던 시대의 매력을 잘 알고 있는 예술가도 없었다. 자신의 기쁨 삶을 가장 아름답게 표현한 작품 중 하나가 [부지 발의 춤]이다. 현재 미국 보스턴 미술관에서 보관 중이며 소유주는 익명의 부호. 작품의 시작가는 1억 달러로 출발했다.

시준은 샴페인으로 입안을 조금씩 축였다. 오귀스트 르누아르, 인상주의 화가의 거장. 섬세한 붓의 터치와 물감으로만 빛과 공기를 구분해 놓는 화풍이 특징인.

2008년 여름, 혼자 유럽 여행을 했던 세림은 파리 오르세 미술관의 그림들 중 유독 한 작품 앞에서만 한참 동안 서 있었다. 르누아르의 [도시의 춤]이었다. 그녀는 그 그림을 유심히, 시간을 오래도록 들여 바라보았다. 여자의 표정을 좀 더 보기 위해 왼쪽으로 움직이기도, 남자의 얼굴을 볼 수 있을까 오른쪽으로 움직이기도 하며. 언젠가 르누아르가 인상주의 화가치고는 여자의 옷감을 꽤 섬세하게 표현해, 그 부분을 주목해 봐야 한다는 얘길 들은 적이 있다. 그 부분만을 확대해 설명해 놓은 걸 본 기억도.

세림도 그러했던 걸까. 잠시 여자의 앳된 얼굴과 표정을 살피던 세림은 마지막으로 세밀하게 표현해 놓은 옷감을 가까이서, 또 먼 거리에서도 감상하였다. 미술 공부를 하는 학생처럼. 미술관을 돌고 나오는 길에 세림은 숍에서 르누아르와 모네, 귀스타브 카유보트의 그림들이 그려진 기념품 몇 점을 구입하였다. 그중에서도 그녀가 가장 좋아했던 것은 르누아르의 작품들이었다. 채색이 따뜻하고 부드러운 기법이, 화폭에 사람들을, 풍경을 담은 르누아르의 마음이 깊은 인상을 준 듯했다.

[도시의 춤]과는 달리 [부지발의 춤]은 좀 더 역동적이고 산뜻하며 자유로웠다. 여자를 바라보는 남자의 눈길과 감성이 스스럼없기도 했다.

「그림의 소유주가 된 걸 축하해.」

어느샌가 루이드가 옆으로 와 나란히 서서 그림을 바라보며 말했다. 시준이 의아하단 눈길로 그를 돌아보았다. 미술관 측에서 준비한 뒤풀이 파티에는 오늘 자선경매에 참여했던 회원들이 한 명도 빠짐없이 함께하고 있었다.

「그대에게 주는 이별의 선물. 똥강아지 때문에 갖고 싶어 했잖아.」

시준이 한쪽 눈썹을 들어 올리더니 흘리듯 옅게 미소만 보였다.

「기뻐해야 할 농담인가?」

「이 내가, 겨우 그림 하나 선물하는 걸로 농담을 할 것 같아?」

루이드가 한쪽 입매를 밀어 올렸다. 시준이 눈썹을 구기며 한 손으론 팔꿈치를 받쳐 들고 다른 손으로는 턱을 쓸었다. 그림에 가 있는 시선이 루이드가 한 말의 의미를 읽어내고 있는 듯하였다.

오귀스트 르누아르 [부지발의 춤].

「……이거, 아주 큰 선물을 받았는데. 뭐라고 고맙다 인사를 해야 할지 모르겠어.」

「우리 사이에 인사는 무슨……. 정말 대단한 사랑이라고 생각하고 있어. 그 사랑에 감동받았다고. 이제 곧 만나게 되는 건가?」

시준은 대답 없이 그림만을 바라보았다. 그의 눈동자에는 어떤 기대가 담겨져 빛나고 있었다.

「지금 쪽에서 밀리는 일은 없겠지만, 그래도 혹시 거금이 필요하면 언제든지 말해, 무이자로 차용 가능하니까.」

루이드는 그저 담백하게 말했다. 시준은 웃을 뿐이었다. 오렌지 빛으로 물든 태양이 회랑에 기울어 떨어졌다. 각각 한 손에 샴페인을 든 두 사람은 몸을 돌려 너른 창가에 섰다.

번지듯 지는 석양에 회랑이 온통 담홍색으로 물들었다. 바로 아래 흐르는 아르노(Arno) 강의 수면 위로 빛 알갱이들이 반짝반짝 옹기종기 모여든다. 이곳에서 바라보는 석양은 일품이다.

안데르센 동화에 나오는 듯한 상점과 집들, 관광객들과 조금 두터워진 옷을 입고 다리를 거니는 연인들, 길거리 화가들. 선명한 주홍빛이 온 세상에 내려앉는 휴식의 시간.

시준은 샴페인을 한 모금 넘겼다. 기포가 살아 있는 투명한 액체 속에 담긴 은은한 석양의 맛이 입안에 녹아든다.

「똥강아지는…… 어쩌면, 지금이 행복할 수도 있어. 뭐가 됐든 그를 1년씩이나 만나고 있다며. 한 번도 한눈팔아 본 적 없는 충견이었는데, 그 정도면 정말 완전히 잊어버린 걸 수도 있지.」

시준이 나직이 웃으며 샴페인을 단번에 삼켰다. 스파클링이 입안에서 톡톡 터진다.

정확히 6년.

보이지 않는 곳 어딘가에 숨어 영원히 멈춰 있을 것만 같던 시간이 유속처럼 흘렀다. 그 시간 속에서 오직 앞을 향해서 달렸다. 간혹 광기 어린 세포들이 움틀 때도 있었다. 별개의 생명을 만들어가듯 구석구석에서 하나 되어 커져 가는 유기체. 그럴 때마다 자신 안의 괴물을 잠재우고 또 잠재웠다.

평생 자신의 것이기만 바랐던 그 웃음이, 하얀 손이, 분홍빛 입술이, 작은 체구가, 그저 네가…… 다른 사람을 향하게 되었단 이야기를 들었을 땐, 지옥 같은 분노를 경험해야 했다. 당장에라도 자신의 모든 것을 던져 버리고 달려가고 싶었다.

「내년 초라고 했나? 정말이지, 전쟁 중인 나라의 남자들은 안타까워. 더더욱 SJ, 너는. 시민권자라면 굳이 선택하지 않아도 되는 거잖아?」

「한국 남자들에게 주어진 의무니까. 누구랑 비교를 당해도 당당할 수 있어야 할 거 아니야. 나, 그런 자격 있는 남자라는 거 보여 주고 싶어서.」

「정작 당사자는 마음이 떠났을지도 모르는데, 헛수고라니까.」

「그런 건 중요하지 않아. 결국 다시 사랑하게 되는 덴 이유가 없거든.」

「근성 있는 남자야.」

「칭찬 고마워.」

두 사람 모두 나직이 웃음을 흘려냈다.

「종종 생각날 거야, SJ. 우리가 사랑했던 시간…….」

루이드가 말미를 끌며 애정이 담긴 눈빛을 보내왔다. 시준이 미간을 모으며 입가를 밀어 올린다. 그리고는 수긍하듯 이내 천천히 고개를 끄덕였다.

「그리워서 눈물 날지도 몰라.」

태양은 곧 서서히, 빠른 속도로 수면 속으로 사라져 갔다. 아직 채 꺼지지 못한 수평선만이 붉다.

열대야 같던 기억들, 색채를 바래게 만들어 버리는 시간들…….

그럼에도 흐려지는 기억 속에서 더욱 또렷해져 가는 우리의 시간.

잡아내고 싶은, 새로 새겨가고 싶은.

두 눈을 가늘게 떠 저물녘과 밤의 경계를 바라보고 있는 시준을 루이드가 팔로 툭, 쳤다. 그가 어깨 뒤로 시선을 던지며 고갯짓한다. 시준이 고개를 돌린 자리에 하은이 서서 이쪽을 바라보다 그림으로 시선을 틀었다. 루이드는 시준의 등을 가볍게 쳐주고는 자리를 떠났다.

시준은 미술관 측에서 제공해 준 방의 문을 열고 안으로 들어섰다. 하은도 그를 따르며 눈으로 그곳을 훑었다. 집무실이다. 벽을 채운 원목 책장에 미술 관련 원서들이 빼곡하게, 혹은 듬성듬성 꽂혀 있다. 집무실 중앙에 놓인 테이블과 한쪽의 넓은 마호가니 책상 위에는 펼쳐진 책들, 문서들이 낮게 쌓여 있었다. 주인이 이 방을 나서기 전까지 업무를 보고 있었던 듯. 시준은 손에 든 열쇠로 집무실 한쪽의 서랍을 열었다. 하은이 그런 그를 바라보았다.

손길이 섬세한 조각가에 의해 세공되기라도 한 듯 지나치게 배열이 깔끔한 이목구비다. 독일 천재 조각가 바이트 슈토스(Veit Stoss)의 작품이라고 해도 과언이 아닐 정도로. 모호하게 뒤섞인 반항아적 특유의 나른함과 귀감의 대상이 될 단호한 엄격함은 정교한 생김을 더욱 부각시켰다. 외모에 걸맞은 균형 잡힌 체형과 그의 취향을 만족시킨 주문 제작된 장인의 슈트. 흐트러짐 없이 곧은 자세와 사물에 집중된 그만의 직관적인 시선, 그의 머릿속을 채우고 있는 생각들.

시준은 시간이 지날수록, 새로운 환경과 경험들을 접할수록 그 모든 것들을 맹렬하게 온몸으로 흡수하였다. 죽음이 난무하는 약

육강식의 세계에서 살아남으려 피를 뒤집어쓴 새끼 맹수처럼. 그리고 마침내 깎아지른 듯한 벼랑 끝에서 너른 초원을 바라볼 수 있는 여유와 입지를 다져 놓았다. 한 치의 틈도, 자비도 없이 잘 훈련되고 다듬어져 흐름을 관망하며 인지하고 행동할 수 있는.

그 시간 동안 옆에 선 약혼녀는 단 한 번도 돌아봐 주지 않았다. 관심을 가져 주지도.

"결국 돌아갈 생각이야?"

"여기서 할 일들은 다 끝났어. 더 이상 머무를 이유 없잖아."

"입대한다는 말, 진심이야? 4년만 기다리면 자동적으로 공익 판정이야."

시준이 서랍에서 서류봉투를 집어 들며 돌아본다. 언제나 차갑고 메마른 흑색 눈동자. 아무것도 담겨 있지 않은. 투명한 유리알처럼 오직 사물만을 반사시키는 그곳엔 생기를 잃어 가칠함만이 남은 여자가 있을 뿐이다. 임하은은 어디에도 찾을 수가 없다.

"그건 너무 쪽팔리잖아, 피앙세. 한국 사회에서 남자의 군 문제는 가장 민감한 부분이야. 연예인과 정치인, 심지어 나라 하나를 살 돈이 있는 재벌에게도 제외는 아니지. 난 그 어떤 재벌들과 견주어도 떳떳한 남자가 되고 싶은데. 내 피앙세의 생각은 어떻지?"

시준은 눈동자는 전혀 웃지 않은 채 입매만 밀어 올렸다. 한 꺼풀 덧씌워진 가면 같은 얼굴.

"이미지적인 면에서 플러스 효과를 보이겠지."

"정답. 더불어 회사 전체적인 이미지에도 긍정적인 효과를 주겠지. 형들이 그러했듯이. 함께 들어가자고. 이젠 질질 끌지 말고 마무리해야 할 일들도 있잖아."

"그거…… 무슨 뜻이야?"

"말 그대로."

그는 테이블에 서류봉투를 내려놓으며 눈을 맞춰왔다. 영혼을 부여한 신이 온도를 앗아간 듯, 날카로운 그 눈빛은 밤의 여신 닉스(Nyx)의 검은 날개보다도 짙고, 북극해의 기저보다도 냉혹하다. 심장에 서릿발이 친다. 시준이 열어보라는 듯 눈짓한다.

하은은 손을 뻗어 서류봉투 안의 문서를 꺼냈다. 파혼 문서였다. 문서를 훑어보는 동안 손에 힘이 들어간다. 파혼 위자료에 관한 항목과 한남과 재상 계열사 상호 거래 시 최대한 예우를 해주겠다는 내용이었다.

"해줄 수 있는 최선의 예의는 갖췄어."

"……해줄 수 있는 최선? 오빠가 어떤 사람인데 이걸 최선이라고 해?"

"결혼 아닌 파혼이야. 그 이상의 요구를 바란다면 과욕이겠지."

"웃기지 마. 누가 이런 푼돈 받자고 6년을, 아니, 십여 년을 오빠만 바라본 줄 알아? 왜, 오빠 아버지한테 먼저 보내보지 그랬어?"

"이 회장한텐 오늘 아침에 발송했어. 임 회장님께도 보내 드렸어야 했나?"

하은의 눈동자가 흔들렸다.

"싫어, 안 해. 절대 안 해줄 거야. 법정 공방도 감수할 수 있어. 아니, 한국 정계를 적으로 돌리고 싶으면 하고 싶은 대로 해봐."

"임하은."

하은은 들고 있던 문서를 손에서 놔버렸다. 얇은 문서가 추락하듯 붉은 카펫 바닥으로 떨어진다. 길가에 아무렇게나 돌아다니는 낙엽을 보듯 시준의 눈동자에는 감정이 없었다. 하은이 시준을 향해 손을 내밀었다. 시준은 그 손을 마지못해 에스코트하듯 받았다.

회랑에서 두 사람은 보통의 파트너였다. [회전목마]를 기증했던 마이클 베어만이 시준을 발견하고 다가와 악수를 청한다. 그의 주변에 있던 인사들도 알은체했다. 시준은 점잖은 웃음을 보이며 차례대로 인사를 나누고 하은을 소개하였다. 능숙하고 흠잡을 데 없이 정갈한 태도. 그는 한남자동차 해외법인 신차 제작팀장으로서의 역할을, 옆에 선 약혼녀의 약혼자 역할을 매끄럽고 유쾌하게 소화해 내었다.

시나리오 그대로 자연스레 연기를 보이는 명배우처럼.

하은은 베어만의 어깨 너머로 보이는 창에 눈길을 두었다. 어느새 밖은 진청색 어둠으로 빠르게 덮여가고 있었다. 창에 회랑의 풍경이 거울처럼 비쳐진다. 이시준의 약혼녀 역할을 맡고 있는, 오직 껍데기뿐인 임하은도. 비참함에 뒷목이 당겼다. 연극이 끝나고 나면 차갑고 메마른 현실과 다시 신경전을 벌여야 할 테니까.

❖　❖　❖

수업 외에 외부 업무가 많은 송 교수는 자신의 연구실을 세림에게 쓰도록 권유했다. 연구실 책장의 논문들과 컴퓨터에 있는 자료들은 질적, 양적인 면에서 비교 불가의 신세계였다. 그 큰 학교 도서관이나, 알음알음 알게 된 루트들로 받는 두루뭉술한 자료들보다도 정확하고 핵심적이었다. 도서관이나 커피숍 어디서 논문을 쓰든 상관

없다고 생각하던 세림은 바로 허리 굽혀 교수님께 공손히 인사했다. 그날부터 교수님 연구실을 사용하게 된 것이 벌써 3년째.

"그거 알아요? 우리 엄마가 누나 며느리 삼고 싶어 했던 거?"

각자 책상에 앉아 업무를 보던 세림, 안나, 상훈이 고개를 들었다. 셋 모두 넋 나간 얼굴로 입을 다물지 못했다. 세림은 눈길을 거뒀다.

그리고 오늘처럼 드물게, 교수님이 학교에 계신 날에는 과사무실로 내려왔다. 최근은 차라리 이곳이 더 편했다. 도윤이가 시간이 날 때면 연구실이고 과사무실이고, 자신이 있는 곳을 귀신같이 찾아오기 시작했으니까. 물론, 도윤이가 산만하거나 남의 사정은 안중에도 없이 무례를 범하는 아이는 아니었다. 본인도 어디에든 자리 잡아 얌전하고, 조용하게 공부며 리포트를 쓰니 방해되진 않았고. 다만 곤란한 건 제3자들의 시선이었다. 일주일째 옆에 붙어 다니다 보니 언론홍보학과 여자애들이며, 송 교수님, 지인들 이목의 정점에 도윤이 서 있다는 거였다. 아이는 예전부터 그런 식의 주목을 질색해했는데……. 그런 누나의 걱정스러운 마음을 알았던 건지 어떤 건지. 도윤인 어느새 말끔하고 순하게 생긴 얼굴에, 그야말로 이 시대 사랑스러운 훈남 이미지와 더불어 넉살까지 좋은 애가 되어 있었다. 그리고 학과생들과 친구, 오빠, 누나, 형, 동생을 먹었다. 이제 언론홍보학과에서 유명인사로 교수님까지 섭렵했다.

"야, 넌 순한 얼굴로 뻔뻔한 말을 참 잘도 한다. 생긴 건 누나, 저…… 하면서 수줍수줍 말도 못 꺼낼 것 같은 놈이."

상훈이 다시 키보드를 두들기며 중얼거리듯 말했다.

"에이. 수줍수줍 할 때는 지났죠. 제 나이가 몇 살인데."

"스물하나면 한창 꽃답게 누나, 형, 밥 사줘여, 하고 들이대도 사랑스러울 나이네요."

"형 그런 취향이었어요? 뭐, 형이 원한다면 기대에 부흥해 줄 순 있지만…… 전 여자 좋아해요."

"자고로 남자ㄱ 여자고 예쁘게 생긴 생물을 싫어하는 사람이 없어요. 누나, 저놈 저거 기특하지 않아? 귀엽잖아. 스페어로 한 번 키워봐."

세림이 가관이다 하는 표정으로 놀라 입을 벌리다가 상훈을 째려주었다.

"스페어가 뭐예요. 하다못해 세컨드에라도 꽂아주지. 사실 세컨드도 성에 안 차지만, 원래 동서양으로 애첩이 더 사랑받긴 하니까 거절은 안 할게요."

"애첩이고 스페어고, 넌 이미 내 가이드라인에서 벗어나도 한참 벗어났거든? 난 연하는 취급 안 해!"

"와, 고집 있는 여자네. 아니, 내가 부족한 게 뭔데요? 오히려 내가 좋다고 하면 버선발로 어서 옵쇼, 하고 나와서 인사해야 하는 거 아닌가? 말했잖아요. 나 어려, 똑똑해, 잘생겼어, 장남에 집도 잘살아. 엄마가 곧 차도 뽑아준다고 했다구요. 게다가 시어머니 될 분이 두 손 들고 어이쿠 환영해. 나 이 정도면 누나 모시기 부족함 없는 남자 아닌가? 누나, 자꾸 그렇게 밀당한다고 튕기면, 진짜 튕겨져 나가요."

청산유수 같은 도윤의 발언에 세림은 고개를 절레절레 흔들었다. 정말이지 미워하려야 미워할 수 없이 얄밉다, 생각하며. 세림 뒤쪽에 트인 창으로 단풍잎 색의 늦은 오후 햇살이 쏟아져 도윤의 널따란 어깨에 내려앉았다.

알고 있었다. 스물한 살 얄밉도록 여유롭고 오만방자하던 남자애를. 또래보다 조금 성숙했고, 또래보다 가끔은 유치했던. 그래서 여름날이면 괜스레 미워지고 원망스러워지게 만드는…….

책상에 올려둔 휴대전화의 진동이 울렸다. 어디에도 초점을 두고 있지 못하던 세림이 액정으로 시선을 떨어뜨렸다. '중호 오빠야' 하고 뜬다. 초점이 돌아오긴 했지만, 여전히 그녀의 눈에는 생기가 없다. 그녀는 통화버튼을 밀어 귓가에 댔다.

"어, 오빠. 응, 나 이제 곧 끝나. 시간 맞춰……. 아, 그래? 아냐, 괜찮아. 그럴 수도 있지 뭐. 신경 쓰지 말고…… 모레? 아, 모레 괜찮아! 응. 어, 그래, 그럼……."

마지막 인사를 하려는데 전화가 무심하게 뚝 끊겼다. 끊겨진 전화를 아쉽게 내려다보던 세림에게 어쩐지 사무실에 있는 눈들이 몰리는 기분이 든다. 그녀는 아무렇지 않은 얼굴로 보고서 발송 메일을 다시 작성했다. 조용해진 사무실에 키보드 소리만이 어색하게 울린다.

"미쳤네, 진짜. 뭐 하늘을 나는 자동차라도 연구한대? 무슨 남친이 약속을 밥 먹듯이 깨냐!"

"도윤아……."

세림은 뒷말 없이 그를 심각히 바라보았다. 과사무실 한쪽 테이블에 앉아 공부를 하고 있던 도윤도 지지 않고 세림의 눈을 마주했다. 두 사람의 시선이 공중에서 조금도 양보 없이 충돌하였다. 결국 세림은 도윤이 그 눈길을 도무지 거둘 것 같지 않아 먼저 피하고 만다.

"너 바쁜 애잖아. 너네 과 수업 없어? 빨리 가. 민폐야."

"그렇게 앙칼지게 나온다고 내가 싫어할 줄 아나? 내가 수업 빼먹고 오는 것도 아니고. 그리고 나 나름 여기서 잡일 도맡아 하잖아요. 부려먹을 땐 잘 부려먹으면서."

"누가 들으면 하인 부리듯 하는 줄 알겠네."

"하인 부리듯 하진 않지. 내가 자진해서 그렇게 할 뿐이지."

도윤의 말에 어이없어 한숨을 터뜨리고는 더 이상 대꾸하지 않았다. 쓸데없는 실랑이에 기운 빼고 싶지 않았다.

한참 동안 미동 없이 있던 도윤은 괜히 신경질적으로 책을 탁 덮으며 자리에서 일어섰다. 마치 단단히 뿔이 났음을 보여주기라도 하듯 짐을 챙겨 넣는 그의 행동에 짜증스러운 소음이 묻어났다. 그 사이로 노크 소리가 울리며 과사무실 문이 열렸다. 우진이다.

"단골 녀석이 제일 먼저 눈에 띄네. 퇴근들 안 해? 오늘 사회과 학대 조교들이랑 대학원생 애들 모여서 술 한잔한다는데 여긴 어떡할래?"

"와우, 당근 콜!"

상훈이 자리에서 일어서 박수치며 환호성을 질렀다.

"좋아. 세림이는 오늘 데이트 있다고 했나?"

"파토 났어요."

세림이 무어라 대답하려는데 또 도윤이 선수 쳤다. 그녀가 입술을 반쯤 삼키며 도윤을 못마땅하게 쳐다보았다. 그가 어깨를 으쓱하며 혓바닥을 슬쩍 내밀어 보인다.

"그럼 여기도 슬슬 정리하고 나와. 건물 앞에서 기다리고들 있어."

"저도 가도 돼요?"

도윤이 또다시 불쑥 나선다.

"어린이는 집에 가서 리포트나 쓰기."

우진은 단번에 잘라 버리고는 대답도 들을 필요 없다는 듯 그대로 나가 버렸다. 도윤의 애교가 통하지 않는 건 우진뿐이다. 세림과 안나, 상훈은 작게 웃음이 터졌다.

"와, 뭐 저런! 주민등록증 있는 어린이도 있어?"

"애기는 가서 머리 좋아지는 검은콩 두유나 마셔라."

이번에는 상훈이 겉옷을 챙기며 도윤의 엉덩이를 토닥이더니 제일 먼저 과사무실을 나섰다. 도윤이 대번에 정색하며 씩씩거린다. 세림도 웃으며 컴퓨터 전원을 껐다. 가방에 짐을 챙기다가 책상 위의 휴대전화를 망연히 바라보았다.

최근의 전화는, 언제나 용건만 간단히. 통화는 1분 이상을 넘지 않고, 자신이 먼저 끊어본 기억이 거의 없다. 바쁘다고 약속도, 약속 시간도 지키지 않는 일이 허다했다. 이런 남자친구의 행동에 대해 짐작 가는 바가 있다.

1년이면 충분한 연애 기간이었다며 그가 결혼하자 했었다. 당황스러웠다. 그와 만남의 결론을 꼭 결혼으로 끝낼 생각이 아니었다. 그럼 어떻게 끝내길 원했느냐 묻는다면 거기에 대한 답변도 할 수가 없었다. 늦어지는 대답에 기분이 나빴던 듯, 그는 앉아 있던 자리에서 일어섰다. 그리고 오늘까지 계속 이런 상태다. 조금은 서운하고, 외롭고, 뒤로 밀려난 기분이다. 하지만 싫지는 않다. 지금은 자신이 만나고 있는 남자에게 어떤 대답을 해줘야 할지 모르겠다. 차라리 최근처럼 조금쯤 무관심하고, 좀 덜 배려받는 쪽이 편하다.

양심의 가책을 받지 않아도 되니까.

마음을 온전히 정할 수 없는, 자기합리화다.

세림은 휴대전화를 외투 주머니에 집어넣고 스카프를 목에 둘렀다.

❖　❖　❖

그러니까 아마도 2009년, 세림의 생일 얼마 전. 그날을 우진은 잊으려야 잊을 수가 없다. 기억 한 귀퉁이에 워낙 강렬하게 박혀 남아버렸으니. 그날 세림의 생일을 미리 축하해 주고, 그녀와 간만에 편하고 즐거운 시간을 보냈다. 집에 데려다 주기 전까지는.

세림의 친구가 라디오 프로그램에 축하 사연을 보냈다고 하기에 주파수를 맞췄다. DJ가 사연을 읽어주고, 신청 음악이 흘렀다. 그리고 세림이 울었다. 섧고 아프게. 도무지 손을 쓸 수도, 어르고 달랠 수도 없었다. 너무 갑작스럽게 터진 울음에 상황 파악도 되지 않았으니까. 할 수 있는 일이라곤 차를 갓길에 세워 세림이 울음을 그칠 때까지 기다리는 것뿐이었다. 축하 사연에 감동받았다고 하기엔 세림의 눈물은 사람을 굉장히 먹먹하게 만들었다. 다른 축하 사연 신청자가 요청한 노래도 생일 축하에 어울리지 않게 애달팠다. 구절마다 생각하게 만드는 가사였다.

실컷 울고 난 세림은 몇 번 정도 호흡을 가다듬고는 실없게 웃었다. 미안하다고……. 왜 그랬는가 묻지 않았고, 세림도 말하지 않았다. 며칠 동안 일이 손에 잡히지 않았다. 처음으로 헤어지자 말을 하던 그해 봄, 수척해져 가던 그 여름, 그리고 그날. 지난 5년간 알아오며 세림은 때론 자신이 전혀 알지 못하는 여자처럼 변해 있을 때가 있었다. 어떤 행동에 있어 이유가 없다는 것은 믿지 않는다. 그 이유는 본인이 가장 잘 아는 것이며 드러내지 않는 건 알리고 싶어 하지 않기 때문이다. 그런 것들에 자신도 딱히 벽을 느끼진 않았다. 자기만의 세계니까. 굳이 뚫으려 하지도, 스스로 뚫고 나오는 것을 원하지도 않았다. 하지만 세림에게만은 그냥, 이유 없이, 라는 말을 모른 척하고 싶지 않았다. 알고 싶었고, 알아야 할 것 같았다.

생각 끝에 세림의 친한 대학 동기인 김단아에게 물어보았다. 자신이 모르는 은세림의 이야기에 대해.

김단아는 대강의 사정을 얘기해 주었다. 예과생 남자애와 사귀었던, 서로 무척 좋아했던, 그리고 그 남자애가 유학을 가게 돼 헤어졌다는 것 등을. 헤어지는 과정에서 서로 아프고 많이 힘들었다고 했다는 말도 덧붙였다. 우진은 이해가 되지 않았다. 장거리 연애는 얼마든지 가능했으니까. 그럼에도 먼저 관계를 끊어낸 건 세림이었고, 그럼에도 쉽게 잊지 못하는 것도 세림이라 하였다.

"그리고 걔랑 너, 좀 닮았어."

내가, 그를⋯⋯?

의아해하던 와중에 그가 세림은 생일선물로 주었던 시계를 돌려주었다. 아무래도 부담스럽다며. 한참 동안 말없이 미간을 모았던 것 같았다. 이제껏 세림이 민감하게 느낄 질문은 단 한 번도 하지 않았지만, 처음으로 물었다. 내 어디가 그 남자애를 그렇게 닮았느냐고. 세림은 뻣뻣하게 굳어 얼굴이 하얗게 질렸었다.

헤어지자고 했던 그 봄, 그리고 그 여름날보다 더.

상훈이 빈 잔에 술을 채웠다. 지난 기억에서 벗어난 우진이 웃으며 술자리를 돌아보듯 세림에게 눈길을 돌렸다. 그녀는 조금 취한 듯 양 볼이 붉게 달아올라 있다.

그 후, 세림은 잠시의 인턴 생활을 하고 학교로 돌아와 석·박사 과정을 밟게 됐다. 박사 생활 중 클라이언트로 만난 광고사 사람의 친구인 연구원이 지금 남자친구이다. 30대에 유능하지만 여자친구에게 그다지 근사하지 않은 남자. 매번 세림이 일보다 뒷전이어서 두 사람은 헤어지고 만나기를 반복하였다. 그리고 얼마 전에 나타난 예과생 신도윤. 우진은 도윤에게서 한 번도 본 적 없는 그 예과생의 실루엣을 보았다. 그것은 썩 기분 좋지 못한 경험이었다.

세림의 웃음에 설레었던 적이 있고, 지금도 설레고 있다.

우진은 오늘 그 웃음에 허탈해질 뿐이다.

Sliding Doors

눈을 떴다. 미처 여며지지 않은 커튼 사이로 아침 햇살이 눈가를 찔러왔다. 몽롱한 기분에서 깨어나지 못해 인상 쓰듯 눈을 감으며 베개에 얼굴을 묻었다. 3년 만의 특별 휴가라는 핑계로 지난 보름 동안 안시(Annecy), 피렌체(Firenze), 꼬모(Como) 등 유럽 휴양지를 돌았다. 바로 어제까지는 말리부 여름 별장 침대에서 눈을 떴었고. 태양은 하나인데 아침을 맞는 장소가 바뀔 때마다 햇살의 온도가 미묘하게 다르다.

시준은 파묻히지 않은 한쪽 눈을 떴다. 11월, 한국의 햇살은 건조하지만 그런대로 따뜻하다. 감회가 새롭다. 그가 나른하게 미소 지었다.

6년 만의, 한국이다.

그는 몸을 일으켜 잔뜩 눌러 붙은 게으름을 벗어내고 욕실로 향했다. 간단히 샤워를 하고 블랙진에 회색 셔츠를 걸치듯 입었다. 시차로 인해 노곤한 기분만 빼고 몸은 되레 가볍다. 여유로운 걸음으로 계단을 내려오는데, 햇살이 훤히 드는 거실 소파에 앉아 티타임을 즐기는 윤 관장이 보였다. 그의 입가에 미소가 돈다.

"Good Morning."

윤 관장이 자연스레 고개를 돌렸다. 막내아들, 시준의 얼굴을 보고 화답이라도 하듯 그녀도 웃는다.

"벌써 10시야. 늦었어."

시준이 계단을 빠르게 내려와 윤 관장의 어깨에 손을 올리고는 맞은편 자리에 앉았다. 그가 테이블에 놓인 신문을 집어 든다.

"이제 10시야. 오랜만에 휴가받은 사람한텐 10시면 일러도 한참 이른 시각이지."

"휴가는 무슨, 출근해야 되는 녀석이."

윤 관장이 차를 한 모금 마시며 심상히 말하였다. 신문 1면의 헤드라인을 대충 훑던 시준은 무슨 말이냐는 듯 한쪽 눈썹을 들어 올렸다. 그녀가 리모컨을 들어 채널을 넘긴다. 홈시어터 서라운드 스피커에서 아침 드라마, 연예정보, 뉴스가 콩트처럼 연이어졌다.

"아버지한테 못 들었구나? 오늘부터 회사 나가야 돼. 미래전략기획실에 자리 하나 비워뒀다던데."

"하나도 안 반가운 농담이야. 재미없어."

"농담은 무슨. 놀면 뭐 하니? 일해야지. 아버지가 그만큼 놀고 왔으면 됐다고 하셨어. 그 의견에 나도 찬성이야. 젊은 애가 집에서 팽팽 노는 거 보기 싫어."

"놀다 와? 나 학·석사 도합 5년 반 동안 토할 정도로 공부하고 들어왔어. 게다가 신차 기획 · 제작에서부터 마케팅까지 내 손 거쳤고. 어디가 놀다 왔다는 거야? 누구 마음대로 그 빡신 데다가 박아두려는 건데."

"그건 네가 당연히 해야 했던 일이었고. 그래서 그 후에 놀았잖아, 보름."

"윤 관장님, 나 여기 놀러 온 것도, 일하러 온 것도 아니야. 내가 한국 왜 들어왔는지 몰라요?"

"알지, 왜 몰라. 우리 막내 자랑스러운 대한의 아들 되려고 왔잖아? 근데 가기 전까지 아직 시간 많잖아."

"아, 엄마!"

"나한테 더 이상 뭐라고 하지 마. 이 집에서 네 아버지 이길 사람 아무도 없어. 나도 오늘은 갤러리에 나가야 돼. 나이 먹은 엄마도 일하는데, 젊은 아들이 놀면 열받아. 그러니까 너도 일해!"

윤 관장은 놀리듯 싱긋 웃으며 덧붙이고는 자리에서 일어났다. 시준은 한 방 먹은 듯 기막힌 숨을 토해내며 한참 동안 입을 다물지 못했다.

❖　❖　❖

한남그룹, 세대 교체 이어 컨트롤타워 부활

최근 주요 기업들이 그룹 내 위상을 강화하고자 속속들이 컨트롤타워를 재건하고 있는 가운데, 한남그룹 역시 이에 동참하기 시작했다.

한남그룹은 작년 3월, 전(前) 한울백화점 이재환 회장이 한남자동차의 경영권을 승계, 이어 경영진 인사이동 및 3세들이 회사 경영을 직접 챙기기에 돌입했다. 이 과정에서 자동차, 건설, 유통, 호텔을 아우르는 중추 컨트롤타워 역할인 '미래전략기획실'이 신설되었다. 업계에서는 "경영 승계를 받은 이재환 회장의 본격적인 권력 다지기와 3세들의 지원 사격. 한남건설 인수 때 자금을 조달해 준 이유로 경영에 영향력을 행사하고 있는 재상그룹과 한남건설에서의 파워게임에서 밀리지 않으려는 배경이 아니냐."는 분석이다. 그러나 관계자는 "세대교체와 함께 계열사 간 원활한 업무 조정 전담 부서가 필요했을 뿐, 항간에 떠도는 증언은 전혀 근거가 없다."며 선을 그었다.

한편 한남그룹의 '미래전략기획실'은 다른 기업들과 달리 1실과 2실로 구성되었다. 1실은 경영전략 1팀, 경영전략 2팀, 재무경제 팀 영업본부 팀, 신성장사업기획팀이 한남자동차와 같이 성장해 온 임원진들로 구성돼 있고, 수장으로는 한남건설 인수 일등공신인 표인호 그룹 부회장(58)이 맡고 있다. 2실은 가치창조경영 팀, 커뮤니케이션 팀, 경영진단 팀, 인사지원 팀으로 구성되며, 경영, 경제, 공학, 디자인 등의 석·박사 학위를 취득한 젊은 인력 총 스물일곱 명이 정예로 동원되었다.

현재 2실장은 아직 공석이며, 고은석(30) 차장이 임시 수장을 맡고 있다. 일각에서는 우노모터스의 이해준(33) 부사장이나 한남건설 기획총괄본부 이연준(31) 본부장이 2실의 수장이 될 것으로 유력하게 보고 있다. 미국 스탠퍼드대에서 MBA를 취득한 이시준(27) 해외법인 전(前) 신차 제작팀장은 군복무를 위해 내달 1일 입국 예정이라고 하며, 실무 행보에 대해서는 정해진 바가 없다고 전해졌다.


빌어먹을 노친네.

바로 슈트로 갈아입은 시준은 '빌어먹을'을 수십 번 씹어뱉어 낸 뒤 계동에 있는 한남건설 사옥에 도착했다.

늦으셨습니다, 라고 웃으며 말하던 사원은 시준을 보고 바로 입을 닫았다. 그의 얼굴에 냉풍이 분다. 입국한 다음날부터 출근이 썩 내키지 않겠지만, 고 차장의 지시로 10시부터 새파랗게 앳된 실장을 기다리고 있었던 그도 그다지 좋은 기분이 아니었다.

시준은 바지주머니에 손을 찔러 넣은 채 사무실 책상을 빤히 쳐다보았다. 책상에는 일찌감치 '미래전략기획 2실 실장 이시준'이란 글자의 명패가 정성스레 새겨져 있었다. 그 뒤로 밀린 프로젝트 기획안 예시들과 기획, 인사지원, 커뮤니케이션팀 결재서류들이 쌓여 있었다. 조금 있으면 자동차, 건설, 유통과 호텔리조트가 연말 행사들로 제일 바쁜 시즌에 돌입한다. 그가 한숨을 쉬며 주머니에 찔러두었던 손으로 이마를 문질렀다.

유통과 호텔은 12월과 1월에 매출 포인트를 두고, 건설은 내년 10월 시공에 들어갈 인천지구 개발 프로젝트에 참여. 자동차에선 연말쯤 엑스페라토(Experator)의 2차 광고 홍보가 들어갈 것이다. 연초에는 대형 세단 출시와 함께 내수 시장을 잡을 거고.

시준은 머릿속으로 일의 우선순위를 결정하고 책상 위 전화의 스피커폰을 켰다. 번호를 누르자 몇 번의 신호음이 울리고 상대와 연결된다. 그가 수화기를 들어 귓가에 대었다.

"안녕하세요, 문 본부장님. 이시준입니다. 네, 건강하셨죠? 다름이 아니고 엑스페라토 2차 광고 홍보 문제로 전화 드렸습니다."

❖　❖　❖

송 교수가 슬라이드를 넘기자 화면에는 ['엑스페라토' 광고 홍보 예시안]이라는 문구와 함께 너른 라스베이거스 사막을 내달리는 파란색 SUV 차량 사진이 나타났다.

"엑스페라토는 나름 한남자동차의 야심작이지. 이시준 신차 제작팀장이 제작기획안에서부터 제작, 디자인 초이스, 홍보·마케팅까지 전 과정을 직접 챙겼어. 재밌는 에피소드 하나 알려줄까? 일본 엔도 자동차의 3세 엔도 쇼우지는 출시 후 미국, 유럽 시장을 휩쓴 엑스페라토에게 신문 광고로 이런 축하 메시지를 실었다. 'Congratulations on Experator's debut in the global market. With the mind of a raw recruit, I beg your growing consistently(엑스페라토의 세계 시장 진출을 축하합니다. 부디 초심자(애송이)의 마음 변치 않고 성장하길).' 이 광고는 미국 전역과 유럽, 일본, 심지어 한국 지면광고에까지 실리게 됐지. 이를 본 이시준 팀장은 일본 엔도 본사 사옥 옥외 광고판을 사게 되고, 그 광고판에 이런 감사 메시지를 걸어놓았어. 'I appreciate Endo's interest indeed. New recruits used to develop themselves remarkably from seeing foregoer like arrogant people. There is a saying that says By other's faults, wise men correct their own(엔도의 관심 감사합니다. 신입들은 항상 회사의 도도한(거만한) 선배를 보며 성장하죠. 현명한 사람은 다른 사람의 실수를 보고 스스로를 고친다는 말입니다).' 라고. 그리고 이것은 인터넷을 통해 전 세계로 알려졌지."

강의실에 웃음이 터졌다.

"이 광고는 굴욕적이게도 엔도 본사 사옥 옥외 광고판에 1년 내내 걸리게 될 예정이다. 건물의 옥외 광고판은 회사의 소유가 아닌 부동산으로 분류가 되기 때문에 가능한 일이지. 그리고 엑스페라토는 올여름 한국 차 중에 두 번째로 '북미 올해의 차'로 선정되는 영예를 안게 됐어. 이후, 이 팀장은 광고판 문구를 이렇게 바꿨어. 'Sincerely, with the minds of beginner(항상 초심자의 마음으로)'."

얘기를 듣던 아이들은 이제 박수까지 치며 폭소하였다.

"여기까지 하고, 나머지는 10분 정도 쉰 다음에 다시 시작하자."

송 교수가 마이크를 놓자 집중된 강의실 분위기는 한결 자유로워졌다. 그가 강의실을 나서며 세림에게 따라오라 손짓한다. 왼편 앞줄에 앉아 있던 세림이 자리에서 일어났다. 옆에서 졸고 있던 도윤은 그 기척에 눈을 떴다.

"수업 끝났어요?"

졸음을 제대로 떨쳐 내지 못한 도윤이 눈가를 비비며 물었다. 잠이 묻어서인지 평소에도 말갛고 하얀 얼굴이 더 뽀얗게 도드라졌다. 심지어 입술 빛도 진분홍이다. 이마를 덮고 있는 앞 머리칼은 그가 움직이는 대로 가볍게 흔들렸다. 남자애가 어쩜 예쁘기도 예쁜데다 사랑스럽게까지 느껴진다. 잘 컸구나, 싶은 감탄이 절로 든다.

세림은 나지막한 숨을 내쉬며 대답했다.

"쉬는 시간이야."

도윤은 눈을 뜰 생각도 못하고 고개를 끄덕이더니 그대로 다시 책상에 엎어졌다. 그가 입고 있는 두터운 노랑색 후드 셔츠에서 부드러운 섬유 유연제의 향이 한꺼번에 올라왔다. 꼭 겨울 햇살이 따사롭게 내리쬐는 거실 창 앞에서 잠든 재패니스 스피츠를 보는 것 같다.

목요일 수업은 오전과 오후에 걸쳐진 '광고 홍보·마케팅의 이해와 기능'이었다. 이 세 시간 수업 중 도윤은 두 시간을 꼭 이곳에 와서 함께 들었다. 보통은 거의 세림을 쳐다보고 앉아 있을 뿐이고, 대개는 꾸벅꾸벅 졸곤 하였다. 다른 데 가서 쉬라고 해도 도통 말을 듣지 않는다.

한숨을 내쉬자, 복도의 차가운 공기에 입김이 한꺼번에 뭉쳐 올랐다.

"어제 들어와서 일부터 붙잡았다고? 미국에서도 아주 알아줬다더니 들어오자마자 열정이 대단하네. 배부른 놈이 근성은 남달라."

송 교수는 전화를 받으며 포트에 든 따뜻한 물을 머그컵에 따르고 있었다. 그가 고갯짓하며 테이블 의자에 앉을 것을 권한다. 세림은 조용히 문을 닫고 연구실 안으로 들어와 테이블 의자를 빼 앉았다.

연구실은 천장 온풍기에서 흐르는 바람으로 따뜻해져 있었다. 송 교수는 머그컵 안의 원두커피 티백이 제대로 우려지도록 몇 번 담갔다 건져 냈다. 길지 않은 통화를 끝낸 그가 머그컵 하나를 가까이에 밀어주며 자리에 앉았다.

특유의 고소하고 진한 커피 향이 코끝에 닿는다.

"문 본부장이 따박따박 안 지는 너의 말대꾸가 그립단다."

세림은 뜬금없는 송 교수의 말에 어리둥절해하다 이내 옅게 웃었다. 송 교수는 실무 현장에서 검증된 실력자로 여러 기업들과 광고 회사에서 광고컨설팅이나 자문 교수로 초빙이 많은 유명인이었다. 문 본부장은 한남그룹 계열 광고사 'Creative I'의 광고 2본부에 속해 있는, 업계에서 이름난 광고인이고. 두 사람은 이미 현역에 있을 때부터 알던 선후배였다. 그리고 문 본부장이 재작년까지 커뮤니케이션 대학원생으로 있어 두 사람의 인연은 더욱 막역했다. 세림은 연구조교로 송 교수의 일들을 어시스트하다 보니 광고 쪽에 눈도장을 찍게 됐고, 문 본부장과 스스럼없는 사이가 된 것이다.

"힘없는 조교가 말대꾸해 봤자 맡은바 소임 안에서죠. 마케팅적으로 크리티컬 올 상황을 그냥 넘어갈 수도 없고. 날아가는 돈이 얼만데."

"다 날아가 봐야 안다. 날아가도 노인네들 입김이 세면 답 없는 거고. 참, 걔네 2013 상반기 캠페인 하나 들어간단다."

"뭔데요? 차?"

세림은 커피의 온기로 덥혀진 머그컵을 두 손으로 감싸며 짐작해 물어보았다. 송 교수가 고개를 가만히 끄덕인다.

"차. 엑스페라토 2차 광고 홍보."

그녀가 머그컵의 손잡이 부분을 손으로 힘 있게 쥐었다. 엑스페라토는 한남그룹 오너 아들이 제작을 주도한 작품으로 유명했다. 마케팅도 직접 지휘봉을 잡았다고 했다. 해서 1차 캠페인 때 일부 Creative I 실무진이 현지로 건너가 장기로 주재하여 마케팅에 참여해 오더를 받아왔고, 결과물을 국내 정서에 맞게 수정한 것이었다.

"이번에도 자문 부탁받았어. 자세한 얘기는 오리엔테이션에서 나오게 될 것 같아. 그리고 이번에 너도 캠페인 참여해 보라는데."

"네?"

"아이디어 한번 내보래. 문 본부장이 너 코스워크(Coursework) 끝나면 데려가려고 눈에 불 켜고 있잖냐. 이 좋은 기회가 어디 있어.

아이디어 한번 생각해 와봐.”

“……네, 알겠습니다.”

세림은 내키지 않는 미소를 머금으며 대답했다. 송 교수가 그만
가봐도 좋다며 손을 젓는다. 연구실을 나선 세림의 얼굴에 표정이
없다.

어차피 엑스페라토의 마케팅이며 광고는 해외 법인에서 오더받
은 대로 진행되겠지. 그래도 처음으로 아이디어를 생각해 오라니,
조금은 숨길 수 없는 기쁨이 묻어났다.

“칭찬이라도 받았어? 뭐가 그렇게 흐뭇해서 웃어요.”

입술 끝으로만 작게 웃던 세림이 익숙한 목소리에 놀라 돌아보았
다. 어느새 나와 있었는지 도윤이 바로 뒤에 서 있다. 자판기 커피라
도 마시고 있었던 모양이다. 그의 손에 들린 종이컵에서 옅은 아메
리카노 향이 풍겨왔다. 세림이 가슴에 손을 얹으며 숨을 고른다.

“놀랐잖아.”

“나도 같이 좋아봅시다.”

“됐다. 넌 몰라도 되는 일이다.”

어느새 세림은 연구실에서 나오기 직전의 무표정한 얼굴로 돌아
가 있었다.

몸은 한 개면서 동분서주 움직이느라 참 바쁜 애다, 하고 생각하는
사이 무언가가 머리에 얹어지는 게 느껴졌다. 고개를 돌리니 도윤이
한쪽 입꼬리를 말아 올리며 커다란 손바닥을 머리에 대고 있었다.

“야!”

세림이 앙칼지게 반응하며 눈을 부릅떴다.

어렸을 땐 말도 못 붙이게 건방지더니 이젠 컸다고 선생님이랑

누나를 먹지 않나 머리에 손을 얹어? 아랫입술을 깨물며 그를 가늘게 노려보았다. 도윤이 다른 손에 든 종이컵을 입가에 대다가 눈살을 찌푸린다. 커피가 영 맛이 없는 모양이다. 어련하시겠어. 열다섯, 어린 나이셨을 때부터 여러모로 까다롭기로 유명하셨으니.

세림은 얄궂어 속으로 곱씹었다.

"이거 안 놔?"

"못 놓겠는데. 그거 알아요? 누나…… 웃음이 되게 상냥해. 산뜻하고 따뜻해서 돌아서면 자꾸 생각나. 중독성 있어, 웃는 거."

웃음보다 더 상냥한 도윤이의 음성이 한기 어린 복도를 울렸다. 그 울림은 공간의 빈틈을 따뜻함으로 충분히 메우는 온도가 깃들어 있었다. 얼얼하게 차가워진 뺨이 부드럽게 녹아드는 것 같다.

세림은 조금 부끄럽고, 많이 당황스러워 이 상황을 어떻게 넘겨야 할지 모르겠다. 심장이 공연히 뛰어서 더 그랬다. 그녀는 눈매를 풀며 여유롭게 웃어 보였다.

"누가 그러대. 웃는 것도 예쁘고, 화내는 것도 예쁘고, 짜증 내는 것도 예쁘다고."

도윤이 미간을 모으며 웃었다. 주워 담을 수 없는 말을 뱉어낸 세림은 급히 후회하며 혀를 깨물었다.

이 상황을 넘긴다고 둘러댄 말이 하필. 이 아이는 자꾸만 잠재되어 있던 기억들을 서슴없이 끄집어냈다. 그럴 때마다 불편하고 싫다.

"맞아요. 누난 다 예뻐요. 그중에서 웃는 게 제일. 그러니까 웃지 마요."

"……."

"사랑에 빠질 것 같잖아."

"도윤아, 너 이미지가 되게 많이 바뀐 것 같다."

"나 원래 이랬어요. 누나 앞에서만 내숭 떨고 있었지. 그때 남자친구 있다고 해서 엄청 도도하게 행동했던 거, 후회됐었거든요. 그래서 마인드를 바꿨어요."

"차라리 입 다물고 있던 그때가 더 예뻐 보였다."

"원래 입 다물면 더 예뻐 보이는 애들이 있죠. 근데 난 입 열면 더 매력적이란 얘기 듣는데?"

"누가 그러디?"

"누구긴, 내 팬들이. 와, 자판기 커피 내가 추구하는 입맛하고는 너무 거리가 멀다. 커피숍 갔다 올 건데 누나는 뭐 마실래요?"

"난……."

"겨울이니까 초코라떼?"

세림은 결국 다시 실없는 웃음이 나오고야 말았다. 도윤이 마땅찮은 표정으로 종이컵을 바라보더니 그대로 쓰레기통에 던져 넣었다. 그가 검지로 세림의 볼을 툭, 친다.

"그렇게 웃지 말라니까."

그리고 무심히 몸을 돌려 복도를 걷는다. 세림은 볼을 매만지며 눈을 반쯤 내리감았다. 그러다 이내 눈동자가 허탈해진다. 도윤이 계단을 내려가는 소리가 환청처럼 멀어져 갔다. 늦은 오후, 좁은 창을 통해 비쳐드는 겨울 햇살 속에 먼지들이 자유롭게 유영한다.

자꾸 저 아이로 인해, 시간과 공간이 균열을 일으키며 기억하고 싶지 않은 때로 되돌아간다. 그립지 않다고 단언할 수 없다. 그건 명백한 거짓말이다. 다만, 무방비 상태로 마주할 때면 어떻게 대처해야 할지 모르겠다. 심장이 조각날 것만 같은 그 아픔을, 괴로움을.

눈을 감았다 뜨면, 아직도 선명하게 보인다.

새겨져 지워지지 않는 흔적들이…….

그날의 봄볕, 그날의 바람, 소란스러웠던 소음들. 새파란 하늘을 배경으로 정문에서부터 길게 늘어졌던 은행나무길, 노랗던 개나리, 온통 짙은 초록빛으로 물들어 있던 공기와 보기만 해도 설레는 봄을 한껏 즐기고 있던 여학생들의 파스텔 계열 옷. 바람에 흩날리던 분홍색 꽃송이들과…… 다정한 손길, 보통 사람들보다 뜨거웠던 체온, 낮은 음성, 부드러운 눈길까지.

잊기를 수없이 바랐지만 잊혀지지 않았던, 잊을 수 없었던 것들.

눈가가 뜨거워진다. 어른거리는 환영을 좇으면 좇을수록 호흡이 가빠져 왔다. 눈을 감았다. 더 이상 감당되지 않는 버거운 흔적들의 무게를 견딜 수 없어……

세림은 쓰러질 듯 벽에 기대섰다. 시리도록 차가운 기운이 두터운 니트 속을 파고들었다.

❖　❖　❖

멈춰 있던 앞차를 따라 액셀러레이터를 밟았다. 퇴근 시간 압구정 도로는 숨 돌릴 새 없이 막힌다. 차라리 걸어가는 것이 더 빠를 정도다. 서행하던 차가 신호에 걸려 멈추었다.

2실 직원들과 인사를 나누고 1실 책임자인 표인호 그룹 부회장님을 만났다. 출시 예정인 신차 서킷 시험 운행을 관전하기 위해 독일로 건너간 노친네가 특별히 부탁한다 했다는 말을 덧붙이며, 친히 1실 주요 인사들과 임원진들에게 데리고 가 인사시켰다. 그

후, 종일 업무 초읽기로 시간을 보내며 고은석 차장이 처리하고 있던 일들을 인계받았다.

좌회전 신호가 끊어지고 보행자 신호가 파란불로 바뀌었다. 양쪽 인도에 있던 사람들이 물살처럼 흘러들며 섞인다. 시준은 눈가를 찌푸리며 넥타이를 끌렀다. 그제야 숨통이 트인다는 듯 얕은 숨을 내쉬며 피곤한 몸을 시트에 기댔다. 그의 표정은 갤러리에서 어느 것 하나 특별해 보일 것 없는 평범한 그림을 감상하듯 지루하다.

정말로도 굉장히 지루하고 피곤하고, 귀찮다. 윤 관장과 하은, 그녀의 모친인 강 이사가 저녁 약속을 핑계로 퇴근하는 자신을 불러내지만 않았어도……. 이 회장은 하은과의 파혼 문서를 분명 봤음에도 가타부타 말이 없었다. 전화도 받지 않는다. 빌어먹을 노친네. 접촉할 수 있는 선이 없다.

그가 핸들을 잡고 있는 오른손 손가락들은 까닥거리길 몇 초. 검지가 허공에서 움직임을 멈췄다. 시준은 시트에 묻었던 몸을 천천히 바로 세웠다. 그의 눈동자가 굳는다. 화가가 은밀히 숨겨놓은 무언가를 발견한 모양으로. 자동차 헤드라이트들로 색채가 뭉개진 인파 사이에서 또렷한 윤곽을 드러내는 오직 단 한 명.

은세림……?

제 눈을 의심했다. 그러나 눈 한 번 깜박이지 못한 채 시선도, 고개도 횡단보도를 건너는 그녀의 움직임을 좇아 방향을 틀었다. 그녀가 반대편 인도에 가까워질수록 밤거리와 사람들 사이에 가려진다. 망설임 없이 차 문을 열었다. 홀리듯 도로로 성큼성큼 걷다 군중 사이로 파묻혀 가는 세림의 뒷모습을 놓치지 않기 위해 필사적으로 뛰기 시작했다. 신호가 바뀐 듯 차들의 클랙슨이 신경질적으로 울려 퍼졌지만, 그런 건 중요하지 않았다.

심장이 제 빠르기를 잃고 미친 것처럼, 뛰었다.

압구정 거리는 인산인해를 이루었다. 시준이 애써 발걸음을 재촉해 보아도 그녀와 가까워지는 만큼 또다시 멀어졌다. 세림이 한 걸음 내딛으면 두 걸음, 두 걸음 내딛으면 세 걸음씩. 그녀와의 사이에 척력이 존재하는 듯했다. 로데오 거리로 들어서자 썰물 빠지듯 사람들의 오감이 한산해졌다. 세림은 양옆으로 로드숍이 즐비한 거리를 걷다가 우뚝, 발걸음을 멈췄다. 뒤따르던 시준 역시 저도 모르게 발걸음을 멈추었다. 그녀가 인도에 나와 있는 로드숍 옷걸이로 다가가 팔을 뻗는다.

시준은 눈가를 일그러뜨리며 숨을 고른다.

목구멍으로 찬 공기가 거칠게 빨려 들어가 기도를 마르게 하였다. 조금 괴롭다. 공중으로 하얀 입김이 번진다. 숨을 고르면서도 시선은 세림을 닮은 여자를 향해 있었다. 아니, 은세림이다. 자신이 세림과 세림이 아닌 여자를 구분 못 할 리 없다. 거친 호흡이 잦아지며 입매가 밀렸다. 멀지 않은 거리에 은세림이 실제로 움직이고 있다. 옷걸이를 넘기며 구경하던 세림은 딱히 마음에 드는 게 없었던지 다시 거리를 걷기 시작했다. 그녀의 걸음에 맞춰, 일정한 거리를 유지하며 천천히 따랐다.

만추의 밤바람이 차게 볼을 스치고 지나간다.

한 블록을 채 걷지도 않고 세림은 다시 액세서리 숍으로 들어갔다. 진주와 큐빅이 박힌 귀고리를 귀에 대보기도 하고, 화려한 팔찌를 구경하다가 머리띠 하나를 집어 들어 써보고 있다. 시준은 숍 밖 쇼윈도에 조금 떨어져 세림의 하나하나를 놓치지 않고 바라보았다.

희고 가느다란 손, 찬 공기에 상기된 볼, 곡선진 콧등과 미소를 머금은 분홍빛 입술과 풍성한 속눈썹에 감싸인 눈매.

6년 전과 다름없어 보이는 너, 익숙한 너의 일상, 그러나 너를 감싼 낯선 공기. 그럼에도 생동하는 너는 여전히, 눈길을 뗄 수 없을 만큼 예쁘다.

세림은 파스텔 색상이 고루 섞인 뜨개 꽃 머리띠가 마음에 들었는지, 거울을 보며 흡족한 표정을 지었다. 그녀가 계산돼 비닐봉투에 담겨진 머리띠를 들고 액세서리 숍을 나서는 걸 보며 시준은 다시 멀찍이 자리를 피했다. 세림은 가방에서 휴대전화를 찾아 귀에 대었다. 밝아지는 옆얼굴이 도로 하나를 사이에 둔 거리에서도 단번에 눈에 띈다. 그리고 다음 순간 그녀는 시준 쪽으로 고개를 돌렸다. 눈이 마주친 것 같다. 당황한 시준은 몸이 굳었다. 놀란 토끼처럼 눈을 동그랗게 뜨던 세림이 이내 환하게 웃어 보였다. 시준이 얼결에 어색한 웃음을 짓는다. 세림이 시준 쪽으로 걸음을 옮겼다.

그녀가 발걸음을 내딛어 다가올 때마다 길거리의 모든 소리가 발밑에 잠긴다. 눈앞을 스치는 사람들도 거리의 빛들도 시야에서 흐릿해진다. 두근거리는 심장 소리가 귓가에서 들렸다.

시준이 주먹을 쥐고 발길을 떼려는 순간, 세림의 시선이 틀어졌다. 잠시 그녀를 응시하던 시준 역시 그녀와 같은 방향에 눈길을 두었다. 두 사람의 세계에 낯선 남자가 서슴없이 발을 들여놓는다. 시준보다 한 뼘 정도 작지만 듬직한 체구에 회사원의 이미지가 강하게 풍기는 남자, 한중호. 그의 침입으로 적막이 드리워진 공간에 소리가 흘러들며 결국 현실이 되었다. 귓가에 거리의 소음이 심장

소리만큼 크게 들리고, 시준의 앞을 지나치는 사람들이 시야를 드문드문 가렸다.

세림은 남자에게 환한 웃음을 지으며 안기듯 다가섰다. 남자가 장난스럽게 그녀의 두 볼을 잡아 늘린다. 은세림의 말간 눈동자가 오로지 남자에게만 고정되었다. 남자는 그녀의 손을 끌어 자신의 팔을 잡게 하고는 곧 걷기 시작했다. 말장난이라도 쳤는지 세림이 해사하게 웃으며 그의 어깨를 밀쳤다. 그러다 뒤를 돌아본다.

알아…… 본 건가?

얄팍한 기대와 함께 가만히 세림을 응시하였다. 그러나 세림은 다시 고개를 돌려 버렸다. 탄식 같은 숨을 뱉어냈다. 헛웃음만 나온다. 인파에 묻혀 사라지는 두 사람을 보며 기어이 하하, 소리 내어 웃고 말았다. 손으로 이마를 쓸어내다 거칠게 머리칼을 헤집는다. 뒤돌아 걸음을 떼려다가 우뚝, 멈추어 두 사람이 사라진 거리를 한참 동안 쳐다보았다.

6년.

지난 시간이 예리하게 날을 세운 칼처럼, 예고 없이 왼쪽 가슴을 깊숙이 찔러 들어와 하나의 흔적을 남기고 사라졌다. 심장에 통증이 인다. 얼굴을 찌푸렸다. 이러지도 저러지도 못하는 발길을 어쩌지 못하고 서성이다…… 분명한 걸음으로 그 거리에서 벗어났다.

❖　❖　❖

눈을 떴다. 방 안이 리넨 재질의 아이보리색 로만셰이드에 걸러진 아침 햇빛으로 따스한 노란색이었다. 손을 뻗어 머리맡의 휴대전화를 집어 들었다. 오전 8시 30분. 시간이 정해진 건 아니었지만 학교에는 9시까지 가야 했다. 멍하게 휴대전화의 시계를 바라보던 눈이 큼지막하게 커졌다. 늦었어.

세림은 자리에서 벌떡 일어나 욕실로 뛰어 들어갔다. 서둘러 양치하고, 급하게 세수하고, 비비크림과 파우더는 대충 발랐다. 머릿속에는 오늘 해야 할 일들이 꼬리표처럼 이어졌다. 학교에 가기 전 먼저 우체국에 들러 교수님이 부탁한 우편물을 부치고, 지난달 하이트진로 광고 효과 보고서 메일 발송, 사례 연구 보고서 가이드라인 작성, 논문 심사에 올라온 논문도 마저 읽어야 되고, 조만간 있을 엑스페라토 2차 광고 홍보 오리엔테이션에 관한 사전 보고서 준비도 해야 했다.

1층에서 멈춰 선 엘리베이터 문이 열렸다. 막 발을 내딛으려는 순간, 세림은 휴대전화를 두고 왔다는 걸 깨달았다. 미치겠네, 고개를 내저으며 다시 집으로 올라가 휴대전화를 챙겨 들었다. 19층에서부터 내려오는 엘리베이터 속도가 더디다. 마음속으로 다섯을 셀 즈음 엘리베이터가 도착해 문이 열렸다. 세림은 엘리베이터 안에 절반쯤 찬 사람들을 보고는 탄식의 숨을 내쉬며 먼저 내려 보냈다. 이번엔 지갑을 두고 나왔다.

월요일 아침부터 이게 뭐야. 정말 엄마 없는 태가 그대로 난다. 엄마는 이번 주 친구분들과 마지막으로 떨어지는 단풍놀이를 즐기러 갔다. 처음에는 황금 같은 엄마의 휴가가 아닌 아빠, 언니, 자신의 휴가인 줄로만 알고 있었는데 아침부터 이 난리다. 다시금 엄마의 부재를 눈물 나게 실감한다.

"누나, 한 시간이나 지각지각."

"엄마야, 깜짝이야!"

문을 열자마자 들려오는 말소리에 세림은 소스라치게 놀랐다. 도윤이 연구실 한쪽 테이블에 자리를 차지하고 앉아 있었다. 눈길은 테이블에 펼쳐진 신문을 향해 있다. 그의 모양새가 제가 속한 과의 연구실에 있는 것처럼 당당하다.

"뭐야, 너 여긴 어떻게 들어와 있어?"

"누나를 향한 넘치는 애정으로?"

도윤의 동문서답에 세림은 고개를 저으며 문을 닫고 책상으로 향했다. 아침부터 힘을 뺐더니 지친다. 그녀는 책상에 숄더백을 툭 내려놓고는 주저앉듯 오피스 의자에 기대앉았다.

"올라오다가 송 교수님 만났어요. 교수님이 들어가서 기다리라고 문 열어주셨어. 수업 듣기 전에 얼굴 보려고 왔더니 지각이나 하고 말이야. 세림이 누나, 안 되겠다."

"이게, 안 되긴 뭐가 안 돼? 넌 왜 만날 여기 와 있어? 의과대랑 사회대랑 완전 반댄데. 빨리 가. 수업이나 들으셔!"

"수업 시작하려면 아직 30분 남았어요. 나처럼 좀 여유 있게 다녀봐. 난 누나 추운 연구실에서 벌벌 떨까 봐 난방 다 틀어놓고 기다리고 있었는데. 이렇게 늦기 있기, 없기?"

"……추우면 과사 가서 기다리지 그랬어. 아침에 알람을 못 들었나 봐. 하는 것도 없는데 뭐가 이렇게 피곤한지 몰라."

금세 기세가 사그라진 세림은 끝말을 중얼거리듯 하며 컴퓨터를 켰다. 말투에 갖지 않아도 될 미안함이 묻어 있다. 도윤은 괜히 나오는 웃음이 참아지지가 않았다. 그가 다시 테이블에 펼쳐진 신문을 내려다보며 큼, 하고 목소리를 가다듬었다.

"하는 게 왜 없어요. 계모처럼 가차 없이 일 턱턱 넘겨주는 송 교수님 때문에 우리 콩쥐 같은 세림이 누나 몸이 열 개라도 모자란데."

세림의 눈길이 도윤에게 향했다. 어느새 그는 아무런 표정 없이 새침하다. 팔짱 낀 몸이 테이블에 기대듯 앞으로 쏠려 있다. 세림은 소리 없이 웃음만 흘렸다. 그녀는 바탕화면에 뜬 USB 폴더 안의 '하이트진로 10월 광고 효과 보고서' 엑셀 파일을 켰다. 휠을 내리며 어제 시트에 입력한 내용 중 잘못된 것이 없는지 확인하고 메일을 열었다.

"맞다!"

'편지쓰기'를 누르고 세림은 외마디 탄식을 내뱉었다.

"어떡해. 교수님이 어제 부탁하신 우편물, 부치는 거 깜빡했어!"

"와, 누나 오늘 일진 사나운가 보다."

"월요일 아침부터 이게 뭐야. 분명 계속 생각하면서 왔는데, 새까맣게 잊어버렸어. 나 진짜 왜 이러니? 덜렁대는 사람은 기억력 감퇴도 빨리 오나 봐."

"뭘 또 그렇게 비관을 하시나. 내가 똑 부러지니까 누난 좀 덜렁거려도 돼. 너무 완벽한 커플은 재미없잖아?"

세림은 답답한 숨을 푹 내쉬며 키보드에 손가락을 올렸다. 키보드 두드리는 소리가 공중에 선명히 떠오른다.

"어제까지 문 본부장님한테 올려야 되는 보고서 있었다며. 주말 내내 통계 붙잡고. 그런 거 까먹었다고 좌절하면 인생 피곤해지고 골 아파져. 나중에 간다고 교수님이 잡아먹을 것도 아닌데."

도윤의 청산유수 같은 능청스러운 위로에 세림이 바람 빠지는 소리를 내며 웃었다.

"도윤아, 가끔 느끼는 건데 넌 왜 그렇게 웃기니?"

"누나, 내가 원래 재밌는 사람이긴 해. 그런데 누나 개그감이 심각한 수준으로 떨어져서 내가 웃겨 보이는 거야. 온 세상 사람들이 다 아는 걸 자기만 몰라."

얄미운 말이 도무지 얄밉게 느껴지지가 않는다. 말에 가시가 있는 것 같지만 챙겨줄 거, 위로해 줄 거 다 해주는 애가 도윤이다. 그의 말 한마디에 위로받고 긍정하고, 금세 기분 좋아지고. 자신이 생각해도 참 팔랑귀이다.

"그래, 인생 뭐 별거 있어. 그래도 아침부터 정신없었고, 늦잠 잔 건 잘못이니까 반성. 지각한 것도 반성. 그리고 오늘 같은 날은 조심 또 조심."

"누나 86년생이니까 호랑이띠 맞죠?"

세림은 도윤의 물음을 흘려들으며 엑셀 파일을 메일에 첨부하였다. 도윤도 딱히 대답을 기대한 것 같지는 않았다.

"신문에 오늘의 운세 떠 있다. 호랑이띠 86년생…… 가만 보자, 운명의 수레바퀴가 요란한 소리를 내며 돌아갑니다. 거스르지 말고 순리를 따르세요. 하하, 누나, 오늘 제대로 날 잡았나 보다."

세림이 생각하듯 눈동자를 굴리다 미간을 모은다.

"도대체 얼마나 대단한 운명의 수레바퀴기에 아침부터 이렇게 요란한 거야?"

도윤이 푸하하, 웃고는 신문을 덮으며 자리에서 일어섰다.

"수업 들어가게?"

"네, 가봐야죠. 한 10분 정도 걸어가면 수업 시간에 딱 맞게 도착."

빨강색 백팩을 둘러메던 도윤은 손목시계를 내려다보며 대답했다. 세림도 다시 코트를 챙겨 입으며 자리에서 일어났다. 그녀가 숄더백에서 우편물과 지갑을 꺼내 든다.

"같이 나가. 나도 우체국 갔다 와야겠다."

"누나, 나랑 데이트하고 싶었구나?"

장난기가 발동했는지 도윤이 능청스런 웃음을 짓는다. 세림이 흥, 코웃음 치며 이젠 대꾸도 않는다.

"도윤, 아메리카노? 누나 대신 추운 연구실 따뜻하게 하고 기다려 준 거 고맙다는 인사로."

"진심?"

"진심."

"완전 콜이지. 내 두 손은 누나가 사주는 아메리카노를 공손히 받을 준비가 돼 있어."

도윤이 해죽 웃으며 장난스럽게 두 손을 얌전히 포개었다. 그런 도윤이 귀여워 세림도 마주 웃으며 그의 손을 터치하듯 내려친다.

세림은 연구실 문이 제대로 잠겼나 확인하고는 오른손을 들어 보였다. 우편물 체크, 왼손을 들어 지갑 체크, 카디건 주머니를 가리키며 휴대전화 체크. 오케이, 빼놓은 거 없음. 그녀가 뿌듯하게 고개를 끄덕이자 도윤이 귀엽다는 듯 머리를 쓰다듬었다. 세림이 도윤의 손을 붙잡고 마구 흔들어댔다. 그래도 도윤이는 좋다는 얼굴이다.

❖  ❖  ❖

〈최근 중국을 기점으로 싱가포르, 마카오. 태평양의 섬 바누아투를 통해 역외탈세 금액이 세탁되고 있습니다. 재상그룹이 최고 1,300억가량 되며 임성근 회장 개인 루트만 해도 700억에서 900억에 육박합니다. 그 외에도 건설사 지분 확보를 위한 자금 조달로 계열사 차명 주식을 빠르게 현금 전환하고 있다고 합니다.〉

"좋습니다. 주식 매각은 가격 방어 못하게 시장 흔들어놓으세요. 결국은 우리와 거래할 수밖에 없도록. 주식 매입하면서 물량도 꾸준히 확보해야 합니다. 움직임은 드러내 보일 필요 없습니다. 세탁된 역외탈세 금액들도 놓치지 말고 추적하세요."

시준은 모니터 화면 속 메일에 시선을 고정시킨 채 오른손에 들린 펜을 습관적으로 돌렸다. 노크 소리와 동시에 문이 열린다. 고 차장이 잠시 주춤하자 시준이 입모양으로만 들어오라 한다.

〈네, 그렇게 하겠습니다. 그리고 마이크 줄리엣(Mike Juliet)에 관련해서는 루이드가 직접 알아보겠다고 했습니다.〉

"알겠습니다. 다른 정보들도 계속 주시하세요."

시준은 통화를 마무리하며 마우스를 움직여 컴퓨터를 껐다. 두 손을 공손히 모은 채로 대기하고 있던 고 차장이 입을 연다.

"회의 준비 끝났습니다. 15분 후에 시작입니다."

손목시계로 시각을 확인한 시준은 호흡을 가다듬었다. 그가 자리에서 일어서며 자신의 옷매무새를 점검한다. 그의 보좌인 고 차장이 빙긋 웃는다.

"머리 올리셨네요, 포마드로. 리젠트 스타일 잘 어울리십니다."

"고맙습니다. ……긴장되는데요."

"신차 프로젝트 리더를 맡으셨을 때하고 다릅니다. 경력과 나이가 흠이 돼 다른 팀장들은 못 미더워할 수도 있습니다. 하지만 저, 커뮤니케이션팀 문 팀장, 가치창조경영팀 신 팀장은 이 실장님 진가 알고, 믿고 있습니다. 부담 없이 회의 진행하세요. 제가 보조해 드립니다."

책상 위의 만년필과 문서들을 챙기던 시준이 고 차장을 바라보았다. 고 차장의 눈빛은 결연해 보이기까지 하다. 시준은 입매로만 웃었다.

미래전략기획 2실은 한남그룹 계열사의 젊고 유능한 브레인들로 구성된 집단이다. 구성 목적은 창조적인 생각, 발상, 즉 Creative Idea를 축출해 그것을 바탕으로 각 계열사가 타 기업과 차별되는 상품을 개발하고 전략적으로 마케팅하며, 발전적인 형태로 기업 가치를 구축·경영하는 데에 있었다. 한마디로 컨트롤타워라는 명성에 걸맞게 1실과 더불어 한남그룹 계열사의 양대 핵심 세력인 것이다. 그 속에서 시준은 태풍의 눈이었다. 시준이 실무자로서 성공적으로 데뷔를 치렀다는 이유로 앉기에 그 자리가 갖는 의미와 책임은 막중했기 때문이다. 과연 2실이 이름만 화려한 오너 아들의 권력 놀이방이 될지, 권력의 축이 될지 전 계열사들이 촉각을 세우고 이목을 집중하는 상황이었다.

"굉장히 든든한데요. ……고마워요, 형. 10분 남았네요. 내려가죠."

시준은 손목시계를 가리키며 말을 돌리고 사무실을 먼저 나섰다. 고 차장도 한층 긴장을 푼 그를 보고 웃음 짓고는 따라나섰다.

❖　❖　❖

수화기를 내려놓음과 동시에 또다시 벨이 울린다. 월요일 오전
은 언제나 연구실 전화기에 불이 났다. 물 한 모금 마실 여유조차
없다. 머그컵 안의 따뜻한 물로 우려진 라벤더잎 차는 미지근하게
식어버린 지 오래였다.

"태종대학교 커뮤니케이션 대학원 송현석 교수님 연구실입니
다. 네, 안녕하세요. 교수님 오늘 KBS 방송광고 미팅 가셔서 지금
자리에 없으세요. 마케팅 컨설팅 자문이요? 교수님 지금, 2013 상
반기 캠페인 네 개가 거의 동시에 들어오다시피 해서 아무래도 힘
들 것 같아요. 그 외에 학회도 있고, 프로젝트도 있어서 스케줄 내
시기가……. 그럼 연락처 남겨주시면 교수님께 여쭤보고 연락드리
겠습니다."

세림은 메모지에 광고 대행사와 담당자 이름, 연락처를 받아 적
고는 재차 확인했다. 통화를 끝낸 그녀는 수화기를 내려놓으며 머
그컵을 집어 들었다. 장장 다섯 통의 전화를 연이어 받다시피 했더
니 입이 마른다. 그사이 이번에는 책상 위의 휴대전화가 진동을 울
렸다. 세림이 힘들어 죽겠다는 얼굴로 발신자를 확인한다. 송 교수
였다.

〈세림아, 나 오늘 노트북을 연구실에 두고 왔다. 차에 있는 줄
알았더니 없어. 좀 찾아봐 줄래?〉

"어, 책상에는 없는데. 잠시만요."

그녀는 자리에서 일어나 테이블 쪽으로 다가갔다. 역시나 노트

북은 테이블 의자 등받이에 기대 세워져 있었다.

"교수님, 찾았어요. 테이블 의자에 있었어요. 근데 오늘 회의 두 개나 있는 걸로 알고 있는데."

〈그러니까 말이다. 네가 오늘 지각만 안 했어도 노트북 놓고 오는 일은 없었잖아, 인마. 내가 오늘 아침에 9시 되면서부터 전화를 얼마나 받았는지 알아? 월요일에 뻔히 바쁜 거 알면서 지각을 해.〉

"지각한 건 죄송합니다. 그런데 아무리 아침에 바쁘셨다고 해도 노트북 놓고 가신 게 저 때문인 건, 반쯤 완전한 책임전가시거든요? 노트북 퀵으로 보내 드릴까요?"

〈그럴 필요는 없고. 이따 1시 반 회의는 어차피 서류로 진행해도 되는 거니까 PPT는 메일로 보내주고, 4시 한국언론진흥재단이랑 하는 건 동영상 파일도 필요한데. 내가 CD로 구운 게 있거든? 노트북이랑 같이…… 3시 반까지 네가 퇴근하면서 가져다줘.〉

"저 조기 퇴근 시켜주시는 거예요?"

〈그래, 어차피 오후 되면 연락 오는 데도 없을 거고. 어제도 휴일인데 보고서 작성하랴, 논문 보랴 힘들었을 거 아니야. 일찍 퇴근하고 내일은 지각하지 말고.〉

"감사합니다. 역시 우리 교수님밖에 없으셔."

세림의 기분 좋은 대답에 송 교수는 하하, 웃었다.

노트북을 들어 교수님 책상 위에 올려두고 시각부터 확인했다. 학교에서 한국프레스센터까지는 못해도 30분. 논문 심사에 올라온 논문을 마저 읽고, 사례 연구 가이드라인은 오늘 안에 마무리할 수 있을 것 같았다. 12시가 다 되어간다.

❖　❖　❖

　회의실에는 운영회의가 한창이었다. 미래전략기획실 신설 이후 2실이 갖는 첫 회의이다. 상석에는 2실의 수장 시준이 앉아 회의를 주도해 나갔고, 바로 옆에는 보좌 겸 차장 고은석, 그다음은 좌우로 각 팀의 팀장들이 차례로 자리하였다. 시준은 각 계열사의 분기별 매출 실적과 재무 분석을 꼼꼼히 검토하고, 팀장들에게 그에 근거해 기획을 구체화시켜 추진할 것을 지시하며 회의를 이끌었다.

　"가정오거리 팀 말고 프로젝트가 들어가는 팀이 또 있습니까? 책임자는요?"

　"용인 처인구 쪽에 들어갈 팀이 있습니다. 그 일대에 리조트가 조성돼 적기라는 의견이 나와서……. 책임자는 원형식 이사님입니다."

　"……그밖에 가정오거리 쪽이 가진 리스크는 어떻게 됩니까?"

　"가장 큰 문제는 부동산 침체와 맞물려 담보 상태인 사업들, 상업 시설이 중복으로 과잉 공급 상태란 것입니다. 지하철, 경인고속도로 직선화 등의 교통망 확장 공사가 대대적으로 이뤄지고 있지만, 앞서 말씀드렸던 문제들로 투자 후 보장될 만한 수요가 뒷받침이 안 돼 배후지 영향력이 떨어질 것으로 보입니다."

　"……인천시는 세계 10대 명품 도시 진입을 목표로 도시브랜드화 전략에 박차를 가하고 있습니다. 투자 가치가 예상 가능하다는 거죠. 교통망 문제는 개선 중이니 신경 쓰지 맙시다. 가정오거리 쪽, 루원시티가 위치한 서북부는 서울-부천-청라를 잇는 관문으로 서울 강서 지역, 수도권의 접근성이 용이합니다. 향후 인천 서북부 상권의 핵심으로 신흥 상권 상장 전망도 가지고 있구요. 우리는 이 점을 활용해 고정 인구를 포함한 유동, 외부 인구를 유입하는 겁니다. 인천공항을 통한 외국인 관광, 비즈니스와 연계한 특화된 숙박 시설, 연계 상품으로 차별화시키고, 상권 광역화를 위해 카테고리 킬러(Category Killer)*들로 구성된 파워 센터(Power Center)*를 조성합시다. 프로젝트는 이대로 들어갑니다. 토지 이용 계획, 상세 조감도 가져오세요. 예산 문제는 제가 표 부회장님과 상의하겠습니다. 다음으로 넘어가죠."

"엑스페라토 2차 광고 홍보 자문으로 1차 때와 같이 송현석 태종대학교 커뮤니케이션 대학원 교수님께서, 보조로 동대학원 박사과정생 은세림 연구조교가 참여하게 됐습니다. 다음 장으로 넘기시면, 1차 광고 홍보의 간단한 광고 효과 분석과 2차 콘셉트 및 전략 방안 기초 조사에 대한 보고서가 첨부돼 있습니다."

커뮤니케이션팀 문 팀장의 말에 시준이 첨부된 보고서를 확인하였다. 보고서 작성자에 세림의 이름이 적혀 있다. 그가 보고서를 간단히 훑으며 페이지를 넘겼다.

"2차 콘셉트 방향은요?"

"그 부분에 대해선 광고 2본부 스태프들의 의견을 모으고 있습니다. 1차 홍보는 주로 20대 젊은 층을 타깃으로 삼았지만, 2차에서는 SUV 특성상, 그리고 제품 판매 촉진을 위해 폭넓은 30대 남

---

* Category Killer:국내외 Major 유통 판매업체로서 특화 판매하는 전문 매장을 말함(Ex. 이케아, 하이마트, 코스트코 등).
* Power Center:카테고리킬러 형태의 염가 판매 전문 점포들로 구성된 새로운 형태의 쇼핑센터. 여러 가지 유형의 전문 할인점들로 구성된 형태로 원스톱 쇼핑의 편리성, 경제선, 종합화의 장점 제공.

성에게도 어필할 수 있도록 할 예정입니다."

"2차 홍보의 범주는 남성 소비자에게만 국한시킬 것이 아니라 남녀 소비자 모두에게 어필시키는 방향으로 가죠. 2007년부터 SUV가 여성 소비자들에게도 상당히 호응을 얻고 있고, 구매율도 상승하고 있으니까요. 특히, SUV는 직장인 여성들에게도 주목이 되는 차종입니다. 이 점 잘 활용해서 홍보 초점 넓혀갑시다."

"알겠습니다."

문 팀장은 시준의 의견을 수렴하며 기획서 한곳에 필기하였다.

점심 식사 후 시작된 운영회의는 두 시간 반 가까이 진행되고서야 끝이 났다. 고은석 차장을 비롯한 팀장들 모두 지쳐 갈 무렵이었다. 오전까지 말끔하게 다려져 있던 와이셔츠는 그들의 얼굴만큼 구겨져 있었다. 팀장들은 회의 자료를 덮으며 고단한 한숨을 뱉어냈다. 스물일곱밖에 되지 않은 어린 보스의 집요하고도 치밀한 회의 장악력에 모두 이골이 난 것이다. 실무 경험이 전무한 그가 실무 경력만 평균 7, 8년인 유능한 팀장들을 전부 압도했다. 그는 유순하게 타협점을 찾다가도 어느 순간 용인 없이 무소불위의 절대적 권위를 휘둘렀다. 본성이 타고난 CEO 재목이라는 것을 유감없이 보여주듯.

팀장들이 하나둘 빠져나가자 팽팽한 긴장감으로 차 있던 회의실 안의 공기가 한결 누그러졌다. 시준은 오피스 체어에 몸을 길게 기대었다. 반동으로 의자가 젖혀진다. 피곤이 그의 관자놀이를 짓눌렀다.

창을 반쯤 가린 블라인드 아래로 가을 햇살이 비집고 쏟아져 내린다. 넥타이를 느슨하게 풀어내며 한숨을 뱉어낸다. 답답하다. 왼손을 들어 손목에 채워진 시계로 시각을 확인한다. 검정색 가죽 벨트의 숫자판이 투박한 시계. 시침과 분침은 오후 3시 30분을 조금 넘기고 있었다. 외근을 핑계로 일찍 나가야겠다고 생각하며 회의 자료들을 챙겨 회의실을 빠져나왔다.

임시로 신설됐던 시무실 빚은 조반산 있을 이천 준비로 분주하였다. 이 회장의 횡포는 시준을 미래전략기획 2실장 자리에 앉히는 것만으로 끝내지 않았다. 그는 미래전략기획 2실을 기능적으로 활용한다는 명목하에 압구정 한울백화점 본점 경영기획실이 있는 층 전체를 미래전략기획실로 사용하도록 지시했다. 동시에 시준에게도 백화점 경영기획실장이라는 또 다른 타이틀이 부여됐다.

시준은 나직한 숨을 흘려내며 엘리베이터로 향하였다.


오후 4시부터 한남자동차 서울 영업 지점 대표 몇 군데를 방문해야 한다. 그전에는 인사동 갤러리 공사 현장을 들러야 하고. 갤러리 관리는 대부분 어머니인 윤 관장이 지휘하고 있었지만, 열흘 뒤 이탈리아 명품 브랜드 '프라다' 공사 현장 총괄책임은 시준이 맡게 되었다. 현재 한남건설의 경영권이 이재환 회장과 재상그룹 임성근 회장에게 비등하게 양분돼, 할 수 있는 한 계열사에 관한 업무는 해준, 연준, 시준 삼 형제가 직접 관리하도록 하고 있었다. 미래전략기획실의 부활이 내부 권력 다지기라는 증언을 듣는 것도 무리는 아니다.

시준은 건물 옆 적당한 곳에 주차시키고 차에서 내렸다. 조금 기울어진 진한 노랑빛 햇살에 온기가 있다. 낮게 숨을 내쉬자 입술새에서 나온 숨이 하얗게 형체를 보이다 사라졌다. 날이 점점 차가워진다. 그는 천천히 미술관으로 들어섰다.

총 4층으로 이루어진 한울 인사동 갤러리는 내부 공사가 한창이었다. 1층 입구에서 내부를 둘러보던 시준을 알아보고 현장 소장이 다가왔다. 그가 시준의 옆에서 내부 인테리어에 관해 설명하였다. 전시는 각 층마다 각기 다른 테마로 이루어질 것이다. 시준은 건너편 레스토랑 라운지도 각별히 신경 써달라 덧붙이며 갤러리를 나왔다. 그가 다시 손목을 들어 시각을 확인한다. 3시 40분. 핸들을 붙잡은 시준은 여유롭게 주행하였다. 어슷해진 햇살이 미풍에 부서진다.

세림은 3학년 2학기, 4학년 1학기 어문학부 전체 수석을 했다. 복수전공으로 듣는 언론홍보학과 수업들도 과 탑 안에 드는 점수를 받았다. 4학년 1학기가 막 끝나고, 평소 세림을 눈여겨보던 송 교수는 커뮤니케이션 대학원 석사 생활과 연구조교 자리를 제의했다. 하지만 세림은 공부에 뜻이 없는 걸 밝히고, 여름방학이 끝나자마자 합격한 임페리얼 제과 마케팅 부서에서 6개월간 일을 하게 됐다. 그러나 본인이 생각해도 사회생활이 쉽지 않았던지 그녀는 다음 해 3월, 송 교수의 제안을 수락해 커뮤니케이션대학원 언론홍보학과로 입학했다. 석사를 끝내고 쉼 없이 박사 생활을 시작해 지금은 코스워크 4학기째. 그녀는 현재까지 석·박사 생활을 하며 연구조교로 학술지 논문, 광고 캠페인, 세미나, 프로젝트 등 송 교수의 일 절반을 도맡아 하고 있다.

시준은 엑스페라토 1차 광고 효과 분석 보고서를 처음 받았던 날을 잊을 수가 없다. 한참 동안 '은세림'이라고 적힌 이름을 바라보기만 했던 것 같다. 자문을 송 교수가 맡았다는 건 알고 있었다.

당연히 세림이 연구조교로 그를 도왔던 것도 알고 있고. 그런데 은세림이 쓴 보고서라니. 6년 전 은세림의 다이어리를 손에 쥐었을 때처럼 생소하면서도 익숙한 기분이었다. 세림이 분석한 보고서는 군더더기 없이 깔끔하고, 꼼꼼하며, 정확했다. 그녀가 얼마나 많은 모니터링을 했으며, 다른 차들의 광고와 기획안을 보고 비교를 했는지 알 수 있었다. 그 뒤로 그녀가 쓴 석사 논문, 학술지, 타 광고사의 보고서와 연구 보고서를 받아보았다.

책 좋아하고 영화 보는 것만 좋아하는 감성 소녀인 줄로만 알았더니 이쪽에 소질이 있을 줄이야. 학교 다닐 땐 전혀 몰랐는데.

이번 캠페인에 세림에게 기획 아이디어를 내보라고 한 것도 시준의 제안이었다. 보고서 올리는 친구가 감각 있다고 하자 문 팀장은 박사 졸업 후 Creative I에 영입시키고 싶은 인재라며 칭찬했다. 시준의 입술 끝이 올라간다. 그러다 그의 눈매가 불만스러워진다. 6년 전 교대 보습 학원에서 수업을 듣던 웬 꼬맹이가 그녀의 주변을 맴돈다는 보고를 받았다. 철벽 치는 게 특기인 은세림이 어디 가겠느냐만은.

시준은 왼손으로 입술을 문지르며 브레이크를 밟았다. 앞차가 빨간불에 걸린 듯했다. 숨을 크게 들이쉬며 차창을 내렸다. 서늘한 가을 공기가 흘러든다. 왼쪽으로 나무색 커피숍 테라스에 초록색 파라솔이 보인다. 커피숍이 진홍빛 햇살에 번져 있다. 공간이 빛으로 번져 있던 그날처럼. 시준은 커피숍을 응시하였다. 바람이 불었다. 햇살이 흐트러지고 노랑색으로 물든 은행나뭇잎들이 흐드러지게 떨어져 내렸다.

❖  ❖  ❖

한국프레스센터에 도착한 세림은 지금의 황당함을 도저히 이해할 수 없었다. 그녀는 잠시 멍하게 휴게실 소파에 앉아 정신을 추슬렀다. 3시 반까지 오겠다고 했는데, 도착한 시간은 4시가 훌쩍 넘어 있었다. 교수님은 이미 회의에 들어가셨고, 세림은 회의실의 정숙한 분위기를 깨고 노트북을 전하느라 진땀을 빼야 했다.

버스정류장에 걸린 LED가 고장 난 것이 화근이었다. 잠시 후 도착에는 환승 없이 갈 수 있는 번호의 버스가 떴었는데, 한참이 지나도 버스는 오지 않았다. LED를 다시 확인하니 버스는 10분 뒤 도착 예정이라는 황당한 문구가 띄워져 있었다. 분명 버스는 한 대도 지나가지 않았다. 의아해하며 교통카드 충전을 위해 잠시 편의점에 들어갔다 나온 사이, 버스를 바로 앞에서 놓치고 말았다. 다음 버스는 다시 15분 뒤 도착 예정이었다. 도무지 말을 잇지 못하고 한참이나 그 자리에 멍하게 서 있었다. 환승을 하더라도 늦지 않게 가야 했기에 아무 버스에나 올라탔다. 그런데 이번엔 버스가 고장 나 다른 버스로 갈아타야 했다.

상황이 인위적으로 누군가가 맞춰놓은 틀에 억지로 끼워지는 듯한 기분이 들었다. 문득 도윤이가 말한 오늘의 운세가 귓가에서 맴돌았다.


"운명의 수레바퀴가 요란한 소리를 내며 돌아갑니다. 거스르지 말고 순리를 따르세요. 하하, 누나, 오늘 제대로 날 잡았나 보다."

정말, 날을 제대로 잡기라도 했나 아침부터 되는 일이 하나도 없었다. 도대체 어떤 운명의 수레바퀴기에 이렇게 요란하게 돌아가는 건지.

빌딩 밖으로 나오니 거리는 진주홍에 가까운 빛깔로 물들어 있었다. 숨을 한껏 들이쉬었다. 풍성한 공기로 가득 찬 가을 공기가 폐부를 적셨다. 손목시계로 시각을 확인하니 벌써 4시 반이다. 30분만 있으면 집에 갈 시각이네. 이렇게 하루가 금방 간다니까, 중얼거리며 천천히 대로를 걸었다. 오늘은 날씨가 선선하니 따뜻하였다. 간혹 불어오는 미풍이 조금 차긴 하지만 참을 만한 정도다. 가을을 머금은 햇살이 대로를 가득 메운다. 나직한 음을 흥얼거리며 노랗게 물든 은행잎이 떨어진 가로수 길을 눈에 담았다. 도로의 차들이 달릴 때마다 낙엽이 쓸리듯 날아올랐다 다시 가볍게 바닥에 떨어지길 반복하였다.

얼마쯤 걸었을까. 시선이 한곳에 고정되어 발길을 멈추었다. 가을 햇살로 잔뜩 물든 카페. 나무 테라스에 초록색 파라솔의 야외 테이블이 유럽 노천카페 같은 분위기를 주었다. 학교 근처의 '에스프레소 밀라노'와 4년 전 배낭여행으로 갔던 파리 샹제리제 거리의 노천카페들이 생각났다. 그땐 잠시 카페에 앉아 시간의 흐름을 가만히 구경했었다. 여름의 프랑스는 해거름 시각이 늦어 밤 9시가 되어서야 어스름이 찾아왔다. 그래서 종종 석양을 느긋하게 바라볼 수 있었는데. 세림은 입가에 미소를 지으며 카페로 걸어갔다.

유리창 너머 보이는 나무색 카페는 한가로웠다. 들이치는 선홍색 물결과 길어진 그림자, 테이블에 앉아 여유를 즐기는 사람들. 그 정경에 세림도 초코라떼를 한 잔 시켜 녹아들고 싶었다. 자동문

버튼을 눌렀다. 스르륵 문이 열리고, 생각지 않게 안에서 나오던 손님과 부딪힐 뻔했다. 그녀가 한 발 물러서며 고개를 들었다.

"아, 죄송합니……."

언뜻 상대방을 올려다보던 세림은 더 이상 말을 잇지 못했다. 동그란 그녀의 눈동자가 굳어버렸다.


Q. 삶에서 또는 살면서 가장 원하는 것이 있다면?

A. 삶에서 가장 원하는 것이 있다면 그건…… 단 한 번만이라도 좋으니 멀리서라도 볼 수 있다면, 그걸로 좋겠다.

## 꽃이 진다고 그대를 잊은 적 없다. 청하

내 그대를 사랑함에 있어 한 점 부끄럼 없다.

단지 후회를 하자면

그날,

그대를 내 손에서 놓아버린 것뿐.

어느새 화창하던 그날이 지고

하늘에선 차디찬 눈이 내려오더라도

그 눈마저

소복소복 따뜻해 보이는 것은

그대를 향한 내 사랑일까.

꽃이 진다고 그대를 잊은 적 없다.


바람에 따라 햇살무리가 방향을 바꾸었다. 눈앞에 잔머리칼이 여울을 그린다. 노랗게 물든 공기는 산란한 마음과 뒤엉켰다. 세림은 터진 홍시를 잔뜩 뒤집어쓴 듯 온통 질척이고 끈적이는 기분이었다. 몸이 떨려 더 이상 그 자리에 있을 수가 없었다. 조금만 정신을 놓아도 그대로 쓰러질 것 같았다. 몸을 틀어 발걸음을 떼다 금세 휘청거린다. 다리 힘이 맥없이 풀렸다.

시준이 재빨리 가는 팔을 억세게 붙잡았다. 세림은 그 억센 손길에 아픈 것보다 얼굴이 달아올랐다.

"괜찮아?"

세림은 대답이 없었다.

"잘 지냈어?"

그다음도 마찬가지.

순식간에 귓가가 먹먹해지고 그의 목소리가 웅웅, 뭉개졌다. 물속 깊이 빠져 들어가는 것처럼. 저항도 할 수 없이 외부 압력에 수축된 고막이 제 기능을 상실해 감을 무기력하게 체감할 뿐이다. 목구멍을 밀고 올라오는 아픔 때문에 숨 쉬는 게 버겁다. 자신을 다잡으며 호흡을 골라 그의 곁에서 떨어졌다. 얼굴을 똑바로 바라볼 수가 없다.

"커피 한잔하자."

도대체 무슨 말을 해야 할까. 오른손을 이마에 올리며 시선을 반쯤 들었다. 온통 담홍빛에 물든 거리와 져버린 꽃잎처럼 바닥에 쌓인 노란 은행 나뭇잎들. 소실점 끝을 바라보았다. 바람이 한꺼번에 불어와 낙엽이 날아오른다. 아무 소리도 들리지 않아, 눈을 감았다 떴다. 현기증이 인다. 공간이 한쪽으로 기울어진다.

시준이 다시 세림의 팔을 붙잡아 부축하였다.

"세림아."

두 눈동자가 흔들렸다. 귓가에 흘러드는 음성은 한층 더 낮아진 것만 같았다. 귀로 느끼는 달콤함. 순간, 눈앞이 뜨거워졌다. 심장이 허물어진다.

세림은 마른침을 삼키며 그의 팔을 밀어냈다.

"일…… 하는 중이었어. 들어가 봐야 해."

"시간 오래 안 뺏어. 20분, 아니, 10분……."

"……."

"오랜만에 만났잖아, 우리."

세림은 여전히 고집스레 입술을 꾹 다물었다. 그녀의 눈동자가 초점을 찾지 못하고 이리저리 떠돈다. 시준이 나지막이 숨을 내쉬었다.

"여기 입구야. 계속 이렇게 서 있으면 사람들 오가는 데 방해돼."

그제야 세림이 눈길이 공간 어느 한 점에 머물렀다. 시준이 조용히 미소 짓는다.

"들어가자."

시준이 세림의 어깨를 토닥이듯, 다정히 두드리고는 안으로 들어섰다.

그의 손길이 더해진 곳에 소름이 돋을 것만 같은 온기가 스며들었다. 이대로 그냥 발길을 돌려 가버리면 그만이었다.

이대로 그냥 가버리면…….

세림은 떨어지려는 눈물을 간신히 추슬렀다.


두 사람은 커피숍 안쪽에 자리를 잡았다. 테이블에는 카페 아메리카노와 초코라떼가 놓였다. 세림은 초코라떼에서 모락모락 나는 김만을 뚫어지게 바라보았다.

지난 학기 철학 교양 수업 리포트의 마지막 질문에 대한 답은, 결국 쓰지 못했다. 눈 뜨면 사라질, 간절히 바란다고 현실에서 일어나지 않을 꿈이었으니까. 살아가면서 앞으로 다시는 볼 수 없을 테니까.

송 교수를 따라 엑스페라토 1차 광고 홍보 자문 연구조교로 참여했을 때의 당혹스러움은 말로 할 수가 없었다. 예전, 의도치 않게 뇌신경과학 교양 수업을 신청하고 개강 날 영우의 이름을 들었던 때처럼. 그리고 그때서야 시준과 제 사이의 거리가 명확하게 실감되었다. 비통한 절망이나 좌절 같은 건 없었다. 애초에 시작점이 완전히 다른, 사는 세계가 전혀 다른 사람이었으니까.

"그러다 컵에 구멍 나."

초코라떼만 뚫어지게 응시하던 세림은 그제야 현실을 마주했다.

"보고 싶었다, 은세림."

그녀는 눈길을 들어 올렸다. 감당하기 힘든 일을 떠안아 버린 사람처럼 곤혹스러운 표정으로…… 방금 먹은 간식이 체한 듯 질린 얼굴인 것 같기도 하였다.

"얼굴, 이제야 보여주네."

"……"

"더 예뻐졌다."

세림은 저도 모르게 숨을 뱉어냈다.

입이 탄다. 다리 위에 가지런히 내려놓은 손을 들어 머그잔에 가져가려다 그만두었다. 손이 눈에 보일 정도로 떨린다. 카페 입구에서부터 두근거리기 시작하던 심장 소리가 점점 커졌다. 터질 것 같았다.

이 상황에, 카페에서 흐르는 음악에,

커피처럼 진한 이시준의 음성 때문에.

스무 살, 처음 아메리카노를 마셨다. 3분의 1쯤 마셨을까, 심장이 방망이질 치듯 가슴을 두드렸다. 손이 덜덜 떨리고 몸에 힘이 하나도 들어가지 않았다. 자영이 말하길 카페인이 안 받기 때문일 거라 말했었다.

스물다섯, 어느 날 아침. 갑자기 아메리카노가 마시고 싶어졌다. 진하고 고소한 향의 커피를 한 모금, 두 모금 넘기고 절반을 비웠다. 절반을 비울 때까지 심장은 뛰지 않았다, 더 이상. 조금 씁쓸해졌다. 왠지 어른이 되어버린 것 같아. 시간이 지나면 지날수록 아메리카노처럼 두근거릴 일들보다, 덤덤해져 버릴 일들이 더 많을 것 같아서. 그러나 지금, 심장은 처음 아메리카노를 마셨을 때보다 훨씬 더, 지나칠 정도로 많이 뛰고 있었다. 가슴이 아니라 귓가에서, 아니, 머릿속에서 방망이질 치듯 팽창하였다.

"……은세림."

심장 소리가 뚝 멈췄다. 시준의 기다란 손가락이 톡톡, 초코라떼가 담긴 머그잔 근처 테이블을 두드렸다. 다시 시선을 들어 올린다.

"전화 오고 있어."

세림은 시준의 눈길을 따라 무릎에 얹어둔 가방으로 시선을 내렸다. 가방 안에서 벨소리가 요란하게 울리고 있다. 한참을 뒤적여 꺼내 든 휴대전화 액정에 떠오르는 이름은 '중호 오빠야'. 이름 옆에 붙여둔 하트를 지워 버리고 싶다 생각하며 재빨리 수신을 거부한다.

"전화 받아도 돼."

"아니야, 괜찮아."

하지만 말이 끝나기가 무섭게 전화벨이 다시 울리기 시작했다. 거슬린다고 느껴질 정도로.

"애타게 찾는 전화인 것 같은데. 받아."

시준이 여유롭게 웃어 보이며 고갯짓하였다. 세림은 할 수 없이 통화버튼을 밀어 전화를 귓가에 댄다.

"어…… 나야."

〈뭐 해, 바빠? 왜 오늘 계속 연락이 안 돼?〉

"오늘 좀 정신이 없었어. 나 지금 밖이야."

〈밖?〉

"응, 심부름 때문에……. 미안, 빨리 갈게."

말끝을 흐리던 세림은 얼른 덧붙였다.

〈어? 온다고, 여길? 나 아직…….〉

"약속, 까먹고 있었어. 미안해. 지금 바로 갈게."

이어지는 중호의 말을 자르며 전화를 끊었다. 눈앞에 여전히 시준이 앉아 있다. 그는 마치 자신을 관찰하고 있는 것만 같았다. 이 눈동자가 싫다. 사람을 모두 꿰뚫어 보고 있다는 듯한 눈빛이 담긴 시선.

세림은 범죄 현장을 들킨 사람처럼 고스란히 그 눈동자를 받아내었다.

"남자친구?"

시준이 자신의 귓가를 손짓한다.

"수화기 밖으로 목소리 들렸어."

"……응."

"어떤 사람이야? 잘해줘? 나만큼 믿을 만한 남자가?"

낮은 음색에 장난기가 어려 있다.

"……약속에 늦어서 일어나야 될 것 같아."

"나 어떻게 지냈는지 궁금하지 않았어?"

"……."

"난 너 어떻게 지내고 있는지 무지 궁금했어. 밥은 잘 챙겨 먹고 다니나. 오늘은 뭐 안 흘렸나. 연애는 좀 해보고 있나."

웃음이 번진 시준의 입가에 하루의 마지막 햇살이 닿는다. 은행잎보다 진한 노랑빛이고, 단풍잎보다는 옅은 진홍빛이다. 강물에 잠긴 새카만 눈동자는 전보다 더 깊어져 있었다. 그 눈을 마주할 수가 없다.

"나 가봐야 해."

"뭐가 그렇게 급해. 오랜만에 만난 사람 서운하게. 이러기야?"

"늦었어. 가는 데 시간 걸려."

"아무리 봐도 핑곈데. 어색해서 이러는 거야, 내가 미워서 얼굴 보기가 싫은 거야."

"미워할 이유…… 없잖아. 내가 왜."

세림은 그의 말이 끝나자마자 재빨리 대답했다. 정말 아닌 건지, 아니면 맞는데 아니라고 하는 건지 알 수 없을 만큼.

"그런 건 바로 대답할수록 진짜 밉단 소리야. 진짜, 너 완전 미워."

시준은 마지막 말을 느긋하게 끌며 장난기 머금은 웃음을 숨기지 않았다. 그 웃음에 세림은 눈동자가 시큰해져 그대로 울상 지을 뻔했다. 목줄기는 서늘해지고, 심장은 난도질당한다. 숨이 가빠지는 듯했다.

여름이 끝자락에 선 날, 차가웠던 산사의 아침.

어째서 그날이 뜬금없이 생각나는 거야.

더 이상 앉아 있을 수가 없어 세림은 자리에서 일어섰다. 시준이 재빠르게 세림의 손을 붙잡으며 따라 일어선다. 그녀가 두 눈을 동그랗게 뜬다.

"연락처 어떻게 돼?"

휴대전화를 쥔 손이 망설인다. 연락처를 교환해서 어쩌자는 걸까. 보통의 친구처럼 하하, 호호 웃으며 연락이 가능할까. 시준은 어제 헤어져 오늘 다시 만난 사람처럼, 아니, 대학교 졸업식 때 보고 몇 년 만에 다시 만난 친한 친구처럼 지극히 자연스럽게 행동했다. 말도 안 돼.

그는 여전히 세림의 손을 붙잡은 채, 다른 손을 슈트 안주머니로 가져갔다. 그가 얇은 명함주머니에서 명함 한 장을 꺼내어 세림의 손에 쥐어준다.

"명함 줘."

"……"

"말 고를 생각하지 말고. 직장인이라면 나이, 직함 막론하고 기본적으로 가지는 게 명함이야."

세림은 눈을 반쯤 내리감다 그에게 붙잡힌 손을 빼내어 숄더백으로 가져갔다. 그의 온기가 더해졌던 손이 서늘해진다. 그녀는 지갑에 여유분으로 준비해 둔 명함을 그에게 건넸다.

"학교에서 조교로 있네. 그런데 왜 인문대학이 아니고 사회과학 대학이야?"

"……갈게."

"명함에 있는 번호 말고, 내 번호 그대로야. 안 바꿨어."

"……."

"연락할 테니까, 피하지 말고 받아."

세림은 대답 없이, 도망치듯 잰걸음으로 카페를 빠져나왔다.

걸었다, 무작정. 될 수 있는 한 그 카페에서 멀어지고 싶었다. 어디든 상관없이. 도심은 어느새 물살처럼 밀려드는 파랑으로 젖어 갔고, 태양은 보이지 않았다. 지평선만이 붉을 뿐이다. 심장이 이리저리 방향을 못 잡고 뛰었다. 손으로 입을 가렸다. 속이 뒤틀렸다. 화장실을 찾으려는데 그 흔한 카페가 보이지 않는다. 주먹을 가볍게 쥐어 가슴 부근을 툭툭, 쳤다. 낮은 숨과 함께 기침이 토해져 나왔다.

정신을 차려보니 주변은 완전히 남청빛이었다. 길가가 가로등의 하얀 불빛과 간판 조명으로 환하다. 멀리 작은 편의점이 보였다. 망설임 없이 편의점으로 향했다. 들어가자마자 음료냉장고에서 생수 한 병을 꺼내 들었다. 계산도 하기 전에 뚜껑을 따 급하게 마셨다. 쉼 없이 절반을 비우고서야 생수병을 입에서 뗐다. 숨을 몰아쉬며 손등을 입가에 가져가다 눈동자가 굳어졌다.

편의점에서 흐르는 노래가 하필이면, 김동률의 '다시 사랑한다 말할까'.

숄더백에서 휴대전화가 요란한 소리를 내며 울려댔다. 하지만 세림은 그 자리에서 지독하도록 깊이 뿌리 내린 나무처럼 한참을 움직이지 못했다.

❖ ❖ ❖

물기가 어린 듯한 깨끗한 피부는 금방 꺼낸 투명한 생수처럼 맑았다. 세림은 소파에 앉아 무릎을 모아 세우고 몸을 동그랗게 말았다. 그녀는 지친 듯 허공을 바라보다 리모컨으로 텔레비전을 켰다. 저녁 7시쯤이면 지상파 3사 방송국에서는 어김없이 엄마들이 가장 좋아하는 프로그램을 내보냈다. 방송에서 리포터가 노란 배추쌈에 새빨간 윤기 나는 무채와 돼지고기를 한입에 넣어 음미하며 과장스러운 표정과 감탄사를 연발한다. 침이 고일 정도로 맛있어 보이는 풍경에 웃음이 난다. 그러나 세림은 이내 표정을 지워 버리고 만다. 촉촉함이 스며든 하얀 얼굴이 가장무도회의 가면 같다.

시준은…… 전보다 더 근사해져 있었다.

두근거리는 심장 때문에 정신을 추스르기 힘들었지만, 확실히 기억해 낼 수 있다. 머리를 넘긴 리젠트 헤어스타일과 정교하게 배열을 맞춘 이목구비. 그를 둘러싼 적당히 서늘한 기체와 정석 그대로의 정돈된 단정함을 부각시키는 네이비블루의 싱글브레스트 슈트, 슈트와 색깔을 맞춘 차분한 다크네이비 도트 타이. 연출한 것이 아닐까 하는 생각이 들 정도로 정갈하게 앉은 자세. 그 모든 조화는 화보에 찍힌 모델처럼 사람들의 시선을 붙잡아두기에 충분한 것이었다. 처음 만났을 때와 흡사한 기억. 하지만 전혀 다른 풍경과 전혀 다른 인물. 이시준은 스물한 살에도, 스물일곱 살에도 변함없이 어른남자의 외형을 갖추고 있었다. 그러나 그가 가진 공기는 결코 무겁지 않았다. 여선한 말투였지만 훨씬 더 차분해진 음성까지도, 귓가에서 생생히 울린다.

한국에는 언제 온 거지? 아주 들어온 걸까.

세림은 옆에 놓인 가죽 구선을 끌어다 품에 안았다.

싫었다.

중호 오빠에게 전화 왔던 그 순간이.

이름 옆에 붙여둔 하트가 후회스러웠던 마음이.

시준이 어떤 사람이냐고, 잘해주느냐고, 자신만큼 믿을 만한 남자냐고 물었을 때, 사실 어떻게 대답해야 할지 몰랐다. 왠지 자신이 한심스럽다는 생각이 들기도 했다. 1년 가까이 사귀고 헤어지기를 반복했으니까. 죽고 못 살 정도로 좋아하는 것도 아니지만, 싫어하는 것도 아닌 남자였다.

세림은 옆으로 쓰러졌다. 텔레비전에서는 생활 방송 프로그램이 끝나고 저녁 뉴스가 보도되고 있었다. 시끌시끌한 세상만큼 세림의 마음도 시끌시끌하다. 가만히 눈을 감는다. 소파에 아무렇게나 뒤집어놓은 휴대전화가 갑자기 요란하게 울렸다. 세림은 눈을 반짝 떴다.


"연락할 테니까, 피하지 말고 받아."


설마, 이시준?

벼락이라도 맞은 사람처럼 자리에서 일어나 어느 때보다 더 힘차게 울리는 휴대전화를 빤히 바라보다 손을 뻗었다. 심장이 다시 요동친다. 심호흡을 하고 액정을 확인했다.

중호 오빠…….

액정을 멍하게 바라보았다. 심장이 제 속도를 찾는다. 황량한 바람이 부는 모래사막 한가운데에 서 있는 것 같다. 세림은 액정에 엄지손가락을 대고 반대편으로 밀었다.

"응…….”

〈어디야?〉

"뭐?"

아차, 싶었다. 아까 그 자리에서 벗어나려 오빠 만나러 간다는 걸 핑계로 대놓고 그만 까먹고 말았다.

"나…… 집."

〈집?〉

그가 놀라 되묻고는 흘리듯 하하, 웃음소리를 낸다.

〈아까는 없는 약속 만들어내서 나 퇴근 시각도 되기 전에 오겠다고 하질 않나. 종일 전화도 안 받고. 왜 그래? 무슨 일 있어?〉

"아냐, 미안. 오늘 학교에서 너무 정신없이 보냈더니 그랬나 봐. 지금 바로 갈게.”

〈됐어, 내가 갈게.〉

"아니야, 지금 퇴근 시각이라 많이 밀릴 거야. 내가 갈게.”

〈그럼, 여기 양재로 와. 배고프다.〉

"응, 알았어. 금방 나갈게…….”

말끝을 흐리며 씁쓸한 미소를 지었다. 미안하고, 미안한.

다시 화장대에 앉은 세림은 거울 속에 비친 자신이 이토록 한심스러울 수가 없었다. 몰골이 말이 아니다. 엄청난 태풍을 보기라도 한 사람처럼. 우스웠다, 말할 수 없이.

비비크림을 바르는 손길이 짜증스러웠다. 바로 옷을 갈아입고 두터운 카디건을 걸치고 아파트를 나섰다. 올가을은 가을답지 않게 유난히 따뜻하다. 푸른 공기가 포근해, 숨을 크게 들이쉬었다. 가슴에 포근한 가을밤이 번진다.

인디안 썸머(Indian Summer).

추운 겨울이 오기 전 가을 끝에 찾아오는 잠깐의 여름. 다시 찾아온 그 짧은 여름 동안, 인디언들은 겨울을 나기 위한 사냥을 한다고 했다. 그래서 신이 내린 선물이라 불리는 긴 겨울 이전 잠깐의 여름.

단지 입구를 향해 걸었다. 바스락, 바스락, 발끝에 낙엽이 밟힌다. 속도가 빨라진다. 심장이 은밀히 뛴다.

여름이 끝나지 않고 이어지는 것만 같은, 이상한 기분.

❖　❖　❖

영동대교 남단은 도산대로와 합쳐지는 퇴근 차량들로 넘쳐 났다. 그로 인해 이번 여름 출시된 새 SUV는 제 성능도 발휘하지 못하고 굼벵이 걸음을 걸었다. 차는 으르렁거리며 출시 전 모하비 사막 도로를 폭발적으로 내달리던 기억을 떠올린다. 시준 역시 스피드를 갈망하는 녀석을 위해 과감히 가속페달을 밟아주고 싶었지만, 저녁 6시에서 8시 사이의 서울 도로는 어딜 가든 정체되었다. 안타깝지만 지금은 고속도로를 탈 수 없다.

2009년 여름, 한남 내 초석을 다지기 위함으로 오랫동안 구상한 신차 기획안을 작성해 해준에게 넘겼다. 신차 개발은 자금 문제로 아무리 오너 아들이라도 감히 밀고 나가기엔 쉬운 사안이 아니었다. 하지만 해준이 헬퍼로 자청해 적극적으로 자금 문제를 해결하고, 부족한 부분은 거듭 보완시키며 임원들에게 끊임없이 오퍼하였다. 그 결과 정확히 1년 뒤 여름, 미국 법인에 전담 개발팀이 꾸려졌다. 전문 스태프들과 어시스턴트들을 직접 선별하는 것을 시작으로 신차 개발은 순풍에 돛단 듯 단계별로 수월하게 이루어졌다. 중요한 것은 업계 최초 스물다섯의 최연소 팀장이 총체적으로 진두지휘한다는 사실이었다. 이에 대해 임원들의 반발이 없지 않았지만, 그 바람막이 역할 역시 해준이 해주었다.

디자이너를 직접 스카우트하는 것에서부터 디자인, 엔진, 외부 구체에 들어갈 재료를 선별하는 것, 마케팅까지 모든 단계는 시준의 손을 거치지 않은 곳이 없었다.

엑스페라토는 성능이며, 디자인, 가격 등 기존 동급 국내 SUV들의 모두를 압도함과 동시 외제차들과 견주어도 손색이 없다는 평을 받았다. 한남의 쾌거라 불리며 2012 하반기 SUV 시장 상위 점유율을 차지한 엑스페라토는 전 유럽과 미국 젊은 층들에게 각광받았다. 그 후 시준에게 쏟아지던 스포트라이트들. 한남에서 지금 시준의 위치는 스물한 살 때와는 전혀 달랐다. 그를 겪어본 사람들은 그가 현재 서 있는 자리를 인정하며 수긍했다. 핸디캡으로 작용하던 어린 나이와 모자란 경력은 오히려 그에게 플러스알파의 배경이 되어주었다.

차가 미끄러지듯 도로를 서행한다. 반대편 차선의 차들 역시 공기 중에 헤드라이트 조명 흔적을 남기며 속도를 냈다. 붉고, 노랗게 반짝이는 빛들의 일렁임. 시간은 물처럼 빛깔 없이 흘렀다. 기쁘지도 행복하지도 슬프지도 않았던 모노크롬의 시간들. 그 시간 속에서 환영처럼 나타나는 세림만이 색채를 지니고 있었다. 시준은 관객이 된 듯 웃고, 빛나고, 다채로운 색깔로 변하는 그녀를 바라보았다. 손을 뻗으면 흔적도 없이 사라지는 세림은 견딜 수 없는 절망이었다.

모를 리가 없다. 스물한 살 이후부터 세림의 생활은 자신의 손바닥 안이었다. 새로 바꾼 휴대전화 번호도, 자신과 헤어지고 나서 만난 남자가 누군지, 그와 언제 어디서 헤어졌는지도 정기적인 보고로 알고 있었다. 심지어 세림이 유럽여행을 갔을 땐 직접 근거리에서 따라다녔었다. 보고 서류에 딸려온 사진을 볼 때마다, 시간은 세림에게만 흐르는 것 같았다. 자신이 옆에 없는 시간 속에서의 세림은 날로 예뻐지고, 품에 안아 존재를 확인하고 싶을 만큼 사랑스러움을 더해갔다. 그런 네가 다른 이를 만날 때면, 터지는 심장을 감당할 수 없었다. 할 수만 있다면 너를 데리고 아무도 없는 곳에서 살고 싶었다. 옆에 두고 사육이라도 하고 싶었다. 내 손으로 죽여 영원히 누구의 것도 될 수 없게 만들고 싶었다.

너를 그리는 나는 미치광이가 되어가려 하고, 그 늪 속에 빠지지 않기 위해 밤새 도로 위를 달렸다.

다시 나를 사랑할 널, 만날 날만을 기다리며.

처음 압구정 밤거리에서 봤을 때의 세림은 환영과도 같은 느낌이어서 실감할 수 없었다. 어쩌면 공간을 투영시키는 유리벽 너머의 세림을 본 것은 아닐까, 하는 의구심까지 들게 하였다. 눈앞의 은세림이 은세림 같지 않다, 고. 몇 시간 전 카페 앞에서 세림을 만났을 때 역시 마찬가지. 오늘은 아침부터 바빠 세림의 동선 보고를 받을 틈이 없었기에 더욱.

놀랐지만 당혹스럽진 않았다. 언제고 은세림을 다시 만날 거란 생각은 했었으니. 하지만 가을 햇살로 번진 거리에서 돌연 나타나 부연 빛에 감싸였던 세림은 6년 전의 봄날처럼 자신의 세계에 뜬 금없이 발을 들여놓았다. 그 순간 세상은 마법처럼 극채색으로 빠르게 물들어갔다. 그는 세림을 안고, 여린 입술에 키스하고 싶은 충동을 참기 위해 주먹 쥐어야 했다. 아직은 참아야 했으니.

지하주차장에 차를 주차시키고 시동을 끈다. 흉부를 가로막고 있는 숨이 답답해 길게 뱉어내며 시트에 몸을 묻었다. 실제로 눈앞에서 만난 세림은 사진에서 봤던 것보다 훨씬 더 살이 빠져 있었다. 야윈 것 같단 표현이 맞는 건가. 패닉 상태에 빠져 정신을 챙기지 못하는 세림이 생각나 웃음이 나왔다. 그녀다운 재회라서.

시준은 눈을 가늘게 떴다. 생각에 잠긴 듯 지하주차장 외벽을 바라보다 몸을 일으키며 조수석으로 팔을 뻗었다. 조수석에 놓인 갈색 가죽 백팩과 서류봉투, 그리고 커피숍 로고가 박힌 커다란 비닐봉투를 양손에 나눠 들며 차에서 내려 엘리베이터로 성큼성큼 걸었다.


하얗게 불이 켜진 한남 우노모터스 본사 가치창조개발실에는 해준만이 남아 있었다. 시준은 조용히 문을 닫으며 안으로 들어섰다. 지금까지 여러 사람들이 모여 회의를 하고 있었던 듯 정리되지 못한 서류들이 널찍한 테이블 위며 바닥에 흐트러져 있었다. 한쪽에 자리한 네 개의 이젤에는 2절 규격에 맞춰 그려진 자동차 디자인들이 놓여 있었다. 연초 출시될 우노모터스 대형 세단 U9의 디자인 시안을 검토 중이었던 모양이다. 시준은 들고 있던 비닐봉투를 테이블 가장자리에 올려두고 해준의 옆에 가서 섰다.

"왔어? 기획실 일은 어때?"

"유럽, 미국 중상층 애들 오래된 전통, 예의 이런 기에 엄격하지. 훨씬 보수적이고."

그러나 시준은 해준의 질문과는 전혀 다른 대꾸를 한다.

"애들 클래식한 거 참 좋아해. 그런데 첫 번째는 클래식이 아니라 올드해. 일본 자동차 애들의 전형적인 디자인. 흔해. 세 번째는 너무 제3세계고. 네 번째는 너무 젊고 날렵해. 대형 세단이라기보단 중형이나, 쿠페, 컨버터블에 어울리는 슈퍼카 이미지. 목적은 그게 아니잖아. 대형 세단이면서 세련된 중후함과 클래식함을 잃지 않는 건 두 번째. 싱글 라디에이터 그릴이 박력 있어. 프런트 오버행도 짧고, 이어지는 측면 라인도 섹시하고. 딱 봐도 이거네."

"차 한 대 만들더니 디자인 보는 안목이 제법 수준급이다."

"내 안목이야 항상 수준급이고 탁월하지."

시준은 테이블에 놓인 커피숍 로고가 박힌 비닐봉투에서 두툼하게 포장해 반으로 자른 샌드위치 하나를 해준에게 건넸다. 나머지 하나는 포장을 벗겨 한입 크게 베어 물었다.

"그래서, 탁월한 네 안목으로 직접 꾸린 기획실에서 일해본 소감은 어떤데."

한참 전부터 이 회장을 중심으로 측근들 사이에서는 비밀리에 컨트롤타워 재건에 관한 논의가 있었다. 이렇게 저렇게 둘러대긴 했지만, 컨트롤타워는 확실히 이 회장의 친위대가 맞았다. 2실이 따로 떨어져 나온 건 3세들의 필드 업무와 신구 세력의 조화를 위한 완충제 역할이 필요했기 때문이다. 구성에는 해준, 연준, 시준과 이 회장의 직속 양 비서실장 네 사람만이 참여했다. 2실을 꾸려 갈 인재 후보 선정은 해준과 연준, 양 실장이. 어느 소속, 어느 자리에 앉히느냐에 대한 직접적인 선택의 의견 반영은 시준이 하였다. 엑스페라토 제작 개발 때, 개발팀 선두에 있었던 고은석을 2실의 차장 자리에 앉힌 것도 시준이었다. 그는 유능한 보좌로 시준이 프로젝트 리더로 있을 때 많은 도움을 주었기에 2실의 수장이 될 해준과 연준에게도 훌륭한 서포터가 되리라 생각했다. 그런데 뒤통수 제대로 맞았다. 아니, 어쩌면 시준만 몰랐을 뿐이지, 애초에 해준과 연준은 2실을 그에게 내줄 생각이었던 건지도 모른다.

"소감? 아, 정말 더럽게 빡세다. 구성이야 흠 잡을 데 없고. 오늘 신고식 징글맞게 치러줬지."

"신고식?"

"운영회의. 회의 내내 인사지원팀장 표정 살벌하더라. 다리미로 펴주고 싶게."

"그 정도 불편함도 감수 못하면 실장 자리 비워."

"비우면 나야 좋지. 노는 게 지금 내 소원인데."

성실함이라곤 찾아볼 수 없는 그 말에 해준이 눈을 치켜뜬다.

"난 우리 형아 그렇게 쳐다볼 때가 제일 섹시하더라. 말 안 들으면 일임받은 책임자 권한으로 압박해야지. 권력 됐다 뭐 해. 그럴 때 쓰라고 있는 건데. 그러니까 걱정은 접어서 주머니에 넣어둬."

"아버지가…… 아직은 시기상조라고 하셨어. 이왕 참는 거 좀 더 참아."

"6년 참았어. 차일피일 미룰 이유 없잖아. 노친네가 이런 일에만 쓸데없이 느긋해요."

"다른 건 둘째 치고 지금 정계에서 아버지 입장이 난처해. 한국 정계는 재상을 빼놓고는 말할 수 없으니까. 게다가 더 큰 문제는 건설사에 재상하고 한남 쪽 사업이 청소하기 힘들 만큼 곤치 아프게 엮여 있다는 거야. 청산하려면 못할 것도 없겠지만, 시작하면 지저분한 싸움이 되겠지."

"그러니까 내가 대신 칼춤 춰드리겠다고."

시준은 테이블에 놓아두었던 서류봉투를 해준에게 밀어 보냈다. 해준이 봉투에서 서류들을 꺼내 훑어 넘긴다.

"한남에서 골치 아프게 하는 날파리들, 피 빨아먹는 빨대들 치워줄게. 건설사 김 상무, 원 이사가 정치인들하고 접촉하면서 이것저것 먼지될 만한 거 갖다 바친 모양이야. 평생직장이란 말 없어졌다지만 다니는 동안에 상도는 지켜야지. 임원이라는 영감들이 예의를 밥 말아 먹었어. 거기다 겁도 없이 장외 거래 주식을 공격적으로 사 모으시고 있어. 한남 소액주주들 만나 회유해 지분 확보하고, 얼마 전에는 재상 임원 몇몇한테 주식을 팔아넘겼어. 영감들이 말년을 얼마나 후하게 보내려고 벌써부터 재상 밑 닦는 노릇을 하냐. 푼돈 받고 벽에 똥칠할 때까지 장수하는 게 소원인가?"

"컨트롤타워 실장이란 놈 단어 선택이……. 이 정도론 부족해."

"내 스케일이 고작 그 정도라고 생각하면 화나지. 진짜는 종류별, 품목별로 구성 중이야. 그건 피의 숙청 샘플 겸 원금 상환용."

해준은 말없이 쳐다보는 것으로 의아함을 드러냈다.

"형이 나중에 다시 시작하면 이자 쳐서 갚는다고 했잖아."

개발실에 침묵이 돌았다. 해준은 이제 한입에 넣어도 될 만큼 작아진 샌드위치 조각을 입에 넣고 탄산수 병을 들었다. 그가 물 한 모금을 넘긴 뒤에야 입을 연다.

"기어이, 그 여자애 만나야겠어? 앞으로 네가 하는 결정들은 너 한 사람뿐만 아니라 한남 전체에 영향을 주게 돼. 무슨 의미인지 모르진 않을 거다. 그 뒤에 감당하고 책임져야 할 일들, 결코 쉽지 않아."

"알아. 난 모든 일을 감당하고 책임질 만큼 각오하고 있어. 그러니까 형도 그때 빚진 거 같아. 형은 여우 같은 마누라에 토끼 같은 자식들 품에 안았잖아. 남의 연애는 깽판 쳐놓고. 나 되게 열받아."

"난 실현 가능한 범위였어. 너도 그렇게 하면 돼."

"내 실현 가능 범위는 은세림이야. 세림이 외엔 어떤 여자도 내 범위에 넣고 싶지 않아. 말해두는데 내 이자 비싸다."

"평균 이자율로 해. 너 정확한 차용증도 안 썼잖아."

"아니, 차용증 없이도 형은 이자를 배로 갚아줄 수밖에 없을걸."

시준도 남은 샌드위치를 마저 먹고 자신과 해준의 손에 든 포장지를 구겨 빈 봉투에 담았다. 그가 테이블을 정리하며 말을 잇는다.

"형수들이 진정한 권력 남용이 뭔지 보여주겠다고 했거든. 참고로 내가 먼저 부탁한 거 아니다. 우리 집 남자들, 와이프한테 껌벅 죽는 거 유전인가 봐."

"아, 이연준 이 자식. 쓸데없이 속이 깊어."

"내가 형들 사랑만 먹고살 수 없다는 걸 아는 거지."

시준이 무어라 말을 덧붙이려 할 때, 마침 저녁 식사를 하러 갔던 팀원들이 사무실로 들어왔다. 그중에는 시준이 아는 얼굴들도 여럿 있었다. 그들은 시준에게 반갑게 인사를 건넸고, 가벼운 안부 이야기가 잠시 오갔다. 얼마 지나지 않아 개발실을 빠져나온 시준은 바로 지하주차장으로 내려가 차를 빼고 도로에 올라섰다. 그가 피곤한 듯 시트에 등을 기댄다.

정체가 풀린 도로 위를 달릴 때마다 차창으로 가로등 불빛이 흘러내린다. 기억은 늘 뜬금없는 순간에 떠오르게 마련이다. 널 향해 뛰던 심장의 울림만큼 뜨거웠던 여름. 널 안았던 가슴이, 입술에 닿았던 여린 숨결이, 지워질 수 없는 흔적으로 남았던 여름. 차창을 내린다. 쏟아져 들어오는 바람 끝에 단풍에 젖지 못한 연록의 냄새가 섞여 있다.

여름은, 아직 끝나지 않았어.

## Indian Summer

한남그룹은 창립 44주년을 맞아 한울호텔 최대 연회 홀 및 각 사업장에서 창립기념행사를 가졌다. 어느 때보다 규모가 크고 화려하게 이루어진 행사는 새 회장 취임 2주년 만이며, 이태영 명예회장 퇴임 후 1년 만이었다.

익숙지 않은 연미복에 보타이까지 매고 있으려니 답답하다.

우진은 슬쩍, 목 부근의 옷깃을 끌어 올리듯 잡아당겼다. 그런다고 해서 답답함이 풀리는 건 아니었지만. 사람들은 친분 있는 사람들끼리, 혹은 친분 있는 사람을 징검다리로 모르던 사람과 안면을 텄다. 일부는 한남건설 서인석 사장의 아들인 우진을, 또 다른 일부는 RS증권사 기업금융팀 우진을 알아보고 반갑게 아는 척하기도 하였다. 그는 샴페인이 담긴 잔을 빙글 흔들다 입가로 가져갔다. 동그랗게 맺혀 있던 기포들이 한꺼번에 기울어진다. 눈길이 연회 홀을 배회하다 한곳에 머물렀다.

한남 이 회장의 삼남, 이시준 미래전략기획실장. 올여름 신차 출시와 동시에 업계의 '흑조(Black Swan)*'로 떠오른 3세. 보통 증권 시장에서는 신제품 출시 몇 개월 전 관련 회사 주가가 상승한다. 신제품에 대한 기대치가 있다는 얘기로, 만약 출시 후 제품이 그 기대치에 미치지 못할 경우 주가는 떨어지게 되며 자동차 주에서 이런 현상은 흔하게 있는 일이었다. 그런데 그가 제작한 엑스페라토는 소비자 만족도가 높아 한때 한남자동차 주가가 제법 상한가를 쳤고, 종내에는 어닝랠리*까지 이루었다.

그의 주위로 많은 젊은 인사들이 모였다. 이 실장은 적당한 웃음을 보여가며 그들의 화제에 대꾸해 주고 있었다. 그러나 근사한 미소가 걸린 입매와 달리 눈빛은 무료하고 서늘하다. 옆에는 아이보리 계열 드레스를 차려입은 약혼녀 임하은이 그의 팔을 붙잡고 자리를 지켰다. 그녀의 얼굴은 이미 한남그룹의 막내 며느리였다. 편안하게 웃고 있지만 표정에서 나오는 우월감이 거의 여왕벌 수준이었다. 이 실장에게 미소를 보이며 말을 거는 여자들에게 보내는 싸늘한 무언의 눈빛은 남자가 보기에도 소름이 돋았다.

미국에 있을 때 별명이 '작은 헤라'였다더니, 틀린 소문은 아닌 듯싶다.

우진은 다시 시선을 돌렸다. 이번에는 얼마 떨어지지 않은 곳에

---

* 블랙 스완(Black Swan):경제 영역에서, 도저히 일어날 것 같지 않지만 만약 발생할 경우 시장에서 엄청난 충격을 몰고 오는 사건을 말함.
* 어닝랠리:실적이 예상했던 것보다 높게 나왔을 때 그로 인한 주가 상승을 말한다.

서 한남자동차 연구원, 한중호를 발견한다. 세림의 남자친구. 그는
연신 두 손으로 공손히 악수하며 등을 굽혔다. 사람 좋게 웃어 보
이는 눈길에는 야망이 서려 있었다. 우진은 낮게 코웃음 치며 샴페
인잔을 입가로 가져가다 멈췄다. 단정한 검정색 투피스에 흰색 재
킷을 걸친 여자가 한중호의 옆으로 슬며시 다가갔다.

세림이? 고개를 틀어 여자의 옆모습을 보았다. 은세림이 아니
다. 정신없이 인사하던 한중호는 여자와 눈짓을 교환하더니 그녀
의 손을 잡고 슬쩍 자리를 떴다. 뭐지? 우진은 주변에 양해를 구하
고 연회 홀을 나섰다. 한중호와 여자는 홀을 나서면서도 은밀히 눈
을 마주치며 장난쳤다. 남자의 본능이 불편하게 감각을 곤두세운
다. 둘은 홀 밖에서 짧게 얘기를 나누다 야외 비상구로 걸음을 옮
겼다. 발걸음을 급하게 재촉했다. 그때였다. 누군가가 어깨를 부딪
히고 성큼성큼 복도를 앞서 걸었다.

이시준 실장?

그는 빠르게 걸어가더니 방금 한중호와 여자가 빠져나간 야외
비상구 문을 밀었다. 그리고 얼마 지나지 않아 비상구 문 너머에서
여자의 비명이 터졌다.


❖  ❖  ❖


시준의 얼굴에서 그나마도 짓고 있던 표정이 사라졌다. 그는 들
고 있던 샴페인 잔을 하은에게 건네었다. 그녀가 무슨 일? 하고 눈
빛으로 묻자, 곧 어깨를 토닥이고는 홀을 나섰다. 복도에서 자신을
붙잡는 다른 사람들을 적당히 떼어내며 둘을 따랐다. 둘은 연신 무

언의 눈짓을 주고받았다. 시준의 새카만 눈동자에 새파란 냉기가
서렸다.

　야외 비상구 문을 소리 없이 조금만 밀었다. 한중호와 여자가 난
간에 붙어서 키득거리며 입을 맞추고 있었다. 비상구 문을 밀치듯
벌컥 열었다. 두 사람이 화들짝 놀라 쳐다보더니 난간 쪽으로 몸을
돌린다. 밀회의 현장을 타인에게 들킨 것에 희열이라도 느꼈는지
뒤돌아선 둘은 연신 웃음을 터뜨린다. 맞잡은 손이 쉼 없이 움직이
며 장난치듯 서로에 대한 갈망을 보여주고 있었다.

　시준은 천천히 그의 앞으로 걸어갔다. 두 사람이 의아히 힐끗거
리는 와중, 시준이 한중호의 어깨를 붙잡고 망설임 없이 그의 얼굴
에 주먹을 날렸다. 갑작스런 타격에 소리를 지른 건 한중호가 아니
라 여자였다.

　"이 새끼가, 대가리를 밑에다 박고 다니나."

　감정이라곤 찾을 수 없는 낮은 음성은 살벌하다 못해 소름이 돋
을 정도였다. 시준의 주먹질은 연타로 이어졌다. 한중호는 비명 한
번 지를 새도 없이 숨만 헐떡이며 그 주먹을 받아내야 했다. 그와
함께 밀회를 즐기던 여자는 사색이 되어 낮은 신음을 흘렸다. 살기
까지 느껴지는 시준의 찬 표정에 말릴 엄두조차 내지 못하는 것 같
았다. 겁에 질린 여자는 결국 비상구를 뛰쳐나가며 도움을 요청했
다. 한중호가 쿨럭거리며 핏덩이를 토해냈다.

　"하아, 뭐야! 다, 당신, 미쳤어? 누구야!"

　"누군지 몰라? 새끼가 빠져가지고. 이제 하다하다 회사 창립행
사에서 염병을 하네."

시준은 입가에 비소를 걸치며 한중호의 멱살을 잡아 올렸다. 한중호의 코와 입에서 피가 흐른다. 그가 눈가를 찌푸리며 시준의 얼굴을 살폈다. 비상구 벽에 달린 조명등으로 시야가 선명해진다. 한중호는 눈을 크게 떴다. 그도, 아마 오늘 창립파티에 모인 사원들도 모를 리 없을 사람이다. 이 사람이 왜?

"왜 이러냐고? 내가 한때 나사가 좀 많이 나간 놈이었어. 네 면상 보니까 속이 뒤틀려서 똘끼를 주체할 수가 없다, 이 개새끼야!"

또다시 시준의 주먹이 한중호에게로 향했다. 한중호가 손을 들어 올리며 고통에 찬 외마디 비명을 내질렀다. 다급히 비상구 문이 열리고 누군가 그의 팔을 붙잡았다. 시준이 그를 돌아본다.

"뭐 하시는 겁니까!"

서우진이다. 시준은 그의 팔을 뿌리치며 멈추지 않고 한중호를 난타했다. 우진이 다시 한 번 시준의 팔을 붙잡았고, 이윽고 달려 들어온 가드들이 시준을 붙잡았다.

"이러시면 안 됩니다!"

"안 되긴 뭘 안 돼!"

시준은 가드들을 뿌리치며 말끝에 여자를 시퍼렇게 노려보았다. 여자는 시준의 차가운 눈초리에 겁에 질려 가드를 쳐다보았다. 가드들은 도대체 무슨 상황인지 알 수가 없어 어리둥절할 뿐이다. 한중호는 정신을 잃고 기절해 있었다.

"휴대전화 내놔요."

"네?"

가드가 놀라 한중호를 노려보고 있는 시준에게 되물었다. 거친 호흡을 가다듬던 시준이 눈초리를 세우며 말없이 손을 내민다. 두 번 말하지 않는다. 가드는 얼결에 자신의 휴대전화를 꺼내 그에게 건넸다. 시준은 빠르게 번호를 찍더니 다시 전화를 돌려주었다.

"보호자 번호입니다. 연결해서 한중호 씨 다쳤으니까, 지금 바로 달려오라고 해요!"

당황한 가드가 옆에 있던 선임을 바라보았다. 한 걸음 물러나 있던 우진 역시 시준을 쳐다보다 휴대전화에 눈길을 두었다. 액정에 적힌 번호를 보던 그가 미간을 좁혔다. 시준이 고함쳤다.

"당장 연결하라고!"


흐르는 물에 손을 씻었다. 페이퍼타월로 물기를 닦아내고 거울을 보며 흐트러진 옷매무새를 정돈한다. 얼굴을 보니 턱 즈음에 피가 튀겨져 있다. 젖은 페이퍼타월로 피를 닦아내고는 보타이를 끌러 바지주머니에 대충 찔러 넣었다.

답답함이 가시지 않는다.

시준은 반듯한 눈매를 구기며 목 부근을 여민 옷깃 단추를 끌렀다. 슈트 안주머니에서 담배를 꺼내 입에 문다. 라이터로 불을 붙이려는데 가스가 없는지 연신 틱틱, 불꽃 튀기는 소리만 낸다. 사소한 짜증이 도화선이 되어 결국 라이터를 집어 던졌다.

한중호는 이번이 처음이 아니었다. 세림은 모르겠지만 저놈은 전과가 눈부신 놈이었다. 전과가 눈부시다는 건 여성 편력을 말하는 게 아니다. 관계에 대한 상도가 없다는 뜻이다. 빌어먹을 개새끼.

시준은 화장실 문을 거칠게 열며 병실 복도로 나왔다. 약속이라도 한 듯 세림이 도착해 정신없이 걸으며 병실을 찾고 있었다.

차라리 서우진이나 다시 만날 것이지.

"이쪽이야."

혼이라도 빠진 듯 주위를 두리번거리던 세림이 고개를 돌렸다. 그녀는 이해할 수 없다는 표정으로 눈썹을 구겼다.

"병실, 이쪽이라고."

여전히 지금 상황을 재빠르게 읽어내지 못한 것 같았다. 그것보다 시준이 왜 여기에 있는가를 먼저 생각하는 듯싶었다. 그러나 그 생각을 떨쳐 버리기라도 했는지 천천히 호흡을 고르며 걸음을 옮겼다.

세림이 걸어오는 그 짧은 몇 초는 몇 분처럼 길었다. 단 한 번도 주지 않는 시선. 무릎까지 내려오는 검정색 원피스. 그 아래 드러난 검정 스타킹을 신은 미끈한 다리와 발이 아파 보일 것만 같은 높다란 힐. 뾰족한 앞코는 금색 글리터를 입혀놓은 것처럼 반짝반짝 빛난다. 걸을 때마다 가느다란 몸이 흔들흔들, 반동으로 흔들리는 팔. 술을 마셨는지 무심히 지나가는 사이 풍기는 알코올의 잔향. 늘어뜨린 풍성한 머리칼에 배인 담배 냄새.

"친구들이랑 술 마시는 중이었어?"

시준은 세림의 팔을 쓸어내듯 잡았다. 팔이 한 손에 남도록 가느다랗다. 멈칫하던 그녀가 팔을 비틀어 빼내었다. 시선조차 주지 않고, 그대로 병실을 향해 곧게 걸어간다. 시준은 허공에 둔 손을 떨어뜨리며 고개만을 뒤로 돌렸다. 병실 문이 열리는 소리만 들릴 뿐이다.

❖ ❖ ❖

중호는 2인실의 안쪽 침대에 누워 있었다. 그 앞에 선 세 남자가 돌아봤지만, 그들이 누군지 제대로 확인할 겨를도 없이 시선은 중호에게로 향하였다. 터질 듯 부은 두 볼과 거즈를 붙이고 있는 코, 그리고 착색된 눈 아래 언저리. 경악하고 말았다. 이게…… 무슨 일인데!

"세, 세림아! 너 여기 어떻게……!"

문 앞의 세림을 보고 놀란 중호가 외치다 손으로 코를 가렸다. 그의 얼굴이 고통으로 일그러졌다. 차마 입을 다물지 못하던 세림은 그제야 눈길을 들어 침대 앞의 두 남자를 바라보았다. 키가 훌쩍 큰, 어디서 많이 본 것 같은 익숙한 얼굴. 희미한 기억을 더듬는 사이 오른편 시야에 우진이 들어왔다. 세림이 눈을 동그랗게 뜨자, 우진이 그렇게 됐다는 듯 눈짓해 왔다.

"그럼, 그렇게 마무리 짓는 걸로 하고. 자세한 이야기는 나중에 양 실장님과 하기로 합시다."

남자는 사무적인 어투로 말하며 결론지었다. 중호가 알겠다고 대답하며 고개를 끄덕였다. 남자가 몸을 돌림과 동시에 그의 눈길과 마주한 세림의 눈동자가 파르르 흔들렸다. 마치 인위적으로 매만진 듯 각이 떨어지는 옷매무새와 차분한 듯 감정 없는 눈빛이 이시준을 연상시키는, 그의 형 이해준이었다. 세림의 얼굴이 하얗게 질렸다. 학창 시절의 학생부장 선생님을 마주한 사람처럼. 그녀는 시선을 떨어뜨렸다. 해준과 또 다른 남자의 뒤를 따라나서며 우진이 밖에 있을 게, 하고 속삭이듯 말하며 어깨를 토닥였다. 그녀가 어색한 미소를 지었다.

세림은 중호에게 다가가 빈 의자를 끌어다 앉았다. 도무지 무슨 일인지. 그보다 중호의 얼굴 때문에 속상해 한숨이 나왔다. 얼굴 전체가 검푸르게 부어 있고 멍이 올라 있다.

"괜찮아? 도대체 어쩌다 이렇게 된 거야? 얼굴이 왜 이래."

중호가 문 쪽을 살피더니 낮은 목소리로 말을 이었다.

"혹시 밖에 키만 멀대같이 큰 놈 못 봤어?"

"누…… 구?"

"가드들 말고 연미복 차려입고 있는 놈. 외꺼풀에 왜 싸가지 없고 재수 없게 생긴 놈. 못 봤어?"

이시준을 말하는 것 같았다. 그러나 세림은 모르겠다는 얼굴로 고개를 저었다.

"몰라. 누군지, 모르겠어……."

"그 새끼가 갔나……. 암튼 그 새끼가 우리 회사 회장 막내아들 인데, 완전……."

그가 관자놀이 부근에서 손가락을 빙빙 돌린다.

"서, 설마…… 그 사람한테, 맞았어?"

"그렇다니까."

"왜……? 그 사람이 왜, 오빠를 때렸는데?"

세림은 이해가 안 된다는 표정으로 목소리 끝을 날카롭게 높였 다. 중호는 눈길을 피하고는 말없이 고개를 저었다.

"낸들 아냐. 나는 진짜 무슨 괴물이 달려드는 줄 알았어. 무식한 새끼. 들리는 소문도 완전 별로야. 어린 게 어지간히 나대나 봐."

그는 분함을 감추지 못하고 중얼거렸다. 그러다 고통에 신음하 며 콧등에 손을 얹는다. 세림은 안타깝고 어쩔 줄 몰라 하며 중호의 손을 잡았다.

괜히, 죄책감으로 가슴이 죄여왔다.

설마 자신이 생각하는 말도 안 되는 이유로 때린 건 아니겠지.

"어떡해…… 얼굴 말이 아니야. 코 많이 아파? 다른 덴 괜찮아? 진통제는 따로 안 줬어?"

"죽을 맛이야. 코뼈가 부러졌는데, 뼛조각이 나갔대. 내일 수술할 것 같아. 나 이도 나갔다?"

"뭐?"

"놀라지 마. 괜찮아, 병원비며 보너스며 책임져 준다니까. 그리고 나, 퇴원하고 대전 공장으로 발령받을 것 같아. 그전에 태국, 괌 루트로 휴가도 받았다. 입막음 같은 거야. 그래도 나 현장 기획팀 과장으로 승진해서 간다. 꼭 몸으로 때우고 훈장받은 기분이야."

중호가 희미하게 웃으며 세림의 손을 꼭 붙잡았다. 그가 무어라고 말하든 세림은 기가 막힐 뿐이었다.

"우리 장거리 될 텐데…… 그래도 상관없지?"

그가 조금은 뿌듯한 듯 물어왔다. 가슴이 뻐근하다.

"오빠, 나 언니한테 전화 좀 하고 올게."

"알았어, 빨리 와. 참, 너네 학교 선배라는 사람 가라 그래."

세림이 알겠다는 듯 옅게 웃었다. 그녀가 자리에서 일어서며 중호의 손을 놓았다. 온기가 금세 사라지고 만다. 여닫이문 손잡이를 잡으려던 세림은 소리 없는 숨을 뱉었다.


특별한 환자가 입원한 것처럼 병실 밖은 경호원들이 지켰고, 복도 의자에는 우진과 시준이 앉아 있었다. 부자연스러울 만큼 낯선 광경. 벽에 등을 기대 비딱하게 앉아 있던 시준이 자리에서 일어섰다. 그를 원망스러운 눈으로 쏘아본다. 시준은 그런 시선도 아랑곳하지 않고 받아내었다. 그 눈빛이 너무나 뻔뻔하여 기가 차다.

"할 말 많은 눈이다. 앞장서."

한참 동안 시준을 노려보던 세림이 우진에게 눈길을 돌렸다.

"오빠, 오늘 고생했다며. 미안하고 고마워. 자초지종은 나중에 들을게. 들어가요."

"아니야, 너 어차피 가야 되잖아. 기다리고 있을 테니까 일 보고 같이 들어가."

"괜찮아. 난……."

"내가 데려다 줄게."

불쑥, 이시준이 끼어들었다. 우진과 세림이 동시에 그를 보았다. 시준이 세림의 손목을 붙잡는다. 이어서 세림과 눈을 맞추며, 시준이 낮게 말을 이었다.

"은세림은 내가 데려다 줄 테니까, 그쪽은 걱정 말고 들어가요."

세림은 손목을 붙잡힌 채로 미간을 잔뜩 힘주어 모았다. 그녀가 우진의 눈치를 본다. 우진이 눈썹을 가볍게 들어 올린다.

"세림이보다는 이 실장님이 더 할 말 많아 보이네요."

시준이 왼쪽 눈썹을 구기며 우진을 보았다. 시준의 입매가 밀려 올라간다. 단순한 웃음도 비웃음도 아닌, 약간의 흥미로움 같은 것이었다.

"얘기하고 와. 기다릴게. 나도 중호 씨한테 할 얘기가 있더라고."

세림은 무슨 말이냐는 듯 의아한 얼굴이 되었다. 하지만 우진은 대꾸 없이 그저 미소만 보이고는 병실로 들어갔다. 세림은 이시준에게 붙잡힌 손목이 불편하고 싫었다. 그녀가 손목을 비틀어 빼내려는데 그가 힘을 준다. 손목에 힘이 하나도 들어가지 않을 만큼 꽉, 아프게. 세림이 날 선 눈으로 그를 올려다보았다. 반쯤 내리감은 그의 눈 아래 검은 눈동자가 건조하고 메말라 있다.

"너, 나한테 물어볼 거 있잖아."

심장이 조금씩 급하게 뛰기 시작했다. 그건, 불쾌한 울림이었다.


"왜 그랬어?"

"뭐가."

"오빠, 왜 때렸냐고."

"그놈의 오빠는."

"이시준!"

시준의 빈정거림에 세림은 바락 소리 질렀다. 날카로운 목소리가 균열을 일으키듯 고요한 비상계단을 파고든다. 바지주머니에 손을 찔러 넣고 있던 시준은 눈을 가늘게 떠 세림을 바라보았다. 분이 서린 얼굴이었다.

"맞을 짓을 했으니까 때렸겠지."

"너 미쳤니? 돌았어? 네가 깡패야? 그런 이유로 사람을 저 지경이 되도록 때려? 오빠가 너한테 무슨 맞을 짓을 했는데!"

아무것도 모르고 얼굴이 빨개져라 소리 지르는 세림을 보며 시준은 노골적으로 코웃음을 쳤다. 그 웃음에 충격받은 듯 세림이 두 눈을 커다랗게 떴다. 그 메마르고 건조한 눈빛에 상처 입은 것 같기도 하다.

"미친놈."

여린 입술 사이에서 신음하듯 말이 내뱉어졌다. 툭 떨어진 눈길은 공간을 헤맨다. 시준은 슬쩍 왼쪽 눈썹을 밀어 내리며 고개를 반쯤 숙였다.

"그거 알아?"

"……."

"넌 나 처음 만났을 때에도, 두 번째 만났을 때도 미친놈이라고 했던 거. 그리고 지금도. 나 여전히 너한테 미쳐 있나 보다."

세림은 거센 회오리바람이 몰아치는 토네이도를 본 것만 같았다. 지독한 현기증이 인다. 이번엔 만신창이가 되지 않을 것이다. 그러나 이시준은 여전히, 변함없이 느긋하게 웃고 있었다.

"그렇게 불타는 눈으로 쳐다보면 녹아버릴지도 몰라."

세림은 더 이상 상대할 가치가 없다고 생각하며 몸을 돌렸다. 그런 세림의 팔을 시준이 잡아챘다. 그의 악력에 뼈가 으스러지듯 아프다. 신음 소리가 채 나오기도 전에 그가 다른 손으로 세림의 허리를 휘감아 끌어당겼다. 서로의 몸이 단번에 밀착된다. 시준의 뜨거운 체온이 세림의 가슴에 닿았다. 호흡이 단숨에 부서지고 만다.

"이거 안 놔?"

"나 보고 싶었어?"

"놓으라고!"

"쉿, 괜찮아, 괜찮아. 아무 짓도 안 해. 그냥 안아보고 싶어서 그러는 거야."

시준의 어르듯 속삭이는 낮은 음성이 귓가로 흘러들었다. 숨이 차오르며 머리가 어지러웠다. 눈앞에 검은 막이 씌워지는 기분에 잠시 발을 헛디뎠다. 휘청거리는 몸을 그가 지탱해 주었다. 간신히 정신을 부여잡으며 이마에 손을 댄다.

"괜찮아?"

시준의 손이 얼굴로 올라왔다. 세림이 손을 쳐내고는 그를 밀어낸다.

"너 혼자 미치는 건 상관없는데, 거기에 나까지 끌어들이지 마!"

"차가운 여자가 콘셉트야? 좋아, 어떤 버전이든 은세림이기만 하면 돼. 너 영화 보는 거, 길거리 걷는 거 좋아했었지? 아직도 그래?"

"네 약혼녀는 어쩌고? 바람이라도 피우자는 거야?"

"친구로서 하자고. 무슨 기대를 하는 거야. 한국이 언제부터 친구끼리 데이트도 못하는 사회가 됐지? 이런 거, 일일이 설명해 줘야 할 만큼 눈치 없어? 실망인데."

"……."

"설마 헤어진 남자친구랑 친구 할 줄 몰라? 그런 고리타분한 사고회로는 고이 접어서 좀 갖다 버려. 이젠 그런 거 구분 지을 나이 지났잖아."

속에서 비명이 터졌다. 세림은 목구멍을 밀고 나오려는 비명을 삼켰다. 그것은 수십 개의 손톱이 되어 목구멍과 명치를 잔뜩 할퀴었다. 쓴웃음이 입가에 걸린다.

"헤어진 남자친구랑, 친구 할 줄 알지. 그런데 난 여자친구 있는 애랑은 친구 안 해. 쓸데없이 오해 사서 머리채 잡힐 일 있니?"

"은세림…… 많이 변했다."

그가 제법이라는 듯 세림의 볼을 만지려 하자, 그녀가 다시 손을 탁 쳐냈다.

"스물일곱이잖아. 사람이 변하기엔 충분한 시간이야. 이런 것도 일일이 말해줘야 되니?"

"아니, 대견해. 너 더 예뻐졌어."

"너 보여주려고 예뻐진 거 아니야."

시준은 하하, 짧은 웃음을 터뜨렸다. 경계심을 허무는 웃음소리에 세림은 눈가에 물기가 맺히는 것 같았다. 그가 연미복 재킷의 안주머니에서 담배 케이스를 꺼내 담배 한 개비를 입에 물며 무심히 말을 잇는다.

"한중호랑 헤어져. 걘 남자가 봐도 틀려먹었어. 그러니까 정리해."

세림은 조개처럼 입을 꾹 다물고 시준을 노려보기만 했다. 버릇처럼, 그의 왼쪽 눈썹이 일그러진다. 당연히 어떤 식으로든 세림이 대꾸할 것이라 생각한 모양이었다.

"왜 대답이 없어?"

"황당하고 어이가 없어서 무슨 말을 해야 될지 모르겠다. 그래, 알았어. 헤어질게. 이렇게 대답할 줄 알았어? 네가 오빠에 대해서 뭘 안다고 그런 소릴 해? 고리타분한 전 남친 흉내 내는 거면, 좀 우스워 보이지 않니?"

그녀의 힐난 어린 말투로 시준의 얼굴에 장난기가 흐릿해졌다. 그는 담배를 입에 문 채 한참 동안 세림을 쳐다만 봤다. 그녀도 지지 않고 눈길을 마주하다 곧 의미 없는 실랑이란 걸 깨닫고 발길을 뗀다.

"그 새끼, 다른 여자 만나고 있었어."

세림이 자리에 멈춰 서며 그를 돌아보았다. 시준은 바로 옆에 붙여진 금연 딱지를 가볍게 무시하고 버젓이 담배 끝에 불을 붙였다.

"너 말고도 딴 여자랑 놀아나고 있었다고. 사귀는 여자친구한테 결혼하자고 했다가 까이고, 같은 부서 선배가 소개팅 주선해서 들이민 여자 만났다고."

"너 지금 무슨 말을……. 넌 그걸 어떻게 알아? 혹시 중호 오빠 뒷조사했어?"

"그래, 했어."

"너 정말……!"

"정리해. 정리하고 기다리고 있어. 나 오래 안 걸려. 금방 끝낼 거니까 이왕 기다리는 거 조금만……."

"내가 왜……!"

시준의 말을 기막히다는 표정으로 듣고 있던 세림이 날카롭게 소리쳤다.

"널 기다렸다고 생각해? 네가 걔랑 끝내든 말든 내 알 바 아니야. 그리고 설사 내가 오빠랑 헤어진다고 해도 너랑은 다시 안 만나. 내가 무슨 부귀영화를 누리겠다고 너를 만나겠니."

비상구 안의 공기가 바짝 날 선 칼의 단면처럼 날카롭다. 조금만 잘못 움직여도 금방 살갗이 베일 것만 같이.

"은세림, 적당히 해. 너 변한 거 알고 있으니까 일부러 가시 세우지 마."

"너야말로 계속 억지 부리지 마."

세림은 그를 더는 상대할 수 없을 만큼 지쳤다. 그녀가 문을 열고 비상구를 나선다. 또각, 또각. 귓가에 굽 소리의 울림이 커지는 것만 같았다.

❖　❖　❖

마놀로 블라닉의 연분홍색 펌프스가 호텔 복도를 조심성 없이 울렸다.

초조하게 뛰는 심장의 진동이 하은의 머릿속에까지 전달되었다. 새하얘질 정도로 주먹을 꾹 쥐며 입술을 잘근 깨문다. 샴페인 리셉션이 끝나고 연회 홀을 빠져나가는 시준을 보며 담배를 피우러 가는 거겠지, 하고 생각했다. 그리고 조금 뒤 홀 입구 쪽 가드들의 움직임이 분주해졌고, 해준과 양 비서실장이 급하게 홀을 나갔다. 여자로서의 직감을 느끼며 안 실장에게 상황을 알아보라고 지시했다. 잠시간이 지나고 돌아온 그는 하은이 생각했던 것보다 훨씬 기막힌 이야기를 가지고 왔다.

시준이 연구원 한 명을 때렸다는 것이었다.

맞은 사람이 누구인지 알게 되었을 때, 그녀는 들고 있던 샴페인 잔을 놓칠 뻔했다. 한중호. 하은도 알고 있었다. 시준이 그토록 잊지 못하는 은세림의 남자친구다. 그 남자를 시준 오빠가 왜?

"당시 상황은 자세히 알 수 없지만 한중호 연구원이 속해 있는 연구팀 여자 동료가 가드들을 불러 도움을 요청했답니다. 여자 연구원이 한중호와 비상계단에서 일 때문에 대화를 나누고 있었는데, 이시준 실장님께서 다짜고짜 주먹을 날리셨답니다. 그런데 가드는 그냥 대화를 나눈 것 같진 않았다고……. 여자 입술에 립스틱

이 번져 있더랍니다."

정말 제정신이 아니야. 전혀 상관없는 여자의 남자 교통정리까지 대신 해줄 정도로 정의감 넘치는 사람이었어? 아니, 은세림 일이니까 누이 독아갔던 거겠기.

하은은 두 주먹을 꾹 쥐며 복도를 걸었다. 그녀가 객실 문을 열자 안에는 안 실장이 기다리고 있었다.

"어떻게 됐어요?"

"이해준 부사장님과 양 비서실장님께서 한중호 일을 마무리했다고 합니다. 병원비, 보너스 70% 지급에 한 달간 휴가, 그리고 대전 공장 기획팀 과장으로 승진시켜 주기로 결정 보았답니다."

하은은 기막힌 탄식의 숨을 토해냈다. 붉은 입술이 뒤틀린다.

"병원에선?"

"금방 이해준 부사장님과 양 실장님께서 병원을 나왔다고 하고, 그보다 조금 전 은세림 씨가 도착해 이시준 실장님과 만났다고 합니다."

"그래서?"

"두 사람이 비상계단으로 들어갔다는데, 싸우는 것 같다고 했습니다."

"싸워?"

그녀는 다시 주먹을 쥐었다. 손이며, 숨소리가 바르르 떨린다. 일전에 시준이 자동차 서울영업 지점을 방문하다 은세림과 마주쳤단 이야기를 들었다. 카페에서 두 사람이 마주 앉아 대화를 나눴단 얘기도. 하은은 두 눈을 꾹 감았다 떴다. 테이블 위 화병에 골든볼과 수국, 연두색 맨드라미, 보랏빛 장미 두 송이가 어레인지되어 놓여 있다. 밝은 무드 조명에 보랏빛 장미들이 고혹적인 색감을 낸다. 다른 꽃들에 둘러싸인 두 송이 장미가 견고히 엮여 있는 것 같다.

"알았어요, 나가봐요."

안 실장이 하은에게 깍듯이 인사하고는 뚜벅뚜벅, 객실 문으로 걸어갔다. 탕, 문이 닫히는 소리가 나자마자 하은은 테이블 위의 꽃병을 바닥에 집어 던졌다.

와장창,

화려한 방 안에서 은은한 고풍스러움으로 자리를 지키던 백색의 자기 화병이 산산이 깨어졌다. 물방울 맺힌 장미 꽃잎은 더욱 아름다운 보랏빛을 띠었다. 어질러진 화병 조각 위에 아무렇게나 방치되어 있는 상황에도. 조명등에 반사된 물방울이 보석처럼 반짝이는 듯하다. 꽃잎을 타고 떨어지는 맑은 물방울 소리가 귓가에 선명히 울린다. 하은은 드레스 자락을 틀어쥐었다. 손이 부들부들 떨린다. 옅은 갈색 눈동자에 붉은 분노가 타올랐다. 흐트러진 숨을 고르며 등을 꼿꼿이 세운다. 바닥에 어질러진 꽃들은 그녀의 눈에 더없이 하찮게 보였다. 일그러져 있던 얼굴은 어느새 말끔해졌다. 그녀는 머리를 정리하며 객실을 나왔다. 여전히 붉은 막이 쓰인 눈을 하고서.

❖  ❖  ❖

늦은 밤 도로는 속도 올리기 좋게 뚫려 있었다. 우진은 핸들을 고쳐 잡으며 슬쩍 조수석의 세림을 살폈다. 그녀는 고개를 왼쪽으로 기울인 채 창밖을 응시하고 있었다. 텅 빈 눈동자에 밤거리가 스친다.

한중호에게 세림과 헤어지라 말했다.

남 일에 끼어드는 성가신 오지랖은 취미에 없다. 그렇게 인간적인 사람도 아니고. 하지만 세림의 일이기에 모른 척 지나갈 수 없었다. 죄책감은 별로 들지 않는다. 이제껏 한중호가 세림에게 대했던 것을 생각하면 그리 나쁜 짓을 한 것도 아니었다. 주위 사람들이 한마디씩 할 정도로 문제가 있었으니까. 그럼에도 세림은 그를 좋아했고, 이해하려고 했다. 바보가 아닌가 싶을 정도로. 이제는 자신이 못 봐주겠다. 딴 남자가 먼저 채가는 걸 보고만 있는 것도 썩 좋은 기분은 아니고.

자신의 행동에 동기 부여가 됐던 건 이시준 실장이었다.

이시준 실장이 어떻게 세림의 전화번호를 알고 있는지, 그가 왜 한중호를 죽도록 때렸는지, 그와 세림의 관계가 어떻게 되는지도 알지 못한다. 하지만 추측해 보건대 결코 담백한 사이는 아니라는 것이었다.

세림이를 처음 알게 되고 사귀었던 건 그녀가 대학교 3학년이었을 때. 그 후, 헤어지고 나서도 친한 오빠, 동생으로 지내며 서로에 대해 모르는 일이 없었다. 사귀는 남자도 지금껏 별로 없었는데……

우진이 깊은 숨을 뱉어냈다. 멍하게 있던 세림이 그를 돌아본다.

"미안. 피곤할 텐데 멀리까지 바래다주느라 오빠가 고생이네."

"아니야, 그런 거."

"아니긴……. 오빠 내일 출근하려면 힘들 텐데."

"모레 쉬는 날인데 뭐. 것보다 옆에 타고 있는 여자가 속상해하는 게 눈에 보이는데 어떻게 해줘야 될지 모르겠어서 그래."

세림은 시선을 반쯤 떨어뜨리고 나직이 웃음을 털어냈다. 빨간 신호에 걸려 우진은 천천히 브레이크를 밟으며 세림을 보았다. 그녀의 시선이 정면 어느 한곳을 향해 있다.

"……중호 오빠가, 오빠랑 무슨 사이냐고 묻더라."

"나?"

전혀 예상하지 못했던 말이라 우진은 눈을 동그랗게 떴다.

"응, 나보고 오빠랑 사귀냐고. 양다리 걸치고 있었냐면서……. 진짜 웃겨. 자기가 그러니까 남들도 그렇게밖에 안 보이나 봐."

"……정신 못 차렸네. 이 실장한테 더 맞게 둘걸 그랬다. 그런데 너 알고 있었던 거야?"

"아니, 아까…… 알았어. 그러는 오빤?"

"나도 아까. 그냥 눈치로. 만찬회장에서 본 것도 있고."

세림이 말없이 고개만 끄덕거린다. 신호가 풀렸다. 우진은 가속 페달을 밟으며 이정표를 확인하듯 시선을 반쯤 들어 올렸다. 차 안에 가을 밤공기 같은 서늘한 침묵이 돌았다. 그는 들리지 않게 호흡을 고르고는 다시 입을 열었다.

"이시준 실장하고…… 아는 사이? 친구?"

"아, 고등학교 동창 친구. 오빠는? 별로 친해 보이진 않던데, 아는 사이야?"

"사실 잘 모르는 사람이야. 오늘 처음 얘기해 봤어. 아버지가 한남건설 임원이셔서 대강의 얘기는 들어보긴 했지. 그 사람, 업계에서 유명하기도 하고. 그래서 한중호하고는 어떻게 됐어?"

우진은 화제를 돌려 한중호와의 이야기를 다시 물었다.

"어떻게 되긴. 오히려 그렇게 말하는데 기가 안 막히는 사람이 어디 있겠어. 한참, 무슨 말을 해야 되나 하다 그 여자랑은 결혼 얘기 오갔냐고 물으니까 놀라서 쳐다보더라. 어차피 해피엔딩으로 끝낼 연애도 아니었고, 정리하는 게 귀찮아서 질질 끌고 있었던 것도 사실이라 그냥 깔끔하게 헤어지자고 했어. 나보고 후회 안 할 자신 있냐고, 자기 이젠 두 번 다시 안 잡는다면서 제대로 생각해 보라는데…… 웃기지 않아, 진짜? 끝까지 멋없는 남자야."

"말리러 갔던 거 후회되네."

"그래도 홀가분해. 이상한 게 배신감 같은 것도 없고, 눈물 같은 것도 안 나고. 나 연애 되게 재미없게 했다, 이런 생각만 든 거 있지."

세림은 한숨처럼 흘려내듯 웃었다.

"앞으로 훨씬 멋있고 좋은 사람이랑 재미있는 연애 해."

"응. 정말 한 번쯤은…… 그래 보고 싶다."

그녀가 먼 곳 무언가를 바라보며 중얼거리듯 말했다. 한 연애를 쓸쓸하게 끝낸 여자가 내뱉은 바람과 갈망이라고 생각할 수 없을 만큼 건조한 음성이 모순적이다. 어쩌면 그녀가 간절하게 원하는 일임과 동시에, 간절하게 원하지 않는 모호한 마음에서 비롯된 것일지도 모른다는 생각이 들었다. 혼자만의 시간이 필요할 것이다.

우진이 손을 뻗어 오디오를 켰다. 금세 생각에 빠져 있던 세림이 옅은 웃음을 짓는다. 어두운 밤바다 같은 도로에 방향을 인도하는 등대 같은 주홍색 가로등이 일정한 간격으로 이어졌다. 그녀가 긴장을 풀어내며 시트에 몸을 묻었다. 눈을 감고 조금 더 생각을, 마음을 정리하려는 듯. 조용한 차 안에 은은한 재즈가 흘렀다. 단풍이 떨어지는 가을에 잘 어울리는 음악이었다.

❖　❖　❖

키패드에 비밀번호를 누르고 문을 열었다. 시준은 현관으로 들어서며 벽에 몸을 비스듬히 기대었다. 등 뒤에서 문이 자동으로 잠기는 소리를 확인하고 나서야 기울어져 있던 몸을 바로 세웠다. 그는 신고 있던 로퍼를 벗으려다 움직임을 멈췄다. 마놀로 블라닉 연분홍색 펌프스. 눈매가 불편하게 굳어진다.

하은은 거실 창가에 서 있었다. 시준이 온 것을 알아차린 듯 몸을 돌린다. 시준은 어떤 제스처나 말도 없이 자리에 서서 하은을 쳐다보기만 하다 소파로 걸어가 앉았다. 그가 슈트 안주머니에서 담배 케이스를 꺼내 담배 한 개비를 입에 물었다.

"오빠, 정말 미쳤어? 오빠가 애야? 6년 만에 입국하고 업계 사람들한테 처음 정식으로 얼굴 알리는 그 자리에서, 그렇게 꼭 앞뒤 분간 없는 짓을 저질러야 했어? 창피해서 얼굴을 들 수가 없어!"

"……."

"오빠…… 오빠!"

참지 못한 분이 서린 얼굴로 원망스러움을 고스란히 토해내던 하은은 이내 서글픈 표정이 되었다. 그녀는 지친 걸음으로 다가와 시준의 옆자리에 앉았다. 시준은 상반신을 앞으로 기울인 채 말없이 담배를 피우기만 했다. 하은은 시준의 널따란 등이 애처로워,

그곳에 얼굴을 묻으며 끌어안는다. 그가 왼쪽 눈썹을 구기며 고개를 반쯤 돌렸다.

"알았어. 그만할게. ……오빠, 우리 결혼하자."

하은의 목소리에 물기가 서려 있었다. 시준이 명치 부근에 감긴 하은의 손을 잡아 풀려 하자, 그녀가 힘을 준다.

"잠깐만, 잠깐만 이렇게 있게 해줘. 나 진심으로 하는 말이야. 오빠, 우리 결혼하자. 나 잘할게. 오빠네 가족한테도 잘하고, 앞으로 오빠가 어떤 행동을 하더라도 너그럽게 용서해 줄게. 오빠 와이프로서도 손색없는 사람 될 테니까……."

"하은아, 임하은."

그녀의 이름을 부르는 시준의 낮은 음성이 어딘지 모르게 다정하였다. 철모르고 장난치며 보내던 어린 날의 울림과 비슷한. 연민이었는지도 모르겠다. 시준은 하은의 팔을 풀어내고 그녀를 보았다. 하은의 눈동자에 맺힌 눈물이 툭툭, 볼을 타고 떨어져 내렸다. 그가 한숨을 뱉어냈다.

"울지 마. 난 네 눈물에 동의 못해. 해줄 수 없어. 네가 원하는 것들도 난 못해줘. 우리 쓸데없는 감정 소모, 시간 낭비 그만하자. 네가 날 버려. 그게 내가 마지막으로 너한테 해줄 수 있는 배려야. 내가 널 떠났다는 얘기보다, 네가 날 떠났다는 얘기가 그나마 네 자존심을 지켜주겠지. 그러니까 먼저 끝내."

하은의 눈동자가 반쯤 커졌다 일그러졌다. 눈물이 쉼 없이 흘렀다. 그녀는 결국 참았던 울음을 토해냈다. 손으로 입을 막아보지만, 너덜너덜해진 자존심과 굴욕을 주체할 수가 없었다. 그녀가 자리에서 벌떡 일어섰다.

"어떻게, 어떻게 그런 말을……! 오빠, 정말!"

감정이 걷잡을 수 없이 날뛰었다. 주먹을 꾹 쥐고 있던 그녀는 치밀어 오르는 분을 어쩌지 못하고 매섭게 시준의 뺨을 때렸다.

"그만해? 오빠가 해줄 수 있는 배려? 언제부터 우리가 배려라는 단어를 실천하면서 살았다고 그런 웃기는 소릴 해? 나 오빠 포기 못해. 이 바닥에 쇼윈도 부부가 어디 한둘이야? 나라고, 오빠라고 특별할 거 없어. 어디 갈 때까지 가보자고. 근데 나 정말로 화나게 만들지 마. 그러다 건설사 날아가. 정경유착이란 말이 존재하는 이유가 뭔데?"

시준은 담배를 입에 문 채 연기를 뱉어냈다. 하은이 흥분해 쏟아내는 말들에 자신은 논외라는 표정을 짓고 있었다. 지루하고 재미없는 치정극을 보고 있는 것 같기도 하다.

"그 여자도 진짜 가만 안 둬. 못 올라갈 나무는 쳐다보질 말았어야지. 아니, 애초에 그 여자랑 비교 대상 된 것 자체가 수치야!"

"그 입……."

그가 재떨이에 담배를 끄며 자리에서 일어섰다. 눈동자가 차갑게 굳었다. 방금 전까지 보였던 너그러움은 사라져 있었다.

"조심해라. 네가 무슨 짓을 하든, 너 하고 싶은 대로 해. 그런데 내가 봐주는 건 여기까지야. 난 최대한 예의 갖춰 파혼 위자료 제시했고, 넌 마지막 호의까지도 무시했어. 똑똑히 기억해. 이 시간 이후부터 행동 조심해. 특히……."

하은은 도무지 익숙해질 수 없는 그의 눈빛에 기세가 눌렸다.

"은세림, 건들지 마. 걔 건드려 봐야 좋을 거 하나 없어. 이건 경고야."

그는 하은을 차갑게 쳐다보고는 발길을 돌렸다.

"오빠…… 진짜 후회하게 만들어줄 거야."

방문을 여는 시준의 뒤에서 하은은 파르르 떨리는 목소리로 힘주어 말했다. 가라앉히지 못한 분과 함께 그녀의 발소리가 멀어졌다. 현관문이 닫히는 소리를 확인하고 시준은 욕실로 향했다.

## 되돌아갈 수 없는 여름

아침부터 내린 비는 오후가 되어서도 그치지 않았다. 절정에 달아 캠퍼스를 노랗고 붉게 물들이던 단풍들은 비에 젖어 시멘트 바닥에 볼품없이 널브러졌다. 몹시 초라하고 쓸쓸하다. 캠퍼스는 색채를 잃고 회색빛으로 뒤덮였다. 비에 젖은 나무들은 앙상하고 짙은 고동색이다. 고운 색감의 나뭇잎들을 잃은 나무는 겨울을 혼자 맞이하게 될 것이다. 열어놓은 창으로 젖은 바람이 흘러들었다. 커피의 온기 서린 김이 허공에 누워 흩어진다.

세림은 머그컵에 담긴 커피를 한 모금 마시고는 캠퍼스를 배회하던 눈길을 거둬들였다. 그녀는 창을 닫으며 자리로 돌아와 앉았다.

〈나 생각 많이 했는데, 네가 마음 돌리면 그 여자 정리할게.〉

사회과하대학 건물 계단에 막 올라섰을 때 받은 문자였다. 과사무실 앞까지 걸어오는 동안 그 문자를 몇 번이고 다시 읽었다. 두 번 다시 안 잡겠다던 사람이 보낸 문자라 놀란 것도, 문장이 가진 의미를 찾으려는 것도, 마음을 다시 돌릴까 고민하느라 들여다보고 있던 것도 아니었다. 어쩐지 문장 자체가 읽히지 않았다. 글귀들이 이국의 언어처럼 이상할 정도로 생소해서, 아무런 의미가 없는 그냥 말뿐인 것 같아서 결국 읽기를 포기했다. 그리고 과사무실 문을 여는 순간, 관자놀이를 짓누르는 두통만큼 생생하게 이해가 됐다.

세림의 머리를 아프게 하는 건 그뿐만이 아니었다. 송 교수의 연구실에서 오늘 해야 할 일들을 하달받은 세림은 이번 엑스페라토 2013 상반기 캠페인의 책임자가 이시준이라는 걸 알게 됐다. 그녀는 깊은 한숨을 내쉬며 마우스를 쥐었다.

사실, 아무나 상관없었다. 누굴 만나든 의미가 없었기 때문에.

누군가한테 주지 못하는 마음을 간직하는 것도, 지우려 해도 지워지지 않는 마음을 안고 누군가를 만나는 죄책감도 떠안고 싶지 않았다.

우진과 만나는 동안 충분히 미안했으니까.

다른 사람과 사귀는 동안 눈앞에 자꾸만 지워지지 않는 그림자가 생명을 가지고 움직였다. 그것은 매 순간 자신을 힘들게 했다. 인식하지도 못한 때에 갑작스레 튀어나오는 기억을 감당할 수 없어…… 될 수 있다면 그저 혼자 지내고 싶었다. 그건 자신의 의도가 아니었으니까. 그럴 때면, 그러니까 한여름 비가 무지 오는 날,

우산을 받쳐 들고 어딘가를 걷는 날, 잿빛 하늘에서 쏟아지던 빗줄기와 젖은 흙과 진한 초록잎의 냄새와 숨결의 온도와 차가웠던 상영관의 공기, 입술의 온기, 햇빛이 노오랗게 뜬 상태에서 쏟아지는 소나기 같은 것들이 기억과 겹쳐질 때. 길을 걷다가도 눈물이 아무렇지 않게 떨어졌다. 입김이 하얗게 퍼지는 겨울에도.

중호는 세림이 작년 한남자동차의 대형 세단 '크뤼그' 2011 하반기 캠페인 때 같이 일했던 Creative I 광고 2본부 사원의 친구였다. 그 사원이 소개팅을 적극 추천했고, 세림은 정중히 거절했었다.

어느 날 집으로 가던 길이었다. 모르는 남자가 세림 앞에 섰다. 도대체 언제부터 기다렸던 걸까. 그의 양 볼이 불그스름해져 있었다. 일교차가 큰 10월의 가을밤이었다. 그는 자신이 소개팅 주선을 부탁했다고 하며, 그의 명함을 세림의 손에 쥐어주었다. 첫인상만큼이나 성실해 보이는 웃음을 지으며. 너무도 얼결이라 세림은 한참 동안 그렇게 서 있어야 했다. 다음날 오전, 그에게 문자했다. '죄송합니다. 제가 지금 여유가 없어서요. 좋은 분 만나셨음 좋겠어요' 하고. ……전화가 왔다.

〈여유는 만들면 생기는 거죠. 너무 부담 갖지 말고 우리 식사 한 번 해요. 세림 씨.〉

송 교수와 문 본부장의 사이가 각별해 Creative I와 한두 번 일할 곳이 아니었다. 그와 잘못되기라도 하면 여러모로 관계가 껄끄러워지고 말이 많아질지도 모르겠단 걱정이 앞섰다. 그렇지만 거

듭되는 거절도 좋지 않은 것 같아 알겠노라 하였다.

커피숍에서 만나 이야기하고, 식사하고, 간단히 칵테일을 마셨다. 남자는 화술이 좋았다. 세림이 말을 많이 하지 않아도 풍부한 화제로 대화를 이어갔다. 연구원 특유의 고집스러운 주관도 없었다. 그가 경영학과를 다니다 편입했기 때문에 그런지도 모르겠다고 말하였다. 한중호는 오로지 자신의 이야기를 들어줬으면 하는 사람이었고, 실제로도 세림이 잘 말하지 않는 부분은 굳이 물어봐 오지 않았다. 세림이 어떤 생각을 하는지도 궁금해하지 않았다. 그녀가 멍하게 앉아 있어도, 문득 영화를 보고 서글프게 눈물을 흘려도, 눈 오는 날 길이 미끄럽다고 울어도 그저 감수성이 풍부한가보다 하고 생각할 뿐인 것 같았다.

그래서 안심했다.

자신이 어떤 생각을 하든 관심이 없어서. 자신이 한중호를 좋아하든, 싫어하든 별로 신경 쓰지 않고 그가 하고 싶은 대로 해서. 그의 옆에 있는 것이 오히려 편했다. 중호는 세림의 마음을 얻기보다 그저 은세림이라는 어리고 마음씨 착한 여자친구가 필요한 것 같았다.

그의 바람대로 최선을 다해 마음씩 착한 여자친구가 되어주었다.

주변에서 세심하지 못한 중호에 대해 불만을 토로해도 그것이 화를 내야 할 일이라 인식하지 못했다. 착한 아이가 되고 싶어 참은 게 아니었다. 그게 그냥 마음 편했다. 그저, 바쁜 사람인가 보다, 다행이다, 하는 생각만이 들었을 뿐이다.

자신이 그를 좋아한다고도 생각하지 않았다. 그를 만나며, 누군가를 열심히 좋아해 본 사람은 누군가도 열심히 좋아하지 않을 수 있단 사실을 깨달았다. 그렇다고 해서 그런 남자친구를 앞으로도 용인할 수 있다는 것도 아니었다. 시간이 필요했다. 마음이 열정적이지 않아도 다른 사람을 만날 수 있구나 깨달을 시간이⋯⋯. 아주 오래 걸리긴 했지만. 그러니까, 결국은 세림도 중호에게 그리 좋은 여자친구는 아니었다. 그것이 드러나고 드러나지 않고의 차이인 것뿐이었다.

모니터를 보고 있는 세림의 눈동자에는 초점이 없다. 통계 프로그램 속 커서만이 한참 전부터 명령어를 기다리며 혼자 깜박이고 있었다.


오전, 오후 수업이 끝나면 백만 대군처럼 밀려드는 학과생 애들로 과사무실은 전쟁통이었다. 심지어 교수님까지 종이컵이 떨어졌다며 빨리 갖다 달라고 전화를 해대는 통에 안나와 상훈, 덩달아 도윤까지 정신없었다. 다시 수업 시간이 가까워지자 애들은 썰물 빠지듯 사라졌다. 과사무실이 한바탕 소나기가 쏟아지고 난 후처럼 어수선하다. 도윤은 세림을 돌아보았다. 그녀는 모니터만을 멍하게 바라보고 있었다. 눈동자 속에 생각들이 많다. 왜 또 저러고 있냐는 도윤의 물음에 안나는 자신도 모르겠다고 고개만 흔들었다.

한중호가 또 속 썩이는 모양이지? 반사적으로 입술을 내밀었다.

도윤은 천천히 세림의 책상으로 걸어가 파티션에 팔을 올리고 얼굴을 얹었다. 멍해 있던 세림이 정신을 차리고 키보드 위의 손을 움직인다. 조금 싸늘한 오늘 날씨와 다르게 파스텔 계열의 네일이

칠해진 손톱과 하얗고 기다란 손가락이 키보드 위에서 머뭇거렸다. 도윤을 신경 쓰지 않는 척하지만 무얼 써야 하는지 자신도 모르는 거다. 그녀는 곧 바로 옆에 놓인 책을 들었다.

하여튼 도무지 작위적이지 못한 여자라니까.

"오늘 날씨는 은세림 기분만큼 꿀꿀하고 잿빛."

"……."

"누나, 세림이 누나, 밥은 먹었어요? 어째 오늘 풀 한 포기도 못 먹은 얼굴이다. 내가 진짜 괜찮은 이탈리안 식당 개발해 놨는데 이따 저녁때 같이 갈래요?"

"……."

"누나, 내가 초코라떼 사줄까? 초콜릿 샷 추가해서. 완전 달게."

"……."

"누나, 세림이 누나. 이렇게 보고 있으니까, 오늘 완전 분위기 훈녀다."

"……."

"나, 누나 좋아하고 나서부터 혼잣말 되게 많이 늘었다? 몹쓸 애교도 늘고."

"……."

"……세림아, 그거 알아? 세림이 넌 애교도 없고, 여우도 아니고 곰이야. 연애하기 참 힘든 타입이다."

세림이 미간을 모아 세우며 눈초리를 들어 올렸다. 도윤이 아이같이 웃음을 흘린다.

"이제야 쳐다보네, 우리 예쁜 세림이."

그가 손을 들어 세림의 머리를 쓰다듬었다. 그녀가 싫다는 듯 손을 쳐내려 하는데 도윤의 손에 잡히고 만다. 세림이 놀라 눈동자를 굳히고는 손을 빼내려 한다. 도윤이 재밌다는 듯 씩, 웃었다.

"아, 놀라지 말고. 하여튼 새가슴. 아무 짓도 안 해. 손은 이렇게 예쁘고 고운데 마음이 철벽이라니까. 아니, 유린가. 너무 여려서 잘못하면 깨지는 유리."

세림은 깊은 숨을 뱉어내며 눈길을 돌렸다. 조금은 반성하는 얼굴인 것 같기도 하다.

아, 귀여워.

도윤이 방글 웃으며 세림의 하얀 손에 무언가를 쥐어주었다. 빨갛게 잘 익은 자그마한 방울토마토다.

"방울토마토 먹으라고. 그렇게 죽을상 하고 있으면 오던 행복도 다 떠나가겠다. 옛날부터 색소를 넣지 않은 식품이 붉은색을 띠고 있으면 좋대. 의사들이 가장 많이 추천하는 채소기도 하고. 여자들이 다이어트할 때도 많이들 먹잖아. 피부에도 좋고, 노화 방지며 모발 건강에도 좋다고 하고."

세림은 손바닥에 가지런히 놓인 올망졸망한 방울토마토를 보고, 도윤을 올려다보았다.

"비 맞은 똥강아지처럼 쳐다보기는. 오늘은 우리 세림이 놀릴 맛이 전혀 안 난다. 나 갈게요. 불금을 이렇게 보내네. 월요일은 아침부터 얼굴 보러 올 테니까, 각오하고."

"조심히 들어가."

세림이 나지막이 말하였다. 도윤이 왼쪽 손목에 채워진 시계를 내려다본다.

"와, 나 여기서 5분 동안 혼자 얘기했거든? 간다니까 이제 대꾸해 준다."

도윤의 장난스러운 말에 그녀가 피식 웃어버린다.

"거 봐, 그렇게 웃으니까 예쁘잖아. 누나는 웃는 게 제일 예뻐. 그러니까 웃어. 누나 울상 짓게 하는 놈들 다 데리고 와. 나 완전 성격 까칠하고 못된 거 알지? 내가 다 혼내줄게."

"어이구. 누나야, 꼬맹아, 연애는 밖에서 좀."

가만히 듣고만 있던 상훈이 결국 한마디 거들었다. 두 사람이 낮게 웃는다. 과사무실 밖이 조금 소란스럽다고 생각하는 사이, 노크 소리가 나고 문이 열렸다. 훌쩍 큰 키에 화이트 와이셔츠를 받쳐 입은 블랙 슈트가 잘 어울리는 남자였다. 포인트를 타이에 줬는지 자주색이다.

누군가 하고 살피던 도윤의 눈동자가 동그랗게 떠졌다. 몇 년이 지났지만, 특유의 분위기와 생김새 때문에 금세 알아볼 수 있었다. 그의 손에는 커피 트레이와 커피숍 로고가 박힌 디저트 봉투가 들려 있었다.

뭐야, 저놈이 왜 여길 와?

도윤이 멍하게 그를 쳐다보는 사이, 시준의 눈동자는 세림을 찾았다. 다음은 도윤과 공중에서 눈길이 마주쳤다. 그 역시 도윤처럼 알아본다는 듯 눈썹을 가볍게 들어 올렸다. 상훈과 안나가 의아히 시준을 바라보았다. 도윤은 독 오른 고양이처럼 잡아먹을 듯이 날을 세웠다. 시준은 입가에 웃음을 걸칠 뿐이다.

"무슨 일로 찾아오셨어요?"

상훈이 물었다. 시준이 상훈을 쳐다보다 다시 세림에게 눈길을 고정시키며 대답했다.

"오늘 송 교수님하고 약속이 있어서요. 교수님 지금 수업 중이라고 과사무실로 가면 안내해 준다고 하시던데요."

"아…… 세림이 누나."

상훈이 세림을 쳐다보았다. 도윤이 같이 세림을 돌아보면 모니터에 두고 있는 눈동자가 흔들리고 있었다.

❖　❖　❖

과사무실을 나서자마자 복도를 오가는, 무리 지어 서 있는 학생 애들의 눈길이 한껏 모아졌다. 간혹 어떤 아이들은 세림을 아는 척 하며 그 유명한 남친이냐고 물었다. 세림이 놀라 아니라고 부정하려는 사이 이시준이 먼저 정색하며,

"아니지. 난 백마 탄 왕자님."

이라고 대답했다. 예의 그 자신만만한 미소를 보여주는 건 서비스라는 듯. 그러면 아이들은 비명인지 탄성인지 모를 새된 소리를 내질렀다. 아이들의 얼굴에 어이없기도, 재미있어하는 기색도 뒤섞여 나타났다. 세림은 속도 쓰리고 머리도 아프고 정신이 하나도 없는데. 송 교수는 오늘 손님이 온다고, 수업 중에 올 수 있으니까 안내를 부탁한다고 했다.

그 손님이 설마 이시준일 줄이야.

"어젯밤에 한숨도 못 잔 얼굴이다."

세림은 시준의 말을 무시하며 복도를 걸었다. 시준이 세림의 반 걸음 정도 늦게 따른다.

"밥도 안 먹었어?"

"……."

"종일 굶은 거야? 뼈밖에 없는 애가 왜 사서 기아 체험을 해? 너 세계에 배고파서 우는 애들이 몇 명인 줄 알아?"

그녀는 이어지는 말들에도 역시 대꾸 않고 걷기만 했다. 송 교수의 연구실은 4층에 있었다. 엘리베이터를 타야 하는데 그와 좁은 공간에 있는 게 꺼림칙했다. 세림은 결국 계단 오르는 것을 선택했다. 종일 비가 내리더니 해가 질 무렵의 하늘은 진홍색이다.

"그 새끼 아주 평생을 기어 다니도록 패줬어야 했는데."

불만스럽게 중얼거리던 시준의 말에 세림이 고개를 돌렸다. 그제야 돌아보냐는 듯 시준이 슬쩍 웃는다.

"그런 놈 때문에 속상해하지 마. 나 자존심 상해. 한때 좋아했던 여자애가 그런 개차반 때문에 속상해하면, 여자 눈 높기로 유명한 내가 쪽팔리겠어, 안 팔리겠어?"

"내가 누굴 만나든 왜 네가 쪽팔려?"

"구남친에 대한 예의 몰라? 최소한 괜찮은 인간 만나야 할 거 아니야. 너 이러는 거 눈에 밟혀서 내가 밤마다 아주 잠을 못 자, 알아?"

"혈색 좋은 거 보니까 밤마다 잠 못 잔 애 같진 않네. 그리고 괜찮은 사람의 정의가 뭔데?"

"그걸 꼭 말로 해야 돼?"

"혹시 너라고 말하고 싶은 거면, 약혼녀 두고 이러는 너도 그다지 좋은 남자는 아닌 것 같다."

"……내가 왜 이러는 것 같은데, 은세림아? 약혼녀가 은세림이면 은세림만 쳐다보고 있겠지. 네가 어디 딴 데 눈길 돌릴 만한 틈을 주는 여자야? 이렇게 예뻐서."

그는 어느새 굳은 표정으로 세림만을 똑바로 바라보았다. 세림은 그의 눈동자에서 서글픈 자신을 발견한다. 그녀는 결국 몸을 돌려 마지막 계단을 올랐다. 계단 창에서 기울어져 들어오는 홍시 같은 노을 색에 그녀도 물들어 있다.

연구실에 다다른 세림은 출입통제 도어에 카드키를 대고는 비밀번호를 눌렀다. 경쾌한 음과 함께 잠긴 문이 열렸다. 시준을 돌아보던 세림은 무언가 하고 싶은 말이 있는 듯 잠시 머뭇거리다 입술을 움직였다.

"나 하나 물어볼게 있어."

시준이 눈썹을 들어 올리며 옅은 미소를 보인다.

"말해."

"이건…… 말도 안 되는 소린 줄 아는데. 이번 엑스페라토 2013 상반기 캠페인 책임자가 너라며. 2012 하반기 때에도 그랬고."

"근데."

"자문은 송 교수님이 맡은 거고."

"그러니까 내가 여길 왔겠지."

"혹시……."

세림은 한참이나 말을 잇지 못하고 우물쭈물 아랫입술만 삼키고 눈썹을 바르르 떨었다.

"혹시, 뭐?"

"……아니야, 됐어."

망설이다 결국 입을 다물었다. 자신이 생각해도 우스운데 이시준은 오죽할까. 도저히 입이 떨어지지 않는다.

"혹시 내가 처음부터 너 때문에 엑스페라토 광호 홍보 자문을 송 교수님한테 맡겼느냐, 그런 종류의 질문이야?"

세림은 시준을 마주하지도 못하고 눈길을 옆으로 돌렸다. 그 순간 복도를 흔들어놓을 듯 울리는 웃음소리에 놀라 그를 쳐다보았다. 시준은 상체를 앞으로 기울이며 복도가 떠나가라 웃었다. 통쾌하다 못해 즐겁다는 표정을 짓고. 세림은 반사적으로 손을 들어 그의 입가로 가져갔다. 그녀가 속삭이듯 다그쳤다.

"미쳤어? 뭐 하는 거야, 그만 웃어!"

시준은 왼쪽 눈썹을 구기며 웃음을 삼켰다. 그러나 얼굴에 여전히 웃음기가 남아 있다. 그가 목소리를 낮추었다.

"아, 배 아프다. 세림아, 너 이렇게도 귀여운 면이 있나. 드라마 너무 많이 봤어. 송 교수님 실력이야 네가 더 잘 알고, 문 본부장님이 더 잘 알겠지. 내가 널 아무리 좋아한다고 해도 내 권한 밖의 일까지 휘두르진 않아, 세림아."

그의 대답에 세림은 얼굴이 새빨개져 어쩔 줄을 몰라 했다. 바보, 멍청이. 그러게 왜 그런 생각을 해서! 창피하고 쪽팔려서 쥐구멍에 들어가고 싶은 심정이었다.

"아, 알았어. 교수님 수업, 곧 끝날 거야."

세림이 다급히 몸을 돌렸다. 그가 손목을 붙잡아 돌아가려는 세림을 세운다.

"세림아."

그녀가 잡힌 손목을 빼내려 힘주었지만, 그의 완력에는 소용이 없다.

"가야 돼……!"

"밥 좀 잘 챙겨 먹고 잠도 제대로 자고. 별것도 아닌 놈 때문에 속 끓이는 푼수 짓은 하지 말고. 내가 사온 쇼트케이크, 간식들, 애들만 주지 말고 너도 먹어. 독 안 탔으니까."

"그런 건 내가 알아서 해. 네가 신경 쓸 일 아니야."

"그렇게 가시 세우지 마. 나 오늘 너하고 싸우러 온 거 아니야. 너 걱정돼서 얼굴 보러 왔어. 이렇게 힘들어하고 있을까 봐."

"그러지 마. 나 부담되고 싫어."

"친구끼리 하는 걱정이야. 부담스러워하지 마."

"난 너하고 친구 하고 싶지 않아."

세림은 담담하게, 그리고 반쯤은 아프게 말하였다. 시준의 얼굴이 곤란해진다. 조금 상처받은 것 같기도 하다.

"알았어. 그만할게. 근데 그런 표정 짓지 마. 안아서 달래주고 싶잖아."

세림은 눈가가 뜨거워졌다. 차라리 이시준이 모른 척해줬으면 좋겠다. 그의 아는 척이 더 괴롭고 힘들다. 누구 때문에 이렇게 된 건데. 눈길을 돌렸다.

"오늘은 약속 잡지 말고 일찍 들어가서 밥 잘 챙겨 먹고. 따뜻한 물에 샤워하고 푹 자."

잡힌 손목이 풀리자마자 몸을 돌려 계단을 빠르게 내려갔다. 계단을 울리는 발소리가 심장 소리만큼 커졌다. 올라갈 땐 계단이 많기도 하더니 내려올 땐 금방이다. 화장실로 발길을 돌렸다. 칸막이에 들어가 손을 뒤로하고 문을 닫았다. 소리 없는 눈물만이 뚝뚝, 두어 방울 떨어져 내렸다. 숨을 크게 들이쉬고 뱉어낸다.

눈가에 물기가 마른다. 그 정도의 마음이다, 이제는.

겨우 눈물 몇 방울 흘리고 말.

❖  ❖  ❖

내 기억 속의 너는 언제나 웃고 있다. 봄 아침 햇살같이 눈부시
고 따사롭게. 젖은 풀잎 위의 물방울보다 더 반짝이는 얼굴로. 티
없이 맑고 깨끗하게.

울지 마.

손을 뻗어도 네 눈물을 닦아줄 수가 없어. 혼자 울고 있는 너를
가슴에 담을 수가 없다.

빌어먹을,

눈을 떴다. 말간 세림의 얼굴이 환영처럼 홀연히 흩어진다. 보이
는 건 새하얀 천장이다. 빗살처럼 퍼지듯 들어오는 아침 볕과 동시
에 요란하게 울리는 알람 소리. 눈살을 찌푸렸다. 손등으로 눈을
덮으며 끈질기게 울려대는 알람을 듣기만 한다. 알람은 곧 멈추었
다. 손등 아래 눈을 반쯤 떴다. 하얀 빛으로 가득한 방 안에 규칙적
인 숨소리만이 채워진다. 방금까지 울렸던 알람이 거짓말이었다고
해도 믿을 만큼. 알람이 두 번째로 울리기 시작할 즈음 자리에서
일어나 종료버튼을 누르며 샤워실로 향하였다.

시준은 손목시계를 채우고, 소매에 커프스버튼을 끼워 넣었다.
실버와 블랙이 교차된 커프스버튼이 포멀한 슈트 스타일과 세련된
매치를 이룬다. 마지막으로 슈트 재킷을 들어 팔을 꿴다. 그사이
상체의 윤곽이 드러났다. 적당한 근육으로 이루어진 매끈한 복근

과 탄탄한 가슴, 넓은 어깨는 슈트를 근사하게 소화해 낼 바디 조건을 충족시켰다.

가방과 휴대전화 텀블러를 챙기고 집을 나섰다. 자신의 아파트는 최근 이전한 미래전략기획 사무실이 있는 한올백화점과 약 15분 거리에 있었다. 출퇴근이 용이하고, 무엇보다 노친네의 잔소리를 피할 수 있다는 것이 큰 장점이었다. 느긋하게 쉬다 국방의 의무를 다하려 왔더니 일이나 시키고. 차는 강물에 반사된 아침 햇살이 떨어지는 도로 위를 정체 없이 달렸다. 신호에 걸려 커피를 한 모금 마시고 차선을 바꾸려는데 전화가 왔다. 루이드다. 도하(Doha)는 지금 한참 새벽일 텐데. 통화버튼을 밀었다.

「왕자님이 이 늦은 새벽에 내가 생각나셨나?」

〈여긴 독일. 그대를 위해 이 시각까지 깨어 있었지. 그나저나 한국에 갔다고 이렇게 연락이 없어도 되는 건가? 날 바가지 긁는 마누라로 만들고 있어.〉

「어쩔 수 없었어. 오자마자 노친네가 부려먹고 있거든.」

〈있을 때 젊은 혈기 뽑아 먹자는 심보인가. 그래도 강아지와 열정적으로 사랑할 시간은 따로 빼놓고 있지?〉

「Nope, 전혀. 강아지는 쳐다보지도 않아. 오히려 미친놈 취급이나 하고 있어.」

〈아하하! 멋진데? 짐승 길들이는 법을 알고 있는 모양이야.〉

시준이 그를 따라 하하, 하고 낮은 웃음을 터뜨렸다.

〈그건 그렇고, 그 일 때문에 전화했는데.〉

「말해.」

차가 지하주차장으로 미끄러지며 그대로 빈 공간에 주차되었다.

〈「조사해 보니 확실히 관여하고 있었어. 약 개발. 이제 말들이 새어 나오는 모양이야. 한동안 다우 지수가 제법 출렁거렸어.」〉

「역시, 요새 여러 가지로 찌르고 다니는 것 같더니.」

〈「그런데 약 개발은 꽤 오래전부터 준비했었던 것 같아. 연구가 수월하지 않아서 어려웠던 것 같은데…….」〉

루이드가 애매하게 말끝을 끌었다. 엘리베이터 버튼을 누르고 층수를 확인하던 시준의 표정이 의아해진다.

「그런데?」

〈「몇 년 전에 우수 연구자 한 명을 찾았어. 약도 완성시켰고. 발표만 남았는데, 특허 등록 과정에서 문제가 생겼어. 약이 향정신성의약품이야. 물론 향정신성의약품이 문제가 되지 않지. 그렇지만 그 효과가 좀 강해. 약품이라기보단 마약에 더 가까워. 최근 논란이 되고 있는 프로포폴보다 훨씬 더 세. 그래서 미국 의약 특허에서 거부당했는데, 그 약을 한국으로 들여가는 것 같아. 아무래도 비공식적 루트를 먼저 이용할 낌새야. 그쪽에서 반응이 좋으면 제약회사로 흘러들고, 의사들한테 사용해 보라고 찔러 넣어주겠지.」〉

시준은 직원들의 인사를 받으며 사무실로 향했다. 사무실 손잡이를 잡으려던 손이 허공에서 움직임을 멈췄다. 수화기를 사이에 두고 짧은 침묵이 흐른다. 시준은 문손잡이를 가볍게 내렸다. 사무실에 들어선 그가 문을 닫고 책상 위에 가방과 텀블러를 올려둔다.

「대기업에서 향정신성의약품…… 이 아니라, 의약품 등록도 못한 마약을, 그것도 비공식적 루트로 반입 시도를 한다…….」

〈「요약하자면 그런 셈이지.」〉

「그건 좀 많이 위험한데. 좋아, 이런 건 국민의 안전을 위해서라도 터뜨려 줘야지. 자료 메일로 부탁해.」

〈「알았어, 라고 말해주고 싶은데 난 네 전속 비서가 아니라고.」〉

수화기 너머에서 불만 섞인 말소리가 흘렀다. 시준이 웃으며 의자에 앉았다.

「어련하시겠습니까, 왕자님. 능력 좋은 왕자님 도움 덕분에 내 능력을 십분 활용할 수 있으니, 우리 회사는 날로 번창하고, 카타르는 한국과 우호국으로 거듭나 인프라며 기술을 얻게 되고. 상부상조하는 거 아니겠어.」

〈「거기다 난 너를 사랑하고. 물론 내가 성별에 상관없이 모든 인간을 사랑하지만 동양인 남자에게 마음을 뺏긴 건 처음이야. 이런 나를 어떻게 할 거야?」〉

「미안하지만, 난 똥강아지를 어떻게 할지 생각하는 것만으로도 벅차서.」

흘리는 듯한 그의 말에 루이드가 또다시 호탕하게 웃었다. 두 사람은 서로 가벼운 안부를 주고받은 뒤 전화를 끊었다. 시준은 들고 있던 스마트폰으로 턱을 톡톡, 치다 책상 위에 올려뒀다. 자리에서 일어나 코트와 재킷을 벗어 옷걸이에 걸치고 책상에 걸터앉으며 서류를 집어 들었다. 서류를 넘기던 손이 책상 끝 텀블러로 향하였다. 막 내린 커피의 풍부한 향이 입안을 물들인다.

그는 문득 생각이 났다는 듯 손을 뻗어 책상에 놓인 캘린더를 들었다. 오늘 날짜에 빨간색 동그라미가 쳐져 있다. 엑스페라토 2013 상반기 광고 캠페인의 콘셉트 오리엔테이션 겸 첫 기획 미팅이 있는 날이다.

지난주 학교에 갔을 때 혹시나 하던 세림이 떠올랐다. 생각할수록 귀엽다니까.

세림은 대학원 입학과 동시에 송 교수 연구조교로 기업광고 캠페인과 프로젝트를 따라다니기 시작했다. 2010년 초, 시준은 송 교수와 가장 접촉이 많은 광고 회사를 찾았다. 당시에는 대표였던 문 본부장이 속한 'New Moon 광고컴퍼니'였다. 그는 김 실상에게 'New Moon 광고컴퍼니'의 재무 상태와 업계에서의 위치, 광고 포트폴리오 조사를 지시했다. 그 후, 문 본부장에게 합리적인 조건과 가격을 제시해 'New Moon 광고컴퍼니'를 한남그룹 계열 광고사로 합병시켰다. 당시 한남그룹에는 광고 회사가 없었기에 오히려 이득이라면 이득이었고, 'New Moon 광고컴퍼니'도 인원 감축이나 불편부당 없는 조건을 제시받았으므로 서로가 윈—윈하는 합병이었다. 업계에 수많은 광고 회사가 나고 지기를 반복하기에 문 본부장의 선택 역시 현명한 것이었다.

송 교수를 자신의 뜻대로 움직일 수는 없겠지만, 그 정도일쯤은 어렵지 않았다.

캘린더를 다시 책상에 올려두는 사이, 사무실 전화가 울렸다. 고 차장이었다.

〈실장님, 오늘 업무 일정 브리핑해도 되겠습니까?〉

시준이 팔을 살짝 틀어 손목을 내려다보았다. 9시가 다 되어가고 있다.

"네, 그렇게 합시다. 들어오세요."

시준은 들고 있던 텀블러를 책상에 내려놓으며 의자로 갔다. 텀블러에 담긴 아직 뜨거운 커피의 김이 호수 위 안개처럼 묵직하게 감겨 올라왔다.

❖  ❖  ❖

커피를 마시는 게 아니었다.

정확히 표현하자면 아메리카노. 스물다섯 이후로 아메리카노의 카페인은 더 이상 세림의 심장을 불안히 뛰게 하지 않았다. 심지어 하루 두 잔의 아메리카노도 각성제 역할을 하지 못했다. 그래서 아무 생각 없이 마신 건데 심장이 제정신을 못 찾고 달음박질치고 있었다. 어젯밤, 잠을 설친 탓에 망설임 없이 라지 사이즈의 카페인을 투여해 준 결과가 무척 촌스럽다. 바보같이 혼자 너무 의식해 버린 거다.

강연대에 선 세림은 노트북 마우스에 얹은 손을 떼어 가지런히 맞잡았다. 손끝이 지나치게 차다. 아랫입술을 깨물며 맞잡은 손의 온도를 높이기 위해 주물렀다. 다시 숨을 크게 들이켜 조금씩 나누어 뱉어내 본다. 그녀는 편의점에서 사온 생수를 가방에서 꺼냈다. 아직 찬 기운이 가시지 않았다. 순수 물만을 넘길 때마다 카페인으로 점령된 몸이 희석되는 기분이 들었다. 몸이 지나치게 민감하게 반응한다. 이제는 목에 닿는 스카프의 감촉까지 거추장스럽다. 정말 별게 다……. 스카프를 풀어 강연대 아래에 대충 놓아두었다.

그때, 문이 열리며 회의실 안으로 이시준이 들어왔다. 그의 뒤로 비서처럼 보이는 사람이 따랐다. 시준은 송 교수, 문 본부장과 간단히 악수를 나누고 상석에 앉았다. 본격적인 미팅 전 먼저 강연대에 선 세림이 엑스페라토 1차 광고의 종합적인 결과를 분석한 보고 프레젠테이션을 했다. 내용은 방송 광고 프리테스트 결과와 광고

들이 진행되는 동안 소비자 반응 조사, 광고에 대한 점수 및 모델, 브랜드 반응 측정과 분석 결과. 그리고 이를 근거해 2차 캠페인 광고 방향 라인을 제시했다. 그다음으로 송 교수의 광고 예산 수립안이 이어졌다.

작성해 온 큐시트대로 보고를 했지만, 지나치게 신상한 나머지 자신이 무엇을 말했는지 알 수가 없었다. 상석에 앉아 보고를 듣는 이시준은 이제껏 자신이 알던 그가 아니었다. 전혀 다른 사람이었다. 어른이었고, 일하는 남자였다. 광고주인 동시에 이번 캠페인의 실권자이기도 했고. 당연한 얘기겠지만, 그는 프레젠테이션 내내 자신을 쳐다보지 않았다. 프레젠테이션 화면에 집중하다 사이에 송 교수와 문 본부장에게 질문했던 일뿐이었다.

안도함과 동시에 아무도 보지 않는 연극 무대 위의 마리오네트가 된 기분이었다.

펜을 쥔 손끝에 저도 모르게 힘이 들어갔다. 정신 차리고 회의 내용을 메모하는 데에만 집중했다. 그러다 눈길만 슬쩍 들었다. 만년필을 쥔 시준의 손이 보인다. 대놓고 보아도 아무 문제 없을 텐데, 그러면 무슨 일이라도 생길 것 같아 몰래 훔쳐본다. 왠지 모를 상실감에 당혹스럽다. 들리지 않게 큰 숨을 뱉어내며 인상을 썼다. 송 교수가 하는 말을 메모지에 그대로 따라 쓰다가 펜으로 벅벅 지워 버린다.

반대편의 널따란 창에서 오전의 짙노란 햇살이 들이쳤다. 흰 블라인드에 걸러졌음에도 햇살의 양은 모자람이 없다. 왠지 모르게 나른하다. 회의 시작 전부터 멋대로 뜀박질 치던 심장은 곧 평균 속도를 찾았다. 그리고 지금은 또 다른 의미로 두근거렸다.

"사전 미팅 당시 각 담당 스태프들의 의견을 종합한 결과 2012 엑스페라토 1차 광고 콘셉트가 '젊은 열정을 표출시키는 마이카'였다면, 2013 2차 광고 콘셉트는 '성공한 2030의 럭셔리카'로 잡았습니다. 광고 모델로는 아시아 최고 한류 아이돌그룹 지니어스(Zenius), 연기자 김우빈, 피겨스케이팅 선수 김연아, 배우 하정우, 가수 이승기가 후보로 선정됐습니다."

"'성공한 2030의 럭셔리카'라……. 과연 성공한 2030이 얼마나 되겠습니까? 타깃 선정 폭이 제한적이네요."

예산 수립안 보고 후 바로 광고 콘셉트 오리엔테이션이 이어졌다. 시준은 서류에만 눈길을 두고 문 본부장의 사전 콘셉트 보고를 들으며 심각한 표정으로 말했다. 송 교수 옆에 있던 세림이 입을 열었다.

"저희 쪽에서도 그 부분에 대한 리스크를 생각했습니다. 하지만 조사 결과 적지 않은 2030들이 성공한 자리에 위치해 있었습니다. 직업군으로는 의사, 변호사, 중소기업 대표들과 예체능 분야의 인물들, 유수한 공과대학 출신의 젊은 교수들과 연구원 등이 있었구요. 그들이 전 2030비율의 30%를 차지하고 있습니다."

"그렇군요. 하지만 제가 만약 성공한 의사, 변호사, 중소기업 대표, 혹은 예체능 분야의 인물이라면 엑스페라토를 타기보단 BMW나 아우디, 메르세데스, 혹은 슈퍼카를 타겠죠. 어떠세요, 은세림 씨? 굉장히 소박한 견해네요."

시준의 눈길이 세림에게로 향했다. 세림은 갑자기 핏기가 가심을 느꼈다. 그는 오늘 처음 만난 사람을 보듯 표정 없이 마른 눈빛이었다.

"30대 중반이신 문 본부장님은 어떤 선택을 하시겠습니까?"

세림을 쳐다보며 말을 잇던 시준이 곧 그의 왼편에 앉은 문 본부장에게 시선을 돌렸다.

"지금 모는 치기 우노모터스 U7이라고 하셨죠? 문 본부장님께서도 대형 세단을 타시네요. 그럼 올가을 차를 뽑은 30대 박 AE*님께서는요? 중형 도멘 엘레강스 타시죠? '2030'과 '럭셔리카'라는 키워드 때문에 틀 안에서 속박당하지 맙시다. 타깃을 선정하는 눈높이를 낮추고, 범위를 넓히는 겁니다. 엑스페라토 1차 광고 콘셉트는 '젊은 열정을 표출시키는 마이카'였지만, 대체로 '마이 퍼스트카'의 이미지가 더 강했습니다. 여기서 발전시켜 성장한 이미지를 구축해 소비자 공략을 하죠. 2030을 주축으로 연령대를 아울러 매혹시킬 수 있는 메리트를 찾아보세요. 그리고…… 모델 선정은 어떻게……?"

"1차 광고 효과 분석하며 도출된 결과입니다."

세림이 분명한 음성으로 대답했다. 시준은 손에 쥔 만년필로 서류를 톡톡 두드렸다. 얇은 묶음의 서류였기에 두꺼운 펜촉은 그대로 책상을 울렸다. 그 울림이 사무실 전체를 울리는 것만 같았다.

"전자제품과 다르게 차 광고는 모델에게 받는 영향력이 거의 없죠. 차 광고 한두 번 하는 거 아닐 텐데요, 은세림 씨. 보고서에서 묻어나던 감각과 실무 능력은 비례하지 않나 봅니다."

---

* AE: 'Account Executive'의 약자로 AE는 광고를 기획하고 프로덕트팀을 리드하여 광고 제작물을 완성하며, 결과를 분석하여 차기 계획에 반영한다. 흔히 대행사의 꽃이라고 불리기도 한다.

회의실은 세림이 무안할 정도로 고요하였다. 살짝 쥔 그녀의 손에서 땀이 밴다.

"……말씀드렸다시피 광고 효과 분석 후 도출된 결과에 근거해 선정된 모델입니다. 프리테스트와 소비자 반응 조사 설문 때 모델 선정 시 긍정적인 영향을 줄 모델들을 자유롭게……."

"통계로 도출된 결과에 근거한 자료 외에…… 추가 소견을 주체적으로 덧붙여 볼 생각은 안 해봤습니까? 이론과 실무는 다릅니다. 생각을 다른 방향에서 해봅시다. 경쟁사 미국 GD와 일본 엔도의 SUV인 피렌체와 야스미, 그리고 엑스페라토를 놓고 봤을 때, 우리가 추구하는 연령층의 소비자들은 어떤 차에 더 구매욕을 가지겠습니까. 구매욕이 들게 하는 건 모델이 아니고 차입니다. 차의 디자인, 스피드, 가장 중요한 안정성을 부각시켜야 하지 않을까요? 어떻게 생각하세요, 은세림 씨. 은세림 씨라면 구매력 있는 소비자가 아이돌, 가수 보고 차를 구입하고 싶겠습니까?"

지극히 깍듯한 경어였지만, 시종 높낮이 없이 사무적인 음성은 오히려 무서울 정도로 살벌하기까지 했다. 그가 좌중을 훑었다.

"지금 이런 콘셉트로 예산 300억 받아 매출을 올리겠다는 겁니까? 콘셉트 다시 짜오세요. 세부적인 논의는 그 후에 하도록 하죠. 오늘 회의 여기까지입니다."

오전 11시에 시작된 회의는 정확히 한 시간이 지나고 끝났다. 회의실 분위기는 찬물을 끼얹은 듯 냉랭했다.


"참, 일에 있어서는 살벌하도록 강렬하네."

회의실을 나선 송 교수와 문 본부장, 광고 2본부의 스태프들이 엘리베이터 앞에 섰다. 송 교수가 고개를 저으며 혼잣말처럼 말하자 문 본부장이 겸연스러워한다.

"원래 일할 때 좀 까칠한 편이긴 한데, 아무래도 본인이 제작한 차라 더 신경이 곤두선 것 같습니다. 교수님, 언짢으셨어요? 점심은 제가 모시겠습니다."

"아니, 뭐, 내가 언짢을 게 있나. 세림이를 쥐 잡듯 잡아서 놀랐지. 세림이가 좀 덤벙거리긴 해도 일을 허투루 하는 애는 아니잖아."

세림은 혼이라도 나간 사람처럼 걷다 애써 웃으며 손으로 목을 쓸어냈다. 뭔가 허전하다. 그녀의 눈동자가 동그래졌다. 올 때 매고 왔던 스카프가 없다. 생각해 보니 회의실 강연대에 두고 나왔다.

"교수님, 죄송한데 저 회의실에 스카프를 두고 와서요."

"어어, 찾아와. 우린 어떡하면 되나?"

"여기 근처에 괜찮은 한정식 집이 있습니다. 그리로 와."

송 교수의 물음에 문 본부장이 사람 좋게 웃어 보이며 말했다.

"네, 그렇게 하겠습니다."

세림도 긴장을 풀고 웃으며 답하고는 몸을 돌렸다.


회의실 문을 열던 세림은 아주 잠시, 몇 초간 움직일 수 없었다. 안에 아직도 이시준이 앉아 있었다. 차장이라는 사람과 함께. 두 사람의 시선이 그녀를 향했다. 세림은 그 시선을 외면하며 최대한 조용히 강연대로 걸어가 스카프를 집어 들었다.

"뭐죠?"

싸늘한 울림이었다, 심장이 놀랄 만큼. 고개를 돌렸다.

금방까지 넉넉하게 들이치던 햇살이 사라지고 회의실은 연한 파랑으로 물들었다. 태양이 구름에 드리워진 모양이었다. 그 때문이었을까, 실내 공기마저 차갑다고 느껴졌다. 그의 눈빛처럼.

"뭡니까?"

시준은 정말 모르는 사람에게 대하듯 냉담한 음성으로 되물어왔다. 툭, 발밑으로 떨어진 심장이 물 밖으로 떠밀려 나온 물고기의 아가미처럼 펄떡거렸다.

놀란 건 세림뿐만이 아닌 듯했다. 고 차장도 반쯤은 의아해하는 얼굴이었다.

"아, 그게…… 스카프를 놓고 가서 다시……."

"그런데요."

"스카프…… 가지러 왔습니다."

그가 차게 비소하였다. 세림의 미간이 대번에 좁아졌다.

"지금 상황 파악이 안 되죠?"

세림은 조금 불안하게 그리고 불만스럽게 그를 바라보았다. 시준이 눈길을 거두며 책상 위의 자료를 눈으로 훑었다.

"여기 회사 회의실입니다. 스카프 놓고 갔다고 동네 편의점처럼 문 벌컥벌컥 열어도 되는 곳 아니란 말입니다. 다른 광고 회사 회의실 문도 아무렇게나 열고 다녀요?"

그녀는 바로 입을 다물었다. 명백한 자신의 실수였다.

"죄송합니다."

"오늘 기대했던 것보다 실망스러운 모습을 더 많이 보여주네요."

"……아무도 없는 줄 알았습니다."

"그래도 노크는 기본 아닌가."

세림은 입술을 삼키며 눈을 내리감았다. 어떤 대꾸도 할 수 없어 자존심이 상했다. 중학교 때 선혀 알지 못했던 선배한테 충고를 들은 기억이 떠올랐다. 그들이 하는 말이 잘못된 건 아니었지만, 그 안에 담긴 비틀어진 무언가로 인해 수긍할 수 없었던.

"여기 학교 아닙니다. 지신의 행동거지에 좀 더 조심할 필요가 있지 않겠습니까, 은세림 연구조교님."

"주의하겠습니다."

"백화점 크리스마스 이벤트 기획은 이 방향으로 가죠. 프레젠테이션 준비해 주세요. 다음 이사진 참석 미팅 때 공개할 수 있도록."

고 차장은 잠시 난감한 미소를 보이다 알겠다고 나직이 대답했다. 시준이 자리를 챙기며 일어섰다. 나갈 타이밍을 놓친 세림은 오도 가도 못하였다. 그가 문 바로 앞까지 다가와 섰다. 세림과의 거리도 그만큼 가까워져 있다. 세림을 내려다보는 시준의 얼굴에 아까와는 달리 근사한 웃음이 옅게 번져 있었다.

"뭐 이런 재수 없는 놈이 다 있나 싶은 표정이네요. 얼굴 펴요. 그렇게 기분 나쁜 말 한 것도 아니니까. 다음에 만날 땐 예쁘게 웃는 얼굴로 봅시다."

그는 친절하게 어깨까지 토닥여 주며 회의실을 나섰다. 남겨진 세림은 당혹스럽다 못해 화가 났다. 굉장히 바보가 된 기분이었다. 일면식도 없는 타인처럼 대했던 그의 행동 때문이 아니었다. 손바닥 뒤집듯 자신을 우습게 보는 태도가 감정을 흔들었다. 진심을 가장한 장난에 무방비하게 놀아난 것 같단 생각을 떨칠 수가 없었다.

❖   ❖   ❖

잘 익어가는 가을만큼 따뜻한 날씨였다. 거리에는 오후 햇살이 스미듯 하다. 붉고 노랗게 물든 공기는 풍성한 색감만큼 청결하였다. 길을 걷다 한 번쯤 멈춰 서서 호흡해 보고 싶을 정도로. 하지만 백화점에서 나온 세림은 그럴 여유를 즐길 새 없이 신경질적으로 걸었다. 주말 동안 내린 비로 인도 곳곳에는 노랑 은행잎이 나비무덤처럼 수북이 쌓여 있었다.

심장이 미친 듯이 날뛰었다. 미처 물에 희석되지 못하고 몸에 남은 카페인이 심장에 모여들어 움직임을 부추기는 것 같았다. 정말이지 예나 지금이나 변한 게 하나도 없다. 어디까지가 진심이고 장난인지 구별할 수 없는 그의 행동은. 그걸 깨닫지 못하고 놀아나는 자신의 어리석음도 그다지 성장하질 못했다. 그래서 화가 났다.

횡단보도 앞에선 세림은 운전자 신호를 원망스레 노려보았다.

이시준 때문에 엉망이 된 기분을 빨리 털어내 버리고 싶었다. 다시는 흐트러지지 않도록, 가슴 깊숙이 숨겨놓은 감정이 물먹은 것처럼 부풀어 오른다. 움직이지 못하게 동여맨 끈이 팽팽하게 당겨진다. 아슬아슬하게, 끊어질 것만 같다.

그때 빵, 하는 클랙슨 소리가 났다. 파란색 SUV 한 대가 유턴하며 횡단보도 옆에 멈춰 섰다. 한남의 엑스페라토다. 이제 저 차만 봐도 화가 난다. 운전석에서 사람이 나왔다.

이시준.

세림은 가라앉던 화가 솟아오르는 것을 느꼈다. 그녀는 잔뜩 인상을 찌푸린 채 몸을 돌려 발길 닿는 대로 걸었다. 보폭이 빠르다. 시준이 그녀의 보폭을 맞추며 따른다.

"얼굴에 인상 봐. 주름 생겨. 우리 다음에 만날 땐 예쁘게 웃으면서 보자고 했잖아."

"……."

"나 오늘 그렇게 재수 없었나, 너 이렇게 열받을 정도로? 내가 틀린 말들을 한 것도 아니잖아."

세림은 우뚝 걸음을 멈췄다. 그녀는 기막히다는 표정을 감추지 못하고 그를 돌아보았다. 시준이 얼굴에 느긋한 미소를 짓고 있었다.

"맞아, 너 틀린 말 한 거 없었어. 근데 난 네 얼굴 보기 싫어. 그러니까 좀 꺼져 줄래?"

"광고주하고 일 한두 번 하는 거 아니잖아. 네가 선정해 온 모델들, 아무리 설문 조사에 근거했다지만 한 번쯤 생각할 수 있는 거였어. 차에 어울리는 이미지인지 아닌지. 너 나름 교수님한테 촉망받는 학생이라며. 그 결과물을 보고도 올릴 생각이 들었어? 그 정도는 네가 알아서 잘라냈어야지."

"좋아. 내 잘못에는 할 말 없다 쳐. 하지만 CI 사람들은 놀면서 일했던 줄 알아? 다들 오늘 회의 때문에 월화수목금금금으로 일주일 보낸 사람들이야. 아무리 마음에 안 들었던 콘셉트였어도 그렇게까지 행동했어야 했어? 거기에 맞춰 예산안 짜신 교수님은 또 뭐가 되고? 그래, 더 심한 광고주들도 많이 봤어. 근데 꼭 그런 사람들하고 같은 위치에서 그랬어야 했니?"

"은세림, 광고만큼 소비자 반응이 민감한 분야도 없어. 물론 광고가 전부 다를 책임지진 않아. 하지만 많은 영향을 미치는 것도 사실이야. 난 기발한 아이디어까진 기대하지도 않았어. 최소한 괜찮은 콘셉트 들고 오면 의견 조율해 만족스러운 결과물로 만질 생각이었고. 근데 그것조차도 기대할 수 없었던 상황인데 내가 화가 나겠어, 안 나겠어? 300억 그냥 나오는 돈이야? 주말도 없이 일하면 뭐 해. 결과물이 효율적이지가 못한데. 내가 광고주로서의 너그러움을 얼마나 더 보여줘야 하지?"

그녀는 보이지 않게 아랫입술을 깨물었다.

"……그래, 듣고 보니까 네 말이 다 맞아. 알아들었어. 갈게."

발길을 떼었다. 차가운 손끝에 따뜻한 기운이 더해진다.

"손이 너무 차다."

시준은 커다란 두 손으로 세림의 작은 손을 감싸 쥐었다. 그러고는 오픈된 코트 안으로 세림의 손을 품었다. 시준의 품 온기에 찬 손이 녹아든다. 세림이 괴롭게 시준을 올려다본다. 그가 햇살만큼 부드러운 미소를 지으며 입술을 떼었다.

"배고파. 딱 점심시간인데 같이 가서 밥 먹자. 내가 맛있는 거 사줄게."

"미안한데, 나 지금 너랑 밥 먹을 기분 아니야. 그리고 점심 약속 있어."

"까칠하게 굴었던 건 사과할게. 그러니까 기분 풀고 가자."

"난 싫어. 좀 가라고!"

그녀는 격앙된 목소리로 외쳤다. 옅게 웃음을 머금고 있던 시준이 낮은 웃음을 터뜨렸다. 세림은 굳어진 눈으로 어이없다는 듯이 쳐다보았다. 그가 손을 들며 바로 표정을 정리하려 애썼다. 그러나 감추지 못한 웃음이 얼굴에 남아 햇살에 반짝인다. 세림은 더욱 화가 났다.

"미안. 너 이렇게 눈앞에서 화내고 있는 거 보니까 좋아서. 진짜 은세림이라 예쁘다."

"넌 내가 우습니?"

"아니, 사랑스러워. 사랑스러워서 어쩔 줄 모르겠어. 만지고 싶어서 손을 어디다 둬야 할지 감당이 안 돼."

"미쳤어. 널 보고 있으면 정신이 사나워져. 나까지 이상해지는 것 같아."

"단순하게 생각해. 복잡할 거 없어."

"단순? 복잡? 난 단순하게 생각할 것도 없고, 복잡해질 이유도 전혀 없어. 제발! 너 도대체 나한테 왜 이러는 건데!"

"⋯⋯화내고, 욕하고, 신경질 내고, 짜증 내. 다 상관없어. 나 너 정말 보고 싶었다, 세림아. 너 이렇게 눈앞에 있는 것만으로도 좋아. 지금은 어떤 관계도 바라지 않아. 그냥 네가 내 눈길 닿는 곳에 있었으면 좋겠어."

세림은 여린 입술 사이로 신음 같은 한숨을 흘려보냈다. 부풀어 가는 감정에 구멍이 났다. 온몸 구석구석 흘러든 감정들은 유폐된 아픔과 괴로움을 깨워낸다. 눈가에 물기가 차올랐다. 코끝이 맵고 귓가가 먹먹하다. 목구멍으로 밀려드는 감정을 삼킨다.

이상하게도, 더 이상 화가 나지 않았다. 화를 낼 수 없었다.

바람이 흐드러지게 불었다. 끝자락에 메마른 겨울이 숨어 있었다. 여름의 흔적은 이제 찾을 수가 없다. 하긴 벌써 11월이다. 여름에서 아득히도 멀리 왔다. 숨 막히도록 더웠던 여름의 감촉은 기억에만 남아 있다. 귓가로 거리의 선명한 소음들이 흘러들었다.

"이런 거 정말 그만하자. 나 이제 더 이상 아프고 싶지 않아. 너 원망 안 해. 내가 아픈 만큼 너도 많이 아프고 힘들었겠지. 그러니까 이젠 괜찮아."

"은세림."

세림은 시준을 다시 만나고 처음으로 그의 얼굴을 제대로 바라보았다. 시간을 들여, 꼼꼼히. 오랜 세월 명성이 자자한 조각품을 감상하듯. 확실히 이시준의 얼굴은 감상하기 좋은 얼굴이었다.

세림의 눈길에 진한 그리움이 묻어 있었다. 그녀가 고요하고 희미하게 웃음을 보였다.

"이시준, 힘든 길 걸으려고 하지 마. 우리 좋게 잘 헤어졌어. 넌 최선을 다했어. 믿을지 모르겠지만, 나 중호 오빠 만나면서 많이 털어냈어. 오빠 만나는 1년 동안, 그냥 어느 순간 털어지게 되더라. 그냥…… 그랬지, 그랬지…… 하면서. 잊진 못하겠지. 그런데 이제는 너도 아프지 않고, 힘들지 않고, 행복해졌으면 좋겠어. 진심으로."

시준은 아무런 대답도 하지 않았다. 그의 눈동자에 많은 감정이 담겨 있었다. 상처받은 것 같기도, 아파하는 것 같기도, 괴로워하는 것 같기도 하였다. 방금 전까지 세림이 느꼈던 것들을 이번에는 고스란히 그가 체감하는 것 같았다. 세림은 그의 품에서 손을 빼내었다. 이시준만의 온도가 짙고 서늘한 가을에 식어간다. 몸을 돌려 왔던 길을 다시 걸었다. 조금 천천히, 그러다 왔을 때보다 더 빠르게.

다시는 되돌아갈 수 없는 여름을 그곳에 놓아두고, 점점 더 멀어져 갔다.

길을 잃은 건가. 어쩌면 버려진 걸지도 모르겠다.

시준은 바람에 낮은 숨을 흘려보내며 코트 주머니에 손을 넣었다. 세림이 사라진 거리의 소실점 끝을 바라본다. 환영처럼, 아직도 은세림이 흔들흔들 걸어가고 있는 것 같다. 시준은 발길을 떼어 그녀가 걸어간 자리의 흔적을 따랐다.

시준은 사무실에서 샐러드와 커피로 점심을 간단히 해결하고 루이드가 보낸 메일을 확인했다. '재상 웰빙메디슨'이 이번 약 연구에 어지간히 심혈을 기울인 모양이다. 외부 투자자 유치를 위해 회계장부를 조작한 것이다. 약 개발에 거금이 따르는 건 어쩔 수 없는 문제고, 그만한 자금을 운용하려면 투자가 필요했을 테지. 결국 장부를 거짓으로 작성해 국내 금융기관이며, 해외 펀드, 투자자들의 자금을 움켜쥐었는데…… 특허 등록이 수포로 돌아갔으니 이 부채들을 어떻게 감당하시려나. 밑 빠진 독에 물붓기식으로 돈을 들이부어 회사 재무 상태는 안 봐도 휘청거릴 것이다.

윤리적 투명 경영을 요구하는 최근 추세에 분식회계는 그야말로 치명타다. 발각되는 순간 회사채 폭등, 주가 폭락으로 금융시장은 파도 칠 테고, 언론의 뭇매와 검찰 조사는 불 보듯 빤한 사실. 기업 이미지 실추와 함께 곤두박질치는 건 시간문제다. 그뿐인가, 이번 일을 묵인한 공인회계사도 책임을 피할 수 없다. 게다가 마약물은 특허 등록이 안 돼 비공식 루트로 들어온다는 정보까지. 그야말로 일타삼피. 재상은 스스로 관 뚜껑에 망치질한 것이나 다름이 없다. 옛날 어르신이라 그런 건 안중에도 없는 건가. 어찌 됐든 임 회장은 이번 연구를 절대 묻히게 두지 않을 거란 결론이었다.

이것으로 건설사에 비정상적으로 달라붙은 머리를 분리시킬 결정적인 명분이 생긴 셈이다.

더불어 임 회장의 건설사 꼭두각시 김 상무와 원 이사가 도급계약에 사인을 할 때마다 여자 연예인들의 성상납을 받았다는 사실이 드러났다. 성상납 파문 스캔들로 잘려 나가는 것만큼 굴욕적인 것도 없다.

받는 사람에 해준의 아이디를 입력하고 자료를 첨부해 보내기 버튼을 눌렀다. 메일이 정상적으로 전송되었다는 문구가 뜬다. 마우스를 잡은 채로 몸을 뒤로 젖혀 의자에 기대었다.

시준의 눈동자가 멍하게 사무실 허공을 응시하였다.

일이 지루하고, 재미없다. 김새고, 아무것도 하기 싫다. 지친다.

❖ ❖ ❖

하얀 헤드라이트를 켠 붉은색 이보크가 한강공원 잠원지구 주차장으로 통하는 터널에 진입하였다.

시준은 매끄럽게 운전해 한강공원 주차장에 차를 내놓고 시트에 몸을 기대었다. 눈은 피곤에 반쯤 감겨 있다.

한강 건너, 매봉산 아래 수많은 건물들이 새까만 어둠 속에서 불빛을 환하게 밝혔다. 우주를 채운 별들의 집합체처럼. 반사된 불빛들이 강물 위에서 출렁인다. 왼쪽의 한남대교에는 헤드라이트를 켠 자동차들이 빛의 행렬을 이루었다. 밤풍경이 의지와 상관없이 눈에 담긴다. 차창을 내리며 주머니에서 담배를 꺼냈다. 강물에 젖은 바람이 흘러들었다. 입에 문 담배에 불을 붙이고는 라이터를 쥔 손을 핸들에 올렸다. 한숨같이 연기를 뱉어냈다. 미끄러지듯 곧게 뻗어 나가던 연기가 밀려오는 찬바람에 형체를 잃고 만다.

이곳에 한창 더웠던 여름이 있었다. 맞잡은 손에 조금은 땀이 솟았고, 세림의 천진한 목소리와 웃음소리에 몸이 뜨거워졌고, 세림 특유의 살내가 섞인 밤바람이 후각을 민감하게 자극하던. 따스하면서도 부드러운 살내는 봄날 오전 길가를 나서면 맡을 수 있는 봄의 향을 닮아 있는 것 같기도 했고, 햇살에 잘 말린 이불에서 나는 살균된 향과도 비슷한 것 같기도 했다. 목덜미에 코를 묻고 한껏 들이켤 때면 어김없이 의식보다 몸이 먼저 반응했었다.

품에 안았던 가느다란 몸과 손에 닿았던 말랑한 살의 감촉들, 내가 했던 첫 사랑 고백. 그리고 물기 어렸던 너의 여린 음성.

집에는 1년을 채우지 못한 세림의 보랏빛 다이어리가 있다. 세

림이 처음으로 사준 검정색 칼라 반소매 셔츠와 빨강색 컨버스화,
그리고 세림의 생일날 맞춘 커플 시계도.

끓어오르는 혈기를 주체하지 못하는 새끼 맹수처럼 무조건 들이
받고 돌진하던 때가 있었다. 공식적으로 술과 담배를 배워도, 여자
를 만나서 침대로 직행해도 윤리적으로 문제가 되지 않기 시작한
스무 살 이후부터 세림을 만나기 전까지 그야말로 불타는 매일이
었다. 누군가와 추억을 만들고 싶다는 생각은 없었다. 여자들과 미
술관을 가고, 공연을 보러 가고, 근사한 식사를 하고, 교외로 데이
트 나갔던 것은 오직 한 가지 목적 때문이었다. 만족할 만한 잠자
리. 매일이 매일 같은 변함없는 일상이 지속되고, 여자들의 관심을
꾸준히 채워주기만 하면 어렵지 않게 침대로 직행할 수 있는 날들
이 지루해질 즈음 세림을 만났다. 세림의 존재는 신선한 충격이었
다. 은세림의 미련하고 융통성 없는 일방적인 감정이 한때의 자신
을 떠올리게 했다. 졸업하지 못한 순수한 첫사랑의 환상을 눈앞에
서 깨뜨려 주고 싶은 악의적인 충동도 들었다.

하지만 은세림 옆에서, 은세림이 화내고, 웃고, 울고, 공허해하
고, 기뻐하며, 수줍어하는 걸 볼 때마다 눈앞의 여자를 손에 넣고
싶다는 욕구와 유혹이 심장을 태우기 시작했다. 정신을 차릴 수 없
이 절대적인 소유욕에 사로잡혔다. 하나도 빠짐없이, 남김없이, 모
조리 전부 다 은세림을 세포에 각인시키고 싶은 욕망이 걷잡을 수
없이 날로 커져 갔다.

그 시점에서부터 시준의 인생에서 세림은 절대 제외할 수 없는
미래가 되어 있었다.

시준이 창밖으로 팔을 뻗어 손가락을 튕기며 담뱃재를 털었다.

휴대전화의 벨소리가 울린다. 반쯤 감았던 눈을 뜨고 전화를 들었다. 액정을 보다 왼쪽 눈썹을 구긴다. 박영우다. 액정에 엄지손가락을 대고 통화 모드로 밀었다. 그가 테이크아웃 컵에 담배를 비벼 끈다.

"어."

〈뭐 해, 바빠?〉

"퇴근해서…… 한강공원, 주차장."

시준은 피곤을 호소하며 검지로 눈꺼풀을 누르듯 비볐다.

〈뭐? 너 술 마셨어?〉

"아니, 피곤해서. 왜, 뭐."

〈만나자. 간만에 한국 왔는데 술 좀 사.〉

"다짜고짜 전화해서 한다는 헛소리가 뭐 이렇게 사랑스러워."

수화기로 박영우의 명쾌한 웃음소리가 터졌다.

〈헛소리가 좀 사랑스러웠냐? 한국 왔으니까 얼굴 좀 보자고. 들어왔으면 형한테 얼굴도장부터 찍었어야지. 네가 보내준 차, 덕분에 잘 타고 다닌다. 너 엄청 유명해졌더라. 내가 친구들하고 교수님들한테 홍보 좀 해줬어.〉

"고맙다. 친구밖에 없네."

피곤이 서린 시준의 얼굴이 한결 편해진다.

〈이제 알았어? 형이 홍보 톡톡히 하면서 네 매출 좀 올려줬을걸? 그러니까 술 한잔 사, 완전 비싼 걸로.〉

"이게 기숙사에 박혀 국시 준비만 하더니 잉여 수치만 올랐나."

시준의 음색에 장난기가 서렸다. 영우도 즐겁다는 듯 웃었다.

〈이제 알았냐? 학교 앞으로 올 수 있어? 공부하는 게 힘들어서

움직이기도 쉽지 않아.〉

"알았어. 출발해."

시준은 전화를 끊고는 다시 시동을 켰다. 바람이 불어왔다. 무겁고 차가운 짙은 가을밤의 바람이. 여름, 강변 산책로를 오가던 사람들은 이제 찾아보기 힘들다. 가끔 이곳에 혼자 와 울던 너도. 우리가 함께했던 기억만이 남아 있을 뿐이다.

시준은 차창을 올리며 공원 주차장을 빠져나왔다.

❖　❖　❖

학교 근처 먹자골목 막창구이집에는 늦은 저녁 시각이 무색하게 학생들로 시끌벅적했다. 원형 구이통에서 구워지는 노릇노릇한 막창 냄새와 연기가 실내를 가득 메우고, 종업원 아줌마들이 반찬과 술을 나르며 분주히 움직였다.

시준은 주변을 둘러보다 영우에게 눈길을 돌렸다. 작년 12월에 봤을 때보다 그새 살이 더 빠져 있었다. 관리하는 것도 귀찮다며 바짝 깎은 반삭의 머리 스타일로 날카로운 이목구비가 눈에 더 도드라졌다.

"살 더 빠졌어. 힘든가 보다."

"겨우 본과 마치고 이제 국시 준비하는 레벨인데 힘들긴. 진짜 고생은 국시 끝나고 인턴 시작하면서지. 오히려 너야말로 저번보다 살 빠진 얼굴인데. 눈 밑에 다크서클까지 꼈어. 어지간히 힘든가 봐."

"너 사는 거나 나 사는 거나."

"MIT 슬론 7학기 만에 졸업하고, 스탠퍼드 MBA 나와 회사 실장 자리 앉아 있는 놈이랑 이제 서우 국시 준비하는 놈이랑 비교가 되냐. 배부른 소리는."

"글쎄, 그것도 만족스러운 타이틀은 아닌데. 네가 더 좋아 보여. 너 하고 싶은 거 하면서 살아서."

"너도 네가 하고 싶은 거 하잖아."

"하고 싶어서 하나. 어쩔 수 없이 붙어 있어야 되니까 하지. 지루해. 재미도 없고 감흥도 없고."

시준의 표정에는 권태로움이 역력했다. 막창을 굽던 영우의 손이 움직임을 멈췄다.

그의 말에는 어폐가 있었다. 그는 같은 예과생일 때부터 제가 하기 싫은 건 죽어도 하지 않는 놈이었다. 워낙 부족함 없는 삶이 주어진 탓에 녀석에겐 열정도 갈망도 없었다. 아니, 없다고 생각했었다. 해야 할 의무들도 원치 않으면 그에겐 의무가 아니었다. 자의 없는 의무를 이행한다면 어느 정도 마음이 있다는 얘기였다. 매사에 한결같이 여유로운 얼굴로 대체로 모든 것에 무심한 놈이었다. 그런 의미에서 의대 공부는 무념 없는 것들 중 그가 제일 좋아하는 일이었기에 항상 과 탑 안에 들었고, 그 자리를 유지했었다.

반대로, 지금의 일이 지루하고 재미없어도, 만연한 권태로움을 짊어지면서도 버티고 있는 건 세림이 때문인 건가. 만약 그렇지 않았다면 시준은 분명 우리와 같이 의료인으로서의 길을 갔을 거라고 태현이 말했던 적이 있었다. 시준이 너무도 사랑했던 둘째 형이, 시준으로 인해 포기한 꿈을 본인이 꼭 이뤄주고 싶어 했었다니까.

"……이시준 너처럼 사람이 목적의식을 분명히 두고 움직인다는 게 대단한 것 같아. 좀 무섭기도 하고."

"그걸 이제 알았어? 새삼스럽기는. 괜찮아, 너도 먹어주는 인상이라 무서울 때 많아."

시준이 능청스레 대꾸하며 잘 익은 막창을 집어 쌈에 싸 영우의 입에 넣어준다. 영우가 웃으며 잔을 들어 건배하자는 제스처를 취했다. 시준도 잔을 들어 부딪쳤다.

"세림이는 만났고? 아니, 만났다고 했나."

입에 쌈을 문 영우는 오물거리며 심상하게 물었다. 생각지도 않은 물음이라는 듯 시준은 술을 입에 물고 영우를 쳐다보았다. 그가 어떻게 됐냐는 듯한 눈빛을 보낸다. 시준이 입에 문 술을 물처럼 삼켰다.

"또 쪼르르 가서 일러바쳤어."

"정답. 눈치 빠른데? 김자영, 은세림이랑 절친이잖아. 김태현도. 이미영이 거들긴 했지."

"뭐야, 이놈들은. 왜 지들끼리 남의 사생활을 공유해?"

영우가 재미있다는 듯 아하하, 폭소한다.

"어때, 감회가 새로워?"

그는 빈 잔에 다시 술을 채웠다. 시준은 대꾸 없이 술만 넘겼다. 이놈 앞에서는 절대 세림에 대한 고민을 얘기하지 않을 거라 다짐하며. 사실 두 사람만 있을 때 은세림 얘기를 하는 것도 처음이었다.

"너희 헤어진 이유야 자영이나 태현이한테 대충 들었어. 그래서 드라마틱한 재회를 기대했던 건 아닌데……. 객관적으로 은세림 반응, 당연한 거라고 봐. 나중을 기약하고 헤어진 건 아니잖아, 둘

다. 그런데 아직도 좋아하고 있다는 게 대단해. 은세림이야, 말로는 너 잊었다고 하는데. 넌 세림이 뭐가 그렇게 좋아? 너희 고작 몇 개월 정도 만났던 거 알아? 그런데 어떻게 일 년 연애한 사람들보다 더 못 잊어."

"113일. 처음 만난 4월 26일부터 정확하게 113일 만났었어."

"113일이라…… 한창 연애 열 오를 때지. 반발 심리인가? 그런데 그렇다고 하기엔 시간이 잊을 만큼 흘렀잖아?"

"……우리 부모님 자식 교육철학이 사랑하되 얽매이진 말라, 거든. 부모님한테 자립하는 방법을 일찍부터 배워서 그런가. 애정을 충분히 받지 못했다고 생각하진 않지만 난 늘 무언가에 반 허기진 상태였어. 공허하고 텅 빈, 채워지지 않는 고독감. 어려서부터 감정의 갈증과 허기를 친구 삼아 커왔던 것 같아. 그건 어떤 걸로도 완벽하게 채울 수 없었어. 근데 그걸 크게 느끼고, 더 적게 느끼고의 차이일 뿐이지 사람은 누구나 가지고 있는 감정이니까 대수롭게 생각하진 않았어. 그럼에도 불구하고 어떤 여자를 절대적으로 사랑하고 싶다는 마음도 안 들었고. 그렇다고 그걸 큰 불행이라고 느끼진 않았는데…… 은세림을 알고 나서 처음으로 난 내 인생의 불행함과 외로움을 한꺼번에 아주 격렬하게 느꼈던 것 같아."

"……."

"너를 열심히 좋아하는 세림이를 보고 이 여자라면 나를 완전히 채워줄 수 있지 않을까라는 터무니없는 생각을 했지. 웃긴 건 뭔지 알아? 은세림 앞에 서면 머리로는 날 통제하고 있는데, 실제로는 전혀 통제가 안 됐어. 되게 열받대 그거. 아무튼 어떤 여자를 만나도 이런 감정은 두 번 다시 못 느끼고 살 것 같아. 은세림만의 반짝임."

"이거 완전 빠졌네. 네가 말했던 걸 알았다면 내가 먼저 채갔을 텐데."

"후회돼? 놓치고 나니까 아깝지."

영우는 조용히 웃으며 막창을 시준의 입에 넣어준다. 시준이 우물우물 씹으며 빈 잔에 술을 따랐다.

"그런데 넌 진짜 은세림이 여동생 이상은 아니야? 나 없을 때 둘이 좀 만나보지 그랬어."

"농담도 좀 재밌게 해야 웃지."

"은세림이 너 엄청 좋아했었잖아. 나 때문에 힘든 거 네가 위로해 줬으면 좀 덜 아팠을 텐데."

"진심으로? 내가 아는 한 이시준은 자기 건 절대 안 뺏기려는 인간인데. 너 진짜 그렇게 생각했어?"

"진심으로. ……아니, 90%는 죽어도 싫었어. 그래도 딴 놈들한테 뺏기는 것보단 네가 좀 더 낫겠다 싶은 생각은 했어."

진지한 시준의 대답에 영우는 웃기는 놈이라며 하하, 웃음을 터뜨렸다. 시준도 자신의 말이 우스웠는지 자조한다.

"딱 한 번. 딱 한 번 세림이, 내 앞에서 엄청 울었어. 휴가 나갔을 때, 정말 순수하게 옛 친구로 같이 술 마셨었거든. 그런데 엄청 울더라, 너 때문에."

모르는 얘기가 아니다.

"너 때문에 그렇게 힘들어하면서 우는 애한테 내가 뭘 하냐. 왜 다른 사람 윤리의식을 훼손시키려고 해?"

"뭘 또 거기에 윤리의식까지 갖다 붙여."

"말이 그렇다는 거지. 그만큼 은세림 마음, 쉽게 움직이지 않는다고."

"본인이 제일 잘 아시겠지."

"삐딱하긴."

"걔 그러더라. 이 사람 아니면 저 사람, 저 사람 아니면 이 사람이 안 돼. 한 사람만 열심히 보고, 담고 거기에 빠져서 못 헤어나고. 그거 굉장히 심각한 병인데."

"왜 자길 말하고 있어."

영우의 말에 시준이 하하하, 시원하게 폭소했다. 웃음 끝에 나직한 숨이 묻어 있다. 뒤이어 아직 미국에 있는 태현에게 전화가 왔다. 20대 초반이었던 때 술자리라면 같이 달리던 친구들이 있었다. 시준과 영우, 태현은 그날이 엊그제인 것처럼 이야기했다.

두 사람은 사람들이 드물어질 때까지 자리에 앉아 술병을 비웠다.

❖　❖　❖

사랑이던 여름이 있었다.

그 사람의 눈동자를 떠올릴 때면 아직도 가슴이 먹먹해지고,

그 사람의 품 냄새를 떠올릴 때면 목구멍에 슬픔이 맺히고,

그 사람의 입술 맛을 떠올릴 때면 눈가가 뜨거워져,

……나는 너의 하나하나가 애달파.

가둬놓은 시간을 곱씹고 또 곱씹어도 넌 돌아올 수 없단 걸 알아. 한때의 기억이라는 것도 알고 있어. 왜 나는 잊지 못하는 걸까.

지워야지, 지워야지. 그만해야지. 마음을 다잡아야지. 진짜 왜 이러냐면서 스스로에게 짜증을 내도,

흐려지는 기억 속의 네가 너무 날 사랑해 줘서. 네가 날 안아줬던 그 큰 손이, 내 이름을 불러 줬던 네 음성이, 날 원했던 네 입술이, 네 온도가, 눈길이…… 우리가 걷던 그 여름이, 바다가, 같이 있던 시간이, 잊혀지지가 않아.

심장에 화인으로 남은 널 생각하면 자꾸만 눈물부터 나서.

비 오는 날, 눈 오는 날. 하얀 가로등 아래 쏟아지는 빗방울을 보면서, 눈송이들을 보면서 바보처럼 자꾸만 울어. 부질없다는 걸 알면서도 난 또 그래. 사라져 버린 다이어리의 행방이 어디로 향했는지, 알던 순간부터 너와 함께했던 기억은 이제 내 것이 아닌 것만 같아. 한여름밤의 꿈 같기도, 하얀 토끼를 쫓아 땅속 이상한 나라를 헤매다 깨어난 앨리스처럼…… 더운 여름 몸이 늘어질 수밖에 없는 늦은 오후의 서늘한 그늘 아래에서 꿨던 아득한 꿈 같기도 해. 그날들에 내가 너랑 같이 있었단 걸 알려주는 건 네가 선물해 줬던 시계와 너랑 같이 맞춰 입었던 티셔츠와 같이 맞춰 신었던 운동화와…… 우리 같이 찍은 사진. 그렇게 난 멈춰진 시간 속의 진짜가 아닌 것만 같은 너를, 보기만 해.

어느 날은 네가 너무 간절해져서 공중전화 박스로 가 받지 않을 것만 같은 번호를 하나, 하나 꾹꾹 누르면…… 뚜르르, 흐르는 착신음에 제정신으로 돌아와 덜컹, 수화기를 내려놔. 그럴 때면 아직도 네 번호일까. 그럴까. 확인하는 게 겁나서 발작처럼 튀어 오르는 심장을 주체하지 못하고 비틀비틀 공원 벤치까지 걸어와 앉아.

여름밤은 너무나 파랗고 파래서, 바람도 물결 같고.

무언의 고요로 가득차서 홀로 덩그렁 남았다는\*,

어느 시인의 시구가 그 순간에 절절해서. 그 시간에 서 있던 우리를 보고 있으면 나는 흐르는 눈물을 참아내지 못하고 그렇게 하염없이 울고, 또 울고.

무서워서.

네가 나로 인해 다칠까 봐 무서워서. 그 사람들이 했던 말이 무서워서. 나 하나 때문에 네가 잘못 될까 봐 겁이 나서. 아니, 사실은 어느 날 그냥 순간이었던 사랑이라고. 네가 어떤 여자를 만났을 때처럼 지금은 아무렇지 않을 것 같아서. 넌 다 잊었을까 봐. 그게 무서워. 난 다 잊었는데, 넌 아직도 또 못 잊고만 있느냐고…… 나한테 그렇게 말할까 봐. 다시 전화해도 네 번호가 맞는지, 네 목소릴 다시 확인할 수가 없어.

그러니까 다시 전화 못해.

보고 싶다고, 네가 보고 싶어 죽겠다고,

울어도.

그런데 너도 내가 보고 싶었다고 해서, 사실 나는 시준아…….

나는…….

❖   ❖   ❖

"아까 주차할 때 얼핏 보니까 차 끌고 왔던데 오늘 어디 가?"

세림과 우진 사이로 두고 있는 테이블의 가스레인지 위 냄비에는 칼국수가 보글보글 끓고 있었다. 긴 머리가 거추장스러워 끈으

---

\* 시인 김원욱 '노을에 들다' 중 〈신비스런 날〉

로 묶던 세림의 손길이 느릿해졌다. 우진이 가스 불을 낮춘다.

일주일에 한 번 듣는 우진의 오후 수업은, 학교에서 세림을 자유롭게 볼 수 있는 명분이었다. 오늘처럼 늦은 점심을 먹거나, 저녁을 먹거나, 술을 마시거나 할 수 있는…….

"아니. ……우리 엑스페라토 광고 콘셉트 준비해 간 거 거절당했다고 했지? 지금 CI 광고 2본부 비상이거든. 모레까지 다시 새 콘셉트 짜서 가져가야 되는데 나도 아이디어 뭐 보탤 거 없나 해서 언니 차 빌렸지. 근데 아침에 출근길이라고 운전 험하게들 하더라. 차선에 걸쳐서 운전하질 않나, 택시는 찻길도 아무 데서나 차 세워서 손님을 태우질 않나. 그러다 사고 나면 어쩌려고. 경차라서 차선 바꾸려고 하면 껴주지도 않고. 나도 같이 격해졌던 거 있지?"

"힘들었네. 남자들도 출퇴근 운전은 짜증 나는데. 안하무인인 택시 기사 아저씨들, 버스 기사 아저씨들 아무 때나 불쑥불쑥 머리 들이밀고, 자기들이 잘못하고도 적반하장이고."

우진은 동의한다는 듯 호응하며 국자를 들어 세림의 개인 그릇에 칼국수와 국물을 덜어주었다.

"내 말이. 경차는 또 얼마나 무시하면서 욕을 하는지. 가격 대비 유지비 싸고, 핸들링 무겁지 않아서 여자가 몰기 좋은 차긴 한데. 그런데 도로 나가면 운전하기 불리하잖아. 정말 같이 들이받아 줘야 된다니까. 이래서 돈 좀 모으면 준중형, 중형 타나 싶더라고. 잠깐, 나 방금 뭐 생각났어!"

"뭐가?"

세림은 금세 생기 있는 얼굴로 돌아와 기쁜 듯이 웃었다.

"콘셉트! 괜찮을 것 같아! 경차는 몸집이 작고 여자들이 몰고 다닌다는 이유로 도로 나가면 무시당하잖아. 그런데 SUV는……."

그녀는 젓가락으로 칼국수를 들어 올린 채 눈동자를 빛내며 말을 이었다. 우진은 갑자기 귀가 멍멍해지는 듯하더니 자신의 심장 뛰는 소리밖에 들리지 않았다. 눈앞의 세림 말고는 아무것도 보이지도, 들리지도 않는 것 같아.

"세림아, 우리…… 다시 사귈래? 결혼 전제로……."

옅은 웃음을 머금으며 진지하게, 신난 듯 종알거리던 세림은 눈을 동그랗게 뜨고 우진을 보았다. 그녀는 방금 우진이 한 말의 의미를 이해하지 못한 것처럼 보였다.

"난 내년이면 스물아홉이고…… 기반 거의 다 잡았어. 능력 돼서 순차적으로 승진하면 좋고, 더 좋은 회사로 이직할 수 있으면 것도 괜찮고. 서른쯤이면 누구나 하는 결혼도 미루지 않고 할 것 같아. 그전에 선이 들어오겠지. 모르는 사람 만나서 그 사람이 사귀어도 좋을 사람인가, 사랑해도 좋을 사람인가 재고 따지는 거, 난 싫어. 그런 노력 들이는 것도 번거롭고."

"……."

"그리고 나 아직…… 너 좋아해. 그런 상대보다 너한테 정성 쏟고 싶어. 넌 어떻게 생각해?"

세림의 눈동자가 미세하게 흔들렸다. 우진이 어색하게 미소 지었다.


식사를 마친 두 사람은 에스프레소 밀라노에 들러 사이좋게 커피를 주문했다. 안나와 상훈이 마실 커피도 잊지 않는다. 우진은 트레이를, 세림은 디저트용 미니쇼트케이크와 머핀이 담긴 작은 종이봉투를 들었다.

"애들 좋아하겠다. 매번 고마워."

"뭘, 맛있게 먹으면 됐어. 참, 아까 했던 그 얘기……."

세림이 우진을 올려다보았다. 눈빛에 긴장이 어려 있다. 그걸 알기라도 하듯 우진이 슬쩍 웃었다.

"지금 당장 결정하라는 거 아냐. 그냥 내 상황이 그렇다고. 생각해 봐."

"……응, 잘 생각해 볼게."

의외의 대답이었다. 우진은 손에 들린 트레이를 세림에게 건네고는 얼마 남지 않은 언덕길을 성큼성큼 올랐다. 세림은 그가 건물 안으로 사라질 때까지 움직이지 못하고 그 자리에 서 있을 수밖에 없었다.

마음을 확실히 정해야 할 때였다.

Ceci n'est pas une pipe

출근하자마자 관장실로 들어선 윤 관장은 곧장 책상에 놓인 서류봉투 두 개를 집어 들었다. 하나는 독일 사모펀드 운용사 '헤센 그룹(Hessen Group)'에서, 하나는 한울백화점 본점의 시준이 보낸 것이었다. 그녀는 시준이 보낸 서류를 먼저 개봉했다. 하은과 약혼을 파기한다는 내용의 문서다. 문서를 넘기며 쭉 읽어 내려가던 윤 관장이 모호한 웃음을 보였다.

오늘 아침 대기하고 있던 차에 오르려는데 웬 까치랑 까마귀들이 모여 울더라니. 다 읽은 문서를 책상에 놓아두고 헤센에서 보내온 서류를 꺼내 들었다.

윤 관장은 서류를 심각하게 읽어 내려갔다. 연혁 등의 회사 소개가 담겨 있었다. 의아해하며 서류를 넘기던 그녀의 눈빛이 굳어졌다.

❖ ❖ ❖

코트 안에서 공과 벽이 마찰하며 공기가 폭발하는 듯한 소리를 냈다. 벽을 치고 나온 공은 전후좌우 예상할 수 없이 날아다녔다. 시준은 놓치지 않고 힘껏 공을 쳐냈다.

잠에서 막 깬 몸속의 세포들은 시신경보다 먼저 공을 찾았다. 심장의 펌프질로 혈관 속 혈액들이 가파른 전신을 타고 바삐 이동한다.

좁은 코트를 활보하며 날렵하게 공을 맞받아 쳐내던 시준은 그대로 팔을 내렸다. 이제 막 벽을 치고 나온 공이 그의 어깨에 부딪혀 코트 바닥으로 떨어진다. 가쁜 호흡에 가슴이 크게 들썩인다. 회색 면 반소매 셔츠가 가슴께와 등골까지 땀으로 젖었다. 이마를 따라 얼굴 옆선으로 흐르던 땀방울이 턱 끝에 맺혔다가 툭, 발밑으로 떨어진다. 그는 셔츠 앞자락을 콧등까지 끌어 올려 땀범벅인 얼굴을 닦아내며 코트 밖으로 나왔다.

벤치에 앉아 이온 음료를 마시며 거칠었던 호흡의 평정을 되찾는다. 휴대전화 벨소리가 울렸다. 액정화면에 '아버지'가 뜬다.

〈그래서 니가 뭘 해줄 수 있다고?〉

"아버지가 원하는 건 뭐든. 건설사 주식을 전부 아버지한테 몰아줄 수도 있고, 원한다면 재상 계열사 인수분해해서 나눠 드릴 수도 있어요. 아니면 정계에서 임 회장 팔다리를 잘라 버린다든가."

〈니 상당히 건방져졌다. 나중엔 애비까지 몰아내겠다.〉

"아버지 아들이, 아버지 자리를 탐하려고 준비한 건 아니에요."

〈그럼…… 니가 원하는 게 뭔데. 그 아 때문이가? 그 아 때문이라면 낸 니가 보낸 제안에 손 들어줄 이유 없다. 빨대들도 다 살이다. 생살때기 떼내면 출혈난다. 내는 일부러 그걸 감수할 필요가 없어. 청소하는 데 도움 없어도 문제가 안 된다는 기다. 시간이 오래 걸릴 뿐이지. 근데, 니 도대체 건설사 지분 얼매나 가지고 있는 기야, 어?〉

"그건 회사 규정상 아버지라도 알려 드릴 수가 없고. 내가 그 시간을 단축시켜 준다구요. 그 시간 동안 버리는 자금 계산하는 것보다 연구비에, 신사업계획 비용에 쓰는 게 훨씬 더 플러스 아닌가. 이 회장님 감 떨어지셨네."

〈이 싸가지 없는 새끼, 말하는 꼬라지 보소. 출혈까지 감당할 수 있나? 니…… 아예 시작 안 한 것만 못하게 벌려놓으면 디진다, 아주. 어디 샘플 계속 돌려봐.〉

이 회장은 명령하듯 말하고는 전화를 끊었다. 시준이 액정을 내려다보다 헛웃음을 짓는다. 그가 타월을 목에 걸치며 자리에서 일어섰다.

바쁜 하루가 시작되려 하고 있었다.


크리스마스 시즌 이사진 참석 회의가 끝나고 이사진들은 자리를 정리하였다. 시준은 이사진들이 모두 빠져나간 후에야 회의실을 나섰다. 뒤로 고 차장이 따르며 업무 일정을 보고했다. 출근하자마자 회의부터 참여한 터였다. 두 사람이 엘리베이터 앞에 선다.

"10분 후, 한 시간가량 엑스페라토 광고 캠페인 콘셉트 기획 보고 회의가 다시 진행될 예정이며, 콘셉트 기획이 통과되면 바로 세부적 논의가 이어질 겁니다. 오후 12시엔 백화점 정 사장님과 점심 약속이 있구요. 다음 주, 김만수 상무, 원형식 이사가 감사에 들어간다고 합니다. 주식 비자금 횡령, 작전주, 도급계약 접대 때 여자 연예인들 성상납 사실까지 밝혀져 회사 내 소문이 파다하게 돌았답니다. 오늘 계동 건설사 사옥에서 감사 회의가 있을 예정이구요. 인사이동과 관련해서 논의될 것 같습니다. 그리고 실장님께서 부탁하신 문서도 임 회장님께 발송했습니다. 아마 벌써 확인하셨을 겁니다."

시준은 고개를 끄덕이며 엘리베이터에 올랐다.

김 상무, 원 이사는 작년부터 이 회장이 주시하고 있었다. 본인들도 그걸 알고 있었을 것이고. 그런데도 간 크게 움직임을 숨기지 않았다. 불같은 이 회장 성격으로 지금껏 많이 참았지. 건설사 눈엣가시로 예민한 신경을 건드리고 있었으니, 제 무덤을 스스로 파고 있던 셈이었다. 분명 이번 감사 회의에서 두 사람이 본보기로 내쳐지는 것은 예견된 일이다. 두 사람의 선택은 둘 중 하나일 것이다. 가장 굴욕적인 성상납 스캔들을 묻어주는 대신 꼬리 자르기에 동참하거나, 전우애가 깊어 다른 날파리들과 운명을 같이하거나. 성상납 스캔들을 묻어준다고 해도 소문은 파다하게 날 대로 났지만.

엘리베이터 문이 열렸다. 시준과 고 차장은 소회의실로 향하였다.

❖  ❖  ❖

"이러한 압도적인 수치로, 저희도 엑스페라토 광고 타깃을 특정 집단으로 하기엔 무리가 있다는 결론을 내렸습니다. 대신 이미지에 투자하고, 젊은 시선을 끌어모으는 데에 초점을 맞췄습니다. 1차 콘셉트를 바탕으로 자신이 가진 열정으로 어떤 분야에 우뚝 선, 젊은 열정의 당신이라면 한 번쯤 끌어보기 괜찮을 차로."

세림은 마이크를 손에 든 채 한 박자를 쉬었다. 상식에 앉아 프로젝터 스크린을 쳐다보던 시준이 눈길을 들었다. 세림은 이제 그의 눈동자를 지지 않고 마주하였다.

"저희가 선정한 엑스페라토 2차 2013 상반기 광고 콘셉트는 '젊은 열정이 나를 만든다' 입니다."

좌중을 돌아보며 단정한 음성으로 말을 잇던 세림이 시준을 살폈다. 시준은 줄곧 세림에게 시선을 떼지 않다가 보일 듯 말 듯 입술 끝으로만 웃었다.

"계속하세요."

광고 콘셉트 선정은 합격이었다. 테이블에 둘러앉은 스태프들이 나직한 숨을 뱉어냈다.

"본 광고에는 차의 디자인과 스피드, 안정성을 부각시킬 겁니다. 주 타깃은 커리어 우먼, 샐러리맨입니다. 데이터를 근거해, 말씀드리자면 대부분 평균적 여성들은 경차의 수요가 더 높습니다. 그러나 여성 운전자라는 취약점과 몸집이 작은 경차는 도로 운전에서 받는 스트레스가 상당합니다. 여성 운전자들을 보호해 줄 수 있는 차, 엑스페라토가 가진 안정적인 장점들을 메리트로 두어 판촉하고, 준중형, 중형으로 가는 여성 고객들을 잡아오려 합니다. 차가 크면 확실히 위협은 덜 받고, 사고 위험도 적고, 운전은 수월해집니다. 결정적인 건 최근 여성들의 SUV 선호도가 높다는 사실로, 이 점을 활용해 커리어 여성들에게 어필할 것입니다."

"좋습니다. 그럼 남성을 대상으로 한 광고는 어떻게 진행되죠?"

"아, 그건 제가."

문 본부장 옆에 앉아 있던 박 AE가 일어서며 앞으로 나섰다. 세림이 자리로 돌아와 앉는다. 그녀는 다른 사람들에게 보이지 않게 숨을 크게 들이쉬고는 작게 뱉어냈다.

지난번 콘셉트가 거절당해 발표하는 내내 긴장이 됐다. 게다가 이번 콘셉트 아이디어를 자신이 냈기에 더욱. 적지 않은 시간 같이 일했던 CI 광고 2본부 스태프들은 주저 없이 자신의 의견을 존중하고 믿어주었다. 문 본부장 역시 경험을 쌓아보라는 의미로 프레젠테이션 보고까지 맡겼다. 진이 다 빠진다. 멍하니, 허공을 헤매던 눈길을 들어 정면의 창에 두었다. 오늘도 어김없이 가을 햇살이 흰 블라인드를 통해 부옇게 번진다.

Ceci n'est pas une pipe.

이것은 파이프가 아니다.

초현실주의 미술전을 갔다 온 적이 있다. 생소하면서도 형이상학적 작품들이 사고를 자극하는 그곳에서 르네 마그리트의 [Ceci n'est pas une pipe]는 가장 단순하면서도 가장 진지하게 눈길을 끌었다. 어이없는 웃음을 흘렸던 기억도 난다. 눈앞의 것이 파이프가 아니라면 무엇이란 말인가. 화가는 관습적 사고방식을 비틀기 위해 의도적으로 파이프 그림에 '이것은 파이프가 아니다'라는 문장을 덧붙여 놓았다고 한다.

이것은 파이프가 아니라 파이프의 실체를 그린 그림이기 때문에.

"세그먼테이션 내 타깃의 활발한 구매 활동을 독려하기 위해서는, 자신이 가진 열정으로 어떤 분야에 우뚝 선 커리어 우먼, 샐러리맨을 5인에서 10인 정도 선정하고, 엑스페라토를 소유한 그들의 라이프스타일과 매칭할 수 있는 마케팅, 인터뷰 등으로 홍보하기로 결정했습니다."

"괜찮은 방법이네요. 자신의 열정으로 한 분야에 우뚝 선 사회 저명인사들의 라이프스타일을 엿보고, 그들이 엑스페라토를 소유하고 있다는 사실과 이 차에 대한 만족감을 표현한 것들이 공개되면 얼마나 좋은 차인지 검증되는 셈이니까."

"네, 바로 그거죠. 그런데 생각해 보니까 실장님께서 벌써 한 분야의 우뚝 선, 흔치 않은 젊은이시잖아요."

시준은 반쯤 의아하다는 듯 눈을 뜨다 바람처럼 웃음을 흘렸다.

"엑스페라토 제작의 모든 과정, 마케팅까지 손수 관리하셨고, 첫 실무에서 미국·유럽 시장 점유율 6%까지 성장시켰구요. 이 정도 데뷔 성적이면 성공했다고 봐야죠. 게다가 포브스, 다보스포럼, 월스트리트저널 선정 '주목할 만한 기업인', '차세대 글로벌 리더' 100위 안에 드셨고, 배우나 모델이라고 해도 손색없는 마스크와, 결정적인 건 슈트가 기가 막히게 잘 어울린다는 점에서 스태프 절대다수가 5인에서 10인 중 첫 번째로 이시준 실장님을 꼽았어요."

난데없는 낯간지러운 칭찬이 민망하기라도 한지 시준은 애써 미소 지으며 손으로 눈썹을 매만졌다. 세림의 시선이 반쯤 흐트러진다. 그녀는 펜을 쥔 손으로 서류 한쪽에 두 사람의 대화를 메모했다.

손길이 습관처럼 움직인다. 귓가에 들어오는 말들도 의미 없는 단어의 나열이었다. 자신이 무얼 쓰고 있는지도 모르겠다.

다시는 아프고 싶지 않다고 했다. 이제는 그만하라고 했다.

그랬던 건 자신이면서.

영우처럼 정말 아무렇지 않게 친구가 되고 타인이 될 줄 알았다. 털어내 버릴 수 있을 줄 알았다. 하지만 이시준의 침착하도록 낮은 음성을 그냥 흘려보내지 못한다. 자꾸만 귀에 주워 담는다. 저도 모르게, 무의식적으로. 심장에 찬물이 흘러들었다. 아프고, 얼얼했다. 손가락 끝이 따끔따끔하다. 미처 떨어지지 못하고 찌꺼기처럼 덕지덕지 달라붙은 감정의 잔해가 발화한다. 들리지 않게 숨을 들이켰다.

지금 자신이 느끼고 있는 것도 아픔이 아니다. 이것은 그리움이 아니다. 그저 털어내지 못하고 습관처럼 배어 버린 감정의 그림자이기 때문에.

옆에 앉은 송 교수가 세림의 팔소매를 잡아당겼다. 세림의 눈길이 송 교수를 향했다. 그가 눈짓으로 시준을 가리킨다. 시준은 감정이 결여된 눈빛으로 세림을 쳐다보고 있었다.

낯설다. 이시준에게 타인이 된다는 것은 이런 기분일까.

르네는 그런 유희를 즐겼다고 했다. 사과를 그려놓고 Ceci n'est pas une pomme 이것은 사과가 아니다, 라는 등의. 그렇다면 그가 표현하고자 했던 것은 무엇이었을까. 결국 재현이다. 파이프지만, 파이프 그 자체는 아니다. 사과지만, 사과 그 자체는 아니다. 캔버스에 옮겨진 파이프와 사과의 그림일 뿐이다.

그럼 내가 부정하려는 것은 무엇일까.

"김연아 선수는 업계에서 섭외 1, 2위를 다투고, 보장된 광고 효과를 보여주는 모델이지만…… 특별히 차 광고에 추천한 이유가 있습니까? 무언가를 보여주기엔 드라마가 한정되지 않을까요."

"김연아 선수와 엑스페라토가 부합되는 것은 열정적이다, 는 것입니다. 김연아 선수는 부동의 정상에 있으면서도 안주하지 않고 계속해서 신기록을 갱신했습니다. 그것은 끊임없는 연습과 새로운 안무와 음악에 대한 발굴을 게을리하지 않았기 때문이겠죠. 열정이 없으면 불가능한 일이었다고 생각합니다."

"……."

"그녀가 보여줄 수 있는 드라마도 한정된다고 여기실 수 있습니다. 그러나 김연아 선수가 세계 제일의 자리에 서기까지 노력했던, 화려한 스포트라이트 뒤 열정을 불사른 눈물의 연습 과정에는, 그리고 엑스페라토의 성장기에는 Limit가 없다는 걸 보여주려 합니다."

회의실에 긴장된 침묵이 돌았다.

"은세림 씨는 엑스페라토를 몰아본 적이 있습니까?"

시준의 피드백 없는 질문에 세림은 잠시 의아해하였다.

"아니요…… 제가 아직 기회가 없어서 몰아본 적은 없습니다. 하지만 스펙으로만 봤을 때 배기량, 연비, 최대 출력, 구동 방식은 다른 SUV들과 비교해도 손색없다는 것은 잘 알고 있습니다."

"사용해 보지 않고 제품에 대해 홍보를 한다는 건 어불성설이죠. 장단점은 눈으로 본다고 알 수 있는 게 아니니까. 그럼 이미지나 디자인으로서 엑스페라토를 어떻게 생각합니까?"

"엑스페라토는 기존의 SUV처럼 지나치게 투박하거나 험악하지 않고, 곡선미가 우아한 차라 눈길이 갔습니다. 의도 그대로 직선과 곡선의 조화를 보여서 커리어 우먼이나, 근사한 슈트를 입은 남자를 보는 것 같은 기분이었어요. 멋있다구요. 지금 친구가 몰고 있는데 핸들링도 불편하지 않아서 몰기 좋다고 하더라구요. 탈 수 있다면 거절하진 않겠죠."

"근사한 슈트를 입은 남자를 보는 기분이라…… 그런 남자가 이상형인가 봐요?"

"아니, 그건 아니지만. 그런 남자는 누가 봐도 멋있잖아요."

"그렇죠. 저처럼?"

시준은 고개를 끄덕이며 너무나 당연하다는 듯 되물었다. 여유로운 웃음까지 지어주며. 풀어진 분위기에 광고 2본부 사람들과 송 교수, 문 본부장이 낮게 웃었다.

"……죄송하지만, 저는 잘 모르겠습니다."

그러나 예상치 않은 세림의 대답에 좌중은 다시 반쯤 긴장하고, 반쯤 경악하였다. 시준이 한 방 먹었다는 듯 왼쪽 눈썹을 구겼다.

"재미있는 대답이네요. 광고 콘셉트 굉장히 좋습니다. 만족스럽고요. 마케팅과 판촉도 기대됩니다. 이대로 차질 없이 진행시키세요. 다들 고생 많이 하셨습니다. 오늘은 여기까지 합시다."

그가 넉넉하게 웃으며 회의를 마무리 지었다. 시준은 자리에서 일어서서 문 본부장과 송 교수, 스태프들에게 악수를 청하고, 다음으로 세림에게 손을 뻗었다. 멀뚱멀뚱 그를 바라보던 세림이 조심스레 그의 손을 잡는다. 시준은 세림의 손을 힘껏 맞잡고는 어르듯 부드럽게 매만졌다. 세림이 당황해 그를 보자, 그는 산뜻하게 미소만 보이고는 먼저 회의실을 나섰다.

손을 쥐어본다. 손에 스며든 감촉의 여운이 심장까지 전해져 온다.

지금의 감각들은…… 결국 재현일 뿐이다. 어느 여름날 강렬하게 뛰던 심장의 떨림, 입술의 온기, 손끝에 닿았던 체온들과 같은, 그 여름날 체감했던 감정들이 옮겨진.


"하여간 은세림 물건이다. 간 크게 그런 대답을 해."

송 교수가 엘리베이터로 향하는 복도를 걸으며 말했다. 세림이 의아해하는 눈빛으로 쳐다보다 아아, 한다.

"너무 당연하다는 듯이 '그렇죠. 저처럼?' 이러는데 얄밉잖아요."

"아, 멋있는 놈이 지 멋있다는데 맞장구 쳐주면 어때서."

"근데 교수님, 저도 속으로 좀 재수 없다고 생각했어요. 그래도 반항은 잠깐이다, 자기야."

반 발자국 앞서 가던 박 AE가 가벼운 미소를 보이며 말했다. 송 교수와 문 본부장, 세림과 광고 2본부 스태프들은 엘리베이터 쪽으로 걸음을 옮겼다.

"그나저나 저런 사람이 실장이라니, 세상 좋아졌다."

박 AE가 혼잣말하듯 중얼거리자 세림이 그녀를 올려다보았다.

"재수 없긴 해도, 잘생긴 건 맞잖아. 컨트롤타워 실장이라고 하면 대부분 나이 지긋한 40, 50대 아저씨들뿐인데, 20대 후반에 저런 수준의 훈남이니 얼마나 드라마틱해. 안 그래요? 내가 현실에서 저런 남자를 보게 될 줄은 꿈에도 몰랐다. 세상이 너무 불공평하지 않아요? 어쩜 신은 한 인간한테 모든 걸 몰빵해 준 걸까? 목소리도 완전 동굴 목소리에다."

하며, 그녀가 시준의 말투와 목소리를 흉내 냈다. 사람들이 나직이 웃었다. 엘리베이터가 위층에서부터 내려오기 시작한다.

"키 크지, 얼굴 잘생겼지, 스타일 좋아, 똑똑해, 타고나길 금탯줄이야. 인간이 저렇게 완벽할 수 있다는 게 말이 돼?"

몇 없는 여자 사원들이 반쯤 흥분해 수긍하였고, 세림은 그저 웃었다.

"뭐야, 세림 씨는 이시준 실장 같은 사람 진짜 별로야? 반응이 되게 시원찮네. 슈트발 하나는 진짜 끝내주던데. 그러고 보니까 자기랑 동갑이래. 어때, 이 기회에 한번 신데렐라 도전해 보는 거?"

"네에? 말도 안 돼요."

"아이고, 박 AE 꿈도 좋다, 인마."

"어머, 왜요? 세림 씨 얼굴도 예쁜데. 또 알아? 저 남자가 혹해서 세림 씨한테 뿅, 할지."

"에이, 저 사람 첫날부터 저한테 완전 까칠하게 굴던 거 못 보셨어요? 오늘도 꼬투리 잡힐까 봐 진짜 조마조마했어요. 한 성격 할 것 같던데요."

"맞아. 그래, 성격 나쁘단 얘기가 있었어. 어때요, 문 본부장님? 커뮤니케이션팀 팀장이시기도 하잖아요. 완전 까칠 대마왕?"

박 AE가 열려진 엘리베이터에 들어서며 궁금하다는 듯이 커다란 눈동자를 동그랗게 떴다. 문 본부장이 못 말리겠다는 듯 고개를 절레절레 흔든다.

"워낙 스마트하고 일적으로는 꼼꼼하다 보니 까칠해 보일 수 있어. 사람 자체는 괜찮아. 진중하고, 속 깊고, 남자답고."

"어머, 진짜 완벽한 남자네. 더 재수 없다. 신이 모든 걸 몰빵해 주지 않아야 재밌는데. 그래도 저 얼굴에, 저 능력, 저 배경이면 성격 좀 더러워도 못 참을 건 없지. 한번 들이대 봐."

"아, ΛE님 정말!"

반응이 재깍 오는 세림 덕분에 사람들은 재미있어했다. 세림은 괜히 샐쭉해져 입술을 내밀며 한숨을 들이켰다. 엘리베이터에 가을 햇살 냄새가 배어 있다. 오늘 날씨가 따뜻하다 했더니 햇살 냄새가 무척 향긋하다.

"그리고 너, 뭔가 오해한 것 같은데. 난 아무한테나 밑도 끝도 없이 막말 안 해. 그렇게 상식 없는 사람 아니야."

뜬금없는 기억이었다. 봄비 오던 어느 날, 상식 없는 사람이 아니라며 단단한 표정을 짓고 있던 이시준. 그를 세림은 그저 입 꾹 다문 채 노려보기만 했었다.

"내가 막말을 했다고 느낀다면 그건 정말 싫어하는 사람이거나, 아니면…… 시비를 못 붙여서 안달 날 만큼 좋아하는 사람이라거나."

파르르, 눈꺼풀이 떨렸다.

Ceci n'est pas une pipe.

이것은 파이프가 아니다.

그래, 이것은 아픔이 아니다. 이것은 그리움이 아니다.

그저 털어내지 못하고 습관처럼 배어버린 감정의 그림자이기에.

엘리베이터가 1층에서 멈춰 서며 문이 열렸다. 광고 2본부 일행들은 매장을 지나 1층 지상주차장이 있는 후문으로 향하였다. 평일 낮이라 그런지 백화점은 한산한 편이었다.

"어?"

앞서 지상주차장으로 통하는 유리문을 밀던 박 AE의 외마디에 세림은 떨어뜨렸던 눈동자를 들어 올렸다. 유리문 밖에 고은석 차장이 서 있었다. 그가 백화점에서 나오는 일행에게 다가와 가볍게 인사하더니 세림에게 키 하나를 건넸다.

"엑스페라토 차키입니다."

세림이 그를 보다 시선을 반쯤 틀어 후문 앞에 서 있는 하얀색 엑스페라토에 눈길을 두었다.

"실장님께서 꼭 한 번 몰아보라고 하셨습니다. 제품을 알고 홍보하는 것과 모르고 하는 건 엄연히 다르다고. 빌려주는 거니까 부담 갖지 마시고, 캠페인 끝나면 차 회수하신다고요. 직접 타보고 꼭 소감 들려달라는 말씀도 덧붙이셨습니다."

박 AE가 어머, 하며 감탄한다. 세림은 고 차장이 손에 쥐고 있는 키를 내려다보기만 할 뿐이다. 박 AE가 그런 세림을 팔꿈치로 슬그머니 톡톡, 친다.

"아, 네. 감사하다고, 전해주세요."

고 차장은 다시 가벼이 인사하고 일행들이 나왔던 유리문을 밀어 백화점으로 사라졌다.

"세상에, 이 실장 진짜 자기가 예뻤나 보다. 누가 연구조교한테 꼭 몰아보라고 차를 빌려주냐? 광고사 사람도 아닌데."

세림은 곤란하게 웃었다. 손바닥에 놓인 차키를 쥔다. 차키의 몸체가 손바닥을 짓누른다.

이것은 아픔이 아니다. Ceci n'est pas une peine.

이것은 그리움이 아니다. Ceci n'est pas une nostalgie.

그저 털어내지 못하고 습관처럼 배어버린 감정의 그림자이기 때문에.


시준은 쏟아지는 오전 태양빛을 정면으로 받으며 복도 창가에 섰다. 골반에 양손을 걸쳐 놓은 탓에 그의 기다란 팔이 예각으로 굽어져 있었다. 재킷을 걸치지 않은 하얀색 셔츠 아래 넓다란 어깨와 등 근육이 감각적으로 도드라진다. 마치 배경으로 펼쳐진 도심을 지배하고 있는 중세 군주의 초상을 보고 있는 듯하다. 창밖을 내려다보는 그의 시선은 지상주차장에 세워진 하얀색 엑스페라토 앞의 세림에게만 향했다. 긴 시간 갈증과 굶주림에 시달린 포식자의 눈빛처럼 몹시 삭막한 눈동자를 하고. 그가 가져야 할 단 하나의 표적.

세림이 우진에게 청혼이라고 받아들일 수 있는 얘기를 들었다고 한다.

오래도록 다스리고 숨죽이던 불길이 맹렬히 솟아올랐다. 통제되지 않는 극단적인 검은 분노가 전신을 갉아먹어 치울 듯 덤볐다. 이번에 놓친다면 정말 세림을 죽여 버릴 수도 있을 것만 같은 위협적인 속도로.

시준은 왼손으로 턱을 쓸었다. 지상주차장에 선 세림이 고개를 들어 이쪽을 올려다보았다. 시준은 세림을 알아보아도, 세림은 그렇지 않을 것이다. 한참 동안 이곳을 올려보던 세림이 운전석에 올랐다. 차가 잠시 주춤한다. 시준이 피식, 바람 빠지는 소리를 내며 웃는다. 그는 하얀색 엑스페라토가 주차장을 빠져나가 도로에 진입하는 모습을 놓치지 않고 끈질기게 바라보았다. 차가 더 이상 보이지 않게 되자 그도 이내 몸을 돌렸다.

"……죄송하지만, 저는 잘 모르겠습니다."

하여간 귀여워.
그는 웃으며 자신의 사무실로 발길을 돌렸다.

❖　❖　❖

새파란 하늘이 깨끗한 반구인 것 같다는 착각이 들었다. 목화솜을 연상케 하는 하얀 구름은 붓으로 스치듯 그려놓은 것 같았다. 캠퍼스와 길거리에 스며드는 하오의 햇살은 노란 은행잎을 닮아 있었다. 얼굴을 스치는 여울물 같은 바람에는 차가움이 서려 있었지만 그다지 춥단 감촉이 없었다. 가을치곤 심장을 싱숭생숭하게 만드는 날씨였다.

해야 할 일들을 오전에 모두 마친 세림은 느긋한 점심을 먹고 학교 언덕길을 내려왔다. 서늘한 바람이 썰물처럼 불어와 잔머리들을 날리게 한다. 코트 단추를 잠그고 팔짱을 끼며 에스프레소 밀라노로 발길을 움직였다. 그녀는 초코라떼를 한 잔 시켜 손에 들고 창가 자리에 지쳐 앉았다. 쿠션감이 좋은 소파에 몸을 늘어지게 기댄다. 이번 엑스페라토 캠페인에서 송 교수와 세림이 해야 할 일들은 거의 끝이 났다. 최종 크리에이티브 브리프도 오전에 작성해 박

AE에게 넘겼다. 부족한 부분은 그녀가 검토한 후에 시준에게 올릴 것이다. 나머지는 광고사에서 알아서 진행시킬 거고, 송 교수의 도움이 더 필요하다면 세림을 통해 커넥션이 이루어질 것이다.

시준에게 받은 엑스페라토도, 우진에게 대답해 줘야 하는 일들도 머리를 아프게 만든다. 생각을 떨쳐 내려 폐부에 갇힌 깊은 숨을 토해냈다. 마음을 가라앉혀 본다. 거리에는 가을 햇살이 늘어지고 있었다.

한참 동안 유리창을 통해 밖을 내다보던 세림은 누군가 계속 이쪽을 주시하고 있음을 깨달았다. 도윤이다. 그와 눈길이 마주쳤다. 도윤은 코트 주머니에 두 손을 찔러 넣은 채 미동도 없이 이쪽을 바라보고 있었다. 세림은 고개를 갸웃하고는 들어오라는 듯 손짓하였다. 계속 자리를 지키고 있던 도윤이 천천히 가게 안으로 들어와 세림 앞에 털썩 앉았다. 그가 긴 다리를 꼬며 고개를 창가 쪽으로 돌린다.

"밥 먹고 들어가는 길이었어?"

"……."

"얼굴이 왜 그래. 오늘 무슨 일 있었어?"

"……."

도윤은 시종일관 대답 없이 창밖을 바라보기만 했다. 세림도 지쳐 입을 다물고 그와 같이 창밖으로 눈길을 두었다. 시간이 방향을 잃어버린 것처럼 이리저리 흐르는 듯했다. 생각해 보니 요 며칠 정신없이 바빠 도윤을 보는 게 오랜만인 것 같았다.

"단 한 번도…… 진심 아니었던 적 없었어."

뜬금없는 도윤의 말에 세림은 그를 바라보았다. 그의 눈길도 어느새 세림을 향해 있었다. 똑바로, 흔들림 없이.

"매 순간순간 진심이었어. 학교에서 다시 만난 그날부터. 내가 너무 어려서 네가 부담스러워할까 봐 이제껏 진지하지 못했지만, 세림이 너에 대한 내 마음 한순간도 진심 아니었던 적 없어."

당황스러웠다. 심장이 주책없게 뛰었다. 세상에, 상대는 겨우 스물한 살 어린애야. 하지만 그도 그럴 것이 오늘 뭔가 평소하고 다름이 없는 듯하면서도 달랐다. 스타일링이 바뀌어서 그런가. 흰 남방에 카키색 니트, 먹색 코트와 청바지. 무거운 색감으로 앳된 얼굴이 어느새 남자 같아졌다.

"도윤아, 나는⋯⋯."

"세림아, 난 정말 네가 너무 좋다."

심장이 제멋대로 반응해 가슴뼈에 부딪혔다. 숨을 골랐다. 도윤이 말대로 자신은 그동안 이 애의 마음을 진심으로 생각해 본 적이 없었다. 도윤이가 어린 날 한때 가졌던 동경이나, 예쁨받았던 잔상이 다시 떠오르는 것뿐이라고 여겼다.

"매일은 아니지만 얼굴 마주하다 보면 정들고 내가 너에게 파고들 틈이 생길 줄 알았어."

"도윤아."

"무슨 말 하려는지 알아. 정식으로 말하고 싶었어. 자꾸, 내 마음 장난인 것처럼 받아들이는 게 싫어서. 내 태도에도 문제가 있었지만."

세림은 조금 어설프게 웃었다.

"고마워, 진짜. 누가 나를 좋아해 준다는 게 이렇게 고마운 일이라는 걸, 도윤이 덕분에 깨닫는다."

"……."

"정말 고맙고, 미안. 너 정말 예쁘고, 멋지고, 좋은 동생이야. 제 자였고. 그런데 널 너무 어렸을 때부터 봐와서 그런 건지, 그냥 어렸을 때 모습만 내 눈에 남아서 그런 건지, 정말 그 이상은 생각할 수가 없어. 도윤아, 나 지금 너무 힘든데, 네가 좋은 동생으로 옆에 있어주면 안 돼? 나는 도윤이랑 그렇게 오래오래 사이좋게 지내고 싶어."

세림의 말에 도윤은 역시나라고 생각했는지 눈길을 떨어뜨렸다. 그가 숨을 털어내며 다시 창밖을 바라본다. 햇살에 물든 거리가 한가롭다.

"수업 들어가야 돼."

"어, 그래. 수업 들어야지."

"오늘 퇴근하고 시간 비워놔."

"응?"

도윤이 자리에서 일어섰다.

"나 실연당했잖아. 실연기념 위로주 사줘. 이것까지 거부하면 나 진짜 상처받을 거야."

세림이 나직이 웃으며 그를 올려다보았다. 도윤이의 얼굴이 평소처럼 돌아왔다. 사랑스럽고 귀여운 스물한 살로.

"응, 알았어."

그가 대충 손을 들어 올리고 가게를 나섰다. 세림은 창을 통해 사라져 가는 도윤의 뒷모습을 끝까지 지켜보았다.

누군가를 받아들이는 것도, 거절하는 것도 쉽지가 않다는 걸 이제야 알게 됐다. 그러니까 우진에겐 정말 분명하게 의사 표현을 해야 했다. 결혼을 전제로라……. 바꿔 말하면 서로를 평생의 배우자로 염두에 두고 만나자는 건데. 사실 생각해 보면 우진은 지금 나이 대에 가장 이상적인 배우자의 모습을 갖추고 있었다. 그의 말대로 기반도 다 갖춰놓았고, 모난 점 없이 성품, 인품도 훌륭했고. 분명 좋은 남편이 되어줄 것이다. 그와 같이 일구는 가정에서 편안하고 안락한 삶을 살 수 있겠지. 그야말로 가장 멋진 배우자 상임에도…….

엄지를 잘근잘근 물며 눈동자로 거리를 배회한다.

답은 이미 정해져 있는데, 결정을 내리는 일은 쉽지가 않다.


❖　❖　❖


테이블에는 매화수 한 병과 기본 안주가 세팅되었다. 세림과 도윤은 첫 잔을 단숨에 비우고, 바로 두 번째 잔을 비웠다. 그리고 세 번째 잔은 세림 혼자 자작이다. 세림은 건배도 없이 술을 홀짝 넘겼다. 잠자코 지켜보던 도윤이 그녀를 이상하게 쳐다본다.

"뭐가 이렇게 빨라? 차인 건 난데 왜 혼자 앞서 나가느냐고."

"그래, 그래서 술 마시고 싶다며. 쓸쓸하게 네가 앞서 나가는 것보단 낫잖아. 마셔. 나도 오늘은 취하고 싶어."

"지금 병 주고 약 주냐?"

"응? 뭐가?"

"됐다."

도윤은 고개를 설레설레 저으며 빈 두 잔에 술을 따랐다. 세림이 순하게 웃으며 도윤에게 건배하듯 잔을 들어 보이고 다시 입으로 넘겼다. 그사이 안주인 해물 모둠 어묵탕이 나왔다. 도윤이 국자로 냄비를 휘휘 저으며 입을 연다.

"세림아."

"응."

"나 그냥 어장에서 키워부면 안 되나?"

기본 안주인 고구마 과자를 베어 물던 세림이 아하하, 웃음을 터 뜨렸다. 그녀가 귀엽다는 눈으로 도윤을 본다. 도윤은 괜히 민망해 미간을 모았다.

"도윤아, 너 내가 그렇게 좋아?"

세림의 꾸밈없이 정직한 질문에 도윤은 조금 부끄러워졌다.

"그래, 좋다. 좋아 죽겠다!"

"너는 이제 스물한 살짜리가, 나이 많은 스물일곱이 뭐가 그렇 게 좋다고 그러는 거야?"

"따뜻해서 좋아."

"……."

"이유 없이, 따지지도 않고 받아들여 주고, 따뜻하게 대해주고, 바보같이 헤헤 웃는 게…… 좋아, 예쁘고. 옛날에도, 지금도 똑같 이. 나이에 상관없이 은세림 너, 그런 점이 좋다고. 그런 은세림을 좋아한다고."

몇 잔 마셨다고 술기운이 도는 건지, 세림은 얼굴이 달아오르는 게 느껴졌다. 도윤이는 예전에도 지금도 변함없이 항상 의외인 부 분에서 자신을 놀라게 했다. 고마웠다. 그 마음이, 그 깊은 애정이.

도윤이 부루퉁하게 잔을 입가로 가져갔다. 세림은 경쾌하게 챙, 부딪히며 건배하였다. 빈 잔은 마를 새 없이 채워진다.

"고마워, 정말 고맙다고. 누군가한테 내가 그렇게 보여지고 받아들여지고 있단 사실이 새삼 참 행복하네."

"그러니까 진지하게 한번 생각해 보래도? 어리다는 사실 말고 날 봐달란 말이야. 얼마나 괜찮은 사람인지를 봐달라고. 아, 진짜 나이 어린 게 죄도 아니고. 그것도 엄연히 편협하고 고지식한 편견이야. 사랑에 국경도 나이도 없다는 말 몰라?"

"그래, 알아. 누가 하는 말인데 틀리겠어. 네 말대로 나 좀 고지식해. 아까도 말했잖아. 지금은 네가 마냥 편한 동생으로밖에 안 보여."

"하긴 양옆에 좌우진, 우시준이 있는데 내가 눈에 밟히겠어. 완전 나 쩌리 만든 인간들. 나도 어디 가서 꿀리는 남자 아닌데. 스펙도 봐줄 만하고."

심통 내듯 말하는 도윤 덕분에 세림은 수저를 입가에 댄 채 아하하, 시원스레 웃었다. 별로 웃기지도 않구만, 도윤이 중얼거림처럼 세림의 웃음소리는 한층 과장되어 있었다.

"그럼, 우리 도윤이 괜찮은 남자지. 제일 예쁘고, 귀엽고, 얼마나 풋풋한데."

"그치?"

"그렇다니까……."

그녀는 여우처럼 말끝을 늘였다. 목소리에 애교가 묻어 있고, 눈가에는 한껏 웃음이 담겨 있다. 아까부터 계속 단숨에 잔을 비우더니 슬슬 취해가는 모양이었다. 세림은 빠른 속도로 술 한 병을 치우고, 두 번째 병은 혼자 3분의 1을 비워내고 있었다. 술 마시는 걸 좋아해도 저렇게 혼자 앞서 나간 적은 없었는데. 그녀가 헤실헤실 웃으며 개인 그릇에 담긴 어묵을 젓가락으로 야무지게 갈라냈다.

세림은 구두를 벗고 두 다리를 편편한 평상 같은 넓은 의자에 올렸다. 무릎은 가지런히 모아 손으로 감쌌다.

정신이 깜박깜박했다. 머릿속이 꾸물꾸물하고, 귀는 먹먹하고, 불빛은 눈이 부시고, 기분은 한껏 들뜨고 행복했다. 말이 계속 어눌해지고, 자꾸만 웃음이 났다. 술을 잔에 따르다가, 안주를 먹다가 테이블에 흘리기도 하고, 젓가락을 떨어뜨리길 몇 번. 결국 도윤에게 핀잔 아닌 핀잔을 들었다. 도윤이랑 잘 안 풀리는 논문 얘기에, 논문 학기 끝나면 어디로 취직해야 할지, 도윤이의 성장 과정이며, 옆 테이블의 커플이 싸우는 걸 듣기도 했다.

커플이 자리를 뜨자마자 세림이 뜬금없이 황조가를 읊었다. 이어서 도윤이 청산별곡으로 답가했다. 두 사람이 좋다고 술잔을 부딪친다.

테이블에 네 번째 매화수 병이 놓여졌다. 세림은 망설임 없이 손을 뻗었다. 그녀가 병을 잡기 전에 도윤이 먼저 채갔다.

"우리 세림이 완전 많이 취했다."

"그래, 취했다! 그래도 이 정도는 끄떡없거든? 얼른 줘. 더 마실 거야. 네가 먼저 술 사달라고 했잖아."

"아, 근데 왜 누나가 취하냐고. 취하고 싶은 건 나거든?"

"쉿! 원래 여자는 가끔 술에 취하고 싶을 때가 있단다. 자, 어서 따라보렴."

검지를 입술에 가져다 대고 중얼거리던 세림이 술잔을 들어 도윤 앞에 쭉 뻗어 보였다. 도윤이 피식, 웃으며 뚜껑을 열어 세림의 잔을 찰랑찰랑 채웠다. 그녀가 불만스레 눈썹을 구긴다.

"천천히, 조금씩 마셔. 안 뺏어 먹어."

세림은 입술을 비죽이다 홀짝, 술을 넘겼다. 그녀가 어묵탕의 숙주와 우동을 젓가락으로 건져 냈다.

"누나, 나 진짜 궁금한 거 있어."

"뭔데."

"이시준, 그 남자…… 아직도 못 잊었지?"

우동을 후루룩 흡입하던 그녀는 사레가 들려 기침했다. 세림은 눈초리를 바짝 세우고 인상 썼다.

"야, 술맛 떨어지게!"

"나 장난하는 거 아니고, 진지하게 묻는 거야. 궁금해, 누나 속마음."

그녀는 생각하듯 눈동자를 굴렸다. 들고 있던 젓가락은 내려놓은 지 오래다. 세림이 물병을 들어 빈 컵에 물을 채운다. 물이 한꺼번에 쏟아진다. 격한 파도가 쳤을 때의 움직임처럼. 하지만 넘치지 않았다. 세림은 마른 목을 축이듯 천천히 시간을 들여 마셨다. 냄비에 든 어묵탕이 다시 보글보글 김을 피워낸다. 한참 생각하듯 공간 한 점을 응시하던 그녀가 끓어오르는 어묵탕을 바라보았다. 도윤이 불을 끈다.

"속마음이 궁금할 게 뭐 있어……."

세림은 잠긴 기억 속을 헤매듯 일정한 어조로 읊조렸다. 그 음성이 어딘가 낯설다.

"아마도 살면서 얼마나 더 큰…… 사랑을 해볼지 모르겠지만,

그전까지는…… 걔 잊기 힘들 거야. 누구나 다 그런 기억 있잖아. 싫든 좋든 강렬하게 남아서 시간이 오래도록 지나도 계속, 계속. 뜬금없이, 어느 순간 떠오르는 거. 그래서 희미해져도 남는 거. 다른 사람이 옆에 있어도 어쩔 수 없이 생각나는 거.”

“…….”

“지금도 문득문득 다시 되돌아보게 돼. ……걔랑 같이 있었던 순간들, 순간들, 순간들. 내 인생에서 누군가를 만나면서 가장 즐거웠고, 가장 사랑받았고, 가장 예쁨받았고, 다른 의미로 가장 반짝였어…….”

“…….”

“걔가 마지막으로 했던 말이 뭐였는지 알아? 그래, 내일 봐. 그 말이 아직도 기억에 남아. 아침이었어. 되게 더웠고, 바람 시원하게 불고. 공원은 온통 초록색이고, 아침 햇빛이 엄청 눈부시고. 내일은 오지 않을 것처럼, 오늘이 세상의 마지막인 것처럼 되게 맑은 날씨였어. 그런 날, 내일 보자고…… 우리한테 내일이 어디 있다고.”

“…….”

“그런데 그렇잖아. 누군가를 못 잊는다고 해서 그 사람만 바라볼 수도 없고. 그냥 그러려니, 생각날 땐 생각하면서 그 사람의 모든 게 희석되길 바라면서 사는 거지, 뭐.”

“혹시 두 사람 아직도 연락해?”

“연락? 연락은 무슨. 그냥 광고 캠페인하다 갑과 을로 어쩌다 마주친 거지.”

“서우진은?”

"우진 오빠? 오빠 좋은 사람이지. 다정하고, 따뜻하고, 배려심도 깊고, 우직하고. 오빠는 뭔가 돌하르방 같아."

세림이 수저로 어묵 국물을 뜨며 심상히 말했다. 도윤이 하하하, 소리 내어 웃는다.

"돌하르방이 뭐냐?"

"그냥. 항상 변함없이 그 자리에 서 있는 사람. 아마 우진 오빤 누구한테나 그럴 거야. 그렇지 않아도 오빠가 결혼 전제로 사귀자는 말을 했었어."

"뭐? 언제? 뭐야, 완전 새치기하네. 아씨, 은세림 바람둥이. 그래서 둘이 사귀는 거야? 그래서 나 거절했어?"

"그런 거 아니야. 우진 오빠한텐 생각해 보고 답해주기로 했어."

"와, 비싼 여자네. 생각해 볼 게 뭐 있어. 좋은 사람이라며."

"그치, 좋은 사람이지. 그런데 그렇게 단순하고 가볍게 생각할 수 있는 문제야? 그냥 연애도 아니고, 결혼을 전제로 사귀자는데…… . 오늘 점심을 먹을까 말까 고민하는 거하고 똑같은 게 아니잖아. 암튼 생각이 많다. 야, 너 땜에 다시 우울해졌잖아. 빨리 술 내놔!"

귓불을 만지작거리며 반쯤 초점을 놓고 있던 세림은 신경질적으로 술병을 낚아챘다. 그녀가 다시 빈 잔에 술을 따르는 모습을 도윤이 물끄러미 바라봤다. 세림은 다시 화제를 바꿔 시시콜콜한 얘기들을 시작했다. 잔이 비워질 새 없이 술도 계속 채우고.

그래서 오늘 그렇게 술을 열심히 드신 거구만. 머리가 아플 만도 했다.

이시준이 학교로 찾아온 날, 죽었다 다시 살아온 사람을 만났어도 그렇게 놀라진 않았을 거다. 왜 미처 생각하지 못했던 걸까. 송 교수의 '광고 홍보·마케팅의 이해와 기능' 수업을 들으며 세림은 무슨 생각을 했을까. 흔하지 않은 이름이었다. 진작 눈치챘어야 했다. 아니, 설마 그 사람이 그 사람일 거라곤 누구도 생각할 수 없었을 거다. 인터넷 검색 후, 충격은 눈이 얼얼할 징도로 상했다. 한남이라니.

그보다 그가 세림을 쳐다보던 눈빛을 잊을 수가 없다.

세림이 광고 캠페인에 참여한 이후, 그녀의 표정은 전처럼 편해 보이는 날이 없었다. 신경이 갉아먹히는 사람처럼. 그래도 문제가 되는 일은 아니라고 생각했다. 광고주라고 해도 어차피 지나간 남자고 두 사람 사이에 남은 약간의 껄끄러움 때문일 거라 여겼으니까. 그런데 이시준에게 엑스페라토를 받았단 얘기를 듣고 방심한 사이 뒤통수를 얻어맞은 기분이 들었다. 단순히 빌려줬다고 하지만, 송 교수가 농담처럼 했던 말을 그냥 흘려들을 수가 없었다. 은세림 신데렐라로 만들어야겠다고. 그 차를 받은 세림은 무슨 생각을 했을까. 이시준이 학교에 왔을 때 파랗게 질렸던 세림의 얼굴이 다시 떠올랐다.

6년 전, 그와 헤어지고 나서 세림이 많이 힘들어했었다. 며칠간 학원에도 잘 나오지 못할 정도로 아팠다. 그 뒤로 야위어가기 시작했고. 어린 나이에 괜히 세림이 원망스러웠다. 도대체 연애가 뭐라고 다 큰 어른이 일상생활을 못할 만큼 힘들어하는지 이해할 수 없었다. 그렇게 여자를 힘들게 했던 주제에, 약혼녀까지 옆에 두고 왜 이제 와서 그런 눈으로 쳐다보는데?

하지만 그럼에도 알 수 없는 패배감이 덮쳐 왔다. 이미 지나간 사람인데도 그 남자에게 애초부터 져버린 것만 같았다. 두 사람의 관계가 얼마나 깊은지 도무지 지금도 헤아려지지 않는다.

❖   ❖   ❖

시동을 껐다. 익숙한 공원 풍경이 눈에 들어온다. 분명 가로등이 불빛을 밝히고 있지만 여름과 다르게 훨씬 더 캄캄하다. 깊은 바다의 밑바닥을 닮은 듯. 보조석의 세림을 바라본다. 세림은 왼쪽으로 고개를 기울인 채 새근새근 알코올에 젖은 숨을 뱉어내며 곤히 잠들어 있었다. 덕분에 차 안이 알코올 냄새로 진동했다.

얼마 만일까, 네가 이렇게 곤히 잠든 모습을 보는 게.

세림에게 전화가 왔었다. 믿을 수가 없어 한참, 액정에 뜬 번호를 다시 확인했던 것 같다. 그러나 불쑥 수화기를 타고 넘어온 목소리는 세림이 아닌 신도윤. 그는 다짜고짜 세림이 술에 취했으니 데리러 오라고 말하고는 전화를 끊었다. 그가 문자로 보내준 가게 주소로 차를 몰았다. 학교 근처 일본식 선술집이었다. 술집에 도착했을 때, 세림은 가방을 베고 모로 누워 잠들어 있었다.

"술 많이 마셨어? 제대로 마시지도 못하는 애가."

시준이 세림의 옆에 앉으며 물었다.

"내가 누군지나 알아요?"

도윤은 술잔의 술을 음미하듯 천천히 마셨다. 그의 목소리에 날이 서 있었다. 시준이 피식, 웃으며 자고 있는 세림의 머리를 쓰다듬었다.

"너 교대 보습학원에서 세림이 좋아했었던 도윤이잖아. 기억하고 있어. 얼굴 그대로다."

"세림인 나 못 알아봤었는데. 어쨌거나 그쪽하고 재회 인사는 별로 안 땡기고. 당신 뭐야. 친구 이상 연인 이하? 아님, 그냥 심심해서 은세림 찔러보는 중? 그렇다고 보기엔 데리고 오는 건 진화에 너무 단숨에 달려왔고. 당신 뭔데? 사람 헷갈리게 하지 말라고."

"상당히 공격적인 흑기사네. 그 패기가 든든해서 안심은 돼."

"지금 나랑 장난하나. 당신 은세림 책임지지 못할 거면 그만 건드려. 세림이가 어느 쪽도 선택 못하게 만들지 말란 말이야! 어른이면 어른답게 똑 부러지게 행동하라고!"

"설교도 잘하고. 은세림 어디에 내놔도 걱정할 필요 없겠어."

"아씨, 진짜!"

도윤이 깊은 분노를 표현하자 시준은 가볍게 웃음을 흘렸다.

"네가 무슨 말을 하고 싶은 건지 잘 알고 있어. 그런데 좀 더 시간이 필요해. 단순하게 세림이를 원한다고 해서 덥석 손에 쥘 수 없어. 그거야말로 정말 책임감 없는 거겠지. 세림이가 쓸데없는 표적이 될 수도 있으니까. 내 약혼엔 질긴 비즈니스가 얽혀 있어. 그걸 떼어내려면 명분이 있어야 하고, 싸움은 과격하고 더러울 거야. 그 과정에서 세림이가 지저분한 스캔들에 휘말리는 건 싫어."

"말은 잘하네. 그럼 깔끔하게 정리하고 오든가. 왜 자꾸 세림이 찔러보는 건데?"

"심술이야. 은세림 다른 데로 눈 돌리는 거 열받아서 참을 수가 없어. 난 은세림만 생각하고 여기까지 달려왔는데 자꾸 도망가려고 하니까. 안달 나는 것도 있고. 고지가 눈앞이라서 그런지 통제가 잘 안 돼."

열받는단 말도, 통제가 잘 안 된단 말도 그는 날씨 얘기하듯 무심하게 읊조렸다. 그러나 세림을 바라보는 눈빛에는 질기도록 격렬한 갈망이 서려 있었다.

남자만이 아는.

시준은 코트에서 지갑을 꺼내 수표 한 장을 테이블 위에 두었다.

"계산하고, 남는 돈은 차비해."

도윤은 테이블에 올려둔 손을 꾹 쥐었다. 시준이 세림을 안아 들고 술집을 나갈 때까지 그는 조금도 움직이지 않았다.


시준은 오른손을 뻗어 세림의 뺨에 손등을 대었다. 뺨이 뜨겁다. 그러고 보니 예전에도 비슷했던 상황이 있었다. 시준의 입매에 편안한 미소가 지어진다. 세림이 낮은 신음을 뱉으며 반쯤 눈을 뜬다. 정신을 차리기 위함인 듯 느릿하게 두어 번 눈을 깜박였다.

"깼어? 괜찮아?"

세림이 느릿하게 고개를 움직여 시준을 쳐다보았다. 어둠을 삼킨 새까만 눈동자로.


꿈인가.

이시준 차 안에서 있었던 지난여름의 꿈. 되게 자주 꿨었던 꿈. 오늘은 이상하게 더 생생하다. 깜박거리는 정신 때문에 꼭 현실 같다. 배시시, 웃음이 난다.

"이시준이다."

세림의 눈가에 눈물이 맺혔다. 그리고 곧 볼 옆으로 흐르다 멈췄다. 시준이 손가락을 세워 닦아줬다. 따뜻해.

"꿈이…… 되게, 생생하다."

거북이처럼 굼뜨게, 엉금엉금 말했다. 시준이 눈앞에서 웃으며 손을 잡아주었다. 따뜻하다니까.

"꿈 아니야. 술을 왜 이렇게 많이 마셨어."

졸려. 눈꺼풀이 무겁다.

"응…… 몰라. 도윤이가 속상해서…… 같이 마시고, 나도 속상해서."

"뭐가?"

"그냥, 그냥, 그냥. 내 사랑이 아프고, 슬프고, 애처로워서."

또다시 웃음이 났다. 멀리 하얀 공 같기도, 진주알 같기도 한 공원의 불빛들이 하나둘 둥둥 떠다닌다. 시준이 팔을 뻗어 끌어안았다. 얼굴이 시준의 가슴팍에 닿았다. 아, 좋은 냄새…… 이시준 냄새다. 이시준 체온과 블루 드 샤넬의 향이 뒤섞인. 숨을 크게 들이켰다. 정수리 끝까지 평온한 기분이 들어찬다.

"미안해, 세림아."

낮은 음성이 귓가에서 웅웅. 미안해, 세림아, 하고 메아리친다. 그의 품에서 도리도리, 고개를 흔들었다.

"으응. 왜에…… 뭐가 미안해."

"너 힘들게 해서. 아프고, 슬프게 하고, 애처롭게 해서."

팔을 뻗어 시준의 등을 끌어안았다. 단단한 이시준의 몸이 좋다. 꿈인데 무지 생생하다. 일어나면 또 엄청 허무해지겠지.

"품 냄새나…… 좋다. 졸립고……."

더듬더듬, 말을 해본다. 자면 안 되는데, 시준이 얼굴 더 봐야 되는데. 품 냄새도 더 맡고 싶고.

"더 자."

시준이 등을 토닥토닥, 쓰다듬어 주면서 머리칼에 뽀뽀해 줬다.

입에다 해주면 안 돼? 생각하기 귀찮아진다.

그리고 순식간에 바다에 풍덩, 빠져들었다. 자꾸, 가라앉아도 무섭지가 않았다. 숨도 제대로 쉬어지고. 바닷속에서 흐르는 대로 부유하는 감각이 싫지 않았다.

이대로 눈 뜨지 말았으면.

❖   ❖   ❖

꿈을 꿨다.

시준의 차 안에서 어리광 피웠던 지난여름 밤의 꿈. 깜박거리는 정신 때문에 꼭 현실 같았다. 감싸듯 안아주고, 따뜻한 손으로 등을 토닥여 주고, 머리칼에 뽀뽀해 주고. 좀 더 예쁨받고 싶고, 응석 부리고 싶었는데…… 시준의 품 냄새와 그가 좋아하는 블루 드 샤넬의 향에 마음이 편안해져 잠이 들었다.

눈을 떠보니 서늘한 새벽으로 물든, 방 안의 침대.

느닷없이, 감정이 넘치도록 차올라 그만 엉엉 소리 내어 울고 말았다.

Paradoxical

햇볕이 노골적으로 들이치는 것이 아님에도 관장실은 노란 햇무리들로 가득했다. 실내 인테리어는 '심플과 모던'을 지향한 듯 단순하고 정돈된 깔끔함이 고스란히 묻어났다. 한쪽 벽에는 알렉산더 로슬린(Alexander Roslin)의 [베일을 쓴 여인The Lady with The Veil] 모사화(模寫畵)가 걸려 있었다. 그림 속 여인은 알렉산더 로슬린의 사랑스러운 아내, 여류 화가인 마리 쉬잔 지르(Marie-Suzanne Giroust). 그림 속 여인은 고요한 우아함과 정제되고 완숙한 아름다움을 숨김없이 드러내며 옅게 미소 짓고 있었다.

[베일을 쓴 여인]을 정면으로, 손님과 마주 앉아 얘기를 나눌 수 있는 소파와 좀 더 뒤로 관장의 사무 책상이 놓여 있었다. 상석 소파에 앉은 윤 관장은 손에 든 사진을 기묘한 표정으로 바라보았다. 고운 미간과 그려낸 것 같은 눈썹이 보일 듯 말 듯 희미하게 모아진다.

일반 사이즈보다 조금 큰 크기의 사진에는 여자를 안아 든 시준이 찍혀 있었다. 우수한 망원렌즈로 촬영된 사진 속 인물과 배경은 밤이라는 시간에 관계없이 육안으로 구분될 정도로 또렷한 윤곽을 드러냈다. 여자애는 시준의 품에 안겨 잠들어 있었다. 어느 각도로 틀어 보아도 얼굴이 보이지 않는다. 어떤 사진을 집어 들어도 마찬가지였다. 다만 전체적으로 선이 가느다랗다는 것만 알 수 있었다. 지금이라도 여자애 사진을 공수해 오라고 하면 바로 준비되겠지만. 여자애를 내려다보는 이시준의 눈빛은 보이지 않았다. 어떠했을까, 짐작해 헤아려 보기도 전에, 그런 생각을 해보기도 전에 직감할 수 있었다. 시준이의 마음을, 그 애의 눈빛을. 단지 시준이 여자애를 안아 든 사진 한 장을 보는 것만으로도. 결론은 술 취한 애를 그냥 집에 바래다주기만 한 것뿐인데.

사진만 들여다보기를 십여 분째.

시준은 지난 주 임하은과 공식으로 파혼했다. 일방적으로 통보했다는 표현이 더 적절하지만. 파혼은 시준이 윤 관장을 포함해 이 회장, 재상의 임 회장 내외에게 약혼 파기 문서를 보내는 것으로 공식화됐다. 임 회장은 왈가왈부하지 않았다. 다만, 위자료 계산은 확실히 하겠다는 말을 비서실을 통해 전해왔다.

한남건설과의 분리 작업뿐만이 아니다. 재상은 지금 여러모로 외줄타기를 하고 있었다. 투자하는 사업마다 수익은 마이너스 성장을 달리고, 재무 상태가 휘청거리고 있단 소문까지 공공연하게 돌고 있었다. 금융업계의 우려 섞인 시선이 몰리는 건 당연한 사실. 그 때문에 더 건설사에 목매고 있는 거겠지만. 장녀인 소은은 끝까지 경영의 뜻을 거부하였고, 뒤로 남은 하은과 이제 갓 스물셋의 장남만이 재상의 차기 경영 승계자이다. 하지만 아이들은 어리고, 교통정리가 제대로 끝나지 않은 임 회장의 형제늘은 쿠데타의 기회만 엿보고 있었다. 재상은 창립 이래 가장 소란스러운 상황에 직면한 것이다.

반면 한남그룹은 올 초 전 계열사 인사이동 때 세대교제와 함께 전체 이사진의 부피를 줄였고, 이 회장은 부동의 왕좌를 견고히 다졌다. 한남건설 인수 때 진 한빛은행의 채무 1조 5,000억은 완벽하게 정리한 상태였다. 시준과 하은이의 관계를 벗어나 비즈니스로 따지자면 재상과는 얽히게 된 것이 없는, 서로 다른 길 위에 놓인 셈이다. 오히려 갉아먹히고 있지. 어느 모로 보나 한남이 재상에게 아쉬울 입장은 아니다.

아무래도 위자료란 명목하에 건설사에 대한 권리를 주장하고, 그걸로 지금 재상의 상황을 타개하려는 모양인데, 그렇게 순순히 될 리는 없지.

❖  ❖  ❖

시준은 출근하자마자 책상에 놓인 문서를 집어 들어 개봉했다. 사진들이었다. 그리고 Creative I의 최 대표에게 전화가 왔고, 휴대전화 액정에 임하은이 보낸 문자가 떴다.

〈난 오빠를 잃음으로써 무서울 게 없어졌어. 눈에 보이는 것도 없어. 결정은 오빠 몫이야.〉

〈재상자산운용, 재상생명, 패션트렌드, 재상 웰빙메디슨 측에서 일방적으로 광고 계약을 파기하겠다는 연락을 해왔습니다.〉

"……이유는요?"

〈엑스페라토 2013 상반기 캠페인 자문인 송 교수의 연구조교가 거슬린답니다. 송 교수를 하차시키지 않으면 광고 대행사를 바꾸겠다고…….〉

"재상 계열사가 빠지면 계약 위반 보상금을 뺀 손해액은 얼마나 되죠."

〈대략적으로 340억 정도 됩니다.〉

"파기하세요. 송 교수님 하차시킬 의향 없습니다."

〈하지만 실장님……!〉

"제가 연락처 하나 보내 드릴 테니 접촉해 보세요. 340억 손해는 못 메우더라도 임시방편은 될 겁니다."

시준은 사무실 수화기를 내려놓으며 휴대전화를 들어 바로 김 실장에게 연결했다.

"오늘 언론사 접촉해서 은세림 머리칼 하나라도 나온 사진, 이니셜 기사 못 나가게 막으시고, 증권사에 재상에 관한 정보 최고가로 팔아넘기세요. 비싼 몸값만큼 그룹 관련주 동요에 크게 영향 줄 테니."

통화를 마친 시준은 휴대전화를 책상에 세워두듯 잡았다.

340억이라……. 오늘 다른 광고 회사들 축배 들고 난리 나겠군.


❖    ❖    ❖

전날 도윤과 신나게 부어라 마셔라 하던 패기는 나이 앞에 백기를 들어야 했다. 남자애랑 둘이서 겨우 매화수 다섯 병을 마셨다. 예전 같았으면 늦잠 자는 걸로 훌훌 털어냈을 텐데. 술이 채워지기 무섭게 잔을 비워내던 세림은 다음날 속을 전부 비워내야 했다. 머리가 빙글빙글 돌고, 고막이 확장돼 조그민 소리에도 두통이 일었다. 하루 동안 침대에 누워 꼼짝도 하지 못했다. 꼭 길가에 아무렇게나 버려져 비를 흠뻑 맞은 헝겊 인형이 된 기분이었다. 종일 아무 생각도, 아무것도 못 먹고 침대에 누워 잠만 잤다.

정신을 차린 건 저녁나절이 됐을 즈음이었다. 저녁때 커피숍에서 돌아온 엄마가 끓여준 콩나물 북엇국은 마른 가뭄, 쩍쩍 갈라졌던 논바닥 같은 위에 단비 같은 존재였다. 세림은 국 한 그릇을 시원하게 비워내고 나서야 다시 살아갈 수 있는 희망이 생긴 것 같았다.

"집에 어떻게 들어왔는지 기억이나 해?"

"아니, 하나도. 그런데 대견하지? 어떻게 그렇게 마시고 집을 찾아왔지?"

"어이고, 네 발로 들어온 게 아니라 웬 다 큰 청년 품에 안겨 들어왔다."

수저로 후루룩 국을 떠마시던 세림은 또다시 사레가 들려 켁켁, 기침을 토해냈다. 매운 고춧가루가 기도에 걸렸는지 연신 기침하는 동안 눈가에 눈물이 맺힌다. 엄마가 한심하다는 듯 물잔을 건넸다.

"청년?"

"그래. 누구야? 너 안고 들어온 남자애. 훤칠하니 잘생겼드만."

"학교 후배."

"학교 후배? 걘 학교 친구라고 하던데? 뭐 하는 앤데 양복이 그 렇게 잘 어울려?"

"양복?"

세림은 무슨 말을 하냐는 듯 눈을 동그랗게 뜨며 반문했다.

"그래. 어휴, 어느 집 아들인지 샤프한 게 인물이 훤하더라."

샤프하단 말에 세림은 더욱 이해할 수 없다는 듯 눈을 빠르게 깜박였다.

도윤이나 우진 오빠 샤프한 편이 아닌데. 도대체 누구한테 안겨 들어온 거야? 지난밤의 기억을 더듬더듬 떠올리기 위해 안간힘을 썼다. 머리가 지끈거리기 시작했다. 머리에 손을 얹는다. 기억의 필름이 뚝뚝 잘려 순서를 잃은 채 머릿속에서 두서없이 재생되었다.

주홍빛 등불 아래서 헛소리처럼 황조가를 읊고, 젓가락을 수시로 떨어뜨리던 기억이 났다. 이시준 얘기를 했던 것 같기도 하고, 안나랑 상훈이를 부를까 했던 기억도 있다. 차 안에서 이시준이랑 얘길했던 기억도 나는 것 같다. 아니, 그건 꿈인데. 꿈이 아니었나? 설마, 분명 꿈인 줄 알았는데……. 사운드가 사라진 꿈의 조각들은 지나치게 생생히 머릿속에 하나둘 떠올랐다.

세림은 자리에서 벌떡 일어나 방으로 달려 들어갔다. 침대 머리맡에 아무렇게나 팽개쳐 둔 휴대전화를 집어 들어 통화 목록을 뒤졌다. 도윤의 부재중 전화 아래 안나의 번호가, 그리고 저장되지 않은, 그러나 익숙한 번호를 보고 소리 없는 비명을 질렀다.

10시 50분, 이시준 번호다!

미쳤어, 미쳤어! 설마 이시준한테 전화한 거야? 술 먹고?

미쳤어, 진짜. 제정신이 아니야!

세림은 손바닥으로 자신의 머리를 미친 듯이 두들겼다. 그러다 격한 두통에 머리를 감싸 안고 고통을 호소했다. 망치로 빈 깡통을 힘껏 내려칠 때 나는 소리가 홈씨어터 돌비사운드 5.1채널로 머릿속을 울렸다. 그녀는 꼭 감은 눈을 떠 액정에 고스란히 자리한 시준의 번호를 망연하게 바라보았다. 미릿속이 사막이다. 집에 네 발로 기어가는 한이 있더라도 이런 어이없고 황당한 실수는 저지른 적이 없었는데. 아무리 생각해 봐도 통화를 한 기억이 나지 않는다.

그때, 벨소리가 울리며 액정에 도윤의 이름이 떴다. 움찔 놀란 세림이 액정을 바라보다 황급히 통화 모드로 밀어 전화를 귓가에 대었다.

"야……!"

〈이제 전화 받네. 괜찮아? 그거 먹었다고 뻗냐. 난 이렇게 쌩쌩한데, 완전 저질 체력.〉

"그보다, 나 어제 이시준한테 전화했어?"

〈어?〉

"난 걔한테 전화한 기억이 없는데, 핸드폰 통화 기록에 걔 번호가 있어! 심지어 걔가 날 집에 데려다 준 것 같아. 나 도대체 어제 무슨 짓 저질렀니? 나 그러는 동안 넌 안 말리고 뭐 했어……!"

〈…….〉

수화기 속 도윤은 가타부타 묵묵부답이었다. 통화 상태를 확인했다. 아직 통화 중이다. 뭔가가 불길했다.

〈이시준한테 전화한 거…… 그거 나야.〉

말도 못할 정도로 진상을 부렸는지 가늠하던 세림은 자신의 귀를 의심하듯 눈을 동그마니 떴다. 그녀가 이해가 가지 않는다는 듯 눈동자를 깜박이며 긴 머리를 쓸어 넘겼다.

"이시준한테, 전화한 게…… 너라고? 왜? 번호를 어떻게 알고?"

〈가방에 보니까 명함 있던데.〉

그러고 보니 그 가방, 처음 이시준을 만났을 때 멨던 거였다. 그때 받은 명함을 아직도 안 버리고 있었나.

"도윤아…… 정말. 아니, 걔한테 왜 전화를 해. 미치겠다. 도윤아, 나 정말 네가 미워지려고 그런다."

〈난 내가 잘못했다고 생각 안 해. 나쁜 일 한 거라고도 생각 안 하고, 두 사람 다 아직까지 마음 있잖아. 정리 제대로 안 됐잖아.〉

"마음이 있고 없고, 정리가 됐고 안 됐고 같은 문제가 아니야. 끝났고. 난 걔랑 다시 시작할 생각이 없어. 시작할 수 없어. 모든 연애나 사랑이 다 마음이 있다고 해서 이뤄질 수 있는 게 아니야."

〈모범 답안은 그만 생각해! 머리 안 아파? 만날 힘들어하면서 뭐가 그렇게 어렵고 안 되는 게 많은데. 왜 그렇게 쿨한 척인데? 나 같으면 미친 척하고 만나겠네! 재벌이 대수야? 약혼녀 있는 게, 뭐? 지가 너만 보고 달려왔다고 하잖아. 그냥 달려들어. 같이 죽어봐!〉

"도윤아, 너 이런 말 하는 거 일차원적이고 억지야. 내가 힘든 것보다 내가…… 걔 인생 그렇게 만들고 싶지 않아. 뭐 그렇게 대단한 사랑이라고? 내가 어제 너한테 쓸데없는 말을 했다. 쉬어, 다음에 연락하자."

〈누나! 좀 일차원적이고 이기적이면 안 돼? 누군가를 생각하지 말고 은세림 널 생각하란 말이야. 네 감정을 생각하라고!〉

어젯밤 기억의 조각이 눈앞에서 어른거렸다. 가슴 가득 들어찬 모래주머니에 구멍이 툭, 터져 줄줄 모래가 새는 것 같았다. 메우고, 메우고 또 메워도 자꾸만 바닥을 드러낸다. 꼭 어질러진 방 안에 서 있는 것 같은 기분이었다.

〈세림아, 양심적일 필요 없어. 자꾸 도망만 가지 마. 도망치면 행복은 어디에도 없어. 한 번쯤 어때. 우리 엄마가 그러더라. 사람이 살면서 터질 만큼 사랑해 본다는 게 흔한 게 아니라고. 그냥 그런 경험도 해봤다. 한때 타오르던 사랑의 기억 안고 사는 거라고. 그리고 결혼은 심심한 사람하고, 심심하게 하는 게 제일 좋고 행복한 거래. 어차피 이시준하고 결혼할 수 없다면 사랑이라도 해봐. 상처받으면 어떠냐고. 상처받고 털어버려.〉

"……."

〈나 너한테 사과 안 해. 네가 앞으로 날 보든 말든 그런 건 하나도 무섭지 않아.〉

통화가 끝난 뒤 세림은 휴대전화를 쥔 손을 힘없이 침대에 떨어뜨렸다.

도윤의 말이 정답은 아니었지만, 틀린 것도 아니었다. 쿨하지도 않으면서 차오르는 감정을 외면해야 하는 사실도 힘들다. 버겁다. 괴롭고, 아프다. 하지만 아무 생각 않고 달려드는 무모한 짓도 하고 싶지 않았다. 그가 힘들어하고, 괴로워하고, 주변 모두를 적으로 돌리고, 위협받고……. 그렇게 만들고 싶지 않아. 아니, 정말 다른 무엇보다도 자신이 남은 생 동안 그와의 기억을 짊어질 수 있는 용기가 없었다. 그것은 사랑이란 이름의 화인이었다. 낙인 찍힌 그 심장은 누구에게 줄 수도, 누군가에게 보여줄 수도, 다른 누구의 심장을 받아들이지도 못할 것이다.

세림과 시준은 유리벽을 사이에 두고 도저히 만날 수 없는 서로의 미로에 빠져든 흰 쥐였다.

❖　❖　❖

홀더가 끼워진 테이크아웃 컵에서 하얀 김이 희미하게 올라왔
다. 세림은 팔짱을 낀 채 창밖을 바라보다 분홍색 워머를 끌어 올
렸다. 창에 비친 그녀의 얼굴에 생기가 없다. 차가워져 가는 날씨
에 지쳐 잎사귀를 모두 잃은 은행나무만큼.

우진이 횡단보도를 가로질러 커피숍으로 걸어오는 게 보인다.

"⋯⋯미안해, 오빠."

세림은 조금 곤란하게 웃었다. 방금까지 기대에 찬 표정을 짓던
우진도 애써 실망감을 감추며 안타깝다는 듯 마주 웃었다.

"내가 아직 누군가를 받아들이기엔 마음의 여유도, 준비도 안
돼 있는 것 같아. 지금 누군가를 만난다면 그건 내 의지와 상관없
이 응석 부리고 싶고, 기대고 싶은 거뿐이니까. 누군가를 만나더라
도 조금 더 시간이 지난 다음에 만나고 싶어."

"네 의지랑 상관없이 나한테 응석 부리고 기대도 상관없는
데⋯⋯. 그건 내 욕심이야?"

"만약 단순한 연애라면 오빠 제안에 솔깃해서 단번에 받아들였
을 거야. 지금 난, 누가 좀 잡아줬음 좋겠거든. 그런데 오빠가 결혼
을 전제로 만나자고 했잖아. 그렇다면 그런 만남은 애초에 오빠만
바라보고, 오직 오빠만 생각하고 시작하는 게 맞는 거니까⋯⋯ 그
러니까, 난 자격 미달이야."

그녀는 미안한 듯 어색하게 웃으며 대답했다. 우진은 무어라 말하면 좋을지 입을 달싹였다.

"내가 너무 성급했나 보다. 나한테 있어서는 네가 자격 1순위였으니까. 나름대로 먼저 선택권을 주고 싶었어."

"생각해 준 거 고마워."

"나야말로 솔직하게 말해줘서 고마워. 기대했던 대답이 아니라 좀 마음은 쓰리지만⋯⋯."

무슨 말인가 덧붙이려던 우진은 결국 입을 다물었다. 세림의 선택이 못내 아쉬운 듯 그의 입가에 쓴웃음이 걸린다.

"먼저, 일어나도 되지?"

"어? 어⋯⋯."

"어색해하지 말고. 우리 한두 해 봐?"

세림이 알겠다는 듯 고개를 끄덕였다. 우진은 간다, 인사하며 세림의 머리를 다정스럽게 쓰다듬어 주고 커피숍을 나섰다. 세림은 학교를 향해 걸어가는 그의 뒷모습을 눈으로 좇았다.

처음 알게 됐을 때부터 좋은 사람이었다. 다정하고, 다른 사람에게 마음 한쪽을 내어주는 것이 얼마나 따뜻한지 알게 해준 사람. 사실 우진의 옆에서 그의 고단함과 그가 혼자 느끼는 깊은 쓸쓸함을 어루만져 주고 싶었다. 하지만 지금 상태로는 그럴 자신이 없다. 난 아직 누군가를 챙길 수 있는 여유가 있는 사람이 아니니까. 장담하고 우진 옆에서 변해갈 수 있을 거란 다짐도 할 수 없으니까.

가끔은 내가, 서우진보다 훨씬 더 고독하고, 훨씬 더 외로움을 많이 느껴 버려 그를 외롭게 만들어 버릴 테니까.

세림은 한숨을 깊이 내쉬었다. 오랫동안 머리를 싸매게 하던 과제 하나를 끝마친 기분이었다.

❖　❖　❖

세림은 연구실 문을 잠그며 한숨을 푹 내쉬었다. 형광등 불빛이 하얗게 내려앉는 복도에 뽀얀 입김이 번진다. 코트를 여미며 사회과학관 건물 입구를 향해 걸었다. 또각, 또각, 복도에 번지는 힐 소리가 적막한 공간을 시리게 울린다.

밖으로 나오니 캠퍼스에 암청색 어둠이 내려앉아 있었다. 붉고 하얗게 빛나는 가로등과 건물의 불빛들이 크리스마스트리에 꾸며진 전구 같다. 11월도 한 주만을 남겨놓고 있었다. 이제는 볼에 닿는 공기가 제법 싸늘하다. 건물을 나오며 마주치는 학부생 아이들이 소리 높여 경쾌하게 인사하였다. 추운 날씨에도 생기 넘치는 목소리들이다.

"세림!"

세림은 자신을 부르는 목소리에 고개를 돌렸다. 차가운 바람결에도 맑고 또렷하다.

세상에.

눈동자가 동그랗게 커졌다. 경쾌한 솔 톤이 무척이나 매력적인, 미영이다.

"미영……!"

"세림, 보고 싶었어!"

미영은 주체하지 못하는 기쁨을 숨김없이 드러내며 뛸 듯이 달려와 와락 끌어안았다. 미영의 품에 안기자 낯설고도 그리운 체취가 코끝에 스며들었다. 괜히 눈가에 눈물이 맺히려 한다.

"잘 지냈어? 세상에, 너 왜 이렇게 말랐어?"

전보다 더 가늘어진 세림의 팔목을 만지며 미영이 놀란 듯 물었다. 세림은 조금 운 것 같은 얼굴로 미소를 보였다.

"나 보고 싶어서 밥도 못 먹었구나."

세림이 하하, 웃는다.

"너도 잘 지냈어?"

"그럼. 보고 싶었어."

"나두."

"우리 밥부터 먹으러 가자. 배고프다."

미영이 자신의 배를 만지며 세림의 손을 잡았다. 오랜 시간이 지났어도 미영은 어제 만난 사람처럼 활기 넘치고 익숙했다. 미영이 잡은 손이 새삼 반가워 자신도 맞잡아 힘주었다. 저도 모르게 찬바람이 스치는 입술에 웃음이 걸렸다.


학교 근처의 '순두부마을'은 맛집으로 소문나 있었다. 더 이상 아메리칸이고 이탈리안이고 느끼해서 못 먹겠다는 미영의 투덜거림에 세림이 안내한 곳이다. 주인아주머니가 오랜만에 왔다며 세림을 보고 넉살 좋게 알은체하였다. 친절함 넘치는 맞이를 받으며 두 사람이 좌식 테이블에 앉자 짙은 색감과 한국의 정이 가득 담긴 반찬들이 한 상 가득 채워진다. 영어고, 불어로 온갖 감탄사를 내뱉던 미영이 젓가락으로 콩나물 무침부터 집었다. 역시, 이 맛이야. 또다시 감탄한다.

반가움에 안부의 수다를 늘어놓는 사이 뚝배기에서 보글보글 끓는 순두부찌개가 두 사람 앞에 하나씩 놓여졌다. 얼큰한 순두부찌개 특유의 냄새에 미영은 침이 넘어가 얼른 수저를 들었다. 한 수저 입으로 넘기며 크으, 구수한 소리를 내자 주인아주머니가 음식 맛을 안다며 서비스로 탄산음료를 내주었다. 미영이 싹싹하게 감사의 인사를 하며 탄산음료를 따른 컵을 세림 앞에 먼저 놓아준다.

"은세림, 못 본 새에 더 예뻐졌다?"

"나보다 네가 더 예뻐졌네요. 얼굴 좋아 보인다."

"아니야, 얼굴이 좋아 보이긴. 매일 과제에, 빡빡하게 들어찬 수업에, 실습에. 눈물 날 만큼 잠도 못 자고, 피부 관리도 못 받고 얼마나 힘든데."

"그러고 보니까 지금 학기 중이잖아. 한국에 어떻게 들어왔어?"

"잠깐 들어왔어. 이시준 혼자 들어온 게 얄미워서. 나도 너 보고 싶은데."

미영이 잠시 입을 모았다. 세림을 보니 조용히 웃고 있다.

"Sorry. 나 눈치 없이 말실수했다. 너무 반가워서. 시준이 들어온 건 알지?"

"응, 좀 사건이 많았지."

두 사람이 실바람같이 웃는다. 순두부찌개를 한술 뜨던 미영이 세림을 보았다.

이시준 얘기로 떠든 게 괜히 미안하다.

"유정이도 너 보고 싶대."

"나도 보고 싶어. 현서는 잘 크고 있고?"

"응. 그런데 아빠가 박승범이라 진짜 말썽꾸러기야. 요전부터는 걷기 시작해서 난리래."

"귀엽겠다."

"귀엽지. 아빠 유전자가 아주 우성이라 유정이가 고생하는 거 빼면."

세림이 깔깔, 웃음을 터뜨렸다. 눈가에 그리움이 묻어 있다.

"태현이도 잘 지내고 있어?"

미영이 샐쭉한 얼굴로 뚝배기 속 수저를 괜히 휘휘 저었다. 눈치가 좋지 않다. 불만스럽게 입술을 오므리던 그녀는 토라진 듯한 눈으로 세림을 쳐다보았다.

"싸웠어."

그리고는 어린아이처럼 툭, 말을 뱉어낸다. 세림은 눈을 동그랗게 떴다.

"싸웠다고? 왜, 무슨 일 때문에?"

"이시준 한국 들어간단 얘기에 나도 너 보고 싶다고 잠깐 같이 갔다 오자고 했거든. 그랬더니 학기 중에 어딜 가냐는 거야. 우리 유학 오고서 정말 기계처럼 공부만 했다? 학기 중에도 과제, 방학에도 스터디. 진짜 토하는 줄 알았어. 그래, 한 사람의 생명을 살리는 의사가 된다는 게 쉽지 않은 건 알아. 그런데 꼭 이렇게 빡세게 해야 해?"

동의를 구하는 듯 미영이 눈을 큼지막하게 뜨자, 세림이 애매하게 웃었다.

"그럼 이시준 한국 들어갔으니까, 바람 쐴 겸 우리도 잠깐 어디가서 놀다 오자 했더니 그것도 안 된다잖아! 웃긴 게 또 뭔 줄 알아? 팀 프로젝트하는데 여자 후배들이 왜 이렇게 찔러대? 잘생긴 거 알아보는 건 만국공통이라니까! 열받아서 그 길로 몸만 왔어."

속사포처럼 말을 늘어놓는 미영을 보며 세림은 입을 다물 줄 몰랐다.

예나 지금이나 미영은 참 대단했다.

"잘했다고 해야 하는 거야, 나?"

"그러엄! 칭찬해 줘."

미영이 고개를 크게 주억거린다. 그 모습이 귀여워 세림은 웃고 말았다.

"잘했어. 그럼, 한국 온 거 다른 애들은 몰라?"

"이시준 정도면 한국 들어온 거 알아봐 줄 수 있겠지. 세림아, 우리 오늘 클럽 갈래? 아니, 가자!"

"클럽?"

"응, 나 진짜 놀고 싶어."

"태현이가 알면 어쩌려고?"

"알면, 뭐? 자기가 어떻게 할 건데? 여기까지 날아올 거야? 그리고 걔랑 나는 너무 오래 만났어. 일곱 살 때부터 20년이야! 그 얼굴은 이제 지겨워. 난 신선한 남자를 수혈받아야 해!"

세림은 입을 벌린 채 대답도 못했다.

"가자! 오늘 밤 불태우는 거야!"

미영의 눈에 불이 화르륵 타올랐다. 세림 혼자 감당이 되지 않았다.

❖　❖　❖

커피색 스타킹에 미니원피스를 입기에는 탁월한 날씨가 아니었다. 차에서 내리자마자 늦은 가을밤 치가운 바람이 연속적으로 불어왔다. 바람이 스타킹을 파고들며 맨살을 휘감을 때마다 닭살이 돋아났다. 거친 시멘트 바닥에 다리부터 미끄러지는 기분이었다.

식사를 마친 미영이 고상한 건 워스트 드레스 감이라며 기어이 세림을 데리고 로드숍을 돌아다녔다. 미영은 금색 소재의 타이트한 브이넥 민소매 랩셔링 원피스로, 세림은 오프 숄더의 기모 원단 검붉은색 꽃문양 레이스 원피스로 스타일링했다. 그러나 이걸로 부족했던지 미영은 각각 하얀색과 검정색의 인조 퍼 재킷에, 클러치백, 귀고리까지 풀 세팅을 시키고 나서야 만족스럽게 카드를 긁었다. 명의는 김태현이라고 했다.

"뭐 해? 들어가자."

미영이 세림의 손을 잡아끈다. 그녀는 긴 줄을 지나쳐 프런트에서 자신의 이름을 말하였다. 직원이 명단을 확인하더니 팔찌를 채워주고 안쪽으로 안내해 주었다.

클럽은 입구에서부터 온통 새카맸고, 진동하는 음악 소리에 심장이 쿵쿵 뛰었다. 안으로 들어갈수록 믹스된 일렉트로닉 음악이 점점 더 커져 고막을 멍멍하게 만들었다. 실내 곳곳에는 벌써부터 사람들이 가득 차 있었다. 직원이 바를 지나쳐 세팅된 테이블로 안내하였다. 환한 조명에 시야가 확 트인 멀지 않은 스탠딩에는 입을 벌어질 만큼 사람들이 한가득이다. 사람들이 음악과 사이키 조명과 미러볼에 현란하게 흔들린다. 개인 소지품을 보관하고 미영은 세림의 손을 붙잡아 사람들 사이를 헤치며 스탠딩으로 향했다. 스탠딩으로 향하는 도중에도 남자들이 손을 잡고 난리다. 미영이 남자의 손을 탁 내려치며 세림을 잡아끌었다.

클럽 안은 사람들의 열기와 환호와 함성과 음악으로 뒤엉켜 혼절할 것 같았다. 그 순간 냉각된 드라이아이스가 뿜어짐과 동시에 흰 종이들이 눈가루처럼 휘날리며 한꺼번에 쏟아져 내렸다. 금색 조명 아래 선 세림은 신기하단 얼굴로 손바닥을 활짝 폈다.


갑자기 2층 테이블이 소란스러워졌다. 업계의 유명 인사라면 모르는 사람이 없을 정도로 꿰뚫고 있는 이들은 시준과 태종대학교 병원 이사장의 차남 태현, 한울호텔리조트 사장의 차남 승범을 알아보고 소리 지르며 호들갑을 떨었다. 알지 못하는 사람들도 소란에 호기심 어린 눈길을 보내왔다.

"와, 이씨. 인간들 장난 아니게 많네. 여기서 이미영이랑 은세림을 어떻게 찾는다고?"

난간에 기대선 유정을 품에 안은 승범이 1층 스탠딩을 내려다보며 질색했다. 유정은 오랜만의 나들이에 즐거운 표정이었다. 그들 옆으로 시준이 다가와 옆에 섰다. 재킷과 타이를 벗어두고 슈트 팬츠에 흰 와이셔츠 차림이다. 그는 허리를 굽히며 난간에 기대었다. 확실히 스탠딩은 사람들로 장사진이었다.

"찾은 것 같은데."

시준의 옆에 선 태현이 1층 스탠딩 한곳을 손으로 가리켰다. 중간쯤 가드 두 명이 미영과 세림 근처에 서서 손을 들었다. 미영은 리듬과 한 몸이었고, 세림은 어정쩡하게 움직이고 있었다. 승범이 푸하하, 웃음을 터뜨렸다.

"이미영, 아직 안 죽었네. 은세림, 쟨 통나무냐?"

시준과 태현이 동시에 승범을 쳐다보았다. 두 사람의 눈길에 유정이 팔꿈치로 승범을 툭, 친다. 승범은 헛기침하며 입을 다물었다.

시간이 지날수록 클럽 안의 열기는 가히 폭발적이었다. 새벽 1시 이후를 기점으로 사람들은 점점 더 많아졌고, 절정을 향해 달려가는 스테이지 DJ의 디제잉도 열기에 한몫 더했다. 어지러이 흔들리는 조명. 입에 물린 담배에서 유려하게 흩어지는 담배 연기. 시각을 자극하는 짙은 개성의 사람들. 어정쩡하게 있던 세림도 낯선 공간의 타인들에 섞여 동화되어 갔다. 시선을 자유롭게 움직이는 사이, 미영이 사라진 줄도, 미영이 서 있어야 할 자리에 낯선 남자가 바짝 와 있는 줄도 몰랐다. 세림이 놀라 반걸음 뒤로 물러서며 고개를 들어 올렸다.

이시준?

세림은 눈을 동그랗게 뜨며 뒷걸음질치다 그가 뻗은 손에 어깨를 잡혔다. 잡힌 어깨에 그의 뜨거운 체온이 파고들었다. 그가 빙긋 웃으며 몸을 숙인다. 세림은 본능적으로 몸을 뒤로 피했다. 파묻힌 사람들 속에 그와 단둘이다. 다시 그를 돌아본다. 여전히 웃고 있고, 여전히 잡혀 있는 어깨에 체온이 더해졌다. 얼굴이 달아오른다. 방금과는 별개로 가슴이 뛰기 시작했다.

익숙해져도, 여기는 모든 게 정신없다.

"너 여기 왜 왔어? 춤도 못 추는 애가."

시준이 외치듯 세림의 귓가에 대고 물었다. 기막힌 듯 그를 쳐다보는 세림의 눈초리가 한껏 날이 서 있다.

"춤 못 추는 사람은 오면 안 돼?"

"어, 안 돼. 안구공해야. 통나무가 혼자 꿈틀거리는데 눈이 즐겁겠어?"

세림은 어이가 없다는 표정이다.

"그러고 보면 은세림, 안구공해법 참 많이 위반해. 섹시하지도 않은데 죽어라 입는 핫팬츠며, 미니원피스며. 겨우 꿈틀거리면서 클럽 오는 거며."

"……"

"이거 중죄범 수준이야. 딱지라도 잔뜩 끊어서 안겨줘야 할 판이네."

"미친."

세림은 거칠게 쏘아붙이고는 망설임 없이 몸을 돌렸다.

이시준이 온 걸 보면 설마 태현이도 미영이를 따라왔다는 얘긴가. 주위를 두리번거리며 휴대전화를 귓가에 대었다. 착신음이 울리는 사이 미영을 찾는데 시준의 주변으로 여자들이 몰리고 있었다. 여자들은 골목길 밤고양이들처럼 요염한 움직임으로 그와 함께하기를 원했다. 그녀들을 보자니 자신이 안구공해긴 한 것 같단 생각이 불현듯 든다. 입술을 비죽이는데 이시준의 눈과 곧게 마주쳤다. 눈동자에 장난기가 서린다. 그가 입꼬리를 밀어 올리며 보란 듯 품에 안기는 여자의 허리를 손으로 감았다. 눈매를 가늘어뜨리며 고개를 돌려 버렸다. 관자놀이가 지끈거린다. 음악은 점점 신나고 미영은 전화 받을 생각이 없는 듯하였다. 한숨을 내쉬며 종료버튼을 누르던 순간, 눈동자가 경직되었다. 등 뒤로 누군가의 몸이 지나치게 밀착된 것이 느껴졌다. 뒤를 돌아보니 웬 남자가 몸을 움직이며 배를 두 손으로 감싸 안았다. 그대로 돌부처가 될 지경이었다.

세림이 심호흡하며 밀착된 몸을 떨어뜨리려 하는데, 또 다른 손이 그녀의 몸을 거칠게 끌어당겼다. 세림은 남자의 품에 얼굴을 묻었다. 그녀가 얼른 고개를 들었다. 이시준이다. 이시준의 굳은 얼굴이 세림의 눈에 단단히 와 박혔다. 시준은 푸르게 날 선 눈동자로 누군가를 쳐다보고 있었다. 등 뒤에서 남자의 고통에 찬 신음 소리가 들렸다. 다시 뒤를 돌아보니 남자의 손이 시준에게 붙잡혀 뒤로 꺾였다.

"뭐 하는 거야! 그만둬!"

세림은 만류하듯 시준의 팔을 붙잡았다. 시준의 찬 눈빛이 그녀를 향했다. 그 눈빛에 세림은 덜컥 겁이 났다. 시준이 손을 놓자, 남자는 온갖 욕설을 퍼부으면서도 기세에 눌렸는지 더는 덤비지 않고 그대로 자리를 떴다.

"클럽 처음 와봐? 얼굴이 왜 그따위야. 촌스러운 표정 집어치워."

세림은 아랫입술을 깨물며 시준의 팔을 놓았다.

"분위기 좋았어. 네가 쓸데없이 끼어든 거야."

그녀가 지지 않고 쏘아대자 시준은 허, 황당한 웃음을 터뜨렸다.

"진짜 분위기 좋은 게 뭔지, 가르쳐 줘?"

"뭐?"

시준은 다짜고짜 세림의 손을 잡아끌었다. 사람들이 점점 많아져 발을 디딜 틈도, 한 사람이 움직이기에도 벅차다.

"이, 이거 놔! 뭐 하는 건데!"

어느 한 지점에서 걸음을 멈춘 시준이 세림을 끌어 품에 안았다.

심장이, 부푼다.

인파에 파묻혀 한 사람이 몸을 가누고 서 있기에도 비좁은 곳이었다. 세림이 시준을 있는 힘껏 밀어냈지만, 그는 꼼짝도 하지 않았다.

심장 소리가 음악보다 더 커진다.

"그거 알아? 클럽에서 분위기 좋은 곳 찾으려면 움직일 수 없을 만큼 사람들로 꽉 찬 데로 와. 원한다면 어떤 여자나 남자를 끌어안아도 문제되지 않는 곳이거든, 우리처럼."

시준이 귓가에 속삭이며 말끝을 느릿하게 끌었다. 그의 뜨거운 입김에 얼굴이 달아오르고, 주먹 쥔 손에 땀이 배었다. 너무나도 익숙한 시준의 넓은 품, 따뜻한 체온, 그의 체취. 눈을 질끈 감아버렸다. 푹신한 베개를 베고 이불을 한껏 끌어 올려 잠들었을 때와 같은 달콤함. 이대로 시간이 멈추었으면. 언제까지고 안겨 그의 품을 한껏 파고들고 싶다는 순수한 열망이 심장을 메마르게 만들었다. 전신으로 뻗어 나가려는 위험한 감정의 줄기를 잘라내야 했다. 뿌리 박혀 자라기 전에.

세림은 몸을 비틀어 그의 품에서 벗어났다. 입구까지 단숨에, 인파를 헤치며 미로를 빠져나가는 사람처럼 정신없이 걸어 나왔다.

심해에 내던져진 듯, 짙은 늦가을 밤 차가운 바람에 젖어간다. 입구를 나서자마자 다리에 힘이 풀렸다. 결국 몇 걸음 가지 못하고 가로수를 붙잡은 채 주저앉았다. 가슴 자락을 쥐며 차오른 숨을 고른다. 떨리는 숨이 공기 중에 흔적 없이 사라지고 만다. 그의 품을 벗어난 세상은 몹시 추웠다. 떨쳐 낼 수 없는 한기가 밀려와 오한이 들었다. 양팔로 어깨를 감쌌다. 그때, 사람의 체온으로 덥혀진 무언가가 어깨에 걸쳐졌다. 무언가 확인할 새도 없이 팔이 잡혀 일으켜 세워진다.

"가, 데려다 줄게."

역시나, 이시준.

"됐어. 혼자 갈 수 있어."

오한은 좀처럼 가시지 않는다. 눈앞이 어지러운 것 같기도 하였다. 술을 너무 많이 마신 탓이었다.

"고집부리지 마. 네 짐 내 차에 있어."

"그게 왜 너한테 있어?"

시준은 대답 없이 세림의 손목을 잡아끌었다.

"놔! 이거 안 놔? 놓으라고!"

"이 자리에서 납치당하고 싶지 않으면 조용히 따라와. 가족이고 친구고 평생 못 보는 수가 있어."

"……."

"협박인 것 같아?"

시리게 변한 그의 눈동자와 비틀림이 담긴 말투. 그조차도 열망의 덩어리가 되어 달려들고 싶다면 미친 짓일까. 두 눈을 꾹 감았다. 꿈이었으면, 서 있는 이곳이 꿈속이라면. 해서 감았던 눈을 뜬 순간 아침이기를. 모든 기억이 새하얗게 지워져 버린 투명한 아침. 보이는 것은 하얀 햇살이 비쳐 들어오는 방일.

집으로 가는 차 안은 무거운 적막함뿐이었다. 보조석 창에 시준의 실루엣이 어른거렸다. 심란한 숨을 뱉어내며 시선을 반쯤 비킨다. 전화가 울렸다. 미영이다. 이렇게 될 줄 몰랐다며 미안하다는 미영에게 반쯤 낮은 목소리로, 그러나 밝음을 잃지 않고 괜찮다 하였다. 미영은 방학을 하면 다시 올 것이란 얘기와 함께 유정에게 전화를 넘겼다. 유정과 반가운 인사를 나누고 만나지 못한 아쉬움은 다음으로 미뤘다.

엔진음마저 소거된 차 안에 울리는 것이라곤 세림의 낮은 음성뿐이었다.


시준의 새카만 세단이 아파트 단지에 멈춰 섰다. 차에서 내린 세림은 차 문을 붙잡고, 마찬가지로 운전석에서 내리는 시준을 바라보았다. 그가 거센 소리가 나도록 문을 힘껏 닫고는 세림 쪽으로 성큼성큼 걸어왔다. 근사한 이마가 보기 좋게 구겨져 있다.

화내지 마.

더 이상 다가오지도 마. 거기서 그냥 멈춰 서줘.

바람과는 달리 시준은 세림의 바로 앞에 우뚝 섰다. 차 문을 잡고 있는 세림의 손에 힘이 들어갔다. 그녀는 조용히 문을 닫으며 시준의 시선을 피했다. 심장이 얼얼해진다. 술에 만취했던 밤의 꿈처럼, 아스라했던 순간의 그와는 전혀 다른 얼굴이다. 널을 뛰는 심장이 주체가 되지 않는다.

"데려다 줘서 고마워."

"그딴 얘기나 듣자고 데려다 준 거 아니야."

"들어가."

집으로 가기 위해 발길을 돌렸다. 시준이 앞을 가로막는다. 그를 피해 달리 움직이면 또다시 같은 방향으로 앞을 가로막는다. 황당한 얼굴로 그를 올려다보았다. 시준은 여전히 험악했다. 눈동자에 화가 고스란히 드러나 있었다.

세림은 모른 척하고 싶을 뿐이었다.

"왜 이러는데. 그만해. 나 힘들어. 들어가서 쉬고 싶어."

"너야말로 이러는 이유가 뭐야."

그는 으르렁거리듯 낮게 말했다.

"뭐가."

"우리 완전히 끝난 거 아니었어."

눈동자에 힘이 풀렸다. 중심을 잃은 시선이 허공에 툭, 떨어져 갈피를 못 잡는다.

"너도 아직까지 나잖아. 나 아니면 누구도 안 되잖아!"

그녀는 숨을 삼키며 눈을 감았다 떴다. 정신을 차리려는 듯, 초점을 찾으려는 듯 가늘어진 눈매가 한 점을 응시하였다.

"아니…… 그런 건 상관없어."

"……."

"그때, 6년 전에 우리 완전히 끝난 거 맞아."

차고 단호한 대답에 시준은 세림의 턱을 잡아 올렸다. 그녀의 쌍꺼풀진 순한 눈이 놀라 더없이 동그래졌다.

"내 눈 똑바로 보고 얘기해."

잘 다듬어진 칼날의 끝처럼 예리함이 선연히 살아 있는 눈빛. 그 눈빛 하나로 때론 호기심 많은 순수한 소년이 되기도, 때론 염세적이고 냉소적인, 은폐된 상처를 지닌 사춘기 남학생같이, 때론 업무 전반을 주도함에 망설임 없는 어른남자가 되기도 하는 사람. 그러나 지금, 거짓은 모조리 짓밟아주리라는 경고를 보이듯 어떤 자비나 관용도 찾아볼 수 없다. 머릿속 생각이 그에게 읽혀 버릴 것 같다. 손으로 그의 눈을 가리고 싶었다.

"우리 둘 다 어렸고, 그 나이 때 누구나 할 수 있던 연애였어."

"은세림!"

직접적인 대답을 피하는 세림에게 시준이 버럭 소리 질렀다. 그러나 세림은 고개를 치우며 기세에 눌리지 않고 똑바로 말을 잇는다.

"겨우 어린 날 잠깐 했던 연애였다고. 그런데 누가 네 옆에서 안 떨어질까 봐, 네 약혼녀며 네 형이 찾아와서 하던 협박, 아직도 안 잊혀. 내가 왜 누굴 좋아한다는 사실만으로 그런 대접을 받아야 하는데? 화났어. 내 자신이 초라했다고! 그런 귀한 집 아드님을 내가 어떻게 또 건드릴 수 있겠어? 상당히 양심 없는 짓, 아니겠니?"

이럴 생각이 아니었다. 절대 하고 싶지 않았던 말. 양날의 칼이 되어 시준의 심장도, 제 심장도 가차 없이 도려냈다. 빈정거리기까지 하니 최악이다.

그러나 세림은 결심한 듯 마음을 굳혔다.

"그러니까 너도 그만해. 내가 원래 좀 늦되잖아. 영우도 시간 지나니까 편한 친구 되더라. 혹시 내가 술 취해서 했던 행동 때문에 이러는 거면, 그럴 필요 없어. 술 취하면 누구나 다 한 번쯤 그런 어이없는 실수하잖아."

이렇게 말해도 될까. 상처가 되진 않을까.

한편으론 상처받았으면 좋겠다고 생각했다. 다른 여자가 아닌 자신 때문에 아팠으면 좋겠다고 생각했다. 고통에 허덕이며 괴로움을 호소했으면 좋겠다. 그래서 제멋대로 말을 뱉어내는 제 입을 틀어막고 싶어도 그럴 수가 없었다. 그렇게 하기 싫었다.

너는, 이런 내가 싫어질 테지.

"진심이야?"

"진심이야. 한편으론 고마워. 누가 그런 말을 했어. 살면서 터질 만큼 사랑해 보는 거 흔한 일 아니라고. 그냥 그런 경험도 해봤다, 한때 타오르던 사랑의 기억 안고 사는 거래."

"그만해."

"그리고 결혼은 그냥 심심한 사람하고, 심심하게 하는 게 제일 좋고 행복한 거라고. 맞는 말인 것 같아. 나 그런 경험하게 해줘서 고마워. 즐겁고 재밌었어. 상처도 받았지만, 누가 연애하면 서……."

"그만하라고!"

시준은 말허리를 자르며 세림의 입술을 짓눌렀다. 세림이 고개를 흔들며 입술을 떼어내려 했지만, 얼굴을 잡고 있는 양손의 완고한 힘을 뿌리칠 수가 없었다. 손에 들린 쇼핑백들로 그를 쳐보아도 마찬가지였다. 급기야 세림은 시준의 입술을 깨물었다. 그럼에도 그는 멈추지 않았다.

비릿한 피 맛이 입안에 들이친다. 오래도록 망각하고 있던 그의 입술 맛이 깨어났다.

여름 바람과 같던 싱그러움,

바람 냄새,

햇볕보다 더 뜨거웠던 눈동자,

초콜릿 원액처럼 달콤한 키스.

녹지 않는 초콜릿 덩어리처럼 목에 걸린 그리움이 절망적일 정도로 부피를 키워갔다.

그가 입술을 떼자, 세림은 숨을 몰아쉬며 그를 노려보았다. 잠재워 두었던 모든 여름날의 기억이 감당할 수 없을 만큼 덮쳐 왔다.

시준은 세림의 그런 아픔 따윈 개의치 않았다. 오히려 정확히 시선을 맞추며 입술에서 나는 피를 손으로 담담히 닦아내고, 다시 그녀의 아랫입술을 삼킬 뿐이었다.

죄의식 없는 냉담한 눈동자. 그 눈동자가 잔인하게 가슴을 후벼 팠다. 참을 수 없이 화가 나 핸드백으로 그의 가슴을 후려쳤다. 그러나 곧 시준에게 팔이 잡혀 가뿐히 제지당하고 만다. 무력감과 원망스러움이 한꺼번에 닥쳐왔다. 눈물이 떨어진다.

"그런 눈으로 쳐다보지 마. 그냥 그런 경험도 해봤다, 한때 타오르던 사랑의 기억 안고 사는 거라고? 어느 순간 털어냈어?"

시준은 숨김없이 조소했다.

"누가 한 헛소리기에 그렇게 감동받아 읊기도 정성 들여 읊어? 까불지 마. 우리 아직 안 끝났어. 내가 안 끝났는데 감히 누구 마음대로 끝을 내? 그렇겐 못해. 난 태어난 순간부터 지금까지 내가 갖고 싶은 건 단 한 번도 못 가져 본 적이 없어. 그러니까 너도 내 손에 들어올 때까지 우린 끝난 게 아니야."

"너…… 정말 미쳤니? 돌았어?"

"미쳤어, 돌았다고 했잖아. 제정신 아닌 지 오래야. 난 널 잃은 순간부터 미치광이고 개였어. 그러니까 너도 같이 미쳐. 제정신이고 싶으면 내 목줄을 잡든지. 하나는 선택해. 봐주는 건 여기까지야."

세림은 입술을 앙다물었다. 차오르는 분 때문인지, 일방적으로 당한 굴욕 때문인지 몸이 파들파들 떨렸다.

"겨우 어린 날 잠깐 했던 연애? 넌 평생 가도 나 못 털어내. 그런 대접 받아서 당연히 화났겠지, 열받았겠지, 개 같았겠지. 어렸으니까 더. 이해 못하는 거 아니야. 그런데 나랑 만나면 그런 일 생길 수도 있을 거란 거, 그 정도 감수해야 한다는 거, 몰랐어? 나라고 손 놓고 구경만 하진 않을 테니까 겨우 그 정도 문제로 이러는 거면 그만 투정부려."

세림은 기가 차 거친 숨을 내뱉었다.

"진심으로 내가 행복하길 원해? 그럼 그냥 내 옆에 있어. 이젠 네 의사 따위 중요하지 않단 얘기야. 어차피 애초부터 네 마음 얻자고 시작한 거 아니었어. 원망하려거든 내 인생에 발 들여놓은 너를 원망해."

시준은 내던지듯 세림의 팔을 놓았다. 그가 그대로 돌아서 차에 오른다. 차는 거칠게 방향을 틀어 도로로 미끄러지듯 빠졌다.

심장이 뭉개진다, 소리도 없이. 눈물이 뚝뚝, 떨어졌다. 손을 들어 볼을 타고 흐르는 눈물을 닦아냈다. 눈물자국이 번진 뺨에 가을 밤 바람이 내려앉아 차가웠다. 흘러오는 바람에 뜨거워진 눈가와 눈물과 머리와 심장을 식혔다.

내 운명은 정말 어디서부터 발을 잘못 들여놓았기에 우리를 힘들게 하는 걸까. 다이어리를 잃어버렸던 날이었나. 널 처음 만났던 그 커피숍이었을까. 다른 공간에서 나타난 것만 같던 그날, 그 커피숍에서였나. 생각해 보면 넌 단 한 번도 앞뒤 가리지 않고 달려와 줬어. 나도 모두 다 내던져 버리고 너한테 달려가 버릴까. 너만 생각할까.

잠깐 동안만 미쳐 버리면 얼마나 널 꿈꿀 수 있는 걸까.

❖　❖　❖

세림은 주말 내내 동면하는 고슴도치가 되어 침대에서 벗어나지 않았다. 베개에 머리를 묻고, 이불을 턱밑까지 끌어당겨 낮에도 밤에도 잠을 청했다. 감기에 미열이 겹쳐 그러지 않고는 주말을 보낼 수 없었다. 쌀쌀한 날씨에 젊은 혈기만 믿고 미니원피스를 입었던 게 화근이었다. 아니, 그보다는 체력을 탓해야 하는 건가. 어쨌든 어깨를 감싸는 가볍고도 포근한 이불의 촉감을 느끼며 맘껏 단잠에 빠졌다.

잠은 늪처럼 깊고, 해수면처럼 고요하였다.

월요일 아침, 알람 소리보다 먼저 눈을 떴다. 일어나자마자 욕실로 들어가 온수로 샤워했다. 코 막힘은 여전했지만 몸은 한결 가벼웠다. 지난 금요일 밤의 일이 모두 꿈 같았다. 정말, 꿈이 되어버린 걸까. 고개를 숙였다. 물줄기가 이마를 따라 콧등에서 코끝으로 모여 바닥으로 떨어졌다.

시간이 되지 않았지만 세림은 일찍부터 부지런을 떨며 준비를 마치고 집을 나섰다. 찬 이슬 머금은 말간 가을의 끝자락 아침 햇살이 단지에 부시도록 떨어진다. 파랗게 물든 정갈한 공기도 입으로 깊이 들이마셨다. 개운하였다. 북적이는 지하철에 몸을 싣고 썰물에 밀린 바다 생물처럼 역 앞에 내려졌다. 사회과학대학 건물로 향하는 발걸음마다 아침 햇살이 경쾌하게 따라붙는다. 연구실 문을 열고 아침 공기를 들이려 창을 열었다. 역광을 받은 연구실에 미풍을 거스르지 못한 먼지들이 춤추듯 움직인다. 가습기에 깨끗한 물을 채우고, 서양 난 화분에 물 주는 것도 잊지 않았다. 도윤이는 며칠째 통 보이질 않는다. 실내를 대강 정리하고 책상 앞에 앉아 제본 뜬 논문을 펼쳤다. 마른기침을 몇 번 내뱉는 와중에 전화

벨이 울렸다.

수화기를 귓가에 대고 얼마 지나지 않아 세림의 눈빛이 굳어졌다.

❖ ❖ ❖

커피숍이 눈앞에 보이자 재촉하던 발걸음을 천천히 늦추었다. 분홍색 워머를 턱 밑까지 끌어 올리며 심호흡하고 다시 걸음을 떼었다. 커피숍 문을 열자 어서 오세요, 라고 하는 직원의 목소리가 들려왔다. 세림의 눈길이 커피숍을 빠르게 돌아다니다 한곳에 멈춘다. 살짝 쥔 손에 힘이 들어갔다.

"중요한 얘기 나누기에 적합한 장소는 아니지 않나요?"

세림이 자리에 앉자마자 그녀가 날 선 목소리로 말했다.

임하은.

지금 이시준의 연인이자 단 하나뿐인 시준의 평생 배우자가 될 여자. 6년 동안 자신이 변한 만큼 이 애도 달리 변해 있었다. 전보다 더 접근하기 힘든 분위기를 가지고.

"정확한 직업인이라고 할 순 없지만, 나 일 많아요. 끌려 다닐 시간 없으니까 간단하게 끝내요."

"시준 오빠, 다시 만난다면서요."

"오해예요. 캠페인 때문에 일하면서 몇 번 마주친 거예요."

"정말 앙큼하네. 어떻게 그런 뻔뻔한 거짓말을 할 수가 있지? 하긴, 남의 남자 뺏으려면 그런 뻔뻔함은 있어야지."

"뭐라고요?"

임하은은 숄더백에서 사진 뭉치가 든 비닐을 테이블에 던졌다. 불투명한 비닐 너머 사진 속에 시준의 품에 손을 넣고 있는 자신이 있었다. 아마 광고 콘셉트 오리엔테이션 때일 것이리라. 순식간에 몸이 굳어지는 듯했다. 자신을 다잡기 위해 손을 꾹 쥐었다. 손바닥에 땀이 배기 시작한다.

"할 말 있으면 어디 한번 해봐요."

한번 들어보고 관용을 베풀어주겠다는 듯, 하은은 우아한 귀부인처럼 나긋하게 읊조렸다. 그 음성이 고상하기까지 하다. 세림은 목소리가 흐트러지지 않게 담담해지려 톤을 낮추었다.

"이렇게 단편적인 걸로 몰아세우지 마요. 이건 억지예요. 전후 사정 다 잘라 먹고 오해될 만한 사진들 앞세워 이러는 거, 명백한 억지예요."

"그래서 이 사진들이 사실을 하나라도 왜곡한 게, 있나……?"

하은이 차분한 손길로 사진들을 한 장, 한 장 꺼내 테이블에 놓았다. 마지막 한 장은 건네주듯 하며 세림의 바로 앞에 두었다. 세림은 심장이 곤두박질쳤다. 마지막 사진에는 시준과 세림의 격한 키스 장면이 포착돼 있었다.

사진들은 사실을 왜곡하지 않았다. 있는 그대로를 여실히 보여주고 있을 뿐이다.

술에 취해 시준에게 안겨 있는 자신도, 시준이 준 차를 타고 드라이브하고 있는 자신도, 클럽 앞에서 시준의 재킷을 걸치고 있는 자신도, 그의 차에 오르는 자신도, 그와 키스를 했던 자신도……. 사실을 왜곡한 것은 없었다. 그렇다고 해서 일방적인 이시준의 잘못이라 탓하고, 책임을 전가시키고 싶진 않았다. 잠시나마 옭아매는 현실을 뿌리치고 시준에게 달려들고 싶다는 생각을 했었으니까.

"어떻게 헤어졌든, 오빠랑 헤어졌으면 정리를 제대로 했어야지. 몇 번 마주쳤다고 하면서 오빠 흔들리게 여지를 남거둬? 당신이 지금 얼마나 대단한 짓을 저질렀는지 알기나 해?"

헤집어진 마음을 여미는 게 힘들었다. 아파하는 건 나 혼자면 되는 줄 알았다. 그리워하는 건 나 혼자만 하면, 그건 오로지 내 몫이라고, 그 정도는 너한테 아무런 해가 되지 않을 줄 알았는데, 그게 아니었나 보다.

그게 큰 죄였나 보다.

"당신 아버지, 명예퇴직하고 중소 가방회사 상무이사 된 지 이제 1년 됐나?"

세림은 떨리는 눈길을 힘겹게 들어 올렸다.

"최근에 우리 계열사 의류 브랜드에서 가방 제작을 부탁했어. 그리고 어제, 우리가 가죽을 직접 이탈리아에서 공수해 보냈지. 루이비통에 공급하는 업체라 가격이 엄청 비싸더라구. 그런데 그 가죽이 작업 중반에 합성피혁으로 바뀔 거야. 그 일에 대한 책임자는 당신 아버지가 될 거고."

온몸에 핏기가 가시고, 심장박동이 빨라졌다.

"그리고 당신 언니, 어디가 아프단 얘길 들었어. 불치병…… 이었나? 지금은 건강한 걸로 알고 있는데, 평생 약 달고 살아야 하잖아. 남자친구는 그 사실 알아? 남자친구가 피부과 닥터라며? 닥터들이 가족 중에 아픈 사람 있는 거 꺼려한다는 걸 모르나 봐."

이 말도 안 되는 억지에 아무리 항변해 봤자 돌아오는 건 화살뿐이라는 걸 깨달았다. 조각조각 난 상처가 독극물처럼 전신으로 빠르게 퍼지며 경험해 보지 못한 순수한 분노를 일깨웠다. 이시준을 아직까지 정리 못한 자신에게도, 태생부터 대단한 이력을 지닌 그에게도, 그 남자의 옆에서 애정을 갈구하는 임하은과 지금의 상황과 가족에 대한 말할 수 없는 처절한 연민이 속에서 어지러이 뒤엉켜 목구멍까지 맹렬하게 치받았다.

"그래서…… 나한테 보여주고 싶은 게 뭔데. 사람의 도리라고는 찾아볼 수 없는 여자의 목숨 건 사랑에 대한 복수극? 그로 인한 나의 좌절, 절망? 사탕 달라고 떼쓰는 어린애는 안쓰럽기라도 하지. 당신은 치졸하고 우스워. 더럽고 야비해. 내 가족을 들먹이면서 협박해? 그래, 그럼 어디 한번 해봐. 나도 이시준 능력 좀 확인해 보게. 제 입으로 만날 잘난 남자라고 하는데 이참에 얼마나 잘난 놈인지 구경 좀 해보려고. 말만 번지레한 거면 갖다 버려야지."

"당신 지금 제정신으로 하는 말이야?"

세림은 쏘아대는 하은을 무시한 채 휴대전화를 꺼내 어딘가로 전화를 걸었다. 그런 그녀를 하은이 기막히다는 표정으로 쳐다보았다.

"너 뭐야, 뭐 하는 놈이야? 네가 손 놓고 구경만 하진 않을 거라고 말했던 게 지금 일주일이 됐니, 열흘이 됐니? 내 눈앞에 앉아 있는 여자 제대로 해결해. 안 그러면 앞으로 나 만날 생각……."

임하은이 캡 뚜껑을 열어 세림의 얼굴에 커피를 뿌리고는 전화기를 뺏어 집어 던졌다. 세림은 전화기를 잡고 있던 그 자세 그대로 두 눈을 질끈 감는다. 아직 뜨거운 감은 있었지만 얼굴이 델 정도는 아니었다.

"감히 네가…… 이런 발칙한 짓을 하고서도 무사할 거라고 생각해? 비겁해? 치졸하고 우스워? 그게 아니라 겁나겠지, 무섭겠지. 차라리 내 다리라도 붙잡고 매달리면서 눈물이라도 흘려보지 그랬어. 울고 붐면서 자존심 너덜너덜해진 때까지 신파 한번 찍어보지 그랬냐고! 왜, 그건 싫어? 없는 자존심 지켜가면서 그러는 것도 참 능력이야. 이시준을 갖는다는 건 그런 것도 감수해야 한다는 거야!"

그때였다. 이번엔 하은의 얼굴에 얼음 섞인 찬 음료가 뿌려졌다.

"네가 임하은이냐? 그 잘난 이시준 약혼녀?"

세림이 뒤를 돌아보았다. 도윤이다. 그가 세림의 팔을 붙잡고 자리에서 일으켜 세웠다.

"협박 중이야? 어디서 쌍팔년도 구닥다리 치정물 찍고 있냐. 꺼져. 은세림 앞에 다신 얼씬거리지 마. 그쪽만 배경이 든든한 게 아니거든. 이쪽도 인맥 활용하면 당신 하나 망신 주는 거쯤 어렵지 않단 얘기야."

어디에서 나타났는지 하은의 옆에도 남자가 달려와 얼굴에 묻은 음료를 닦아냈다. 하은은 분을 참지 못하고 도윤을 노려보았다. 도윤은 눈길도 주지 않고 휴대전화를 주워 세림을 부축해 커피숍을 빠져나갔다.


도윤은 커피숍 건물 화장실로 세림을 데리고 들어가 휴지로 얼굴이며 옷에 묻은 커피를 닦아냈다. 그가 세림을 살핀다. 하얗게 안색이 변한 세림은 담담하게 자신을 다잡고 있었다.

"괜찮아?"

"괜찮아. 고마워."

"이 꼴을 하고 괜찮긴 뭐가 괜찮아!"

"조용히 해. 당장에라도 소리 지르고 싶은 사람은 나야."

세림은 단호하게, 그러나 떨리는 목소리를 감추지 못하며 대꾸했다. 그녀가 세면대 수도 레버를 올린다. 도윤은 화가 나기라도 한 듯 세림을 거칠게 돌려 와락 껴안았다. 세림이 눈을 동그랗게 뜬다.

덜덜 떨리는 찬 몸이 그의 품에서 금세 녹아든다. 저도 모르게 맥이 탁, 풀렸다. 눈을 감으며 도윤에게 몸을 기댄다.

그저 이 순간 누군가의 따뜻한 체온이 필요했다.

"내가 잘못했어. 아프지 마. 그냥 힘든 거 하지 마, 세림아."

눈물도, 나오지 않았다.

❖   ❖   ❖

〈더 이상의 상황은 없었던 것 같습니다. 제가 은세림 씨 귀갓길까지 따라붙겠습니다.〉

시준은 담배 끝에 불을 붙이며 귓가에서 휴대전화를 떼어냈다. 담배를 천천히, 깊게 빨아들이다 왼편으로 시선을 틀었다. 벽면에 뉴욕, LA, 도하 등 해외 주요 도시의 시간이 맞춰진 시계들이 걸려 있었다. 그는 홈 버튼을 눌러 번호를 찍고 통화를 시도했다. 몇 번의 착신음 끝에 상대와 연결된다. 담배 끝에서 연기가 꼬리를 그리듯 위로 향한다.

「어, 나야. 시작하기 전에 임하은한테 선물을 주려고. 아니, 내

235

일 조간신문 통해서.」

그는 손가락 사이에 담배를 끼워 입술에서 떼어냈다. 한숨같이 뱉어낸 연기가 물살처럼 공중에 퍼졌다. 그가 책상에 어지럽게 널린 서류들 중 하나를 골라내 눈높이까지 들었다.

「임하은이 주목받고 싶어 발버둥 치는 깃 같아서. 소원대로 사람들 모여들면 좋아하겠지.」

그의 음성에는 감정도, 온도도 없었다. 눈동자는 북극의 창백한 겨울밤을 집어삼킨 듯 새카맣다. 상대의 대답을 듣고 통화를 마친 시준은 재떨이에 담배를 비벼 껐다. 그는 몇 분 전과 다름없이 서류에 작성된 크리스마스 이벤트 진행 상황을 눈으로 훑은 후 서명하여 마무리 지었다.

❖　❖　❖

재상패션트렌드, 주주권 행사로 대표이사 등 부실 경영진 교체……. 하루아침에 무슨 일 있었나.

11월 26일 저녁 6시, 재상 계열사 중 하나인 '재상패션트렌드'는 담합한 소액주주들로부터 경영진 교체에 관한 요청을 받았다. 작년 3분기 57억 원의 영업손실을 내고, 4분기 79억 원, 올해 1분기 86억 원을 넘겨 적자 전환을 했으며 2분기에 호조를 보였으나, 3분기에 다시 90억 원으로 지난 1년간 총 312억여 원의 적자를 냈다. 2012년에 들어선 재상 계열사의 전체 매출액 중 채 20%도 차지하지 못했으며, 주가마저 하락했다. 또한 사장단 중 일부가 불법 비자금 조성 및 개인자산 증식 등에 몰두했다는 이유를 들어 거래의 여지없이 최대 주주 교체를 요청했다.

선봉에는 2009년 8월 출범해 금융투자회사로 성장 가도를 달리는 사모펀드 운용사 헤센그룹이 있었다. '재상패션트렌드'는 비상사태가, 골머리를 앓고 있던 재상은 난감한 상황에 맞닥뜨리게 됐다. '재상패션트렌드'가 지난 1년간 매출 하락뿐만 아니라 부채비율까지 늘어나 이미 매각 관련한 논의가 있었던 것이다. 그러나 기업의 한 축이자 적자 금액을 뺀 2조 원에 달하는 패션사업을 정리한다는 것이 쉬운 결정이 아니었다. 이에 '재상패션트렌드'는 거래를 요청하였으나 헤센 외는 이를 거부했다고 전해진다.

11월 27일 아침 8시 30분, '재상패션트렌드' 사옥으로 주주들이 모여들었다. 임시주주총회의가 급히 열렸고, 과반수 의결권을 확보한 헤센 외 담합주주들에 의해 '재상패션트렌드'는 최대주주인 임규현 대표이사가 물러나면서 하루아침에 회사 주인과 경영진이 교체됐다.

불과 17시간 만에 이루어진 일이었다. 또한 재상 의약개발 산업인 '재상 웰빙메디슨'의 의약주는 주식시장이 열리자마자 해외 투자자들이 빠져나가며 주가가 폭락하는 등의 소동이 벌어졌다.

증권업계에서는 이날 사건을 '재상 11.27사태'라고 불렀다.

09.

그 겨울에서, 우리

12월의 매화산 공기는 차가우면서도 청결하였다. 오후 햇살이 사철나무 사이를 분사하듯 비집고 내리쬔다. 하산을 하던 사회과학대학 교수들과 문 본부장, 박사들, 세림과 우진을 비롯한 박사과정생들, 안나는 바로 등산로 입구 앞 전집에 자리를 잡았다. 주문한 동동주 두 되가 나오고 한 사람 앞에 한 잔씩 돌려졌다. 일행들은 걸쭉하게 건배를 들었다. 이어 감자파전과 묵무침이 준비되자 젓가락을 쥔 손들이 분주하게 움직였다.

한 달 전까지만 해도 산은 수채 물감으로 칠해놓은 듯 울긋불긋한 색감으로 풍성했는데, 이제 낙엽이 모두 져 앙상하고 메마른 색이었다. 나뭇잎들을 제 발아래 나비무덤처럼 수북이 쌓아놓은 나무들은, 바람에 무력하게 흔들리는 나뭇가지로 인해 쓸쓸해 보였다. 하지만 겨울에만 피워낼 눈꽃을 생각하면 잠시의 고요를 지켜보는 것도 나쁘지 않았다.

찬 겨울바람에 뺨이 불그스름하게 달아오른 세림이 희미하게 웃는다.

"며칠 전에 안 좋은 일 있었다며."

세림의 옆에 앉은 우진이 나직이 물어왔다. 세림은 의아해하다 혹시나 싶은 눈길로 그를 바라보았다.

"너하고 이 실장 얘기 도윤이한테 들었어. 괜찮아? 곤란한 일은 없었어?"

그녀는 씁쓸하게 웃으며 감자전을 작게 찢어 입으로 가져갔다.

"괜찮지도 않고, 안 괜찮지도 않고. 곤란한 일도 없었고."

"혹시 숨기는 거면 그러지 말고. 도와줄 수 있는 데까진 도와줄 테니까."

"숨기는 거 아니야. ……걱정해 줘서 고마워. 그런데 정말 아무 일도 안 일어났어."

우진은 세림을 걱정스레 바라보다 고개를 끄덕였다.

우려와 달리 정말 아무 일도 일어나지 않았다.

그날, 바로 아빠와 세아에게 전화를 걸었다. 아빠와 세아 둘 다 별 탈 없이 일상을 보내고 있었다. 당장에라도 자신의 모든 것을 망가뜨릴 것처럼 대단하던 하은의 위세였다. 집에 가는 길, 시준에게서 아무 일도 일어나지 않을 거라며 걱정 말라는 메시지가 왔다. 그 메시지를 보고 안도함과 동시에 참았던 서글픔이 몰려왔다. 한 가지 이유 때문만은 아니었다. 복합적인 감정이 뒤섞여 있었다. 혹시나 몰라 저녁에 세아에게 그녀의 병에 대해 남자친구가 아직도 모르냐고 물었다. 세아는 뜬금없다는 듯 쳐다보다 아직 모른다고 대답했다. 그러고는 의사라 그런지 어느 정도 눈치채고 모르는 척 해주는 것 같다고 덧붙였다.

세아의 병에 대해선 가족과 가장 친한 친구들 외에는 아무도 알지 못했다. 동정받게 되고 약점밖에 되지 않으니 굳이 공개할 필요가 없었다. 평소엔 건강하여 보통 사람들과 다르지 않기도 했다.

어쨌든 그날 이후 며칠이 지났지만 세림의 일상은 기이할 만큼 평온하였다.

"세림 씨, 우리는 가서 먼저 식사 준비해야 할 것 같은데."

멀리 앉은 여자 선생의 말에 세림과 안나는 자리를 정리하며 먼저 채비하였다. 차를 타고 10분 정도 달려온 곳은 산 아래 풍경 좋은 곳에 위치한 송 교수의 별장이었다. 별장이라고 해서 으리으리한 곳이 아니었다. 좋은 목재로 지은 아담한 나무집이었다.

"누가 왔나?"

여자 선생이 운전석에서 내리며 중얼거렸다. 보조석과 뒷좌석에서 차례로 짐을 가지고 내리던 세림과 안나도 의아함에 고개를 들었다. 선생이 차를 세워둔 반대편에 투박하면서도 날렵한 하얀색 SUV 한 대가 주차되어 있었다.

"어!"

안나가 집 뒤쪽에서 걸어 나오는 남자를 보고 짧은 외마디를 뱉어낸다. 세림의 시선도 그를 향했다. 그러다 저녁 찬거리가 든 비닐봉지를 하마터면 놓칠 뻔했다. 비닐봉지의 묵직한 무게 때문에 손가락이 짓눌렸다.

"저녁 먹으러 여기까지 달려온 거야?"

"네."

별장 앞뜰에는 저녁 식사를 위한 테이블이 마련되었다. 그 위에는 간소한 야채 반찬이 세팅되어 있다. 세 명의 사회과학대학 교수들과 시준, 문 본부장 및 일행들은 자리에 앉아 식사 전 맥주와 소주로 입맛을 달래었다. 옆 커다란 그릴에는 우진을 비롯한 박사과정 선생 몇몇이, 세림과 안나는 주방에서 밑반찬 같은 것들을 날랐다.

"아니, 저녁은 나중에 먹으면 되지 뭘 여기까지 달려와. 오늘도 출근해서 힘들었을 텐데. 이 실장 사람 감동 주는 재주가 있어."

"저희야말로 송 교수님 자문으로 항상 좋은 방향으로 광고 뽑아 감동받고 있습니다. 종종 술자리에 불러주십시오."

"……나이에 답지 않은 매너가 있는 친구야. 난 자네 대단하다고 생각해. 말이 340억이지, 그 정도 손해면 회사가 휘청휘청할 텐데."

"저번에도 말씀드렸지만 신경 쓰실 필요 없습니다. 어디까지나 제 개인적인 일입니다."

"그래도 미안하고, 고맙네. 그나저나 식사가 왜 이렇게 늦어? 세림아, 고기 아직이야?"

"가요, 교수님! 새벽에 비가 와서 장작에 불이 잘 안 붙었어요! 그래서 우진 오빠가 고생했어요. 지금 계속 굽고 있구요."

안나가 두 손에 고기와 소시지, 해산물이 잔뜩 구워진 접시를 들고 재빠르게 달려와 테이블에 나눠 올리는 동안 세림이 조금 떨어진 뒤에서 외치듯 말했다. 시준이 몸을 돌려 흘끗 열려진 비닐하우스 문밖 그릴 쪽에 눈길을 둔다. 남자 선생들의 장난에 세림이 곤란하다는 듯 웃음을 터뜨린다. 즐거움이 묻어나는 목소리들이 고기 굽는 소리와 함께 비닐하우스로 흘러들었다. 시준이 캔맥주를 들어 벌컥벌컥 들이켜다 입을 뗀다.

그게 뭐야, 하고 못마땅하게 받아치는 목소리는 누가 들어도 귀엽다. 캔맥주를 쥔 손에 저도 모르게 힘이 들어간다.

"쟤들 봐, 쟤들. 고기 구우라고 했더니 연애나 하고 있어. 내 평소 은세림이한테 던지는 서우진 눈길이 예사롭지 않다 했지."

송 교수가 술잔을 쥔 손을 들고 타박하듯 말했다. 시준은 살짝 찌그러진 캔맥주를 테이블 위에 놓으며 젓가락을 들었다. 맞은편에 앉은 문 본부장이 한마디 거든다.

"왜요, 잘 어울리는 한 쌍인데. 은 조교, 우진이랑 연애해? 요새 예뻐졌다? 둘이 잘 어울려!"

입안에서 씹히는 게 고기인지, 껌인지, 인내심인지. 시준은 고기를 잘근잘근 짓이겼다.

"문 본부장님, 그런 말씀으로 구만리 같은 우진 오빠 앞길 막으시면 안 되죠."

"아마 세림이, 속으로는 제가 아니라 자기 앞길 막는다고 생각하고 있을걸요?"

세림 앞에 있는 우진이 바통을 이어받듯 장난스럽게 말했다. 그녀가 대번에 쓸데없는 소리 하지 말라는 듯 집게로 불판을 탁탁 두드린다. 시준의 눈썹이 노골적으로 구겨진다.

"세림아, 서우진이면 너 과분한 줄 알고 튕기면 안 돼. RS증권 기업금융에 있다."

"교수님, 자꾸 그렇게 몰아가면 곤란하다니까요."

"세림이는 뒤치다꺼리할 게 많거든요."

제삼자의 목소리가 불쑥, 끼어들었다. 대부분의 시선이 그곳으로 향하였다.

"세림이? 둘이 언제 친해졌어?"

송 교수가 바로 호기심을 한껏 부풀렸다. 시준이 고개를 돌리자, 그곳에 세림과 우진의 눈길이 기다리고 있었다. 시준과 세림의 시선이 짧게, 그러나 오래도록인 양 교차되었다.

"세림이랑은 원래부터 좀, 아주 많이 친했죠. 학부 때."

"학부 때? 자네 예과생이라고 하지 않았어? 세림이는 국문과생이었고. 미팅에서 만났구만?"

"아닙니다. 세림이 고등학교 동창이 저희 과 동기여서 친해지게 됐습니다."

시준이 이미 눈길을 돌려 버린 세림을 여전히 쳐다보며 말했다. 사람들은 그제야 이해했다는 반응이다.

"그랬구나. 아는 척들을 안 해서 몰랐네. 하긴, 은 조교 손 많이 가지. 송 교수님, 쟤 박사학위 받고 취직 아니라 취집하면 학위 도로 뺏어오세요. 오늘 분위기 보니까 불꽃 튄다."

"그치? 내가 보기에도 그래."

문 본부장과 송 교수는 만담을 주고받듯 부러 목소리를 높였다.

"교수님, 문 본부장님! 계속 그렇게 재미없는 농담하시면 저 조교 사표 써요!"

"나한테 사표를 쓰는 건 상관없는데, 문 본부장한텐 잘 보여야지. 쟤네가 너 데려가려고 아주 혈안인데."

"일 잘하기로 유명한 은 조교 어디 데려가려는 데가 저희뿐이에요? 가온기획, RS애드, 신라애드어스에서도 눈독들이고. KW E&M에서는 같이 매체 노출 효과 연구하자고 스카웃 제의했다며?"

"네, 그러니까 저 뜨거운 감자 그만 만드세요. 안 그러면 제 마음에서 CI는 점점 멀어져요."

"어이고, 교수님. 쟤가 저렇게 머리가 컸어요."

세림의 단호한 대답에 문 본부장이 한탄하며 눈을 동그랗게 떴다. 사람들이 하하, 웃음을 터뜨린다. 시준은 세림 쪽으로 둔 시선을 거두지 못하며 캔맥주를 입가로 가져갔다. 민망하던 장난을 언제 주고받았냐는 듯, 그릴 쪽의 분위기는 다시 화기애애해졌다.

❖　❖　❖

"도윤이한테 얘기를 듣긴 했는데……. 참 여러 가지로 사람 놀라게 한다, 이 실장."

우진이 송 교수 밭에서 재배한 배추와 무, 고구마가 담긴 상자들을 카트에 실어오며 말했다. 우진의 차 트렁크를 정리하던 세림이 그를 본다.

늦은 시각까지 술자리가 이어진 뒤 교수들과 박사들을 제외한 나머지 일행들은 자리 정리를 시작했다. 서울까지 가려면 족히 세 시간은 운전해야 했기에 지금부터 정리하지 않으면 안 되었다.

"걔가…… 원래 좀 항상 뜬금없이 사람 놀라게 해."

상대를 잘 알기에 나올 수 있는 말이었다. 그 속에 배어 있는 친근함과 두 사람이 보낸 시간의 깊이가 우진에게 서운함을 느끼게도, 약간의 질투를 불러일으키기도 했다. 하지만 무어라 탓할 수는 없었다.

"그런 용기, 부럽던데."

세림은 대꾸 없이 아이스박스를 트렁크 구석으로 밀어 넣었다. 우진이 팔꿈치로 슬쩍 그녀를 친다. 세림이 무슨 일이냐는 듯 올려다보니, 그의 눈길이 그녀의 뒤에 가 있었다. 세림이 눈길을 따라 고개를 돌린다.

"내 차 타고 가."

훌쩍 큰 시준이 그녀를 내려다보며 말했다.

"올 때 우진 오빠 차 타고 왔어. 오빠 차 타고 갈 거야."

"할 얘기 있어서 그래."

"다음에 하자. 피곤해."

"은세림."

시준이 세림의 팔을 잡았다. 부드럽지만 완고한 힘이 느껴질 정도로 강하게. 그녀가 귀찮다는 듯 뿌리치려 해도 시준은 놔줄 기미가 조금도 없는 것처럼 보였다.

"세림이가 피곤하다잖아요."

묵묵히 두 사람을 지켜보던 우진이 결국 한마디 거들며 나섰다. 시준이 버릇처럼 왼쪽 눈썹을 구기며 그를 본다.

"관계자 외는 빠져요."

"관계자 외는 저보다 그쪽 아닙니까? 자꾸 이렇게 억지 부리지 마요. 그쪽 억지 때문에 세림이가 점점 더 힘들어진다는 생각은 안 해봤습니까?"

"오빠……!"

"어쩌나, 난 그리 섬세한 남자가 못 돼서. 은세림, 자꾸 이렇게 고집부리면 강제로 안아서 차에 태운다. 아니면 셋이 옹기종기 오붓하게 앉아 사이좋게 얘기할까."

눈앞에 하얀 입김이 연기처럼 오른다. 주홍빛 가로등을 등지고 선 덕분일까, 시준의 새카만 눈동자가 몹시 차고 삭막해 보였다. 이시준이라면 앞선 둘 중의 하나는 분명 행동으로 옮길 사람이다.

"알았다구. 이거 놔. 네 차 타고 갈 테니까. 놔, 그만."

시준은 그제야 세림의 팔을 놓아주고 자동차 뒷좌석으로 성큼성큼 걸었다. 그가 세림의 가방을 찾아 들고 자신의 차로 향한다. 세림은 미안한 듯 우진을 바라보았다. 우진의 얼굴에 염려가 가득이다.

"미안, 오빠……. 우리 서울 올라가서, 학교에서 보자."

우진은 이내 알겠다는 듯 고개를 끄덕이며 세림의 뒷머리를 다정히 쓸어주었다.

"그래, 내 걱정은 하지 말고."


송 교수의 별장을 방문한 총 다섯 대의 차가 별장 앞뜰을 차례로 나섰다. 가장 마지막에 시준의 차가 따른다. 차는 산기슭을 따라 난 포장도로를 서행했다. 온통 새까만 어둠에 휩싸인 도로에 다섯 대의 차량이 일정한 거리를 유지하며 주행 속도를 맞추었다.

가로등 사이로 보이는 하얀 싸라기눈이 차창 유리에 부딪혀 물방울이 됐다. 주홍빛에 물든 투명한 점. 드문드문 이어진 시골 동네를 지나 시내 도로에 진입하자마자 시준은 유턴을 했다. 차는 앞차들과 완전한 반대 방향으로 달렸다. 방향은 강릉이다.

"뭐 하는 거야?"

길을 밝히던 몇 대의 차들을 뒤로하고 다시 어둠과 조우했다. 어둠의 속도가 빨라진다. 두 사람이 탄 차를 집어삼키는 듯하다. 차의 앞 유리창에 달라붙는 눈송이들이 맥없이 뭉개졌다. 유리창에 물줄기가 흘러내린다. 오직 까만 어둠 안에 아주 드물게 가로등이 이어졌다. 차는 그 여름의 밤을 향해 달려가는 듯하였다.

푸르고 짙던, 심연 같은 밤에 잠기던 그 여름밤으로.

"이시준!"

"너 힘들었던 거 알고 있어. 상처받은 것도 알고 있고. 얼마 전 일은…… 잘못했어. 또 그런 일 당하게 만들어서."

세림의 눈동자가 물빛으로 젖어든다.

"알아. 나 다시 만나는 게 너한테 쉽지 않은 결정인 거. 그런데 지금 내 자리가 그래. 내가 사랑하는 여자가 있다고 해서 그 사람 덥석 내 옆에 앉혀둘 수 없는 자리. 너한테 걱정하지 마, 아무 일 없을 거야, 그런 말들 못해줘. 그거 상당히 무책임한 말이니까."

"……"

"그래도 난 너 포기 못해. 옭아매서라도 옆에 두고 싶어. 책임지고 사랑해 줄게. 앞으로 울리지 않을게. 주변도 곧 정리돼. 오래 안 걸려. 그러니까 나 믿고 조금씩 시작해. 우리 처음 만났을 때처럼 원점이지만, 그냥 그렇게 시작하자."

"……"

"우리…… 다시 사랑해."

아스라이 먼 기억의 환상 같던 한여름밤. 물줄기 같던 바람, 그곳에 서서 서로의 체온을 마지막으로 느끼던 두 사람.

그 시절의 꿈.

꿈과 현실의 경계가 모호해지는 이 순간, 숨이 턱까지 막혀 질식할 것 같았다. 눈앞의 어둠에 현기증이 인다. 차오르는 공포에 속이 뒤틀렸다. 기어이 손으로 입을 틀어막았다. 헛구역질이 기도를 치받았다.

시준은 급히 브레이크를 밟았다. 세림이 새빨리 사 문을 열며 도로 한 귀퉁이에 몸을 숙였다. 시준이 그녀를 따라 차에서 내린다. 세림이 구역질을 하며 음식을 쏟아내려 했지만 목구멍으로 넘겼던 맥주만이 역류한다. 시준이 등을 두드려 주자 그녀가 그를 밀어낸다.

"저리 가!"

숨을 몰아쉬며 외쳤다. 헤드라이트 빛에 번진 초록빛의 잡초가 바람에 바르르 몸을 떤다. 연약해, 너무 연약해서 안쓰러울 정도야. 가슴께에 손을 올리며 눈을 감았다. 뜨거워진 눈가에 눈물이 차려 한다.

역광으로 받은 헤드라이트로 두 사람의 실루엣과 쏟아지듯 내리는 눈이 스크린에서 볼 법한 장면을 연출한다. 세림은 숨을 고르며 자리에서 일어섰다. 한바탕 태풍을 휩쓸고 간 자리를 보듯 망연한 눈길이다. 시준이 손을 들어 세림의 뺨에 댔다. 세림의 눈동자에 숨이 돌아온다. 그러나 시준을 보고 있지 않다. 아득한 어딘가를 헤매듯. 그녀는 몸을 돌려 걷기 시작했다. 시준이 팔을 잡는다. 동시에 그녀가 뿌리쳤다.

"세림아."

다시 시준이 팔을 잡았지만 세림은 모질게 쳐냈다.

"은세림!"

세림이 돌아서 그의 가슴을 있는 힘껏 내려쳤다. 몇 번이고 몇 번이고. 입을 앙다물고, 눈물은 있는 대로 참으며. 차마 참아내지 못한 서러운 눈물이 후두둑, 굵게 떨어져 내렸다.

"더 이상 다가오지 마. 그만해."

"세림아."

시준이 세림을 품에 안았다.

"놔! 놓으라고!"

세림은 거침없이 소리 지르며 그의 품에서 벗어났다.

눈물이 참을 수 없이 흘렀다.

두렵고, 무섭다.

가족을, 소중한 누군가를 잃지 않을까 싶은 불안함, 두려움, 손 쓸 수 없는 무력감을 사춘기 때 겪고, 절감해야 했기에 그것이 가장 큰, 생각만 해도 숨 막히는 블루 홀 같은 공포였다. 그런데 자신의 선택으로 아빠가 곤두박질친다. 이제야 겨우 웃을 수 있는, 행복해진 언니가 나락으로 다시 떨어져 내려간다. 엄마가 다시 괜찮다, 괜찮다 속을 감추고 입버릇처럼 말한다. 그래도, 그래도 그런 건 생각할 수 없이 이시준을 미치도록 원하는 자신이 무서웠다.

그런 자신의 이기심에 소름이 돋았다.

"네가 뭔데…… 네가 뭔데, 날 헤집어! 네가 뭔데! 내 인생에 그만 끼어들어. 네가 끼어드는 거 다른 사람이 아니라, 이제는 내가 사양이야!"

"은세림."

"넌 처음 만났을 때부터 지금까지 제정신 아니야. 정말 미친놈이야!"

시준은 고통스러운 얼굴이 되어 세림을 품에 안으려 했다. 하지만 그가 다가온 만큼 세림이 물러선다.

"손대지 마! 손대지 마…… 더 이상 내 앞에 나타나지 마."

새빨개진 눈, 새빨개진 두 뺨과 코. 흔들리는 목소리와 차가운 바람에 젖은 눈물. 호흡할 때마다 목구멍을 할퀴는 창백하고도 매서운 바람, 살갗을 파고드는 추위. 몸을 돌려 그대로 빠르게 걸었다. 흐르는 눈물을 손등으로 무심히 닦아냈다.

걷다, 걷다, 걷다…….

시간이 거꾸로 돈다.


"세림아, 양심적일 필요 없어. 자꾸 도망만 가지 마. 도망치면 행복은 어디에도 없어. 한 번쯤 어때. 우리 엄마가 그러더라. 사람이 살면서 터질 만큼 사랑해 본다는 게 흔한 게 아니라고."

"상처받으면 어떠냐고. 상처받고 털어버려."

"그게 아니라 겁나겠지, 무섭겠지. 차라리 내 다리라도 붙잡고 매달리면서 눈물이라도 흘려보지 그랬어. 울고 불면서 자존심 너덜너덜해질 때까지 신파 한 번 찍어보지 그랬냐고!"

"그래, 내일 봐."

"겁내지 마, 걱정하지 마. 시계가 멈추지 않는 한 우리 함께일 거고, 우리가 함께인 이상 시계도, 시간도 멈추지 않아. 절대 헤어지지 않아. 말했지? 네가 싫어하게 되더라도 절대 놓지 못한다고. 그러니까 불안해하지 마. 날 믿어."

"하지만 그런 모습까지도 전부 다 좋아해. 하나도 남김없이, 어쩌지 못할 만큼 좋아해. 미치도록…… 좋아한다, 은세림."

"전부 다 좋아. 만날 내 말도 안 듣고, 속 썩이고, 이렇게 힘들게 하는데. 그래도 너라서 좋아. 너라서 전부 예뻐 보여."

"언제부터였어?"

"뭐가?"

"내가 예뻤던 거."

"처음 본 순간부터."

"안 가. 도망가지 않아. 옆에 꼭 붙어서 안 놔줄 거야. 약속해. 약속한다, 세림아."


걸음을 멈췄다. 드물게 밝히는 동그란 주홍빛 가로등에도 겨울 여왕의 드레스 자락처럼 창백한 어둠에 가리어진 밤 때문에 앞이 보이지가 않는다. 어디로 가야 할지 모르겠다. 아니, 정말로는 가고 싶지 않아.

세림은 결국 참지 못한 울음을 터뜨리며 자리에 주저앉았다. 시준이 달리듯 걸어와 세림을 일으켜 품에 안았다.

녹아버리고 만다. 그의 체취와 향수의 향, 옅은 담배 냄새가 섞인 그 예전과 조금도 다를 바 없는 단단하고 커다란 품에.

"처음 몇 달은 생각나지 않는 날이 없었어. 안 울려고 해도, 미치도록 보고 싶어서 매일 눈물이 나는 거야. 너무 보고 싶었어."

눈물이 어찌할 도리 없이 쏟아져 시야가 일렁이는 눈으로 세림은 그제야 시준의 얼굴 하나하나를 살피며, 참담하게 젖은 목소리로 말을 이었다. 시준이 세림의 얼굴을 붙잡고 입을 맞췄다.

성급하지만, 조심스럽고 다정하게. 세림의 숨결을 전부 다 하나도 남김없이 빨아들인다.

세림은 시준의 어깨를 붙잡고는 입술을 뗐다. 손가락으로 그의 턱 밑을 매만지며 똑바로 눈을 바라보았다. 두 사람의 뜨거운 숨이 찬 허공중에서 갈망하듯 얽혀들었다.

"보고 싶어 죽겠는데, 목소리도 듣고 싶은데…… 그럴 수가 없어서. 그러다가 시간이 지나니까 잠잠해졌어. 그런데 봄 되니까 가슴이 미쳐 가고, 여름에는 그냥 살 수가 없는 거야. 꿈속에서 너를 보고 허무해서 울었던 날이……."

시준은 세림의 말을 들을 새도 없이 붉게 부풀어 오른 입술을 다시 삼켰다. 그의 혀가 세림의 입안을 사정없이 파고든다. 세림은 입술을 벌려 그의 타액을 원했다. 서로의 체온으로 가열된 혀와 혀가 다급하게 맞부딪친다.

키스가 타액이 눈물 맛이다.

그의 강한 팔이, 커다란 손이 세림을 옭아맬 듯 힘껏 끌어안았다. 세림이 다시 입술을 뗀다.

"보고 싶었어, 보고 싶었어. 보고 싶었어, 시준아. 정말 너도 나보고 싶었어? 내가 보고 싶어 한 만큼 보고 싶었어?"

세림은 계속해서 시준의 눈을 똑바로 마주했다.

너무나 그리워서 다시 보아도 모자라다는 듯.

시준의 눈가에도 결국 눈물자국이 어린다. 그가 희미하게 웃었다. 부서지는 하얀 숨결이 시야를 가린다. 그는 세림의 동그란 이마에, 미간에, 콧등에 정성 들여 입 맞췄다. 그리고는 다시 눈을 마주한다.

사랑스러워 감당이 되지 않는다는 눈빛으로.

"당연하지. 보고 싶었어. 미치도록, 죽을 만큼 보고 싶었어."

그가 세림의 귓가에 낮고 따뜻하게 속삭였다. 세림은 팔을 들어 올려 그의 목덜미를 힘껏 끌어안았다. 그녀가 먼저 시준의 입술을 찾는다. 짙고, 강렬하게. 서로의 숨결과 타액을 모조리 집어삼켜 버릴 듯이, 지난 6년의 세월을 먹어 치우듯 격렬하고, 거세게.

잔뜩 부풀어 오른 심장은 힘차게 뛰며 서로만을 가지고 싶어 했다.

바람은 차고, 눈은 끊임없이 내려 머리에, 어깨에 쌓이고. 가슴은 봇물 터진 너로 채워진다. 입술과 입술이 바람 한줄기쯤 들어올 정도의 거리를 만든다. 뜨거운 입김이 바로 앞에서 교차되었다. 숨결이 바르르 떨리며, 입술이 서로를 열망하며 다시 애타게 찾았다.

빛이라곤 자동차 헤드라이트가 유일한,

찬바람 불고 흰 눈이 펄펄 내리는,

그 도로에서.


❖   ❖   ❖


칠흑의 장막이 내려앉은 하늘에서 새하얀 눈발이 봄날 벚꽃처럼 흐드러지게 쏟아져 내렸다. 시야 확보도 어려워 시준의 운전은 평소보다 신중했다. 그러나 세림의 손을 붙잡은 손만큼은 절대 놓지 않았다. 세림이 위험하다고 해도 싫다며 고집부렸다. 세림도 붙잡은 그의 손을 놓고 싶지 않아, 힘주어 맞잡았다.

도로며 겨울나무들이 솟은 산비탈은 벌써 눈밭이었다. 타이어가 지나간 눈밭에는 깊은 자국이 패었다. 도로를 비추는 것은 드문드문한 주홍색 가로등과 자동차 헤드라이트뿐. 그래서 눈송이들은 때론 하얀색이고, 때론 진홍색이었다. 한참을 달려 도착한 곳은 시준의 강원도 집이었다. 차에서 내릴 때쯤에는 눈발이 약해져 있었다. 두 사람이 서로를 바라보았다. 얼굴도 코도, 눈도 모두 딸기만큼 새빨갛다.

웃는다. 아이처럼.

집 안에 들어서자마자 시준은 불을 켜고, 난방 온도를 높였다. 익숙한 동작으로 가구에 덮인 흰 시트들도 거둬들였다. 세림이 어정쩡하게 거실을 둘러보는 사이, 시준은 모퉁이에 위치한 벽난로에 마른 장작을 넣으며 불을 뗐다. 실내임에도 숨을 내쉴 때마다 동그스름한 입김이 눈앞에서 부풀었다. 강원도의 새하얀 겨울 추위에 집도 얼어버린 듯했다. 이리 와, 시준이 세림에게 손을 뻗는다. 세림이 천천히 걸어가 그가 내민 손에 자신의 손을 머뭇거리며 얹는다. 시준은 망설임 없이 세림의 희고 차가운 손을 굳게 거머쥐었다.

얼어붙어 무뎌진 손끝이 따끔거리며 녹아든다. 겨울에도 변함없이 뜨거운 그의 체온 덕분이다.

시준은 세림의 두 손을 그러모아 자신의 가슴에 얹고는 두 팔로 그녀를 품에 가득 끌어안았다. 그가 어르듯 세림의 등 뒤를 가만히 쓸어준다.

그 다정한 손길에 심장에서 시작된 온기가 몸 구석구석 퍼진다.

더 이상 춥지 않다.

"금방 따뜻해져."

"응."

"은세림, 안고 있으니까 좋다."

그가 세림의 어깨와 목덜미 사이에 얼굴을 묻으며 나지막이 말하였다. 품에 안긴 세림의 눈가에 또 눈물이 어린다. 그녀가 나도, 하며 속으로 중얼거린다.

행복하고 따듯하다.

시준의 품이 이토록 세상에서 제일 편안하다니.

그러나 가만히 시준의 품에 나른하게 기대 있던 세림이 반짝 눈을 뜨더니 그를 올려다보았다. 그가 왜? 하고 묻는 듯한 눈빛을 보냈다.

"미안, 옷에 화장 묻겠다."

시준이 겨우 그거? 하듯 눈썹을 들어 올리더니 싱긋 웃는다. 그리고는 한 손으로 세림의 머리를 받쳐 아까보다 더 꽉 끌어안는다. 가느다란 세림의 몸이 휘어질듯 하며 시준의 품에 안겼다. 사실 시준은 세림이 바스러지도록 격하게 안고 싶었다. 하지만 그러다 정말 바스라지기라도 하면 곤란하니 그가 슬쩍, 세림을 껴안은 팔의 힘을 풀었다.

"지금 장난해? 6년 만에 은세림 좀 안아보겠다는데 그깟 화장이 대수야."

"그, 그래도."

"그래도고 저래도고. 너 지금 나한테 안기기 싫어서 핑계대는 거지, 엉?"

"아니, 그게 아니고."

"그렇지. 그건 아니어야지."

시준은 세림의 눈높이를 맞추어 고개를 숙였다. 두 사람의 눈길이 얽혀들었다. 금방이라도 입 맞출 듯하다. 그 긴장감이 세림은 왠지 모르게 견디기 힘들어 부러 시준의 반듯한 이마를 바라보듯 시선을 피했다. 그러면 시준도 세림을 따라 시선을 맞추고, 그녀가 또다시 시선을 내리면 따라 내려서 맞추고. 세림은 아랫입술로 웃음을 꽉 깨물다 결국 부끄러워하며 시준의 품에 얼굴을 묻어버렸다.

"왜 그러는데."

그가 자신의 점퍼로 얼굴을 가린 세림의 손목을 잡았다. 그녀는 두 눈을 질끈 감고 발을 동동 구른다.

"왜 자꾸 쳐다보는데!"

"좋아서. 예쁘잖아."

그 다정한 말에 세림이 질끈 감은 눈을 슬그머니 뜬다. 근사하게 웃고 있는 시준의 얼굴이 눈앞에서 기다리고 있었다. 그가 쪽, 세림의 이마에 입 맞추고는 천천히 입술로 다가왔다. 그녀의 숨이 바르르 떨린다. 시준이 피식 웃으며 세림의 입술에 부드럽게 입 맞췄다.

달고 부드러운 초코라떼 거품이 입술에 닿는 것처럼, 몇 번이나.

"샤워할래?"

시준이 입술을 맞댄 채 나지막이 속삭였다.

"어? 샤워?"

세림이 금방 눈을 동그랗게 떴다, 놀란 강아지처럼. 시준은 자꾸만 입가에 걸리는 웃음을 감추지 못한다.

"왜 놀라. 엉큼한 생각했지?"

그가 여전히 낮고 감미로운 음성으로 느릿하게 말을 이었다. 그가 말을 할 때마다 입술이 닿을 듯 말 듯했다. 뜨겁고 말랑말랑한

촉감에 심장이 터질 것처럼 부피를 키웠다. 괜히 입술이 부풀어 오르고, 손발이 간지럽다. 저도 모르게 시준에게 잡힌 손목을 비틀어 그의 손을 꽉 쥐었다.

시준이 다시 웃으며 세림의 입술을 더디게 핥듯이, 베어 물었다. 그의 혀가 세림의 여린 입술을 벌리고 안으로 침범할 듯 말 듯 감질나게 자극하다 사라진다. 그와 동시에 부풀대로 부풀어 오른 심장의 팽창감도 숨죽인다. 그러나 여운에 물든 심장은 곧 자맥질하듯 급히 뛰어올랐다.

그의 새카만 눈동자에 매혹이 숨어들어 있다.

"걱정 마. 오늘은 안 잡아먹어. 눈 맞았잖아, 감기 걸려."

"……."

"따뜻한 물로 샤워하고 쉬자."

시준은 어린아이 달래듯 세림의 등허리를 쓰다듬고 동그스름한 이마에 입 맞춰주었다. 세림은 귓불까지 달아오르는 얼굴을 어찌할 수가 없었다. 발끝부터 머리끝까지 시준의 체온으로 녹아든 몸은, 이미 추위를 잊은 지 오래였다.


시준에게 등 떠밀려 욕실로 들어선 세림은 살 속까지 스며드는 것 같은 따뜻한 물로 샤워하였다.

꽁꽁 얼어버린 두 볼도, 손도 발도 따뜻한 물에 풀어지고 만다. 샤워 부스에 어느새 뿌연 김이 서렸다. 손으로 김을 닦아내며 부스 너머의 고양이발 욕조에 눈길을 둔다. 바로 옆 커다란 격자무늬 창 밖으로는 강원도의 산 풍경이 그림처럼 드리워져 있었다. 욕실에서 볼 수 있는 풍경이라고 하기엔 꽤 근사하다. 따뜻한 물을 받아놓고 고양이발 욕조에 앉아 흰 눈발이 내려앉은 산을 맘껏 감상할 수 있다면. 입가에 조용한 미소를 지으며 낭만적인 바람을 뒤로하고 흐르는 물에 몸에 묻은 거품을 씻어냈다.

욕실로 이어지는 파우더룸에 시준이 마련해 준 여벌옷이 준비돼 있었다. 그의 옷인 듯 셔츠도 비지도 헐렁하다. 옷깃 부근을 두 손으로 들어 코끝에 대었다. 깨끗하게 빨아놓은 새 옷임에도 시준의 체취가 묻어나는 것 같아 괜히, 가슴이 두근거린다.

기분 좋아.

세림이 수줍은 웃음을 지으며 행복해하는 사이, 똑똑, 노크 소리가 나고 문이 열렸다. 시준이 파우더룸으로 들어오며 세림과 마주했다. 그도 샤워를 마친 지 얼마 되지 않는 듯 은은한 바디워시 향이 났다.

"화장한 얼굴만 예쁜 줄 알았더니 민낯은 더 예쁘네."

도저히 믿지 않은 그 농담에 세림의 얼굴이 발갛게 물들었다. 그러고는 반쯤 내린 옷깃을 다시 쑥 올려 얼굴을 가려 버렸다.

그러고 보니 민낯을 보여주는 건 6년 만이다. 여름방학, 제주도에 놀러 갔을 때에도 민낯은 사수하리라 다짐했었다. 하지만 감기로 열이 펄펄 끓어올라 새벽에 응급실에 갔다 온 날 아침, 정신을 차리고 보니 민낯이었다. 한참 동안 이불을 뒤집어쓰고 투정부렸던 기억이 난다. 지금도 무척 어색하고 창피하다.

"그렇게 숨긴다고 못 볼까?"

시준이 장난기 가득한 눈빛으로 빙글, 웃음 지으며 슬금슬금 다가왔다. 세림은 얼굴을 가린 채로 뒷걸음질치며 그만큼 거리를 벌려놓았다.

"오, 오지 마."

바지주머니에 두 손을 찔러 넣고, 고개를 갸웃하며 다가오는 시준은 흡사 동네 건달 같았다. 더럭 겁이 난다. 사람의 웃는 얼굴이 이렇게 소름 끼치기도 어렵겠다.

"오지 말라니까!"

시준이 한쪽 눈썹을 슬쩍 구기는 사이, 세림의 표정이 굳었다. 등 뒤는 벽이다. 더 이상 갈 곳이 없다. 세림은 숨을 크게 들이쉬고는 멈췄다. 시준의 입매가 씨익, 시원스레 올라갔다. 그 웃음에 세림은 등골이 서늘해졌다. 시준이 말없이 덥석, 그녀의 두 팔목을 잡았다. 흠칫 놀란 세림이 저도 모르게 버티자 두 사람 사이에 말없는 실랑이가 벌어진다.

"하지 마. 옷 찢어져!"

"무슨 상관이야. 내 옷인데."

"내가 입고 있잖아!"

"그래서 밤새 이러고 있겠다?"

세림은 고개만 끄덕끄덕. 시준은 귀여워 죽겠다는 얼굴이다.

"팔 아플 것 같은데. 여기 있는 종일 그렇게 가리고 있겠다고? 수건이나 머플러를 두르고 있는 게 더 편하지 않겠어?"

"아……."

세림이 수긍하며 또다시 고개를 끄덕였다. 긴장을 놓은 듯 손목의 힘이 풀어지자 시준이 힘들이지 않고 팔을 벌렸다. 그 반동에 세림이 벽에 밀착되었다. 시준의 눈동자가 위험하리만큼 유혹에 잠겼다. 숨소리가 흐트러지며 심장이 요란하게 달음질치기 시작한다.

"얼굴이 반짝반짝 빛나는데. 꿀이라도 발랐나?"

시준이 몸을 숙여 세림의 얼굴 가까이에 코를 댔다. 그의 입술에서 새어 나오는 숨이 볼에 닿자 세림은 움찔 놀라 몸을 살짝 움츠렸다. 쇄골에서부터 볼까지, 소름이 돋아 오른다.

"향기도 나고. 무슨 향이지?"

말끝을 끄는 특유의 나른한 속삭임. 세림의 가슴이 파르르 떨린다. 숨죽여 하는 호흡과 반대로 심장은 금방이라도 터질 듯 갈비뼈를 치고 올라왔다. 시준이 깊은 숨을 짧게 내쉬며 세림의 턱 선에 입을 맞추고, 이어 입가에, 그리고 입술에 닿을 듯 말 듯 가까이 하였다. 엉클어진 숨타래를 교환하는 것 같은 미묘한 거리. 겨우 한 가닥 실이 지나갈 법한. 찰나적으로 입술이 스칠 때마다 점차적으로 달아오른 서로의 숨결이 맥없이 뭉개졌다. 세림이 가늘게 뜬 시준의 눈동자를 감당하기 어렵다는 생각을 한 순간, 그의 입술이 베어 물듯 그녀의 입술을 삼켰다. 천천히, 느릿하게. 그러나 달고 진하게. 초콜릿 원액 그대로의 달콤함을 맛보는 사람처럼. 키스가 깊어가면서 입술이 저절로 벌어지며 서로의 혀를 찾았다. 맛보고, 휘감으며, 삼키려 달려든다.

시간이 지남에 따라 손목을 잡은 시준의 손에 억세게 힘이 들어갔다. 참는 것이 괴로워 세림이 기어코 신음을 내뱉었다. 시준이 입술을 떼며 세림을 바라보았다. 고통스러운 듯한 얼굴이다. 시준은 잡고 있는 손목을 풀어주며 그녀를 끌어안았다. 그의 입술이 가는 목선을 따라 보드라운 쇄골과 연약한 어깨, 가슴뼈에 열꽃의 흔적을 만들어냈다. 파우더룸 조명등에 반사된 세림의 상아빛 피부가 반짝반짝 윤이 난다.

세림의 살결에서 나는 다디달면서도, 은은한 향이 시준의 생각 따위나 이성적 제어를 가뿐히 불발시켜 버린다.

세림이 뭉그러진 숨을 토해내며 눈을 떴다.

"시, 시준아……."

그녀가 간신히 그의 이름을 불렀다. 손이 시준의 어깨를 힘 있게 짚었다, 거부의 의사를 담으며. 그러나 시준은 멈추지 않고 세림의 셔츠 속으로 손을 밀어 넣었다. 그의 손에 허리와 등줄기가 매끄럽게 감긴다. 다른 손이 솟은 가슴에 직접적으로 닿았다. 세림이 놀라 숨을 삼키며 몸을 움츠렸다.

"아직……! 아직은 아니잖아……."

쇄골을 뜨겁게 짓누르던 시준의 입술이 떨어졌다. 시준이 몸을 바로 하며 세림을 내려다본다. 눈동자에는 괴로움과 열망, 감추지 못한 미약한 분과 미안함이 뒤섞여 있었다.

"문제될 거 없어. 나 정식으로 파혼했어."

"그래도."

세림이 희미하게 웃으며 손을 들어 손등으로 시준의 볼을 다정하게 쓸었다. 그가 호흡을 가다듬으며 눈을 깊게 감았다 뜬다. 제 멋대로 부풀어 버린 감정을 잠재우듯. 그런 시준을 세림이 꼭 안았다. 아니, 세림이 그의 품에 꼭 안긴다.

"오늘 너무 많은 일들 있었어. 우리 천천히 해. 수순 제대로 밟아서 시작하자."

시준은 대답 없이 품에 안긴 세림을 힘주어 감쌌다.

고개를 가누며 세림의 머리에 얼굴을 기댄다. 풍성한 머리칼에서 나는 아찔할 만큼 진한 샴푸 향을 깊이 들이마신다. 자신을 진정시키려 애써보지만 팽팽해진 감정의 밀도는 쉬이 느슨해지지 않았다.

세림과 시준이 1층 거실로 이어지는 계단을 내려왔을 때 집은 어느새 훈훈해져 있었다. 맞잡은 두 손에 서로를 향한 온기가 충만하다. 사람의 체온이란 그런 것이었다. 뼛속까지 에는 추위 속에서 스치기만 하여도 심장을 덥혀주는 마법 같은. 시준은 세림의 온기를 재확인하듯 손을 고쳐 쥐었다. 두 사람이 마주 보며 상냥하게 웃는다.

남은 계단 하나마저 내려오며 거실 대리석 바닥에 슬리퍼를 내딛은 순간, 세림은 작은 탄성을 내뱉었다. 거실 전면 창으로 새하얀 눈발이 내려앉은 오대산 자락의 풍경이 여지없이 눈동자에 가득 담겼다. 내려올 땐 창을 반쯤 가린 블라인드 때문에 미처 몰랐는데, 밑에서 보니 장관을 이룬다. 마치 커다란 화선지에 담긴 산수화를 보는 것 같았다. 시준의 손을 꼭 잡은 채 세림이 창 가까이로 걸어갔다.

"굉장하지?"

"응, 진짜 멋있어."

세림은 창에 손을 가져다 대며 대답했다. 반걸음쯤 뒤에 선 시준이 세림의 어깨를 감싸며, 다른 손의 손가락으로 창을 튕겼다.

"여긴 사계절 모두 볼만해. 여름에 여기 풍경 보고 반해서 샀지."

"샀어? 네가?"

세림이 놀라 시준을 돌아본다. 그의 눈길은 진작 세림에게 고정

되어 있었다. 그녀가 부끄러운 듯 시선을 잠시 피하다 다시 올려다 본다. 그가 느긋하게 웃고 있다.

"역시 똥강아지라 두세 번 일러줘야 하나? 나 스마트해, 능력 있어, 돈 많아, 외모까지 도시적이야. 거기다 패션 센스까지. 부족한 거 없는 남자라니까."

"누가 모른대?"

"딱 하나 못 가진 게 있긴 해."

"뭔데?"

"은세림."

"……."

"은세림 하나를 못 가져서 난 지구상 그 어떤 남자보다 불행해."

"너…… 벌받아. 욕심 너무 많으면. 나도 벌받고……."

세림이 샐쭉이 창에 얼굴을 대었다. 집을 관리하는 사람이 있기라도 하듯 뜰의 낙엽송 몇 그루에 금빛 전구가 장식되어 있었다. 꼭 크리스마스트리 같다. 나직이 한숨을 내쉬자 창에 성에가 어린다. 성에로 번진 불빛이 별무리를 이룬다.

"그러니까 다 버리고 너 하나만 가지려고. 나만 받으면 되는 벌, 너까지 받으면 안 되니까."

다정함 서린 시준의 음성에 세림의 눈가에 습기 어린 막이 쓰인다. 창에 번진 성에를 괜히 손톱으로 긁어낸다.

"라고 말하면 너무 빤한 멜로드라마 대사인가. 사실 빈털터리 되긴 아까워. 굳이 모든 걸 포기할 필요가 있나 싶을 정도로 가진 거 많잖아, 나."

"……."

"그거면 너 평생 고생 안 시키고 행복하게 살게 해줄 수 있는데. 멍청하게 왜 포기해야 하나. 우리가 세기적 사랑을 하는 로미오와 줄리엣도 아니잖아."

"……."

"그래서 싸우려고. 넌 잠자는 숲 속의 공주야. 난 마녀가 쳐놓은 가시덩굴에 갇힌 너를 구하러 가는 용맹한 왕자고. 원래 동화 속 왕자들은 다 그렇잖아. 공주를 가지려면 방해되는 것들과 싸워서 쟁취해야지. 난 모든 불운과 방해하는 것들에 맞서 싸울 준비가 됐어."

"넌 어떻게…… 모든 게 자신만만해? 안 될지도 모를 거란 생각은 안 해봤어?"

창밖을 바라보던 세림이 떨리는 눈동자로 시준을 올려다보았다.

"안 될 건 애초에 건드리지도 않아. 손해 보는 성격 아니니까. 손해 보는 건 항상 네 앞에서만이야. 그래서 화나."

시준의 얼굴에는 장난기 서린 웃음이 지워져 있었다. 한참을 창 앞에 서 있었더니 어느새 손끝이 다시 차갑게 얼어버렸다. 안면에 시린 기운이 느껴진다.

"내가 그렇게 못 미더워? 나 더 이상 6년 전 어린애 아니야."

"……빈털터리 되면, 내가 너 책임질게."

세림은 단호하며 야무지게 말하고는 다시 창밖으로 시선을 두었다. 시준이 왼쪽 눈썹을 들어 올리다 제법이라는 듯 웃음을 보인다.

"돈은 내가 벌 테니까 걱정 마. 학위 받으면 어떻게든 되겠지. 지금도 오라는 데 많아."

"어쭈, 은세림. 믿음직스러운데. 능력자로 거듭나셨어."

서로의 농담에 두 사람은 온기 어린 웃음을 터뜨렸다. 시준은 세림을 앞에 두고 감싸듯 끌어안았다. 품에 안은 세림의 체온이 심장까지 전해진다. 그가 고개를 내려 세림의 머리칼에 코를 묻는다. 아직까지 남은 풍성한 샴푸의 향. 교차된 팔로 그녀의 양어깨를 어르듯 쓸어내며 몸을 돌린다. 냉기 서린 창가에 서 있다가 둘 다 감기에 걸리기 십상이다. 소파에 미리 준비해 둔 담요를 몸에 두르며 테이블 위의 리모컨을 집었다. 재생 버튼을 누르자 서라운드 스피커와 연결된 오디오에서 음악이 흐른다. 두 사람은 서로를 감싼 채 흐르는 음악에, 서로의 체온과 향과, 품과, 이 순간을 느꼈다.

단 이 순간만이라도 좋았다, 세림은.

딱 이 밤만이라도 시준이 자신의 남자가 된다면 그 선택에 후회는 없었다.


누구나 한 번쯤 들어봤을 법한 올드 팝, 벽난로에서 돌멩이 부딪히는 소리를 내며 활활 타올랐던 장작, 오랜 시간 서로를 껴안고 몸을 흔들며 돌아다니던 거실. 지난밤의 일들이 스크린으로 본 영화의 한 장면처럼 아득하게 떠올랐다.

세림은 시준의 가슴팍에 등을 기댄 자세로 침대에 누워 있었다. 고른 숨소리를 내며 잠든 시준을 느끼며 얼핏 뜬 그녀의 눈동자가 낯선 방 안을 천천히 배회한다.

어둑한 방 안에 암막 커튼이 미처 다 쳐지지 못한 창가만이 하얗다. 언뜻 보면 차가운 공기에 커튼 자락이 미세하게 흔들리는 듯도 하였다. 홀린 듯, 커튼이 쳐진 창에 둔 눈길은 움직임이 없다. 허리에 감긴 시준의 팔을 풀어내며 창가로 다가섰다. 어쩐지 커튼 너머에 다른 세상이 기다리고 있을 것 같은 기분이다. 날씨가 추운 듯, 들어 올린 손에 시린 공기가 감긴다. 커튼을 살짝 들춘다. 앙상한 가지만 남은 겨울나무가 빼곡히 자리한 산등선과 넓은 대지가 새하얀 양털 같은 눈으로 뒤덮여 있다. 께질듯 네리하게 빛나는 아침 햇살 아래 반사된 눈들이 유리 가루처럼 반짝반짝 빛난다. 자연이 그려낸 설경산수도. 그 고즈넉한 풍경에 입이 다물어지지 않았다.

세림은 곧장 욕실로 가 세안을 하고 드레스룸에서 시준의 다운 패딩을 꺼내 입었다. 그의 큰 패딩 점퍼가 무릎까지 내려왔다. 소매는 손끝을 한참이나 덮고 있다. 그녀는 마치 눈 내리길 기다렸던 일곱 살배기 어린아이처럼 경쾌하게 계단을 밟아 현관에서 운동화를 꿰어 신고 밖으로 나섰다. 문을 열자마자 쨍쨍한 겨울 볕이 곧바로 쏟아진다. 세림의 입에서 감탄이 터진다. 온통 하얀 세상. 겨울새의 청량한 지저귐과 찬기 섞인 산속의 공기만이 투명하게 흐르는, 설원의 아침.

아무도 걷지 않는 눈밭에 그녀의 또렷한 발자국이 하나둘 새겨진다. 뽀드득, 뽀드득. 눈 밟히는 생생한 소리와 함께. 숨을 한껏 들이쉬자 결빙된 공기가 코 속을 파고들어 얼얼하였고, 내쉴 때에는 입김이 연기처럼 번졌다. 시린 산속의 아침 햇살은 이제 막 닦아낸 듯한 청결한 느낌을 주었다. 그 햇살이 세림의 이마를 따라 보기 좋게 오른 볼과 입술에 선명한 선을 그려내며 떨어진다. 바람이 불 때마다 잔머리칼과 진주 가루 같은 눈발이 공중에서 춤추었다. 손끝이 차가워지는지도, 볼이 얼어가는지도 모른 채 눈 구경에 정신이 팔린 사이 등 뒤로 사람의 기척이 느껴졌다. 시준이다. 그가 뒤에서 세림을 와락 끌어안았다. 세림의 얼굴에 보드라운 담요의 감촉이 닿는다.

"뭐 해?"

잠이 묻어 있는 나른한 음성과 양치한 듯 싱그러운 잎사귀를 베어 문 것 같은 향이 바람결에 코끝을 간질였다.

"눈 구경. 세상이 온통 하얘."

말간 세림의 음색에 아이 같은 천진한 감성이 고스란히 묻어 있다. 시준이 나직이 웃는다. 그는 투명한 빛깔을 지닌 세림의 사랑스러움이 좋다.

"춥지 않아?"

"응, 하나도 안 추워."

두 사람이 호흡할 때마다 하얀 공중에 퍼지는 입김이 하나로 섞였다. 시준이 담요로 언 볼을 지그시 감싸주었다. 온기보다 마음이 더 먼저 느껴지는 그의 배려. 그래서 심장이 따뜻하다.

"이상해."

"뭐가?"

"분명 누군가에게는 바쁜 아침일 텐데, 그런 게 하나도 안 느껴져. 세상에 너랑 나랑 둘뿐인 것 같아."

"들켰네."

"뭘?"

"여기 우리 둘뿐이야. 은세림 자고 있는 사이에 내가 무인도로 납치해 왔어."

시준의 농담에 세림이 옅은 웃음을 터뜨렸다. 살갗을 에는 추위 속에서도 봄 햇살처럼 내리쬐는 겨울 볕과 같은 웃음. 입술에 걸린

볕을 시준이 삼켜낸다.

볼에 스치는 찬바람과 양털처럼 섬세한 입술의 감촉.

막 만들어낸 초코라떼처럼 달콤한 키스.

두 사람은 입술을 맞댄 채 활짝 웃었다. 내리쬐는 겨울 볕을 사이에 두고.


실내로 들어와서는 두 사람 다 춥다고 벽난로 앞에서 한참 동안 껴안고 뒹굴었다. 그러다 눈이 마주치면 웃고, 입 맞추고. 계속 서로를 쳐다보느라 시간이 물살처럼 흐르는 것도 몰랐다. 이상하게도 6년 만에 서로를 마주하는데도 어색함이 없다. 부끄러움은 어젯밤으로 족했나 보다. 그보다는 지금 이 순간에 서로에게 몰두하는 것만으로도 모자라다.

거실 카펫에 쿠션을 베고 드러누운 두 사람은 하릴없이 서로를 자꾸만 쳐다보았다. 가끔 세림은 두서없이 물었다. 가령,

"미국에 있을 때 밥은 어떻게 해결했어?"

이런 종류의 것들. 시준의 지난 6년이 궁금하기라도 한 듯. 그러면 시준은 웃으며 세림의 발그스름한 볼을 손등으로 살살 쓰다듬다 매만졌다.

"학사 땐 기숙사에서 살아서 학교 식당에서 해결했고, MBA 땐 친한 친구들이랑 맨션 하나 사서 모여 살았어. 대부분은 따로 전문 요리사들이 있어서 해줬었고. 배낭 하나 달랑 들고 여행할 땐 내가 해먹을 때도 있었지."

"요리도 할 줄 알아?"

세림이 강아지같이 눈을 동그마니 뜨며 상체를 일으켰다.

"그럼. 나 요리에 소질 있다."

"뭐? 뭐 할 줄 아는데?"

"바베큐폭립, 스테이크, 파스타, 리조또는 기본이고…… 한식도 대충 배웠지. 프랑스 요리도 좀 배우고."

"진짜? 말도 안 돼. 그걸 어떻게?"

"요리사 있으니까, 수석 셰프한테 하나둘 배운 게 늘어났지. 자격증만 못 땄지 나 나중에 회사 잘리면 레스토랑 하나 정도 낼 수 있을걸."

세림이 허풍쟁이, 하며 입술을 비죽이고는 의심의 눈초리를 여지없이 세웠다. 시준은 대꾸 않고 능청스레 눈썹만을 들어 올린다. 그녀가 진짜? 하더니 동경과 공경과 선망이 담긴 눈망울을 반짝반짝 빛내며 그를 쳐다보았다.

"나중에 솜씨 발휘 좀 해줘야겠어."

세림이 잠시 고민하는 듯하더니 스테이크와 파스타를 꼽았다. 그가 알았다며 세림의 뒷머리를 어루만진다. 출출해진 두 사람은 몸을 일으켜 주방으로 향했다. 먹을 것이라곤 햇반과 3분 요리, 라면 같은 인스턴트들 정도뿐이라고 생각했다. 그러나 세림은 주방 테이블에 놓인 비닐봉지를 보고 놀랐다. 비닐봉지에는 야채며, 동네 가게에서 파는 밑반찬들이 들어 있었다. 세림이 어떻게 된 일이냐고 물으니 시준은 웃기만 했다.

어젯밤 늦게 와서 집 관리인에게 전화도 못했다. 해서 아침에 세림보다 먼저 일어나 관리인에게 국거리며, 반찬들을 챙겨달라 부탁했다. 맛은 손수 만든 것보단 못하겠지만, 인스턴트를 먹는 것보단 낫겠다 싶었다.

시준은 팔을 걷어붙여 무와 고기, 다시마를 손질해 두 사람이 먹을 무국을 끓여 식탁 앞에 놓았다. 시준이 국을 끓이는 동안에 세림은 햇반과 다른 반찬들을 먹기 좋게 그릇에 담았다. 두 사람은 처음으로 서로의 손길이 깃든 식사를 하며 또다시 웃었다.

밥을 같이 먹는 건 서로의 영혼을 나누어 먹는 것이라는, 어딘가에서 본 말이 떠올랐다.

국 한 수저를 입에 물며 세림은 이 순간이 행복해, 시준의 영혼을 조금 나누어 먹는다는 기쁨에 하마터면 눈물이 날 뻔했다.


간밤에 내린 눈으로 고속도로는 온통 눈길이었다. 임시방편으로 뿌린 염화칼슘도 무용지물이었다. 그나마 잿빛 구름에 숨지 않은 태양 덕분에 도로는 간간이 녹아 있었다. 시준은 서행하면서도 적당히 속력을 높였다. 이대로 가다간 서울까지 세 시간 이상 걸릴 것 같았다. 간혹 기다란 터널이 나올 때는 속도에 제한 없이 차를 몰았다. 고속도로 운전은 서툴지만 교대로 하자는 세림의 말에 시준은 힘들면, 하고 웃어넘겼다.

조수석에 앉은 세림은 운전하는 시준을 보조하려 애썼다. 이따금 차창을 열어 환기시키고, 이따금 재미도 없는 수다를 떨었다. 하지만 따뜻해진 차 시트와 불어오는 온풍과 겨울 볕에 자신이 먼저 나른해지고 말았다. 고속도로 주변은 어디를 둘러봐도 눈밭이고, 소복이 눈 쌓인 산이었다. 라디오에서 교통 정보가 흘러나왔다. 강원도에 저녁쯤 하여 또다시 눈이 쏟아질 거란 소식이다. 나긋나긋한 아나운서 목소리에 취해 버린 걸까. 곧 잠들어 버릴 것만 같은 몽롱한 기분이 몰려온다. 교통 정보 방송이 끝나고 클래식 음악 프로그램이 이어졌다. 첫 곡은 지오반니 바티스타 페르골레지(Giovanni Battista Pergolesi)의 [스타바트 마테르 돌로로사(Stabat Mater Dolorosa)] 음악은 그가 가진 사연만큼이나 경건하고도 묵직하게 차 안에 흘렀다.

차창에 머리를 기댔다. 오늘이 지나면 바쁜 일상을 사는 사람들 틈에 섞이겠지. 생각했던 것보다 냉혹힌 현실 위에 서게 될지도 모른다. 당분간 설원의 아침이 한겨울 꿈인 듯 아스라해지기도 할 것이다. 빛나던 눈가루처럼 반짝반짝하기도 하겠지.

세림은 운전하고 있는 시준을 바라보며 손을 내밀었다. 시준이 옅게 미소 지으며 그 손을 맞잡는다. 맞잡은 손에 힘을 주며, 세림도 똑같이 웃었다.

지나가는 풍경이 조금만 느려졌으면.

## 여름날의 약속

　결재판을 확인하는 시준의 눈빛은 평소보다 날카롭고 예민하였다. 경영진단팀에서 올린 계열사 간 11월 매출 결과 보고서에는 기대했던 평균 매출보다 못 미치는 수치가 기록되어 있었다. 그의 기준 목표는 평균 25%. 그러나 결과는 2% 모자란 맥시멈 23%, 미니멈 21%였다. 컨트롤타워 2세대 초임 실장으로선 나쁘지 않은 첫 달 성적이었으나, 눈에 띌 정도의 버라이어티한 성과 또한 아니었다. 시준은 바로 고 차장을 연결해 유통, 호텔리조트 등의 12월 기획 보고서를 요청했다.

　시준은 기획안들을 훌훌 넘기다 펜꽂이에서 형광펜을 꺼내어 필요한 부분에 밑줄 긋고, 동그라미를 시원스레 쳤다. 빠른 속도로 같은 동작을 반복하며 결재판을 덮어 얹고, 얹고, 마지막까지 얹은 후에야 고 차장이 쌓인 결재판을 챙겨 들고 사무실을 나갔다. 내일 아침 유통, 호텔리조트 계열사 기획팀에서 12월 기획 중 일부가 수정될 것이다. 그가 문이 닫히는 걸 확인하고 오피스 체어에 몸을 묻는다.

손을 뻗어 책상 위의 서류를 집어 들지만 글씨가 눈에 들어오지 않는다. 눈매를 가늘게 뜨다 그대로 서류를 손에서 놓았다. 다리를 꼰 채 살짝 쥔 주먹으로 탁상시계의 초침과 박자 맞추듯 책상을 두드렸다. 머릿속 생각들을 빠르게 추려냈다. 오후 2시 13분. 자리에서 일어나 사무실을 나섰다.

기분이 좋지 못한 건 매출 결과 보고서 때문이 아니다. 11월은 어차피 대부분 직종의 성과가 부진한 달이었다.

시준은 엘리베이터를 타고 지하주차장으로 내려갔다. 그는 큰 걸음으로 자신의 차로 향했다. 도어록 잠금을 해지하고 문손잡이를 잡아당긴다.

어제, 헤센 참모들이 한국으로 들어왔다. 그들은 미리 잡아놓은 레지던스에서 사무실을 꾸렸다. 그들과 저녁 내 시나리오 전반에 관한 검토와 계열사 접전 후 바이아웃(Buyout)* 및 수습에 관한 회의를 하느라 전화는 미처 신경 쓰지 못했다. 세림이 남긴 음성메시지를 들은 건 늦은 밤이었다.

〈……전화로 직접 말하려고 했는데, 안 받네. 다시 하려다가 음성 남겨. 오늘부터 나, 네 연락 안 받아. 오해하지 마. 도망치는 거

---

* Buyout:부실한 기업의 경영권을 인수하여 구조조정이나 다른 기업과 인수합병 M&A을 통해 기업 가치를 높인 뒤 기업, 기업의 지분을 되팔아 수익을 거두는 행위.

아니야. 나름대로 고민 많이 했어. 어떻게 하면 너한테 짐이 덜 될까, 어떻게 하면 네 등 뒤에서만 있는 그런 바보 같은 짓 하지 않을까. 네가 주변을 수월하게 정리하도록 도울 수 있을까. ……아무리 생각해도 잘 모르겠어. 내가 할 수 있는 일은 없는 것 같아. 그런데…… 단 한 가지 분명한 건, 나도 이제 피하지 않겠나는 거야. 끝이 어떻게 되든 상관없어. 네 옆에, 이시준 너랑 같이 있고 싶어. 그러니까 네가 정리하고 돌아올 때까지 기다릴게. 그때까진 널 만나지 않는 게 맞는 거라고 생각했어. 그게 내가 할 수 있는 최선이고, 널 돕는 일인 것 같아. 혹시 네 주변 사람들이나…… 그 사람이 찾아온다 해도 그건 내 몫이니까 내가 알아서 해결할게. 걱정하지 마. 네가 앞으로 울리지 않겠다고 했으니까, 나도 울지 않아. 기다리고 있을게. 잘하고 와.〉

커피숍 테라스 쇠 난간에 걸친 손에는 담배가 들려 있었다. 얼마 전까지 영하로 떨어져 어깨를 움츠리게 했던 겨울 날씨답지 않게 포근한 기온이다. 자리에 멀거니 앉아 있던 시준은 천천히 손을 들어 입술에 담배를 물었다.

세림의 선택은 현명했다. 주변을 정리할 동안 큰 잡음이 일어나는 건 당연했고, 세림이 그의 옆에 있다간 지저분한 이야깃거리로, 가십지에, 이니셜 기사로 썰릴 수 있는 일이었다. 자신이나 세림이 의도한 바가 아니었건 간에 가능성을 배제해선 안 되는 문제였다. 세림의 머리카락 한 올이라도 다치게 하고 싶지 않다. 하은과 약혼하기 전에 세림을 만나 사랑했더라도 가십에서 그런 건 중요하지 않았다. 그걸 알기 때문에 세림과의 접촉을 참아왔지만 더 이상은 참고 싶지 않았다.

거의 필터 끝까지 피워낸 담배를 재떨이에 눌러 껐다. 두 손을 코트 주머니에 찔러 넣으며 의자 깊숙이 몸을 묻는다. 멀지 않은 거리의 6차선 도로에 차들이 매끄럽게 빠지고 있었다. 가로수가 일정한 간격으로 심어진 넓은 인도에는 잘 익은 감귤을 닮은 진주홍 햇살이 길게 늘어진다. 시간이 정체되고 공간의 흐름이 이질적으로 번져 가는 거리. 반대편에서 젊은 부부가 유모차를 밀며 걸어 나왔다. 햇빛에 감싸인 그들의 윤곽이 환영 같다. 얼굴에 닿는 바람도, 사람들의 말소리도, 도로변의 자동차 소음도 지워진다. 존재하는 건 오직 빛무리 사이를 걸어 나오는 두 사람, 귓전에서 또렷이 울리는 맑은 웃음소리. 그들의 주변 공기가 유난히 따사롭다.

유모차에 있던 아기가 안아달라는 듯 팔을 뻗으며 칭얼거렸다. 남편은 익숙한 동작으로 아이를 안아 올렸다. 아내가 입꼬리를 밀어 올리며 고개를 비스듬히 한다. 남편과 아이를 바라보는 눈길에 사랑이 담겨 있었다. 아이를 어깨에 걸치듯 안아 올린 남편은 다른 손으로 빈 유모차를 밀고 있는 아내의 손을 포개었다. 아내는 줄곧 햇발 같은 웃음을 지으며 말을 이었다. 남편은 그런 아내를 애정이 담긴 시선으로 오래오래 바라보았다. 두 사람은 간혹 웃음을 터뜨렸고, 간혹 눈을 마주하였다.

테이블에 놓인 테이크아웃 컵을 입에 대었다. 시선은 변함없이 그들에게 둔 채. 남편이 이쪽을 쳐다봤다. 눈이 마주친다.

시준은, 웃고 있었다.

행복하게, 아내를 닮은 아이를 안아 들고.

그는 테이블에 컵을 내려놓으며 눈을 감았다 떴다. 도로에서 클랙슨 소리가 빵, 하고 울리며 시간과 공간이 제 모습을 찾았다. 눈을 찡그린다. 젊은 부부가 지나가고 있지만 그가 보았던 이들이 아니다. 시준은 두 사람이 지나간 자리를 한참이나 응시하였다.

오후의 빛살이 앙상한 은행나무 가지 사이를 투과해 기다란 그림자를 만들어냈다.

"이제는 그 여자 대놓고 만나는 거야?"

눈길을 들었다. 침착한 얼굴이지만 임하은의 눈동자에는 분노가 서려 있었다. 테이블 위에 놓인 담배 케이스에서 담배를 꺼내 입에 물었다. 주머니에 넣고 있던 다른 손으로는 지포라이터를 들어 불을 붙인다.

하은은 거친 호흡을 다스리며 시준의 맞은편 자리에 앉았다. 그는 감정도, 표정도 없는 얼굴로 하은을 응시하기만 했다.

"그것도 학교 교수들 모임까지 쫓아가서. 강원도 별장에서 둘이 밤도 같이 보냈다고? 파혼하자마자 너무 기다렸단 듯이 행동하네. 왜, 재상패션이 다른 사람 손에 넘어가니까 이제 정말 우리가 우스워?"

"……."

"최후통첩이야. 난 오빠가 제대로 된 결정을 내렸으리라 생각해. 더 이상의 기회는 없어."

"임하은."

이름을 부르는 시준의 말투에는 경멸도 냉기도 담겨 있지 않다. 하은이 떨리는 눈동자로 시준을 올려다보았다. 여자로서의 감각이 곤두선다.

"여기서 그만해."

"……아니. 아니, 그래. 오빠 정도 남자가 한 여자만 옆에 끼고 사는 거, 참 재미없지. 이해돼. 그 여자, 세컨드로 둬. 그 정도 양보는 해줄게."

"네가 무슨 사격으로?"

"당연히 오빠 와이프 될 자격으로. 나 많이 참았어. 이젠 우리 아빠가 움직일 거야. 그땐 오빠가 아니라 한남이 위험해져. 온갖 인맥 동원해서 한남 어떻게든 다시 공중분해시킬 수 있어. 기대해도 좋아."

"협박은 통할 사람한테 해야지."

"내가 겨우 협박이나 할 사람으로 보여?"

"한남이 위험해지기 전에 재상이 먼저 위험해질 거란 생각은 안 해봤어?"

"안 해봤어. 해볼 리가 없잖아? 오빠가 얼마나 대단한 거 준비했는지 모르겠는데. 우리 집 한국 정계가 들어서기도 전부터 재계에 뿌리박았어. 쉽게 안 흔들려."

하은의 당돌하다 못해 오만하기까지 한 대답에 시준은 찬웃음을 터뜨렸다. 그가 재떨이에 담배를 비벼 끄고 두 손을 코트 주머니에 찔러 넣었다.

"무모한 행동에 대한 경고용 공포탄은 이미 사용됐어. 다음은 네 머리에 박힐 실탄이야. 5분 남았어."

시준은 손목의 시계를 내려다보며 말하고는 테이블 위의 테이크 아웃 컵을 들었다. 협박이라고 하기엔 무척이나 차분한 어투였다.

"경고용 공포탄이 이 정도면, 내 머리에 박힐 실탄은 어느 정도로 아플까 궁금해지네? 그런데 오빠가 그리는 그림이 시시하리란 생각이 드는 건 왜지? 뇌물수수, 조세포탈, 재상 계열사 주식 지분확보로 인한 협박…… 혹은 분식회계 공개. 다 예상되는 것들이라?"

하은은 긴장의 기색 따윈 조금도 찾아볼 수 없이 웃었다. 고상하고, 차분하고, 우아하게. 눈빛에 가득 담긴 원망은 숨기며.

"내 생각은 변함없어. 둘 다 갈 데까지 가봐. 회장님도 아니고 오빠가 하는 협박? 오빠 손에 놀아날 만큼 재상, 우습지 않아."

시준은 다시 입에 담배를 물었다. 그사이 테이블에 놓인 시준의 휴대전화가 드르륵 진동한다. 루이드에게서 온 메시지다. 다음엔 검은 세단 한 대가 길가에 급히 주차됐다. 시준은 눈길을 그곳에 두었다. 운전석에서 하은의 전속 비서인 안 실장이 내렸다. 하은의 눈동자도 그를 향한다. 안 실장은 손에 파일을 들고 시준과 하은을 번갈아가며 쳐다보았다. 급한 일이라는 듯 표정이 다급했다. 시준의 휴대전화 메시지 진동은 계속 이어졌다. 하은은 쉼 없이 진동하는 전화기가 거슬린다.

"틀렸어. 공포탄, 벌써 예전에 사용됐어."

"……."

"안 실장이 가지고 온……."

시준은 말을 느릿하게 끌었다. 하은의 눈초리가 굳어진다.

알 수 없는 불안이 뒤엉킨다.

"저 파일에…… 무슨 내용이 들어 있을지, 궁금하지 않아?"

"……."

"표정을 보아하니 좋은 소식은 아닌 것 같다."

시준은 흘깃 하은을 보다 안 실장에게 오라는 듯 손짓하였다. 그가 급하게 다가와 하은에게 파일을 넘기고는 다시 멀찍이 자리를 피했다. 하은은 건네받은 파일에서 문서를 꺼내 들었다. 일전에 '재상패션트렌드'로 재상에 뼈아픈 손실을 입힌 사모펀드 헤센그룹에 관한 자료였다. 자료를 넘기며 그녀의 눈빛은 세 번 바뀌었다.

처음엔 놀랐고, 다음은 격한 충격에 머리를 맞은 듯했고, 마지막으로는 새파랗게 질렸다.

"이거…… 뭐야? 왜…… 왜 CEO에 오빠 이름이……?"

"……."

"이거 무슨 뜻이야? 헤센그룹이…… 재상패션트렌드……. 이거 오빠가 개입된 일이었어?"

참담한 공포가 거대한 해일처럼 머리끝에서부터 발끝까지 덮쳐 왔다. 굳이 눈으로 보지 않아도 몸이 먼저 감지한다. 파일을 쥔 하은의 손이 테이블 위로 툭 떨어졌다. 힘이 들어가지 않아 부들부들 떨린다. 시준은 말없이 담배 연기를 삼키다 아주 느리게 뱉어내며 쳐다보기만 했다. 시베리아의 혹한을 가늠할 수 없이 겹겹이 축적한 포식자를 닮은 눈빛. 이 남자가 이렇게 황량하기만 한 사람이었나. 얼어붙어 둔중해진 심장은 멈추지 못하고 깨질 듯 뛰었다. 핏기가 가셔 제 의도와 달리 떨리는 손을 내려다본다.

2008년 서브 프라임 모기지* 붕괴로 월스트리트발 금융 위기는 전 세계에 금융 폭격을 가했다. 미 정부는 연방(FRB)*에게 구제

---

*서브 프라임 모기지 : 미국의 저신용자 주택 담보대출을 뜻한다.

*연방준비제도이사회(Federal Reserve Board):1913년 창설된 연방준비제도 (FRS)의 결정기구로 통화정책 관장, 은행·금융기관에 대한 감독과 규제, 금융체계의 안정성 유지 등의 역할을 한다.

금융의 의사가 없다는 뜻을 밝혔고, 대마불사(大馬不死)의 신화에 서 있던 금융사들은 차례대로 몰락했다. 기업들, 복잡한 파생상품을 만들어 약탈적 금융을 취했던 오만한 월가, 돈을 벌기 위해 세계 각지에서 빚잔치에 뛰어든 이들까지, 미국을 비롯한 전 세계 경제 는 참혹하게 황폐해졌다.

2009년에 설립된 사모펀드 '헤센그룹'은 이러한 파산 은행 및 기업 인수, 전략적 투자자로의 투자, 부실채권 정리, 부동산 운용 등의 일을 해왔다. 신생 투자 회사치고는 자금의 유동성이 매끄럽 고 감각이 좋았으며 행동이 민첩했다. 그들은 일정 규모 이상 부피 를 키우거나 늘리지 않았다. 이쯤 되면 실체가 궁금해지게 마련이 다. 설립자이자 회장인 토머스 슈워츠먼은 하버드 경영대학원 출 신으로 1980년대 월가의 전설 살로먼 브라더스에서 트레이딩을, 1990년부터 2007년까지 JP모건의 CEO 제이미 다이먼 전문 경영 인 그룹진에 있던 인물이었다. 업계는 과연 그러하다는 반응이었 으나, 토머스는 매 인터뷰 때마다 CEO인 '그'를 언급하며 '설계는 그가 한다. 그는 유능하며 예리한 시각으로 시장의 흐름을 꿰뚫는 투자자이자 CEO'라는 말들을 아끼지 않았다. 업계의 관심은 자연 히 '그'에게 향했지만, 'J'라는 이름 외에 개인 신상을 드러내지 않은 CEO를 알고 있는 건 오직 헤센의 참모 경영진들뿐이었다.

그리고 하은은 바로 지금, 그 'J'가 시준이라는 것과, 2010년 오 일 머니의 루이드와 유대 자본의 제라드가 투자자로 합류하며 헤 센이 세계 사모펀드로서 네트워크를 구축해 나가고 있단 사실을 알게 됐다. 미국, 유럽, 일본, 러시아의 크고 작은 기업들을 집어삼 킨 바이러스가 재상 계열사 곳곳에 도사린다. 목전에 들이댄 냉기

서린 칼날에 등골이 서늘해졌다.

"외국 자본이 개입하는 건 반칙이야. 비겁해. 국내 기업을 모독하는 짓이라고!"

"반칙과 비겁하다, 가 네 입에서 나올 단어들이 아닌 것 같은데. 그건 너를 표현할 수 있는 가장 친숙한 단어들 아니었나."

"그래서, 겨우 그 여자 하나 때문에 재상에 칼을 들이밀겠다……?"

"겨우라고 한다면 네 생각이 가벼웠던 거겠지. 은세림 때문에 불거진 문제만은 아니고. 건설, 자동차, 유통에서 깨작대는 젓가락들 당장 치워. 네 계좌 마르지 않게 채워주는 재상생명이 가장 먼저 박살 날 테니까."

시준은 눈동자로 느릿느릿 무심하게 거리를 헤저었다.

"생각해 봤어. 처음부터 바로 목전에 칼을 들이밀까, 아니면 아프지 않은 곳부터 숨통을 조여볼까. 그런데 세림이가…… 빨리 끝내길 원해. 그렇다면 가장 쉬운 방법인 동맥부터 잘라내야겠지."

그는 무심하도록 지루하게, 그러나 잔인해 보일 정도로 근사하게 웃으며 하은을 쳐다보았다. 한겨울, 하은의 이마에 식은땀이 맺혔다.

시준이 6년 동안 숨죽이고 기다린 작품이 이것이었던가. 애당초 판은 그의 손에서 완벽히 짜여 돌아가고 있었다. 흐름은 언제나 그가 뜻한 대로 방향을 바꾸었으며, 자신은 오래도록 준비된 판 위에서 의미 없이 움직이고 있었을 뿐이리라. 시준은 자신의 손으로 한남의 대권 구도에 오를 준비를 하나씩 마쳐 가고 있었던 것이다.

길가에 주차된 차 옆에서 전화를 받던 안 실장이 다시 달려왔다.

손에 시한폭탄이라도 들고 있는 사람처럼.

"실장님 소유의 청담동 갤러리, 도원아트센터에 정치인 뇌물수수 의혹으로 검찰이 들이닥쳤답니다! 뉴스엔 재상 웰빙메디슨 분식회계 내용이 집중 보도 중이구요! 한남에서, 다음은 마약류 의약품 불법 유통 의혹과 조세피난처 혐의에 관한 뉴스가 나길 거랍니다……!"

"이제 시작이야."

시준은 여전히 음색 없이 읊조리듯 나직하게 입을 열었다.

"건설사 소액주주들 지분을 모아? 건설사 하청업체들 회유해, 지분을 매각하라고 협박해? 프로젝트마다 브레이크를 걸어?"

자신만의 비밀을 들킨 사람처럼 하은의 눈동자가 파르르 떨렸다. 그가 재떨이에 담배를 비벼 끄며 자리에서 일어섰다. 휴대전화와 담배 케이스, 라이터를 차례대로 주머니에 넣으며 말을 잇는다.

"한남이, 명맥만으로 유지되는 재상한테 밀릴 거라고 생각했어? 재상이 하는 짓을 모르고 있을 줄 알았나. 아니면 언제까지 모른 척해줄 거라 생각했어, 응? 내가 사랑하는 여자도 아닌데. 이재환 회장이 왜 전면에 안 나섰던 걸까. 재상 하청업체, 소규모 계열사 처분, 나 하나로도 충분하니까."

하은의 얼굴은 새파랗다 못해 하얗게 질려가고 있었다. 금방이라도 쓰러질 듯. 시준은 마지막으로 커피를 챙겨 들었다.

"은세림, 건들지 말라고 했지. 걔 건드려 봐야 좋을 거 하나 없다고. 재상생명 전에 믿음상호저축은행이 어떻게 무너지는지 똑똑히 봐. 시나리오가 굉장히 재밌게 나왔어. 아, 그러지 말고 내 다리라도 붙잡고 매달리면서 눈물이라도 흘려보지그래. 울고 불면서 자존심 너덜너덜해질 때까지."

"……!"

"오늘 석간, 내일 조간신문 1면 장식, 미리 축하해."

시준은 건배하듯 컵을 들어 보이고는 커피숍을 빠져나갔다. 그가 떠난 빈자리를 어찌지 못하고 망연하게 쳐다보던 하은이 옆으로 기울어지는 것을 안 실장이 받아냈다. 그녀는 무한한 무중력과 진공 상태의 우주에 던져진 바다 생물처럼 숨을 몰아쉬었다. 아주 괴롭게.

❖   ❖   ❖

시준은 차를 세워둔 인근 주차장으로 급하게 발길을 재촉하며 휴대전화를 들었다. 1번을 꾹, 누르자 바로 세림에게 연결됐다. 하지만 전원이 꺼져 있어 음성사서함으로 넘어가고 만다.

차를 빼며 휴대전화의 전화부를 뒤져 송 교수 연구실의 번호를 찾았다. 통화버튼을 눌러 전화를 시도해 보지만 신호음만 갈 뿐 아무도 받지 않는다. 이번엔 언론홍보학과사무실 번호를 찾아 연결한다. 전화는 몇 번의 신호음이 흐른 뒤에 이어졌다.

지상으로 빠져나온 차는 신촌로에서 서강로로 방향을 틀었다.

"이시준입니다. 지금 은세림 조교 옆에 있으면 바꿔주세요."

〈세림 언니 오늘 몸이 안 좋다고 못 나왔어요. 아마 집에 있을 거예요. 휴대폰으로 걸어보세요.〉

"그렇게 하죠."

전화를 끊으며 다시 핸들을 틀어 유턴했다. 호흡도 고르지 않고

급하게 액셀러레이터를 밟자 속도계가 시원스레 곡선을 그린다. 곧장 세림의 집으로 연결했지만, 아무도 받지 않는다. 몇 번을 해도 마찬가지였다. 세림에게 붙여뒀던 장 비서에게 전화를 걸었다.

"세림이 어디 있습니까?"

〈그게 실장님, 오늘 하루 종일 집에서 나오지 않고 있다가 아끼 외출하는 걸 보고 따라붙었는데, 금세 사라져서……〉

"알겠습니다."

허둥대며 대답하는 장 비서의 말허리를 자르며 전화를 끊었다. 휴대전화를 쥔 손으로 핸들을 신경질적으로 내려친다. 속력이 올라갈 때마다 도심이 여러 색으로 뭉쳐지며 뒤로 밀려났다. 핸들 윗부분을 양손으로 잡은 채 곰곰이 생각한다. 순간적으로 뇌리에 무언가 스쳤다. 바로 자영에게 전화를 걸었다.

"나야! 은세림 어디 있어?"

〈세림이? 세림이를 왜 나한테서 찾아. 지금 학교에 있을 시간인데.〉

"오늘 아프다고 학교 안 나갔대. 요새 연락됐어?"

〈요새? 어제 보긴 했어. 아프다고 하진 않았는데……〉

"무슨 얘기 했었어?"

〈아니, 별다른 얘기 안 했어. 안색이 안 좋아 보여서 어디 아프냐고 했더니 그런 거 아니라고. 그냥 어리광 피웠던 거밖에 없었는데. 잠수 탔어?〉

"그런 것 같아. 짐작 가는 데 없어?"

〈모르지. 잠수 탔을 때 걔 가는 데를 어떻게 알아. ……저번에 공원도 가고 한강도 갔다는 말은 했던 적 있어.〉

짙은 숨을 내쉬며 손바닥으로 이마를 쓸어내다 손길을 멈췄다. 뇌리에 새겨진 수많은 필름 조각들이 몽타주처럼 빠르게 배열되며 어떤 연관을 만들어냈다. 그리고 가장 마지막으로 떠오르는 기억, 그 약속.

비가 세차게 온 다음날, 싱그러운 초록색 잎사귀 사이로 햇살이 반짝반짝 비추던 투명하도록 맑은 날씨. 인파 사이에서 발길을 멈춘 채 들어 올렸던 자그마한 새끼손가락. 어쩐지 물기가 어렸던 것 같은 까만 눈동자와 간절했던 목소리. 울기 직전의 얼굴을 하던,

그곳은…….

자영에게 고맙다는 인사를 하며 바로 전화를 끊었다. 그대로 액셀러레이터를 밟은 발에 힘을 준다. 지면과 마찰하는 타이어의 스피드가 발끝에서 느껴진다. 강물에 반사된 오후의 짙도록 노란 햇살이 차창에 사선으로 들이친다.

차는 강변북로를 미끄러지듯 질주했다. 빛줄기가 가득 번진 도로 위를 한 대의 차가 거침없이 가로지른다. 하늘은 시리도록 새파랬으며, 공간은 시원스레 뚫려 있었다.

빛나는 별무리가 떠 있는 수면을 지날 때마다 너와 가까워진다.

안전 주행 속도는 80이지만 속도계는 130을 가뿐히 넘었다. 차는 수십 개의 가로등과 잠실대교와 한남대교를 안내하는 이정표를 지나 영동대교 방면으로 차선을 갈아탔다. 커다란 휠이 햇살에 반사돼 은빛으로 빛난다. 차는 영동대교 남단을 타다가 개포동 방면으로 진입하며 속도를 늦췄다. 차들이 많아졌다. 좌우에 빛으로 반사된 높은 빌딩이 우뚝 선 시가지가 드러나며 오른쪽으로 종합무역센터가 보였다. 시준은 다시 우회전해 도로변 아무 곳에 차를 대

고 내렸다.

하루 평균 14만 명의 유동인구가 이용하며 총 260여개 점포로 이루어진 지하 쇼핑몰과 한남아트홀이 위치한 삼성동 코엑스몰.

이곳에 세림이 있어야 한다.

시준은 아셈타워에서 지하 쇼핑몰로 이어지는 에스컬레이터를 기다란 다리로 훌쩍 뛰어 내려갔다. 지하로 향할수록 밀물처럼 밀려드는 사람들에 치인다. 쇼핑몰 입구에서 영화관으로 향하는 길목을 내달린다. 많은 사람들이 유속처럼 흘렀다. 시준은 마치 물살을 거스르고 올라가는 민물고기처럼 거침없이 뛰었다. 그의 눈길이 사람들 사이를 헤집었다. 비슷한 머리형과 옷들 사이를 대충 훑어도 분간할 수 있다. 스쳐 지나가도 알아볼 수 있다. 시준은 자리에 멈춰서 숨을 골랐다. 넓은 가슴이 천천히, 크게 들썩였다. 매끈한 목줄기가 땀에 젖어 있다. 입을 다물며 침을 삼키자 그의 목울대가 위아래로 움직인다.

캐릭터 숍이 줄지어 있는 이곳이다. 인조 숲이 있고, 커다란 인형이 쇼윈도를 바라보고 앉아 있는, 그 가게. 다시 발길을 돌리다 눈길이 일순간 한곳에 고정되었다. 반대편 쇼윈도 안에 인형이 가득하고 아기자기한 소품을 파는 가게 앞에 누군가 서 있다. 시야에 단번에 들어오는 뒷모습. 주변을 에워싼 뿌옇게 번진 빛무리. 자신만이 알아볼 수 있는 그녀의 색채. 허리에 양손을 얹으며 천천히 호흡을 고른다. 이마고, 목덜미고, 온통 열기에 젖어 있다. 이 겨울에. 성큼성큼 세림에게 한 걸음씩 크게 걸어갔다. 한 걸음, 한 걸음. 향기가 가까워진다. 숨결이 가까워진다. 안고 싶은 네가…… 가까워진다.

시준은 몇 걸음을 남겨두고서 멈췄다. 숨을 잠시 고르며 손 부채질을 하였다.

덥다.

무척이나 덥다.

너와 함께 사랑을 나누던 그 여름날처럼, 이 겨울이 몹시 덥다.

숨을 크게 들이마셨다. 그리고는 세림의 뒷모습을 애정이 담긴 6년 전의 그 눈으로 쳐다보았다. 입술이, 음성이 그녀를 부른다.

"은세림."


세림은 자신을 부르는 낮은 음성에 느리게 고개를 틀었다. 몇 발자국 옆으로 익숙한 남자가 다가왔다.

그녀의 순한 눈동자가 동그랗게 커졌다.

"……뭐야? 네가…… 너 어떻게 여기에 와 있어?"

"놀랐지?"

"……당연하지."

세림은 얼떨떨하게 대답했다.

지금 이 순간이 믿기지가 않았다.

강원도에서 돌아온 일요일 늦은 오후, 시준과 같이 보냈던 열다섯 시간이 아스라한 꿈처럼 여겨졌다. 꿈도 없이 고요한 잠을 자고, 다음날 내내 머릿속을 가득 메운 생각들이 안개처럼 자욱했다. 자신을 걱정해 아침부터 전화한 우진에게 뭐라고 말했는지도 모를 만큼. 시준에게 음성메시지를 남겼던 그날 저녁, 기다리는 것이 가장 최선이라 마음먹고 자신을 다잡았다. 그런데 여전히 어떤 것도 손에 잡히지 않았다. 논문을 펼쳐 보아도, 라디오를 들으며 월 광고 효과 보고서를 작성하려 노트북 앞에 앉아도 집중이 되지 않았다.

결국 아무 생각 없이 한결 포근해진 날씨에 걷다가 버스를 타고, 풍경을 바라보며 더듬더듬 이곳까지 왔다. 벌써 10년이나 됐는데 변한 듯 변함이 없는 이곳. 동화 속 세상 같던 캐리디 숍이니 아기자기한 액세서리를 팔고 있는 이 가게나…… 전과는 조금도 다를 바 없었다. 사람들이 남기고 간 기억과 흔적들이 고스란히 남아 있는. 그것을 찾아왔는데, 막상 찾아오니 혼자서는 감당할 수 없는 추억이 곳곳에 환영처럼 아른거리고 있었다.

여기서 만난 건 우연일까,

인연일까,

인력일까,

아니면 운명일까.

"여긴…… 어떻게 왔어?"

떨리는 심장을 진정시켰다. 자신의 간절한 바람이 닿았던 걸까. 어떤 기대를 삼키듯 입을 다문다. 쇼윈도를 바라보던 시준이 아무렇지 않은 표정으로 그녀를 바라보았다.

"볼일 있어서."

의미 없는, 너무나 간결한 대답에 세림의 눈동자에 실망감이 덧씌워졌다. 시준의 입가에 웃음이 걸린다. 그가 다시 쇼윈도로 고개를 돌렸다. 세림의 질문이 이어진다.

"볼…… 일?"

"응."

"무슨 볼일? 회사 일?"

"아니."

"그럼?"

"누굴 좀 만나러."

"누구……?"

기어들어 갈 듯 조심스러운 질문에 시준은 한쪽 입매가 자꾸 올라가는 것을 참을 수 없다는 듯 피식, 웃었다. 그가 세림을 내려다본다. 귀가 축 처진 똥강아지의 얼굴이 기다리고 있다.

"너."

"……"

"은세림, 너 만나러 왔어."

"내, 내가 어디 있을 줄 알고? 나…… 오늘 학교 안 갔는데?"

"알지. 학교에 전화하니까 안 나오셨다네, 우리 똥강아지. 전화기는 왜 꺼놓은 거야. 잠수 타는 거 아니라며."

"전화 안 꺼놨어."

"꺼졌어. 확인해 봐."

서둘러 가방을 들어 전화를 찾았다. 버튼을 누르는데 새까만 먹통이다. 난처하게 시준을 올려다본다.

"몰랐어. 아, 배터리 얼마 없었는데 그래서 나갔나 봐."

"너 찾아오라고 일부러 방치한 거지?"

"아니야. 그런데 찾아…… 왔어, 여길? 날? 어떻게…… 나 여기 있는 거 아무도 모르는데. 어떻게 찾았어?"

"글쎄, 텔레파시?"

시준은 아무렇지 않은 얼굴로 어깨를 으쓱해 보였다. 세림은 이 한겨울에 봄바람처럼 팔랑거리는 나비를 보기라도 한 듯 아득하게 시준을 바라보았다. 그가 나직이 웃는다.

"전부터 골칫거리인 큰 문제 하나를 대강 정리했어. 그러고 나니까 널 만나야겠단 생각이 들었어. 은세림 네 얼굴, 꼭 봐야 할 것 같았어."

"……"

"어떻게 찾아왔냐고? 음, 운명이니까. 운명이니까 이 넓은 곳에서 찾아낼 수 있었던 거지. 운명이니까 가능한 일, 아닌가?"

"……"

"우연은 확실히 아니야. 그럼 인연인가. 그것도 아니면…… 아, 인력?"

굵은 눈물방울이 어떻게 해볼 도리 없이 툭툭, 떨어져 내렸다. 그가 손을 들어 눈가를 부드럽게 닦아준다.

"그런데 여자들은 운명이란 말을 더 좋아하나? 세림아, 우리 운명이더라. 그래서 나 여기, 지금 이 순간, 네 앞에 있는 것 같다. 아니면 어떻게 설명해야 될지 나도 모르겠어."

세림은 흐르는 눈물을 손바닥으로 닦아내며 웃다가 훌쩍였다. 자신을 보고 어느 때보다 부드럽게 미소 짓는 시준을 아프게 쳐다보았다. 그녀가 손을 뻗어 시준의 품에 파고든다. 시준이 팔을 벌려 세림의 어깨를 따뜻하게 감싸주었다. 흐느낌이 새어 나오며 세림의 마른 어깨가 가늘게 떨렸다.

사실 그도 어떻게 설명해야 할지 몰랐다.

여기까지 찾아온 건 그저 감이었다. 있어야 했다. 세림이가 이곳에 반드시 있어야 한다는 감으로 왔다. 마치 운명이 풀어놓은 실타래를 쫓듯. 그래서 세림을 찾았을 때는 스스로도 놀랄 수밖에 없었다.

운명 따윈, 드라마를 좋아하는 여자들만 믿는 것이라 생각했다.

그런데 눈앞의 세림을 본 순간 머릿속이 아득해지고 단 하나의 단어만이 떠올랐다.

운명.

여자를 교묘하게 홀릴 때나 쓰는 기이하고 알 수 없는 단어라고만 여겼는데. 생각해 보면 널 처음 만난 이후부터 지금까지, 난 그저 유속처럼 흐르는 운명에 손을 뻗은 것밖에 없는 것 같다.

시준은 세림을 안은 팔에 힘을 주어 단단히 안았다. 이제야 겨우 쉴 곳을 찾은 작은 새처럼 자그마한 세림이 파고든다.

"세림아……."

세림이 손가락을 세워 눈물을 닦으며 그를 올려다보았다. 강물을 닮은 한없이 깊은 눈동자에 자신만이 비친다. 찬바람 섞인 그의 품 냄새가 코끝에 내려앉는다.

"우리 결혼하자."

세림의 눈가가 바르르 떨렸다. 말라가던 눈물이 다시 차오른다. 시준이 세림의 귓불에 키스했다.

"나랑 같이 평생 살자, 세림아. 우리 결혼해."

속삭이는 그의 음성이 따스하다. 6년 동안 얼어붙은 심장이 녹아드는 것만 같아, 눈물을 참으려고 해도 자꾸만 가득 차올라 쉼 없이 흘렀다.

시준은 세림의 얼굴을 손으로 잡았다. 줄줄, 눈물을 흘리는 게 영락없는 통강아지다. 그가 웃으며 세림의 입술에 자신의 입술을 포갰다. 세림의 눈에서 흐르는 눈물 때문에 입술 맛에 소금기가 배어 있다. 그가 달콤한 머시멜로우를 삼키듯 정성스레 입술을 맛보다 볼에, 콧잔등에, 눈에, 그리고 이미에 차례대로 키스했다.

"사랑해."

"……."

"은세림, 사랑한다. 앞으로 내 남은 인생, 너만 사랑할란다. 평생 네 남자로 살게."

세림은 차마 대답하지 못하고 가빠져 오는 호흡을 고르며 눈물을 삼켰다.

"내 옆에서……?"

"네 옆에서."

"시간이 흘러서 우리 모습이 변해도……?"

"시간이 흘러서 우리 모습이 변해도. 난 매일매일 또 다른 네 옆에서 하루를 같이하고 있을 거야."

"그런 꿈 같은 얘기…… 믿어도 되는 거야? 너 되게 힘든 남자잖아……. 함부로 바라면, 안 되는 사람이잖아. 그런데…… 나 그거 알면서도 이시준, 네가 너무 갖고 싶어. 붙잡은 손, 다시는 놓치고 싶지…… 않아."

세림은 울음 섞인 음성으로 끊어질 듯 애써 말을 이어가다 결국 눈물을 터뜨렸다. 숨이 가빠 가슴이 한꺼번에 들썩인다. 시준은 그제야 한시름 놓은 듯 세림을 마냥 사랑스럽게만 바라보다 자신의 코트 자락을 꼭 쥔 작은 손을 힘 있게 감싸 쥐었다.

"놓지 마. 절대 놓지 마. 네가 나 가져. 맹세할게. 우리 앞에 있는 날들 너랑 나랑 같이 걸어갈 거야. 힘들기도 하고, 아프기도 하겠지만, 웃는 일, 행복한 일 더 많이 만들어줄게. 나 믿어."

"……."

"승낙해 줘, 응? 결혼해 주라, 세림아."

"나도…… 네 손 잡고, 네 옆에서…… 이시준 웃는 일, 행복하게 하는 일 많이 만들어줄게. 응, 할래. 할 거야. 평생 내 남자로…… 살게 할 거야."

세림은 눈물을 삼키며 물기에 젖어 투명하게 빛나는 눈동자로 연신 고개를 끄덕거렸다. 시준은 웃음을 지으며 세림의 두 뺨을 살며시 잡고 조심스레, 다정히 입 맞췄다.

그녀가 눈이 펄펄 내리던 강원도에서의 그날처럼 자꾸만 시준의 눈을 들여다보며 다짐하듯 힘주어 말한다.

"너 이제 어디로 가면 안 돼. 절대 못 가. 아무도 안 줘."

"그래. 꼭 그렇게 해줘, 세림아."

거품이 가득한 초코라떼를 맛보듯, 두 사람의 입술은 조금씩 그러나 오래도록 서로의 온도를 느끼고 삼키었다.

## 오직, 너만을 향한 도약

"박 대리, 1층 로비에 인사 발령 공고 봤어?"

"봤어, 봤어. 오늘 여기 계동 말고 전 계열사 비상일걸. 현 부장 곧 판도 뒤집힌다고 줄 잘 타라 그러더니 김 상무, 원 이사 라인 죄다 살벌하게 잘려 나가네. 임원들이야 해먹을 대로 해먹었겠지만 밑에 차·부장들은 무슨 죄야."

"어제 5시부터 뉴스에서 난리더라."

"뉴스 보도도 되게 살벌하더만. 하루아침에 재상…… 아주 휘청휘청. 내 말 맞지? 증권사에서 일하는 친구가 어제 특기밀이라고 알려준 찌라시."

"그러게, 설마 했는데. 재상은 안팎으로 하루아침에 난리네. 딸은 약혼자한테 치여, 임 회장은 사돈한테 치여. 돈 있는 놈들은 집안싸움도 살벌하게 한다. 근데 막내 이시준이가 재상에 덤빌 정도로 힘이 있었어? 대주주긴 하지만 칼 휘두를 만큼 파워는 없을 텐데?"

"막내기도 하고, 본인 일이기도 하니까 총대 맨 거겠지. 한남 밥그릇에 덤벼든 재상 떼어낼 구실로 적절하잖아? 그리고 헤센그룹이 이시준 거라며. 그 회장으로 있는 사람이랑 초기 자본금 50만 달러씩 투자해서 설립한 소규모 회사를 4년 만에 그만큼 키운 거더만. 커넥션은 그 외국인이 만들고, 기반은 이시준이 잡아놨다고 봐도 무리 없다는데? CEO라잖아. 그래서 한남 지분율은 제일 적은데 개인 자산은 웬만한 중견기업 정도 된대."

"어후, 어린 게 난놈이네."

"카타르 석유왕자지가 그렇게 아낀단 얘기도 있고, 현지처란 설도 있어. 임하은이랑 사이 안 좋은 건 다 아는 얘기고, 미국 유학 생활 동안 여자들이랑 잔 적이 없다는데?"

"그래서 게이설이 진짜라고? 에이, 소문이겠지."

"진짜래. 이시준 유학 가기 전에 강남바닥에서 알아줬다던데."

"이번에 그 평범한 집안 여자랑 결혼하려고 판 엎은 거 아니었어? 진짜 그냥 재상 떼어내려는 구실이야?"

"당연한 거 아냐. 그런 자리에 있는 애들이 뭐가 아쉽다고 평범한 집안 여자애랑 결혼을 하겠어. 그거야 말로 진짜 찌라시지."

"하긴, 그러네."


[기자 사건수첩] 추락하는 재상, '11.27사태'에 이어 '12.04난'까지.


재상은 지난 4일 석간을 시작으로 나흘간 조간 1면 헤드라인과 뉴스 보도의 첫 장을 장식했다. 언론은 재상의 조세 피난, 재상 웰빙 메디슨 분식회계, 마약류 의약품 불법 유통 혐의, 재상과 관련된 전·현직 의원 뇌물수수, 차명계좌 관리 등의 부도덕한 행위를 집중 보도했다. 이 과정에서 재상과 관계된 정계인사들은 줄줄이 엮여 뜻하지 않은 스포트라이트를 받게 됐다.

재상의 비리와 임성근 회장의 투명하지 못한 경영 방식이 낱낱이 공개되며 대기업의 잘못된 관행과 국정을 수행하는 의원이 청탁을 받은 혐의에 대해 이를 질타하는 목소리 또한 높아졌다. 사태가 걷잡을 수 없이 커지자 검찰은 내주 중에 '재상 특검 팀'을 마련, 특검보 2명과 특별 수사관 30명 등의 수사진을 구성할 예정이다. 재상의 조세 피난과 분식 회계 혐의를 포착하던 검찰은 전 수사 자료들 역시 '재상 특검 팀'에 넘길 것이다. 특히 검찰의 이번 수사는 오너가의 그릇된 경영 행태에 초점을 맞추었으며, 정경유착의 부패적 관행 사슬을 끊겠다는 의지를 보였다. 이러한 점에서 정 재계 인사 모두 사건이 전 방위로 확대될까 긴장하며 몸을 사리고 있다.

한편 전·현직 의원 차명계좌 관리 문제에는 한남건설의 이재환 회장역시 의혹을 받았다. 재상 특검 팀이 마련되는 대로 이재환 회장도 검찰에 출두할 것으로 알려졌다.

또한 분식회계 사실을 모르고 재상 웰빙메디슨 연구에 투자해 손해를 본 개인, 공동 투자자들의 움직임도 심상치 않다. 이들은 임성근 회장 및 임원 5명과 회사 측을 상대로 각각 1억 6천만 원, 20억, 47억여 원의 손해 배상을 청구했다. 이는 재상그룹 분식회계 사건에 제기된 첫 소송으로 재상그룹 분식회계 손해 배상 소송이 본격적으로 진행될 것이라 추측하고 있다.

증선위(증권선물위원회)는 재상의 회계 감사 기준을 위반한 현민 회계 법인, IK 회계 법인 등 두 개의 회계 법인에 대해서도 당해 회사 감사 업무 제한, 최대 감사인 지정 자격을 아예 박탈할 방침까지 염두에 두는 등 엄정한 처벌과 함께 분식회계와 관련 민·형사 재판에 들어갈 예정이라고 말했다.

레지던스에서 뉴스 보도를 시청하던 시준은 한 통의 전화를 받았다.

연준이었다. 오후 3시부터 헤센 참모진들과 재상의 제2금융권인 민음상호저축은행 인수와 재상생명 워크아웃(Workout)* 시나리오를 검토할 예정이었다. 연준은 소은을 생각해서라도 이쯤에서 그만하라 했다. 만약 소은도 소용이 없다면 자신을 봐서라도 그만두라고. 왼편의 널따란 창으로 눈길만 틀었다. 창 너머 남산의 푸른 조망과, 좀 더 오른편으로는 서울의 낮 도심이 삭막하고 차게 보인다. 회의가 있다며 직접적인 대답을 피하고 전화를 끊었다.

시준은 잠시 생각하듯 눈매를 가늘게 접으며 턱을 매만졌다. 얼마 지나지 않아 회의 준비가 됐단 김 실장의 말에 그는 자리에서 일어나 회의실로 향했다.

재상의 민음상호저축은행 인수 시나리오 키워드는 '프로젝트 파이낸싱(Project Financing)*'이었다. 대부분 상호저축은행의 부도 사태 주범임과 동시에 생명줄이며 양날의 검인. 해외에서는 주로

---

* 워크아웃(Workout):계약 불이행이 발생하였을 때 도산 등을 피하기 위해 채무자와 채권자가 해결 방법을 모색하는 행위를 말한다. 보통 '기업개선작업'으로 번역된다.

* 프로젝트 파이낸싱(Project Financing):특정 프로젝트 사업의 수익성과 미래 현금 창출 능력을 담보로 자금을 빌리고 사업 종료 후 수익을 상환하는 금융기법.

도로, 항만, 공항 건설 등의 사업에 사용되는 대출 방식이었다. 국내에서는 1금융권에서 자본을 마련하지 못한 소규모 선설사들이 공사 자금을 마련하기 위해 이용하며, 공사가 끝난 후 생긴 수익으로 대출금을 반환하고 있었다. 바로 여기서부터 문제가 시작된다. 프로젝트가 성공해 건설사가 빌린 자금을 되갚을 능력이 된다면 일거양득의 효과를 볼 수 있지만, 결과가 좋지 못하다면 은행은 그대로 파산의 부담을 떠안게 되는 것이다. 이런 문제 때문에 재상은 그동안 PF 대출 절차를 철저하고 꼼꼼하게 심사해 왔다.

혜센은 이러한 취약점을 공략했다. 혜센은 두 곳의 페이퍼 컴퍼니를 만들어 소규모 자금 PF를 대출받고, 프로젝트가 끝나면 돈을 갚는 것으로 재상 믿음상호저축은행과 신뢰를 쌓았다. 그것이 다섯 건 중 세 건이었다. 남은 두 건이 수천억대가 넘어가는 가장 큰 프로젝트였고 관건이었다. 그러나 최근 건설과 부동산 침체로 건설사는 공사에 차질이 생기게 됐고, 믿음상호저축은행에 대출금과 이자를 갚지 못하게 되는 상황에 놓이게 됐다. 이에 건설사는 법정관리를 신청, 대출금을 회수하지 못한 믿음상호저축은행은 그대로 재정 상태가 악화돼 거래가 정지될 것이라는 과정을 밟고 있는 중이었다.

「덧붙여 내일, 대주주와 경영진이 회사 돈을 횡령한 사실이 드러난 재상믿음은 경영평가위원회가 구성되어질 예정이고, 믿음상호저축은행 인수를 혜센이 하게 될 것입니다.」

「다른 상호저축은행에 비해 대부분 재벌들의 비자금을 주로 관리하는 재상믿음은 어마어마한 네트워크를 잃게 되며 다시 재기는 할 수 없게 될 것이구요. 시나리오는 현재 차질 없이 진행되고 있습니다.」

시준은 자료를 보며 대답 없이 고개만 끄덕거렸다.

「다음은 재상생명 워크아웃 시나리오입니다.」

「아니…….」

시준은 자료를 덮었다. 회의실에 있던 김 실장과 헤센 참모진들이 의아하단 눈빛으로 그를 보았다.

「재상생명 건은 보류합니다.」

「하지만 생명사를 공략하지 않으면…….」

「알고 있습니다. 우리 사모펀드는 기업 인수를 통한 수익에 근거하지만, 기업 사냥꾼과 같은 약탈적 인수는 하지 않는다는 원칙을 지켜야 합니다. 그리고 이번 일은 단순히 숙청의 본보기에만 있기도 하고요. 지금 상황만으로도 재상은 충분히 타격을 입었고, 소수 그룹 계열사들은 워크아웃에 들어갈 예정이니 굳이 판을 더 벌릴 필요 없죠. 외국 자본이 국내 금융권에 계속 손대게 되면 국민들의 반발을 사게 될 우려가 있으니 정도를 지킵시다. 믿음상호저축은행 인수 후 이번 일은 마무리 짓습니다.」

회의가 끝나고 빈 회의실에 남은 시준은 재상생명 워크아웃 시나리오를 집어 들고 문서 분쇄기 앞에 섰다. 약 50페이지에 달하는 시나리오에는 워크아웃을 전반에 관한 내용이 치밀하게 짜여 있었다. 그는 시나리오를 한 장씩 뜯어 문서 분쇄기에 집어넣었다.

❖  ❖  ❖

시준이 한남동 집 거실에 들어섬과 동시에 재떨이가 날아들었다. 그는 거의 반사적으로 상체를 뒤로 빼며 고개만 옆으로 돌려 피했다. 간발의 차였다. 이마가 터지는 참사는 벌어지지 않았지만 대신 크리스털 재떨이가 박살 났다. 시준과 그를 맞이하던 윤 관장, 도우미는 눈을 동그랗게 뜬 채 산산조각 난 재떨이를 내려다보았다.

"아주 잘했다, 이 꼴통새끼야. 잘했다고 주는 상이다."

"해준 아버지!"

윤 관장이 입을 다물지 못하고 앙칼지게 소리쳤다. 이 회장은 상석 소파에 앉아 무슨 일 있었냐는 듯 TV 리모컨으로 틱틱, 심상히 채널을 돌렸다.

노친네, 성질하고는.

"상 한번 살벌하게 주네. 정통으로 맞았음 골로 갔어요."

가는 눈으로 이 회장을 쳐다보던 시준은 코트 주머니에 손을 넣고 휘적휘적 소파로 걸어가 앉았다. 도우미가 재떨이를 치우고, 윤 관장도 시준의 맞은편 소파에 앉는다.

"닌 마, 골통이 하도 단단해서 깨질 염려 없다."

"미쳤어. 아무리 시준이 머리가 단단해도 저건 살인무기 수준이었거든요? 애가 몰골이 말이 아니네. 밥은 잘 챙겨 먹고 다니고?"

윤 관장이 도우미에게 차를 준비하라 하자, 시준은 금방 일어난다며 됐다고 하였다.

"윤 관장님이 사서 걱정 안 해도 저놈아는 지 살길 지가 알아서 잘 간다."

"그럼요, 누구 아들인데 어렵하겠어요?"

시준이 오기 전 차를 마시던 윤 관장은 찻잔을 입가로 가져가며 새침히 대꾸하였다. 이 회장이 그녀를 노려본다. 시준이 슬쩍 웃음을 보였다.

"걱정 마요. 밥 몇 끼 못 챙겨 먹는다고 죽는 것도 아니고. 그것보다 할 말 있어서 왔어. 나 결혼해."

TV 화면에 눈길을 두던 이 회장은 자신이 제대로 들은 게 맞느냐는 듯 윤 관장을 쳐다보았다. 윤 관장은 동요 없이 마른 음성으로 입을 열었다.

"누구랑?"

"세림이랑."

"쟈, 미쳤나? 꼴통 맞네, 절마 새끼. 상꼴통! 이 판 벌린 지 며칠이 됐다고!"

이 회장은 심기 불편하게 고개를 저으며 다시 TV로 시선을 돌렸다. 윤 관장만이 표정의 변화 없이 왼손을 쥐었다 폈다.

"네가 이 사달 낼 때부터 언젠가 그 말 할 줄은 알고 있었어. 생각보다 빠르긴 하지만, 모르고 있었던 일도 아니잖아요. 이번 일 알면서도 묵인하고, 암묵적으로 판 같이 키웠던 거였고."

윤 관장은 이 회장을 돌아보지 않은 채 단호한 음성으로 말하였다.

"시준이 너, 걔가 그렇게 좋아? 네 눈에 아무것도 안 보여서 칼 휘두를 만큼 걔 없으면 못 살 정도야?"

"어."

"회사에서 잘리고, 집에서 쫓겨나 호적 정리되고, 한남에 관한 권한 포기해도 좋을 정도로? 네 엄마, 아버지인 우리가 연 끊자고 해도?"

"어."

시준의 눈빛과 음성은 흔들림 없이 확고했다. 역시 예상하고 있던 대답이라는 듯 윤 관장은 고개를 천천히 끄덕였다. 그녀가 이 회장을 슬쩍 살폈다. 이 회장은 아예 시준에게서 등을 돌리고 있었다.

이 집 남자들은 나름대로 자신의 신념과 가치관을 가지고 있었다. 시아버지부터 시작해, 남편인 이 회장과 그의 아들들 삼 형제 모두. 그들은 그 신념을 가지고 인생을 살아갔으며, 장애에 부딪히거나 아니라고 생각되는 것에 대해선 자신의 가치관을 기준으로 납득의 여부를 가리는 사람들이었다. 자연히 융통성과 별개로 그것은 고집의 문제가 되어갔다. 늙어갈수록 유전의 성질이 짙어져 걱정이었지만. 게다가 엄마로서 시준을 지난 6년간 지켜본 결과, 이 아이는 단단히 굳힌 마음을 절대 움직이지 않을 터였다.

가족의 울타리를 내세운 무력으로도, 엄마로서의 어떤 호소로도.

윤 관장은 생각을 갈무리하며 들리지 않게 숨을 뱉어냈다.

"후회 안 해?"

"우리 윤 관장님이 나 보기 싫다고 쫓아내면 속 엄청 쓰리겠지. 그런데 엄마, 난 매 순간 생각해. 6년 전, 내가 좀 더 똑똑한 놈이었다면 그때 세림이 손을 놓지 말았어야 했다고. 나한테 후회란 그런 거야. 앞으론 절대 놓지 않아. 내가 이만큼 달려온 것도 언젠가 세림이를 갖게 되리란 희망 때문이었어. 난 세림이가 필요해. 무엇에도 감정을 담을 줄 몰랐던 내 삭막한 인생에 갠 봄볕이었어. 내 봄을 빼앗지 말아줘. 이제부터 남은 평생 은세림 내 옆에 두고 사랑할 거야. 무조건 은세림이어야 해."

"후회 안 하냐고 물어봤더니, 왜 나한테 고백을 해? 설레게."

진지하게 옅은 웃음을 지으며 그 아이를 생각하며 말하는 듯한 시준을 보고 윤 관장은 가벼운 농담을 던졌다. 시준이 금세 너털웃음을 터뜨렸나.

"그 고백은 그대로 그 애한테 들려줘. 그런데 그 애도 너 빈털터리돼도 사랑할 수 있대? 가진 거 없는 놈이라도?"

"걘 나 없으면 못 살지. 빈털터리되면 자기가 벌 테니까 걱정하지 말라던데. 걔 되게 유능해. 여기저기에서 러브 콜 받고 있어."

"그렇게 야무진 애가 사랑 때문에 전부 다 내팽개치는 놈이 뭐가 좋다고. 그런 미련한 놈은 버려야지."

"세림이가 원래 한 사람밖에 모르는 순정녀야. 그리고 당연히 빈털터리인 채로 세림이 데려올 생각은 없어. 뭐, 내 능력에 어디 가서 굶어 죽기야 하겠어."

"말은 잘한다. 뭐…… 그래, 네 아버지 아들이니까 그렇게 호언장담하는 거 의심하지 않아. 네 결심이 확고하다면 더 이상 뭐라고도 안 해. 반대도 안 하고."

"……"

"그런데, 그렇다고 당장 찬성하는 것도 아니야. 일단 이 난리 가라앉고 시간 좀 지나길 바라자. 지금도 충분히 진흙탕 싸움이잖아. 이 난리에 걔까지 끌어들여서 쓸데없이 주목받게 할 필요는 없다고 봐."

"Okay, 알겠어. 동의해요. 이해도 했고. 상황 어느 정도 정리되면 세림이네 부모님께 인사드리러 갈 거야. 그전에 엄마, 아버지한테 말씀드리는 거고. 덧붙이자면 두 분이 다 찬성 안 한다고 해도 난 세림이랑 결혼해. 그래도 난 엄마, 아버지가 세림이 받아들이고 예쁘게 봐줬으면 좋겠어. 사랑스러운 애야. 무엇보다……."

시준은 아예 등을 돌려 여전히 TV만 쳐다보고 있는 이 회장을 바라보았다.

"아버지가 그 애 받아들여 줬으면 좋겠어. 내가 아버지 좋아하는 만큼, 세림이도 아버지 좋아할 테니까."

거실에 침묵이 돌았다. 아주 작게 음량을 줄인 TV 속 아나운서의 담담한 뉴스 보도도 모두 정확하게 들릴 만큼. TV에선 며칠간 뉴스의 오프닝을 장식한 재상과 한남의 얘기가 보도 중이었다. 시준의 시선도 TV를 향했다.

검찰에 소환돼 구속 수사를 받고 있는 임 회장은 내달 중 공판을 앞두고 있는 상황이며, 재상 오너 일가는 출국 금지령을 받은 상태라는 소식이 전해지고 있었다. 임 회장 휘하의 재상 계열사는 여기 저기서 터지는 누수와 총수의 부재, 오너 공판 대응으로 비상사태는 물론 반 패닉, 살얼음판을 걷는 듯한 분위기일 것이다.

"……니는 내가 그래 순수한 사람으로만 보이드나? 마가 어데서 감성 호소는……."

뒤도 돌아보지 않고 입을 떼던 이 회장이 자리를 털고 일어서며 신문을 들었다.

"니 공짜 점심은 없다는 말 알제? 내는 니 어매하고 달라. 가라, 니가 가를 선택했으모 이 순간부터 거 있을 필요 없다. 그 아 때문에 이 판 벌리는 거면 내 분명 하지 말라 했다. 회사는 군 들어갈 때까지 월급재이 노릇하고. 아, 이제 내도 휘두를 권한이 없는 긴가? 싫으면 사표 쓰고."

"……입대할 때까진 회사일 마무리 짓고 갑니다."

시준도 자리에서 일어섰다. 윤 관장이 걱정스런 숨을 뱉어내며 따라 일어선다.

"그래? 금 글고."

이 회장은 휘적휘적 걸어 2층 방으로 향하는 계단을 올랐다. 그가 사라지고 나서야 윤 관장이 담담히 시준을 바라보며 어깨를 토닥여 주었다.

"네 얘긴 잘 알아들었어. 어찌 됐든 걜 받아들이는 건 천천히 하자. 완고하고 고지식한 네 아버지 평생 자기가 고수해 온 고집 바꾸기 쉽지 않을 거야. 덮어두고 반대만은 하진 않겠지. 또 그렇게 앞뒤 꽉 막힌 사람만도 아니고. 아버지한테 시간을 좀 줘."

"알았어요."

❖　❖　❖

세림은 간만에 단아와 데이트를 했다. 대학 졸업 후 자영은 국가고시에 병원에서의 인턴, 레지던트 생활. 해나는 졸업 후 외국에서 그림 공부를 더 하고 싶다며 유학길에 올랐다. 그나마 시간 맞춰 얼굴 보기가 수월한 건 덜 바쁜 쪽의 세림과 단아였다. 물론 단아도 한 가정의 엄마이자 아내였지만, 이번 주는 전날 저녁 남편이 워크숍을 가 그녀도 휴가를 갖게 됐다. 춘천에서 친정 엄마와 아빠가 올라와 아이들을 봐주기로 한 것이었다.

덕분에 두 사람은 간만에 조조영화를 보고, 늦은 아점으로 한정식을 먹고, 쇼핑도 즐기고, 못다 한 수다는 커피숍에서 여유롭게 풀며 하루를 보냈다. 그리고 헤어지기가 아쉬워 저녁에 와인 한 잔도 잊지 않고 집에 오니 바로 시준에게 전화가 왔다. 시준은 하루 종일 보고 싶어 죽을 뻔했다며 엄살 부린다. 아직 코트도 벗지 못하고 침대 가장자리에 걸터앉은 세림의 입매가 괜스레 밀려 올라갔다. 그녀가 나도, 하고 답하자 수화기 속에서 그가 나직이 웃었다.

근사하도록 낮은 음성의 울림이 심장을 자꾸만 부풀게 만들었다.

정말 보고 싶어.

시준과는 코엑스에서 본 이후로 만날 수 있는 여유가 없었다. 갑작스레 시준이 바빠진 것도 한몫했지만, 당분간 주변이 시끄러울 거라며 옆에 있으면 곤욕을 치를 수 있다는 것이 그의 말이었다. 혹시나 싶어 집 주변에 사람을 붙인다고 해 손사래를 쳤다. 그리고 그의 말대로 그날 이후 언론이며, 주변에서 한남과 재상의 문제로 한동안 떠들썩했다.

〈내일 종일 붙어 있자. 아파트로 와.〉

한참 생각에 빠져 있다 눈을 동그랗게 떴다. 선뜻 알겠다고 대답하지 못했다. 불현듯 앞서 가는 생각이 머리를 스쳤다. 설원처럼 온통 눈꽃뿐이었던 강원도 집에서의 밤. 망설임이 길어졌다. 시준 역시 대답을 기다리는 듯 아무런 말이 없었다. 재빨리 월요일까지 프로젝트 연구 논문 가이드라인을 잡아서 보내야 하고, 기말 페이퍼도 정리해야 한다고 변명같이 말했다. 대답이 되지 않았던 걸까. 수화기를 사이에 두고 짧은 침묵이 흘렀다. 괜히 긴장이 돼 다리에 얹어둔 손을 살짝 쥐었다. 한참 만에 시준은 긴 숨을 먼저 내쉰다.

〈나도 회사 일 때문에 볼 서류가 있어. 커피숍에서 같이해.〉

❖ ❖ ❖

"응, 도착했어? 빨리 왔네."

〈은세림 기다릴까 봐 막 밟고 왔지.〉

"그러다 사고 나면 어쩌려고 밟고 와. 하여간 이시준 진짜."

세림은 걱정이 묻은 음성으로 타박하듯 말했다. 시준이 수화기
속에서 하하, 하고 낮게 웃는다. 방금 전까지 만족스럽게 보고 있
던 코트를 다시 행거에 걸던 그녀가 옷걸이 윗부분을 꼭 쥔다. 발
길을 돌리던 그녀는 바로 옆 거울에 비친 자신과 마주한다. 퉁명스
레 한마디 했던 것과 달리 웃음을 잔뜩 깨물고 있는 것 같은 표정
이 그곳에 있었다. 그녀는 괜히 비어 있는 손으로 어깨까지 늘어뜨
린 머리칼을 양쪽 귀 뒤로 넘긴다.

〈우리 똥강아지가 걱정했구나.〉

"당연하지. 사고 나면 너 때문에 멀쩡하게 운전하던 다른 사람
들은 무슨 죄야."

〈아, 내가 아니라 그 사람들. 우리 똥강아지가 너무 보고 싶어서
내가 그 생각을 못했네. 반성할게. 그래도 깜박이 켜고, 신호 준수
하고 지킬 건 다 지키면서 밟았다.〉

시준이 능청스레 반성하면서도 자랑스럽다는 듯 으스댔다. 꼭
밉지 않은 예닐곱 살 어린애 같다. 웃음이 난다.

"아이고, 그러셨어요. 아주 잘했어요, 이시준 씨."

그래서 세림은 햇님반 유치원 선생님처럼 살가우면서도 친절하
게 시준을 칭찬해 주었다. 시준이 하하, 또 낮게 웃는다. 그녀가 숍

문을 밀며 밖으로 나섰다. 메마르고 차가운 바람이 부드러운 뺨을 사납게 할퀴었다. 따가움에 세림이 손등으로 뺨을 누른다.

〈근데 밖이야? 교보에 있는 거 아니었어?〉

"응, 옷 보다가 지금 올라가는 길. 넌?"

〈날도 추운데 실내에 있으라니까. 나도 차 주차하고 올라가는 길. 아니면 다시 숍에 들어가 있어. 내가 갈게.〉

"괜찮아, 많이 추운 것도 아니네요."

시리도록 노란 겨울 햇볕이 쨍쨍하게 내리쬐고, 세림이 말을 할 때마다 하얀 입김이 눈앞에서 흩어졌다. 그녀는 가방 안에서 장갑을 꺼내 손에 끼며 통화를 이었다. 가끔 봄볕처럼 유순하고 상냥한 웃음을 숨김없이 지으며. 강한 바람이 옆에서 불어왔다. 긴 머리칼이 제멋대로 흩어진다. 세림은 손으로 머리칼을 정돈하며 귀 뒤로 넘기다 발걸음을 멈췄다. 멀리서 시준이 큰 걸음으로 걸어오고 있었다. 시준도 그녀를 발견했는지 걸음걸이가 느려졌다.

그녀가 웃는다. 그도 웃는다.

두 사람은 잠시 동안, 자리에 멈춰 서 거리를 오가는 많은 사람들을 사이에 두고 멀리서 서로를 바라보기만 했다. 서로의 웃음을 느끼듯, 서로의 온도를 그리듯, 서로를 향해 뛰는 심장 소리에 귀 기울이듯.

시준이 먼저 발걸음을 뗐다. 세림도 따라 발을 내딛는다.

그의 큰 걸음이 빨라졌다. 세림도 빠르게 걸었다. 이윽고 서로 눈앞에서 마주할 만큼 거리가 가까워지자 시준은 찬 손으로 세림의 얼굴을 붙잡고 입술을 포갰다.

일요일 오후, 사람들로 북적이는 강남 커피숍은 기말 페이퍼 정리나 서류를 볼 환경이 못 되었다. 그래서 결국 논현동 도산대로까지 건너왔다. 하와이언을 표방한 커피숍은 외관에서부터 이국적 정취가 물씬 묻어났다. 출입구를 중심으로 홀이 양분되는 독특한 구조와 짙은 니무색의 실내는 아득하면서도 휴양지에서 볼 수 있을 법한 소품들로 인테리어돼 있었다. 공부보다는 정말 편안하게 대화하며 커피를 마셔야 할 것 같은 공간이었다.

세림과 시준은 안쪽의 착석이 편한 소파의자에 서로 엇갈리게 마주 본 상태로 앉았다.

시준은 한 손에 재무제표를 들고 시선은 노트북 모니터의 엑셀 차트에 두었다. 그가 눈길만을 들어 노트북 너머의 세림을 쳐다본다. 세림은 노트북을 켜놓은 채 제본된 논문을 읽고 있었다. 그녀는 펜 끝을 입술에 대고 심각한 표정을 지었다. 고운 미간이 구겨진다. 이해가 되지 않는다는 듯 갸웃 고개를 기울이며 입술을 비죽 내민다. 가느다랗고 긴 왼손은 테이블 위를 톡톡 쳤다. 시준은 다시 눈길을 걷어 노트북 모니터에 두었다.

"세림아."

"……응."

세림은 펜으로 중요한 부분을 밑줄 그으며 성의 없이 대답했다.

한국 공영방송 KBS와 영국 공영방송 BBC의 매체 노출 방식에 관해 비교하라는데…… 한국 공영방송은 그렇다 치고 영국 공영방송에 관한 자료는 온통 영문으로 돼 있어 읽는 데 머리가 아플 지경이었다.

"넌 도대체 안 예쁜 데가 어디냐."

"응······? 어?"

펜 끝으로 관자놀이를 눌러가며 논문을 읽던 세림이 고개를 들었다. 방금 그가 한 말을 제대로 들은 게 맞느냐는 듯. 시준은 웃으며 모니터를 보고 있었다. 그녀가 눈을 깜박인다. 그러다 흘깃 던지는 시준의 시선과 맞닿았다.

"뭐야, 무슨 소릴 하는 거야."

세림은 어정쩡하게 웃으며 슬그머니 시선을 피하다 다시 그를 보았다. 시준이 노트북을 덮고 테이블에 올려둔 세림의 작고 하얀 손을 자신의 커다란 손으로 감싸듯 쥐었다. 올곧이 고정된 그의 눈빛이 다정하고 부드럽다.

"정말, 진심으로 심각하게 묻는 거야. 우리 세림이는 이마도 예쁘고, 눈썹도 예쁘고, 눈도 예쁘고, 코도 예쁘고. 입술은 매일 먹어도 또 먹고 싶고······."

시준은 왼손을 들어 천천히 세림의 동그란 이마와 가지런히 정리된 눈썹을 쓸고, 그대로 곡선 진 콧대와 마지막으로 붉은빛 도는 입술을 엄지손가락으로 매만졌다.

그의 손길이 지나간 자리마다 체온이 스며들고 심장이 나긋하게 뛰었다. 그러다 웃음을 참지 못하고 터뜨린다. 그의 말이 매주 일요일 개그 프로그램에서 어떤 개그우먼이 하던 대사 같아서.

"손은 또 왜 이렇게 작아. 깨물어 버리고 싶게. 아, 도대체 안 예쁜 데를 찾을 수가 없네. 조만간 숨겨진 데도 구석구석 샅샅이 찾아봐야겠다."

"됐거든?"

세림은 조금 새침하게 웃으며 시준에게 잡힌 손을 빼내려 했다.

하지만 시준은 놓아줄 수 없다는 듯 꼭 잡은 손을 어르듯 매만졌다. 그의 눈길이 세림의 눈동자와 눈썹 언저리, 이마, 입술을 천천히 맴돌다 다시 눈으로 왔다. 세림의 눈동자가 어쩌지 못하고 그에게 잡히고 만다. 계속 그의 눈을 마주하는 게 어색해 세림은 시선을 떨어뜨리다가 멀리 있는 테이블을 보기도 하고, 헛기침으로 목을 가다듬다 다시 그를 보았다. 시선이 움직이는 동안에도 시준은 계속 세림에게 눈동자를 고정시킨 채 미소 짓고 있었다.

민망해지도록 심장이 자꾸만 뜨거워져 고개를 도리도리 흔들었다. 비어져 나오는 웃음도 숨겨지지가 않는다.

"그만 봐, 좀⋯⋯!"

"예뻐서 그런다니까. 예쁜 얼굴 좀 보면 안 돼?"

"응, 보면 안 돼. 그만 봐."

"비싸게 구네."

"비싼 얼굴이라서 그래. 앞으로 보고 싶으면 관람권 사서 봐."

이런 말은 아무렇지 않게 도도하게 해줘야 되는데, 세림은 제가 뱉어낸 말이 괜히 부끄러워 웃어버렸다. 외려 시준이 진지한 얼굴이다.

"그래? 그럴 줄 알고 미리 관람권 사왔지."

시준은 오른손을 들어 옆자리 가방에서 무언가를 꺼냈다. 그가 테이블 위에 두며 세림 앞으로 밀었다. 시계 상자다. 그녀의 얼굴에서 웃음이 사라진다. 동그랗게 떠진 눈은 시준의 손길만을 따라다녔다. 그는 상자에서 시계를 꺼내 세림의 왼쪽 손목에 얹듯 올렸다. 로즈골드빛 심플한 숫자판으로 된 검정색 가죽 벨트 시계.

"뭐, 뭐야⋯⋯ 이거?"

"시계."

그가 입매만 밀어 올리며 가죽 벨트를 여미고는 다됐다는 듯 세림에게 보인다.

"⋯⋯알지. 아는데, 이걸 왜⋯⋯."

"관람권. 이 시각 이후부터 얼굴 뚫어지게 봐도 할 말 없으라고."

세림은 곤혹스러운 건지, 기뻐하는 건지 알 수 없는 표정이었다.

"왜 또, 환불해 오라고 하려고?"

"⋯⋯."

"예뻐서. 은세림하고 커플시계 차보는 게 소원이라."

어쩌지 못하고 시계만 쳐다보던 세림의 눈길이 시준의 손목으로 향했다. 시준은 손목을 반 정도 덮은 검정색 긴소매 니트를 올렸다. 세림의 시계와 똑같은 모양과 가죽 벨트이지만 숫자판은 좀 더 크고 투박했다. 빛깔도 실버 메탈로 달랐다.

"시계 잘 보관하고 있어?"

"약⋯⋯ 떨어졌는데 갈아주지를 못했어."

그녀가 시선을 떨어뜨리며 미안하게 대답한다. 시준은 손을 뻗어 세림의 잔머리를 다정히 쓸어주었다.

"나중에 가지고 나와. 같이 시간 맞춰주자."

"응, 그렇게 해."

"그리고 나, 며칠 전에 한남동 집 다녀왔어."

"한남동⋯⋯ 집?"

"어. 엄마, 아버지한테 너랑 결혼할 거라고 말하고 왔어."

"아⋯⋯ 뭐라고⋯⋯ 하셨어?"

세림은 허전한 오른손을 접으며 조심스레 물었다. 심장의 떨림이 줄기처럼 손끝까지 뻗어가는 것 같았다. 시준은 그날 있었던 일을 더하지도, 빼지도 않고 찬찬히 말해주었다. 간혹 세림의 눈빛을 살피며. 그럴 때마다 세림은 희미한 웃음을 보였다.

"……아버진?"

"노친네가 원래 완고하고 고집이 세."

천천히 고개를 끄덕였다. 시준은 자신이 속상해하지 않게끔 함축적으로 말해주었다. 안다, 그 마음을. 아버지께서 무어라 말씀하셨는지 짐작 가지 않지만, 왠지 굉장히 싫어하셨을 것 같은 기분이다. 자신은 아직 부모님께 말씀드리지 못했다. 입 밖으로 꺼내면 굉장히 대단한 일로 다가올 것 같기도 했고, 청혼을 받았다고 얘기하기엔 시준이 쪽 사정이 지금 난감했다. 게다가 엄마는 양쪽 부모님이 반대하는 결혼은 하지 않는 게 좋다며 항상 입버릇처럼 말했다. 엄마, 아빠가 시준이를 반대할지는 모르겠지만, 시준이네 부모님은 호의적인 편은 아니니까.

생각이 꼬리에 꼬리를 물자 자꾸 안 좋은 방향으로만 결론이 난다. 일단 시준이 어머니께서 반대한다고 하지 않으셨으니까 움츠러들 필요 없다. 좋은 인상 심어드리면 돼. 그러니까 약하게 마음먹지 마.

세림은 마음을 다잡으려는 듯 아랫입술을 깨물며 고개를 끄덕였다. 시준이 손등으로 세림의 볼을 쓰다듬고는 작은 손을 따뜻하게 감쌌다.

"생각 많아진다."

"응? 응, 그냥…… 좀. 생각할 수 있는 거. 걱정하지 마. 약하게 마음 안 먹어. 그냥, 그냥인 거야."

"어, 알아. 그냥, 그냥인 네 마음 알아. 그런데 하지 마. 그냥 나

313

만 사랑해, 나만 봐, 내 얘기만 들어. 다른 사람들 쉽게 하는 사랑을 우린 뭐 이렇게 힘들게 하냐. 나 이제 너 하나 책임질 능력, 보호할 수 있는 능력 충분해. 그러니까 주춤거리지 마."

세림이 희미하게 웃었다.

"시준아…… 항상 고마워. 사람이 사람을 책임진다는 게 세상을 배울수록, 시간이 갈수록 참 쉬운 일이 아닌 것 같다고 생각해. 그럼에도 불구하고 넌 6년 전부터 내 손잡고, 단단하게 안아주면서 널 믿으라고 단 한 번도 흔들림 없이 얘기해 줬었어. 강한 버팀목이 되어주려고 했고. 시간이 지날수록 난 그게…… 잊을 수 없이 고마웠고, 감사했고, 또 미안했어."

"은세림."

"고마워, 주춤거리지 않아. 네 손 이제는 내가 놓고 싶지 않아. 그러니까 우리 결혼하는 거 너 혼자만의 문제 아니니까 네 어깨에 전부 다 짊어지게 하기 싫어. 같이 고민하고, 같이 생각하고, 너 힘들면 내가 감싸줄 수 있는…… 그런 사람 되고 싶어서 그래."

세림의 깊어진 눈동자를 들여다보는 시준의 눈빛에 많은 감정과 생각이 교차되는 듯했다.

"나 지금, 진짜 되게 열받아."

세림은 뜬금없이 무슨 소리냐는 듯 그를 바라본다.

"나 모르는 데서 여자가 된 은세림 때문에. 너 이렇게 예쁜 여자로 클 동안 내가 옆에 없었다는 사실이 새삼스럽게 너무 화가 나. 열받아."

"화내지 마. 이제부턴 어디 가지 말고 네가 내 옆에 꼭 붙어서 계속 지켜보면 되잖아."

시준은 감싸 쥔 세림의 손을 아까보다 더 힘 있게 잡았다. 손에 땀이 배어났다.

"그래, 알았어. 이제부터 계속 은세림 옆에만 붙어 있을게. 그리고 당부하는데 엄마, 아버지가 반대해도 우린 결혼하는 거야. 두 분 다 알겠다고 했으니까 너무 깊게 신경 쓰진 마. 난 허락을 구하러 갔던 게 아니야. 내 의견을 통보하러 갔던 거였어."

"응…… 알았어. 신경 안 써. 너만 보고, 네 얘기만 들을게."

"역시, 말 잘 듣는 똑똑한 똥강아지야."

"그럼, 누구 강아진데."

세림이 조금은 여우처럼 그리고 새침하게 말했다. 그가 왼쪽 눈썹을 구기며 웃음을 참지 못한다.

"아, 미치겠네. 뽀뽀하고 싶다, 세림아."

말장난에 해사하게 웃던 세림이 눈을 가늘게 떴다. 시준의 눈동자에 어느새 장난기가 스며들어 있다. 세림은 손가락을 들어 단호하게 흔들었다.

"안 돼. 공공장소에서 애정 행각 하는 거 아니야."

"남들 시선은 별로 중요하지 않아."

"난 신경 쓰여. 내가 싫어."

"그래? 알았어. 그럼 참아야지, 참을게."

"바람직한 대답이야."

"대신 이따 아무도 없는 차 안에서 백 번 한다."

뿌듯하게 고개를 주억거리던 세림은 놀란 강아지처럼 눈을 동그랗게 떴다. 시준은 어린아이를 놀리듯 그러나 진심이 담긴 눈빛이었다. 세림은 일순 긴장했다. 그러나 고개를 끄덕이며 아무렇지 않다는 듯 표정을 정리하고 다시 펜과 제본된 논문을 집어 들었다. 그녀가 새침하게 입술을 움직인다.

"천 번 해도 돼."

은세림 입에서 나온 농담치고 제법 대담하다.

시준은 귀여워 죽겠다는 듯 즐거운 표정이다.

"진심? 그 말 후회할 정도로 해준다."

시준은 덮어두었던 노트북을 열어 방금 전까지 아무 일도 없었던 듯 업무를 보기 시작했다. 세림은 괜히 그게 더 신경 쓰여 논문에 시선을 박은 채 펜의 뒤꼭지를 잘근잘근 물었다. 왠지 모르는 긴장에 심장이 뛰었다.


시준은 지하주차장에 주차해 놓은 차에 오르자마자 정말 입술이 부어 아플 때까지 키스를 했다. 정신을 차리고 보니 세림이 어느새 그의 다리에 앉아 있었다. 그의 손이 옷 속을 파고들어 허리에서부터 등골까지 타고 올라왔다. 그리고 당연하듯 가슴을 감싸 쥐었다. 나직한 신음이 터졌다. 뜨거워서, 심장까지 전해지는 그의 체온이 뜨거워서 호흡을 가다듬지 않고는 참을 수가 없었다. 거부하지 않고 계속해서 맘껏 그의 입술을 맛보고 타액을 삼켰다. 혀가 빨려들 듯 그의 입속으로 감겨들었다. 그의 목덜미를 두른 팔에 힘이 들어갔다.

가슴을 움켜쥐는 그의 악력이 점점 거세졌다. 그럼에도 아프지 않았고, 싫지 않았다. 오히려 진한 격정이 온몸을 태우듯 번져 갔다. 그의 단단한 몸을 힘껏 끌어안았다. 니트 아래로 만져지는 단단한 어깨와 등, 허벅지 부근에 노골적으로 느껴지는 단단하게 굳은 그. 옷을 사이에 두고 빈틈없이 밀착된 몸에서 솟아오르는 땀, 입술과 타액과 혀가 맞부딪혀 내는 농밀한 소리, 거친 호흡, 그리고 차 안의 열기.

그 모든 것들이 세림을 달아오르게 하고 흠뻑 젖게 했다.

조금 난감하고, 조금 부끄럽고, 조금 수줍었지만 싫지 않았다.

몸이, 본능이 자꾸만 시준을 더욱 원해갔다.

❖　❖　❖

"하라부지, 당근 마시써요? 왜 머거요?"

"당근? 당근을 무슨 맛으로 먹나. 그냥 먹는 게지."

"왜요?"

"니는 당근 와 묵는데?"

"엄마가 머그라니까."

디너룸에는 이 회장, 윤 관장, 우노모터스의 이해준 부사장과 아내 채도경 한울아트센터 총괄실장, 그리고 그의 아이들 도원, 해원 남매의 식사가 한창이었다. 대치동에 살림을 차린 해준과 도경 부부는 한 달에 한 번 주말이나 휴일에 저녁 식사를 꼭 같이하였다.

이제 45개월 된 해준의 큰아들 도원은 이 회장과 바로 직각이 되는 옆에 앉아 엄마가 주는 식사를 꼭꼭 잘도 받아먹었다. 아이는 야물야물 맛있게도 입술을 움직였다. 복숭앗빛 생기가 도는 아이의 볼은 찹쌀떡처럼 보기 좋게 올라와 있다.

"하라부지는요?"

"도원아, 할아버지 식사하시는 중이잖아. 나중에 식사 다 하시면 여쭤보자."

도경은 아이의 호기심을 찬찬히 달래었다. 이 회장은 무심히, 그러나 귀찮지 않은 기색으로 고개를 가로저었다.

"아이다, 내뒤라. 지금 궁금하므 지금 물어보는 게 맞는 기다. 왜 먹는 기냐고? 당근 마이 묵어야 튼튼해지고, 똑똑한 사람 되이까 그런 기다. 됐나?"

"당근 마니 안 머그면 안 튼튼해지는 거고, 안 똑똑한 거예요?"

"그람. 당근 주는 대로 마이 안 머그면 어데 사는 어느 놈아처럼 문디자슥 되는 기라. 그래 지가 뭘 하고 댕기는지도 모르고, 사방팔방 정신 팔려 다니는 기라. 그라니까 엄마 말씀 잘 들어 당근 주는 대로 마이 먹으라."

"네? 그게 무슨 말이에요? 뭉디 자수?"

도원은 이 회장의 한탄 섞인 말을 이해하지 못하겠다는 듯 새까만 눈동자를 빛내며 고개를 갸웃하였다. 도경과 해준이 윤 관장의 눈치를 슬쩍 살핀다. 윤 관장은 묵묵히 식사만 할 뿐이었다.

"도원아, 이제 그만. 할아버지 식사하셔야 해. 도원이가 자꾸 물어보면 식사 못하셔."

도경이 아이와 눈을 맞추며 고개를 젓자, 아이가 알겠다는 듯 담백하게 고개를 끄덕이고 식사에 집중한다.

"시준이가 다녀갔다면서요?"

해준이 나직이 물었다. 윤 관장은 와인잔을 천천히 돌리다 입가로 가져갔다. 적포도색의 와인은 잔이 기울어짐에 따라 표면에 말간 흔적을 남겼다.

"결혼한대."

"……그 친구 하고요?"

"그래."

"뭐라고 하셨어요?"

"네 아버지야 말 안 해도 잘 알 거고, 난 반대 안 해. 그렇다고 찬성하는 것도 아니고. 지금 난리 지나면 그 아이 만나볼 생각이야. 그 애에 대해서 뭘 알아야 찬성하든 반대하든 하지 않겠어. 지금은 한꺼번에 일 거들 필요는 없으니까."

"뭐라?"

이 회장은 대번에 눈빛을 날카롭게 세우며 마땅찮은 심기를 여지없이 드러냈다.

"그러고 보니까 넌 옛날에 그 애 만난 적 있다고 하지 않았니?"

"네, 제가 한 번 만난 적 있어요. 아마 그 친구에겐 그다지 좋은 기억으로 남진 않았을 거예요. 시준이랑 헤어지라고 말했던 사람이 저였거든요."

"윤 관장님아!"

이 회장의 굵직한 음성이 기어코 높아졌다. 옆에 있던 도원이 움찔 놀라 동그마니 뜬 눈으로 엄마를 바라보았다. 도경은 괜찮다며 아이를 어른다. 저녁 식사를 마친 해원은 베이비시터의 품에 안겨 잠들어 있었다.

"네, 왜요?"

윤 관장은 이 회장의 노기에도 흔들림이 없다.

"윤 관장님까지 와 이라노? 정신머리 못 챙기고 당기는 놈 장단에 같이 뜀박질하는 기가?"

"오버 좀 하지 마요. 내가 지금 걔를 며느리로 받아들인다고 한 것도 아니고, 만나본다고 어떻게 되는 것도 아니잖아. 애기들 보는 앞에서 언성 높이지 마요. 이만한 일로 흥분하지 말라고, 할아버지가 돼가지고는."

"뭐?"

윤 관장이 이 회장을 보며 손자들이 보고 있다는 것을 눈짓으로 말하였다. 이 회장은 무어라 더 항의하려다 들고 있던 포크와 나이프를 던지듯 내려놓으며 디너룸을 박차고 나갔다. 디너룸의 문이 부서질 듯 거세게 닫힌다. 윤 관장은 전혀 신경 쓰지 않는다.

"그 친구 처음 봤을 때 인상이 좋았어요. 웬만한 집안의 여식만큼 단정하고 괜찮은 아이였고요. 행동도 유순하고 차분한 편이었어요. 침착함도 유지할 줄 알고, 제법 자기 의사 표현도 할 줄 알았고요. 요행을 바라거나 다른 생각이 있는 것처럼 보이지도 않았고요."

"그랬니? 맞아, 예전에 한 번 고모도 본 적 있다고 했었어. 고모가 참 좋게 말했던데. 그래, 고모한테 연락을 한번 해봐야겠네."

"하라부지 왜 화나써? 시주니 삼추니 당근 안 머거써?"

이 회장의 노기에 숨죽이고 엄마 품에 붙어 있던 도원이 속삭이듯 물었다. 윤 관장은 으레 그러한 할머니처럼 다정한 웃음을 보였다. 이제 겨우 쉰다섯을 넘긴 할머니는 할머니란 단어가 무색하게까지 느껴질 정도로 미모가 고왔다.

"그래, 시준이 삼촌이 할아버지가 주는 당근을 안 먹어서 화가 났어. 도원이는 엄마가 주는 당근도, 아빠가 주는 당근도 잘 먹어야 한다?"

"네, 할무니. 근데 할무니 있쪄. 진짜 정말, 당근 먹기, 음……

안 조을 땐 어뜨케 해요? 두 개만 머그면 안 돼요?"

아이는 순하게 눈동자를 굴리며 자그만 손가락을 꼼지락 세웠다.

"그래. 그럴 땐 엄마랑 아빠한테 잘 얘기해서 두 개만 먹어. 아마 우리 도원이가 나중에 조금 더 크게 되면 당근도 맛있어지는 날이 온다? 그럼 그때 먹어도 돼. 근데 지금부터 먹으면 할아버지 말씀대로 훨씬 튼튼해지고 똑똑해지는 걸 도와줘. 그러니까 참고 한번 먹어봐. 할머니 말 무슨 뜻인지 알지?"

"네."

도원이 고개를 연신 주억거리는 걸 보자, 윤 관장은 절로 웃음이 났다. 이래서 자식보다는 손주들을 입에 달고 사나 보다.

"그런데 넌, 두 사람 찢어놓은 애치고 호의적으로 말한다?"

"해야 돼서 한 일이었지만, 제가 그 친구한테 개인적인 감정을 가질 필요는 없죠. 그나저나 아버지 저렇게 싫어하시는데 굳이 그 친구 만나보려 하시는 거예요?"

"그래. 네 아버지 이해 못하는 건 아니지만 덮어놓고 반대만 하는 것도 우습잖아. 난 이시준 6년 동안도 놀라웠지만, 오늘을 위해서 헤센까지 준비한 거에 할 말을 잃었어. 도대체 어떤 애기에 저렇게까지 가지고 싶어 하는 걸까…… 그런 생각 안 들겠니. 그러니까 한번 만나봐야 하지 않겠어?"

해준이 윤 관장의 생각에 도움을 주려는 듯 다시 입을 열었다.

"당시 아버지께 보고된 서류에 의하면, 객관적으로 문제가 있거나 한 애는 아니었어요. 재력가 집안이 아니라는 것만 빼면, 시준이 짝으로 부족함은 없다고 봐요. 시준이가 6년을 걸었다면 본인

판단에 그럴 만한 여자라고 생각했기에 그랬겠죠."

"어머니, 저는 도련님 응원하고 싶어요. 저희가 사랑하는 남자나 여자가 있다고 해서 앞뒤 안 가리고 덤빌 수 있는 입장은 못 되잖아요. 그럼에도 도련님이 버리지 않아도 될 것들 포기하면서까지 그 친구 원하는 거 보고, 정말 멋있다고 생각했어요. 용기 있구요."

도경의 조심스러운 의견에 윤 관장도 동조하듯 미소를 보였다.

"내 생각도 그래. 시준이 6년 동안의 행동이 말해주니 나도 어떤 앤지 알고 싶어졌어."

## Love is December

　　지하철역의 에스컬레이터를 타고 지상으로 올라오니 전방에 높이 솟은 세 동의 아파트가 멀리서도 한눈에 보였다. 주거용 건물이라기보다 거대 사무 빌딩 같다. 정문까지 걸어와 보니 아파트는 실제로 주변 건물들을 압도할 만큼 위용스러웠다. 아파트를 둘러싸고 있는 유리창에 겨울의 찬 아침 햇살이 반짝인다. 보안은 아파트 입구에서부터 철저했다.

　　조금 부담스러운 확인 절차에 세림은 낮은 한숨을 내쉬었다.

　　수업 갈 준비를 마치고 화장대 거울 앞에 서서 마지막으로 점검하며 향수를 집어 들 때였다. 침대에 놓아둔 휴대전화가 벨소리를 울렸다. 로즈골드빛 시계가 채워진 왼손을 내려다보았다. 여느 때와 같이 정확히 오전 7시 30분. 최근, 매일 아침이면 시준은 어김없이 같은 시각에 전화를 했다. 덕분에 자신도 매일 7시 30분 전후부터 약간의 기대로 가슴이 두근거렸다. 잠이 묻어 있는 시준의 나른한 음성은 굉장히 근사하고 자극적이었다. 상상하기만 해도 귓불까지 붉어질 만큼.

액정에 뜬 통화버튼을 손가락으로 밀고 수화기를 귓가에 대었다. 끙, 하는 소리에 심장이 부피를 키웠다. ㅡ 뒤로 쉬게 갈라진 시준의 낮은 음성이 수화기를 타고 넘어왔다. 요 며칠 감기 기운이 있다더니 출근조차 못할 정도로 몸살이 단단히 들었다고 했다. 열이 38도를 훌쩍 넘고, 몸도 뻐근해 죽겠다며 앓는 소리를 하는데 속상해서 혼났다. 시준은 지난주부터 내내 쉴 틈도 없이 일에 시달렸던 것 같았다. 연말이 가까워지니 일이 몰리는 것도 있고, 재상과 엮인 문제들을 처리하는 것이 쉽지 않은 것 같았다. 거기다 사흘간의 미국·유럽 출장까지. 그가 쉬었던 건 토요일 단 하루. 옆에서 들어도 살인적인 스케줄이었다. 병이 나지 않는 게 이상할 정도로.

리드미컬한 단음이 흐르고 엘리베이터 문이 열렸다. 세림은 엘리베이터에서 나와 그가 살고 있는 호수를 찾았다. 허공을 훑던 세림의 눈동자가 한곳에 고정된다. 그녀는 조심스럽게 손을 들어 올려 초인종을 눌렀다. 기다리는 사이, 가슴이 떨려 호흡을 고른다. 얼마 지나지 않아 현관문이 열렸다. 시준은 흰 반소매 셔츠에, 검정색 트레이닝 바지 차림이었다. 흐트러진 머리칼 아래 안색이 하얗게 떠 있다. 세림이 놀라 뭐라 말하려는데 시준이 팔을 잡아끌어 그녀를 품에 안았다.

온몸이 불덩이다.

"열이 심해!"

눈을 동그랗게 뜬 세림이 시준을 떼어내며 올려다보았다. 뜨거운 숨을 몰아 내쉬는 시준은 서 있는 것도 힘들어 보였다.

"일단 눕자, 시준아."

부축하려는데 시준이 두 팔을 휘감아 세림을 자신 안에 가둬두었다. 그리고는 펭귄처럼 뒤뚱뒤뚱 걸으며 현관에서 침실까지 향한다. 시준의 심장 소리가 평소보다 격렬하다. 체온이 옮겨왔는지 얼굴이 달아오른다. 아픈데도 왜 이렇게 사람을 두근거리게 하는 거야.

시준에게 안긴 채로 침대까지 걸어와 그대로 옆으로 쓰러졌다. 그를 바로 누이려 몸을 일으키려는데, 팔을 확 끌어당긴다. 몸이 맥없이 시준의 품으로 쓰러졌다.

"이, 이것 좀 놔봐."

"안고 싶어."

시준은 코트로 두툼한 세림의 어깨와 뒷머리를 커다란 손으로 감싸듯 매만지며 말했다. 세림의 얼굴에 희미한 웃음이 번진다.

"보고 싶었어. 보고 싶고…… 안고 싶고…… 만지고 싶어 죽는 줄 알았다."

"나도, 나도 그랬어."

"보고 싶었어?"

"응…… 보고 싶었어."

"얼마나."

"많이."

"많이가 얼마나 많이."

세림이 나직이 웃었다.

"하늘만큼 땅만큼 우주만큼."

"그랬어? 많이 보고 싶어 했네, 우리 세림이."

감기로 인해 시준의 음성은 울림이 한층 더 짙어졌다. 세림은 웃음을 지우지 않으며 눈을 감았다. 얼얼하게 찬 손을 들어 온도가 높아진 그의 팔을 매만진다. 조금이라도 열을 내리려는 듯.

누가 들으면 일주일에 한두 번 보기도 어려운 사인가 싶겠지만, 겨우 이틀 만이다. 겨우 이틀 만인데도 정말 보고 싶었다. 그도 그럴 것이 바로 이틀 전, 시준은 사흘간 미국·유럽 출장을 마치고 돌아왔다. 곧 한국, 미국·유럽에서 동시에 실시될 엑스페라토의 2차 광고 홍보 현황과 전반적인 상황 그리고 다른 회사의 일을 직접 봐야 했기에 잡은 일정이라고 했다. 불과 사흘의 일들이었지만, 그사이를 '불과'라고 표현하기엔 조금은 길게 체감되는 날들이었다.

그리고 시간적으로 벌어진 틈새를 세림만이 체감한 게 아니라는 듯 시준도 입국하자마자 그녀를 찾았다. 아직 서로의 마음을 확인한 지 얼마 되지 않기 때문인지, 두 사람은 짧은 시간 동안 떨어져 있음에도 서로를 그리워하고 크게 애틋해했다.

세림은 숨을 깊이 들이쉬었다. 그대로 시준 품에 안겨 달아오른 몸을 느낀다. 가슴팍에서 심장이 고동치는 소리가 생생히 들려온다. 꼭 바삐 돌아가는 철강 공장처럼. 공사장에서 들려오는 돌을 찧는 소리처럼 쿵, 쿵, 느릿하고 크게 울린다. 지난 여름날 자신을 향해 뛰었던 것같이. 아니, 그보다 더 뜨겁게. 이대로 그냥 잠들어 버렸으면 싶은데, 머리칼에 내려앉는 고르지 못한 숨소리와 뜨거운 체온에 세림은 몸을 일으켰다.

"시준아, 너 몸이 너무 뜨거워. 병원 가야 될 것 같아."

파리한 안색으로 눈을 감고 있는 시준을 내려다보며 세림이 걱정스레 말했다. 그가 눈을 가늘게 뜬다.

"죽겠다."

코 막힘 소리가 섞인 음성이다. 세림은 어쩐지 웃음이 나왔다. 감기도 오다가 얼어버릴 것 같이 생겨서는.

"예비 서방님이 아프시다는데 웃음이 나?"

"응."

"그놈 참 쌤통이네, 하는 거지."

"어."

열감이 높은 시준의 커다란 손이 침대를 짚은 세림의 찬 손등을 감싸다 팔을 쓰다듬었다. 세림이 그의 손을 잡으며 다른 손으로 턱선이 날렵한 얼굴을 매만지고, 귓가를 지나 머리칼을 쓸었다.

손에 감기는 건강한 모발이 적당히 굵고 부드럽다. 몸을 기울여 시준의 이마에 입을 맞춘다.

"떨어져. 감기 옮아."

"다 안아놓구. 자기만 하고 싶은 거 해."

"넌 뭐 하고 싶은데."

"이런 거."

샐쭉하게 입술을 내밀던 세림이 그대로 다시 몸을 기울였다. 시준이 고개를 돌리며 피한다. 세림은 지지 않고 아직 녹지 않은 하얗고 붉은 두 손으로 시준의 얼굴을 붙잡아 입술을 포갰다. 시준이 움직이지 않고 입술만 대자 세림이 어르고 달래듯 할짝인다. 입술과 입술에 틈이 생기고 시준을 마주한다. 시준의 눈이 불만스레 가늘어졌다.

"너 이런 거 누구한테 배웠어?"

"나 잘해?"

"아픈 사람 열받을 만큼. 누구야?"

"누구긴 누구야, 이시준이지."

"확실해?"

"확실해. 확인시켜 줘?"

세림이 다시 시준의 입술에 입술을 맞댔다. 그러자 시준이 먼저 세림의 어깨를 슬쩍 잡아 밀어냈다. 그의 눈매가 굳어 있었다.

"나, 아파도 너 하나쯤 먹어버릴 만큼 식욕 왕성해."

눈을 동그랗게 뜬 세림이 이내 함초롬하게 웃었다. 고개를 갸웃하며 시준의 턱 선을 쓸어내리다가 손가락 끝으로 입술을 톡 친다.

"네가 식인종이야? 날 먹게."

"덮친다."

"배고프면 죽 끓여줄까?"

그야말로 동문서답, 우문현답이었다.

시준은 말이 통하지 않아 어이없다는 듯 버릇처럼 왼쪽 눈썹을 구겼다. 그러다 눈을 감으며 고개를 이불에 파묻었다.

"됐어. 생각 없어."

"물수건 적셔올게. 아니면 얼음주머니 없어?"

"놔둬, 약 먹었어. 금방 열 내릴 거야. 나가. 너 이 방에 있다가 감기 옮는다. 어디 나갈 생각 말고, 집 안에서 너 하고 싶은 대로 해."

아프긴 아픈가 보다. 시준은 뒤척뒤척 침대에 바로 몸을 뉘이다 돌아누웠다. 아픈 사람 귀찮게 하면 안 되지. 세림은 입가에 머문 미소를 지우지 않고 욕실로 가 수건을 찾아 물에 적셨다. 그래도 아프다는 사람이 챙겨줄 건 다 챙긴다. 찬물에 적신 수건을 시준의 이마 위에 얹고는 볼에 손을 가져다 대었다. 체온은 여전히 높았다.

"정말 그냥 나가? 병원 안 가도 돼?"

"응."

목소리에 피곤함이 가득 묻어 있다. 조용히 방을 나오며 그대로 문 앞에 몸을 기대었다. 코트도 안 벗고 있었네. 바람 같은 웃음을 흘리며 코트를 벗어 백과 함께 거실 소파에 얌전히 올려두었다. 나른하게 반쯤 뜬 눈꺼풀 아래 드러난 시준의 눈빛. 부러 모른 척했지만, 사실 온몸에 소름이 돋을 만큼 본능적이었다. 조금 위험했어.

집 안에 찬찬히 눈길을 두었다. 전에 살던 아파트와 마찬가지로 시준을 참 닮아 있었다. 모던하면서도 세련된 심플함. 블랙과 화이트로 조화를 이루는 인테리어가 감각적이고 전체적으로 깔끔하였다. 거실의 한쪽은 검정색 코너 론 소파가, 벽에는 설원을 배경으로 스노보드를 탄 채 공중에 떠오른 남자를 포착한 커다란 흑백사진의 틀 없는 액자가, 정면에는 평면 TV와 서라운드 스피커, 장식용인 은색 화병과 관엽식물이 놓여 있다. 오른쪽은 채광이 드는 창이 전면에 나 있는 것 같았다.

너른 창에 내려진 블라인드로 거실은 아직 이른 새벽의 기운이 감돌고 있다. 빈틈없이 쳐진 블라인드 아래 아침볕이 미세하게 비쳐 들어온다. 창가로 걸어가 세 개의 블라인드 중 가장자리의 것을 올렸다. 차고 마른 겨울 아침 햇살이 빛무리를 이루며 산호빛 거실 바닥에 잔뜩 쏟아졌다. 부신 아침 햇살에 저도 모르게 작은 탄사를 내뱉다가 다시 창밖을 보며 또 한 번 놀랐다. 새파란 하늘과 오밀조밀하게 모여 있는 낮은 도심, 막힘없이 뻗어 흐르는 한강 줄기.

시원스레 펼쳐진 조망이 시야에 넘치도록 들어찬다. 이래서 다들 높은 곳에 살려는구나, 싶다. 한참 동안 말을 잃게 만드는 풍광을 바라보다 남은 두 개의 블라인드도 마저 걷어냈다. 햇살 아래 빛나는 웃음이 푸릇하다.

거실은 공간이 넓은 것과 상관없이 훈훈한 온기들이 구석구석 무리 지어 다니고 있었다. 살갗에 와 닿는 따스한 감각들이 더없이 포근하다.

방금 전에 깨달은 거지만 집 안은 세림의 움직임 외에 울림도 없이 고요하였다. 집 전체가 주인과 함께 느른한 잠에 빠진 듯. 마치 시준의 숨소리가 거실까지 흘러나와 세림의 숨결과 맞부딪히는 것만 같았다. 햇살 아래 유영하는 먼지 입자와 조우한 온기가 목화송이처럼 부피를 더해간다.

거실 정면에 새카만 벽 사이로 또 다른 공간이 보였다. 가까이 가서 보니 벽이 아닌 벽처럼 보이는 커다란 미닫이문이었다. 무거운 문을 조금 밀어내 보니 식당이 있었고, 건너편은 주방이었다. 남자 혼자 살기에 지나치게 청결한 싱크대와 조리대. 역시 실버와 블랙으로 심플하게 인테리어 된 주방은 요리하는 장소라기보다 단지 관상용에 지나지 않은 것 같았다.

가만히 주방을 바라보던 세림은 찬장을 열어 스테인리스 냄비를 꺼냈다. 가스레인지 위에 물을 담아 올려놓고 쌀을 찾는데 냉장고, 찬장, 발코니 어디에서도 보이지 않았다. 세림의 기억이 맞다면 방금 전 열어본 냉장고에도 맥주와 위스키, 에너지 드링크, 탄산수만이 자리를 차지하고 있을 뿐이었다. 다시 냉장고 문을 열었다. 역시 집어먹을 수 있는 건 하나도 없다. 어쩜 이렇게 삭막할 수 있지?

죽을 끓이려 해도 쌀도 없고, 반찬도 없고, 군것질거리도 없고. 요리도 잘한다는 애가 밥을 어디서 먹는 거야? 냉장고 안을 살피던 세림은 곧 결심한 듯 바로 거실로 나갔다. 코트를 챙겨 입으며 지갑을 손에 들고 현관을 나선다.

어쩐지 목덜미가 긴질거리는 기분을 어쩌지 못하며.


주방으로 급히 돌아온 세림의 한 손에는 묵직한 종량제 봉투가 들려 있었다. 코트는 벗어 테이블 의자에 걸어뒀다. 조리대로 향하는 그녀의 뒤로 찬 기운이 꼬리처럼 매달린다. 세림은 조리대 위에 봉투를 올려두고 포장된 당근 한 팩, 양파 한 팩, 크기가 알찬 감자 한 개, 애호박 한 개, 포장된 닭가슴살 팩 하나, 인스턴트 현미밥 두 개, 그리고 촌스러운 빨강 체크무늬의 귀여운 강아지가 그려진 앞치마 하나를 꺼냈다. 얼굴에 배시시, 웃음이 걸린다.

꼭 어렸을 때 하던 소꿉놀이를 하는 기분이었다. 너무 현실적이어서 가슴이 자꾸만 콩닥콩닥 뛰었다.

앞치마부터 챙겨 입고, 야채를 차례대로 씻어 손질하였다. 잘게 썬 야채 반과 닭가슴살 반은 참기름을 두른 냄비에, 반은 프라이팬에 넣었다. 올리브유가 둘러진 프라이팬의 야채들을 먼저 볶고, 그 다음에 냄비의 야채들을 볶았다. 미처 묶어 넘기지 못한 머리칼 하나가 느슨하게 빠져나온다. 무심히 머리칼을 귀 뒤로 넘기며 간을 하기 위해 참기름을 한 숟갈 반 넣고, 이어 간장을 따르다 손등을 냄비 끝에 데었다. 너무 갑작스러워 소리도 못 지르고 숟가락만 떨어뜨렸다. 얼른 찬물에 손등을 식혔다. 따끔거리고, 아픈 게 참을 수 없을 만큼은 아닌데 괜히 눈가에 눈물이 맺혔다.

물티슈로 간장이 묻은 바닥을 닦아내고, 새 숟가락으로 소금 간을 해 묽어진 죽을 맛본다. 맛있다. 자꾸 웃음이 나왔다. 마트로 향하던 길에 제주도에서의 일이 문득 떠올랐었다. 감기몸살이 든 몸으로 여행 가 시준과 싸우고 결국 새벽에 열이 올라 난리였었지. 시준이 새벽에 응급실까지 데려가 주고 링거도 맞히고, 직접 끓인 죽에, 약에……. 새삼스레 벌써 6년이나 지났구나, 싶다.

세림은 야무진 손길로 조리대와 싱크대를 정리하였다. 죽과 닭가슴살 야채볶음은 뚜껑이 있는 그릇에 담아놓고, 얼마 없는 설거지를 하고 앞치마를 벗어 의자에 걸어두었다. 주방은 처음과 같이 마찬가지로 말끔하게 정리되었다.

손등에 덴 자국이 일직선으로 죽 나 있다. 아직 후끈거리고 따갑지만 몇 번 호호, 불어주면 별로 아프지 않았다.

테이블 위에 둔 휴대전화를 들어 시각을 확인하며 거실로 나왔다. 오전 9시 43분. 잠든 지 한 시간도 안 됐네. 시준의 방문을 물끄러미 바라보다가 소파에 앉으며 한숨 돌린다. 아침부터 부지런 떨었더니 허리도, 어깨도 아프다. 창에서 쏟아지는 햇살과 거실 천장에서 돌아가는 훈훈한 난방 때문에 몸이 나른해진다.

세림은 자리에서 일어나 슬그머니 시준의 방문을 열었다. 깊은 잠에 빠졌는지 조용한 방 안에 시준의 고른 숨소리가 평온하다. 세림이 시준의 가까이 다가갔다. 시준은 나올 때 돌아누웠던 그 자세 그대로 잠들어 있었다.

의외로 얌전하네. 잠든 얼굴이 참 근사하다. 손가락을 세워 볼을 살짝 눌러보았다. 반응 없이 잘 잔다. 땀을 흘렸는지 머리를 몇 번 귀 뒤로 넘겨주는 손이 축축해졌다. 시준의 이마에 손을 댄다. 열이 내려 다행이다. 혈색도 좋다. 잘했어, 하고 머리를 쓰다듬어 주고는 자리에서 일어났다. 돌아서려다 시준의 뒷모습을 한참 동안 바라보다 침대를 돌아 반대편으로 갔다. 조심조심 시준이 깨지 않게 이불을 들어 올려 침대 속으로 들어가 몸을 뉘었다. 시준의 감은 눈을, 이마에서 흐트러진 머리칼을, 높게 솟이 메끄럽게 떨어지는 콧대를, 붉은 입술을 한참씩 바라보다 잠이 든다.

몸을 바로 누인 채 잠들어 있던 시준은 손을 들어 이마에 갖다 대며 눈떴다.

열은 떨어졌다. 다시 눈을 감았다 뜨며 방문 쪽으로 시선을 둔다. 은세림은 뭐 하나. 침대 협탁에 놓인 휴대전화를 들어 시각을 확인했다. 오전 10시 37분. 언제 시간이 이렇게 됐지. 잔뜩 땀을 흘리며 잠들었던 모양이다. 한동안 질척한 갯벌 속에 몸을 누이고 나온 듯하였다. 샤워를 하고 싶단 생각을 할 때쯤, 옆에서 들려오는 희미한 숨소리에 고개를 돌렸다.

은세림?

저도 모르게 놀라 눈동자에 초점이 살아났다. 몸을 반쯤 일으키다 그대로 굳었다. 방 안이 이 아이가 호흡하는 공기로 물들어 있다. 팔꿈치로 몸을 지탱하며 세림을 내려다보았다. 어느새 침대로 들어왔는지, 용기도 가상하다. 입가에 머무는 웃음을 숨기지 않았다. 세림은 가지런히 모은 두 손을 목과 얼굴 사이에 묻어둔 채로 잠을 청하고 있었다. 고운 살결에서 여자 특유의 향과 화장품의 향내가 섞여 난다. 눈으로 보는 것만으로도 입술의 맛이, 머리칼의 향이, 살 냄새가 감각으로부터 느껴지는 듯했다. 끌어안아 이마에 입 맞추고, 입술을 삼켜 버리고 싶다.

엄연히 마음이 통한 성인 두 남녀기 한 침대에 있다. 그 상황이 가진 의미만으로도 몸부림치는 본능들을 굳이 통제할 필요가 없다. 만약 아침에 세림이 긴장해 굳어버렸다면 싫다고 거부해도 침대에 억지로 눕혔을 것이다. 야성만이 남은 굶주린 동물에게 신사적임을 강요하는 건 도리어 흉포한 행동을 유도하는 것이나 마찬가지 아닌가.

그는 몸을 일으켜 침대를 벗어났다. 침실에서 나오는 시준의 얼굴이 즐겁지가 않다. 타는 갈증에 입이 바짝바짝 마른다. 주방으로 가는 사이 그의 발걸음이 느려졌다. 식당 의자에 코트와 촌스러운 빨간색 체크무늬의 강아지가 그려진 에이프런이 걸려 있는 걸 발견했다. 코트는 은세림 것인 줄 알겠고. 그는 한 손을 바지주머니에 찔러 넣은 채 신기한 얼굴로 에이프런을 들어 올리다 피식 웃었다.

에이프런을 다시 의자에 걸어두고 냉장고 홈바를 열어 이온 음료를 집어 들었다. 뚜껑을 따 음료를 들이붓듯 마시다 조리대 위에 놓인 식기에 눈길을 두었다. 입에 물고 있던 음료를 삼키며 식기 뚜껑을 열었다. 바람이 빠지는 듯한 웃음소리가 절로 났다. 두 개의 식기 중 하나에는 닭가슴살 야채죽이, 다른 하나에는 색감이 먹음직스러운 닭가슴살 야채볶음이 담겨 있었다. 앙증맞아 보이기까지 한 그 정성에 한참이나 시선을 떼지 못했다.

변하지 않는 사랑스러움.

억지로 눕혀 원망받는 것보다는, 아무래도 이쪽이 낫지.

욕실에서 가벼이 샤워를 마치고 나온 시준은 깨끗한 새 옷으로 갈아입었다. 샤워 후 코롱향이 가시지 않은 몸으로 다시 침대로 들어가 세림을 끌어안았다. 세림이 시준의 품 안에서 꼬물거린다.

"열…… 내렸어."

잠에서 깨어나지 못한 나른한 음색으로 세림은 느리게 말하였다.

"어."

"아침 먹어야지……. 했는네."

"좀 더 자고."

시준은 세림의 정수리쯤에 얼굴을 맞대고 눈을 감았다. 세림이 그의 품에서 다시 안락한 잠을 청한다. 짙은 파란색 암막 커튼이 걷혀져 넘치도록 쏟아지는 아침볕이 오트밀 색상의 리넨 커튼을 투과해 방 안에 그물을 만들어냈다. 방은 볕 아래 너울을 그리는 푸른 해수면을 닮아 있었다.


식기에 부딪히는 수저 소리가 조용한 식당을 울렸다. 세림과 시준은 은빛 대리석 테이블을 사이에 두고 얼굴을 마주하며 식사하고 있었다. 둘은 게으름을 피우며 늦은 오후에야 눈을 떴다. 한참을 꿀잠에 빠졌다가 일어나니 절로 배고파 왔다.

죽 한 수저를 입안에 밀어 넣던 시준이 세림을 보며 웃는다.

"은세림, 진짜 센스 없다."

역시 죽 한술을 입으로 밀어 넣던 세림이 시준의 말에 의아해하며 그를 보았다.

"왜?"

"닭가슴살 야채죽에, 닭가슴살 야채볶음이 뭐야. 재료가 겹치잖아."

"어쩔 수 없었어. 야채볶음 안 하면 그냥 버리잖아, 아깝게."

"아깝기는."

"이씨, 해준 것만으로도 맛있게 머어."

시준의 괜한 타박 아닌 타박에 세림은 눈을 부릅뜨며 대꾸했다. 자칫 숟가락으로 머리라도 내려칠 기세였다. 시준이 낮게 웃었다. 금방까지 아픈 사람이었다고는 생각도 못할 만큼 기분 좋은 웃음이다.

"맛있어."

세림은 의심스럽다는 듯 눈을 가늘게 떴다.

"진짜야, 진짜 맛있어. 똥강아지가 재주 있다. 죽도 맛있게 끓일 줄 알고."

"내가 안 해서 그렇지 하면 맛있게 잘해."

"그러게. 신통해, 아주."

시준은 여전히 다정한 음색으로 답하고는 다시 식사를 시작했다. 세림이 숟가락을 입에 물고 시준을 말끄러미 바라본다.

"그런데 너 밥은 잘 챙겨 먹고 다녀?"

"시간 날 때마다 챙겨 먹지."

"집에서는 못 먹지?"

"아무래도 집에서 챙겨 먹을 시간이 없어. 일 때문에 바쁘니까."

세림은 고개를 끄덕이며 수긍하였다.

하긴 자신도 아침을 거르는 게 일상이고, 점심은 밖에서, 저녁도 가끔 약속으로 해결할 때가 많았다. 주말이 아니면 집에서 먹는 식사가 없으니. 이제는 엄마가 밥할 걱정 없다고 개운해하면서도 내심 서운해하던 게 생각났다. 그래서 어느 날부터 주말이 되면 외식보단 꼭 네 가족이 한 식탁에 앉아 집에서 만든 밥을 먹는 게 공공연한 약속이 되었을 정도다.

"왜, 예비 서방님께서 밥 굶고 다닐까 봐 걱정됐어?"

"그런 거보다 아까 죽 끓이려고 쌀을 찾는데 아무리 봐도 없잖아. 냉장고를 열었더니 술이랑 에너지 드링크밖에 없고. 나 그렇게 텅텅 비어 있는 냉장고 처음 봤어. 냉장고는 되게 좋은데."

"그런 거보다? 그러니까 내가 아니라 겨우 저 구석탱이에서 자리 지키고 있는 냉장고가 텅텅 비어 있는 게 걱정됐다?"

세림이 쿡쿡, 웃었다. 아무튼 꼭 이상한 데서 발끈하는 거 있다니까. 순간, 시준이 세림의 손을 덥석 낚아챘다. 그의 얼굴이 심각해졌다.

"뭐야, 너 손등이 왜 이래?"

"아, 아까 죽 간 맞추다가 살짝 데었어."

"바보야, 조심했어야지!"

아무렇지 않게 웃음기까지 묻어 있는 보통의 얼굴로 말하는 세림에게 시준이 버럭 소리 질렀다. 그 바람에 세림은 화들짝 놀라고 만다.

"왜 소리는 지르고 그래. 요리하다 보면 그럴 수도 있지."

"누가 너보고 죽이나 만들라고 부른 줄 알아? 왜 시키지도 않은 짓은 해서 이 지경이 돼? 사 먹으면 되잖아!"

"그런 말이 어디 있어? 남은 기껏 열심히 만들었는데…… 기운 빠지게!"

괜히 언성을 높이는 시준 때문에 세림은 놀라 심장이 뛰었다. 그녀는 원망스러움을 감추지 않고 시준을 노려보았다. 세림의 눈동자를 보며 시준은 자신의 과민반응에 아랫입술을 깨물었다.

"누가 너 이렇게 데이면서까지 만들어달래? 약 발랐어? 깨우지 그랬어."

"괜찮아. 뭐, 대단한 일이라고 널 깨워. 안 아팠어."

별것도 아닌 일로 괜히 속이 상한 세림이 시준은 쳐다보지도 않고 퉁명스레 대꾸했다.

"대단한 일? 그럼 손에 크게 화상이라도 입어야지 대단한 일이냐?"

시준이 자리에서 일어나 식당을 나갔다.

뭐야, 밥 먹다 이런 예의가 어디 있어! 밥 먹다 자리에서 일어날 만큼 화낼 일이야?

세림은 기막히고 황당하고, 원망스러워 입술을 꾹 다물다가 부러 소리쳤다.

"밥 먹다 말고 어디 가!"

"약 가지러!"

시준은 한참 만에야 약통을 가지고 왔다. 얼굴에 온통 인상을 쓰고서. 그는 세림 옆자리에 아빠 다리를 하고 앉아 그녀의 손등을 무심히 무릎에 올려두었다. 면봉으로 상처에 조심스럽게 약을 바르는 그 손길이 살갑다. 하지만 세림은 단단히 심통이 났다.

시준이 약을 발라주고, 밴드를 붙이는 동작은 다정하기까지 했다. 방금까지 그렇게 화를 부려놓고는. 아직도 얼굴 인상은 풀지 않고 있다. 공연히 서러워 눈가에 눈물이 맺혔다.

그녀가 손등으로 눈물을 닦아냈다.

"상처 난 데 아파?"

시준이 무심히 물었다. 세림은 말없이 도리질만 친다.

"그런데?"

시준은 고개를 반쯤 기울이고는 세림을 살폈다. 그가 엄지손가락으로 눈가의 눈물을 닦아준다. 세림은 그런 시준을 양껏 흘긴다.

"왜 괜히 소리 질러? 누군 뭐 다치고 싶어서 다쳤어?"

"다친 게 속상하니까 그렇지. 흉터 남잖아. 사 먹어도 되는데 굳이 왜……."

말을 잇는데 세림이 여전히 뾰족하게 째려본다. 시준이 웃으며 입을 다물었다. 그는 눈물을 닦아주며 세림을 얼렀다.

"알았어, 알았어. 앞으로 요리하지 마. 너 다칠까 봐 불안하다."

"싫어, 계속 할 거야. 다치면서 하고 또 하고, 그렇게 이시준 괴롭혀 줄 거야."

세림은 오기로 눈을 부릅뜨고 시준을 노려보았다. 시준은 기어이 소리 내어 웃음을 터뜨렸다.

"누가 똥강아지 아니랄까 봐. 그건 무슨 악취미고, 무슨 똥고집인데."

"내 성의를 무시했잖아! 병원도 안 간다는 아픈 사람한테 뭐라도 먹여야 될 거 아니야! 어떻게 그냥 가만있어! 난 네가 일어나서 기쁘게 먹을 줄 알았는데, 좋아할 줄 알았는데. 만들면서, 꼭 소꿉놀이하는 것 같아서 괜히 두근거렸는데."

서럽게 쏟아내는 세림의 대답에 시준은 귀여워 죽을 지경이다.

"그랬어?"

"그래! 화나. 소리만 지르고, 나빴어."

세림이 소매로 눈가를 닦아낸다. 정말이지 눈물 많은 똥강아지야.

시준은 멈출 줄 모르는 세림의 눈물을 자신의 옷으로 닦아주고, 콧물도 닦아냈다. 서슴없는 행동에 세림은 오히려 민망하였다.

"울지 마. 소리 질러서 미안해. 나도 기뻤지. 일어나서 죽 만들어져 있는 거 보고 얼마나 좋아했는데. 맛있었고. 요리에 소질 있는 똥강아지."

"……."

"은세림."

세림이 물기로 반짝이는 눈으로 시준을 올려다보았다. 눈가와 코끝이 붉어져 있다.

"세림아, 너 날이 갈수록 예뻐진다. 어떻게 하냐. 예뻐서 미치겠다."

"됐어, 흉터 남으면 안 예뻐할 거면서."

"아니, 흉터 남아도 예뻐."

시준이 세림의 손을 들어 반창고가 붙여진 손등에 입 맞췄다.

"흉터 남아도 나한테는 세상에서 제일 예쁜 은세림이야."

하고, 세림의 입술에 숨결을 불어넣으며 키스한다. 세림은 새삼 정성스러운 그의 입맞춤을 받아내며 심장의 떨림을 느꼈다.

그가 입을 벌려 세림의 혀를 찾았다. 시준의 두툼한 혀를 받아들이느라 입을 벌린 세림이 나직한 신음을 뱉어낸다. 입맞춤이 깊어지며 시준이 세림을 안아 자신의 다리 위에 앉혔다. 세림이 키스에 집중하며 그의 목덜미에 팔을 두른다. 시준의 커다란 손이 자연스레 옷 속을 파고들며 가슴을 움켜쥐었다. 흐트러진 숨이 세림의 여린 입술 사이를 비집고 나왔다. 그는 세림의 아랫입술을 잘근잘근 깨물다 그녀의 턱 선과 맥이 뛰는 목덜미로 흔적을 남기듯 내려왔다. 그가 목덜미에 코를 묻고 숨을 들이켜며 봉긋 솟은 가슴을 아프도록 쥐었다. 세림은 시준에게 매달리듯 안기며 어깨를 움츠렸다.

지나치도록 간질거리는 시준의 숨결과 가슴을 쥐는 악력이 상반되는 쾌감을 불러일으켰다.

세림의 열기 어린 입술에서 참아내는 듯한 신음이 흘러나와 시준의 쇄골에 닿았다. 시준은 소름이 돋았다. 그가 다시 세림의 입술을 찾아 갈망하듯, 마른 목을 축이는 짐승처럼 삼켜댔다. 그의 숨소리가 통제할 수 없이 거칠어져 갔다.

심장이 터질 듯 펌프질을 해댔다. 혈관을 타고 전신으로 빠르게 퍼져 나가는 혈액들로 인해 시준은 몸이 타들어갈 듯 뜨거워졌다. 밤새도록 그리웠다. 말랑한 입술의 맛이, 세림만의 따스한 살내가, 손에 닿는 살결의 녹아내리는 듯한 감촉이, 아파서 더욱. 이대로는 얼마 남지 않은 이성이 바닥을 드러낼 지경이었다. 6년 동안 감금당하다시피 한 동물적 본능은 행동반경에 들어온 세림으로 인해 사납고 포악해졌다.

"미치겠다."

시준은 괴로움이 묻어나는 짙은 음성으로 중얼거리듯 말하였다. 시준만큼 세림의 호흡도 한껏 흐트러져 있었다. 시준은 세림이 입고 있는 하얀색 니트를 벗겼다. 무어라 말하려던 세림이 순간 눈을 크게 떴다. 그가 속에 입은 분홍색 기본 남방을 뜯어버리고는 브래지어 끈을 내렸다. 그가 세림의 매끈한 가슴을 본능적으로 삼켰다. 놀란 세림이 손으로 시준을 밀어내려 했지만 처음 느끼는 생경한 격정에 그만 목을 젖혔다. 눈을 질끈 감았다.

그의 입술과 질척한 혀가 팽팽하게 솟은 가슴을 끊임없이 삼키고, 달랠 때마다 감당할 수 없이 젖어갔다. 시준의 한 손이 바지에 감싸인 허벅지를 따라 올라가 옷 속으로 숨어들어 엉덩이를 움켜쥐었다. 놀란 세림이 시준의 머릿속으로 손가락을 밀어 넣었다. 손에 감기는 그의 모발도 땀으로 젖어 있다.

아직은 준비가 되지 않았다고, 이렇게 급작스럽게는 싫다고 생각했지만 이상하게도 그만두라고 하지 못하겠다. 손끝에서 밀려오는 간질거림을 넘어선 저릿함, 민감해진 피부 위로 돋아 오르는 소름들. 몸이 시준의 체온으로 같이 물들어갔다.

그 순간이었다. 시준이 등허리 뒤로 손을 넣어 팬티 속 엉덩이 사이 골을 찾았다. 화들짝 놀란 세림은 눈을 떠 그의 손을 잡아 제지했다. 시준의 가느다란 눈매 아래 심해처럼 가라앉은 새카맣고 어두운 눈동자가 세림을 나른하게 바라보았다.

정말 위험했다. 사냥에 성공한 먹이를 눈앞에 둔 맹수의 눈빛이 지금의 시준과 같을까. 심장에 파동이 일었다. 지나치게 자극적인 눈빛에 왠지 그에게 잡아먹혀도 좋다는 생각이 들었다. 하지만 아직은 무서워.

세림이 고개를 절레절레 흔들었다. 시준은 잡힌 손을 들어 세림의 뒷머리를 받치고 입을 크게 벌리며 달려들었다. 자연스레 입이 벌려진 세림은 억세게 혀를 휘감는 그의 혀를 그대로 받아낼 수밖에 없었다. 숨이 막혔다. 잡아먹을 듯한 기세였다. 시준은 다른 자유로운 손으로 다시 세림의 팬티 깊숙이 파고들었다. 젖은 속살에 그의 손이 닿는다. 세림이 시준의 어깨를 잡으며 그를 밀어내려 했다. 그러나 그에게 붙잡힌 뒷머리 때문에 움직일 수 없었다. 그의 손가락이 여린 속살을 자극했다. 속살이 움찔거리고, 시준의 손가락이 젖어드는 것이 노골적으로 느껴졌다. 세림은 머리가 하얘졌다. 결국 그녀가 고개를 옆으로 돌리며 그의 손을 잡아 뺐다.

"그만, 아직……!"

호흡이 가빠 숨이 부서지고, 옷매무새가 흐트러진 가슴이 크게 들썩였다.

"침대로 갈까?"

그의 숨소리도 거칠다. 그러나 농밀하게 젖은 음성은 고요하리만큼 차분하다.

"아니…… 그게 아니라, 아직은…… 못하겠어."

"……."

"……미안, 미안해."

세림은 고개를 숙이며 침을 삼켰다. 숨을 고른다. 얼굴이 새파랗게 질렸다. 그가 나른하게 웃었다.

"식당에서 하기는 좀 그런가."

"……."

"난…… 식당, 주방, 거실, 욕실도 다 좋은데."

세림이 짓궂다는 듯 눈을 가늘게 흘겼다. 시준은 여전히 나른한 웃음을 거두지 않으며 세림을 건드리던 손가락을 입으로 가져갔다. 그의 손가락을 쳐다보던 세림의 눈이 동그랗게 커져 시준과 마주쳤다. 시준은 세림과 눈을 마주하며 천천히 입술을 벌려 손가락을 맛봤다.

"맛있네."

미처 마르지 못한 예민한 속살이 반응하였다. 툭 떨어진 세림의 눈길이 사방으로 흩어진다. 시준은 고개를 기울여 세림의 입술을 찾았다. 달래듯 살며시 입술을 맞추고는 세림을 따뜻하게 끌어안 았다. 그가 입술을 옮겨 세림의 동그란 이마, 볼 그리고 다시 입술 에 자신의 입술을 포갰다. 시준이 세림을 마주한다. 그의 눈은 숨 이 돌아온 것처럼 아까와는 달리 정상적이다. 두 사람의 눈동자가 오래도록 얽혔다. 시준은 세림을 다시 품에 안았다. 두 사람은 달 아오른 서로의 몸을 진정시켰다. 그녀가 차츰 차분해질 때쯤 시준 이 다시 입 맞춘다.

"청평 가자."

응, 하고 대답하려던 세림이 슬며시 미간을 모았다. 시준은 불분 명한 웃음을 지으며 세림의 말간 눈동자를 응시하였다.

샤워를 마친 세림은 옷 방에서 검정색 브이넥의 랩 원피스로 갈 아입었다. 타이트한 디자인의 원피스는 가느다란 팔다리와 굴곡 있는 바디 라인을 우아하게 드러내 주었다. 그녀는 마지막으로 머 리를 묶으며 옷 방을 나섰다. 문을 열자 여행용 캐리어에 옷가지를 담는 시준의 뒷모습이 보인다. 등허리가 감각적으로 굽어져 있다. 그가 마른기침을 뱉어냈다.

"청평을 꼭 지금 가야 해?"

세림의 음성에는 염려가 가득했다. 시준이 허리를 펴며 뒤를 돌 아봤다. 그가 동그랗게 뜬 눈으로 세림을 훑다가 만족스러운 웃음 을 보인다.

"예쁘네. 잘 어울린다."

"시준아."

"응, 지금 가야 돼."

시준은 캐리어 문을 잠그고 옆에 둔 코트를 들어 팔을 꿰었다. 세림이 그를 걱정스러운 얼굴로 올려다본다. 시준이 온화하게 웃으며 세림의 발그스름한 뺨에 손등을 대었다. 조금 찬 손끝에 그녀의 따뜻한 체온이 녹아들었다.

"그러다 서방님 얼굴 뚫어지겠다, 똥강아지야."

"몸 아직 안 좋잖아. 그러다 감기 심해지면 어쩌려고."

"그래서 병원 들렀다 가자고 했잖아. 너 손도 그렇고. 난 주사 한 대만 맞으면 금방 나아."

"그렇게 열이 올랐는데 어떻게 주사 한 대 맞는다고 반나절 만에 나아?"

"은세림 덕분이야. 은세림이 집에 와 정성스레 소꿉놀이 해줘서 금방 나을 거야. 나한텐 은세림이 항생제고, 비타민이고, 피로회복제니까."

시준은 왼손으로 다정스레 세림의 손에 깍지 끼었다. 눈빛은 오로지 세림에게 향해 있다. 시준이 아니라 자신의 얼굴이 뚫어질 것 같아, 세림은 괜스레 입술을 샐쭉거렸다. 그녀가 침대에 놓인 머플러를 들어 시준의 목에 따뜻이 감아주었다.


시준이 차를 몰아 몇 분 사이 도착한 곳은 병원. 제 감기 진료도 아니고 겨우 세림의 손등에 난 상처 진료를 보자고 온 것이었다. 그것도 굳이 자기네 집 주치의 박사님의 연줄을 동원시켜 진료를 보게 했다. 응급외과 의사는 세림의 손등을 확인하며 단순 화상이라고 연고와 소염제를 처방해 주었다. 세림은 그것 보라며 시준을 향해 밉지 않게 눈짓했다. 세림이 잊지 않고 시준의 감기 상태 확인을 부탁하자, 의사는 역시 감기약과 팔에 맞는 정맥 주사, 근육 주사를 처방해 주었다. 세림이 지나치게 걱정하며 이것저것 묻자 의사는 허허롭게 웃으며 워낙 건강체라 너무 걱정하지 않아도 된다고 했다. 덧붙여 여자친구가 이렇게 걱정해 주니 금방 나을 거라고도. 그 말에 세림은 얼굴을 붉혔고, 시준은 눈을 가늘게 떴다.

"뭘 그렇게 꼬치꼬치 캐물어. 괜찮다니까."

시준은 지하주차장에 주차된 차로 가는 동안 괜히 타박이었다. 사실은 진료실에서 나오면서부터 그랬지만. 말끝에 남의 여잘 보고 뭘 그렇게 흐뭇하게 웃느냐며 구시렁댄다.

시준에게 손이 잡힌 세림은 그의 걸음을 따라가기만도 벅찼다. 그녀가 입술을 샐쭉 내밀며 눈을 가늘게 뜬다. 날씨가 얼마나 찬지, 지하주차장임에도 숨을 쉴 때마다 입김이 하얗게 번졌다.

"걱정되니까 그랬지. 그렇게 열이 났다는데."

"내 몸 상태는 내가 더 잘 알아."

"네가 의사야?"

"의사 아니더라도 아플 때 내 몸 관리 정도는 기본으로 해."

세림이 가늘게 뜬 눈으로 시준을 흘겼다.

"사실은 꾀병이었지?"

"글쎄."

"밤새 일부러 약 안 먹고 버틴 거 아니야?"

"똥강아지, 눈치가 좀 빨라졌다."

"하여간."

그의 말장난에 세림이 새침하게 눈길을 거둔다. 그것이 못내 못마땅한 듯 시준은 걸음을 멈추고 한쪽 눈썹을 움직였다. 그리고 이내 세림의 턱을 잡아 부드럽게 들어 올린다.

"세림아, 나 밤새 앓느라 죽는 줄 알았어. 이럴 때 누가 약 좀 가져와서 먹여주면 좀 좋아? 그러다 잠들었는데, 눈 뜨니까 아침이잖아. 은세림, 서방님 아픈 것도 모르고 학교로 수업 들으러 갈 거 생각하니까 심통이 나, 안 나? 그래서 전화 걸었어. 내가 건강체였으니까 이만한 거라고 생각해 줘."

미풍보다도 부드러운 눈길과 담백한 말투. 그러나 그 속에 담긴 뜻은 단호하다. 어쩌면 시준은 여자친구에게만 응석을 피우고 싶었던 건지도 모르겠다. 나 오늘 많이 아팠으니까 관심 좀 가져 줘, 하고. 그의 속뜻이 어렴풋이 보이자 어느새 미안해지고 만다.

세림은 금방 또 걱정 어린 얼굴이 되었다. 버릇처럼 그가 또다시 눈썹을 들어 올린다.

"그렇게 금방 울상이면 놀려 먹는 재미 없는데. 그래서 우리 이렇게 휴가 얻어서 놀러 가잖아. 나 월요일부터 연말, 연초까지 스케줄 살인적이야. 오늘 아니면 이번 달 내내 하루 종일 붙어서 얼굴 보기 힘드니까 기분 좋게 놀아주라, 응? 선심 좀 써라, 똥강아지야."

시준은 말끝에 장난을 덧붙이며 세림의 볼을 아프지 않게 잡아 늘렸다. 세림이 곤란하게 웃어버린다.

"알았어, 그렇게 해. 지금은 정말 괜찮은 거지? 밤새 많이 아팠어?"

세림이 장갑 낀 손을 들어 올려 시준의 볼을 보듬듯 하였다. 시준이 그 손에 기분 좋게 얼굴을 기대었다.

"글쎄, 다른 건 몰라도 너 보고 싶어서 엄청 아팠던 건 맞는 것 같다."

"……나도, 나도 많이 보고 싶었어. 말했잖아."

"알아."

시준이 싱긋 웃어 보인다. 한숨을 내쉬던 세림은 결심을 굳힌 듯 시준의 코트 깃을 붙잡았다. 그녀가 깃을 슬그머니 잡아끌자, 시준의 상체가 숙여지며 얼굴이 바로 코앞까지 다가왔다. 세림이 찬 기운 서린 시준의 뺨에 온기를 옮기듯 입술을 댔다. 그리고 천천히 내려와 입을 맞췄다. 그녀의 눈꺼풀이 바르르 떨린다. 시준은 입매를 기분 좋게 밀어 올리며 입술을 맞댄 채 속삭였다.

"감기 옮아."

녹아들 듯 감미로운 그만의 음성.

"상관없어."

세림은 다시 입술을 포개며 서툴게, 천천히 그리고 정성껏 그의 입술을 맛보았다. 키스는 이제 막 첫사랑을 알게 된 소녀처럼 수줍었다.

## For The Only Göttin In My Life

두 사람은 청평으로 가기 전에 가까운 마트에 들러 장을 보기로 했다. 시준이 벼르고 별러 오던 요리를 해주겠단 것이었다. 덧붙여 그는 어차피 청평 집에 아무것도 없어 장을 봐야 한다고 했다.

저녁은 양식, 내일 아침은 수제비칼국수를 해먹기로 했다. 카트를 앞세워 식품 매장을 돌며 시준은 음식 재료를 직접 골라 담았다. 식재료를 고르는 손길이며 원산지와 날짜 확인, 싱싱함, 빛깔을 꼼꼼히 살피는 것까지 거의 엄마 수준이었다. 고기 냉장고가 줄지어진 육류 코너에서 스테이크에 쓸 고기를 고를 때에도 마찬가지였다. 어느 나라는 무슨 고기가 맛있다, 스테이크는 등심이긴 한데 소스를 잘하면 우둔살이나 안심도 좋고, 나중에는 등갈비도 해줄게, 하며 중얼거리듯 말하니 육류 코너 직원 아주머니가 남편이 싹싹해 살림을 잘할 것 같다며 칭찬했다. 그러자 시준이 외조 잘할 것 같죠? 하며 허리를 바싹 끌어안아 조금 부끄러웠다.

두 사람은 식품 매장을 돌고 주차타워로 이어지는 계산대로 향했다. 카트에서 물건을 꺼내 계산대에 올려놓는 시준을 보며 세림은 처음으로 매일매일 이렇게 함께할 수 있었으면 좋겠다는 생각을 했다.

마트 쇼핑을 마치고 운전은 우기고 우겨 세림이 했다.

아픈 사람한테 운전대까지 붙잡게 할 수 없었다. 집에서 쉬지는 못할망정 어디 가자고 하질 않나. 게다가 주사도 맞고 약까지 먹은 후라 졸음이 밀려올 터였다. 그리고 예상대로 시준은 조수석에 몸을 뉘인 지 몇 분도 되지 않아 잠들었다. 노곤한 햇볕을 쬐며.

청평 시준의 집은 네비게이션이 친절히 길 안내를 해주었다. 한 시간 정도 달려간 그곳은 입이 다물어지지 않을 만큼 절경을 이루고 있었다. 서울과 달리 눈이라도 내렸는지 마른 대지 위는 드문드문 눈밭이었다. 세림이 모는 차는 입구에서부터 멀찍이 떨어진 두 개의 다른 집을 지나 가장 안쪽에서 멈추었다. 세림이 차 문을 열고 나오며 작은 감탄사를 내뱉었다. 사철 푸른 상엽수가 담장처럼 너른 주변을 에워싸고, 얼마 떨어지지 않은 곳에는 겨울 호수가 펼쳐져 있었다. 겨울의 냉기를 머금은 호수는 보기만 해도 시릴 만큼 짙은 남색이었다. 강원도에 있는 집만큼 낭만적인 경관이다.

거실에 들어선 세림은 감탄사를 연발했다. 남향으로 트인 창 때문에 거실에는 겨울 오후의 햇살이 빼곡히 들어차 있었고, 흰색 폴딩 도어 너머로 펼쳐진 호숫가는 병풍에 그려진 그림 같았다. 거실 창 오른쪽 앞으로는 조경으로 심어진 듯한 갈대밭이 보였다.

"멋있다."

창가에 선 세림이 감명받아 낮게 읊조린다.

"오길 잘했지?"

시준이 세림의 어깨에 팔을 둘렀다. 세림 역시 그의 허리를 감으며 가슴팍에 머리를 기댄다.

"응…… 정말."

세림은 쏟아지는 겨울 햇살에 안긴 풍경을 더듬더듬 눈에 담으며, 오후의 볕과 닮은 미소를 지었다. 시준이 고개를 내려 세림의 입술에 스며드는 햇살을 조심스레 베어 물었다. 세림은 가만히 눈을 감고 입술에 스며든 햇살의 온도가 시준에게 옮겨가는 걸 느낌으로 그려본다.

오디오 스테레오에서 흘러나오는 음악은 오페라 [리날도(Rinaldo), HWV7] 중 '울게 하소서(Lascia ch'io pianga mia cruda sorte)', [카르멘(Carmen)] 중 '하바네라(Habanera)'와 [투란도트(Turandot)] 중 '공주는 잠 못 이루고(Nessun dorma).' 시준은 세림의 귓불 아래 턱과 맥이 뛰는 목선에 섬세하게 입 맞추다 여린 살결을 입으로 빨아들였다. 시준의 겨드랑이 밑으로 손을 넣어 그를 끌어안던 세림이 간지러운 듯 웃음을 흘리며 움츠렸다. 세림이 손으로 그의 얼굴을 붙잡고 자신과 눈 맞추게 하였다. 서로가 서로를 들여다본다. 입가에 웃음이 걸리고, 둘은 가볍게 뽀뽀했다.

세림은 거실 소파 아래 카페에 늘어지듯 누워 미적거리며 시준의 심장 가까이에 귀를 대고, 건강한 박동 소리에 귀 기울였다. 졸음이 쏟아지는 듯한 나른한 기분도 싫지 않았다. 그런데 시준은 그것으로는 부족했나 보다. 금세 위로 올라와 자꾸만 입 맞췄다.

한참을 늦장 부리다 보니, 어느새 창밖에 어스름이 지고 있었다. 둘은 몸을 일으켜 주방으로 향했다. 어느새 담았는지 종량제 봉투에 포장된 똑같은 앞치마 두 개가 놓여 있었다. 둘은 똑같은 앞치마를 둘러메고, 팔을 걷어붙였다. 시준은 메인 요리 전에 스테이크의 가니쉬와 소스 준비하고, 세림은 시준이 만들 파스타의 야채 손질을 도왔다.

주방을 바삐 오가는 시준은 엄마처럼 음식에 마법을 부렸다. 그의 손길이 닿자마자 스테이크 소스가 만들어지고, 설탕 절임 당근이, 으깬 감자와 시금치 무침, 직접 만든 오리엔탈 드레싱이 곁들여진 모둠 야채샐러드, 양송이와 베이컨, 브로콜리들이 프라이팬에 버무려진 파스타가 뚝딱 만들어졌다. 고상한 접시와 그릇에 담겨 제 모습을 찾아가는 음식을 보며 감격함과 동시에 자신의 재주 없는 요리 실력이 괜히 속상하다.

두 사람은 양쪽으로 그릇을 놓고 마주 앉아 식사를 시작했다. 세림이 먼저 스테이크를 먹기 좋게 잘라 한입 먹었다. 시준은 기대에 찬 눈빛으로 세림의 반응을 살폈다.

희미한 레드 와인의 향과 올리브유에 볶은 양파와 마늘, 양송이의 향이 뒤섞인 스테이크 소스는 간이 세지 않고 적당히 달큼하면서 심심했다. 고기도 부드러워 식감이 좋았고. 입술을 삼키며 싱긋 웃었다. 시준도 만족스러워하며 이번엔 작은 접시에 크림소스 파스타를 덜어주었다. 우유와 휘핑크림, 치즈를 섞어 만든 파스타는 담백하면서도 미감을 자극하는 소스의 맛이 혀에 감겼다. 음식은 하나같이 손색이 없었다. 시준의 말 그대로 정말 식당 하나를 차려도 좋을 만큼.

세림은 맛있다는 뜻으로 엄지손가락을 올려 흔들어 보였다. 시준이 뿌듯해하며 하이파이브하자는 듯 손바닥을 편다. 공중에서 시준의 커다란 손과 세림의 작은 손이 맞부딪혔다.

식사를 마치고 간단히 와인과 블루베리 치즈케이크를 먹으며 거실장을 가득 메운 DVD 중 하나를 꺼내어 틀었다.

죽어서야 이룬 애절한 사랑을 그린 로미오와 줄리엣 1996년판. 커다란 수조를 사이에 두고 처음으로 만난 로미오와 줄리엣. 이제 막 숙녀와 청년의 태를 몸에 두른 어린 두 남녀. 오직 순수함뿐인 둘은 투명하고 솔직하게 서로에게 호기심을 보이고, 이끌렸다.

"Did my heart love till now? Forswear it, sight. For I ne'er saw true beauty till this night(내 마음이 여태껏 사랑을 하고 있었다고? 눈아, 그걸 부정하여라. 오늘 밤에야 비로소 진정한 아름다움을 봤구나)."

로미오가 파리스와 춤추는 하얀 천사의 줄리엣을 보며 하는 혼잣말을 시준이 같은 타이밍에 똑같이 읊었다. 그가 세림의 입술을 조심스레 찾았다. 입술과 입술에 틈이 생긴 사이 두 사람의 눈빛이 오가자 이번엔 세림이 먼저 입을 맞췄다.

부드러운 시준의 입술 감촉을 하나도 놓치지 않고 베어 문다. 숨결이 떨리고, 심장박동이 빨라진다.

시준이 손을 들어 세림의 뒷머리를 받쳤다. 그의 손에 풍성한 머리칼이 감긴다. 키스는 갈수록 짙어져 서로의 혀를 애타게 찾았다. 부드럽고 말랑한 혀와 혀의 만남, 농밀해지는 타액의 점성, 거칠어지는 숨소리, 부풀대로 부푼 심장과 서로의 몸, 뜨거워지는 체온. 격해져 가는 감정의 순간 시준이 TV를 끄고 세림을 안아 들며 소파에서 일어섰다. 그가 세림의 다리를 허리에 감게 했다. 시준은 세림을 소중한 것을 다루듯 단단하게 감싸 안았다. 세림은 시준에게 매달리듯 팔을 감고 그의 어깨에 고개를 묻으며 눈을 꼭 감았다.

시준은 2층의 침실 방문을 열고 안아 든 세림을 뒤에 기대게 하며 문을 닫았다. 어둠 속에서 그의 입술이 세림의 살내를 갈망하며 여린 귓볼과 귓불 사이의 턱 선, 볼에 다정스레 입 맞추고 입술로 왔다. 시준은 서두르지 않고 조심스럽게 세림의 달뜬 입술을 다루었다.

흡사 새벽이슬 맺힌 산딸기처럼 차고 달다.

세림도 순하고 살가운 그의 입맞춤에 따라 느릿하게 입술을 움직였다. 시준의 목덜미를 두르던 팔을 풀어 한 손으론 쓸어내듯 그의 매끈한 목선에 대고, 한 손으론 그의 머리칼에 밀어 넣는다. 부드러운 모발의 감촉이 좋아 그가 아프지 않게 움켜쥐듯 매만졌다.

따스한 숨결이 오가고,

"무서워……? 겁나?"

시준이 속삭이며 물었다. 세림은 눈을 떴다. 방 안의 큰 창을 통해 희미한 은색 달빛이 번지듯 스며들고 있었다. 그가 입가에 다정스런 웃음을 걸치고 있었다.

방의 짙은 어둠과 무척 잘 어울릴 정도로 매혹적인 웃음이었다.

심장이 벅차도록 뛰었다. 그가 눈을 반쯤 감고 고개를 틀며 다시 키스해 왔다. 눈을 감고 입술을 벌렸다. 그가 웃는 듯하며 두툼한 혀를 밀어 넣었다. 입술 안쪽의 여린 살과 치열을 음미하듯 느릿하게.

키스는 악마의 속삭임처럼 농염하고, 천사의 숨결처럼 순수했다.

시준이 다시 세림을 안아 들고 침대로 향했다. 침대를 덮은 하얀 이불을 걷어내며 그녀를 누인다. 세림은 몸을 가늘게 떨었다. 그녀가 시준의 어깨를 부여잡은 채로 감았던 눈을 떴다. 그의 얼굴에 달빛이 비쳐든다. 낮보다 덜하지만 여전히 이성의 끈을 간신히 붙잡고 있는 붉은 눈빛에 그대로 녹아들듯 하다. 숨기지 못하는 거친 호흡이 최대한 자신을 잃지 않으려 애쓰는 것 같았다.

"도중에 울고불고 싫다고 해도 책임 못 져. 그러니까 네가 참아."

낮은 음성은 본능에 젖어 있었다. 세림은 한참 동안 대답 없이 시준을 응시하였다. 시준은 그 작은 입술에서 어떤 말이 나올는지 인내했다. 그녀는 줄곧 다물고 있던 입술을 떼었다.

"생각해 보니까……."

시준의 눈이 가늘어진다.

"엄마한테 허락을 못 받았어……."

시준은 황당해하다 웃음을 터뜨렸다. 세림도 웃다가 바르르 떨리는 입가 때문에 곧 입을 다문다. 긴장했다.

"……결혼 전에 야한 짓 했다고 엄청 혼낼 거야."

"난 어머니한테 맞아 죽을걸. 은세림한테 장가 못 가. 안 돼."

그가 곤란하게 웃으며 손으로 세림의 머리칼을 쓸어 넘겨주었다.

"그건, 싫어……."

세림은 눈길을 떨어뜨리며 그의 턱 선을 매만졌다. 그녀의 표정이 못내 시무룩하다. 그의 얼굴에 만족스러운 웃음이 걸린다. 진짜 장가를 못 가게 될 것까진 없을 텐데, 오히려 손 많이 가는 똥강아지 네가 책임져라, 말씀하실지도 모를 일이다. 그가 세림의 동그스름한 이마에 사랑을 담아 입 맞췄다.

"그러니까 엄마한텐 비밀이야. 허락받을 만한 수위가 아니야."

"알았어, 그럼 이건 비밀. 엄마, 미안."

덧붙여 엄마에게 사과까지 잊지 않는 세림이 귀여워 시준은 다시 웃음을 터뜨렸다. 그가 작게 벌린 입술 사이로 혀를 밀어 넣으며 손으로 세림의 원피스를 끌어 내려 단번에 옷을 벗겼다. 훈훈한 공기와 서늘한 침대 시트가 맨몸에 닿자 세림은 잠시 몸을 떨었다. 눈빛에 긴장이 짙어졌다. 시준 역시 곧바로 상의부터 벗는다. 그의 머리칼이 이마에서 흐트러진다. 파르르한 숨이 그녀의 입술에서 새어 나왔다. 당장에라도 도망가고 싶은 것처럼 질린 얼굴을 하고서. 시준은 상체를 기울여 긴장하지 말라는 듯 세림의 머리를 따뜻하게 감싸며 관자놀이와 눈가에 다정스레 키스해 주었다.

어둠 속에서 몸과 시트가 마찰해 이따금 서걱대는 소음과 그가 옷을 벗는 은밀한 소리가 들려왔다. 시준의 입술이 흘러내리듯 목덜미와 쇄골을 따라 내려왔다. 동시에 손으로 브래지어 끈을 잡아 내린다. 시준은 솟아오른 세림의 연약한 가슴을 탐스러운 열매 베어 물듯 입속으로 빨아들였다. 다른 가슴은 손으로 거머쥔다. 섬세하면서도 억센 손길과 가슴을 빨아들이는 압력에 세림이 민감하게 반응하며 미간이 모아질 정도로 두 눈을 꼭 감았다.

숨소리가 절로 거세어져 갔다. 시준이 뜨거운 숨결을 가슴의 위쪽에, 쇄골에, 귓불에 불어넣으며 차례로 입술까지 올라왔다. 그가 능숙하게 팬티를 벗겨낸다. 더는 도망갈 수 없다. 적나라하게 맞닿아지는 맨몸을 어쩌지 못하겠다. 입안으로 거칠게 침범하는 그를 받아들이다 눈을 번쩍 떴다. 엉덩이 골 사이로 물기가 흐르는 것이 느껴졌다. 황급히 다리를 오므리려 했지만 시준의 몸이 가로막고 있다. 부끄럽고 창피했다. 침대 시트를 쥐다가 그의 어깨를 밀어내려 했다. 점점 물기가 축축해지는 것이 있는 그대로 느껴져 패닉이 오는 와중, 시준의 손가락이 닿았다. 숨을 크게 들이쉬며 놀라자, 그가 웃으며 입술을 맞대었다.

"젖었네."

그가 손으로 다리를 벌려 매만지며 입술을 조급하게 삼켜왔다. 몸이 빠르게 달떠올랐다. 그가 직접적으로 닿은 것도 아닌데, 단지 키스와 그의 손길만으로 속살이 흥건하게 젖어들며 저도 모르게 자꾸만 혼자 조여들었다. 미칠 것 같았다. 고개를 반쯤 수그려 그의 입술을 피해보려고 해도 그는 막무가내였다.

시준의 남성이 세림의 속살에 닿았다. 세림은 그의 어깨를 힘껏 쥐었다. 그러나 그는 들어올 생각이 있는 건지 없는 건지, 입구에서 자꾸 애태우기만 하였다. 야릇했다. 그를 받아들이고 싶기도 했고, 여기서 멈췄으면 싶기도 했다. 시준은 그런 세림을 달래며 천천히 밀고 들어왔다. 그녀가 두 눈을 꼭 감으며 낮은 비명을 질렀다.

"아파……!"

"괜찮아. 긴장하지 말고, 힘을 빼. 천천히 심호흡하면서……."

시준이 웃으며 세림의 귓가에 입술을 대고 느릿하게 속삭였다. 그마저도 자극이 되었다. 시준은 손을 들어 그녀의 허벅지에서 엉덩이, 허리까지 이어지는 라인을 매만지다 엄지로 여린 살점을 누르듯이 부드럽게 문질렀다. 어찌할 수 없는 감각에 세림이 시트를 틀어줘었다.

쉼 없이, 숨도 못 쉴 만큼 그가 들어오려 한다. 동시에 속살이 수축해 저도 모르게 시준을 조이려 했다. 자꾸만 몸에 힘이 들어간다. 정신이 아스라해져 갔다. 시준이 밀고 들어올수록 상체는 젖혀지고, 버겁고, 아팠다.

아파……!

세림은 급한 숨을 한꺼번에 삼켰다. 버거운 건 세림뿐만이 아니었다. 처음이라 제대로 벌어지지 않는 좁은 여성은 시준의 침범을 쉽게 받아들이지 못하고 강하게 조이기를 반복했다. 여간해선 진도가 나가지 않자 시준은 숨을 고르며 단번에 끝까지 허리를 밀어 넣었다.

몸을 관통하는 강한 전극이 척추를 따라 전신으로 가지처럼 뻗어 나갔다. 세림이 시준의 어깨를 꼭 붙잡았다. 몸이 바들바들 떨렸다. 하지만 전적으로 고통만이 느껴진 것은 아니다. 고통을 동반한 희열. 그가 자신의 안에 있다는 사실에 이리저리 튀어 오르는 세포를 제어할 수가 없었다. 시준이 입을 맞춰왔다. 혀를 집어넣고 정성스레 가슴을 애무해 주고. 왠지 모를 안도가 밀려와 눈가가 물기로 젖었다.

시준은 세림의 아픔이 진정될 때까지 가만히 그녀를 안고 입을 맞추다 천천히 움직이기 시작했다.

살갗이 찢어질 듯 벌어지고, 시준의 강하고 묵직한 남성이 틈도 없이 채워지는 그 감각이 소름 돋을 만큼 아프고 버거웠지만 싫지 않았다. 전신이 난도질당하는 것만 같은데도 그 아픔 사이를 스며드는 희열에, 자꾸 허리가 들리고, 터지려는 신음을 삼키느라 열기 어린 숨을 헐떡였다. 서로의 거친 숨소리에 취하고, 애액과 사납게 마찰되는 남성의 농밀한 소음에 미치도록 흥분이 되었다. 그의 입맞춤을 받아내는 것도 버거워질 때 즈음, 몸이 발작하듯 튀어 올라 그를 꼭 껴안으며 흐느끼듯 신음했다. 시준도 그녀의 몸이 바스러지도록 꽉 끌어안았다. 정신이 아득했다.

괴로운 듯 내뱉는 시준의 젖은 신음이 야했다. 사정은 좀처럼 멈추지 않아 길었고, 아랫배는 오래도록 뜨거웠다. 마지막 흥분의 여운이 척추를 타고 전신으로 퍼져 날개뼈와 어깨를 간질이며 손바닥을 저릿하게 만들었다. 거칠게 숨을 몰아쉬며 늘어져 있던 시준이 연신 키스를 하며 그의 품에 꼭 가두었다.

다시는 놓치지 않겠다고 다짐하듯.

❖　❖　❖

세림은 아주 잠시, 심해처럼 고요하며 고단하게 잠들어 있었다. 그녀가 눈을 뜬다. 허공을 바라보던 눈동자가 움직인다. 시준이 샤워가운을 입은 채 침대 가장자리에 걸터앉아 그녀를 내려다보고 있었다. 방 한구석에 자리한 인테리어 조명으로 그의 얼굴이 은은하다.

"힘들었지?"

그가 세림의 머리칼을 넘겨주며 낮고 따뜻하게 물었다. 세림은 고개를 가만히 젓는다.

"나…… 오래 잠들어 있었어?"

"아니, 아주 잠깐. 욕실에 따뜻한 물 받아놨어. 몸 좀 담그자."

세림이 고개를 끄덕끄덕하자 그가 감싸듯 안아 들고 욕실로 향했다.


시준에게 안긴 채 커다란 월풀 욕조의 따뜻한 물에 몸을 담갔다. 그의 하얀 가운이 물에 젖어 늘어진다. 욕실은 욕조에 물을 받으면서 생겨난 수증기로 가득하였다. 왼편으로 눈길을 돌리자 어슴푸레한 달빛을 받은 진청의 호수와 그 뒤로 이어진 산등선이 훌륭히 보이는 채광창이 자리해 있었다.

"몸은…… 괜찮아? 어디 아프거나 하지 않아?"

시준은 세림의 척추 뼈를 따라 등을 어루만지며 조심스럽게 물었다. 시준의 품 앞에서 등을 말고, 무릎을 끌어안은 채 창 너머를 바라보던 세림은 눈도 못 맞추고 고개만 끄덕였다. 그러다 멈추지 않은 피가 욕조 물을 붉은색으로 엷게 물들이는 걸 보고 당황한다.

"어…… 물, 더러워졌다."

"피 좀 흐른 거 가지고 더러워지긴 뭐가 더러워져."

중얼거리듯 의기소침하게 말하는 세림을 시준이 다시 품에 안으며 어깨에 입 맞춘다. 세림은 골반에 닿는 단단한 시준 때문에 당황해 눈을 동그랗게 떴다.

"아, 저기…… 여기도 네가 샀어? 욕실 되게 멋있다. 욕실에서 보는 풍경도 멋있고."

세림은 재빨리 눈길로 욕실을 훑으며 어색하게 말을 돌렸다. 시준이 웃으며 손으로 얼굴을 쓸어 올린다. 물기 어린 그의 얼굴이 말끔하다. 전부 뒤로 넘겨진 머리에서 물방울 하나가 그의 반듯한 이마를 따라 눈썹에서 눈으로 흘러내렸다. 그가 한쪽 눈을 찡그린다.

"여긴 내가 토지 매입해서 시공을 부탁했지. 욕실은 인테리어 업자가 내 취향에 맞춰 꾸몄고, 주변 풍경은 강원도만큼 볼만하고."

"맞아. 그러고 보니까 강원도 욕실에서도 이렇게 밖이 보였는데. 그땐 눈이 와서 산등선에 쌓인 게 되게 멋있었어."

그녀는 너른 창 너머에 눈길을 두고 말갛게 웃으며 가만가만 말하였다. 그 낮은 음성이 듣기 좋을 만큼 욕실을 울린다. 시준이 낮게 웃었다.

"그랬어? 그럼 눈 오는 날 강원도 한 번 더 다녀와야겠네."

그는 세림을 품에 가두듯 다시 끌어안고 입술을 포갰다. 짓누르는 시준의 입술은 그가 떠안은 세림을 향한 욕망처럼 무겁고 끈적였다.

세림은 아주 많이, 수줍고 부끄러웠다. 이렇게 욕조 안에 둘이 있다는 것도, 발가벗고 그에게 안기듯 앉아 있는 것도.

"나…… 샤워할래."

결심을 굳혀 소박한 용기를 내는 소녀처럼 눈치 보듯 말을 꺼냈다. 더는 욕조 안에서 시준과 둘이 앉아 있을 수가 없었다. 자꾸만 팽창하는 심장이 이러다간 터질 것만 같아서.

"그래. 욕조에 너무 오래 몸 담그고 있는 것도 감기 걸려."

"아니, 나 혼자 할 거야. 비치타월 좀……."

세림은 시준이 등을 기댄 욕조 끝 대리석 바닥에 쌓아둔 비치타월을 손으로 가리켰다. 시준이 버릇처럼 왼쪽 눈썹을 구기며 가늘게 뜬 눈으로 세림을 쳐다본다. 세림이 빨리, 하고 입모양으로 말하며 비치타월를 향해 손짓하였다. 그가 마지못해 기다란 팔을 뻗는다.

"나 오늘 용기 많이 냈어. 여기서 더 가다간 심장 터져서 기절할지도 몰라. 그리고 너 절대 샤워가운 벗지 말고, 여기 꼭 앉아 있어. 나 샤워하는 동안 움직이기라도 하면 소리 지를 거야."

세림은 시준에게 건네받은 커다란 비치타월을 펼쳐 몸에 두르며 무섭지도 않은 협박을 했다. 귀까지 빨개져서. 그러고는 자리에서 일어선 그녀가 비틀거리듯 하다 종종종 뛰듯 걸으며 샤워 부스로 사라졌다. 욕조 위로 양팔을 얹듯 걸쳐 놓던 시준은 그런 세림이 귀여워 웃었다. 그가 물기 젖은 손으로 세수하듯 얼굴을 닦아낸다. 그는 결국 욕조 안에서 샤워가운을 입은 채 세림이 샤워를 마칠 때까지 얌전히 기다려야 했다.

더 뜨거울 다음은 봐주지 않으리라 생각하며.


샤워 부스로 들어선 세림은 문을 닫자마자 어깨를 들썩이며 크게 호흡했다. 삼면은 대리석 벽이고 입구만이 유리 여닫이문이다. 고개를 아무리 틀어도 뒤에 있는 욕조는 보이지 않았다. 그녀는 가슴에 손을 얹으며 안심하고는 몸에 만 비치타월을 풀어 벽 고정 옷걸이에 걸어두었다.

시준을 정면으로 볼 수가 없었다. 지금껏 안겨왔던 시준의 널따란 품이, 단단한 어깨가, 아직도 귓가에 선연히 들리는 뜨거운 숨소리, 부풀도록 부딪히던 입술이, 그리고 자신의 안을 채웠던 생경한 아픔이…… 그와 같이한 모든 감각들이 가만히 있어도 저절로 떠올랐다. 각인이라도 된 것처럼 세포들이 반응했다. 옷걸이에 매달린 수건으로 얼굴을 가렸다. 말할 수 없는 벅차오름. 부풀어 오른 심장이 시준을 보고 싶어 했다.

혀와 혀가 서로를 집요하게 갈망했다. 숨도 쉴 수 없을 만큼 탐미는 타액을 넘기는 것이 버거울 정도로 강렬하게 이어졌다. 시준은 처음보다 더 부드럽게, 시간을 들여 몸을 달아오르게 했다. 그의 입술이 목선과 쇄골을 따라 흘러내리며 가슴 언저리만을 흡입하듯 입 맞추고, 질척이는 혀로 간질이듯 쓸어낸다. 그것만으로 가슴의 작은 돌기가 단단하고 딱딱하게 솟아올랐다. 표현할 수 없는 감각의 여운이 쇄골에서부터 목선, 관자놀이까지 자극시켰다.

그의 커다란 두 손이 느릿하게 움직이며 가슴을 부드럽게 움켜쥐었다. 그리고는 입을 벌려 가슴 하나를 크게 삼킨다. 흡사 오랜 가뭄에 시달린 끝에 찾아낸 햇과일인 양. 무르익어 함유된 다디단 과즙으로 갈증을 해소하는 짐승처럼 사리 분별할 이성이나 여유 없이 절박하게, 애타도록 맛있게 들이컨다.

세림은 눈을 감으며 시준의 머리카락 속으로 손가락을 밀어 넣었다. 가슴이 그의 뜨거운 입안으로 빨려 들어가 물리고, 혀에 짓눌린다. 미세한 자극에 시준의 어깨를 힘껏 쥐며 낮은 신음을 흘린다. 흥분이 유선을 따라 가슴 전체에, 심장에 맹독처럼 퍼졌다.

"맛있어."

하고, 그가 명치로 내려와 혀로 원을 그리듯 핥고, 길을 만들 듯 배꼽으로 내려오다 아랫배에 진하게 입을 맞췄다. 시준은 곧바로 속살을 찾아 벌렸다. 세림이 안 된다며 그의 머리칼을 움켜쥐어도,

그는 웃음기를 지우지 않은 얼굴 그대로 세림의 속살에 입술을 대었다. 순식간에 열꽃이 퍼진다. 세림은 숨을 크게 들이쉬며 베개 밑에 손을 넣어 베갯잇을 그러쥐었다. 시준이 혀를 움직여 세림의 속살을 전부 다, 하나도 빼놓지 않고 샅샅이 헤집으며 섬세하게 맛보았다. 시준의 거칠어져 가는 숨이 세림을 더욱 흥분케 했다

눈앞에 까만 막이 씌워졌다. 온몸이 불덩이처럼 달아오르고, 시준을 받아들이고 싶어 견딜 수가 없다. 시준은 흥건하게 젖어가는 곳을 남김없이 빨아들이며 마시고, 더욱 깊은 곳으로 혀를 밀어 넣었다. 뜨거운 혀가 안쪽에 지옥처럼 강렬한 불길을 지핀다. 몸이 삽시간에 타오르는 것만 같다. 손바닥의 신경이 수십 갈래로 조각나 버리는 듯한 기분에 시트 자락을 잔뜩 틀어쥐었다. 제발. 더 이상 견딜 수 없어 절로 괴로운 신음 소리를 내었다. 의식이 희미해지고 남는 것은 고통스러운 쾌락이었다. 빨리 그를 받아들이고 싶어 칭얼거리듯 다리로 그의 등허리를 문지르듯 비볐다. 그에 대답하듯 시준이 상체를 들어 올리며 정확히 시선을 맞추고 매끄러워진 안으로 단번에 밀고 들어온다. 헉 하고 숨을 들이켜며 두 눈을 질끈 감았다.

중독될 것만 같은 통증에 희열을 느낀다.

시준이 세림의 머리 양옆 침대 시트를 손으로 짚으며 그녀를 내려다보았다. 세림이 호흡을 가누며 그를 올려다봤다. 손을 들어 시준의 코끝에 묻은 애액을 닦아줌과 동시에 시준이 그녀의 손가락을 입에 물고 핥는다. 둘은 서로를 오래도록 응시하였다. 평소보다 밀도 높은 눈빛과 그 속에서 감지되는 서로에 대한 열망. 누가 먼저랄 것도 없이 두 사람의 입술이 한순간에 부딪혔다. 시준이 허리

를 움직였다. 혀가 엉겨 붙고, 낮은 신음을 흘리며, 입술과 몸이 부딪힌다.

시준의 움직임은 느릿하고 부드러웠다. 서로의 열기에 온몸에 땀이 솟아오른다. 시준은 세림이 느끼는 것을 하나도 놓치지 않겠다는 듯 시선을 떼지 않고 간간이 세림에게 키스하며 그녀 안에 밀고 들어왔다. 세림이 신음을 억지로 삼켜낸다.

"참지 마."

시준이 뜨겁고 축축하게 젖어 붙은 음성으로 속삭인다. 그러나 세림은 아랫입술을 꼭 깨물었다. 시준이 허리를 크게 움직였다. 하얗게 질린 입술 사이로 신음이 터진다. 한 번 더. 세림이 괴로워하며 시준의 어깨를 할퀴듯 부여잡았다.

"세림아."

농밀한 음성에 세림은 눈꺼풀을 힘겹게 밀어 올렸다. 검은 눈동자에 초점이 흐려져 있다.

"참지 마."

시준이 세림을 옭아매듯 꽉 껴안고 거칠게 부딪혔다. 세림이 비명 같은 신음을 터뜨린다. 깊고 과격한 움직임에도 두 사람은 집요히도 서로에게 달라붙으려 하였다. 그가 한 손으로 세림의 머리를 받치고 가볍게 키스하며 천천히 속도를 줄여갔다. 시준은 상체를 일으켜 세림이 다리를 포갠다. 접촉은 훨씬 더 내밀하고, 자극은 색다르다. 그가 다정한 손길로 세림의 얼굴을 쓰다듬는다. 그 손길에 세림이 미간을 모으며 반쯤 감은 눈을 떴다. 시준은 미칠 것만 같다. 바닥을 보였던 흥분이 다시 솟아오를 만큼 매혹적이다. 살짝 내리감은 눈꺼풀 위로 고운 속눈썹이 흥분에 전율하고 발갛게 달아오른 두 볼과 부풀어 오른 입술, 그 사이로 새어 나오는 달뜬 숨.

세림이 시준에게 매달려 입을 맞춘다. 벌려진 그의 입에 혀를 밀어 넣고 두서없이 그의 입안을 헤저었다. 혀와 혀가 뒤섞인다. 말캉하고 부드러우며 맛 좋은. 그녀가 입술을 떼고 손으로 그의 얼굴을 보듬다가 목선과 다부진 쇄골로 미끄러뜨렸다. 그녀의 손길이 시준의 왼쪽 가슴에 그려진 태극 문양 같은 것을 품은 커다란 게 문신으로 향했다. 홀린 듯, 매만지려 하다 강하게 파고드는 압박에 그만 할퀴듯 움켜쥐었다.

—For The Only Göttin In My Life(평생 단 하나뿐인 내 연인을 위한).

땀으로 윤기 도는 등골에 레터링이 새겨져 있었다. 허리를 움직이자 적당한 근육으로 감싸인 등골과 레터링이 물결쳤다. 시준은 다시 세림의 다리를 벌려 무릎 안쪽에 손을 넣은 채 침대 시트를 짚으며 사납게 파고들었다.

"아파…… 아파!"

세림이 다리를 오므리며 손으로 그의 가슴을 밀어냈다. 시준은 아랑곳하지 않고 깊고 격렬하게 움직였다. 시준의 귀밑머리에 맺힌 땀이 턱 선을 타고 흐르다가 봉긋한 세림의 가슴 위로 뚝뚝 떨어진다.

시준의 남성이 예민한 내벽을 긁듯이 끝까지 채울 때마다 세림은 흥분을 감출 수가 없었다. 허리가 절로 꺾이고, 상체가 들린다. 고통스러운 쾌락은 전신을 저릿저릿하게 자극시켰다. 지독할 만큼 아찔하다. 몸이 부서질 것만 같았다. 시준이 그녀의 뒷머리를 받치며 끌어안았다. 타오를 듯 뜨거운 피부와 짓누르는 몸의 무게에 흥분이 극도에 다다른다. 이제는 그만, 이라고 생각한 순간 시준을 절박하게 껴안았다.

시준은 세림의 위로 늘어지며 그녀의 입술과 목덜미를 찾았다. 가시지 않은 여운은 하나 된 세림 안에서 멈추지 않고 이어졌다. 격렬한 두 사람의 호흡이 잦아질 때쯤, 시준이 상체를 일으켜 땀이 맺힌 세림의 이마에 입을 맞추고 입술에 숨을 불어넣으며 그녀를 품에 끌어안았다. 진이 빠진 세림은 눈을 감고 아득해지는 의식을 가누지 못했다. 시준이 그녀를 내려다보다 귀에 키스하며 속삭인다.

"사랑해."

흐릿한 의식 속에서 들려오는 마법의 주문.

"사랑한다, 은세림."

세림은 눈을 감으며 시준의 품에 파고들었다. 귓가에 흘러드는 그의 음성에 조금도 움직일 수 없이 몸이 노곤해지고 졸음이 밀려왔다. 한 번도 경험해 보지 못한 달콤한 꿈으로 인도하는 잠. 시준의 품에서 영원히 벗어나고 싶지 않았다.


세림은 무거운 눈꺼풀을 힘겹게 밀어 올렸다.

잿빛 하늘과 앙상한 가지만 남은 낙엽송이 유리창 너머 풍경을 채우고 있다. 겨울 특유의 따가운 햇살은 보이지 않았다. 비가 올 모양이었다. 잠시 미간을 모았다. 몸은 무겁고, 골반은 빠질 것 같았다. 허벅지는 찢어질 듯 아프고, 아랫배도 두드려 맞은 것처럼 뻐근했다. 긴 한숨을 내쉰다. 아픈 것과 별개로 가슴이 두근거렸다. 눈을 뜨자마자 그리움이 피어오를 수 있다는 게 신기하다.

멍하게 창밖을 응시하던 세림은 몸을 뒤척였다. 시준이 손으로 머리를 받치고 자신을 내려다보고 있었다. 한동안 눈을 맞추던 그가 입가에 은은한 미소를 보이며 가까이 다가와 키스하였다. 가볍게 한 번, 길게 소리 내어 한 번.

"굿모닝."

양치라도 했는지 시준의 입술은 얼음을 물고 있는 것처럼 찬 기운이 감돌았다.

달콤한 아침 인사와 함께 상큼한 치약 향이 코끝에서 번진다.

"굿모닝."

세림이 나른하게 웃으며 대답했다. 시준이 손을 들어 손등으로 세림의 머리서부터 뺨을 쓸어내렸다.

"새벽 내내 열났어. 기억해?"

그가 세림의 볼을 어루만진다. 무슨 말이지, 싶은 표정을 짓던 세림이 시준을 바라본다.

아아, 기억났다. 확실하진 않지만 흐릿한 잔상이 뇌리에 남아 있다.

그때, 반쯤 잠이 든 채 시준의 품에 안겨 욕조에 몸을 뉘었다. 그가 씻겨주는 대로 몸을 맡기고, 샤워가 끝난 후에는 커다란 비치타월에 꽁꽁 감기어 침대에 뉘어졌다. 그런데 잠에 빠져들수록 몸에 열이 나기 시작했다. 시준이 서둘러 옷을 갈아입혀 주고 간호해 준 기억이 어렴풋하다. 간간이 그의 손이 이마와 쇄골 부근에 닿았고, 찬 얼음주머니가 머리에 얹어졌다.

세림이 힘없이 웃는다.

"감기 옮겼어, 나쁜 서방님."

"그러게."

시준이 낮게 웃음을 흘리며 세림을 품에 꽉 끌어안았다. 하얀 셔츠에서 시준의 품 냄새가 난다. 세림은 숨을 한껏 들이켰다. 지난밤 살과 살이 맞부딪히던 순간이 떠올라 귀부터 달아올랐다. 그의 품에 고개를 파묻는다. 시준이 두 팔과 기다란 다리로 세림을 칭칭 휘감았다.

"답답해⋯⋯."

"난 좋아. 오늘 하루 종일 이러고 있자."

"난 싫어."

세림이 고개를 들어 부루퉁하니 올려다보았다. 표정이 그야말로 똥강아지다. 시준은 씨익, 웃다가 비죽 내민 세림의 입술에 쪽쪽, 입을 맞췄다. 눈을 마주하고, 또다시 입 맞추고. 그에게 칭칭 감겨 있던 세림이 참다못해 손을 들어 입술을 막는다.

"그만해."

"싫은데."

이번에는 손바닥에다 입을 맞춘다. 한동안 실랑이 하던 두 사람은 결국 서로를 보며 웃고 말았다.

"세림아, 눈 온다."

시준의 말에 세림이 고개를 돌렸다. 그녀의 눈이 점점 커다래진다. 코발트빛 하늘과 앙상하게 마른 잔가지를 뻗은 낙엽송을 배경으로 하얀 눈송이들이 느릿하게 내리고 있었다. 세림이 몸을 돌리며 저도 모르게 작은 탄사를 뱉어낸다. 춥기만 한 겨울 풍경인데,

이토록 따뜻하게 느껴지다니…….

팔베개를 해준 시준의 팔을 꼭 잡았다. 시준이 고개를 숙여 귓불을 살짝 물고 귓가에 키스한다. 간지러운 기분이 들어 목을 움츠리며 가늘게 웃었다. 눈송이들은 때로 흐르는 바람에 쓸려 맥없이 창가에 부딪혀 녹아버리기도 하고, 점점 더 굵어지기도 하였다. 자연이 그리는 소리 없는 그림을 바라보며 시준과 같이 있는 지금 순간, 이 시간, 함께 있는 사람이 이시준이라는 것이,

무서울 정도로 행복하다.

세림이 몸을 돌려 그와 눈을 마주하였다.

2006년 널 처음 보았던 어느 봄날, 여름이 막 시작되던 날의 첫 키스, 물결처럼 불어오던 공원의 여름 밤바람, 보석처럼 빛나던 제주도의 푸른 바다, 오후의 햇살이 내려앉던 커피숍, 강남 길거리에서 먹었던 달콤한 떡볶이, 그리고 강변에서의 다짐.

애타게 보고 싶어 하던 헤아릴 수 없는 시간들,

그리고 이제 겨우 같이 보낼 수 있게 될 시간들.

괜히 눈물이 날 것만 같았다. 그가 고개를 내리며 귓가에 속삭였다.

"사랑해. 너무 사랑해, 세림아."

## She. Elvis Costello

She may be the reason I survive

그녀는 내가 살아가는 이유이고

The why and wherefore I'm alive

내 존재의 이유이자

The one I'll care for through the rough and ready years

거칠고 긴 세월을 이겨낼 수 있는 단 하나입니다.

Me I'll take her laughter and her tears

난 그녀의 웃음들과 눈물들을 가져가

And make them all my souvenirs

그것들을 나의 선물로 간직하겠어요.

For where she goes that I've got to be

그녀가 가는 곳이면 나도 가겠어요.

The meaning of my life is She, she, she

그녀는 내 삶의 의미입니다.


크리스마스를 일주일 남겨두고 몰아닥친 한파로 꽁꽁 언 날씨는 도무지 풀릴 기미가 없어 보였다. 쨍쨍한 햇살과는 달리 차가운 기온과 살갗을 베어내는 바람에 몸이 절로 움츠러든다. 연구실에서 교학처가 있는 건물까지는 걸어서 5분 거리다. 그 거리가 이토록 멀게 느껴지다니. 오리털 파카를 꼭 여미며 잰걸음으로 서둘러 걸었다. 이따금 불어오는 강풍에 잔머리칼 몇 가닥이 맥없이 흩날린다. 머플러하고 나올걸, 후회하며 옷깃을 끌어 올렸다.

"은세림…… 씨?"

세림은 낯선 목소리에 반쯤 숙였던 고개를 들었다. 몇 걸음 떨어진 곳에 전혀 모르는 낯선 여성이 서 있었다. 선글라스를 쓰고 있어 눈이 보이지 않았지만 이쪽을 쳐다보고 있다는 건 확실히 알 수 있었다. 여자는 매서운 추위에도 움츠림 없이 곧은 자세로 걸어왔다. 파랗게 서린 찬바람을 맞을 때에도 걸음걸이에는 흐트러지지 않는 반듯함이 묻어 있었다. 절반 정도 가까이 왔을까, 여자는 걸음을 멈추고 선글라스를 벗었다. 그녀가 느릿하게 세림을 위아래로 훑었다. 예의라곤 조금도 없는 시선에 세림이 슬쩍 미간을 모았다. 여자는 곧 왼쪽으로 천천히 걸음을 옮기며 전체적인 스타일을 가늠하듯 세림을 이리저리 살폈다.

썩 유쾌하지 않은 노골적인 눈길이다.

"누구…… 세요?"

세림의 물음에도 여자는 아랑곳하지 않았다. 끈질기게 살피는 시선은 긴장을 불러일으키기에 충분한 것이었다. 아무리 많아야 사십대 후반쯤 됐을까. 아이보리색 울 머플러와 먹색 케이프 코트, 거기에 받쳐 입은 스키니와 롱부츠. 그 나이대 여성이 소화하기엔 다소 어려운 평범치 않은 스타일이었지만, 눈앞의 중년 여성에게서 그런 어색함은 조금도 찾아볼 수 없었다.

"사진보다 실물이 괜찮네. 인상도 순하니…… 깨끗하고, 목소리도 참 듣기 좋고."

"……?"

"스타일도 깔끔하고 단정해. 이 정도 베이스면 무난한데…… 좀 변화가 필요할 것 같아. 어떻게 생각해요?"

"……네?"

중년 여성은 연신 뜻을 알 수 없는 말을 했다. 세림은 이해할 수 없다는 듯 고운 미간을 슬며시 찌푸린다. 중년 여성이 싱긋 웃는다. 겨울 볕이 닿는 매끈한 눈가에 우아한 주름이 맺혔다.

"소개가 늦었어요. 나, 이시준이 엄마."

세림은 눈을 동그랗게 떴다. 그러고 보니 얼굴 윤곽이나 전체적으로 풍기는 이미지가 시준과 비슷하다. 얼떨떨하게 그녀를 바라보던 세림은 정신 차리며 고개 숙였다.

"처음 뵙겠습니다. 은세림입니다."

"알아요. 세림 씨 우리 집에서 많이 유명해."

세림은 입술을 삼켰다. 그녀의 얼굴에 남은 희미한 웃음과 질책이 묻어 있지 않은 음성은, 뼈가 담긴 그 말에 모호한 의미를 부여하였다.

"정해진 출퇴근 시각 없는 걸로 알고 있는데, 기다릴 테니까 정리하고 나와요. 갈 데가 있어."

"어…… 디요?"

"그렇게 긴장할 필요 없어요. 잡아먹으려는 거 아니야."

"……."

"건물 아래 갓길에 차 주차되어 있어요. 거기로 와요."

더 이상의 질문도, 거부의 의사도 받지 않겠다는 듯 그녀는 단정적으로 말하고 돌아섰다. 세림은 허공에 눈길을 두고 이 상황의 의미를 이해하려 애썼다. 무르익은 겨울의 찬 공기를 한껏 들이켠다.

차를 타고 이동하는 내내 시준의 어머니는 단 한 마디의 말씀도 꺼내지 않으셨다. 체감할 수 있는 것이라곤 도로 위를 달리는 자동차의 안정된 승차감과 전신을 타고 흐르는 긴장뿐. 몸을 낮춘 침묵으로 채워진 차 안 공기에 가슴께가 단단히 뭉쳤다. 심장이 빠르게 진동한다. 벌써 수십 번이나 예상했던 상황임에도 쉬이 진정되지 않는다. 곧 눈이라도 내릴 것 같은 흐린 하늘을 보며 작은 손을 꼭 쥐었다.

이동하는 10여 분이 한 시간처럼 지났을 무렵이었다. 운전석의 남자가 백미러를 통해 도착을 알렸다. 뒷좌석 문이 열리고 그녀가 먼저 내렸다. 세림의 손에 땀이 뱄다. 세림은 호흡을 고르며 땀이 밴 손을 바지에 닦아내고는 차 문을 열었다. 도착한 곳은 다름 아닌 백화점. 백화점 건물 외벽 LED에는 곧 있을 크리스마스와 연관된 영상들이 쉬지 않고 이어졌고, 건물 앞 가로수에는 금빛 전구들이 트리 장식볼처럼 걸려 있었다.

눈동자를 굴리며 외관을 올려다보던 세림은 앞서 가는 그녀를 따라 발걸음을 떼었다.

　윤 관장은 1층에 위치한 각 화장품 브랜드를 돌기 시작했다. 그
녀는 숍마스터와 상담하며 세림의 피부에 맞는 기초 화장품을 골
랐다.

　숍마스터가 긴 이름의 기초 세트를 여러 개 늘어놓으며 설명을
이었다. 한 세트는 인터넷쇼핑에서 본 석이 있다. 기본 백만 원을
호가해 고개를 절레절레 흔들며 미련 없이 마우스 휠을 내렸던 기
억이 난다. 반쯤 벌린 입술 새로 혀를 물고 있는 와중 백화점 배지
를 가슴에 단 남자와 리시버를 착용한 보안요원 몇 명이 백화점
곳곳에 서성이는 것이 보였다. 도대체 무슨 상황인지 알 수가 없
다.

　숍마스터가 기초 세트를 쇼핑백에 담자 운전석에 앉았던 실장이
라는 사람이 받아 들었다. 윤 관장은 다음으로 근방의 샤넬로 향했
다. 그녀는 립 라인 제품들과 색조 화장품들을 고르고, 숍마스터가
늘어놓은 향수들 중 하나를 집어 들었다. 코코 마드모아젤. 테스터
지에 시향하던 윤 관장이 세림의 손목에 뿌려 향을 맡아보게 했다.

　고혹적이고 우아한 꽃향기가 후각에 스며든다.

　샤넬 다음으로는 크리스찬 디올, 퍼퓸 숍, 그리고 명품 매장을
돌며 백과 힐을 사고, 에스컬레이터를 타고 부티크 디자이너 매장
으로 올라갔다. 뒤로는 쇼핑백을 든 실장과 보안요원들이 따랐다.
세림은 관자놀이에 손을 올리며 미간을 모았다. 웅성웅성 들려오
는 쇼핑객들의 말소리와 움직임들이 귓바퀴를 타고 달팽이관을 웅
웅 울린다.

세림이 종종걸음으로 그녀의 가까이에 갔다. 하지만 무어라고 불러야 할지 마땅한 호칭을 찾지 못해 우물쭈물하며 아랫입술을 깨문다. 그러다 아까 실장이라는 사람이 관장님이라고 부르던 것이 떠올랐다.

"저…… 과, 관장님!"

세림의 다급한 부름에 윤 관장은 멈춰 서 눈길만 주고는 다시 걷기 시작했다.

"말해요."

"전 지금 이 상황이…… 이해가 가지 않습니다."

윤 관장은 세림의 말을 듣고 있는 건지 아닌지 한 숍 안으로 들어섰다. 숍마스터가 윤 관장을 알아보며 반갑게 맞았다. 윤 관장은 웃으며 대꾸하고는 입고된 신상품 여부를 물었다. 숍마스터가 친절한 웃음과 특유의 솔 톤으로 살갑게 응대하며 두 사람을 안내했다.

"지금이 이해하기 어려운 상황인가? 우리 쇼핑하고 있잖아요."

"저는 이 쇼핑의 의미를 잘 모르겠어요. 저를 허락하시는 건지, 아니면 시준이랑 헤어져 달라 말씀하시려고 그러시는 건지……. 만약 시준이랑 헤어져 달라고 하시는 거면……."

"그런 거면?"

"죄송하지만…… 이 물건들도 받을 수 없고, 시준이와 헤어질 수도 없습니다."

윤 관장은 대답 없이 세림을 쳐다보았다. 하나부터 열까지 사소한 부분도 놓치지 않고 전부 파악하려는 것만 같은 눈동자로. 세림은 부담스러울 정도로 노골적인 그 눈동자를 피하고 싶었지만, 지지 않고 마주했다. 눈꺼풀이 미세하게 떨린다. 윤 관장이 이내 옅게 웃으며 고개를 돌렸다. 의미를 알 수 없는 웃음이었다.

숍마스터가 안쪽 드레스룸에서 보라색 새틴 원피스와 블라우스, 스커트를 준비해 와 윤 관장에게 보였다. 가장 기본이면서도 스타일히기 안성맞춤인 아이템이었다.

"생각 외로 단호하네. 지금까지 쇼핑한 물건들이 마음에 안 들어요? 내가 너무 내 취향 위주로 쇼핑했나?"

"아니요! 그런 건 상관없습니다. 그런 건 상관없이 시준이하고 헤어질 수 없습니다. 억만금을…… 주신다고 해도 시준이 포기할 수 없어요. 전, 꼭 시준이 옆에 있어야 해요."

숍마스터에게 보라색 새틴 원피스를 건네받은 윤 관장이 다시 세림을 돌아보았다. 반쯤 고개 숙인 세림은 꺾이지 않겠다는 의지를 간신히 부여잡고 있는 것처럼 보였다. 윤 관장이 들고 있던 옷을 세림의 몸에 대보며 고개를 가로로 하였다.

"시준이가 억만금 이상의 값어치를 뽑아낼 아이긴 하지. 이거 입으면 잘 어울릴 것 같다. 입고 나와봐요."

"네?"

"……어울리는지 좀 보자구. 입고 나와요."

옆에 서 있던 숍마스터가 정중하면서도 도 넘치지 않게 거들며 탈의실로 안내했다. 세림은 탈의실 벽에 걸린 원피스를 보며 작은 숨을 내쉬었다. 시준의 어머니가 어떤 생각을 하고 계신지 도무지 가늠이 안 된다. 손을 들어 조명에 반사된 보라색 새틴 원피스를 만져 본다. 부들부들한 좋은 질감이 손에 감긴다. 한참을 서 있던 그녀는 결국 니트부터 벗었다.

숍 조명 아래 보랏빛 원피스와 세림의 상아색 고운 살결이 대비를 이루었다. 세림은 전신거울 속의 자신에게서 눈을 떼지 못했다. 방금 전과 전혀 다른 여자가 서 있다. 12시 땡, 하면 온데간데없이 사라질 마법에 걸린.

세림이 감탄에 빠져 있는 사이 숍마스터가 윤 관장에게 두어 벌의 옷을 더 추천하였다. 몇 벌의 옷을 갈아입었을까. 숍마스터는 소파에 앉아 세림을 보고 있는 윤 관장에게 패션 용어들을 쏟아내며 고급스러움과 우아함, 트렌디함을 거듭 강조하였다. 그녀의 정도를 넘는 화술로 세림은 피곤함에 앞머리가 지끈거렸다.

윤 장관이 쇼핑한 액세서리 착용을 권하자, 숍마스터가 즉석에서 선별해 스타일링하고, 마지막으로 힐을 꺼내 세림 앞에 놓았다.

요술 마녀의 도움을 받아 유리 구두를 신으려는 신데렐라가 된 기분이었다.

보랏빛 에나멜 플랫폼 힐이 조명을 받아 반짝인다. 하이엔드 여성화로 알려진 크리스챤 루부탱의 명성은 확실히 지나치지 않았다. 색감과 힐의 세련된 라인이 시각을 자극한다. 세림은 조금 긴장된 얼굴로 새 힐에 발을 꿰었다. 익숙지 않은 새 가죽이 발에 감겨왔다. 불편함은 생각보다 없었다.

단순히 옷만 걸치고 있었던 것과 또 다른 아름다움이, 반짝이는 부신 빛으로 세림 주위에 모여드는 듯하다.

"정말 예쁘죠, 관장님?"

"그러게, 보기 좋아졌어."

윤 관장이 담담히 말하며 자리에서 일어나자 나머지 직원들이
자리를 분주히 정리하였다. 두 사람은 숍마스터와 다른 직원들의
배웅을 받으며 매장을 나섰다. 윤 관장이 엘리베이터 쪽으로 걸으
며 말문을 열었다.

"아까, 시준이 옆에 꼭 있어야 한다고 했어요. 그건 세림 씨 자
의예요, 타의예요?"

"당연히…… 제 자의입니다. 시준 옆에 꼭 있고 싶어요. 앞으로
계속…… 시준이랑 같이하고 싶습니다."

"시준이 옆에 꼭 있고 싶고 앞으로 계속 같이하고 싶다는 말, 뭘
의미하는지 알고 있어요?"

세림은 내면의 동요를 다스리며 살짝 거머쥐듯 하고 있던 손을
펴 코트 자락을 붙잡았다. 부드러운 감촉이 손바닥에 닿는다. 그
사이 엘리베이터가 도착해 문이 열렸다. 두 사람이 안으로 들어선
다.

"곱게 화장한 얼굴로 시준이 옆에 고상히 서 있기만 하는 게 세
림 씨 할 일이 아니라는 얘기예요. 남자들 비즈니스만큼 치열한 곳
에서 대수롭지 않게 웃을 줄 알아야 한다고. 세림 씨가…… 그런
일들, 할 수 있겠어요?"

할 수 있습니다, 라는 말을 선뜻 하지는 못했다.

"바로 대답하지 못한다는 건, 자신이 없단 얘기겠네요."

"해보겠습니다. 경험이 없어 능숙하진 못하겠지만, 노력하겠습
니다."

"그런 면을 얘기하자면, 하은이가 적격이었지. 어린데도 당돌하
고, 똑 부러지고, 시준이를 뒷받침할 수 있는 권력, 재력이 있는 아

이였으니까. 그 앤 어떤 극성맞은 사모들하고 붙여놔도 절대 지지 않을 애였어. 야속하게 들릴지 모르겠지만, 시준이의 비즈니스 파트너로서는 그 애가 적격이라고 할 수 있을 만큼 손색없었어요. 그건 부정할 수 없는 사실이에요."

"……부족한 게, 너무 많다는 거 잘 알고 있습니다. 앞으로 가르쳐 주시면 노력할게요. 노력하겠습니다."

"하은이하고 파혼할 때는 소란도 그런 소란이 없었지."

"그 일은 죄송하게 생각하고 있습니다. ……죄송합니다."

"아니, 세림 씨를 탓하거나 사과받자고 꺼낸 이야기가 아니에요. 가장 쉬운 예가 될 수 있는 일이 그거니까. 그리고 그건 세림 씨가 죄송할 문제도 아니고. 어차피 한 번쯤은 일어날 집안싸움이었어요. 도화선이 시준이였던 것뿐이지. 오히려 그 일이 결과적으로 한남 내에서 시준이의 입지를 확고히 다져 줬고, 그 애가 가진 능력을 증명해 준 셈이니 우리 쪽에선 더 이득이었어요. ……20을 잃고, 80을 얻었다고 하면 맞는 표현인가."

"……."

"내가 하고 싶은 말은…… 기업을 움직이다 보면 크고 작은 일들이 비일비재하게 터질 때가 있어요. 그건 경영인의 손안에서 일어나거나, 경영인이 미처 생각지 못한 곳에서 일어날 때도 있어. 어쨌든 예상 가능 범위의 오차지. 파혼 문제는 전자에 가까웠고, 세림 씨도 하은이 겪어봤다시피 결코 만만한 상대가 아니라는 거 알았을 거예요. 앞으로 시준이 옆에 있게 되면 하은이만 한 내공을 가진 사람들, 그보다 더하거나 이번 파혼 문제보다 더 큰 진통을 동반하는 일도 겪을 수 있어요. 그게 유동적인 시준이 주변 상황이고, 앞으로 그 애가 걸어 나갈 길이에요. 그건 경영을 하는 사람들에게 주어진 피할 수 없는 숙명이기도 하고."

윤 관장은 지하주차장으로 통하는 유리문을 밀었다. 앞에는 백화점까지 타고 왔던 차가 대기 중이었다.

"시준인 제 아버지나 내가 세림 씨를 반대해도 세림 씨랑 결혼한다고 했어요. 나도 녀석이 다부지게 결정한 문제에 대해선 굳이 말리고 싶은 생각 없어요. 제가 가고 싶은 길로 간다는데 어쩌겠어? 그 길로 가야지. 그렇게 등 돌린다면 시준이랑 살아가면서 세림 씨가 고달플 일도 없을 거고. 그런데…… 어떤 부모든 그런 생각 하겠죠. 자식하고 등 돌리면서까지 그 결혼을 반대하거나 마지못해 찬성한다든가 하는 게, 유쾌한 일은 아니라고."

윤 관장은 뒷좌석에 오르기 전에 차 문을 잡고서 세림을 돌아보았다. 세림은 그녀가 한 말들의 의미를 열심히 읽어내고 있었다.

"타요."

세림이 다시 시선을 들기도 전에 그녀가 먼저 뒷좌석에 올랐다. 뒤이어 반대편으로 세림이 올랐다. 두 사람을 태운 차는 붉은 후미등을 켠 채 백화점 지하주차장을 빠져나갔다.


"어머, 관장님! 숍으로 오신다는 연락받고 놀랐어요."

청담동 뷰티숍 '하늘봄 센서빌리티' 원장 하늘봄은 반갑게 윤 관장을 맞았다. 윤 관장의 대외적인 타이틀은 '채움' 미술관 관장 하나뿐이었지만, 한남그룹 안주인으로서도 늘 바쁜 일정을 소화해내며 활동하고 있었다. 때문에 그녀의 메이크업과 헤어를 담당하고 있는 원장 하늘봄이 개인적으로 스태프들을 데리고 가곤 했었는데, 직접 방문이라니.

"놀라기는, 어디 바쁜 하 원장 매일 불러낼 수 있어. 보고 싶어서 내가 왔지."

"잘 오셨어요. 저도 하루가 멀다고 뵈다가 못 뵈니까 엄청 그립더라. 안 그래도 관장님 관리받으실 때도 됐는데, 하고 있었죠."

하늘봄과 스태프들이 두 사람을 프라이빗 룸으로 안내하였다.

"나 그립기까지 했어? 내가 이래서 하 원장이 보고 싶었다니까. 나도 하 원장 손길이 절실했는데, 요새 여러 가지로 소란스러워서 여유가 없었어."

"네, 소식 들었어요. 상심이 컸겠어요."

하늘봄은 동조하며 미소를 잃지 않고 싹싹하게 대꾸하였다.

그렇지 않아도 근래까지 숍에서는 물론이요, 연예계와 재벌가 사이에서 이시준 실장의 파혼 이야기로 수근거림이 잦았다. 그뿐인가, 결혼 적령기 딸을 둔 준재벌급의 사모들과 톱여배우들은 이때를 놓치지 않았다. 작은 헤라라고 소문난 임하은이 사라져 공석이 된 이 실장의 옆자리를 꿰차야 했으니. 그들은 자신에게 중매인 노릇을 부탁했다. 심지어 최근 잘나가고 있는 아이돌 걸그룹의 기획사 치프 매니저도 납시어 스폰 로비까지 해왔다. 준재벌급의 사모들이나 여배우들 중매라면 몰라도, 아이돌 스폰 로비는 윤 관장 앞에서 말도 못 꺼낼 화제였다.

"이 예쁜 아가씨는 누구예요? 오늘 처음 뵙는 분인 것 같은데."

하 원장은 특유의 넉살 좋은 서비스 마인드로 세림도 잊지 않고 챙겼다.

"이 실장이랑 결혼할 친구."

"네?"

그러나 전혀 예상도 못했던 대답이 돌아와 저도 모르게 반사적으로 되물었다. 표정 관리도 못하고 두 눈을 동그랗게 떴다. 놀란 건 윤 관장 옆의 아가씨도 마찬가지인 것 같았다.

"시준이, 막내랑 결혼할 친구야. 세림 씨, 인사해요. 우리 디자이너 선생."

"아, 네. 안녕하세요, 은세림입니다."

당황스러운 기색을 숨기지 못하던 세림은 이내 나긋하게 웃으며 인사했다. 하 원장도 서둘러 그녀가 무안해하지 않도록 화답하듯 밝게 웃어 보였다.

남 말 하기 좋아하는 연예계와 사모들 입에서 오르내리던 얘기들로 익히 알고는 있었다. 이시준 실장에게 임하은이 아닌, 애초부터 일반인 연인이 있었다는 얘기를. 모를 수가 없었다. 증권가, 금융권 사이에서 찌라시로 파다하게 퍼진 소문이었기에. 대부분은 대수롭지 않단 반응들이었다. 대한민국에서 내로라하는 대기업 자제가 뭐에 홀렸다고 그런 여자 때문에 비즈니스가 얽힌 관계를 파토 냈겠느냐는 것이다. 설령 그 얘기가 사실이라 해도 그것도 한때라며 조소했다. 완고하고, 성미가 강철 같기로 이름난 이재환 회장이나 윤혜정 관장이 어디 순순히 받아들이겠냐는 이유에서였다. 항간에서는 게이설에 대한 연막탄이라고 단정 짓기도 했다. 저들에게 콩고물이 떨어질 리 없는 신데렐라 스토리보다 그쪽이 화젯거리로 더 흥미로웠으니.

그런데 결말은 상당히 의외인 쪽으로 흘러가고 있었다. 그것도 윤 관장이 직접 증명해 주며. 어찌 보면 이쪽이 일반적인 전개일지도 모르겠지만.

"예비 신부님이 정말 예쁘세요, 관장님. 미리 축하드려요."

"그래, 고마워. 나중에도 축하 부탁해."

윤 관장은 예비 며느리의 칭찬에 가타부타 좋다는 표현이 없었다. 적당한 인사로 되받았을 뿐이었다. 그녀는 감성 표현이 과하지는 않았지만, 인색한 편도 아니었다. 좋으면 오히려 자신이 더 칭찬 일색으로 즐거워하는 편이었다. 그렇다면 아직은 여자가 윤 관장의 사람이 아니라는 뜻이었다.

"네, 당연하죠. 그럼 오늘은 어떻게 하시겠어요?"

쓸데없이 커지려는 추측을 삼가며 화제를 돌려 물었다. 이 바닥에서 17년을 디자이너로 있었다. 모르면 모르는 대로, 알아도 모른 척해야 할 때가 있어야 하는 법이다.

"코스는 내가 하던 대로. 이 친구는 오늘 이 실장하고 저녁 약속 있으니까 신경 더 써주고. 약속 장소에서 제일 예쁘게. 하 원장이 알아서, 응? 샴푸랑 바디 오일 이 친구 걸로 새로 개봉하고."

"네, 잘 알겠습니다. 당연히 더 각별히 신경 써드릴게요. 그리고 지금도 예뻐서 조금만 바꿔주면 스타일 잘 나올 거예요."

"그래, 고마워. 참…… 이 실장 예비 신부에 대해선 얘기가 나가지 않으면 좋겠어. 큰일 난 지 얼마 되지 않았고, 세간에 말 나와서 이 친구 다치는 거 싫어. 내 성미가 워낙 급해서 오늘 나들이 나온 거지만. 나, 하 원장 믿어?"

"어유, 당연하죠. 얘기 새어 나가지 않게 할게요. 우리가 몇 년을 봤는데. 안쪽 드레스룸에서 가운으로 갈아입으시고 나오세요."

하 원장이 걱정 말라는 듯 과장되게 눈을 키워 웃으며 고개를 주억거리고는 룸을 나섰다.

윤 관장이 드레스룸 문을 열자, 세림은 들리지 않게 숨을 크게 들이쉬다가 뱉어냈다. 그녀 안에서 안도인지 긴장인지 모를, 정확하게 표현해 낼 수 없는 감정이 뒤엉켰다.

열 평 남짓한 드레스룸에는 두 개의 물품보관함과 앤티크 테이블, 세면대가 구비되어 있었고, 정면에는 조금 큰 두 개의 피팅룸이 자리해 있었다. 윤 관장이 한쪽으로 들어가는 걸 보며, 세림도 빈 피팅룸으로 들어섰다.

세림은 입고 있던 원피스를 벗어 옷걸이에 걸었다. 아이보리색 장미 문양의 자카드 소재 원피스가 피팅룸 천장 조명등을 받아 은은하다. 오늘, 지금까지 거쳐 온 상황들을 아무리 되새겨 봐도 자신의 느낌을 대변할 적절한 말이 떠오르지 않았다. 언젠가 오늘 같은 날이 올지도 모를 거란 생각을 몇 번이나 했었다. 하지만 지금의 상황은 생각했던 것들과는 종류가 달랐다. 가장 최악으론 임하은을 만났을 때를 염두에 두고 있었다. 하지만 상황은 그보다 훨씬 호전적이다.

윤 관장은 자신의 다짐을 듣고 싶어 하는 것 같았다.

앞으로 시준이 옆에 있게 된다면 일어날 크고 작은 일들을 견뎌내는 것에 대해서. 혹은 그 외의 어떤 문제들에 대해서. 그런 것들은 미처 생각해 보지 못했다. 그동안 그저 시준의 부모님께 어떻게든 허락받아야 한다는 생각만이 머릿속을 메우고 있었으니.


"이 실장이랑 결혼할 친구."

갑작스레, 그것도 공개적으로 말씀할 줄은 꿈에도 몰랐다. 아니, 아예 상상도 못했다는 말이 더 맞는 건가. 좋은 의미로 받아들여도 될까.

가운으로 갈아입은 두 사람은 물품보관함에 옷과 물건을 정리하였다. 느슨한 침묵이 흐르고, 움직임을 따라 생기는 소음이 그 사이를 메웠다. 노크 소리와 함께 문이 열리고 유니폼을 입은 직원이 나긋한 향이 나는 허브티를 쟁반에 받쳐 테이블에 얌전히 놓았다. 그녀는 올 때와 마찬가지로 조용히 드레스룸을 나섰다.

"난 세림 씨 만나기도 전에…… 세림 씨가 참 좋았어요."

먼저 자리에 앉은 윤 관장이 허브티를 한 모금 마시고 정제된 음성으로 입을 열었다. 맞은편에 앉던 세림이 눈을 반짝 떴다. 윤 관장은 찻잔을 물의 흐름처럼 유려하게 받침대에 두었다. 톡, 울림은 맑았다. 그녀의 얼굴에 웃음이 번지고 있었다. 온도가 깃든 것처럼 따뜻하고, 정겨운. 세림이 몇 시간 동안 보았던 인상과 확연히 달랐다.

"오늘 많이 당황스러웠을 거예요. 당연히 무슨 상황인가 싶었겠고. 그냥, 그랬어요. 집에 불러다 놓고 부모님은 두 분 다 계시니, 뭐 하시는 분들이니…… 그런 질문들로 세림 씨를 어떻게 알겠어요? 그런 걸로 판단하고 싶지도 않았어. 세림 씨가 어떤 사람인지 궁금했어요. 어떤 곳에서 일하나, 평소에는 어떻게 하고 다니나, 같이 다니면 어떤 느낌일까. 가장 중요한 건 이 아이가 시준이 옆에서 얼마나 버틸 수 있을까."

"……."

"시준이랑 세림 씨가 6년 동안 서로 잊지 못했다는 얘길 들었어요. 많이 놀라웠어요. 그것만으로도 두 사람이 서로 같이 있길 원한다면 응당 그래야 한다고 생각했고. 다만, 내가 걱정하는 건 현실적인 문제들인 거지. 시준인 많은 위험부담들을 감수하면서도 세림 씨를 신택했어요. 세림 씨는 어떻게 할 거야? 그 아이 뒤에서 그저 그 애가 지켜주기만 바랄 거예요? 어느 날 시준이 날개가 부러질 수도 있어요. 그때에도 그 앨 사랑할 수 있겠어요?"

세림은 자신의 다리 위에 얌전히 포개놓은 두 손을 감싸 쥐었다.

"제가…… 열다섯에, 언니가 자가 면역 질환을 얻었어요. 처음 4개월은 어떤 병인지 알지 못해 언니는 중환자실을 몇 번이나 들락거렸고, 부모님은 속수무책으로 지켜볼 수밖에 없었어요. 병원을 옮겨 병명을 찾았고, 맞는 치료약을 찾는 데 7개월, 일상생활을 할 수 있을 만큼 치료하는 데 1년여 시간이 걸렸습니다. 엄마는 언니와 병원에, 아빠는 감당이 안 되는 병원비로 회사 일에 매여 계셨고, 자진해서 지방 출장을 다니셨어요. 자연히 저는 집에 혼자 있는 날이 많아졌습니다. 부모님의 손길을 원하면서도 그럴 수가 없었어요. 어리광을 부릴 만큼 철없는 나이가 아니었고, 부모님은 저보다 더 힘들었고, 언니는 훨씬 더 괴로운 상황이었으니까요."

"……"

"그리고 스물한 살의 어느 날, 시준이를 만났습니다. 시준이가 저를 정말, 많이 예뻐해 줬어요. 아끼고, 소중히 대해주면서 항상 따뜻하게 안아주었어요. 제 말에 매일 귀 기울여 줬고…… 철없는 어린 날의 약속이었지만, 같은 시간 속에서 같은 시간 공유하며, 우리가 공유하는 시간은 절대 멈추지 않을 거라는…… 말도 해주었습니다. 부모님 외에 그 누구에게도 받아보지 못한 절대적인 애정을…… 전 시준이에게 받았습니다. 제 삶에서 가장 빛나던 날들이었고, 순간이었어요. 그렇게 사랑받았던 날들을 아무리 잊으려고 해도 잊을 수가 없었어요. 누구를 만나도……."

세림은 말을 잇지 못하고 굵은 눈물방울을 툭툭, 떨어뜨렸다.

"영영 제 기억 속에서 잊지 못할 사람입니다. 그런 사람을 다시 찾아서, 정말은 조금 무섭습니다. 어느 날 산산조각 날 꿈일까 봐서요. 시준이, 날개가 부러지는 것도 겁이 납니다. 하지만 제 옆에 있어 시준이가 그로 인해 견뎌낼 수 있다면, 시준이 제가 지키겠습니다. 제가…… 지켜줄 거예요. 제가, 사랑하고…… 싶어요."

후드득, 눈물을 쏟아내며 말하는 세림의 절박한 음성은 울음에 잠겨갔다. 윤 관장의 눈시울도 조금 붉어져 있었다.

"관장님, 꼭…… 드리고 싶은 말이 있습니다."

"……말해요."

"시준이가 6년 전에…… 유학 가기 전이었어요. 비가 엄청 왔었는데, 그 비를 다 맞았었나 봐요. 잔뜩 젖어서 유학 가게 될지도 모른다고 힘들게 얘기했는데, 그때…… 그때, 시준이 만나고 처음으로 가장 고단해하던 표정을 봤습니다. 단 한 번도 무언가를 무서워하거나 힘에 겨워하는 걸 본 적이 없었는데, 그때 처음으로 힘들어하는 모습을 보였어요. 전 할 수 있는 일이 아무것도 없었구요. 다시는 시준이한테 그런 표정 짓게 하고 싶지 않습니다. 제가 옆에 있어도 시준이가 그런 표정 짓는다면, 아니, 저 때문에 그런 표정 짓게 된다면 너무 힘들 것 같아요. 관장님께서 도와주세요. 시준이 혼자만 제 전부를 감당하지 않게, 제가 뭐라도 할 수 있게요. 관장님만 도와주시면 제가 더 많이…… 노력하겠습니다."

세림은 가쁜 숨을 들이쉬며 울음을 참아 넘겼다. 윤 관장이 테이블 위에 놓인 티슈를 꺼내 건넸다. 세림은 고개 숙여 인사하고는 티슈로 눈물을 닦아냈다.

"아주 눈물을 달고 산다더니, 나까지 울리려고 하네. 울지 말아요. 난 아들만 셋이라 우는 여자애들 보면 당황스러워져. 단단해질 거라며. 정말 단단해질 수 있겠어요?"

말끝에 윤 관장의 입가에 미소가 번졌다. 세림이 티슈로 코끝을 지그시 누른다.

"죄송, 합니다. 조금…… 감정이 북받쳐서……."

"앞으로도 계속 관장님이라고 부를 거예요?"

세림이 반쯤 숙였던 고개를 들었다. 눈동자가 아까보다 훨씬 더 투명하고 반짝인다. 윤 관장의 얼굴도 훨씬 더 따스해져 있었다.

"난 세림 씨한테 어머니란 호칭 듣고 싶은데. 내가 혼자 너무 앞서 가고 있나?"

"아닙니다……! 아니에요, 어머님……."

세림은 금세 또 울음을 터뜨릴 것만 같은 표정이었다.

"두 사람이 확고하다면 시준이 아버지 마음을 돌리는 건 어렵지 않을 거예요. 완강하고, 대체로는 양보 없는 사람이지만, 그렇게 꽉 막히지만도 않았고. ……세림 씨의 마음, 너무 잘 알았어요. 그런데 세림 씨가 시준이 옆에 있게 된다면, 내가 부탁할 일이 있어."

부탁이란 단어가 새삼 무겁게 들려왔다. 긴장이 세림의 등줄기를 곧게 세우도록 만든다.

"시준이 옆에 있겠다는 건 사랑하는 사람으로서만이 아니라, 인생의 동반자, 비즈니스 파트너, 한남을 이끌 한 여자로 있겠다는 뜻이에요. 그 역할들을 웬만해선 세림 씨가 소화할 수 있어야 해. 덤비려면 단단히 마음잡고 덤벼요. 절대 물러주지 않을 거야."

"어머님 말씀, 꼭 명심하겠습니다. 저도 물러날 생각은 조금도 없어요. 배우겠습니다. 무엇이든 배울게요. 시준이 옆에만 있을 수 있다면."

세림은 다짐하듯, 그 단어의 무게만큼 힘주어 대답했다. 윤 관장이 웃으며 몸을 기울여 세림의 손을 따뜻하게 감싸 쥐었다.

❖    ❖    ❖

시준은 손목 안쪽으로 밀린 시계를 오른손으로 밀어 올리고 와이셔츠 소맷자락으로 반쯤 덮었다. 양쪽 커프스버튼도 정리해 다시 슈트 소맷자락을 적당히 당겨 마무리한다. 머리끝에서부터 발끝까지 한 치의 오차 없이 떨어지는 말끔한 옷매무새다. 슈트 스타일의 정석 매뉴얼을 실현해 놓은 듯 정교하고 엄격하며, 정중하다.

맑음 울림과 동시에 엘리베이터 문이 열렸다. 라운지 홀에 검정로퍼의 구둣발 먼저 닿는다. 레스토랑 홀 입구에 서 있던 직원이 시준을 알아보고 다가와 인사하며 그를 안내했다. 기다란 다리의 신사적인 움직임과 아울러 구두 소리가 홀 바닥에 우아하게 마찰된다. 시준의 걸음걸이는 물 흐르듯 여유롭다. 마치 연속적으로 촬영된 짧은 프레임의 사진들을 보는 듯하다.

직원을 뒤따르던 시준의 걸음 속도가 느려졌다. 예약석에 익숙한 듯 낯선 뒷모습의 여자가 앉아 있다. 굵직한 웨이브에 보랏빛 새틴 원피스. 미간을 모으던 시준의 입술 끝이 올라간다. 그가 테이블 앞에 선다.

"왔어?"

투명하고도 순한 햇볕의 따스함이 거기에 있었다. 시준은 심장을 빼앗긴 사람처럼 숨도 못 쉬고 세림을 쳐다보다 웃어버렸다. 여자를 보고 숨도 못 쉬는 바보 같은 짓을 한 건 세상에 태어나 처음이었다. 여느 때와 같은데 달라진 스타일 덕분인지 세림은 차분하면서도 한층 더 화사해 보였다.

"안녕하십니까, 한남의 미래전략기획실 실장 이시준이라고 합니다. 혹시 은세림이란 아름다운 숙녀분을 알고 있습니까?"

시준이 뒷짐을 지고 살짝 허리 굽혀 물었다. 뜬금없는 물음에 세림은 눈을 깜박이다 이내 웃어버렸다. 그의 눈동자가 장난스럽게 빛났다.

"글쎄요. 그건 왜 물어보시는 거죠?"

"세상에서 그분만큼 아름다운 여자를 본 적이 없는데, 여기 닮은 여성분이 앉아 있네요."

세림이 가는 웃음을 흘리듯 터뜨렸다.

"뭐야, 그게."

"정말이야. 지나치게 아름다워서 눈도, 마음도 송두리째 빼앗겨버렸어, 은세림한테."

수줍게 웃는 세림을 보며 시준은 허리를 숙여 귓가에 대고 속삭였다.

"키스…… 하고 싶다. 해도 돼?"

"……안 된다고 하면, 안 할 거야?"

"아니."

그의 입술이 세림의 입술을 찾았다. 세림은 새삼스레 부끄러웠다.

"향수도 바꿨어."

시준이 세림의 입술 위에서 속삭이다 멀어졌다. 그는 손등으로 세림의 볼을 살살 어루만지고는 맞은편 자리에 앉았다. 세림이 볼을 발갛게 물들였다. 시준은 덥다며 슈트 재킷을 벗어 옆자리에 둔다. 그가 오자마자 기다렸다는 듯 미리 예약된 음식이 서빙되었다.

"네 취향 아니잖아."

"한 번쯤은 변화 주고 싶었어. 매번 비슷한 향은 따분하잖아. 난 좋아. 익숙해지면 돼."

"그거 윤 관장 작품이지?"

세림은 눈을 동그랗게 떴다. 어머님을 만난 건 시준도 나중에 알게 됐으니 놀랄 만한 사실이 아니었다. 그녀를 놀라게 한 건 어머니에 대한 시준의 호칭이었다.

엄마도 아닌 윤 관장이라니.

"넌 어머니께 말버릇이 그게 뭐야?"

"뭐가? 애한테 뭔 짓을 해놓은 거야. 뭐라셔, 무슨 얘기 했어?"

"무슨 얘기했는지는 비밀."

"야……!"

세림이 새침하게 순진한 표정을 지으며 노코멘트하자 시준이 피식 바람 빠지는 소리를 냈다.

"그래도 돈 봉투를 던지진 않았나 보네."

"그런 분 아니시라고 네 입으로 말했잖아."

세림이 샴페인잔을 들고는 갸름하게 눈을 떴다. 시준은 그런 세림이 귀엽다는 듯한 표정을 참지 못했다. 밖은 영하로 내려갈 만큼 차가운 날씬데 시준은 몸에 열이 오른다. 오늘 세림을 처음 볼 때부터 그랬다. 그가 커프스버튼을 풀고 소매를 팔꿈치까지 접어 올렸다.

"그래서 윤 관장이 뭐라고 그랬는데?"

"그건 비밀이라니까. 그냥…… 어머님하고 오늘 많이 친해지고 왔어. 쇼핑도 하고, 머리도 하고."

시준이 버릇처럼 왼쪽 눈썹을 구기며 애매하게 웃는다.

"세림아…… 갑자기 무리하지 마. 나 그런 거 싫어."

"왜 내가 무리하는 거라고 생각해? 결혼하게 될 사람의 어머님한테 예쁘게 보이고 싶은 거, 누구나 다 그렇지 않아? 우리 지금까지 쉽지 않은 길 걸어왔잖아. 어머니께라도 인정받을 수 있다면 난 더 잘 보이고 싶어. 그게 나빠? 넌 우리 엄마한테 안 그럴 거야?"

"그럴 리가. 잘 보여야지. 예쁨 따님 꼭 제게 주십시오, 하고."

"거 봐, 너도 그럴 거잖아."

"똥강아지가 갑자기 말을 왜 이렇게 잘해. 당황스러워서 뽀뽀하고 싶게."

시준은 식기의 샐러드를 포크로 휘휘 저으며 심상하게 말했다. 오히려 당황스러운 건 세림이다. 그녀가 붉어지려는 얼굴을 보이기 싫어 부러 새침한 표정을 짓는다.

"네가 나랑 함께하려고 노력하는 만큼, 나도 노력하고 있는 거야. 너랑 같이 있으려고, 네 옆에 있으려고."

건성으로 식사하던 시준의 손이 멈춰졌다. 시준이 그녀를 바라봤다. 맑은 홍채에 별을 박아놓은 듯, 오늘따라 더욱 반짝인다.

"감동에 가슴이 벅차오른다."

세림은 결국 수줍게 웃고 만다.

곧이어 진한 풍미가 느껴지는 해산물 챠우더 스프를 시작으로 본 요리들이 차례대로 테이블에 세팅됐다. 테이블마다 식사를 하며 나누는 담소 사이에 식기 부딪히는 소리와 클래식이 뒤섞인다.

디저트가 준비될 때쯤 파우더룸을 다녀온 세림은 잠시 당황하였다. 시준이 자신의 옆자리에 앉아 등을 보이고 있다. 하얀 와이셔츠 아래 넓은 어깨와 반듯하고 강해 보이는 등. 그는 다리를 꼬고 앉아 디저트로 나온 커피를 마시며 사선의 원형 무대에 눈길을 두고 있었다. 백색 그랜드피아노 옆으로 반주자가 올라왔다. 여기저기서 두서없는 박수 소리가 났다. 반주자는 레스토랑의 관객들에게 인사하고 피아노 의자에 앉아 연주를 시작했다. 영화 [노팅힐]의 O.S.T [She]. 시준이 손목시계를 들여다보다 뒤를 돌아보았다. 웃으며 손을 흔들다 어서 오라는 듯 손짓한다. 세림도 그가 귀여워 웃으며 자리로 향했다.

세림은 시준 옆에 나란히 앉았다. 선율만큼 달콤한 노랫말이 흐른다. 세림의 왼쪽 어깨를 붙잡고 있던 시준이 손등으로 볼을 쓸어내리다 그녀의 이마에 입을 맞췄다. 심해를 닮은 창밖의 하늘은 무거운 파랑이었다. 눈이 내리고 있었다.

곧 살이 에는 듯한 겨울은 가고 다시 봄이 찾아오겠지. 그리고 또다시 눈이 내릴 것이다. 6년 전 어느 봄날처럼, 하늘에 포말을 피워낸 벚꽃 잎의 눈송이가. 매년 봄이 오는 것이 두려웠다. 흔들리는 버스에 몸을 맡긴 채 활짝 갠 개나리와 진달래를 바라볼 때마다 심장은 바닥까지 메마르고 차오르기를 반복하였다. 쏟아지는 햇살 아래 가로수 길을 바라볼 때에는 꿈속 어딘가를 헤매고 있는 듯하였다. 때론 그 가로수 아래 환영처럼 걷고 있는 두 사람을 보았었다.

꿈이 아니길 몇 번이나 바라고 또 바랐다. 깍지 낀 두 손을 영원히 놓지 않기를, 언제까지나 행복하기를.

자리에서 일어나 세림의 왼편으로 다가온 시준이 그녀의 손을 잡으며 바닥에 한쪽 무릎을 세워 앉았다. 오래도록 세림의 눈을 들여다본다. 세림의 눈이 동그랗게 커졌다. 시준은 세림의 손을 포개듯 잡고는 아프지 않을 만큼 힘 있게 쥐었다. 그가 포개진 손을 떼었다. 투명하게 반짝이는 다이아몬드를 마치 왕관처럼 받치고 있는 듯한 디자인의 반지가 세림의 작은 손바닥에 놓여 있었다. 주홍색과 하얀 조명이 뒤섞여 금빛이 된 레스토랑 조명이 반지에 반사된다.

세림은 손바닥에 놓인 반지를 바라보기만 하였다. 시준이 잔잔한 미소를 머금으며 세림의 볼을 손가락으로 툭 친다. 그녀가 그제야 눈길을 들자 그가 세림의 희고 가느다란 네 번째 손가락에 반지를 끼워주었다. 사이즈가 꼭 맞다.

꿈이 아니길, 언제까지나 행복하길.

직원 한 명이 은색 뚜껑을 씌운 식기를 가지고 세림과 시준에게 다가왔다. 그는 '윤 관장님께서 준비한 선물'이라 말하며 식기를 테이블에 놓아두고 정중히 물러났다. 세림은 아직 여운이 가시지 않은 얼굴로 무엇인지 묻는 시선을 보냈다. 시준은 자신도 모르겠다는 제스처를 취하고는 손을 뻗어 식기의 뚜껑을 열었다. 시준은 웃고, 세림은 어찌할 바를 몰랐다. 호텔 객실의 카드키였다.

부연 레스토랑의 불빛들 때문일까, 서서히 깃들던 샴페인의 알코올 때문일까, 그것도 아니면 읊조리듯 속삭이던 그의 음성 때문인 걸까. 세림은 꿈속을 헤매듯 어른거리는 정신을 어쩌지 못하며 그가 이끄는 대로 걸음을 옮겼다. 바닥을 제대로 디디고 있는 건지도 모르겠다.

시선은 줄곧 시준과 깍지 낀 손을 향해 있었다. 무엇이든 담을 수 있을 것만 같은 크고 단단하고, 빈틈 또한 놓치지 않을 듯한 커다라면서도 섬세한 손. 그에 비해 가느다랗고 작기만 한, 무언가를 해낼 수나 있을까 싶은 의심을 품게 되는 연약한 손. 두 손이 마치 처음부터 하나였던 양, 줄의 매듭처럼 견고히 얽혀 있다. 실감할 수 없는 기쁨이 안타까움과 조우한다. 세림은 왼손 약지에 끼워진 영원한 약속의 상징을 보며 깍지 낀 그의 손을 힘주어 잡았다. 앞서 가던 시준이 세림을 돌아본다. 그가 슬쩍 웃어 보이며 역시 맞잡은 손이 아프지 않을 만큼 힘주었다. 세림이 끼고 있는 반지의 다이아 때문에 그의 손가락이 눌려 빨갛게 변하는데도 힘을 빼지 않았다.

눈앞에 있는 자신의 남자가 너무나 근사해서, 당장에라도 그의 넓은 등을 꼭 껴안아주고 싶었다.

엘리베이터에 오르는 사이 발을 잘못 디뎌 휘청거렸다. 시준이 팔을 잡아 넘어지지 않게 부축해 주었다. 얼굴이 바로 앞까지 다가와 그대로 키스하는 줄 알았는데, 그저 웃음만 보일 뿐이었다. 엘리베이터가 움직이는 동안에도 시준은 손을 잡은 채 문만 바라보고 서 있었다. 미세한 움직임마저 느껴지는 작은 공간 안에서 어떤 스킨십도 없었다. 오히려 밀도 높은 공기의 흐름 때문에 심장이 은밀히 떨렸다. 꼭 폭풍 전야의 고요 같아.

촘촘한 침묵이 세림의 예민한 살갗을 자극시켰다.

서로를 갈망하는 흥분과 드러나지 않은 긴장감이 엘리베이터 안의 공기를 팽창시킨다.

시준은 맞잡은 손에 힘을 주었다. 세림이 그를 본다. 그가 깍지 낀 세림의 손을 천천히 주무르다 손가락 전체 길이를 가늠하듯 어루만졌다. 그리고는 이내 마디마디를 느끼며 빼내듯하더니 엄지와 검지로 손바닥을 살살 간지럽 태우듯 문질렀다. 미묘하고 자극적인 손놀림에 팔을 타고 저릿함이 올라온다. 세림은 얼굴이 붉어지는 것이 느껴졌다. 심장의 뜀박질이 빨라진다.

객실에 들어서서마자 시준은 세림을 벽으로 밀어붙이고 허리를 낚아채 자신의 복부와 맞닿게 껴안았다. 흐트러진 숨이 정리할 새도 없이 세림의 입술 사이로 떠밀려 나왔다. 흥분한 그가 아랫배에 단단하게 닿는다. 시준은 오롯이 세림을 원하고 있었다. 그의 입매가 밀리며 시선이 세림의 가느다란 눈썹을 따라 나른해진 눈동자를 맞추고 조금 벌어진 분홍빛 입술을, 가는 목선에, 원피스 안에 봉긋 오른 가슴에 노골적으로 향하였다. 샅샅이 훑는 눈빛만으로 전신의 세포들이 감각을 곤두세웠다. 시준이 고개를 비틀어 입술 가까이로 다가왔다.

"참느라 죽는 줄 알았네."

가느다랗게 뜬 눈 아래 본능으로 빛나는 눈빛과 짙어진 음성에 숨이 멎을 것만 같다고 세림이 생각한 순간, 입술이 닿았다. 그가 아랫입술과 윗입술을 차례대로 달래듯 훑다가 이내 과격하게 베어 물기 시작했다. 밀려드는 혀에서 샴페인의 끈적하고 달콤한 맛이 났다. 그의 혀가 어지럽도록 달다. 취할 것만 같았다.

세림이 그의 셔츠 자락을 쥐었다. 시준은 점점 더 거세게 그녀의 입천장을 훑고, 혀를 잡아 빠르게 휘감고는 놓아주었다. 세림의 입 안에서 그는 자유로이 자신을 채워갔다.

"너 오늘…… 왜 이렇게 야한 옷 입고 왔어?"

시준이 입술을 맞추다 말고 느릿하게 속삭였다. 세림은 감았던 눈을 가만히 떴다. 그녀가 미간을 모으며 무슨 뜻이냐는 듯 쳐다보았다.

"원피스 지퍼, 자꾸 내리고 싶어서 혼났잖아."

시준은 세림의 뒷머리를 감싸고 있던 손을 옮겨 원피스 지퍼를 단번에 내렸다. 옷을 벗겨내자 아이보리색 슬립 아래 매끈한 살결이 드러난다. 시준이 세림의 팔을 감싸며 어깨에 입을 맞춘다.

팔에 닿는 시준의 손은 뜨겁고, 땀이 배어 축축했다.

시준은 바닥에 떨어지지 않도록 들고 있던 벗겨낸 원피스를 테이블 위에 올려두고 다시 세림의 조금 열려진 입술 사이로 두툼한 혀를 밀어 넣었다. 손은 허벅지를 가리고 있던 슬립 아래로 내려가 엉덩이를 찾아 주무르며 그녀를 안아 올린다. 세림이 떨어지지 않게 두 팔로 그의 목을 휘감고 시준의 입술과 볼에 키스했다. 시준은 고개를 틀어 그녀의 머리칼에 입 맞추고는 다리로 자신의 허리를 감게 하며 발에 신겨진 연분홍색 힐을 벗겨냈다.

시준이 침실로 향하는 걸 본능적으로 느낀 세림은 그의 얼굴을 양손으로 붙잡았다. 그가 나른한 눈빛으로 왜, 하고 묻는다.

"샤워하고……."

시준이 나직하게 웃음을 흘렸다.

"나 완전 흥분했어. 밥 먹는 내내 엄청 참았는데."

"그래도…… 안 돼."

"싫다면?"

"안 된다니깐."

세림이 애교부리듯 웃으며 고개를 흔들었다. 안 된다고 하는 세림이 시준의 몸에 불을 지핀다. 그는 참을 수 없이 아랫배가 당겼다. 시준은 알았다며 세림을 파우더룸까지 안아다 주고는 야경이 훤히 내려다보이는 욕실 블라인드를 빈틈없이 쳤다. 세림이 고맙다며 시준의 입술에 간지럽게 키스했다. 시준이 불만스럽게 왼쪽 눈썹을 구긴다.

세림은 아무것도 걸치지 않은 몸으로 욕실로 들어가 조심스레 샤워기를 틀었다. 따뜻한 물줄기가 쏟아져 내린다. 온수 덕분에 샤워실은 금방 수증기로 채워졌다. 그때였다. 샤워실 유리문이 열리며 샤워가운을 입은 시준이 성큼 들어왔다. 놀란 세림이 어떤 행동을 취하기도 전에 그가 먼저 욕실 벽에 밀어붙였다.

"도무지 참을 수가 있어야지."

그의 입술이 세림의 여린 입술을 거칠게 삼켰다. 빨아들이고, 입안을 헤저으며. 세림은 어찌 할 바 몰라 하다 두 손으로 시준의 가슴에서 어깨를 쓸어 올리고는 그의 목덜미를 휘감았다. 시준은 세림의 입술에 집요하게 영역을 표시하며 그녀의 매끄러운 등허리와 엉덩이를 움켜쥐었다. 세림이 깊은 숨을 내쉰다. 그가 부드러운 볼과 턱 밑을 지나 선이 가느다란 목에 고개를 묻었다. 그의 손이 세림의 속살을 찾는다. 세림이 순간 몸을 떨며 나직한 신음을 흘렸다.

"이렇게 젖어 있으면서 기어코 샤워해야 된다고 인내를 강요하는 건 무슨 심보야…… 어?"

그가 입매에 웃음을 걸치며 세림의 속살을 간질이듯 애태웠다. 세림이 콧소리를 내며 힘겨워하더니 몸을 지탱하듯 시준의 어깨를 붙들었다. 샤워기에서 쏟아져 내리는 물줄기가 샤워가운을 입은 그의 왼쪽을 적시며 밑으로 떨어져 내렸다. 시준은 다시 고개를 들어 세림의 입술을 찾았다. 그가 더 이상 참을 수 없다는 듯 세림의 다리를 들어 올려 그녀 안으로 밀고 들어갔다. 거추장스러운 샤워가운은 벗어버린다.

처음만큼 섬세하고도 강렬한 통증이 일었다. 세림은 고개를 젖히며 자신을 채우는 시준과 새겨지는 듯한 통증을 참아냈다. 숨이 단번에 거칠어졌다. 시준이 연신 그녀에게 입술을 맞추며 아픔을 가라앉힌다. 그리고는 다시 세림 안을 파고든다. 느리고, 배 안쪽을 자극하듯 깊게……. 세림은 과도하게 밀려드는 시준을 감당하며 등 뒤 벽에 손을 짚었다. 온몸에 이는 짜릿한 전율에 울퉁불퉁한 벽을 할퀴듯 주먹 쥐었다. 시준은 세림의 한쪽 다리를 그의 골반에 걸치게 하듯 잡았다. 그의 움직임에 지탱하고 있는 다리가 후들거려 견디기 힘들다고 생각할 즈음, 그가 안아 들었다. 시준의 허리에 다리를 휘감고, 그의 어깨에 팔을 둘렀다. 샤워기를 잘못 건드려 물줄기의 방향이 바뀌었다. 체온만큼 뜨거운 물줄기가 그의 강인한 어깨와 등허리를 따라 미끄러져 내렸다.

욕실은 하얀 수증기로 가득했다. 천장에 맺힌 물방울 하나가 욕실바닥으로 떨어진다. 톡, 울림은 뭉개져 젖어들었다. 욕조에 등을 기대고 앉은 세림은 손으로 얼굴을 감쌌다. 온기가 피부에 스며든다. 시준이 그녀의 볼에 입 맞추고, 옅게 웃으며 다시 입술에 입을 맞췄다.

격렬하게 몸을 섞고 난 후라 세림은 조금, 많이 부끄러웠다. 어디에도 눈길을 제대로 두지 못하던 세림은 시준의 왼쪽 가슴에 새겨진 게 문신과 어깨 바로 아래, 팔에 위치한 말티즈 문신을 바라보았다.

"있지, 전부터 궁금했는데 이 문신들 뭐야? 의미가 있는 거야?"

"이건……."

시준이 고갯짓으로 자신의 왼쪽 가슴을 가리켰다.

"은세림, 내 심장. 너 게자리잖아."

시준은 낮은 음성으로 조금 느리게 틈을 두며 말하였다. 그의 얼굴에 은은한 웃음이 스미듯 하다. 세림은 순간 아프도록 먹먹하고, 희미하게 애틋하였다. 그녀가 물에 잠긴 손을 들어 시준의 왼쪽 가슴에 가만히 대었다. 시준의 건강한 심장이 쿵쿵쿵, 조금 빠르게 뛰어오른다.

"이 말티즈도 너. 은세림 똥강아지."

시준이 이번엔 장난치듯 코를 찡긋거리며 이마를 부딪쳐 왔다. 세림이 웃어버리고 만다. 그리고 시준이 오른쪽으로 몸을 틀어 등을 보인 목덜미 아래 레터링. For The Only Göttin In My Life.

"Only…… 다음은 무슨 뜻이야?"

"독일어로 연인. ……혹은 여신?"

그가 몸을 바로 하며 세림의 어깨에 팔을 두른다. 그녀가 말도 안 된다는 듯이 웃다 그의 눈을 바라보았다.

"복돌이한테 물렸던 상처는?"

그가 오른팔을 들어 보인다. 손목을 지나 좀 더 아래 검지만 한 길이의 꿰맨 희미한 상처 자국이 물결치고 있다.

"흉터 수술 안 했어? 요샌 성형외과 가면 다 해주던데."

"똥강아지하고 1일 시작했던 기념, 내지는 훈장? 미련 없이 흔적을 없애 버리기엔 사연이 많은 상처니까. 이 일 때문에 너 마음 약해져서 나하고 사귄 거 아닌가?"

"그건 아니었지, 바보야. ……전부터 네가 조금씩 마음에 자리 잡고 있었어. 너 항상 그런 식으로 말했잖아. 어떤 여자도 네 손길을 거부할 이유가 없다는 듯. 나도 내 나이 또래 여자애들하고 다를 바 없었어. 너한테 흔들렸고, 널 보면 어느 순간 두근거렸고."

"정말 은세림이 그랬다고? 거 봐, 내가 어디 가서 안 먹히는 남자가 아니라니까. 그런데 철벽을 쳤다 이거지. 여자 만나고 처음으로 너 때문에 고뇌란 걸 했어, 내가."

말투에는 억울함이 묻어 있었지만, 그는 웃고 있었다. 시준이 세림을 안아 들어 자신의 다리에 앉힌 후 그녀의 입술 사이로 혀를 밀어 넣었다. 입안을 헤저으며 집어삼킬 듯한 기세로 키스하였다. 숨이 가빠진 세림이 고개를 수그리며 입술을 뗐다. 그녀는 반쯤 내리감았던 눈꺼풀을 천천히 들어 올렸다.

"복돌이…… 잘 살아 있어? 계속 궁금했어."

"우리 할아버지네 집에서 호의호식하면서 아주 잘살아. 할아버지 오른팔이야."

세림이 나긋하게 웃는다. 그녀는 시준의 턱을 가만가만 만졌다.

어느새 몇 가닥의 수염이 자라나 있다.

"다행이다, 잘살고 있어서. 사랑받는구나."

"맞아, 너처럼 사랑받고 있어. 조만간 보러 가자."

"응…… 보러 갈 수 있으면."

시준도 웃으며 세림의 콧등을 입술로 누르다, 입술로 내려와 가볍게 키스하였다.

빈틈없이 쳤던 블라인드는 3분의 1쯤 걷어져 있었다. 작게 걷어낸 사이로 도시의 야경이 드리워졌다. 눈으로 덮인 사거리는 사위가 고요하였다. 눈송이가 느릿하고도 적막하게 쌓여갔다. 늦은 밤 도로에는 이미 제설차가 동원됐고, 인도에 우산을 쓴 사람들이 간혹 오가고 있다. 나무에 크리스마스트리처럼 금빛 전구들이 데코되어 있다.

❖　❖　❖

방문 닫히는 소리에 혜정은 눈을 덮은 슬립 마스크를 들어 올렸다. 젖혀진 암막 커튼 사이로 아침 햇살이 방 안에 환하게 쏟아지고 있었다. 바닥에 슬리퍼 쓸리는 소리가 들리다 침대가 한쪽으로 기울어진다. 나이트가운 차림의 재환이 야채주스를 마시며 혜정을 바라보았다. 그녀는 잠이 덜 깬 얼굴로 슬립 마스크를 벗으며 밤사이 건조해진 얼굴 피부를 손등으로 매만졌다. 오십대 중반이라고 믿기엔 아직 결 고운 상아색을 잃지 않고 있는 피부다.

"혜정이 니 어제 일찍 자드라. 내 12시 안 돼서 들어왔는데."

"응…… 좀 피곤해서."

"와……? 어제 그거 만나고 왔다매. 그게 안 떨어진다 카드나? 그래서 피곤했드나."

무슨 말을 하냐는 듯 혜정은 이마에 손을 얹었다. 재환이 한 손으로 그녀의 팔을 잡아 일으켜 앉혔다.

"이시준이가 재상을 아주 쑥대밭 만들게 한 거."

"아아, 세림이."

"세림이? 언제부터 그래 친근하게 불렀다고?"

"어제부터. 어떤 앤지 보려고 만났는데, 귀엽대. 생각보다 꽉 찼고 제법 야무져. 강단도 있어. 마냥 눈물바람도 아니야. 충격이라도 받으면 산산조각 깨져 버릴 연약한 유리 같은 애라고만 생각했는데, 아니었어. 내가 잘못 생각했어. 유리가 아니라 솜 같은 아이였어. 충격을 받으면 깨지는 게 아니라, 충격을 흡수해서 아무것도 아니게 만드는 솜. 그래서 자신 아닌 다른 사람들의 충격까지도 완화시켜 상처를 덜 받게끔 하는."

혜정은 재환의 손에 들린 주스잔을 들어 입가로 가져갔다. 재환이 이해가 되지 않는다는 표정으로 미간을 구겼다.

"윤 관장님아, 윤혜정이!"

"내면이 생각보다 단단하고 강해. 하은이보다 더. 외유내강은 이럴 때 쓰는 말인가? 눈물이 많은 건 어쩔 수 없어. 대신 바싹 마르면 금방 보송해져. 신기하게 마냥 여릴 것만 같으면서도 강해. 나 걔 참 마음에 들어."

"허, 참! 홀렸구만, 아주 홀려서 왔어. 그래, 설마 지금 둘을 허락한다꼬 하는 기가?"

"어, 난 두 사람 허락할 거야."

혜정은 귀찮은 듯 말꼬리를 리드미컬하게 늘이며 자리에서 일어섰다. 그녀가 테이블 의자에 걸린 나이트가운을 집어 들어 팔을 꿴다. 재환이 협탁에 야채주스 컵을 소리 나게 놓으며 그녀 곁으로 다가갔다. 혜정은 오랜 수면으로 헝클어진 머리칼을 대충 모아 핀으로 고정시키고는 끈으로 가운을 여몄다.

"혜정아, 니까지 와 이라노? 니까지 이시준이 글마하고 같이 미치 뿌는 기가, 아!"

"당신 청혼에 예스했을 때만큼이나 제정신이야. 당신은 나한테 청혼할 때 맨정신 아니었어? 그리고 정신 나간 놈이 지 아버지 손에 피 안 묻히게 하려고 총대를 메? 재상하고 대외적인 문제들은 우리하고 붙었지만, 후방 지원은 혜센이 전담해 줬어. 그럼 된 거 아니야?"

"그 정도 회사 가지고, 그 정도 뒤처리도 못하면 병시 아이가? 그리고 임 회장이? 아무리 발버둥 쳐도 글마 한남 못 건드린다. 기생이나 할 줄 알지. 글마는 자본력이 딸려 한남 쫓아올라믄 가랑이가 찢어진다고. 거머리들 몇 달라붙는다고 휘청휘청하면 그게 동네 구멍가게지 어디 기업이가?"

"그래, 말 참 잘하네. 그 거머리가 회사 기밀 임 회장한테 전부 넘겨주는 것도 모르고 있었잖아, 당신. 시준이 아니었으면 우리 뒤통수 제대로 맞을 뻔했어. 어쩜 그런 소리가 나올까. 우리 이번 일 본보기로 내부 스파이 많이 쳐내고 솎아냈어. 덕분에 많이 안정 찾았고. 회사 중심 제대로 다졌어요. 실보다 득이 더 많았잖아."

재환은 더 이상의 언쟁은 하지 않겠다는 듯 손을 휘휘 내저었다.

"여보, 재환 씨…… 해준 아버지! 애들 저렇게나 서로 좋아 죽겠대. 6년이나 떨어져 있었다고. 그런데도 시준이 잊지도 못하고 찾으러 갔어. 시준이, 이만큼 제 자리 다져 놓은 것도 그 애 옆에 두려고 그랬던 거 아니야. 그렇게 좋아서 제 살 파먹어가면서까지 선택한 애잖아. 다른 사람들은 몰라도 우리는 시준이 편, 그 애들 편 돼주면 안 돼?"

"그리세 누가 싸혼하라켄나? 똑똑한 머리 굴려가면서 만나도 됐잖아! 그럼 지 좋고, 지 집안 좋고, 지 마누라 좋은 거 아닌가!"

한껏 대꾸하려 준비하던 혜정은 기어이 고운 미간을 모아 세웠다. 재환이 알기로 단단히 골이 난 것이다. 눈초리가 여간 사나운 게 아니다. 그녀는 입술을 꾹 다물고는 몸을 돌려 욕실로 걸어갔다.

"어이, 혜정아! 윤혜정이야!"

재환은 수차례 혜정의 이름을 부르며 따랐다. 그녀가 욕조에 물을 틀어놓고 다시 욕실을 나섰다. 그 뒤를 재환이 쫄레쫄레 쫓는다.

"아, 혜정아! 할배한테 자동차 받고 자리 잡은 지 얼마나 됐나. 안팎으로 구멍이 몇 개가. 회사 견고하게 다질라믄 힘이 있어야 한다. 그놈아가 임하은이하고 결혼한다 해도 모지를 마당에 누구랑 뭘, 어? 한남 안주인인 네가 생각해 봐라, 말 되는 일이가, 지금?"

혜정이 그제야 뒤를 돌아본다. 재환이 한숨을 쉬며 허리에 손을 올렸다.

"어, 말 돼. 안 될 건 뭐 있어? 왜 엄살이야, 당신? 천하의 이재환 회장이, 그 아이 하나 받아주는 걸로 회사 위치를 운운하는 게 말이 돼? 그리고…… 그런 거 다 떠나서, 당신은 그 애 반대하면 안 돼. 이 집에서 누구보다 반대하면 안 되는 사람이야."

"그건 또 무슨 소린데."

"나 기억 안 나? 당신 아버지, 나 뭣도 없는 졸부집 딸이라고 엄청 반대했잖아. 강남 땅 팔아 부자 돼서 사업한다고. 당신도 울산에서 올라와 이제 일구기 시작했던 거였으면서……! 당신은 그런 졸부집 딸이랑 결혼하겠다고 당신네 부모님한테 덤벼 결혼해야겠다고 우겼던 거. 나 아니면 결혼 안 하겠다고 협박해 가며 승낙받았던 거, 벌써 잊어버렸어? 이시준이 누굴 닮았겠어? 당신 닮았어. 걘 딱 당신 아들이야."

"뭐라?"

"당신이 옛날에 그랬다고. 이제 보니 당신은 당신 아버지보다 더하고, 시준인 당신보다 더해. 하긴, 그 잘난 유전자 어디 가겠어."

"야, 니하고 지금 가하고 끕이 같나, 끕이?"

"급이 다를 게 뭐 있어? 당신은 한때 나한테 불타서 나랑 결혼했고, 시준이는 그 애한테 불타고 있어. 서로 둘 다 사랑하는 사람 갖자고 그러는 거, 다를 바 있어?"

어디 대꾸할 수 있으면 해보라는 듯 혜정은 매섭고 오만한 고양이처럼 재환을 쳐다보았다. 재환은 결국 하하, 웃어버리고 만다.

"와, 진짜……. 니는 뭐 말 하나를 지질 않나, 지질 않아."

잊어버릴 리가 없다. 한동네 살던 새침데기 여고생. 담장을 사이에 둔 여고와 남고를 다니던 그 시절을. 조금 더 언덕진 곳에 살았던 자신은 차를 타고 등교했고, 여고생은 매일 버스정류장까지 걸어 내려갔었다. 등하교 때, 오가는 길목에서 유독 예뻤던 여고생.

무르익은 오렌지 빛 햇살이 늘어지던 시간, 집에 올라가던 언덕길. 햇살만큼 길어지던 두 사람의 그림자와 햇살에 안긴 여고생의 뒷모습을 잊을 리 없다. 몰래 훔쳐보던, 간혹 몽정 속 주인공이 되어 그를 당혹스럽게 했던 여고생은 어느새 여자가 되고, 한 남자의 부인이 되고, 세 아이의 엄마가 되고, 이제는 예쁜 할머니까지 되었다.

다시 욕실로 향하려던 혜정을 재환이 붙잡고 뽀뽀했다. 혜정이 타박하며 버둥거리는 것도 상관 않는다. 다 늙어 주책이라 하지만, 재환은 오늘 아침 혜정이 여고 시절보다 더 예뻐 그냥 둘 수 없었다.

## 너와 손잡고 걷는 소중한 시간

지난 17일, 엑스페라토 2차 광고 홍보의 시작을 알리는 이미지 광고가 전 세계 동시적으로 전파를 탔다. 피겨 퀸 김연아 선수가 정상의 자리에 오르기까지 연습에 연습을 거듭하는 영상으로 15초간 방영됐다. 그 후, '김연아 광고'라는 글귀가 인터넷 포털 사이트 실시간 검색에 뜨며 본영상이 인터넷 커뮤니티에 올라 주목받기도 했다. 이미지 광고의 반응은 성공적이었고, 현장 영업점 고객 방문과 계약도 호조를 보였다. 월요일 오전부터 닷새간 500대가 넘는 사전 계약과 실 계약 22대가 체결됐다. 동급인 우노모터스의 '크로아티안' 2차 홍보 때와 비교하면 선전한 것이었다.

세림은 닷새 동안의 이미지 광고 효과 분석과 소비자 반응 프리 테스트, 향후 본광고와 홍보의 방향 요약 보고서 파일을 메일에 첨부해 문 본부장에게 발송하였다. 발송 완료 문구를 보며 기지개를 켠다. 주말이 오기 전에 할 일은 다 끝났다. 돌아오는 월요일 오전 시준에게 전달될 거라 생각하니 기분이 묘하다. 입술 끝에 괜히 웃음이 생긴다. 그러다 금세 생각이 많아진다. 일요일, 청평에서 돌아오는 길에 시준은 집에 언제 인사드리러 가면 되냐고 물이었다. 그때까지는 아직 부모님이며 언니에게 말하지 못한 탓에 어물거리다 그에게 언제 시간이 되냐고 물었다. 시준은 돌아오는 토요일에 시간을 조정해 놓겠다고 했다.

시준에게 첫 청혼을 받았을 때야 비로소 가늠하지 못할 정도로 시야를 가리고 있던 빽빽한 안개가 걷히는 것 같았다. 절벽과 절벽에 이어진 외나무다리 위에서 내려와 땅 위를 걷게 된 것만 같았다. 흰 블라우스 앞섶을 물들였던 번민이 실은 그곳에 마땅히 있었던 무늬가 되어버린 것 같았다.

이시준을 마음 놓고 바라볼 수 있고, 그를 원할 수 있게 된다는 것은 세림에게 그랬다.

그런데 그 후 약간은 소란스러웠던 시준의 주변 상황과 그의 부모님, 집안이라는 큰 산을 맞게 되며, 그와의 '결혼'이란 단어가 허황되거나 터무니없는, 자신의 지나친 욕심으로만 느껴졌다. 시준이 옛날 대뜸 사귀자고 말을 했을 때만큼, 그때처럼 현실감이 없어졌다. 반쯤은 포기하고, 반쯤은 그냥 시준의 옆에 있기만 해도 괜찮을 것 같았다. 6년의 긴 시간을 돌고 돌아 시준의 옆에 있을 수 있게 됐다. 굳이 결혼이라는 굴레와 행복 결말에 연연하지 않고, 시준과 변함없이 같이할 수 있다면…… 아니, 같이 있을 수 있는 순간까지 서로만 바라본다면 그것만으로도 좋다고, 그것만으로도 행복하다고 자신을 달랬다. 실제로도 그 이상 바라고 싶은 마음은 없었다.

도윤의 말대로 살면서 터질 만큼 사랑해 보고, 한때 타오르던 사랑의 기억을 안고 사는 것도 나쁘지 않을 것 같았다.

하지만 시준이가 부모님께서 반대하더라도 결혼하겠다고 했을 때, 먼저 느낀 불안함보다 집에서 천장을 보고 누웠을 때 되새겼던 기쁨이 밤새 잠 못 이루게 했다. 원래 이시준은 그런 남자였었다. 그걸 새삼 깨닫고 나니, 이시준을 더 바라고 싶었다. 그럼에도 가족들에게 결혼하게 될 남자가 있다고 말을 꺼내는 것이 조금은 불안하고 두려웠다. 시준과 결혼하겠다고 가족에게 말하는 순간, 정말 바닥도 모를 만큼 깊어져 갈 자신의 마음 때문에.

세림은 짙은 숨을 내쉬며 가방에서 피임약을 꺼내 입안에 삼켰다. 그녀가 미지근한 물을 한 모금 마시고 자리에서 일어나 뒤편의 창가 앞에 섰다. 군청색의 어둠이 드리워진 창밖에 캠퍼스의 불빛들이 뿌옇게 빛나고 있다. 컴퓨터와 연결된 스피커에서 재즈 캐럴이 흘렀다. 감미롭고, 몹시 낭만적이었다. 그녀는 익숙한 노래에 간간이 음을 따라 흥얼거렸다. 마무리하고 집에 가도 될 것 같단 생각을 할 즈음, 노크 소리가 울리고 문이 열렸다. 도윤이었다. 도윤은 들어올 생각이 없는 듯 문 앞에 오도카니 서 있기만 하였다. 복도 불이 꺼져 있어 그 아이의 표정까지도 어두워 보인다.

"추워. 그리고 서 있지만 말고 들어와."

세림이 어르듯 도윤을 불러들였다. 도윤은 그제야 조용히 문을 닫고 들어왔다. 온풍으로 따뜻한 연구실에 시린 바람이 섞여든다.

세림은 한구석 수납장에서 두 개의 홍차 티백과 종이컵을 꺼냈다.

"날씨가 엄청 춥지?"

"어."

감정 없이 낮은 대답이었다. 세림은 잘 우려진 따뜻한 홍차를 도윤의 앞에 놓고, 맞은편에 앉았다. 도윤은 어설픈 표정으로 홍차가 우려진 종이컵을 들고 새삼스레 연구실을 살펴보듯 눈길을 돌렸다.

이렇게 도윤과 다시 마주하게 된 것도 오랜만이었다. 시준의 파혼 문제 이후부터 도윤과 연락이 닿지 않았다. 며칠을 정신없이 보냈을 무렵, 상훈이가 요새는 도윤이가 보이지 않는다며 궁금해했었다. 그러고 보니 어느 날부터 도윤에게 연락이 오지도, 도윤이 찾아오지도 않고 있었다.

"기말고사 잘 봤어? 종강은 언제?"

왜 그동안 연락도 없고 오지도 않았냐는 배려 없는 물음은 하지 않는 게 맞는 거라 생각했다.

"시험은 그냥 그런대로⋯⋯. 종강은 오늘 아까 마지막 시험으로."

"잘했어. 고생 많았어."

세림은 나긋하게 웃으며 대답했다. 도윤은 시선을 제 앞의 테이블 아래에 두고 있었다.

"잘⋯⋯ 만나고 있어?"

도윤의 주어 없는 물음에 세림이 반사적으로 되물으려다가 빠르게 이해했다.

"응, 걱정해 준 덕분에⋯⋯ 잘 만나고 있어."

도윤은 눈을 반쯤 내리감으며 시선을 떨어뜨렸다.

봄의 훈풍 같은 따스한 음성이었다. 세림을 이제껏 알며 실로 간만에 들어보는…… 지금 자신의 나이 때 세림에게 없었던 느긋함까지 스며 있었다. 그래서 무척 듣기 좋았다. 계속 되새기고 싶을 만큼.

도윤은 다시 종이컵을 들어 입가로 가져갔다. 따뜻한 김이 올라와 시야가 어른거렸다. 감싸 쥔 종이컵에서 뜨끈한 기운이 혈관을 타고 흘러들어 가 얼어 있던 심장을 녹였다.

"나…… 이따가 밤 비행기로 프랑스 가."

"프랑스?"

"유럽여행. 친구들하고 크리스마스랑 연말, 새해 보내고 오려고. 2월 초까지는 있다 올 거야. In 파리로 열 개 도시 정도 돌 계획."

"그렇구나……. 유럽여행 좋지. 재밌게 잘 놀고, 잘 보내고 돌아와. 미리 메리 크리스마스, 새해 복 많이 받으세요. 그리고 돌아올 때, 누나 선물 좀 사오구?"

세림의 장난스러운 말에 도윤이 피식 웃음을 흘렸다. 스피커를 타고 흐르는 음악이 바뀌었다. 레이 찰스(Ray Charles)가 영화 'Love Affair'에서 O.S.T로 불렀던 [Christmas Song]

"……이제껏, 안 되는 문제에 대해 마음을 접을 때 아쉬웠던 적은 없었어. 해도 안 되는 건 어쩔 수 없으니까. 그런데 누군가를 좋아하다가…… 그걸 이루지 못하고 접어야 한다는 건, 되게 힘들고, 힘들고……."

세림은 무어라 해줄 말을 찾지 못하고 미안한 표정으로 웃기만

413

했다.

"아, 바본가 봐. 뭐라고 표현이 안 돼. 그런 생각도 했어. 나도 이렇게 힘든데, 누난 옛날에 혼자 얼마나 많이 힘들었을까. 아, 지금 누가 누굴 걱정하고 있는 거야."

도윤은 중얼거리듯 읊조리더니 자조하였다. 그가 긴 한숨을 뱉어냈다. 지금껏 꾹 눌러왔던 많은 생각들을 버려내듯.

"고마워, 도윤아."

"만날 뭐가 그렇게 고마워……."

"다…… 그냥 전부 다."

"진짜, 더 예뻐진 것 같다. 그러니까 이젠 좀 마음 놓고 웃어라. 세림이 넌…… 웃는 게 제일 예뻐."

"……고마워. 그럴 게, 그러고 있어."

눈송이가, 어둠 가장 고요한 새벽에 내릴 때와 같은 침묵이 흘렀다.

"나…… 정식으로 청혼받았어."

이번엔 세림이 먼저 말을 꺼냈다. 도윤은 눈을 동그랗게 떴다. 청각의 기능을 다시 확인하듯 귀를 바짝 세우는 것 같았다. 그는 귓가에서 사라지려는 말을 간신히 붙잡았다.

"축하할 일…… 이지?"

도윤이 조심스레 물었다. 질문에는 이제껏 세림이 걱정했던 것과 같은 종류의 걱정이 어려 있었다. 세림이 조금 웃음을 보이며 고개를 끄덕였다.

"응. 아직 양가 부모님 허락 떨어진 상태는 아닌데, 긍정적으로 생각하고 있어. 축하해 줘, 도윤아. 네 축하 받고 싶어."

도윤은 그제야 안심을 했다는 듯 또 다른 의미의 나직한 한숨을 뱉어냈다. 그가 아랫입술을 조금 삼키고 크게 숨을 들이켰다. 그가 잠시 눈동자를 굴리고, 이내 바람이 실린 듯한 웃음을 가느다랗게 머금었다. 도윤이 그 또래 애들답게 귀엽게 웃었다.

"신데렐라의 결말은 해피엔딩이었어. 그 후로도 쭉 해피엔딩이었는지 모르겠지만, 이왕 행복하게 된 거 우리 세림이 사랑의 결말은 계속 쭉, 변함없이 해피엔딩이어야 해."

"……고마워. 그렇게 하도록 할게."

"진심으로 축하해. 행복하고."

"응."

도윤이 연구실 벽에 걸린 시계를 보고 손짓했다. 이제 퇴근, 이라고. 두 사람은 옷과 가방을 챙겨 연구실을 나섰다. 시리도록 하얀 형광등이 가끔씩 이어지는 복도를 지나 학관 밖으로 나왔다. 빙하의 잘린 단면을 그대로 뺨에 갖다 대는 것만 같은 한기 서린 바람이 불어왔다. 세림이 오리털 파카 주머니에 양손을 찔러 넣으며 목을 움츠렸다. 도윤이가 세림의 파카 모자를 씌워주고, 앞단추를 단단히 여며준다. 그가 중무장 끝, 하고는 손으로 세림의 머리를 톡톡, 두드렸다. 두 사람은 서로 마주 보고 웃고는 사방에서 불어오는 겨울바람을 피하듯 종종걸음으로 정문까지 이어지는 언덕길을 내려왔다.

도윤은 세림이 세상에서 가장 행복한 여자가 되었으면 좋겠다고, 멀리 하늘에 뜬 달을 보고 생각했다.

❖　❖　❖

문희영 여사는 잡채에 들어갈 고명을 볶다가 부엌에 조그맣게 난 창 너머를 바라보았다. 세림이가 전화로 남자의 식성에 대해 물었을 때, 그는 어머님께서 만들어준 음식이라면 뭐든 맛있게 먹을 수 있다고 대꾸했단다. 서글서글하니 성격은 좋은 깃 같았다. 세림이가 요리도 잘한다며 살짝 귀띔도 해줬다. 음식 먹을 줄은 알겠네, 싶다가도 가사 분담은 제대로 할 줄 아는 애를 만나 다행이란 생각이 들었다.

큰애가 서른이 다 되어가도 결혼할 남자에 대한 얘기는커녕, 남자친구 얘기도 잘 꺼내지 않았다. 제 병이 커 시집가도 흠만 될 것 같아, 늦어도 좋으니 너 다 이해해 주는 놈이랑 결혼하라 하고 말도 안 꺼냈었다. 작은놈부터 보낼 생각에 선 자리를 알아보려는데, 뜬금없이 결혼할 것 같단 얘길 꺼냈다. 아닌 밤중에 홍두깨라고, 남자친구가 있단 얘기도, 결혼할 사람이 있단 얘기도 아닌 결혼할 것 같다니.


"만난 건 얼마 안 됐고, 알게 된 지는 6년 됐어. 6년 전에 사귀었던 애야. 다시 만났는데, 우리…… 결혼하기로 했어. 나 걔랑 결혼하고 싶어, 엄마."

누군지 모를 남자와 결혼하고 싶다는 세림이의 음성에 알 수 없는 간절함이 묻어 있었다.

"혹시 이시준? 걜 다시 만났어? 유학 갔다며. 그래서 헤어졌는데 다시 만나게 된 거야?"

지들끼리는 쑥덕쑥덕 잘 얘기를 해서인지 세아가 알은체하며 물었다. 세림이가 고개를 가만히 끄덕였다.

"그 왜 예전에, 너 대학교 때 만나다 헤어졌던 남자애야?"

문 여사가 어렴풋이 기억을 해내며 확인했다. 세림은 재차 고개를 끄덕였다.

"아이고, 유학 간다고 헤어지자 했던 놈을 뭐가 좋다고 또 만나. 그래, 유학 갔다 와서 지금은 뭐 하는데?"

"회사…… 다니지."

"어디 회사? 회사에서 뭐 하는데?"

"한남…… 미래전략기획실……."

"미래전략기획실? 유학 갔다 왔다더니 되게 능력 있나 부다? 컨트롤타워 들어가 있게."

세아가 관심을 세우며 호의적인 반응을 보였다.

"부모님은 뭐 하시고?"

"사업……. 두 분 같이 사업하셔."

"부부가 같이? 패밀리 비즈니스? 형제는 어떻게 되고?"

"형만 둘. 걔까지 삼 형제."

"형만 둘이야? 막내라 시집살인 덜하겠다. 것보다 걘 몇 살인데 결혼을 하겠다는 거야."

"나랑 동갑. 스물일곱."

세림이 눈길을 돌리며 대답했다. 문 여사는 눈을 동그마니 떴다.

"스물일곱? 스물일곱짜리가 결혼할 능력이 돼? 모아놓은 돈은 있다니? 니들 설마 사고 쳤어?"

"무슨! 아니야, 그런 거……!"

세림이 번뜩 놀라 정색했다. 얼굴을 새빨갛게 물들이며.

"아니라면서 얼굴은 왜 빨개져?"

"아니라고, 그런 거. 엄만 진짜⋯⋯!"

"그럼, 부모가 잘 벌어서 보내준다는 거야?"

"그런 것 같기도 하고⋯⋯."

세림은 말끝을 흐렸다.

"그런 것 같은 건 뭐야. 대답이 뭐 그렇게 시원찮은데?"

"자세한 건 그날 걔 있을 때 같이 얘기해."


남자애는 한우와 갈비세트, 다과와 떡, 과일이며 와인세트를 함 보내듯 미리 보내왔다. 크리스마스를 며칠 남겨두지 않고 회사 업무가 많아 주말에도 묶여 있다더니, 집에 도착한 건 약속 시각이 40분 정도 지나서였다.

문 앞에서 정중히 사과부터 하는 그는 근사한 슈트 차림이었다. 그러고 보니 저번에 술 취한 세림이를 집까지 데려다 줬던 게 기억이 났다. 그날 봤을 때도 훤칠한 키에 얼굴이 잘생겨 괜히 흐뭇했는데, 오늘은 겉옷을 벗으니 체격까지 좋다. '발리에서 생긴 일'과 '봄날'의 조인성을 보며 저렇게 훤칠하니 근사한 사위 하나 얻었으면 좋겠다고 입이 닳도록 말한 적이 있었는데, 작은애가 그 소원을 들어주려나 보다.

남자애는 예절이며 품성이 아주 발랐다. 가정교육이 잘된 집안에서 큰 아이란 걸 알 수 있었다. 부유하게 자라 조금 이른 나이에, 모자람 없이 갖추게 됐을 때 부수적으로 따를 수 있는 오만함이나 경솔함은 전혀 없었다. 오히려 호기심 어린 질문에 차분하고 낮은 음성과 줄곧 예의 바른 어조로 답하였다. 대화를 풀어내는 방식이

유순하고 여유로우면서도 핵심은 정확하게 전달하여 다른 의미로 강한 인상을 주었다. 태도는 진중함과 동시에 사려 깊었고, 자기 주관과 사고는 또렷했으며 때론 유연하였다.

세림이를 쳐다보는 눈빛이나 표정, 살가운 말투와 행동은 말할 것도 없었다. 집에서 가끔 똥강아지로 돌변하는 아이의 응석을, 둘만 있으면 다 받아주고도 남을 품새였다.

정확하게 부모님 하시는 사업이 무어냐고 물었다. 어떤 패밀리 비즈니스를 하는지 알게 됐을 때, 세림이가 어느 집으로 시집가게 되려는지 파악이 되자 가족들은 잠시 아무 말도 하지 않았다.


식사가 대강 끝나고 본격적인 이야기가 오갔다. 시준은 집안 얘기와 그동안 언론에서 들끓었던 재상과의 일들, 현재의 상황들을 침착하게 설명했다. 이 회장과 윤 관장이 세림이를 어떻게 생각하는지에 대해서도 솔직하게 말하였다.

"어제 저희 어머니께서 오늘 두 분, 부모님께 잘 인사드리고…… 곧 날짜 잡아 세림이도 인사 오라 하셨어요. 어머니가 세림이 많이 예뻐하시니까, 아버지도 긍정적일 거라 생각하고 있습니다. 너무 걱정하지 않으셔도 됩니다."

"그런 거라면 걱정은 덜겠지만, 그건 자네 생각이고. 큰 회사 회장 직에 앉아 계신 어른이 우리 세림이가 마음에 차겠나? 만에 하나라도 반대하면……."

엄마가 걱정스러운 얼굴로 말하다 입을 다물었다.

"설령, 만에 하나라도 아버지께서 끝까지 반대하신다 해도 전 세림이랑 결혼합니다. 결혼하겠습니다. 제가 호적을 파서라도 합니다. 긴…… 시간을 돌아서 여기까지 왔습니다. 둘이 미래를 같이 하는 문제로 더 이상의 방황은 하고 싶지 않습니다. 세림이가 저 때문에 속상하거나 울게 하는 일 없이 행복하게 해주겠습니다. 평생 옆에 두고 소중하게 여기겠습니다. 어머님, 아버님께서는 허락해 주십시오. 부탁드립니다."

거실의 공기가 바뀌었다. 다과상을 사이에 두고 짧은 침묵이 내려앉았다. 지금까지 줄곧, 조용히 듣기만 하던 아빠가 드디어 입을 열었다.

"자네 아버님이 세림이를…… 끝까지 마음에 안 들어한다면 나도 찬성하고 싶지 않아."

아빠는 진한 연녹색의 수국차가 담긴 다기를 들어 올리며 말했다.

"이제껏 한 번도 우리 속 썩인 일 없는 애야. 가끔 병치레했던 거 빼면, 다들 힘들게 지나갔다는 사춘기도 조용히 보냈고. 제 언니가 아파 중고등학교 내내 신경 써주지 못했는데도 투정부리는 일 없었어. 조용히 자기 할 일 잘하면서 큰 애야. 난 다른 건 많이 안 바라. 지나치게 기우는 혼사도 시키고 싶지 않아. 게다가 그 자리가 어디 쉬운 자린가……? 그저 비슷한 환경의 번듯한 친구 잘 만나 시부모 될 자리 반대 없이, 마음고생 없게 유별나지 않은 어른들 만나서 잘살았으면 하는 게, 그게 아버지로서 내 마음이야."

"……."

"……아빠."

세림이 안타깝게 입을 열었다. 아빠는 세림과 눈길도 마주하지 않았다.

사실 계속 내내 별말이 없던 아빠가 편치 않았다. 살가운 편인 아빠가 아빠답지 않다고 생각했는데……. 아빠가 고마워 눈물이 날 것 같으면서도 조금 속상하고, 많이 서운하다.

"일단 자네 아버지 허락부터 받아오게……. 그때 다시 얘기해 보자고. 결과가 어떻게 되든 자네 아버지한테 세림이 인사는 시키고 와."

"……알겠습니다. 아버님 말씀 잘 알아들었습니다. 최대한 저희 아버지 설득해 보겠습니다. 전 두 분께서 세림이 웨딩드레스 입은 모습 보셨으면 좋겠어요."

시준은 마지막까지 의지를 잃지 않으며 예의 바르게 부탁하였다. 이야기가 길어져 시준이 세림네 집에서 나온 건 늦은 밤이 되어서였다. 세림과 엄마, 세아는 지하주차장까지 배웅 나왔다. 시준이 맛있는 저녁 식사였다며 인사했다. 엄마는 남자다운 시준의 성격이 마음에 들었다며 힘내라 했고, 세아는 세림이한테 하는 거 봐서 편들어주겠단다. 시준이 웃으며 다시 감사의 인사를 했다. 엄마와 세아가 올라가고, 지하주차장에는 세림과 시준만 남았다.

세림은 시준과 눈도 마주치지 못하고 그의 손을 가만가만 만졌다. 시준이 웃으며 그녀의 턱을 살며시 잡아 든다. 세림의 눈동자에 미안함이 가득이다.

"왜 그래, 똥강아지야. 나 오늘 실수한 거 있어?"

오히려 시준이 살갑게 물었다. 세림은 고개를 가로저었다. 그가 손을 뻗어 세림을 품에 채우듯 힘껏 끌어안았다.

익숙한 넓고 단단한 시준의 품에 세림이 고개를 묻으며 눈을 감았다.

"속상해서. 서운하고. 아빠가 원래 그런 분이 아닌데…… 아빠가 너 많이 좋아할 거라고 생각했는데. 너무 신경 쓰지 마, 시준아. 아빤 너보다는 상황 때문에……."

"알아, 아버님 멋있는 분이셨어. 널 얼마나 사랑하시는지도 알 수 있었고. 예쁜 딸, 반대하는 결혼에 등 떠밀고 싶지 않으시겠지. 이마 은세림이 낳은 내 딸이 우리 같은 상황이었어도, 나도 충분히 그랬을걸. 더할지도 모르지. 우리 집 출입도 못하게."

시준의 품 안에서 세림이 희미하게 웃었다. 세림이 시준을 올려다본다. 그가 가만히, 따뜻하게 키스해 왔다.

"속상해하지 마. 다 잘될 거니까. 바쁜 일들 끝내고 우리 집에 인사 가자."

세림은 조금 밝아진 얼굴로 고개를 끄덕였다. 그가 세림의 볼을 손등으로 문지르고는 앞머리칼로 가려진 이마에 다정히 입 맞췄다. 시준이 차에 오르고, 그가 운전하는 차가 지하주차장을 매끄럽게 빠져나갔다. 불어오는 지상의 찬바람에 세림의 머리칼이 날린다. 세림은 팔짱을 낀 채 느릿하게 걸으며 엘리베이터로 향했다.

눈을 뜨니 방 안이 온통 짙은 잿빛으로 물들어 있었다. 어둠이 몰려들기 직전의 순간인 듯. 눈이라도 오는 걸까……. 머리가 텅 비어버린 것 같은 아득함에 마냥 천장을 바라보았다. 심장이 두서없이 뛰었다. 400미터 달리기를 하고 난 뒤의 몰려드는 후유증처럼. 눈을 감으며 숨을 크게 들이켰다. 공기가 젖어 있다. 다시 눈꺼풀을 천천히 들어 올렸다.

왜, 이제 와서 그날의 꿈을 꾼 걸까.

날씨가 투명하도록 맑던 산사에서의⋯⋯.

세림은 베개 밑에 손을 넣었다. 손에 휴대전화가 잡힌다. 한 손
으로 눈을 비비며 휴대전화를 꺼내 액정을 보니 시준의 메시지가
와 있다. 떨치지 못한 잠이 묻어 있는 얼굴에 웃음이 번졌다.

〈비 온다. ─시준〉

〈회사 나가는 길. 남들 노는 휴일에 쉬지도 못하고, 똥강아지도 못
보고⋯⋯ 인생이 서럽네. ─시준〉

〈서방님 기절하겠다. ─시준〉

〈서방님 꿈꾸고 있어? 일어나면 연락해. 보고 싶다. ─시준〉

세림은 하얀 치아를 드러내며 순하게 웃었다. 그녀가 액정에 손
을 올려 답장을 작성한다.

〈일어났어. 서방님은 휴일에도 고생 많네요. ─세림〉

〈출근하느라 그랬는지 우리 서방님 꿈속에서 너무 빨리 사라지셨
드라. ─세림〉

메시지 끝에 울고 있는 귀여운 캐릭터의 스티커를 찍어 보내고
세림은 침대 옆 사이드 테이블에 눈길을 두었다. 시준이 준 청혼
반지 상자가 놓여 있다. 그녀가 손을 뻗어 상자를 열어보았다. 투
명하도록 빛나는 다이아 반지가 자리해 있다. 어제저녁, 시준이 집
에 왔다는 게 아직도 실감이 나지 않는다. 가족들에게 결혼할 것

같다는 얘기를 꺼내기 전까지 반지는 집에서 끼지도 못했다. 이제는 마음 놓고 껴도 상관없단 생각이 괜히 가슴이 설렌다. 그녀는 상자를 다시 사이드 테이블에 놓아두고, 자리에서 일어나 창가로 향했다. 로만셰이드를 걷으니 세상이 비에 흠뻑 젖어 있었다. 그녀는 눈썹을 들어 올리다 웃고 말았다.

누군가가 지나치게 보고 싶은, 일요일 아침이다.

욕실에서 샤워를 마치고 나온 세림은 스킨과 로션, 수분 크림을 차례대로 발랐다. 건조한 날씨에 몸도 트지 않게 바디 로션도 꼼꼼히 챙겨 바른다. 그녀는 편한 옷으로 갈아입고 다시 휴대전화를 들었다. 시준의 답장이 와 있었다.

〈그치? 우리 똥강아지 꿈속에서 많이 외로웠겠네. ─시준〉
〈오늘 회사로 놀러 와. 비도 오는데 맛있는 거 먹자. ─시준〉

세림은 나직이 웃었다.

〈맛있는 거 뭐? ─세림〉
〈똥강아지가 먹고 싶은 맛있는 거. 뭐 먹고 싶어? ─시준〉
〈맛있는 건 내가 제일 맛있긴 한데. ─시준〉

바로 답장을 쓰려던 세림은 연이은 시준의 메시지를 보고 얼굴이 금세 달아올랐다. 그러고는 대꾸 않고 정색하며 메시지를 작성했다.

〈비 오니까 동동주에 해물파전!!! ─세림〉

〈왜 새삼스럽게 정색이야. 옜다, 내숭이다, 이런 건가. ─시준〉

세림은 발톱을 세워 금방이라도 할퀼 것만 같은 고양이 스티커와 분노하는 오리 스티커 3종 세트를 찍었다. 시준이 웃음을 찍어 보낸다.

〈알았어, 그만할게. 그런데 똥강아지, 낮술 드시려구요? ─시준〉

〈이시준 실장님이 상대가 되어주신다면 기꺼이. ─세림〉

〈안 돼, 낮술 마시면 엄마, 아버지도 못 알아봐. ─시준〉

이번엔 세림이 웃음을 찍어 보냈다.

〈놀러 와. 맛있는 거 사줄게. ─시준〉

〈회사가 일하는 데지 노는 데야? 나일론 실장님. ─세림〉

〈촌스럽게 나일론 실장님이 뭐냐? ─시준〉

〈그럼…… 날라리? ─세림〉

〈휴식을 즐기는, 여유로우신 ㅋㅋ ─시준〉

〈안 되겠어. 어머님한테 일러야겠어……. ─세림〉

〈어이쿠, 무서워라. ─시준〉

〈그치? 나 백 완전 든든해^^ ─세림〉

〈부럽네. 그런데 나한테도 나 예뻐해 주시는 장모님 있어. ─시준〉

〈울 엄만 아직까지 조인성을 더 좋아해. ─세림〉

〈와, 똥강아지, 이렇게 나올래? —시준〉

〈일 열심히 하면 엄마한테 귀띔 좀 해줄게. 그러니까 어서 일해요, 불량한 실장님. —세림〉

〈똥강아지가 매정해졌어. —시준〉

세림은 웃으며 종료버튼을 눌렀다. 시준과 메시지하며 사이사이 화장하고, 옷을 갈아입고, 머리도 말렸더니 외출 준비 끝이다. 세림은 코트를 걸친 후 가방과 우산을 챙기며 집을 나섰다.

쏟아지는 정도는 아니었지만, 눈과 섞인 가느다란 빗줄기가 줄기차게 내리고 있었다. 세림은 기다란 우산을 펴 들고 걸음을 옮겼다. 거리가 젖은 흙과 겨울나무의 냄새로 뒤덮여 있다. 세림은 한껏 숨을 들이켰다. 머리가 맑아지는 것 같다. 또다시 휴대전화가 진동한다.

〈저녁 때 퇴근하고 동네로 갈게. 얼굴 보자. —시준〉

세림은 자꾸만 시준이 떠올라 웃음이 났다. 벌써 세 번째다. 그녀는 지하철역으로 걸으며 답장을 작성한다.

〈나 오늘 약속 있는데. —세림〉

〈약속? 누구랑? 집에서 쉬는 거 아니었어? —시준〉

〈난 쉬고 싶었는데, 보고 싶어 하는 사람이 있어서 꽃단장하고 나가는 중^^ —세림〉

〈보고 싶어 하는 사람이 나 말고 누군데 꽃단장을 해? —시준〉

〈어떤 근사한 사람? —세림〉


세림은 지하철 카드 단말기에 카드를 대었다. 그때 휴대전화 몸이 부르르 떨리며 전화가 왔다. 시준이다. 세림은 조금 놀라 액정을 바라보다 통화모드로 밀었다.

〈그 어떤 근사한 사람이 누구야? 누굴 만나기에 꽃단장까지 해?〉

세림은 웃음이 터지려는 걸 간신히 참았다.

〈웃어? 누구야, 누군데? 너 박영우 만난다고 하면 혼난다.〉

"근사한 사람이 남자야? 여자일 수도 있잖아."

〈말 애매하게 하지 마. 근사한은 보통 남자한테 붙이는 수식어야. 똥강아지가 간이 커졌어. 서방님은 일요일에도 회사에 묶여 있구만 딴 짓이나 하고. 관리 빡세게 들어간다, 어?〉

"점심 언제 먹어? 뭐 먹을 거야?"

〈지금 점심이 문제야? 너 은근슬쩍 말 돌리지 마.〉

"점심 안 먹으면 배고파서 일 어떻게 하려고."

〈은세림.〉

세림은 하하, 맑게 웃었다.

"나한테 근사한 남자가 이시준 당신 말고 누가 더 있겠어요?"

〈그럼 근사한 사람은 누구야?〉

"것두 이시준."

수화기 건너편에서 짧은 침묵이 흘렀다. 세림은 잠시 눈동자를 굴린다. 그사이 전 역에서 출발한 지하철이 당 역에 도착했음을 알리는 안내방송이 흘러나왔다. 세림이 목소리를 높인다.

"화났어?"

〈귀여워서 말이 안 나왔다. 서방님이랑 말장난하고 싶어서 그동안 어떻게 참았어, 똥강아지야. 지금 오는 길이야?〉

세림은 괜히 수줍게 웃었다. 지하철이 플랫폼에 진입하면서 거대한 소음과 함께 바람이 밀려들었다. 세림은 한쪽 귀를 막으며 한층 목소리를 키웠다.

"지금 가고 있는 중이긴 한데…… 박물관 좀 들렀다 가려고!"

〈이촌에 있는 국립중앙박물관?〉

"응."

지하철이 멈추고 문이 열린다. 한 무리의 사람들이 떠밀려 나왔다. 그리고 그 빈자리를 채우듯 세림을 포함한 사람들이 안으로 들어섰다. 지하철 안은 비교적 조용했다.

〈거긴 왜? 과제하러?〉

"볼 것 좀 있어서."

사실 시간 때우러 가는 거지만, 그렇게 말했다가 시준이 그냥 회사로 오라고 할 것만 같아 세림은 핑계를 댔다.

〈혼자?〉

"응, 혼자."

〈혼자 무슨 재미로?〉

"그냥 혼자 가는 재미로."

시준이 하하, 낮게 웃었다. 근사한 웃음소리에 세림은 가슴이 뛰었다.

〈알았어. 재밌게 잘 보고 와. 다 보고 나면 전화하고.〉

"응, 알았어요."

세림은 귓가에서 전화를 떼며 액정을 바라보았다. 전화가 아직 안 끊겼다. 그녀가 먼저 종료버튼을 누른다. 시준은 늘 그랬다. 전화를 먼저 끊은 적이 없다. 세림은 그런 게 좋았다. 작은 배려, 소소하게 느껴지는 애정들. 전화를 턱에 대고 있다가 가방에 집어넣는다.

지하철 안은 약간 비릿한 비 냄새로 채워졌다. 겨울인데 선풍기가 돌아가고 있다. 지하철은 서울과 가까워질수록 많은 사람들로 가득했다.

❖   ❖   ❖

관람하는 데에는 50여 분 정도 걸렸다. 세림은 팸플릿을 챙겨 들고 전시관 밖으로 나왔다. 기온이 평소보다 한층 더 떨어져 숨을 들이쉴 때마다 북쪽의 찬 공기가 목구멍을 따끔하게 만들었다. 겨울이고, 크리스마스이브를 하루 남겨놓은 휴일이기에 관람객이 별로 없을 줄 알았는데, 생각보다 많은 사람들이 박물관 관람을 하고 있었다.

처음 이곳을 방문했었던 건 대학교 3학년 때. 한 학번 아래 후배와 같이 듣는 '도자기 공예'란 교양 수업 중간고사 대체 리포트를 하기 위함이었다. 그때 당시 의무감으로 올 때에는 휴일 하루를 날렸다고 생각했었는데, 둘러보는 내내 잘 왔다고 생각이 바뀌었다. 그 뒤로 석사 때부터 광고 일을 하면서 종종 미술전이나 사진전과 더불어 박물관도 찾곤 했다. 아무래도 공부가 되기도 하고 때로는 영감이나 자극을 받기도 했다.

가방에서 휴대전화가 진동했다. 세림은 주섬주섬 전화를 찾아 들었다. 시준이다.

"응, 여보세요."

〈어디에 있어?〉

"아직 박물관."

세림은 간격이 넓은 계단을 밟으며 천천히 내려갔다. 밖은 어느새 비가 그쳐 있었다.

〈박물관 어디에 있는데?〉

"다 보고 야외로 나가는 길이야, 이제. 왜?"

〈보고 싶어서. 은세림 보러 왔지.〉

세림의 겨울 부츠가 우뚝 자리에 멈춰 섰다.

"……여길? 지금? 일하고 있었던 거 아니야?"

〈일하고 있었지. 근데 똥강아지가 너무 보고 싶어서 달려왔어. 거기 있어 금방 갈게.〉

세림은 멀뚱멀뚱 허공을 바라보다 웃음을 흘리고 말았다.

〈은세림?〉

"나 지금 계속 걷고 있어."

〈쌀쌀한데 어디 커피숍 같은 데 들어가 있어.〉

"싫어. 내가 어디 있는지 찾아와 봐."

〈뭐?〉

시준은 황당하단 목소리로 되물었다.

"어디에 있을 거니까 찾아와 보라고. 내가 열심히 텔레파시 보낼게."

〈세림, 은세림. 똥강아지가 막 훈련시킨다?〉

세림은 대답 없이 웃기만 했다. 수화기 속 시준이 길게 시름 어린 한숨을 뱉어냈다.

〈좋아, 힌트 줘. 여기 너무 넓어.〉

"정문 쪽 가까운 야외."

〈알았어. 거기서 기다려.〉

"응, 빨리 와."

전화를 끊은 세림은 거울못의 낮은 담 앞에 섰다. 못을 중심으로 우측에는 정자가, 왼편으로는 거울못 한정식 식당으로 이어지는 산책로가 비에 젖어 짙은 고동색을 띠는 가로수들에 둘러싸여 있었다. 잿빛 하늘에는 아직 눈비를 모두 쏟아내지 못한 구름이 무겁게 움직이고 있다. 가끔 바람이 불어와 나뭇가지에 매달린 빗방울이 떨어지며 못 위에 둥그런 파문을 만들었다.

실은 시준이 회사로 바로 달려가고 싶었다. 샌드위치나 샐러드, 유부초밥같이 냄새가 적게 나는 것들을 준비해 아기자기한 도시락통에 싸 들고 가 사랑스러운 여자친구 흉내를 내보고 싶었다. 그러면 시준도 좋아하지 않을까, 하는 생각도 들었고. 하지만 왠지 그래선 안 될 것 같단 생각이 한편으로 들었다. 왜 그런지는 잘 모르겠다. 그냥 부모님께 인사드리러 가기 전까진 가만히 있어야 될 것 같았다.

물풀과 낙엽들이 가라앉은 거울못은 겨울 추위를 전부 흡수해 버린 듯 시린 새벽의 푸른빛을 닮은 암녹색이었다. 못 밑바닥에 내려앉은 겨울의 적막한 고독은 헤아릴 수 없이 깊다.

"운치 있네."

익숙한 음성에 세림은 고개를 돌렸다. 언제 왔는지, 시준이 바로 옆에 서 있다.

"정확히 7분…… 47초. 지하주차장에 차 주차하고 은세림 찾기까지 걸린 시간. 빠르지?"

세림이 어느 때보다 환하게 웃었다.

"응, 되게 빠르다. 잘 왔어. 서방님 정말 치고."

"내가 솜 최고지."

세림은 시준의 품에 안겼다. 코트의 서늘한 기운이 얼굴에 닿아 몸이 가늘게 떨렸다. 시준이 꼭 껴안으며 고개를 숙여왔다. 따뜻한 그의 체온에 얼굴이 금세 녹는다.

"아, 좋다."

마치 고양이가 따뜻한 곳을 찾아낸 것처럼 세림은 시준의 품에 한없이 파고들었다. 시준은 그런 세림을 품듯이 끌어안았다.

"세림아, 너 요새 왜 이렇게 예쁜 행동만 골라 하지? 서방님 뿌듯하게."

"서방님 뿌듯해?"

"어."

"그럼 앞으로 뿌듯해할 일 더 많이 만들어줘야겠네."

"뿌듯해할 일만?"

"그럼?"

또 뭐가 더 필요하냐는 듯 세림이 눈을 동그랗게 뜨고 올려다봤다.

"똥강아지야, 너 눈 동그랗게 뜨지 마."

"왜?"

"귀여워서. 죽을 것 같잖아. 몸 뜨거워져."

"진짜, 이 변태가……!"

"나 변태야. 그러니까 아무 데서나 눈 예쁘게 뜨지 마."

세림의 눈매가 가늘어지더니 새침하게 그를 흘겼다. 그러고는 눈을 깜박이며 반짝반짝 거린다.

"싫어. 계속 예쁘게 뜰 거야."

"서방님 길거리에서 흥분시키고 싶어? 아무도 없는 데로 가서 확 잡아먹는다."

정말이지 못 말린다.

세림이 미간을 구기며 그의 옆구리를 꼬집었다. 그러다 발꿈치를 들어 올려 시준의 귓가에 손을 대고는 속삭인다.

"그럼 못 써. 얼른 속으로 애국가 불러."

세림의 속삭임에 시준은 하하하, 폭소했다. 그가 세림이 휘어지도록 더 꽉 끌어안는다.

"정말 미치겠다, 똥강아지야. 너 누구한테 그런 말 배웠어?"

"비밀."

세림이 시준의 품에서 벗어나며 그의 손을 꼭 잡았다. 두 사람은 거울못의 돌담을 오른편에 두고 쭉 걸었다. 비에 젖은 연못은 한층 더 비릿한 냄새를 풍겨왔다. 그러나 젖은 가로수들과 비 냄새가 섞여 불쾌함은 없었다. 세림은 시준의 손을 잡고 기대듯 그의 단단한 팔을 붙잡았다.

비가 오는 날, 길을 걷는다.

그 기억들은 아직도 세림 속에서 반짝반짝 빛나고 있었다.

깊이 젖은 숨을 쉬었다. 입김이 밀려나듯 허공에 연기처럼 흩어진다. 발치를 내려다보았다. 언제나 느린 자신의 걸음, 그전과 다름없이 똑같은 그의 보폭. 맞춰주는 그의 발걸음이 소중하다. 붙잡은 손이 소중하고, 함께 걷고 있는 이 순간이 무척, 소중하다. 지난 기억들 속에서 자신은 가끔은 허무해졌다. 시준과 하고 싶은 일들이 너무 많았다. 이루지 못한 바람들은 미련이 되어 불쑥불쑥, 눈앞에 나타났다. 곤혹스럽게 느껴질 만큼 덧없는 꿈들이었다. 눈을 감고 지워 버리길 수십 번, 아니, 그보다 더할까.

"있지……."

잠자코 세림의 속도에 맞추어, 세림이 만들어내는 고요에 동화되어 가던 시준이 그녀를 보았다. 그녀의 시선이 멀리 어딘가를 향해 있다. 지금 눈앞의 풍경이 아닌 어딘가 너머, 그가 알지 못하는 시간 속에 닿아 있는 것 같았다. 시준은 손을 뻗어 세림의 볼에 손등을 대었다. 비에 젖은 겨울의 시린 기운이 손등에 차게 어린다. 세림이 돌아본다. 조금은 쓸쓸하면서도 순한 웃음이었다. 시준도 세림을 따라 웃었다.

세림은 시준의 깊이를 알 수 없는 눈동자를 바라보다 무언가 생각하듯, 기억해 내듯 시선을 조금 틀었다. 눈매가 가느다래진다.

"대학교 3학년 때 여기 온 적 있었어. 그날도 비가 왔거든. 그땐 봄이었고, 지금보다 덜 추워서 걸을 만했고. 하지만 걷고 싶었는데 못 걸었어."

"왜?"

"과제하러 온 거니까. 놀러 온 게 아니라. 좀 더 둘러보고 싶었는데 비도 좀 많이 왔어. 그래서 움직이기 힘들었어."

"은세림 따뜻하게 부츠도 신고 왔는데, 오늘 여기 실컷 걸을까?"

시준이 세림에게 줄곧 시선을 거두지 않고 다정히 물어왔다. 그가 세림이 잡고 있는 팔을 빼 그녀의 어깨를 둘렀다. 그녀의 손은 자신의 허리를 감게 했다.

"이렇게 걷기 좋은데 오면 어디든 걷고 싶었어."

"그랬어?"

"응…… 너랑."

세림이 시준을 올려다본다. 조금 올 것 같은 애매한 미소를 지은 채. 눈동자에 하고 싶은 말들이 남아 있다. 시준은 눈썹을 들어 올리며 세림의 말들을 기다렸다. 세림은 다시 먼 곳에 눈길을 두었다.

"나 너하고 헤어지고 정말 너무, 많이 힘들고 괴롭고…… 가슴이 바스락거린다는 게, 가뭄 논바닥처럼 쩍쩍 갈라진다는 게, 힘들어서 입이 까끌하다는 그 말들이…… 무슨 뜻인지 그때야 알았어."

담담하게 그때의 아픔을 상기하는 듯한 음성이었다. 시준은 세림의 어깨를 두른 손에 힘을 주었다. 세림이 웃었다.

"말도 못할 정도로 보고 싶었어. 까마득함만 가득해서…… 어디로 발을 내딛어야 하나, 내딛는 곳이 전부 허방인 것만 같아서 밑으로 푹푹 빠지는 기분이었어. 네가 나 때문에 즐거워하고, 웃던 게 눈앞에 아득하고. 이렇게 후회하고 미련 남기지 않게 더 좋아할걸, 더 많이 바라볼걸, 그러기도 하고."

시준은 발걸음을 멈추고 다시 세림을 품에 담았다. 그가 가만가만 세림의 등을 쓸어주었다. 자신의 체온이 스며들도록.

"많이 힘들고, 많이 괴롭고, 많이 까마득하게 한 거…… 미안해. 미안했어, 세림아."

세림이 시준의 품을 파며 손을 들어 그의 등을 감았다.

"아니야, 난 그런 게……."

"이제 네 말대로 다시는 어디도 안 가. 우리 앞으로 계속 함께 야, 이 손 안 놔준다고. 그러니까 그런 생각 하지 마. 너 불안하게 하지 않을 거야. 나 믿어, 세림아."

그의 낮은 음성과 확고한 다짐이 세림의 귓가로 흘러들었다. 세림이 시준과 마주하듯 몸을 바로 세웠다. 시준의 코트 깃을 정리해 주고, 앞가슴의 먼지를 털어내며 그를 올려다본다.

"응, 안 해. 지금…… 얼마나 행복한데. 믿을 수 없을 만큼 행복 해. 이시준 믿어. 얼마나 많이 믿고 있는데."

세림은 숨을 골랐다.

"시간이 지나서 그때가 반짝반짝 예뻤던 건, 마음껏 즐기고, 행 복해했기 때문이었어. 그래서 난 앞으로 매번, 매순간을 지금보다 더 소중히 할 거야. 마음껏 이시준을 바라보고, 이시준하고 행복해 하고. 나중에 우리가 돌아봤을 때 우리가 지나온 순간들이, 발길들 이 반짝반짝 빛나도록."

시준은 아무 말도 없이 세림을 바라보기만 했다. 세림은 눈앞의 시준이 아득하다. 울컥, 괜히 벅찬 행복이 희미하게 차올라 애써 눈썹을 일그러뜨리며 웃었다. 시준이 고개를 숙여 키스했다.

이제 아파하지 말라고 어르듯 다정하고, 살갑게.

여름보다 더 뜨거웠던 체온으로 녹아들게.

세림이 먼저 입술을 떼었다.

"시준아."

그가 가만히 세림의 눈가를 닦아낸다.

"사랑해."

시준의 눈동자가 커졌다. 그의 눈길이 오롯하게 세림을 들여다본다. 세림과 시준의 눈동자가 서로를 옭아매듯 깊고 견고하게 얽혔다.

"정말 많이, 사랑해. 앞으로 더 많이…… 사랑할게."

산속의 어두운 밤과 그 고요함을 닮은 시준의 눈동자에서 세림은 자신을 보았다.

"우리, 많이 행복해지자."

다짐이 어린 그 말에 시준은 세림을 격하게, 가슴에 차오르도록 단단하게 끌어안았다. 그가 머리칼에 가리어진 세림의 목덜미에 얼굴을 묻었다. 여리고도 순한 살내를 자신의 몸속에 새기듯, 오직 나만의 것이라는 듯 힘껏 들이켰다.

이제, 정말 행복할 일들만 남은 것이다.

## Merry Christmas, 사랑받는 남자

세림은 키패드에 비밀번호를 순서대로 눌렀다. 밤새 추운 겨울 날씨에 노출돼 있던 키패드의 서늘한 기운이 손끝에 스며든다. 키패드 숫자들의 일정한 기계음이 이어지고, 짧은 멜로디와 함께 잠금장치가 풀렸다. 그녀는 현관에 들어서며 단단히 문을 닫았다. 세림에게 달라붙었던 겨울 추위를 머금은 찬바람이 현관의 훈풍에 녹아 축축해진다. 한 손에는 장을 봐온 마트의 종량제 봉투가 묵직하게 들려 있다. 왼손 약지에는 다이아몬드의 광채를 최대한 끌어낸 디자인의 청혼 반지가 끼워져 있다. 부츠를 벗기 위해 복도와 이어지는 입구에 다가선 세림의 시선이 무언가에 잡혔다. 귀여운 강아지 얼굴이 붙여진 슬리퍼 하나가 한쪽에 가지런히 놓여 있다. 세림의 얼굴에 금방 웃음이 돈다.

거실로 들어서자마자 창가 근처에 장식된 크리스마스트리가 가장 먼저 눈에 띄었다. 세림은 와, 소리 없이 탄성했다. 트리는 빨강색과 금색의 장식볼과 각종 오너먼트, 리스, 포인세티아, 전구로 꾸며져 있었다. 전구 불빛이 규칙적으로 반짝인다. 크리스마스트리 아래에는 크기가 다른 선물 상자들이 포장되어 있었다. 세림은 들고 있던 종량제 봉투를 소파에 내려놓고 점퍼와 가방을 벗어놓았다. 알록달록 풍성한 크리스마스트리로 다가간다. 그녀는 바닥에 무릎을 굽혀 앉아 크리스마스트리 아래 상자들을 살폈다.

설마, 진짜 다 선물?

한 상자에 포스트잇이 붙어 있었다. 주인을 닮아 단정하면서도 감각 있는 글씨체다. 노란 포스트잇에 새겨진 글씨에 진하게 스며든 시준의 애정을 읽어 낸다.

—Merry Christmas. 은세림, 똥강아지 선물. 마음에 드는 거 하나만 골라, 하나만. 욕심나서 다 가지고 싶으면 서방님 입술에 키스 백번 해줘야 돼.

세림은 웃음이 났다. 눈을 감고 화답하듯 노란색 포스트잇에 입술을 대었다 뗀다. 가방 속에서 자신이 준비한 선물 상자들도 꺼내같이 놓아두었다. 거실은 아직 나른한 잠에 빠져 있었다. 기척 없이 고요하다. 세림은 창가로 걸어가 블라인드를 걷었다. 차단되어 있던 아침빛이 한꺼번에 들이쳤다. 시야가 하얗게 변한다. 그녀의 한쪽 눈이 절로 찡그려진다. 산호색 거실이 순식간에 노랗게 변했다.

시준의 집엔 이제 두 번째 방문인데 어쩐지 제집처럼 편하고 익숙했다. 출입 확인도 삼엄하지 않았다. 시준이 아파트 보안 업체에 자신을 와이프라고 말해놨단다. 성격도 급하지.

그래도 새삼 진짜 이시준 옆에 있는 사람이 되는구나, 싶다.

너른 창가에 서서 얼어붙을 듯한 파란 한강 줄기와 차고 마른 바람이 부는 도심을 내려다보며 새삼스러운 사실에 기분이 묘했다.


마트에서 봐온 장을 정리하기 위해 냉장고 문을 열었다. 역시나 언제 봐도 엄청나게 멋있는 냉장고란 사실과 별개로 먹을 게 없다는 건 변함이 없다. 안쓰러운 냉장고. 탄산수와 이온 음료, 에너지 드링크…… 메뉴는 똑같다. 아니다. 위스키와 샐러드, 초밥 발견. 입가에 웃음 지으며 초밥이 담긴 플라스틱 용기를 꺼냈다. 개봉도 되지 않았다. 랩의 가격 표시에는 12월 20일까지라고 적혀 있다. 날짜가 지나도 한참이나 지나 있다. 샐러드도 분명 같은 날 산 거겠지.

세림은 유통기한이 지난 것들을 정리하고 마트에서 장 봐온 것들을 차례대로 풀어 냉장고에 넣었다. 오늘 하루만 먹을 만큼. 그런데 왠지 과일을 너무 많이 사온 것 같다. 한라봉, 블루베리, 귤, 딸기……. 이거 다 먹을 수 있으려나. 안 되면 이시준 먹이지 뭐. 세림은 시준이 요리할 닭볶음탕 닭고기와 야채도 넣고, 집에서 만들어 온 레몬 절임은 냉장고 홈바에 놓았다. 소포장된 쌀은 뒷베란다에 두었다.

대강 정리를 끝내고 시계를 쳐다보자 11시가 좀 넘어 있다. 아직 깨우긴 이른데…… 얼굴 보고 싶다.

슬그머니 시준의 방 문을 열고 조용히 안으로 들어갔다. 방 안이

시준의 향으로 가득하다. 부드럽고 그윽하면서도 근사한, 남자의 향. 시준이 이쪽으로 고개를 돌린 채 잠들어 있다. 고단한가 보다. 그도 그럴 것이 일주일 만의 첫 늦잠이다. 침대 끝에 살짝 걸터앉는다.

크리스마스 파티 겸 공연은 밤 10시부터 다음날 이른 아침까지 진행될 예정이었다. 현장 책임자가 따로 있지만 시준은 자신이 기획자인 만큼 가서 전체적인 상황을 봐야 할 것이라고 말했다. 어차피 12시까지 가면 되니, 그전에는 둘이서 여유롭게 크리스마스이브를 보내기로 했다. 시준은 유학 때 친했던 친구들도 초대했다며 그들을 소개시켜 주겠다는 말도 덧붙였다.

세림은 무방비하게 곤히 잠든 시준의 얼굴에 손을 대려다 거두었다. 아직은 깨우면 안 될 것 같다. 그녀가 자리에서 일어서려는데 손목이 잡혔다.

"어디 가."

시준은 눈을 감은 채 잠이 잔뜩 묻어 가라앉은 음성으로 말했다. 놀란 눈으로 돌아보던 세림이 다시 침대에 조심스럽게 걸터앉았다.

"깼어?"

"응."

"내가 깨웠구나."

세림이 손을 뻗어 시준의 앞머리를 다정스레 정리해 주었다. 그가 세림의 손을 잡아 손바닥에 키스한다.

"아니야, 일어나려고 했어."

"거짓말. 새근새근 숨 내쉬면서 엄청 잘 자고 있었거든?"

세림의 새침한 대답에 시준이 웃으며 나른하게 눈을 떴다. 찰나적으로 세림과 시준의 눈빛이 얽혔다. 그가 조금은 환한 방 안 풍경에 눈이 부신지 슬쩍 왼쪽 눈썹을 구긴다. 세림은 심장이 나비가 날아드는 것처럼 간지러웠다. 잠에서 막 깬 몽롱함에 휘둘리고 있는 시준의 눈빛이 감각을 위험하게 자극시킨다.

세림은 저도 모르게 눈길을 돌렸다. 그가 세림의 손을 잡아끌었다. 몸 중심이 갑작스레 쏠린 그녀가 시준의 품 위로 아무렇게나 쓰러졌다.

"왜 이렇게 늦었어. 기다렸잖아."

시준은 품에 떨어진 세림을 끌어안으며 말했다. 울림이 낮은 시준의 음성이 그의 가슴팍에서 들렸다. 시준의 손등이 세림의 얼굴선을 쓸어내린다. 세림은 잠이 들듯 급속도로 나른해지기도, 카페인을 과잉 섭취한 것처럼 가슴이 뛰기도 했다.

"지금……."

목소리가 갈라지듯 떨린다. 창피해.

세림은 마른침을 삼켰다.

"11시 반밖에 안 됐는데 뭐가 늦었다는 거야. 난 오히려 일찍 온 것 같아서 미안해하고 있었는데. 너 자라고 일부러 더 늦게 왔어야 했나, 싶은 생각도 들었고."

"서방 보러 오는데 그렇게 생각이 많아야 해? 서방님 간만에 쉬는데 눈 뜨자마자 꽃단장하고 아무 생각 않고 달려왔어야지. 은세림, 나 안 보고 싶었어?"

세림은 그의 품에서 벗어나 상체를 일으키고는 눈을 가늘게 흘겼다.

"보고 싶었어. 완전 보고 싶었죠, 이시준 씨. 그래서 나 오늘 8시 반에 일어나서 나름대로 최대한 빨리 온 거야. 꽃단장하고 여기까지 달려오려면 못해도 두 시간 걸리는데, 이런 내 노고를 알아? 여기 오기 전에 마트에서 장도 보고."

"마트는 사람 시키면 된다니까."

"그냥, 내가 보고 싶었어."

"그랬어?"

"그랬어."

"우리 똥강아지, 아침부터 고생했네. 잘했어. 이리 와, 누워. 같이 자자."

시준은 오른팔을 뻗으며 누우라는 제스처를 취했다. 세림이 여전히 가늘게 뜬 눈매를 풀지 않았다. 움직일 기미가 없자 시준이 세림의 손을 끌듯 잡아당기며 눈썹을 들어 올렸다. 세림이 못 이기는 척 부스럭, 부스럭, 몸을 돌려 침대에 다리를 올리자, 시준이 상체를 낚아채듯 품에 끌어안았다. 그리고는 품에 가둔 세림을 기다란 다리로 칭칭 감는다.

"숨 막혀."

무어라 말하려던 세림이 입술을 다물고 눈을 멀뚱히 떴다. 시준이 그녀의 아랫배에 단단히 닿았다. 세림은 눈을 이리저리 굴리다 감아버리며 가만히 시준의 품에 몸을 맡겼다. 듣기 좋은 심장박동과 그가 숨을 들이켜고 내쉴 때마다 오르락내리락 거리는 가슴이 편안할 만큼 포근했다. 시준의 체온으로 덥혀진 침대가 안락하다.

"세림아."

귓가에서 시준의 음성이 진동하였다.

"응."

"선물 풀어봤어? 마음에 드는 선물 있었어?"

"아직…… 안 풀어봤어."

"왜?"

"시준이 너하고 같이 풀어보려고."

상냥한 대답에 시준은 세림을 좀 전보다 더 꽉 끌어안았다.

"예쁜 똥강아지."

그가 머리 위에서 속삭인다. 잠시 따스한 정적이 이어지고,

"세림아."

그가 또다시 이름을 부른다.

"응"

"안 불편해?"

"……조금 불편해. 그런데 좋아. 세상에서 제일 좋은 곳이야."

그가 나직이 웃었다.

"시준아."

"응."

"안 피곤해?"

"어, 안 피곤해. 나한테 은세림이 피로회복제라니까."

시준이 세림의 동그스름한 이마와 헤어 라인에 입술을 가져가 길게 입 맞췄다.

"아…… 안 되겠다."

"뭐가?"

"그냥 이렇게 끌어안고만 있으려고 했는데, 안 된다. 기다려, 나 샤워 좀 하고 올게."

시준이 세림의 이마에 다시 키스하고는 자리에서 일어나 그대로 욕실로 향했다. 세림은 귓불까지 붉어졌다. 그녀는 머리끝까지 이불을 뒤집어썼다.

욕실에서 샤워기 물소리가 들려왔다. 부끄러워 죽겠다. 이럴 땐 어떻게 하고 기다려야 해? 그냥 이렇게 이불 뒤집어쓰고 얌전히 있으면 돼? 그런데 이렇게 환한 아침부터? 아무리 불을 꺼도 전부 다 보일 정도로 환하잖아. 이시준이 몸 구석구석을 다 보는 거야? 그건 싫어! 그야 불이 환한 욕실에서 한 적도 있었지만, 수증기 때문에 시야가 잘 안 보였었으니까. 그러고 보니 욕실에서 이시준이랑 홀딱 벗고 샤워까지 했네…….

아, 모르겠다.

세림의 머릿속은 도서관 책장이 도미노처럼 줄기차게 쓰러지듯 엉망진창이었다. 정신을 차리고 보니 욕실에서 들려오던 물소리도 뚝 끊겼다. 심장 뛰는 소리가 콩닥콩닥, 땅을 파는 굴착기 소리보다 훨씬 더 커져 간다. 욕실은 한참 동안 조용하더니 이내 문이 벌컥 열리는 소리가 들렸다. 심장이 갈비뼈를 뚫을 듯했다.

"은세림."

시준이 다가오는 모습은 굳이 확인하지 않아도 눈앞에 선명했다. 수건으로 머리를 털고 있는지 펄럭거리는 소리가 환청처럼 귓속에서 울린다. 오지 마. 도망갈까?

"세림 똥강아지, 자?"

침대 가장자리가 묵직해짐과 동시에 세림이 숨을 급하게 들이켰다. 시준이 이불을 들췄다. 세림은 두 눈을 꼭 감았다. 시준의 참는 듯한 웃음소리가 들렸다.

"강아지야, 뭐 해?"

세림이 눈을 떠 천천히 돌아보았다. 울상에 가까운 얼굴로. 바로 눈앞의 시준이 하얀 이를 드러내 보이며 웃었다. 물에 젖은 시준의 피부가 만져 보고 싶을 만큼 촉촉해 보인다. 방금까지 들었던 오만 잡생각은 전부 사라져 있었다. 그런 건 아무래도 좋다고 생각했다.

세림은 시준의 하나하나를 가만히 훑었다. 자신을 바라보는 고요한 밤의 눈동자와 기다란 눈매, 오전 햇볕이 스며들고 있는 피부, 높이 솟아 매끄럽게 떨어지는 콧대와 입술. 세림은 이불 끝자락을 꼭 붙잡고 있던 손을 들어 그의 얼굴에 가져다 대었다. 시준이 커다란 손으로 세림의 손을 따뜻하게 감싸듯 잡았다. 그의 입술이 세림의 입술에 내려앉았다. 세림의 눈이 감겼다.

신부가 들고 있는 부케처럼 화사한 향이 번지듯, 눈송이처럼 차고, 관자놀이가 지끈거릴 만큼 달고 부드러운 마시멜로처럼 말랑한, 여름 아침 이슬에 젖은 나뭇잎처럼 싱그러운 입술의 맛이다. 키스가 점점 더 농밀해져 가며 입술이 저절로 벌어졌다. 짓누르는 시준의 무게가 버겁다. 싫지는 않았다. 긴밀하고 사정없이 입속을 헤집는 혀와 옷 속으로 숨어들어 살결을 어루만지는 손길과 손바닥에서 느껴지는 서늘하면서도 뜨거운 시준의 체온이, 탄력 있는 피부의 감촉이 이 순간을 멈추기 싫게 만들었다.

시준이 세림의 옷을 차례대로 벗기며 위에 올라탔다. 기다란 팔을 뻗어 사이드 테이블 서랍 속에서 콘돔을 찾아 꺼낸다. 그는 샤워 타월을 풀어 침대 아래 떨어뜨리듯 놓고는 피임구를 착용했다. 다시 세림의 목덜미에 키스하고, 윤곽이 가냘픈 어깨선과 날개뼈에 차례대로 입술을 가져다 대었다. 그의 손이 세림의 가슴을 아프게 움켜쥔다. 세림이 미간을 모으며 그의 눈 아래 언저리에 입 맞췄다. 그녀가 가늘게 눈을 뜨며 방 안에 시선을 두었다.

일정한 문양이 반복되는 커튼으로 오전의 또렷한 햇살이 미세한 입자처럼 뚫고 들어왔다. 방 한쪽 벽에는 그물 같은 그림자가 생기고, 커튼에 걸러진 빛은 방 안에 물들어 한결 희미해졌다. 어디서 바람이라도 불어드는 걸까. 그림자가 수면처럼 물결쳤다. 지난여름 날 보석을 뿌려놓은 듯 반짝반짝 빛나던 제주도 바다가 겹쳐졌다. 파도 부서지는 소리가 청명하게 들린다고 생각될 즈음, 시준이 옆으로 들어왔다.

세림은 버거운 시준을 받아들이며 숨을 멈춘 채 시트를 틀어쥐었다. 시준이 가볍게 그녀의 귓불을 깨물고 혀로 핥았다. 소름이 돋아, 가슴의 돌기가 딱딱하게 솟는다. 그의 입술이 다시 눈가로 와 입 맞추고, 입술을 포갰다. 그가 세림의 안에서 움직였다. 다리가 접혀 살짝 들려지며 시준이 좀 더 노골적으로 느껴졌다. 시준의 얼굴을 붙잡고 입술을 맞췄다. 단 한시도 떨어지기 싫다는 듯 간절하게. 흥분에 젖은 얇은 숨이 맞부딪히며 부서졌다. 느긋하게 움직이던 시준이 세림의 요구에 응하듯 입술에 집중했다.

더없이 소중하게, 더없이 사랑스럽다는 듯.

서로의 사랑만 바라는 순수함을 간직하듯.

시준이 세림의 갈비뼈에서부터 옆구리까지 쓸어내리며 다시 움직이기 시작했다. 나직하고 거친 듯한 숨을 몰아쉬던 세림이 신음을 뱉어낸다. 시준이 세림의 전부를 빠짐없이 느끼겠다는 듯 깊고, 격정적으로 밀고 들어오자 신음 소리는 점점 더 커졌다. 그가 세림의 머리를 감싸듯 하며 입을 맞췄다. 시준의 청각을 자극하던 소리가 삼켜졌다. 시준은 상체를 세워 그녀를 일으키고는 자신의 위에 앉혀 마주하게 했다. 세림의 다리가 저절로 그를 감는다. 시준이 세림을 바싹 껴안아 자신의 복부와 가슴팍에 밀착시켰다. 세림은 매달리듯 시준을 껴안고 어쩌지 못하는 눈동자로 바라보았다. 그녀가 힘에 겨워하며 미간을 찌푸린다. 시준이 벌어진 세림의 살 속에서 가만있지 못하고 자꾸만 미세하게 움직였다. 아랫배 깊숙한 곳을 자극하듯. 시준이 치아를 드러내며 웃는다. 그가 고개를 비틀어 세림의 입술을 찾는다. 가볍게 키스하고, 입을 벌려 애태우듯 혀를 찾고.

"세림아."

"……."

"네가 너무 뜨거워서 죽을 것 같아."

세림의 흉골이 크게 오르락내리락하였다. 그녀는 달뜬 얼굴로 저도 모르게 시준을 조였다. 물기가 흘러 두 사람의 맞닿은 허벅지 사이로 스몄다. 조금은 원망하듯, 부끄러워하며 시준을 빤히 바라만 보던 세림이 부풀어 오른 진홍빛 입술을 열었다.

"싫어. 그래도 죽지는 마."

희미하게 달아오른 음성이었다. 시준이 아랫입술을 깨물며 웃음을 지우지 못했다. 그가 세림의 입술을 찾는다. 세림이 키스를 해 줄 듯 말 듯, 고개를 수그리고, 옆으로 돌려 시준을 피했다. 그가 웃다가 순식간에 세림을 침대에 눕혀 버렸다. 세림은 등허리에 서늘하게 닿는 시트의 감촉에 반사적으로 허리를 휘며 다시 시준을 조였다. 그가 아랑곳하지 않고 키스하며 세림 안을 파고들었다.


순한 잠에 빠져 있던 그녀는 꿈결처럼 아득하면서도 은은한 향기에 눈을 떴다. 수면을 닮은 푸른 방 안이 옅은 노란 햇살로 물들어 있었다. 옆자리에 시준이 없다. 심장 한편이 순식간에 외로움과 터무니없는 그리움, 서러움으로 들어찼다. 모로 누워 있던 몸을 일으키려 하는데 진이 빠져 일어날 수가 없었다. 옷 위로 감긴 가벼운 이불과 함께 침대에 잠겨드는 기분이었다. 몸에 도통 힘이 들어가지 않는다. 허벅지 안쪽이 아프게 당겼다.

시준은 한 번 시작하면 매번 제어할 길 없이 몰아붙였다.

세림은 이불을 가슴까지 끌어 올리며 무거운 몸을 일으켰다. 헐렁한 시준의 긴팔 셔츠가 왼쪽으로 흘러내려 어깨가 드러난다. 매끈하게 떨어지는 어깨선이 가늘다. 살결은 투명해 보일 만큼 말갛다. 날개뼈까지 내려오는 풍성한 머리칼은 제멋대로 흐트러져 있다. 그녀는 아직까지 잠들어 있는 정신을 추스르지 못하고 마냥 허공을 바라보았다. 나른하게 눈을 감았다 뜨며 숨을 들이켠다. 이시준의 흔적으로 가득한. 세림은 눈을 반쯤 내리감은 채 고개를 왼편으로 돌렸다. 사이드 테이블에 단정히 개켜진 옷이 놓여 있다. 손을 뻗어 들춰본다.

민트색 카디건과 파스텔 색상의 아기자기한 수면 잠옷이다.

그녀의 입가에 희미한 웃음이 묻어났다.

얇은 민트색 카디건을 여미며 방에서 나왔다. 시준은 거실에도 없었다. 아침까지 거실을 빼곡히 채우던 햇살은 옅은 흔적만이 남아 있었다. 창가 너머 하늘이 잿빛을 닮은 파랑이었다. 고개를 돌리자 식당 문이 조금 열려 있었다. 천천히 발걸음을 옮겼다. 식당 문 가까이에 다가설수록 안쪽 주방에서 작은 소음들이 모여들었다. 도마를 내려치는 칼의 소리, 냄비 안에서 무언가 끓는 소리들이 규칙

없이 뒤엉킨다. 식당으로 들어섰다. 주방에 시준이 있었다.

심장이 따뜻하게 부풀어 올랐다.

마음이 놓인 세림은 금세 웃는다.

"시준아."

시준이 돌아봤다. 그의 얼굴에도 웃음이 번졌다. 시준은 검정색 배기 트레이닝 바지에 흰 민소매 후드 셔츠 차림이었다. 그녀는 시준의 옆구리에 팔을 집어넣으며 등 뒤에서 껴안았다. 그의 뜨거운 체온이 옮겨온다.

넓고 따뜻하며, 단단한 등이 기대기 참 좋다.

"일어났어? 좀 더 자고 있지 그랬어."

"많이 잤어. 닭 손질 중이네? 닭볶음탕?"

세림은 시준의 팔꿈치 너머를 빠끔하게 바라보았다. 그는 닭을 아주 간단하게, 어설프지 않게, 어려움 없이 프로다운 솜씨로 손질 중이었다. 가스레인지 위에는 물이 든 냄비가 끓어오르길 기다리고 있다.

"어, 똥강아지가 사온 거. 보양식 만들어 줘야지."

"맛있겠다. 멋있다, 우리 서방님."

"그치? 우리 똥강아지 서방님이 좀 멋있어."

세림이 그의 등 뒤에서 낮은 웃음을 터뜨렸다. 그녀는 규칙적으로 움직이는 시준의 강인한 팔에 손을 얹었다. 아주 조심스럽게. 슈트 와이셔츠 안에서 신사적인 윤곽만을 드러냈을 때와는 사뭇 다른 팔이다. 훨씬 남자답고 믿음직스럽다. 세림은 홀린 듯이 팔꿈치에서 어깨까지 이어지는 팔을 감싸듯 쓸어 올렸다. 손바닥 아래에서 그의 체온이 작열한다.

"시준아, 너 열나는 거야?"

"열?"

그가 손질된 닭을 이제 막 끓기 시작한 냄비에 집어넣으며 심상히 되물었다.

"팔이 임청 뜨거워. 지금 한겨울이야. 옷 이렇게 한여름처럼 입고 있으니까 열나나 봐. 안 추워? 이러다 또 감기 들어."

시준은 대수롭지 않다는 듯 웃으며 불 조절을 하고 냄비 뚜껑을 닫았다.

"안 추워. 은세림이 딱 달라붙어 있으니까 몸이 자꾸 뜨거워지잖아."

"어?"

시준은 개수대로 가 도마와 칼을 닦아내고, 손을 씻었다. 시준의 몸이 움직일 때마다 그의 등 뒤에 달라붙은 세림도 같이 움직였다. 세림은 꼭 자신이 고목나무에 매달린 매미 같다고 생각했다.

"은세림이 똥강아지처럼 쳐다보기만 해도 더워서 죽을 것 같은데, 아무것도 모르고 달라붙어 있으니 몸이 오죽하겠어."

세림은 나직하게 웃었다. 그녀가 시준의 군살 없는 배를 감은 팔에 힘주며 널따란 등에 다시 얼굴을 기댔다.

"그랬구나. 우리 이시준 서방님 가슴만 따뜻한 남잔 줄 알았더니, 등도 따뜻한 남자였네."

선반에서 무언가를 꺼내려 팔을 들어 올리던 그의 움직임이 멈췄다. 시준은 명치 부근에 감겨진 세림의 팔을 풀고는 돌아서서 그녀를 안아 올렸다. 세림이 짧은 비명을 지르다 작게 웃으며 그의 허리에 다리를 감았다. 세림을 뒤쪽 아일랜드형 카운터에 내려놓은 시준이 카운터 양옆으로 손을 짚고 그녀를 웃으며 쳐다보았다. 세림은 시준과 곧게 눈을 맞추고 손을 들어 앞머리를 정리해 주었다. 그녀의 손이 흐르듯 앞머리를 따라 엄지로 눈썹의 촉감을 느끼듯 매만지다 그의 볼을 감싸고는 아주 천천히 입을 맞췄다.

입맞춤은 아끼듯이 소중하고, 세상 그 어느 것보다 달았다.

그의 혀가 세림의 혀를 찾았다. 부드럽고 조심스럽게. 시준은 세림의 혀를 애타게 맛보고, 구속하듯 휘감아 끌어당겼다. 시준이 손으로 세림의 뒷머리를 받쳐 카운터에 눕힌다. 그가 셔츠 속으로 손을 넣어 억세게 살결을 주무르듯 하다 가슴을 감싸 쥐었다. 세림이 달뜬 숨을 뱉어냈다. 그의 다른 손이 세림의 수면바지 속 팬티로 향한다. 세림이 손을 뻗어 그를 제지한다.

"얼마나 더 잡아먹으려고. 그 정도론 성에 안 차?"

세림이 시준의 입술을 엄지로 쓸며 곤란하게 물었다. 시준이 하하, 웃는다.

"어, 성에 안 차. 은세림은 나한테 해소되지 않는 갈증이야."

"……그 말, 기쁘기도 하고 씁쓸하기도 하다."

"왜?"

"언젠가 나를 향한 갈증이 해소된다면 네 사랑의 유효는 끝나는 거야? 그런 말은…… 조금 슬퍼."

"언젠가 해소되는 날이 올지도 모르지. 그럼, 그때의 난 지금하고 마찬가지로 널 내 옆에 두는 데에만 온 정신을 쏟아부을 거야. 내 마른 갈증을 해소시킬 수 있는 사람은 세상에 너뿐일 테니까. 그러니까 그때에도 난 계속 너를 보며 갈증에 겨워하겠지."

시준은 옅은 미소를 머금고 온전히 세림의 눈동자만을 맞춰보며 속삭였다. 지나치게 낮은 음성이었지만 또렷하고 정확한 어조로. 세림은 웃는 얼굴을 어설프게 흉내 내며 그저 바라보기만 했다. 그녀가 시준을 힘껏 껴안으며 입술을 찾았다. 그렇다고 더 이상의 진도를 허락한 것은 아니지만.

이대로는 아쉬운지 이번엔 시준이 먼저 세림을 꼭 껴안으며 다시 키스하고는 그제야 카운터에서 내려주었다. 냄비 안에서 끓어오른 물에 무거운 뚜껑이 연신 퍼덕거리기 시작했다. 세림이 재빨리 가 불을 줄이고 오픈 선반에서 적당한 크기의 그릇을 꺼내 국자로 닭을 담았다. 옆에선 시준이 세림의 등을 어루만지고는 양념 진열장에서 필요한 양념을 꺼내 장을 만들기 시작했다. 곧 고소하고 매콤하면서도 맛있는 냄새가 후각을 자극시켰다.


저녁에 가까운 늦은 점심을 해결한 두 사람은 설거지도 같이 끝내놓고 거실로 나왔다. 각각 한 손에 들고 있는 머그컵에서 달콤한 레몬 향과 같이 하얀 김이 올라온다. 눈이 내린다더니 어느새 햇살이 사라진 하늘은 시린 청색으로 물들어 있었다. 세림은 시준의 손을 잡으며 크리스마스트리 근처에 앉아 선물을 풀어보자고 했다.

"그런데 무슨 선물을 이렇게 많이 준비했어?"

세림은 두서없이 놓인 선물들 앞에 아빠 다리를 하고 앉았고, 시준은 거실 카펫 위에 길게 누우며 손으로 머리를 받쳤다.

"이건 은세림 크리스마스 선물로 주고 싶고, 저건 똥강아지 크리스마스 선물로 주고 싶고……. 그런데 산타 할아버지는 우는 애한텐 선물 안 주는데. 너 올해 많이 울었잖아. 하긴, 올해뿐인가."

시준이 세림의 다리를 매만지며 장난기 어린 눈빛으로 말했다.

세림이 웃음을 깨물며 그를 얄밉다는 눈길로 쳐다본다.

"선심 쓴다. 하나만 골라 봐."

"딱 하나만?"

"어. 딱 하나만."

시준은 능청스럽게 여전히 장난스러움을 거두지 않으며 한쪽 눈을 찡긋했다. 세림이 가늘게 뜬 눈으로 선물 중에서 적당한 크기의 것을 골랐다. 선물은 붉은색 상자에 화려한 금색 펀칭 리본이 예쁘게 묶여져 있었다. 어떻게 보아도 가장 크리스마스 선물다운 상자였다. 그녀는 조심스러운 손길로 리본의 매듭을 풀고 상자 뚜껑을 열었다. 세림의 얼굴에 찰나적으로 공허가 찾아왔다. 선물을 보고 놀라거나 기뻐하거나, 감동받는 일반적인 반응과 다른 종류의 것이.

시준이 세림의 다리에 얹어놓은 커다란 손을 어르듯 움직였다. 그녀가 이내 표정을 추스르며 희미하게 웃는다. 붉은색 선물 상자에는 진홍빛 에나멜과 보라빛 에나멜 가죽으로 커버된 다이어리가 들어 있었다.

보랏빛 다이어리는 정말 오랜만에 보는 것이었다.

"이거…… 역시, 네가 갖고 있었네."

"은세림, 감이 좋다. 그 많은 것 중에서 진짜를 골랐어."

세림이 시준의 볼에 작은 손을 가져다 대며 마음에 품은 사랑을 드러내었다. 그녀는 다시 진홍빛 다이어리에 시선을 두었다. 당연히 선물이라기에 새것인 줄 알았는데, 새것이 아니었다. 손을 들어 다이어리를 펼쳐 본다. 가장 첫 장 오른쪽 아래에 시준의 이니셜이 적혀 있다. 다시 몇 장을 넘기면 캘린더에 익숙한 시준의 글씨들이 가득하다. 넘기고, 넘기고, 넘기고…… 일기가 채워진 페이지를 확인한 순간 세림은 금방이라도 울듯 얼굴이 달아올랐다.

"유학 가 있는 동안 썼던 다이어리. 은세림 생각하면서."

"……."

"일기라고 하기도 뭐해. 그냥 생각날 때마다 이것저것 끄적거려 봤어."

시준은 커다란 손으로 세림의 작은 손에 깍지를 끼며 눈을 맞추었다. 세림의 눈이 흠뻑 투명하게 젖어든다.

"울면 산타 할아버지가 선물 안 준다니까."

"됐어, 다 받았어. 전부 가져가고 이 다이어리 하나만 있어도 돼. 아니, 이시준만 있어도 돼."

세림은 말끝에 시준의 입술을 찾았다.

애타게, 그를 원하는 마음의 깊이만큼.

시준이 손을 뻗어 세림의 얼굴을 매만지다 자리에서 일어나 그녀를 안아서 자신의 다리에 앉혔다. 두 사람의 눈동자가 바로 앞에서 마주한다. 시준이 웃으며 세림의 동그란 이마에 깊게 입 맞췄다.

"내 선물은?"

그가 다정히 물었다. 세림이 그를 바라보다 크리스마스트리 아래 선물 상자들이 즐비한 곳으로 눈길을 두었다. 시준은 그가 준비한 선물들 속에서 붉은 리본이 매여진 작은 티파니 블루 박스 두 개를 알아보며 손을 뻗었다. 그는 선물을 열어보기도 전에 어떤 물건이 들어 있는지 이미 예상한 것 같았다. 그가 차례대로 리본을 풀고 상자를 열어 안에 하나씩 놓인 민트색 보관주머니를 꺼내 들

었다. 주머니의 조여진 입구 부분을 풀고 오른 손바닥을 향해 비스
듬히 세운다. 손바닥 위로 반지 하나가 미끄럽게 떨어졌다. 그의
얼굴에 미안한 표정의 미소가 번진다.

반지는 '동틀 무렵의 장밋빛 아름다움'이라고 색감을 비유한 색
깔로, 우아하게 곡선진 매끄러운 표면에 브랜드 네임과 창립 연도
가 음각되어 있었다.

"똥강아지가, 커플링 하고 싶어 했을 줄은 생각도 못했네. 내가
무신경했다."

"아니야, 뭐가 무신경해. 넌 항상 내가 말 안 해도 하고 싶은 거,
받고 싶은 거 준비해 줬잖아. 이건 내가 너한테 주고 싶은 크리스
마스 선물."

세림은 시준의 손바닥에 놓인 반지를 들고 그의 왼손 검지에 끼
워주었다.

"너무 감동이라 말이 안 나오는데. 고마워. 그런데 왜 약지가 아
니라 검지야?"

"연인 사이를 의미하는 커플링임과 동시에 우정링. 시준이 너하
고 꼭 해보고 싶었어. 연인이고…… 남편이자, 은세림 인생에서 다
시는 없을 유일한 남자이자, 세상에서 가장 친한 친구라는 의미로.
저번에 교양으로 철학 수업을 들은 적이 있는데, 그때 교수님이 우
정을 기반으로 한 사랑이 색을 잃지 않고 가장 오래간다고 하셨어.
그런 사랑은 가슴 두근거림과 설렘, 서로를 향한 열정 같은 모든
불씨가 꺼지고 난 뒤에도 변하지 않는대. 진정한 사랑은 그때부터
시작되는 거라고. 그러니까 나도 이시준이랑 오래오래 변치 않는
우정 지킬 수 있게, 모든 불씨가 꺼진 뒤에도 사랑할 수 있게 해달

라는 소망 담아서 준비한 반지."

세림은 그의 왼손과 검지에 끼워준 반지를 손으로 어루만지며 가만가만 말했다. 그녀의 왼손 검지에도 시준이 끼워준 똑같은 반지가 자리해 있다. 시준이 세림의 몸에 팔을 둘러 그녀를 품에 가득 껴안았다. 그가 커다란 왼손으로 세림의 등을 부드럽게 쓸어내렸다.

"은세림."

시준은 새삼 낯설게 세림의 이름을 불렀다. 그의 음성은 방금까지와는 달리 짙고, 무거웠다.

"잊지 마, 절대. 난 항상…… 네가 날 원하는 것 이상으로, 그보다 훨씬 더 너를 간절히 원한다는 걸. 간절히, 지나치도록 너무 사랑한다는 걸."

낮고 침착한 음성이었다. 그러나 세림은 오히려 그 속에서 격렬하고도 어지러이 뒤엉킨 감정과 갈망을 읽어냈다. 세림이 손으로 그의 볼을 감싸다, 이내 매달리듯 어깨를 단단히 끌어안았다.

"응…… 응. 절대 안 잊어. 안 잊을게."

그녀가 다짐하듯 대답한다. 시준이 소중하게 안으며 그녀의 등을 토닥였다.

"아, 요새 우리 은세림 똥강아지한테 사랑받는 남자라 무지 행복하네. 이시준 계 탔다."

세림이 웃는다.

"반지 마음에 들어?"

"그럼, 내 여자가 고른 건데 마음에 안 들 리가 있나. 예뻐, 반지가 딱 내 취향이야."

시준도 웃으며 세림의 입술에 키스했다. 시준은 세림이 작게 입을 벌린 순간 혀를 밀어 넣어 그녀의 혀를 찾는다. 세림의 혀가 도망치듯 하자 시준이 고개를 틀어 조금 더 밀어붙인다. 두 사람이 작게 키득거렸다. 입안에서 도망치듯 하던 세림의 혀가 시준에게 잡혔다. 세림은 조금 숨이 막힐 것 같았다. 그가 세림을 카펫에 누이고 소파 쿠션을 허리에 대주었다. 입맞춤이 계속 오가고, 시준이 세림의 카디건과 셔츠를 벗겨냈다. 예민하게 부푼 가슴을 혀로 짓누르듯 핥고, 치아로 물고, 흡입하듯 거칠게 다루었다. 그의 치아에 가슴이 닿을 때마다 강한 자극을 느낀다. 세림은 허리를 휘며 그에게 온전히 가슴을 내어주었다. 복부가 맞닿고, 한숨 같은 신음을 흘려내며 시준의 머리칼에 손을 넣어 입 맞췄다.

시준은 세림의 옷을 벗겨 안으로 밀고 들어갔다. 아직은 시준을 받아들일 정도로 젖지 못한 세림이 아픔을 호소했다. 시준은 멈추지 않고 입술에 키스하고 손으로 옆구리를 쓸어주며 세림의 안으로 파고들었다. 세림은 찢어지는 듯한 통증에 짧은 비명을 뱉어냈다.

쓰라린 아픔이 횡경막까지 차오른다. 머릿속까지 얼얼했다. 그가 완전히 들어오고, 가쁘게 호흡을 가다듬었다. 통증과 무관하게 빈틈없이 채워진 시준 때문에 몸이 절로 반응하며 조이기를 반복한다. 그가 따뜻하게 키스해 주며,

"세림아…… 메리 크리스마스."

입술 위에서 속삭였다. 세림은 신열에 물든 눈을 뜨고 그를 올려다보았다. 시준이 웃고 있다. 세림도 웃으며 그의 입술에 키스한다.

"메리 크리스마스."

시준이 세림의 손에 깍지를 끼며 움직였다. 마주한 서로의 반지

가 거실 조명의 불빛을 받아 반짝인다.

　본능으로 돌아갈 때의 그는 배려가 부족하다. 성미도 나쁘다. 처음은 늘 상냥함을 가장해 부드럽고 느릿하다. 세림의 내부를 여유부리 듯 빠짐없이 느끼며. 금방이라도 세림을 집어삼킬 듯 초조하게 빛내는 붉은 눈빛과 달리. 가는 허리와 반동하는 가슴, 움푹 파인 쇄골, 드러난 목선과 앓듯 신음하는 세림. 시준은 이성을 모조리 먹어치울 만큼 넘쳐 나는 욕망에 잠식된다. 그가 격렬하고 난폭하게 부딪혔다. 세림의 신음 소리는 점점 농밀하게 달아올랐다.

❖　❖　❖

　한울백화점이 주최하는 엑스페라토 크리스마스 클럽 이벤트 'Happily, Run The Christmas Night'는 많은 관심을 받았다. 이벤트 내용은 각종 SNS와 블로그, 카페로 링크돼 알려지고, 고객들의 응모 기간 내 참여도도 높았다. 키워드인 크리스마스, 젊음, 열정, 2030, 클럽 파티, 솔로 등이 많은 호응을 불러일으키는 데 한몫하기도 했다. 그러나 솔로를 위한 클럽 파티라는 슬로건으로 일부 커플들은 차별하느냐며 항의했고, 또 다른 일부는 크리스마스에도 커플을 봐야겠느냐며 주최 실장이 최근에 파혼해 심기가 좋지 않다고 역성을 들었다.

　클럽 파티 이벤트가 진행될 한울호텔 지하 홀은 20일간의 공사와 인테리어로 완벽히 환골탈태하였다. 인테리어 업체에서는 크리스마스와 젊음, 열정이란 키워드를 놓고 클럽 실내 디자인 콘셉트에 대한 많은 논의를 나눴다. 그 결과, '빛나는 젊음'이라는 주제

어를 선정해 최대한 다양한 테마를 구축했고, 그중에서 선택된 실내 디자인 콘셉트는 '블링블링 크리스마스'. 각종 이미테이션 보석들이 벽에 그림으로 수놓아지고, 비즈 발이며 모빌 형식으로 천장에 매달려 장식되었다.

드레스 코드는 실내 디자인 콘셉트와 크리스마스가 어우러진 빨강, 검정, 하얀색. 그리고 스팽글이나 글리터 같은 것들이 옷이나 신발 등 물품에 착용되어야 할 것.

오픈은 12월 24일 22시. 이른 시각이었지만 파티 시작을 알리는 힙합 뮤지션과 랩퍼들의 공연으로 클럽 앞은 많은 게스트들이 모여들었다. 저녁부터 내리기 시작한 싸라기눈발이 굵어질 무렵 22시 30분엔 입장을 위한 긴 줄이 이어졌다.


스테이지는 사람들이 꽉 차 자기 자리를 겨우 보존할 수 있을 정도였다. 앰프를 통해 터지는 시끄럽도록 신나는 일렉트로닉과 쉼 없이 돌아가는 미러볼, 이미테이션 보석과 비즈 발에 반사된 조명들, 허공에 어지러이 흩어지는 빛의 일렁임, 리듬을 즐기는 사람들.

조명들이 갈피없이 움직일 때마다 세림이 입고 있는 아이보리색 원피스의 은빛 스팽글이 반짝반짝 빛났다. 세림은 2층 난간에 기대어 진토닉을 혀끝으로 핥듯 마셨다. 1층 스테이지 끝의 시준은 클럽에 오자마자 현장 상황을 체크하느라 바빴다. 그의 옆으로 고차장과 현장 책임자, 보안요원이 따랐다. 클럽을 도는 간간이 안면 있는 사람들이 그에게 반갑게 인사를 건네왔다. 대부분 비즈니스와 관련된 남자들이었고, 그보다 더 상당수는 여자들이었다. 세림은 그럴 때마다 자꾸만 술잔을 입가에 가져다 대었다. 시준은 고 차장과 책임자에게 현장 상황을 전해 듣고 손짓하며 무언가를 지시했다. 위아래, 올 블랙 슈트에 빨강색 보타이가 인상적일 정도로 근사하다. 세림은 술을 얼마 마시지도 않았는데 얼굴이 달아오르는 것만 같았다.

　스테이지를 바라보던 시준 옆으로 또 다른 누군가가 다가갔다. 검정 원피스에 금빛 스팽글로 이루어진 재킷을 입은 여자였다. 돌아보는 시준의 옆모습이 눈에 들어온다. 오늘 마주쳤던 사람들 중 가장 반가워하는 얼굴이었다. 여자는 모랫결처럼 진한 금갈색의 머리칼을 가지고 있었다.

　외국인 친구인가?

　세림의 두 눈이 반쯤 크게 떠졌다. 시준이 여자와 다정스레 포옹하며 가볍게 볼을 맞댔다. 인사 후에 두 사람은 마주한 채 서서 이야기를 나누기 시작했다. 세림은 또다시 반사적으로 들고 있던 진토닉을 반쯤 삼켰다. 술이 어느새 잔 바닥만 남아 있다. 머리가 몽롱해졌다. 여자와 시준은 간간이 고개를 끄덕이다 웃음을 주고받았다. 안부를 묻고 있는 것 같았다.

　「굉장히 특별한 친구지, 루이스는.」

　바로 옆에서 들려오는 낯선 남자의 목소리에 세림은 고개를 돌렸다. 피부색으로 보나 진한 이목구비로 보나 아랍계 사람인 걸 단번에 알 수 있었다.

　「저 여자.」

　세림은 자신이 제대로 들은 것이 맞는가를 확인하려는 얼굴로 남자를 바라보았다. 남자가 확인시켜 주듯 고개를 끄덕였다. 세림의 시선이 잠깐 두 사람을 향하였다. 둘은 여전히 이야기 중이었다. 그녀가 다시 남자를 올려다본다.

「누구세요?」

「SJ의 친구. 그보다 좀 더 사랑하는 마음에 가깝지만.」

「SJ?」

남자가 시준, 하고 어눌하게 발음했다. 세림은 알겠다는 듯 고개를 끄덕였다. 어리둥절하던 세림의 얼굴에 약간의 미소가 어렸다.

「만나서 반가워요.」

「나도. 난 루이드. 정말 만나고 싶었어. SJ의 강아지. 실제로 만나게 돼서 영광이야.」

그가 손을 내밀었다. 세림은 주춤하다 그의 큰 손을 맞잡았다. 남자가 세림의 손을 들어 손등에 입 맞춘다. 세림이 손을 재빨리 빼내자 그가 빙긋 웃는다. 너무 과한 반응을 보였나 싶어 세림도 어색하게 웃어버린다. 남자는 세림이 난간에 올려둔 손을 툭툭, 치며 손가락으로 한곳을 가리켰다. 1층 스테이지 끝, 시준이 여자와 함께 이곳을 쳐다보고 있었다. 세림은 이제 잔 바닥에 남은 진토닉을 모두 비웠다. 이곳에서는 시준의 표정이 자세히 보이지 않지만, 마음에 들지 않을 때 짓는 특유의 무뚝뚝한 얼굴일 거라고 생각했다. 이내 시준이 금빛 스팽글 재킷을 입은 여자에게 손으로 위쪽을 가리키고는 같이 걸음을 옮겼다.

세림은 들고 있던 잔으로 난간을 톡톡 쳤다. 시준과 여자는 사람들 사이를 지나쳐 세림과 루이드가 있는 곳까지 왔다.

멀리서 봐도 미인이란 생각이 단번에 들었던 여자는 가까이에서도 빼어난 미모를 자랑하였다. 아니, 단편적으로 미모가 빼어나기만 한 수준이 아니었다. 이 시끄럽고 화려함 넘치는 곳에서 여자는 단연 눈길이 절로 갈 만큼 아름다웠다.

「어떻게 된 거야?」

시준은 조금 삐뚜름한 표정으로 루이드 옆의 세림을 끌어당기며 물었다. 딱히 대답을 바라는 물음은 아닌 듯싶었지만.

「반가워서 보자마자 알은체 좀 했지. 사진보다 실물이 훨씬 더 예쁜데?」

「당연하지, 내 강아진데.」

루이드와 여자가 동시에 웃었다. 세림은 얼굴이 붉어졌다. 능숙한 대화는 어려웠지만 듣는 건 제법 되는 편이었다.

내 강아지라니, 낯간지럽다.

"이쪽은 스위스 유학 시절 때 친구 끌로에. 저쪽은 스위스 대학 때 동기 루이드."

시준이 손으로 가리키며 친구들을 소개했다.

「반가워요.」

끌로에가 손을 내밀었다. 이국어가 이토록 상냥하고 우아하게 들리는 경험은 난생처음이었다. 일반적으로 한 톤 높았음에도 불구하고. 세림도 생긋 웃음 지으며 그녀의 손을 맞잡았다. 그녀의 손은 서늘하면서도 부드러웠다.

「SJ에게 이야기 많이 들었어요. 실제로 보니 정말 아름다운 사람이네요. 한국까지 오길 잘했다는 생각이 들 만큼.」

아름다운 사람이라니. 정말 아름다운 사람에게 아름답다는 칭찬을 들으니 괜히 수줍어졌다.

"고마워요. 당신도 굉장히 아름다운 사람이에요."

세림이 조심스레 고마움의 인사를 전했다. 그 말을 시준이 전해 준다.

「더 긴 얘기를 나누고 싶지만, 나도 오늘 밤은 내 연인과 약속이 있어 가봐야겠어요. 우리 조만간 천천히 시간 가져요.」

그녀의 음성은 시를 읊기에 적절한 만큼 나정했다. 시준에게 전해 들은 세림은 고개를 끄덕였다. 그녀는 시준과 루이드에게 인사를 하고는 먼저 자리를 떴다.

「친구들이 오픈 공연 때부터 와서 기다리고 있어. 지금은 정신없이 노는 데 집중하고 있지만. 같이 술 한잔해. 다들 강아지에 대해 궁금해했잖아. 그거 알아, 강아지? 스위스 유학 때부터 SJ 주변은 꽃밭이었어. 그를 모르는 여자들이 없었다니까. 냉기 뚝뚝 떨어지는 마스크에 말수도 없고, 정중하지만 수틀리면 그 자리에서 바로 잘라 버리는 섹시한 단호함과 더불어 눈빛까지.」

「루이드.」

친구들이 기다리고 있다는 말까지 전하던 시준이 곤란한 듯 그의 이름을 부른다.

「혹시 SJ의 입에서 나오는 놉을 들어봤어? 그 단호한 거절의 음성과 표정의 절묘한 조화가 섹시해서 깔려보고 싶다는 욕망까지 들끓게 한다니까. 교내 게이들이 뽑은 Man of Man top 5 안에 든 이유이기도 했어. 게다가 천부적인 운동신경에 스마트한 두뇌까지. 독보적인 캐릭터였지.」

「루이드, 제발 쓸데없는 소리 하지 마.」

시준은 버릇처럼 왼쪽 눈썹을 구기며 단어 하나하나 정확하게 끊어 말했다. 세림은 루이드의 말들을 들으려 귀를 쫑긋 세우고 집중하는 모양새로 간혹 눈동자까지 움직였다.

「이 단호함 말이야. 정말정말, 훌륭하게 섹시하지 않아?」

세림이 조금 웃는다. 시준은 불만스럽게 세림의 볼을 손가락으로 교차시켜 툭 쳤다.

"넌 뭘 그렇게 열심히 들어."

"좀 조용히 해봐. So?"

「내가 열광하는 것 중 하나가 짜릿한 승부거든. 몇 번이고 승부를 걸어도 지치지 않는 에너지를 SJ와 교감했지. 농구며 수영, 아이스하키, 미식축구, 레이싱까지! 난 드디어 내 영혼의 반쪽을 만난 거라고 생각했어. 그런 남자가 교내 여신을 만나더니, 대학교 때 재회를 했을 땐 작은 헤라 같은 여자를 피앙세로 두고 내 인생만큼 알차다 싶었는데, 웬걸. 짝사랑으로 시름하고 있다니 얼마나 놀라워? 게다가 6년 동안 여자 살 냄새를 맡지도 않는 그 인내에 저러다 달라이 라마처럼 위대한 정신적 지도자라도 되는 줄 알았지.」

「루이드, 그 입 좀 다물어.」

시준이 표정 없이 정색하자, 루이드가 알겠다는 듯 웃음을 보이며 고개를 끄덕였다.

「한번 카타르로 놀러 와. 품격 있게 모셔주지. 그리고 내가 왜 SJ를 사랑할 수밖에 없었는지에 대한 얘기도 들려줄게. 대학 때부터는 당신 때문에 내가 파고들 틈 따윈 없었지만. 그건 나뿐만이 아니라 난다 긴다 하는 금발의 파란 눈들도 마찬가지여서 별로 억울한 일은 아니었어.」

"가자, 세림아."

"가긴 어딜. 다 못 알아들었지만 재밌었어. 친구들도 기다린다며."

세림이 옅게 웃으며 아쉬운 눈빛을 보냈다. 시준이 작게 한숨을 내쉰다. 둘 사이의 기류를 눈치챈 루이드가 마치 안내하듯 가야 할 방향으로 양손을 누이며 미소를 보였다.


3층 룸에 들어서자마자 루이드와 같이 왔다는 친구들이 시준을 보고 크게 기뻐하며 그를 맞았다. 시준도 오랜만에 보는 친구들이 반가운지 손바닥을 부딪치고 포옹하며 즐거워한다. 시준은 바로 친구들을 소개시켜 줬다. 학·석사 때 동기들과 운동을 하며 만난 친구들, 그 외 모임에서 만난 친구들. 대개는 미국인들이었고, 간혹 유럽이나 중동, 혼혈계 친구들도 있었다.

시준의 똥강아지가 궁금했던 그들은 세림을 알아보며 자리를 만들어주고 가운데 테이블에서 술을 꺼내 빈 잔을 채워 건배하였다. 친구들은 세림에게 호기심을 보이며 알아듣기 힘든 빠른 속도의 영어를 쏟아냈다. 세림이 못 알아들을 때 시준이 바로 전해주며, 두 사람은 친구들과의 대화에 흠뻑 빠졌다. 친구들은 기억 속 즐겼던 시간들의 이야기를 즐겁게 풀어놓았다.

1층에서 디제잉하는 음악이 스피커를 통해 룸을 울리고, 사람들은 흥분으로 높아진 음성으로 이야기하였다. 그들끼리 즐기는 크리스마스 파티는 한껏 열기가 고조되어 갔다.

시준은 친구들과 노는 사이사이 고 차장과 메시지를 주고받다 업무로 인한 일 때문에 룸을 나와야 했다. 그는 세림의 손을 붙잡은 채 루이드와 1층이 보이는 3층 난간에서 몇 차례의 이야기를 더 나누었다. 어떤 내용인지 세림은 정확히 알지 못했지만, 주로 경제, 정부, 금융, 환율 같은 단어들이 나오는 걸로 미루어 비즈니스적 화제인 듯싶었다. 루이드는 마지막으로 결혼식장에서 보자는 말을 남기고 일행이 있는 룸으로 돌아갔다. 그 뒤로 고 차장이 찾아와 시준에게 파일 하나를 건네었다.

"아직 돌아볼 일들이 있어서 가봐야 될 것 같아. 얼마 안 걸려, 한 삼십 분 정도."

"응, 가서 일 보고 와."

"룸에서 쉬고 있어. 힘들면 객실로 먼저 올라가도 되고. 오늘 같은 날 혼자 둬서 미안해."

"괜찮아, 애들이랑 놀고 있을게. 일하고 와."

시준은 세림의 이마에 입을 맞추고는 클럽 오픈 때부터 와서 놀고 있는 미영과 유정이 있는 2층 테이블로 데려다 준 후에 고 차장과 1층으로 내려갔다.


세림은 온더록 위스키를 조금씩 베어 물듯 마시며 테이블 어딘가를 응시하였다. 천장의 조명을 받으며 걸어가던 시준이 슬로우 모션처럼 되새겨졌다. 업무를 손에 쥔 순간 태도가 엄격히 달라지던, 흠잡을 데 없이 근사하던 그 남자. 일터에서 그는 어떤 얼굴을 하고 있을까. 지난 6년 유학 시절 동안의 그는, 스물한 살 자신을 처음 만나기 전 자신이 없는 곳에서의 그는……. 유리잔을 쥔 손끝에 힘이 들어갔다. 속에서 감정이 한꺼번에 밀려 올라온다.

세림은 입술에 대었던 유리잔 끝을 이로 물었다. 고운 미간이 보일 듯 말 듯, 불만스럽게 모아진다.

"그러다 입 다쳐."

시준이 어느샌가 와 옆자리에 앉으며 세림의 손에 든 잔을 테이블에 놓았다. 아까까지 옆자리에 앉아 있던 미영과 유정은 춤을 추러 나갔는지 보이지 않는다.

세림은 허전한 빈손을 쥐며 그를 바라보았다. 그는 사무적인 표정을 짓던 아까와 달리, 근사하도록 다정한 남자친구의 얼굴로 돌아와 있었다.

"술 많이 마셨어? 알코올 냄새가 아주 진동을 하네."

시준이 다리를 꼰 채 한 손은 세림의 허리를 감고, 다른 손으로는 그녀의 볼을 문지르며 귀엽다는 듯 웃었다. 세림이 몸을 기울여 천천히 입 맞추려는 포즈를 취하자, 그가 고개를 틀 듯 숙여 그녀의 입술을 먼저 찾는다. 가볍게 입 맞추고, 세림이 표정 없는 눈동자로 빤히 바라보자 그가 다시 입술을 포갰다.

"무슨 술을 이렇게 마셨어?"

"그냥, 크리스마스니까. 일은 잘 보고 왔어?"

"덕분에."

시준은 세림의 팔을 감싼 손을 주무르듯 움직였다. 세림은 그의 스킨십에 한순간 술기운이 온몸으로 퍼져 나가는 듯했다. 정신이 아스라해지고, 나른한 행복감과 생기가 꺼지는 듯한 알 수 없는 감정이 들었다. 세림이 끔벅끔벅 알코올에 물든 눈을 느리게 감았다 뜬다.

"보고 싶었어."

그가 세림의 어깨를 가슴팍으로 꽉 끌어당기며 귓가에 속삭이듯 간지럽게 말했다. 세림이 어깨를 움츠리고는 손을 뻗어 다시 술이

든 유리잔을 입가로 가져갔다.

"얼마나?"

"하늘만큼 땅만큼 우주만큼."

시준은 전에 세림이 했던 대사를 그대로 읊으며 그녀의 손에 든 잔을 가뿐히 빼앗았다. 세림은 손에 쥔 과자를 뺏겨 버린 네 살배기 아이처럼 금세 부루퉁하게 울상 지었다.

"그만. 이제 그만 마셔."

"왜?"

"남은 우리의 밤도 생각해 줘야지."

세림은 눈을 가늘게 떴다.

치, 엉터리.

조금은, 아니, 의지와 상관없이 갑자기 심술부리고 싶다는 이상한 충동이 세림을 자극하였다. 알코올과 조우한 그녀 안의 또 다른 인격이 감미롭게 유혹하듯.

"남은 우리의 밤? 왜? 하고 싶은 거라도 있어?"

그녀가 가늘게 뜬 눈으로 고양이처럼 살랑거리듯 물었다. 알코올에 취한 세림은 예전과 다름없이 자신의 몸 구석구석 웅크리고 있는 귀여움을 얌전하게 드러내 보였다.

그 모습에 시준은 단번에 피곤함이 가셨다. 그는 슬쩍 저도 모르게 올라가는 입매를 굳이 지우지 않았다.

"넌 뭘 하고 싶어?"

"글쎄…… 난 집에 가고 싶어."

"집?"

시준은 세림의 입에서 나온 생각지도 못한 말에 눈을 동그랗게 뜨다 손목의 시계를 내려다보았다. 시간은 새벽 2시가 훌쩍 지나 있었다.

"아파트로 돌아가잔 얘기야? 피곤해?"

세림은 은은한 웃음이 번진 얼굴로 고개를 가만히 저었다. 그녀가 자리에서 일어서다 중심을 잃고 휘청거린다. 시준이 바로 손을 뻗어 세림의 팔을 붙잡았다. 세림이 탁, 매정하게 뿌리친다. 시준은 어리둥절하다. 그녀는 돌아보지도 않고 비틀비틀 테이블 사이를 빠져나갔다.


시준은 비틀거리며 걷는 세림을 따라가 부축했다. 세림이 계속 팔을 뿌리치며 귀찮아한다. 세림은 손바닥 뒤집듯 좀 전과는 전혀 다른 태도를 취했다. 시준은 세림의 그런 반응을 이유 없이 수긍해 줄 만큼 너그럽기만 한 남자는 아니었다. 시준이 세림의 팔꿈치를 힘 있게 잡는다. 세림이 아무리 뿌리치려고 해도 그의 완력은 조금도 양보가 없었다.

"갑자기 왜 이래. 무슨 일이야."

"……피곤해서 그래. 집에 가서 쉬고 싶어졌어. 보내줘."

시준은 이해할 수 없다는 표정으로 버릇처럼 왼쪽 눈썹을 구겼다. 그로서는 납득할 수 없는 반응이었다. 그가 한발 물러나 관찰하듯 턱을 들며 세림을 바라보았다. 여전히 붙잡은 팔을 놓지 않으며.

"사람들이 쳐다봐. 팔 그만 놔줘."

세림의 말마따나 입구 쪽에는 시준을 알아본 사람들이 힐끗힐끗 눈길을 던지고 있었다.

"무슨 상관인데."

"내가 싫어."

"은세림."

"……."

"기다려. 코트 가지고 나올게."

시준은 프런트 쪽으로 큰 걸음을 성큼성큼 옮겼다. 세림은 계단 손잡이를 붙잡고 비틀비틀 걸어 올라갔다. 홀을 채우는 서늘하고도 훈훈한 바람이 달아오른 그녀의 뺨을 스친다. 그녀는 계단 마지막쯤에 멈춰서 알코올에 젖은 숨을 뱉어냈다. 허공에 보일 듯 말 듯 한숨이 흩어진다. 어깨에 어느새 따뜻한 온기가 닿는다. 고개를 내려다보니 코트가 걸쳐져 있다.

"가자. 지금 너희 집 가는 건 너무 늦어서 안 되고, 객실로 올라가자."

말이 끝나기가 무섭게 시준은 세림을 안아 들었다. 세림이 짧은 비명을 터뜨린다.

"뭐, 뭐 하는 거야……! 내려놔! 이시준!"

시준은 품에서 버둥거리는 세림을 아랑곳하지 않고 엘리베이터 쪽으로 향했다. 홀에 서 있던 호텔 직원이 시준을 알아보고 엘리베이터를 잡았다. 시준이 성큼, 큰 걸음으로 걸어가 엘리베이터에 오르고 나서야 버둥거리던 세림이 얌전해졌다.

"내려줘."

"……."

"내려줘. 더 이상 고집 안 피울 테니까 내려달라고."

그러나 시준은 들은 것이 없다는 듯 무시로 일관해 버렸다. 엘리베이터 안의 공기가 고요하고 서늘하였다.

꼴사납다.

술에 취했다는 핑계로…… 조금 어리광부리고 싶어, 단순히 심술부리고 싶어서 고집 피운 결과가 너무 꼴사납다. 어리광도 정도껏이어야지. 스스로에게 화가 났다. 클럽에서 시준을 보고 화려하도록 예쁜 웃음을 머금고 아는 척하던 여자들이, 시준의 팔을 붙잡고 지나치게 친한 척 말을 걸던 여자들이 보기 싫었다. 아니야……. 그런 일차원적이고 단순한 싫음만의 문제가 아니었다. 자신이 모르는 시간 속에서의 시준을 얘기하던 사람들. 그와의 시간을 나누고, 그 시간 속의 시준을 자신보다 더 잘 알고 있다는 사실이 싫었다.

그들보다 자신이 시준을 더 모르고 있다는 사실이 감정을 자극시켰다.

그리고 어이없게도 지금 이시준이 조금, 아니, 몹시 미웠다.

언제나 시준을 혼자만 독점하고 가지고 싶었다. 사람이 사람을 가지고 싶다는 추상적인 욕망은 애초에 온전히 채워질 수 없는 것임을 알면서도. 그런데 하필 오늘 같은 날 그런 마음이 심성 나쁜 꼬마처럼 고개를 들 줄이야. 이렇게 유치해지는 자신이 싫고, 창피하다.

세림은 보이지 않게 입술을 물었다. 그녀가 눈길을 들어 시준을 올려다보았다. 눈꺼풀이 떨린다. 언제부터였는지 표정이 걷힌 시준의 눈동자가 그녀를 내려다보고 있었다.

두 사람은 마치 눈싸움을 하듯 지지 않고 서로를 쳐다보았다. 팽팽한 긴장이 세림의 손등에 찌르르 퍼지는 것 같았다. 이윽고 엘리베이터가 멈추고 문이 열린다. 시준은 세림을 안고 밖으로 나가 객실로 향했다.

"키스해 줘."

시준의 품에 안긴 세림이 마른 음성으로 입을 열었다.

"키스하고 싶어. 들어가자마자…… 키스해 줘."

시준이 걸음을 멈췄다. 세림은 그의 셔츠 앞자락을 꼭 붙잡았다.


시준은 객실 키패드에 키를 꽂고 문을 열었다. 그는 들어서자마자 세림을 벽에 몰아세웠다. 세림의 바람을 들어주려는 것이다. 세림의 가슴이 크게 부풀었다 꺼지기를 반복했다. 세림은 달콤한 키스를 얻어내기 전에 화가 난 그의 시선을 마주 받아내야 했다. 반쯤 내리감은 눈 아래 찌를 듯이 날카롭게 빛내는 눈빛.

그에게 키스하고 싶고, 매달리고 싶고, 품에 파고들고 싶다.

시준이 고개를 숙여 세림의 입술을 찾았다. 아직도 서늘하게 뜬 눈을 감지 않고 집요히 응시하며. 세림은 눈을 감았다. 그와 동시에 시준이 거세게 입술을 짓누르며 키스한다. 전에 없이 난폭하고 거친 키스였다. 배려도 없다. 그는 한 손으로 세림의 허리를 감고, 겨드랑이 밑으로 다른 손을 집어넣으며 그녀를 단단히 껴안았다. 복부와 가슴이 밀착되고, 세림의 등허리가 조금 휘어진다. 등 뒤로는 벽이 닿았다. 세림도 팔을 뻗어 그를 힘껏 끌어안았다.

어둠 속에서 키스는 더욱 농밀해졌다. 주고받는 타액의 점성은 짙고 끈끈하다. 키스는 끈질기게 이어졌다. 숨이 막혀 입술을 떼려 하면 시준은 그녀의 뒷머리를 붙잡고 다시 입 맞췄다. 세림이 신음하며 힘껏 시준의 가슴팍을 밀어냈다.

달아오른 숨이 맞부딪히며 부서진다.

심장이 달음박질치고 둘 다 거칠게 호흡했다.

세림은 자신이 바보 같았다. 자신의 투정으로 두 사람이 처음으로 함께 맞이하는 크리스마스 밤이 엉망이 됐다.

"잘래. 피곤해."

그녀가 눈길을 떨어뜨리고는 시준의 품에서 벗어나려 했다. 시준은 그런 세림이 빠져나가지 못하도록 팔로 힘껏 끌어안았다.

"가긴 어딜 가, 서방님 속 다 뒤집어놓고."

화가 난 줄로만 알았다. 귓가에 내려앉은 그의 음성은 생각했던 것보다 다정하고 감미로웠다.

"세림아."

"……응."

세림은 목의 울림으로만 들릴 듯 말 듯 대답했다.

"화났어?"

"……응, 응."

"크리스마스에, 너 혼자 두고 일만 해서?"

세림은 그의 넓은 가슴 안에서 작게 고개를 저었다. 눈가에 눈물이 어리려 했다. 그녀가 내려뜨렸던 팔을 올려 그의 등허리를 조심스레 끌어안았다.

"그럼?"

"……"

"그럼, 이 똥강아지야. 왜 화가 났는지 알아야 사과하지."

그가 나직이 말하며 따뜻하게 뒷머리를 어루만져 준다.

"널…… 내가 널 모르는 게 화가 나."

세림의 음성이 물기에 젖었다. 시준이 팔을 풀어 세림의 어깨를 잡아 내려다봤다. 세림은 그의 눈동자를 원망스레 바라보다 눈길을 허공에 떨어뜨렸다.

"너 사랑하는데. 이시준을 누구보다도 사랑하는데……. 결혼하기로 했는데, 평생을 같이하기로 한 여자인데 너에 대해서 아는 게 없어. 유학 때 너랑 수업 같이 들었던 동기들보다 운동을 같이 했던 친구들보다 유소년 시절부터 널 알았던 그 남자보다 내가 더 몰라. 지내온 시간이 다르니까 내가 모를 수 있는 건 당연해. 그런데 내가 아는 건 스물일곱의 이시준 …… 요리 잘하고, 운동 좋아하고, 날 사랑하고. 너희 부모님이 누구신지, 형이 둘 있고, 미래전략기획실에 있고……! 네 주변 사람이라면 누구나 아는 특별하지도 않은 사실들. 고작 그런 수준이란 게…… 속상해서 견딜 수가 없어. 그게…… 화가 나. 나만 아는 특별한 이시준은 아무것도 없다는 게……."

세림은 굵은 눈물방울을 서럽게 후드득 떨어뜨렸다. 시준의 눈길이 생각하듯 흔들렸다. 그는 곧 세림의 어깨를 잡은 손에 힘을 주어 다시 소중하게 힘껏 끌어안는다.

"미안해. 내가 잘못했어. 너 하나만 옆에 두는 거에 정신 팔려 내가 어떤 놈인지, 뭐 하고 사는 놈인지 알려줄 기회가 없었어. 널 옆에 두고서는 널 갖는 거에만 급급했어. 네 입술, 네 눈빛, 네 심장, 네 손길, 네 피부, 네 숨결까지 그 모든 전부 다……! 내 것으로 만들지 않으면 미칠 것 같았어. 내 것이라고…… 은세림, 네 몸에 날 새겨 넣지 않고는 견딜 수가 없었어."

"……."

"그런데 실은 나도 내가 이제껏 어떻게 살아왔는지 잘 모르겠다. 살다 보니 스물한 해가 흘렀고, 널 갖기 위해 달리다 보니 6년이 흘렀어. 말해줄게, 하나도 빠짐없이 모조리 다. 다른 사람들이 아는 나 말고도 내가 모르는 나까지. 은세림을 만나기 전의 21년이 얼마나 무채색이었는지, 무의미했는지, 무료했는지……. 그 허무한 공허의 시간을 어떻게 버티며 살아왔는지. 널 만나고서야 얼마나 내 삶이 빛났는지. 숨 쉴 수 있었는지를, 널 만나고서."

시준은 세림을 끌어안은 팔에 더욱 힘을 주었다. 세림은 몸이 바스러질 듯 아팠다. 숨 쉬는 게 힘겹다. 그녀가 손을 들어 시준의 등허리를 안타깝게 그러쥐었다. 이내, 그가 팔에 힘을 푼다. 세림은 고개를 들어 시준을 바라보았다.

자신을 향한 이 남자가 가진 사랑의 무게가 새삼 이토록 무겁고, 버겁다는 걸 깨닫는다.

한여름 작열하는 정오의 태양처럼 뜨겁고, 열대야처럼 숨 막힐 정도로 무덥고, 비 오기 직전 온몸을 죄어드는 습기처럼 밀도 높은.

"넌……? 시준이 넌 내가 안 궁금해? 지난 6년 동안 널 그리며 살았던 거 말고, 그 시간 동안 내가 어떻게 살았는지 궁금하지 않아?"

그럼에도 짓눌려 버릴 것 같은 사랑의 무게에도 시준을 사랑한다.

"다……."

"……."

"알아. 다 알고 있어. 나랑 헤어지고…… 처음 만난 남자가 누군지, 그 남자를 언제 어떤 수업에서 만났고, 언제 어디에서 헤어졌는지. 네가 언제 유럽 여행을 갔고, 런던에서 뮤지컬 [위키드]를 몇 시 몇 분, 어떤 좌석에 앉아 봤는지, 빅토리아 스테이션 어디에서 숙박을 했는지도. 프라하 미스 소피 호스텔에서 말 걸었던 네덜란드 남자, 샹제리제 거리 어느 골목에서 헤맸으며. 석사 생활은 어땠고, 언제부터 문 본부장과 일을 시작했는지. 내가 입국하기 직전 10월 31일에는 뭘 했는지…… 다 알고 있어. 빠짐없이 전부 다."

세림은 반쯤 크게 뜬 굳어진 눈동자로 몸을 가늘게 떨었다. 시준의 셔츠 자락을 쥔 손이 차갑게 식었다. 시준이 그녀의 손을 세게 붙잡는다.

"그럼에도…… 이런 나를 넌 사랑할 수 있어? 날 사랑해?"

"……."

"……사랑하지 않아도, 사랑 못해도 난 상관없어."

"사랑해."

"……."

"사랑해, 시준아."

심장에 스며드는 상냥한 음성이었다. 봄볕처럼 따스한 웃음이 그녀의 입술 끝에 걸린다. 세림은 시준의 목에 팔을 두르며, 매달리듯 그를 끌어안았다. 그도 역시 세림을 바스러지게 껴안는다. 세림은 몸에 가해지는 압력에 숨을 제대로 쉴 수가 없었다. 세림을 힘껏 끌어안은 시준은 여린 입술을 다시 짓눌렀다. 세림은 주춤거리다가 평소보다 적극적으로 입술을 움직였다. 시준은 세림을 끌어안고 있던 손으로 목을 조이는 보타이를 풀어내고 와이셔츠 앞 단추를 끌러냈다. 세림은 떨어지기 싫어 그의 어깨와 얼굴을 붙잡고 미칠 듯이 간절하게 매달리며 입을 맞춘다.

그녀가 젖었다.

이 남자를 어느 때보다도 더 갖고 싶어서.

시준이 세림을 벽으로 밀어붙이고 원피스 치마 속 엉덩이를 움켜쥐었다. 스타킹의 간질거리는 듯한 자극적인 촉감이 손바닥에 감긴다. 시준은 그 자극을 참아내지 못하고 스타킹을 찢어버렸다. 세림이 놀라 입술을 떼어내며 큰 숨을 들이켰다. 시준이 다시 고개를 숙여 세림의 입술을 거칠게 삼키며 팬티를 벗겨냈다. 세림의 다리를 팔에 얹으며 그 자리에서 바로 삽입을 시도한다. 성급하고 사납게 파고드는 것치고 세림은 시준을 매끄럽게 받아들였다. 시준이 끝까지 빈틈없이 세림을 채웠을 때, 두 사람은 거친 호흡을 몰아쉬었다.

고개를 젖힌 세림의 목선이 땀으로 축축하다. 시준은 세림의 목선에 키스하며 쇄골로 내려오다 다시 이마에 입술을 얹었다. 두 사람의 눈이 마주친다.

"은세림, 생떼는 부리지 마. 서방님 죽어난다."

시준이 입술 위에서 달콤하게 속삭이다 허리를 움직였다. 평소보다 조금 더 흉포해져서.

## 17.
### 행복 결말로의 발걸음

디너룸 내부는 크림색 벽과 천장, 우아한 샹들리에 조명으로 고상하고 차분하였다. 하얀 천이 깔린 테이블 중앙에는 화려한 색감의 꽃들이 풍성하게 어레인지돼 있었다. 윤 관장은 최근 시작한 엑스페라토 이미지 광고를 화두로 말문을 트며 자리를 편안하게 만들었다. 시준은 간혹 따뜻한 체온의 손으로 차게 식은 세림의 손을 잡아주었다. 세림은 곧은 자세로 앉아 행동이 들뜨지 않도록 조심하였다. 처음엔 다소 긴장했지만, 긴장은 곧 일상처럼 한결 누그러졌다.

"그래서 부모님은 이시준이하고 결혼하라 하시드나?"

식사 동안 일절 말이 없고, 간간이 대꾸하는 정도였던 이 회장이 처음으로 물었다. 신문이나 뉴스에서만 보던 한남의 이재환 회장. 무표정한 얼굴과 거센 사투리, 굵직한 울림의 끓는 듯한 목소리로 회장으로서의 위압감은 세림이 상상했던 것보다 더했다.

"세림이네 부모……."

"아야, 니 입 다물어라. 내 이 자리 확 박차고 나가기 전에."

세림 대신 대꾸하려던 시준의 말을 이 회장이 살벌하게 끊어냈다. 시준은 바로 미간을 구겨 세웠다. 세림이 괜찮다며 테이블 아래 시준의 손을 잡는다. 세림의 손이 차게 땀으로 젖어 있었다.

"이미니는 찬성하시는데, 저희 집도 아버지께서 아직…… 허락을 하지 않으셨습니다."

"와? 저놈아 마음에 안 든다 하시나?"

"그런 건 아닙니다. 저희 어머니는 시준이 많이 좋아하세요. 인성 바르고, 성격도 남자답고 믿음직스럽다 하셨어요. 사려 깊고, 사고도 유연해 제가 배울 점이 많은 친구라고도 말씀하셨고요."

"절마가? 인성이 발라, 사려가 깊어? 배울 점이 많다고? 니가 언제부터 그래 인성이 바른 놈이었나? 아야, 저놈아 저거 껍데기에 속고 있는 거라 말씀드리라."

아들을 향한 아버지의 꾸밈없고 거침없는 타박에 세림은 왠지 웃음이 났다. 그녀의 웃음을 따라 윤 관장과 시준도 어이없이 웃었다.

"무엇보다 저를 아껴주는 게 보여서 그게 가장 좋다고 하셨어요."

"결혼 결심한 사람한테 그 당연한 거 아이가. 근데, 그래서 아부지 뭐라 하시드나."

"……제가 드리는 말이 조금 당돌하게 들릴지도 모르겠습니다. 아버님께서 저를 끝까지 마음에 들어 하시지 않는다면 아버지도 찬성할 수 없다 말씀하셨어요. 아무래도 쉬운 자리가 아니라고 생각하기에, 아버지도 가림 없이 결정하기 어려워하시는 것 같아요. 지금껏 살아왔던 생활 방식도 다를 거고, 제가 만족스럽지 못하실

거라고. 그래서 일단 아버님, 어머님께 인사드리고 다시 얘기하자
고 말씀하셨어요."

아주 짧은 순간 침묵이 돌았다.

"세림이네 아버지께서 워낙 딸밖에 없으셔서, 세림이 언니하고 세
림이 많이 아껴요. 그래서 선뜻 허락 못하는 것도 있으셨을 거예요."

시준이 담담한 어조로 한마디 거들었다. 크흠, 하고 이 회장이
크게 헛기침하며 목소리를 가다듬는다.

"……시준이 어매한테 얘기 들었겠지만, 이 바닥 그리 쉬운 바
닥 아이다. 각오는 돼 있나? 아가 니가, 배운 것이 많아가 결혼해
사업에 뛰들든, 집에 앉든 그건 내 상관 않는다. 니가 뭘 하든 기본
은 필요한기라. 기본 잘해낼 수 있나?"

세림은 아가, 라는 말에 굳어 있던 심장이 따뜻하게 부푸는 것만
같았다. 그의 음성은 처음보다 누그러지고 나직해져 있었다. 그가
가족들에게만 보이는 다른 이면을 보게 된 것 같았다.

"시준이가 저와 같이하기 위해 많은 것을 걸었던 만큼…… 저도
시준이 옆에서 배우고, 강해지면서 시준이 옆 지키겠습니다. 아버
님하고 어머님께서 많이 도와주세요."

"이시준이, 니는 아가 집 가서 인사 다시 한 번 하고, 상견례 날짜
잡아오고. ……결혼은 언제쯤 생각할 낀데. 니 군 문제도 있지 않나."

"난 다음 달에 바로 올리고 싶어. 양가 부모님 찬성하시면 뭐가
문제야. 바로 식 올리자."

시준의 말에 세림과 이 회장이 놀라 눈을 동그랗게 떴다. 윤 관
장도 제외는 아니었지만 특별한 동요를 보이진 않았다.

"그, 그치만…… 이것저것 준비할 것도 많잖아."

"준비할 게 뭔데. 드레스, 식장, 하객만 있으면 되는 거 아니야?"

"너 지금 무슨 소릴 하는 거야."

"봐라봐라봐라, 이시준이!"

두 사람을 잠자코 지켜보던 이 회장이 끼어들었다. 그는 한참이나 기가 막힌 표정이었다.

"일마가 이거 완전, 고삐 풀린 망아지가? 뭐가 그래 급한데?"

"난 하루라도 빨리 세림이랑 같이 있고 싶어요. 내일이라도 결혼식 올릴 수 있으면 당장 하고 싶은 심정이야."

"그럼 빠른 시일 내에 세림이네 부모님께 허락받고, 혼인신고부터 한 다음에 같이 살아."

시종 잠자코 있던 윤 관장이 나섰다. 이 회장과 세림이 다시 한번 놀랐다. 윤 관장은 마시던 커피잔을 내려놓았다.

"내일이든 다음 달이든 급하게 하는 건 나도 좀 그래. 그래도 여자는 준비된 상태에서 예쁜 계절에 결혼하고 싶은 법이니까. 식은 봄에 올리자. 군 문제야 아직 신검 전이고, 몇 개월 미뤄도 되는 거잖아. 정 그렇게 급하면 혼인신고하고 세림이가 네 아파트나 빌라로 들어가는 걸로 해서…… 뭐, 그것도 세림이네 부모님 허락이 떨어진다는 전제하지만."

"그렇게 해, 세림아. 더 이상 시간 끌 이유 없어."

시준은 더 들어볼 필요도 없다는 듯 세림의 손을 잡고 말했다. 세림은 놀라 선뜻 무어라 대답해야 할지 모르겠다. 그녀가 입술을 작게 벌린 채 눈만 끔벅거렸다. 어떻게든 앞서 가는 시준의 생각을 따라잡으려는 것 같았다.

"결혼식은 너희가 알아서 준비하고. 혼수는 없이 예물도 적당히 정해서 교환하고. 번거로운 절차는 되도록 생략하자, 세림아. 재형아들도 최대한 간소하게 했어. 너희 둘의 날이지, 다른 사람들의 날이 아니잖아."

"망설이지 말고, 응? 생각할 것도 없어."

시준의 재촉에 세림은 웃음이 났다. 옆에서 보는 윤 관장도 마찬가지였다.

식사를 끝낸 네 사람은 호텔을 나서며 로비 입구에 섰다.

"세림아, 시준이랑 같이 사는 문제에 대해 잘 생각해 보고, 꼭 부모님께 허락받아 왔으면 좋겠다. 조만간 가족이 될 소식을 기다리고 있을게."

윤 관장이 세림을 따뜻하게 안으며, 등을 다정히 쓸어주었다. 윤 관장의 품은 익숙하고 포근한 엄마의 품과 또 달리, 좀 더 진한 안온함이 깃들어 있었다. 시준처럼. 가족력 같다. 핏줄로 이어진 가족 외에 다른 누군가에게서 받는 체온이 수줍다. 세림도 그녀의 등을 잠시, 조금 어색하지만 따뜻하게 끌어안았다.

연말을 며칠 남겨두지 않은 바로 다음날, 시준은 다시 세림이 네로 인사를 갔다. 미리 세림에게 말을 전해 들은 세림의 부모님은 혼인신고를 먼저 하고, 두 사람이 같이 사는 것에 대해 동의하였다. 결혼은 양가 합의, 따뜻한 봄날에 길일을 잡아 올리기로 하였다.

❖　❖　❖

건강한 갈색 나뭇가지에 새순이 돋아나고, 노랑 개나리 잎이 말랑한 봄바람에 흔들리며, 햇발이 따사롭게 내려앉던 4월 봄날. 두 사람은 한울호텔 홀에서 담소한 결혼식을 올렸다.

운명처럼 만났던 코엑스에서의 프러포즈. 어느 때보다 더 굵은 눈물을 흘리며 꼭 시준과 결혼하겠다던 세림, 그런 세림을 품에 안았던 시준. 예식 홀 앞에 그날의 두 사람 사진이 커다란 액자에 담겨 놓여 있었다.

그날, 그 장소에 우연히 서 있던 사진작가 한 명이 두 사람의 광경을 피사체로 삼아 카메라에 담았던 것이다. 본능적으로 포착한 아름다울 수밖에 없었던 한 장면. 작가는 초상권 문제 때문에 삭제하려 했지만, 흑백으로 인화한 사진은 볼수록 영화같아서 지울 수 없었다. 그는 결국 사진을 액자에 넣어 자신의 스튜디오 벽에 걸어두는 걸로 만족했었다.

스튜디오를 방문하는 사람들마다 웃음 지으며 주인공이 누구냐고 물어보던 어느 날이었다. 한 디자이너가 사진을 빤히 보더니 세림을 알고 있다며 신기해했다. 디자이너로부터 두 사람의 결혼 소식을 접하게 된 작가는 그날의 사진들을 인화하고, 확대해 깔끔한 액자에 담아 선물로 주었다. 눈물을 닦아내며 시준에게 안기는 사진 속 신부에 하객들은 웃기도 하고, 로맨틱한 영화 같은 장면에 부러움을 내비치기도 하였다.

결혼식 준비는 담백하고 간략하게, 양가의 간섭 없이 세림과 시준이 결정해 이루어졌다. 분주하게 움직이는 두 사람을 지켜보던 윤 관장은 결혼 선물로 식장을 꾸며주고 싶다는 의견을 내었다. 결혼식 전날, 식장을 둘러보던 세림의 눈가에 물기가 돌았다. 세상에서 오직 하나뿐인 예식 홀은 우아하게 화려하며, 순수하게 아름다웠다.

입장하기 전, 아빠의 손을 잡고 입구에 선 세림은 눈으로 예식홀을 둘러보았다. 꽃들로 장식된 샹들리에를 중심으로 깨끗하도록 하얀 천장식이 사방으로 늘어졌고, 만개한 수국들과 칼라꽃, 은방울꽃들이 투병한 꽃병에 풍성하게 담겨 식장 곳곳을 화려하게 장식하였다. 그 안을 메운 적은 수의 하객들 그리고 버진로드 끝에 서 있는 이시준. 세림은 아빠의 손을 꼭 잡고 흐르는 음악에 천천히 발걸음을 내딛었다. 엘리사브 특유의 꽃잎 장식과 자수가 아름다운 화려하고도 눈처럼 순결한 웨딩드레스를 입고, 은방울꽃 부케를 들고, 화동들의 축복을 받으며.

그 길이 지난 6년의 시간 같아, 조금 눈물이 났다.


"이어서 신부 은세림 양을 위한 신랑 이시준 군 외 네 명의 친구들이 함께하는 축하 연주가 이어지겠습니다."

사회자인 태현의 말이 끝나자마자 장내에 일순 은은한 어둠이 스며들었다. 스포트라이트는 순백의 웨딩드레스를 입고 선 세림에게만 은연히 비춰졌다. 뮤지컬이나 오페라 공연의 주인공처럼. 어둠에 싸인 홀에는 음을 고르듯 악기들이 제각각의 소리를 내었다. 그 음들이 세림의 심장에 자맥질하듯 파문을 일으킨다.

잠시간의 숨소리도 없는 정적 후, 스트링을 배경으로 한 유정의 바이올린 선율이 핀 스폿과 동시에 어둠을 걷으며 장내에 흘러들었다. 초목 위를 타고 흐르는 바람의 숨소리 같은 바이올린 전주. 그를 시작으로 드럼의 거침없는 심벌즈 울림과 낮은 베이스가 포문을 열듯 힘차게 내질러지고 바로 이어진 시준의 피아노 독주가 장내에 빛을 은연히 밝혔다.

핀 스폿은 오직 세림과 시준, 두 사람에게만 떨어졌다.

곡은 스티브 바라캇(Steve Barakatt)의 Flying.

세상에 단 하나뿐인 자신의 신부에게 바치는 사랑의 세레나데.

부드러운 미소를 머금은 채 세림을 바라보는 시준의 눈빛과 그녀를 향한 멜로디에는 애정이 깃들어 있었다. 연록의 향기가 스민 감미로운 음곡, 사랑의 속삭임. 건반의 투명하도록 맑은 울림을 자아내는 섬세한 손길이 마음을 두드리는 듯하였다. 세림은 새삼 시준을 향한 설렘으로 가슴이 두근거린다. 다시 처음으로 되돌아간 연주는 다른 악기들과 함께 다채로움이 덧입혀졌다.

그 어느 때보다도 약동적이고, 눈부신 생명력으로 빛나는 아름다운 사랑의 메시지. 앞으로 나갈 핑크빛 미래에 대한 약속. 봄바람 같기도, 따사로운 햇살 같기도 한 풍성한 선율. 너에게 약속해. 행복만을 안겨줄게, 나의 심장과 영혼은 모두 네 것이야.

연주하며 간간이 사랑스러운 신부를 바라보는 시준의 눈이 그렇게 말하고 있었다.

봄의 절정으로 선뜻 올라섰던 5월의 어느 날이 문득 떠오른다. 어쩌면 세림의 심장은 그날 처음으로 시준에게 반응했을지도 모른다. 짝사랑인 첫사랑 때문에 힘들었지만, 운명적 만남이, 운명적 사랑이 분명 있을 거라고 믿었던 스물한 살의 어린 봄날. 세계를 가르고 나온 듯한 시준의 발걸음, 등장. 그리고 그와 같던 믿을 수 없는 재회, 코엑스에서의 만남. 어떤 약속도 없이 마주치는 것은 운명이라고, 운명이 분명하다고 그렇게 믿고 싶었던 순간. 너와 같이 보낸 스물일곱의 겨울.

시리고 찬 빛 속에서 지난날 가장 따뜻했던 겨울.

이어지는 바이올린의 합주는 여름밤 싱그러운 풀잎의 노래 같다.

다음은 미영의 일렉 기타가 덧입혀진 콰르텟. 꽃분홍색의 새틴 미니 원피스를 입은 미영이 객석 끝에서 등장해 새하얀 버진로드 중간에서부터 세림에게 걸어왔다. 종이 가루가 눈처럼 휘날린다. 세림에게 다가온 미영이 눈을 맞추고, 화사하게 웃으며 그녀의 주변을 맴돌았다. 후에 알게 된 거지만, 미영은 이날 꽃잎은 당연히 주인공인 세림에게 넘겨줄 테니 흰 종이 가루는 자신의 등장에 뿌려달라고 했단다. 세림은 웃음을 터뜨릴 뿐이었다.

축복이 담긴 피크의 움직임. 너의 행복을 빌어줄게, 서로의 손을 꼭 잡고 걸어갈 두 사람의 앞날에 꽃가루를 뿌려줄게. 잠자는 숲속의 공주에게 내리는 요정들의 마법처럼, 신데렐라에게 눈부신 드레스와 유리 구두를 선물해 준 요정 할머니의 요술처럼, 피크 끝에서 울리는 선율은 달콤하고 애정이 넘친다. 행복과 기쁨, 축복으로 가득하다.

마지막으로 유정의 애끓는 바이올린 솔로가 행복을 향해 도약할 두 사람의 미래를 열어주듯 화려한 기교와 아름다움으로 날개 달고 날아올랐다.

지금이야, 모두 같이 축하해!

총 스물한 대의 바이올린과 일렉 기타, 드럼, 베이스, 피아노가 이루는 사랑의 세레나데, 음의 향연.

홀 천장에서 폭죽과 함께 금박, 꽃가루가 쏟아져 내렸다. 눈부신 신부에게 내리는 축복.

이것은 너에게 보내는 내 사랑의 노래.

너와 내가 함께할 미래에는 사랑만이 가득하기를,

찬란한 이 순간이 언제까지나 빛을 잃지 않기를.

내 곁에 와줘서 고마워. 너만을 언제까지나 사랑한다.

사랑해.

And they lived happily Ever After.

그들은 그 후로노 행복하게 살았습니다.

The End